U0530548

地下
UNDERGROUND
アンダーグラウンド

村上春树 著
HARUKI MURAKAMI

林少华 译

THE TOKYO GAS ATTACK AND THE JAPANESE PSYCHE

上海译文出版社

目 录

《地下》与《1Q84》之间(译序) …………………… 1
写在前面 …………………………………………… 1

千代田线

和泉清佳 ………………………………………………… 3
汤浅胜 …………………………………………………… 11
宫田实 …………………………………………………… 19
丰田利明 ………………………………………………… 23
野崎晃子 ………………………………………………… 33
高月智子 ………………………………………………… 34
井筒光辉 ………………………………………………… 39
风口绫 …………………………………………………… 43
园秀树 …………………………………………………… 46
中野干三(精神科医生) ………………………………… 51

丸之内线(开往荻洼)

有马光男 ………………………………………………… 63
大桥贤二(1) …………………………………………… 67
大桥贤二(2) …………………………………………… 74
稻川宗一 ………………………………………………… 78
西村住夫 ………………………………………………… 81
坂田功一 ………………………………………………… 88

明石达夫 …………………………………… 93
明石志津子 ………………………………… 105
中村裕二(律师) …………………………… 117

丸之内线(开往池袋/区间车)

驹田晋太郎 ………………………………… 129
中山郁子 …………………………………… 134
齐藤彻(医师) ……………………………… 141

日比谷线(中目黑始发)

菅崎广重 …………………………………… 151
石野贡三 …………………………………… 159
迈克尔·肯尼迪 …………………………… 166
岛田三郎 …………………………………… 177
饭冢阳子 …………………………………… 182
武田雄介 …………………………………… 187
中岛克之 …………………………………… 192
柳泽信夫(医师) …………………………… 198

日比谷线(北千住始发,开往中目黑)

※

平中敦 ……………………………………… 206
市场孝典 …………………………………… 210
山崎宪一 …………………………………… 215
牧田晃一郎 ………………………………… 224
吉秋满 ……………………………………… 231
片山博视 …………………………………… 242
松本利男 …………………………………… 247

※

三上雅之 …………………………………… 253
平山慎子 …………………………………… 256

※

时田纯夫 …………………………………… 265
内海哲三 …………………………………… 268
寺岛登 ……………………………………… 274
桥中安治 …………………………………… 278
奥山正则 …………………………………… 282
玉田道明 …………………………………… 286
长滨弘 ……………………………………… 292
宫崎诚治 …………………………………… 295

※

石原孝 ……………………………………… 302
早见利光 …………………………………… 309
尾形直之 …………………………………… 317
光野充 ……………………………………… 324
片桐武夫 …………………………………… 332
仲田靖 ……………………………………… 338
伊藤正 ……………………………………… 344
安齐邦卫 …………………………………… 349
初岛诚人 …………………………………… 352
金子晃久 …………………………………… 356
大沼吉雄 …………………………………… 362

※

石仓启一 …………………………………… 366
杉本悦子 …………………………………… 373
和田吉良·早苗 …………………………… 378
和田嘉子 …………………………………… 388

"没有标记的噩梦" ………………………… 404

《地下》与《1Q84》之间

（译　序）

林少华

《地下》(Underground)是村上春树早在一九九七年出版的长篇纪实文学作品，但它真正引起我的关注则是其新作《1Q84》问世之后。关注的中心点是物语在二者之间的关系及其透示的思想信息，抑或物语之于村上的意义。

长篇小说《1Q84》于二〇〇九年五月二十九日分BOOK1、BOOK2两卷出版，至九月七日即印行十八次，两卷合销二百二十三万册，成为热门话题。小说分48章以双线平行结构(parallel worlds)推进。奇数章为"青豆"章，偶数章为"天吾"章。女主人公青豆年轻漂亮而雷厉风行，男主人公天吾身材高大而谨小慎微。身为体育俱乐部教练的青豆受一位神秘而富有的老妇人之命，以极其巧妙的手段结束了若干虐妻男士的性命。这期间进入同一九八四年并行的1Q84年的世界。继而受命谋杀邪教的教主(Leader)，由此和邪教发生关联。身为补习学校数学教员的天吾受出版社好友之托，改写十七岁女高中生深绘里暗示邪教初期内幕和有"小人儿"(Little people)出现的小说《空气蛹》，小说因此获奖并成为畅销书。天吾亦和深绘里成为好友。不料深绘里竟是名为"先驱公社"的邪教教主的女儿,天吾由此和邪教发生关联,引起"小人儿"的警觉。最后,天吾发现小说《空气蛹》中的"空气蛹"实际出现在父亲的病床上,开裂后里面躺着的居然是自己十岁时开始动心而二十年间从未相见的恋人青豆!与此同时,现实中的青豆则因听信教主之言为保全天吾而将手枪管含入口中扣动扳机。BOOK2至此结束。

显然,故事是围绕邪教团体展开的。邪教是这部长篇小说的主轴和关键词。而邪教并非纯属虚构,其原型是《地下》中制造东京地铁沙林毒气事件的奥姆真理教。村上本人对此也一再提起。他在《1Q84》出版不久接受报纸采访,谈及创作起因:一是英国作家乔治·奥威尔的《一九八四》,"很早以前就想以G·奥威尔的'未来小说'为基础将不久的过去写成小说";二是奥姆真理教制造的沙林毒气事件。在法院听得案件主犯林泰男被判处死刑,村上心情很沉重:"并非犯罪型人格的普普通通的人因为种种流程而犯了重罪。觉察时已经成了不知何时被剥夺性命的死囚——我设身处地想像这种仿佛一个人留在月球背面的恐怖,几年来持续思考这一状态的含义。这是这个故事的出发点"(《读卖新闻》2009年6月16日)。距此约一年前被记者问及《1Q84》主题时村上也讲到奥姆真理教:"我认为当今最可怕的,就是由特定的主义、主张造成的类似'精神囚笼'那样的东西。多数人需要那样的框架,没有了就无法忍受。奥姆真理教就是个极端的例子"(《每日新闻》2008年5月17日)。二○○九年九月十七日即《1Q84》出版三四个月后村上又一次在《每日新闻》上强调:"个人与体制的对立、相克,对于我始终是最主要的主题。体制不能没有,但体制在很多方面将人变为非人。在沙林毒气事件中或死或伤的人也是奥姆这一体制伤害个人的结果。"

日本学者也已明确指出《1Q84》同采写奥姆真理教事件的《地下》之间的关联。文艺评论家、法国文学研究者铃村和成认为村上从未写过像《1Q84》这样主题鲜明的小说,"主题即是以奥姆真理教为原型的原教旨主义宗教团体——新宗教(cult)集团"。同时指出"出场人物多多少少同奥姆性质的'新宗教'有关"(《解读村上春树〈1Q84〉》,河出书房新社2009年7月版,P.99—100)。美国文学专家越川芳明同样认为"村上春树的《1Q84》可以作为以一九九五年制造地铁沙林事件的奥姆真理教为原型的寓言故事来读"(同上 P200)。换言之,《1Q84》乃是对《地下》中的奥姆真理教及东京地铁沙林毒气事件之历史事件的拟写。可以说,没有纪实文学作品《地下》,就不会有十几年后的长篇小说《1Q84》。在这个意义上,若想深入理解《1Q84》,就必须回溯《地下》(包括《地下Ⅱ·在约定的场所》),回溯奥姆真理教和沙林毒气事件。

事件发生于一九九五年。一九九五年对于日本是极为糟糕的年份。一月十七日发生7.2级神户大地震(日本称"阪神大震灾"),三十万人无家可归,死亡人数最后超过六千四百人,《每日新闻》形容说"状况简直同刚刚战败时无异"。此后不到两个月又发生沙林毒气事件。三月二十日清晨,十名奥姆真理教信徒两人一组分成五路,其中五名钻进三条线路的地铁车厢,在上班高峰时间段用打磨锋利的伞杆尖端捅破装有液状沙林毒气的塑料袋。毒气在密封的车厢和停车时的月台上弥漫开来,受害者超过五千人(官方正式公布为三千八百人),其中死亡十二人,更多的人苦于后遗症,有的终身致残。地震摧毁了日本抗震施工技术的神话,"沙林"终结了日本社会治安的神话,乃日本战后最惨重的天灾人祸。村上春树在《地下》题为"没有标记的噩梦"的后记中就此写下这样一段话:"一九九五年一月和三月发生的阪神大震灾与地铁沙林事件,是日本战后划时代的具有极其重要意义的两大悲剧,是即使说'日本人的意识状态因此而前后截然不同'也不为过的重大事件。有可能作为一对灾难(catastrophe)、作为在讲述我们的精神史方面无可忽视的大型里程碑存续下去。"

无独有偶,奥姆真理教恰恰出现在一九八四年。最初仅有三名成员,在涩谷租用一个公寓套间,作为"奥姆神仙会"开始活动。提出的构想是:创造衣食住全部基于真理的所谓"幸福生活",建立教育、医疗和就业机构,进而"转生"进入高层次世界。十一年后制造了这起震惊整个日本的恐怖事件。

村上春树一九九一年初赴美,在新泽西州的普林斯顿住了两年半,在马萨诸塞州的坎布里奇(剑桥市)住了两年。其间主要创作了日文原著为上中下三卷的《奇鸟行状录》。九五年三月临时回国时在神奈川县海边家中得知东京发生地铁沙林毒气事件。其后按计划重返坎布里奇,六月彻底回国。从九五年十二月开始整整用一年时间采访六十二名沙林事件受害者,九七年一月最终脱稿,同年三月十五日即沙林毒气事件发生两周年前夕刊行问世,此即《地下》。

村上作为颇有后现代倾向和大体游离于社会主流之外的"个人主义"作家何以一反常态,全力以赴采写这样的一部纪实文学作品呢?

写《地下》的最初动机,首先是想作为事实详细了解一九九五年三月二十日东京地下发生了什么。我想以我的方式彻底把握和追究其中的事实真相。不妨说,这项作业始自作为一个普通人的纯粹的疑问。我想真正知道了解的谁也不肯告诉,往下只好由我自己迈开双腿四处调查。并且隐约期待从这一视角看清日本这一社会的形态。此外也怀有这样一种预感:很多事情说不定因此连在一起。但为此反正要先拔腿行动才行。躲在书房不动,有的东西是很难看清的。而这样的作业对于我无疑是面向新领域的一次挑战。

与此同时——终归是以水到渠成的形式浮现出来的——写《地下》这本书在结果上也是对我自身进行精神 adjustment(调整)的重要作业。我结束长期旅居海外的生活返回日本,需要类似精神切换那样的东西。而那必须是同自己国家的刻骨铭心的面对。如今想来——只是说如今想来——我是想通过这次采访来邂逅在日本社会中生活的"普通人",想尽情听他们倾诉,想把全副身心沉浸在他们的物语中。由此进一步说来，是想同"拥有不普通的共同体验的普通人"相遇，想知道他们在那种异样性、特异性之中何所感何所思以及如何将自己相对化、亲眼看见了怎样的场景。希望通过逐一参与他们讲述的物语而在结果上——只能在结果上——拓展和加深自己作为"在日本这个国家生存的作家"的视野。当然不是以此为目的开始的，而是说我本身不能不因这项作业而发生相应的变化。

坦率地说，较之其中的客观事实，我感觉自己的意识更为指向围绕事实讲述的物语构成方式，本能地相信惟有那种自然而然的物语性方能治愈——哪怕局部地治愈——我们受伤的社会。那既是之于我的 adjustment，又应是之于社会的 adjustment。采写过程中我始终相信这种相互折射的力的作用。

以上引文来自村上为收录《地下》的《村上春树全作品1990—2000⑥》所写的"解题"（讲谈社，2003年9月版 P.690—692）。显而易见，采写《地下》的动机，一是了解事件真相，进而了解日本社会，二是进行精神调整，进而拓展自己的视野。而物语（或物语性）在其中起着非常重要的作用——这也使得《地下》明显有别于 nonfiction（非虚构文学作品）——作者随后写道："简单说来，我是想一个个实际亲身穿过证言提供者的话语（物语）而在那里构筑一个综合性的、原模原样的世界，也希望读者感同身受"（同上 P.696）。言外之意，村上感兴趣的更是事件背后的元素，即作为背景或土壤导致事件形成的日本这个社会以至日本每一个人内部的"地下"，而要逼近和发掘这个真正黑暗的"underground"，只能诉诸物语即小说这一形式。村上这篇"解题"最后几句话尤其耐人寻味："之于我的小说，好比发掘自己身上深埋的遗址那样的东西。来自外部的则是新的工具、新的材料。而用工具发掘的'内容'，却是自己身上长久埋藏的东西。在久远的将来，很可能有一天发掘所得之物会作为我自身的遗址呈现出来"(讲谈社,2003年9月版 P.697—698)。

十几年后,"遗址"终于发掘、呈现出来了,这就是《1Q84》这部大部头物语,这部足够长的长篇小说。

那么,《1Q84》中究竟有哪些部分属于《地下》的"遗址"呢?或者说《地下》的哪些"遗址"在《1Q84》呈现出来了呢?一句话,二者之间的联系何在?

我以为主要是关于物语的理念。

村上认为包括沙林毒气事件案犯在内的奥姆真理教信徒之所以由普通人变成信徒而深受其害,一个根本原因在于他们失去了"固有的自我"即失去了制造"固有的物语"的主体性,致使自己"从他者、从被你转让自我的某人那里接受新的物语"。而教主"麻原彰晃能够以充分的说服力把这种作为junk(垃圾)的物语给予人们(求之不得的人们)。……那是粗糙而滑稽的物语,在局外人眼里绝对只能是令人喷饭之物。但公正说来,那里面确有一以贯之的东西:'那是为了什么而不惜浴血争战的攻击性物语'"(《地下·"没有标记的噩梦"》,讲谈社文库1999年版,P.751—752)。那一物语是封闭性的物语,只有入口没有出口,将人们的自我一点一点吞噬下去。而能够与之对抗的——村上后来在为收有《地下Ⅱ·在约定的场所》的《村上春树全作品1990—2000⑦》所写的"解题"中指出——"不是逻辑,不是知识不是道德,而仅仅是'另外的物语性'、另外的'开放的'物语性。简单说来,那是物语'开放系'同'封闭系'之间的战斗。"

二〇〇一年十月即美国"9·11"事件发生不久,村上在一次谈话中进一步深化了这一认识。据哈佛大学教授杰·鲁宾(Jay Rubin)介绍,当时《纽约时报》一位记者注意到村上关于奥姆真理教的分析同样适用于一个月前恐怖主义分子对纽约和华盛顿的袭击,于是在东京找到村上。村上将奥姆真理教的封闭世界同伊斯兰原教旨主义世界加以比较,认为二者的共通之处在于:如果你有疑问,总会有人提供答案,只要你继续相信,就会一直很幸福。但在开放式的世界中,一切都是不完全的,有很多困惑和缺憾。"在大多数情况下我们都谈不上幸福,更多的反而是困惑和压力。但至少情况是开放式的。你有选择权,你可以决定你生活的方式……我写的故事中的主人公都是些在这个混乱的世界中寻找正确的生存方式的人……这就是我的主题。与此同时我认为还有处于地下状态的另一个世界。你可以在你的意识中进入这个内在的世界。我作品中的大多数主人公都是活在这两个世界——这个现实生活中的世界与这个地下状态中的世界。如果你受过训练,你就能找到路径,在这两个世界之间往来游走。要找到进入这个封闭循环的入口很容易,但要找到一个出口却很难。很多宗教领袖都会免费为你提供一个入口。但他们不会提供出口,因为他们希望追随者上套。在他们命令自己的追随者成为士兵时他们就可以为自己冲锋陷阵。我想,那些开着飞机撞大楼的人就是这种情况"(《倾听村上春树——村上春树的艺术世界》,[美]杰·鲁宾著,冯涛译,上海译文出版社,2006年6月版。原书名为"Haruki Murakami and the Music of Words")。在这里,村上再次强调只有入口没有出口的封闭性世界即是封闭性物语的危险性——可以使人开飞机撞大楼,可以使人在地铁中施放毒气。

多年后的二〇〇八年,村上开始以"精神囚笼"这一措辞批判奥姆真理教及其封闭性物语(封闭性世界)的恐怖状态:"我认为当今最为可怕的,就是由特定的主义、主张造成的类似'精神囚笼'那样的东西。多数人需要那样的框架,没有了就无法忍受。奥姆真理教是个极端的例子,但此外也有各种各样的围栏或囚笼,一旦进去,弄不好就出不来了。"因此,村上认定物语必须是对抗体制及其造成的"精神囚笼"的武器。自己作为小说家的职责就是打磨这种武器,即写出开放性的好的物语——"好的物语会加深和拓展人的心灵。有了这样的心灵,人就不情愿进入狭窄场所了"(《每日新闻》2008年5月17日)。

二〇〇九年二月十五日村上以《高墙与鸡蛋》为题在耶路撒冷文学奖获奖演讲中再度确认物语或小说的职责。他说:"我写小说的理由,归根结底只有一个,那就是为了让个人灵魂的尊严浮现出来,将光线投在上面。经常投以光线,敲响警钟,以免我们的灵魂被体制纠缠和贬损。这正是物语的职责,对此我深信不疑"(《文艺春秋》2009 年 4 月号)。也就是说,村上已把物语置于个人灵魂同体制之间的冲突地带,将物语提升到灵魂守护神的高度。必须指出,村上在谈及这样的物语理念时总是念念不忘奥姆真理教。此次演讲后不久他在接受《文艺春秋》杂志独家采访时表示:

人一旦卷入原教旨主义,就会失去灵魂柔软的部分,放弃以自身力量感受和思考的努力,而盲目听命于教旨及其原则。因为这样活得轻松,不会困惑,也不会受损。他们把灵魂交给了体制。

奥姆真理教就是一个典型。我采访地铁沙林毒气事件的受害者写了《地下》,之后又听取信徒们的说法归纳成《在约定的场所》。还去东京地方法院、高等法院旁听审判。案犯们当然是施害者,尽管如此,我在心底还是觉得他们也是鸡蛋,也是原教旨主义的牺牲者。我感到怒不可遏的,较之个人,针对的更是体制。

他们将自我整个转让给了那个团伙,被高墙围困,同现实世界隔离开来。某一天被人递给装有沙林的塑料袋,命令自己在地铁中捅破——此时已无法穿去墙外了。而意识到时,已经杀人被捕,在法庭被宣判死刑,投入牢房的四面墙之中,沦为不知何时被处死之身。这么一想就不寒而栗。同 BC 级战犯一样。能够断言惟独自己不至于有此遭遇的人究竟会有多少呢?采用体制(System)和高墙这一说法的时候,我脑袋里闪过的也是牢房图像。

(村上春树:《我为什么去耶路撒冷》,载于《文艺春秋》2009 年 4 月号)

而早在十几年前村上就已经在《地下》"没有标记的噩梦"后记中质问："你没有向谁（或什么）交出自己的某一部分而接受作为代价的'物语'吗？我们没有把人格的一部分完全托付某种制度＝System吗？"二者可谓前后呼应。这显然意味着，村上十几年时间里始终在思索物语同奥姆真理教之间、个人同奥姆真理教式封闭性物语之间的关系以及物语的重要作用，不断提炼之于自己的物语理念，等待将自己投入开放性物语同封闭性物语之间的战斗的时机。当新世纪第一个十年即将过去的时候，当世界愈发处于缺乏整合性的"混沌"（Khaos）状态或多元、多极形势的时候，村上认为时机已到，于是推出了《1Q84》。在这个意义上，《1Q84》可以说是村上式物语理念一次至为重要的大规模实践活动，因而理应是村上心目中足以同奥姆真理教式封闭性物语相抗衡的提供"出口"的开放性物语。不妨先看一下《1Q84》中村上通过男主人公天吾表达的关于物语理念的最新思考：

在物语的丛林中，无论事物之间的关联性多么一目了然，也不可能给予明快的解答，同数学的区别就在这里。物语的职责——笼统说来——就是将一个问题置换为另一种形式。解答的方式即通过其移动的质和方向性而被物语式暗示出来。天吾带着这一暗示返回现实世界。那类似写有无法理解的咒语的一张纸片。有时候因其缺乏整合性而不能马上发挥实际性作用。但它含有可能性。自己有可能迟早解开咒语之谜——这样的可能性将从深处一点点温暖他的心。

（村上春树《1Q84》BOOK1，新潮社2009年5月版，P318）

这里有三点值得注意，一是以"置换"（换喻）表达物语的职责；二是以不提供明确答案表达物语的开放性；三是以缓慢温暖人心表达物语的对于个人的作用。这三点固然是此前物语理念的延伸，但有程度不同的新意。

那么，这种始自《地下》并不断发展的物语理念在《1Q84》这部日文长达一千多页的物语中是如何付诸实践的呢？

首先，物语本身在《1Q84》中具有不止于温暖人心的无可替代的作用。村上作品中，大物语套着小物语是经常出现的创作手法。《1Q84》中的小物语无疑是《空气蛹》，但这个小物语却是驱动大物语《1Q84》的关键动力：出版社尝试通过《空气蛹》的出版赚钱，主人公天吾希望通过《空气蛹》的修改成为真正的小说家，戎野打算通过《空气蛹》的畅销同杳无音信七年之久的老朋友取得联系，教主企图通过《空气蛹》牵制"小人儿"。更重要的是，《空气蛹》描写了后来演变为邪教团体的"先驱公社"的由来和初期内幕，也是使之变成邪教团体和控制教主的神秘的"小人儿"唯一亮相的舞台。假如抽掉《空气蛹》这个小物语，《1Q84》将不复存在，同邪恶团伙及其体制相抗衡的力量也很难产生。这也意味村上春树文学创作策略的一个更加明确和自觉的转变，即由文体至上转变为物语至上。他清醒地意识到，较之过去刻意经营的文体，物语作为对抗"高墙"的武器有效得多。也就是说，他更相信物语的力量。

其次，封闭性"物语"（体制）的危险和恐怖在《1Q84》中得到充分演示。以《地下》奥姆真理教为原型的"先驱公社"原本是开放性团体，其成员在从农民手中购得的田地里从事农业生产，承认私有财产，出入自由，同外界保持正常联系，也几乎没有"思想教育和洗脑"那样的活动。自从教主女儿深绘里领来"小人儿"之后，转而实行彻头彻尾的"秘密主义"，修筑围墙，中断同外界所有往来，成员不得离开，从而沦为只有入口没有出口的封闭性体制。成员将"自我"整个托付给教主编造的封闭性物语。教主强暴教团内所有不到十岁的幼女，编造的物语性理由是以此赋予幼女"灵性觉醒"，强调这一所谓仪式必须在初潮前进行，由此产生的剧痛乃是"为了升入上一层次而无法回避的关口"。幼女的父母对此深信不疑,兴冲冲将自己的女儿献给教主满足其变态性欲。幼女狭小的子宫因此受伤,导致终生不育。其中一个叫"翼"的幼女逃出后变得表情呆滞,除了偶尔说出"小人儿"一词以外几乎完全失语。更可怕的是,这名幼女在老妇人的受害妇女救助中心生活期间突然失踪。教主说她已被"回收"。亦即,出口彻底封闭,即使逃出也要被"回收"——邪教以及邪教式的团体成了不可逾越的"高墙",成了"精神囚笼"、肉体囚笼,正如村上前面所说,教主只提供入口而不提供出口,以使追随者上套。其依赖的手段,即是编造封闭性物语。

同这种封闭性物语相对立的,自然是开放性物语。下面就看一下《1Q84》展示开放性物语时的特点及其存在的问题,这是第三点,也是最后一点。

毋庸置疑,《1Q84》中的教主深田保是奥姆真理教头目麻原彰晃的置换,不仅物语编造手法,而且形体也有相像之处,如麻原同样身体硕大和视力不好等等。如前所述,麻原式教主编造的是封闭性物语,而村上围绕教主展开的物语则是开放性的。所谓开放性物语,在村上文学语境中,是指没有明确答案的、为读者提供多个选项的甚至有许多困惑和缺憾的物语。这在《1Q84》中表现在哪里呢?我认为主要表现在对善与恶的描述和界定方面。

村上在《地下》"没有标记的噩梦"后记中指出,沙林毒气事件发生后,报道这一事件的媒体的基本姿态是使"受害者＝无辜＝正义"之"此侧"同"施害者＝污秽＝恶"之"彼侧"对立起来。也就是说,事件受害者是善,事件制造者奥姆真理教是恶。二者缺乏"对流性",非善即恶,非恶即善,善恶分明,势不两立。进一步说来,这种认知或结论是封闭性的,有进无出,别无选择。而村上则力图从这种"公共马车式共识"的咒语中解脱出来,通过采访受害者施害者双方和去法院旁听来寻找开放性认知或结论。结果发现,"地下"不仅仅出现在沙林事件发生的地下(地铁)及奥姆真理教内部之"彼侧",也出现在正常的日本社会内部和正常人的日常生活之"此侧"。

作为"此侧"的例子村上举了两个。一个写在《地下》的前言中：一位女士的丈夫去公司上班途中不幸遭遇沙林毒气，留下后遗症，上班后无法像以往那样工作。时间一长，上司和同事开始说三道四，致使他不得不辞职回家。村上认为这位年轻职员遭受了双重暴力。一重来自属于恶的异常世界，一重来自属于善的正常世界，但二者"都是地下同一条根长出来的"。另一个例子是在《地下》"没有标记的噩梦"后记中举的自身例子：一九九〇年众议院选举期间村上目睹一伙年轻男女戴着大象面具和麻原面具在街头载歌载舞帮麻原拉票，不由得不胜厌恶地移开视线。为什么移开？作为假设，恐怕是因为"奥姆真理教这一'事物'（ものごと）对于我并非纯属他者"。

至于"彼侧"的例子，村上举了林泰男。林泰男是沙林毒气事件主犯，他一个人在地铁车厢里捅破三袋沙林，致死八人，致伤达二千四百七十五人之多。审理期间村上去法庭听了整个过程，觉得就人格来说林泰男决非犯罪型，甚至是个"诚实"的人。审判长在判词中也说他"本来不是具有犯罪倾向的人，性格甚至有善良的一面"。于是村上"开始极为自然地一点点对他怀有同情之念"（《村上春树全作品1990—2000⑥·"解题"》，讲谈社，2003年P683—686）。言外之意，甚至作为恶之"彼侧"堪称"杀人机器"的主犯身上都有善的因素。村上就是这样通过这一系列采访和旁听活动获得关于善与恶的开放性认知和结论，拆除了"此侧"与"彼侧"、"自我"与"他者"之间的藩篱，使之互相流通，呈开放状态。

这样的开放性"遗址"，在十几年后的《1Q84》中水到渠成地演绎出了关于善与恶、关于邪教的开放性物语及其开放性主题、开放性结论，而典型地体现在教主身上。其突出表现是善恶概念、善恶边界的开放。前面已经提及，教主编造物语强暴初潮前的十岁幼女，致使幼女子宫被毁，身心遭受严重摧残，已经恶到了无以复加的地步。女主人公青豆因此受老妇人之托前去谋杀教主。不料教主却辩称如此令人发指的恶行并非出于自愿，自己不过是女儿深绘里领来的"小人儿"代理人。他所以让深绘里逃离教团，是为了使其同天吾合写《空气蛹》以散布对付"小人儿"这一病毒的抗体。最后教主居然为了使"小人儿"失去自己这个代理人即为了中断恶的链条而主动请青豆立即杀死自己。死之前说的下面一番话曾被 NHK 电视台以"物语的力量"为题于二〇〇九年七月十四日播出的村上专题节目用来概括村上"独自的世界观"：

"世上既没有绝对的善，又没有绝对的恶。"他说，"善恶不是静止的固定的，而是不断变换场所和立场的东西。一个善在下一瞬间就可能转换为恶，反之亦然。陀思妥耶夫斯基在《卡拉马佐夫兄弟》中描绘的也是这样的世界形态。重要的是保持来回转换的善恶之间的平衡（balance）。过于向一方倾斜，就很难维持现实道德。是的，平衡本身即是善。我必须为了保持平衡死去也是出于这个意义。"

在《地下》中，教主麻原彰晃无疑是恶（绝对的恶）的化身，是构筑教团这一封闭性体制或编造封闭性物语的核心主体。村上尽管对林泰男这样的主犯怀有几分同情，但对麻原本人采取的显然是直接批判的态度；而《1Q84》中的教主深田保则并非"绝对的恶"，甚至成了主动中断恶之传承的不无悲壮色彩的人物，至少是善恶混合体。也就是说，善恶在这里是相对的、互换的、对流的，处于开放过程。这一善恶概念诚然来自《地下》，然而在《1Q84》中恶的主体消失了。纵使理应是恶之彼侧的"小人儿"，借用教主的话说"是善还是恶是不清楚的"。村上本人也不置可否。去年九月接受报纸采访时他这样回答："至于'小人儿'是怎样的东西，是善是恶，那我是不清楚的。不过，在某种情况下或许是制造恶之物语的存在。我认为，住在深山里的'小人儿'是超越善恶的，但如果走出深山而同人们发生关联,有时候就会因此具有负面能量。"接下去当记者就其将善恶等价值观的对立加以相对化这点予以确认时,村上又转而说道:

> 我真正想描写的是物语所具有的善之力量。像奥姆那样把人们诅咒在、束缚在封闭的狭小团体中的,是物语的恶之力量。它把人们拉往错误的方向。小说家要做的是向人们提供广义的物语,使之发生精神性动摇,示以什么是错误的。我相信物语的善之力量。我之所以想写篇幅长的小说,目的就在于扩大物语的外环,尽可能影响多一些的人。明确说来,我必须写能够同原教旨主义和地域主义(Regionalism)相对抗的物语。为此必须首先看清"小人儿是什么"。这是我正在进行的作业。
>
> (独家访谈:村上春树谈《1Q84》,载于2009年9月17日《每日新闻》)

然而,我认为《1Q84》并非这样的物语。它虽然扩大了"物语的外环",尤其在善恶方面更具开放性,但另一方面它模糊了大善大恶大是大非之间的界线,抽空或者置换了恶的主体,使得对恶的批判、对封闭性物语的抵抗显得软弱无力。就这点而言,《地下》是成功的,而《1Q84》并未实现他自《地下》以来延续的物语理念。只能寄希望于他预定今夏出版的《1Q84》BOOK3。但愿那里的噩梦是有"标记"的。

最后讲一下这本书的翻译。出于对文学翻译特点的考虑,我极少与人合作,沪版三十几部村上作品都是我一个人翻译的。但《地下》情况有所不同。这本书的主要篇幅是村上整理的作为采访对象的六十名沙林事件受害者的证言。六十人即有六十种语言风格。如村上在《写在前面》这篇序言所说的:"收在这本书里的证言,完全属于自发的、积极的。没有文字性润色,没有诱导,没有勉强。我的写作能力(我是说如果我多少有那东西的话)只集中于一点:如何原封不动地采用对方的话语而又能使其容易阅读。"事实上这六十人的证言无论语气还是表达方式都存在个体差异。既然村上"原封不动",那么作为译者也应力求"原封不动"。为此,我请了十位硕士研究生帮我翻译"证言"部分,以期有较多的"个体"相应传达原文语言的个体差异,具体分工如下:

段颖慧:和泉清佳、汤浅胜、宫田实、丰田利明

李国磊:高月智子、井筒光辉、风口绫、园秀树、中野干三、有马光男、大桥贤二(1)

马 惠:大桥贤二(2)、稻川宗一、西村住夫、坂田功一、明石达夫、明石志津子、中村裕二

于 琦:驹田晋太郎、中山郁子、齐藤彻、菅崎广重、石野贡三、迈克尔·肯尼迪

张 冉:岛田三郎、饭冢阳子、武田雄介、中岛克之、柳泽信夫、平中敦、市场孝典

张淑婧:山崎宪一、牧田晃一郎、吉秋满、片山博视、松本利男、三上雅之、平山慎子

柯子刊:时田纯夫、内海哲三、寺岛登、桥中安治、奥山正则、玉田道明、长滨宏、宫崎诚治

牟 全:石原孝、早见利光、尾形直之、光野充、片桐武夫、仲田靖

石 青:伊藤正、安齐邦卫、初岛诚人、金子晃久、大沼吉雄、石仓启一、杉本悦子、和田吉良·早苗

王 露:和田嘉子

在此,我要对十位研究生的辛勤劳动表示感谢。当然,统稿由我一人负责。统稿的主要目的不是"文字性润色",而是在校正基础上尽量"使其容易阅读"。至于非"证言"部分即前言后记及正文介绍性文字

等村上本人部分则由我自己翻译。换个说法,我在此扮演村上,十位硕士生扮演"证言提供者"。当然,无论哪一部分,文责均由我负。

欢迎读者朋友指出译文的不当之处或同我交流对这部作品的感想和看法。来函请寄:266100 青岛市崂山区松岭路 238 号中国海洋大学外国语学院。我期待着。

二零一零年五月三十一日于窥海斋
时青岛蔷薇竞放槐花飘香

写在前面

村上春树

一天下午，我偶然拿起餐桌上那本杂志，啪啦啪啦翻看。浏览了几则报道，而后目光逐一扫过投稿专栏刊登的读者来信。至于何以如此，原因已记不清楚了。估计是一时兴之所至，也可能特有时间。因为，无论拿起女性杂志还是阅读投稿专栏，对我都是相当少有的事。

信是一位女性写的，她丈夫因地铁沙林毒气事件失去了工作。她丈夫在去公司上班途中不幸遭遇沙林毒气事件，昏倒后被送去医院。几天后倒是出院了，却不幸留下后遗症，无法正常工作。最初阶段还好，但时间一长，上司和同事就开始说三道四。丈夫忍受不了那种冷冰冰的环境，遂辞职回家——实际上是几乎被赶出来的。

杂志现在不在手头，准确表述记不起来了，但内容大体不会有错。

记忆中，写得并不那么"痛切"，也不特别恼怒。总的说来算是心平气和的，或许莫如说约略近乎"牢骚"。也好像为之困惑："事情为什么会是这个样子呢……？"似乎仍未能理解命运何以急转直下。

读完信，我吃了一惊。

为什么会发生这种事呢？

不用说，那对夫妇心中的创伤是很严重的，我打心眼里觉得不忍。同时我也明白，对她本人来说，可就不仅仅是"不忍"就能了结的了。

虽然如此，自己现在却又不能在此做什么。我——大多数人想必也如此——叹口气合上杂志，返回自己本身—如往常的生活和工作中。

可是，那以后我每每想起那封信，"为什么？"这一疑问从脑海里挥之不去。那是个很大的"question mark"（问号）。

非常不幸的是，遭遇沙林事件的纯粹的"受害者"不仅仅忍受事件本身造成的伤痛，还必须遭受那种冷酷的"次生灾害"（换句话说，即我们周围无处不在的平常社会所产生的暴力），这是为什么？为什么周围任何人都不能制止？

不久我转而这样认为：对于那位可怜的年轻职员所遭受的双重剧烈暴力，即使身边的人能明确区别那是来自异常世界还是来自正常世界，而对于当事人想必也不具有任何说服力。对他来说，不可能将两种暴力分成这边与那边。作为我，越想越觉得二者性质相同——肉眼看得见的外形固然不同，但都是地下同一条根长出来的。

我想了解写那封信的女性（们），想了解她的丈夫（们），作为个人。并且想深入了解产生如此双重剧烈伤痛的我们这个社会的构成方式，了解事实真相。

具体下定采访地铁沙林事件受害者的决心，是那以后不久的事。

当然，杂志上的那封读者来信不是写这本书的惟一理由。那好比现实性点火栓。当时我心中已经存在关于写这本书的若干大的个人动机。不过，这点我想在最后部分慢慢讲述。姑且先请大家看这本书好了。

※

这些采访，从一九九六年一月初至同年十二月底，做了整整一年时间。直接面见同意做证的人士，倾听大约一个到一个半小时，把音录进磁带。当然这终究是平均数,也有时采访长达四个小时。

录音带径直转到专家手里进行所谓"录音带处理"。即把明显与采访目的不相关的部分除掉,其余原封不动地变成文字处理机中的字。无须说,有的相当冗长。而且,一如我们的日常交谈,大部分话题这里那里跳来跳去,抑或离题万里,后来突然出现。这就需要就内容加以筛选,置换前后顺序,删除重复部分,调整文节,使之大体容易阅读,且长度基本适中。仅靠阅读录音处理稿有时候很难把握细微语感,因此屡屡重放录音带确认。有三次由于某种原因而直接依录音带照写下来。

不过,在如此成稿过程中,当时的个人"印象"和"记忆"往往起很大作用。无论谈话细节拾取得多么认真,也无论录音带反复听多少遍,而若把握不住当时气氛的整体流程,有时也会丢失类似谈话核心的部分。这样一来,证词本身势必失去力量。所以,听对方讲述的时间里我尽可能集中全副精力,把每句话都打入脑海。

录音被拒只有一次。电话中本来已跟对方讲明要录音,但实际去那里从手提包里掏出录音机时,对方说没有讲过要录音的事。结果只好一边倾听一边时不时记录数字和地名什么的,差不多听了两个小时。回到家马上伏案写稿,依据简单的记录和记忆再现当时的谈话,我自己也不由得感叹:人的记忆这东西关键时候还是蛮靠得住的嘛!对于平日从事采访工作的人来说,这倒有可能是家常便饭。不料,由于成稿后对方拒绝发表,致使这种努力也前功尽弃。

这里容我倾听谈话(以下称采访)的人士,是为此书做调查的押川节生和高桥秀实两位找到的。作为具体手段,采取以下两种:

(1) 依据报纸或各种大众传媒报道,从迄今作为"地铁沙林事件受害者"发表的人名中挑选;

(2) 向周围人打听是否知道谁是地铁沙林事件的受害者。或者通过其他种类（因故难以公开具体方法）如"小道消息"等方法查找。

老实说，做起来困难比预想的大。最初阶段简单以为东京一带有那么大数量的事件受害者，搜集事件证言应该不是什么难事，但事情没那么轻而易举。

这是因为，只有法院或检察院等司法机关才有"地铁沙林事件受害者"的正式名册。理所当然，出于对当事人隐私的尊重，局外人不能查阅名册。各医院住院者的名册也是同样。我们勉强弄明白的只是住院之人的姓名，这是事件发生当天报纸等媒体报道的。然而这仅仅是姓名，至于住址、电话号码则无从知晓。

姑且把知道姓名的七百人做成名册，由此开展工作，但得以明确"身份"的仅为其中百分之二十左右。对于如"中村一郎"这样常见的姓名，仅凭姓名锁定对象是非常困难的。不过，经过如此程序，总算同一百四十多人取得了联系。可是很多人以种种理由拒绝接受采访，不是说"不愿意再回忆那个事件"就是说"不想和奥姆发生关系"或者"媒体不可信赖"等等。尤其对媒体采访的反感和不信任感强烈得超乎意料，刚说出出版社名字对方就挂断电话那样的情形举不胜举。接受采访请求的，一百四十多人之中归终仅四成多一点点。

对于奥姆的恐惧，大部分人伴随时间的推移和主要成员几乎全部被捕而逐渐淡薄。但仍有不少人拒绝接受采访："自己症状算是轻的，不值一提"（也可能是出于拒绝接受采访目的托词，无从确认）。此外也有几个这样的例子：本人愿意介绍事件，但身边家人十分不情愿"进一步卷入其中"，以致无法取得证词。以职业种类来说，各种公务员和从事金融方面工作的人的证词极难得到。

女性受害者的访谈所以少，主要原因是很难根据姓名实际弄清身份。而且——终究是我个人的推测——未婚女性之中大概也有人对这类采访有抵触情绪。也有几人虽然口说"家人反对"而接受了采访。

因此,尽管正式发表的受害者达三千八百人之多,但找出六十人左右"肯做证的事件受害者"却是极花时间极费精力的劳作。

作为方法,可以通过大众传媒公开征求愿意为本书提供证言的受害者:"我正在写这样一本书,请为此接受采访。"这样,我想结果上可能得到更多的证言。实际上当采访在某个地方卡住的时候也受到了这样的诱惑,但同调查人员和编辑几次商议的结果,最终决定不采用那种方法。理由是:

(1) 首先,我们并无有效手段确认对方主动提供的证言的真伪。与此相比,我们主动时候的风险要小得多。

(2) 有自己主动想谈的人出现当然求之不得,问题是由于那种积极接受采访者的比例的增加,有可能导致书整体印象的改变。相比之下,作为笔者(村上)宁愿重视随意抽取式的平衡。

(3) 在调查性质上,如果可能,打算尽量不引起世人的注意,进行秘密调查。否则,对媒体采访怀有的不信任感会更加强烈。而且,笔者想最大限度地避免在其中出现。

避免"公开征求证言人",事后想来,带来了另一个好的结果——由于排除较为简单的手段而使得笔者同调查人及编辑之间更有向心力了,产生一种类似"达成感"的感觉。"这是大家一个一个凑起来的"——这种实实在在的质感得以从中产生。紧密配合成为制作这本书的一个非常重要的因素。珍惜每一位证言人的心情也更强了。

访谈稿出来后,首先送到被采访者那里请其确认。每次都附有这样一封信:"作为我们诚然希望尽量以真名实姓发表证言,可以么?如是不愿意,我们可以匿名,由您选择。"——约有四成希望匿名。为了避免不必要的猜测,书中没有一一注明何为真名何为匿名。因为若注明匿名,反而有可能刺激某种好奇心。

而且,请对方确认成稿后的访谈是否属实时,若有"这个不想写出来"那样的部分,我们就请其先告知是希望删除还是如何更改。差不多所有人——尽管程度多少有别——都希望更改或删除。

笔者按照采访对象的指示,对指定地方加以更改或删除。删除或更改的部分往往含有能让人真切感到采访对象的人品或生活场景的内容,作为作家的我个人是相当遗憾的。但除了删除或更改后致使前后不连贯的情况,我都完全照做。难以照做的时候由我提出替代方案,求得对方同意。

如果改正或删除较多,出于准确性的需求,就把新稿送过去请其再次确认。若仍有希望改动的地方,只要时间允许,便按同样顺序重复一遍。有的访谈如此反复五次。

作为我们,一来不想给欣然接受采访的人添麻烦,二来想极力避免使得对方不快。即使为了消除对于大众传媒的普遍的不信任感,也不想让对方感到后悔或觉得一番好心被利用了。为此尽最大可能对访谈稿加以认真删改。

采访对象总数达六十二人。但前面也说了,成稿后有两例拒绝公开证言,而且都是内容深入的关键证言。老实说,舍弃已完成的稿件感觉上有切肤之痛,但既然采访对象说"No",那么只能放弃。我们自始至终都坚持尊重证言人本人的自发性,这一姿态贯彻采访整个过程。当然,有时也做一定程度的解释或说服,但若仍然说"No",我们随即撤下。

反过来说,收在这本书里的证言,完全属于本人自发的、积极的。没有文字性润色,没有诱导,没有勉强。我的写作能力(我是说如果我多少有那东西的话)只集中于一点:如何原封不动地采用对方的话语而又能使其容易阅读。

对于部分愿意用真名实姓发表证言的人,我们曾再次确认:"以真名出现,有可能出现一定的社会反响,那也不要紧吗?"如果对方说"不要紧",才将其真名用在这里。对此深表感谢。将证言收进这本书的时候,以真名讲述所具有的现实性冲击力往往强烈得多,愤怒也好、诉求也好、悲伤也好、其他什么也好……

不过,这当然不意味轻视选择匿名方式的人。每个人有每个人的情由,我也很理解这点。毋如说我要对尽管有那样的情由而仍能接受采访这点再次表示感谢。

采访时笔者最先问的是每位采访对象的个人背景:在哪里出生、成长过程、爱好是什么、做什么工作、和怎样的家人共同生活等等。工作尤其问得详细。

所以在采访对象的个人背景上如此花时间和占如此大的比重,是因为想让"受害者"每个人长相的细部更真切地浮现出来,而不想让其中活生生的人变成"面目模糊的众多受害者的一个"(one of them)。身为职业作家这点或许是一个原因,而另一方面,我对"综合性概念性"信息这种东西提不起多大兴致,只对每一个人具体的——不能(难以)交换的——存在状态怀有兴趣。因此,面对采访对象,我在有限的两个小时内尽可能竭尽全力去深入具体理解"这个人是怎样的一个人",并力图以其本来面目写成文章传达给读者。尽管由于采访对象的情由有很多情况写不进去。

所以用这样的姿态采访,是因为相对于"施害者=奥姆相关者"每一个人的情况通过媒体采访而被细致入微地呈现出来,作为一种富有蛊惑性的信息物语在世间广为传播,而作为另一方的"受害者=普通市民"的情况则完全显得支离破碎。那里存在的几乎全是仅仅被赋予的角色(行人A),极少提供能让人侧耳倾听那样的物语。而且,即使那种少量物语也清一色是以模式化的文脉讲述的。

想必是因为普通媒体是想将受害者以"被伤害的无辜的一般市民"这一印象固定下来的缘故。进一步说来,受害者没有活生生的面孔更能使文脉顺利展开。并且,"(没有面孔的)健全的市民"对"有面孔的坏蛋"这一古典对比能使得绘画变得容易操作。

如果可能,我想把这种固定模式消除掉。这是因为,那天早上地铁上的每一位乘客都是好端端有鼻有眼、有生活、有人生、有家人、有欢乐、有纠葛、有戏剧、有矛盾和烦恼——有将这些综合起来的物语的。不可能没有。那是你,也是我。

所以,我首先要了解他/她的为人,无论其结果能否具体写成文章。

听完这些个人信息之后,转入事件发生当天的情况。无须说,这是正题。我倾听每个人的叙说并且发问。

"对于您那是怎样的一天呢?"

"您在那里看见了什么、体验了什么、感觉到了什么呢?"

(某种情况下)"您因那起事件遭受了怎样的(肉体上、精神上)痛苦呢?"

"那种痛苦后来也持续吗?"

事件造成的受害程度,委实千差万别。既有微乎其微的,又有不幸去世的,还有至今仍在康复治疗过程中的重患者。也有当时没什么大事而后来受困于(持续性受困于)PTSD①症状的。从一般性报道角度

---

① 创伤后应激障碍。Post Traumatic Stress Disorder 之略。指对创伤等严重应激因素的一种异常精神反应。又称延迟性心因性反应,系由异乎寻常的威胁性或灾难心理创伤导致延迟出现和长期持续的精神障碍。

来说,重点罗列重症患者的情况或许更有社会价值。

但我这本书不是这样。只要不巧身在现场多少遭受沙林伤害,无论症状轻重我都主动采访,并在取得对方同意后将采访对象的话完完整整收进书中。诚然,轻度受害者重返正常生活的速度快,影响也小。但他们自有他们的感受、恐惧和教训。读一读就会得知,那也并非可以等闲视之的症状。三月二十日这一天对在场的所有人都是份量不同的特殊的一天。

此外我还有这样一种预感:不分症状轻重地将多数受害者的情况完整地收在这里,可以使得事件的整个过程重新以另一种形式显现出来。这点一读之下即可了然。

接受采访的几个人此前接受过媒体采访,都抱怨说"自己真正想说的最后却被删掉,被弄得缺头少尾"。也就是说,"媒体只适当地选用了容易报道的部分"。

因为人们的不满情绪很大,所以我们这次采访为取得其理解——理解我们的目的和方法截然不同——有时候花了相当长时间。遗憾的是,有的直到最后也未能取得理解。

即使在这个意义上,我也想把这次采访中听得的情况尽可能多地作为信息收录进来,但由于篇幅限制和阅读量的限制,只能分别适当划一条线,平均份量在400字稿纸写20—30页左右。个别长的达50页。

虽说不分症状轻重,但症状严重的无论如何原稿页数都要多些。因为讲述的内容多,如住院经过、康复过程,或感触之深、创伤之大等等。

下面就请听一听他们的讲述吧。

不,听之前请先想像一下。

时间是一九九五年三月二十日,星期一。一个令人心旷神怡的晴朗的初春早晨。昨天是星期日,明天春分休息,即连休的"山谷"。也许你心想今天也休息多好。但遗憾的是,由于种种缘由你无法请假休息。

这样,你在平日那个时刻睁开眼睛,洗脸,吃早餐,穿上西服走去车站,像往常那样钻进拥挤的地铁上班。平平常常的一如平日的清晨,人生中无从区别的普普通通的一天。

在五个化装男子将用研磨机磨尖的伞杆尖头捅进装有奇妙液体的塑料袋之前……

千代田线

A725K

在地铁千代田线散布沙林的行动小组由林郁夫和新实智光组成。林实施，新实是司机。林年纪大，又是医师且同科学技术省的"武斗派"划清界限——这样的他何以被选为实施者，原由自是不得而知，但林自身推测"大概是为了封口"。即通过让他参与事件而切断其逃路。在这一阶段林已心知肚明。他皈依麻原彰晃①程度很深，但麻原好像并未从内心相信他。叫林洒沙林时，林后来说"感觉心脏在胸中陡然一缩"，还说"心脏在胸中倒是理所当然的事"。

林乘坐七时四十八分由北千住站驶发、开往代代木上原的千代田线地铁列车最前面的车厢，在新御茶水站捅破沙林袋，在那里下车。在新御茶水等待的新实让做完案的林上车，直接返回位于涩谷的秘密活动站——这是交给两人的使命。林不能拒绝，他在心中告诉自己"这是马哈姆德拉修行之一"。马哈姆德拉修行是争取被赋予正悟师等级的重要修行。

"想拒绝不是可以拒绝的么？"对于麻原辩护律师的这个执拗的提问，林这样回答："如果能够拒绝，这一系列奥姆事件岂不（一开始）不会发生了？"

---

① 麻原彰晃：奥姆真理教"教主"。案发后被判死刑。

林生于一九四七年，是品川区一位开私人诊所医生的次子，由庆应大学附属的初中、高中升入该大学的医学部，作为心血管外科专门医生在庆应医院工作。后来转去位于茨城县东海村的国立疗养所医院任循环器官科主任医师，乃不折不扣的超级精英。相貌端庄，表情带有一种职业自信，想必是作为医师自然而然形成的。头发似乎在头顶那里开始略略变稀。如多数奥姆干部所表现的那样，姿态端正，脸直对前方。不过说话方式总好像有些单调和不自然。在法院旁听证言时，作为个人我蓦然觉得某种感情的流程在他身上受到阻碍。

他在飞黄腾达过程中突然信了奥姆真理教，九〇年辞职和家人一起出家。两个孩子也在教团中接受特殊教育。医院方面舍不得他的能力而予以挽留，但他决心已定。看上去他对医生这一职业几乎没有留恋之情。在教团内受到喜欢精英的麻原彰晃的重用，任"治疗省大臣"。

林似乎在某个阶段开始对自己的工作怀有深刻的根本性疑问，从而水到渠成地为提供超科学答案的麻原彰晃所吸引。

被指名在地铁实施散布沙林的林郁夫于二十日凌晨三时被领去上九一色村的第七修行所，和其他四人一起练习捅扎沙林袋——用打磨锋利的伞尖捅扎充水（代替沙林）的同一规格塑料袋。指挥练习的是教团干部村井秀夫。其他成员有时表现出乐意练习的样子，但林郁夫以不无理性的目光看着其他四人的行为，也没有实际捅扎。在四十八岁的医师眼里，看上去一切都像在做戏。

林说："我没有练习。虽然一看就会，但我从内心提不起兴致。"

练习完后，五人乘车返回涩谷的秘密活动站。身为医师的林在那里把加入硫酸阿托品的注射器发给大家，指示说："如果出现沙林中毒症状，自己立即注射这个。"

去地铁途中,林在市谷的便利店买了手套、切刀、自粘胶带和拖鞋。负责开车的新实弄到了用来包沙林塑料袋的报纸:《圣教新闻》和《赤旗》。"最好不是随处买得到的报纸,那才有趣。"新实以他特有的幽默说。林从中选了《赤旗》。这是因为,如果使用宿敌创价学会的《圣教新闻》,那么就太露骨了,效果反而不好。

林上车前戴上了口罩。地铁列车编号为 A725K。在车厢里看到妇女儿童,林多少有些动摇,心想在这里洒沙林,自己右前方的妇女必死无疑,要是能中途下车就好了。但事已至此,又不能就此罢手。这是为了法的战斗,不能优柔寡断向自己屈服。

临近新御茶水站时,他把沙林袋扔在脚下,一狠心用伞尖捅了进去。手有感觉,"噗一声有一种弹力感"。接着捅了几次,至于几次则不记得了。结果,两袋中仅一袋开了洞,另一袋原封未动。

但是,沙林液体从开洞的袋中全部流淌出来,给乘客造成了极大伤害。在霞关站,两位想处理那个袋子的站务员以身殉职。A725K在国会议事堂前停止运行,让所有乘客下车,在那里开始清扫车厢。

两人因林郁夫洒的沙林遇难,一百三十一人受伤。

"一看就知道没有人在冷静处理事情,一个也没有。"

和泉清佳(当时二十六岁)

和泉是金泽人,现在外资系统的航空公司广报科工作。

大学毕业后因种种原因进了 JR[①] 做一般性事务工作。在那里工作三年之后,无论如何都想做航空方面的工作,于是两年前断然转行。进

---

① JR:日本原国有铁路"Japan Railway(s)"之略,后民营化。

航空公司是她小时就怀有的梦想。但中途进这家航空公司,必须跨过千里挑一这道非同一般的难关。而就在她转行不久,上班途中遭遇了沙林事件。

和泉说她"反正就是喜欢自学什么"。一看就知她是个无论做什么都积极而又认真的人,属于一旦确定自己的目标就勇往直前那类性格。健谈,说"正义感"未免说法有些老套,但言谈之间可以感受到那种不拐弯抹角的、敢说敢做的直率。如果不进航空公司,就打算当政治家的秘书。实际上也为取得那一资格而学习过。假如如愿以偿,很可能成为干练的秘书人才。

这么说不知是不是合适,一看见她就不由得涌起一股亲切感。觉得高中时代班里就有一两个这种能干的女孩。如今有没有了呢?

她说JR的工作,坦率说来没多大意思。虽然学得社会上不少东西,但感觉上一切取决于人事关系。工会力量非常强大,整体上像是狭小的特殊空间,不合自己的脾性。她想从事能用英语的工作。所以,不顾周围人"何必辞职"那样的反对声音,依自己的判断,毅然转到现在这家公司。但在这次沙林事件中,她在JR研修时接受的应急训练意外派上了用场。

性格上特别喜欢和人接触,一个人连酒吧都不进。至于单独生活,就更"寂寞得受不了了"。

事件发生的时候我还住在早稻田。因为房子太窄,最近搬了家。

公司位于神谷町,所以我每天的乘车路线是:从早稻田坐东西线到大手町下车,再换乘千代田线到霞关,然后在那里换乘日比谷线到相隔一站的神谷町。公司八点半上班,我每天大概七点四十五或五十出门。一般八点半稍前一些到公司,但我仍算是早到的。大家都踩着钟点上班。在日企我们受到的教育是:上班前半个小时或一个小时到公司,而外企则是各自按照自己喜欢的步调开始工作。早去公司也不会得到什么表扬。

早上六点十五或二十左右起床。早饭几乎不吃。只是简单喝点儿咖啡。东西线是相当拥挤的，不过除了拥挤倒也没什么不愉快的。至今也没遇到过色狼。

我身体一向很好。但三月二十日那天从早上开始就觉得不舒服，相当难受。心想那也得上班，于是坐上电车，下了东西线，在大手町换乘千代田线。一边想着今天身体不太对劲儿，一边下意识地深深吸了口气。就那样突然喘不过气来。

那时候我在千代田线最前面的一节车厢里。这么说来，到达霞关时，我的位置应该离日比谷线的换乘口最近。电车不是很挤，座位倒几乎都坐满了，只有几个人稀稀拉拉地站着。对面车厢一目了然。

我站在驾驶席最前面，抓着门把手。就像我刚才说的那样吸了口气，一下子觉得很难受。不，不是难受的感觉，而是像给人当头打了一棒。突然间完全喘不过气来。如果再吸一口气，整个内脏就要从嘴里出来了，感觉就是那么强烈。最初一次就像处于真空中似的。我还以为是自己身体不舒服的缘故。可是，再怎么不舒服也不至于这样啊，情况就是这么严重。

现在想来有点可笑。我当时还想是不是爷爷去世了。爷爷住在石川县，当时是九十四岁。去年去世了。恰巧，那几天听说爷爷感冒了。我首先想到的是莫非这就是所谓预感？是不是爷爷去世了？

过了一会勉强能呼吸了。就要到霞关车站了，可就在经过前一站日比谷的时候，又突然咳嗽起来。那时候，车内很多人都"咳咳"咳嗽起来了。我感觉车厢里有些不太对头，周围的人也开始骚动起来。

不管怎样，电车终于到了霞关。我什么也没多想就下了车。但有几位乘客下车后，对在那儿的乘务员大概说了"车里有些奇怪过来一下吧"之类的话，把乘务员叫到了车上。之后的事情我没有看到。列车长将那儿的沙林包拿到了外面，后来去世了。

我同往常一样出了车站，朝日比谷线方向走去。在走下日比谷线站台处的台阶时，突然听到了火灾警报器的声响。"BBB…响个不停"。车站里这种通知紧急事件的声音，我在JR的时候就听习惯了，因此马上想到发生事故了。那时候，话筒里传来了站内广播声。正当我心想就这样出站好不好的时候，日比谷线电车开进站台。

当时车站工作人员的行动，一看就知很混乱。因此我想这可不是普通情况。这趟日比谷线的电车与我想坐的车方向正相反。但是一个乘客也没有，空空荡荡的。后来我才知道，那列电车也被放了沙林，在神谷还是什么地方发生了异常状况，乘客全部下车了。然后电车开进了霞关。

火灾警报器响了以后，站内广播通知大家到车站外面去。周围人都朝出口动起来。我在那里才开始觉得有些恶心，心想与其这样出去，还不如先去趟洗手间。就在站内四处寻找洗手间。先看到了站长办公室，旁边就是洗手间。

我经过站长办公室的时候看到里面有三四位车站工作人员横躺着，我想是不是出了什么伤亡事件。但我还是径直去了洗手间。过一会儿从洗手间出来后，我从通往通产省前的出口向上走。大概前后花了十分钟。这时间里，刚才倒在办公室里的几个工作人员都被抬到了外面。

上了台阶从出口出来，往四周一看，怎么形容呢，简直是地狱一般的景象，三个人横躺在地上，嘴里插着勺子。好像为了避免他们咬掉舌头而有人往他们嘴里插了勺子。另外还有六七位工作人员也在那儿，大家都抱着头坐在花坛旁边哭。接下来在台阶的出口处，看到一个女孩在哇哇哭（这位就是在后面出现的野崎）。走到外面的一瞬间，我丧失了所有语言。那里到底发生了什么，我一无所知。

我抓住在场的一位工作人员，告诉他自己以前在JR工作，已经习惯处理紧急事件，问有什么可以帮上忙的。那位工作人员眼睛完全没有焦点，目光游移不定，只是一个劲说"帮帮忙吧"，我对一屁股坐到那里的乘车员说这可不是哭的时候。结果对方却说"什么啊，哪里在哭"。可是那个时候，我确实看到了大家好像都在哭。我还想大概因为躺在那里的一位同事去世了，大家才这么悲痛吧。

我问"叫救护车了吗？"答说已经叫了，我也确实听见了救护车的汽笛声，但不是来这里的。为什么我们这里被推后了呢？结果，症状最严重的人却被最后送到了医院，两人都不幸去世了。

这一场面东京电视台都拍下来了。旁边还停着写有"东京电视台"的面包车。于是我对他们说"现在可不是干这个的时候，请把车借给我们，送这些人到医院"。经过交涉一番，开车的人又和其他几个人商量一会儿后，答说知道了，好的。

在JR的时候，我们被要求经常身带红色围巾。有什么紧急情况可以挥动围巾，一挥列车就会停下。于是我最先想到了围巾，有哪位带显眼的围巾吗？我朝四周喊着。有人借给了我。但因为东西太小，只好把我的手帕交给电视台的司机："请将他们送到最近处的医院。事态紧急，要一路鸣笛，不用管红绿灯，直接开过去。"

手帕的颜色我不记得了，大概带有彩色花纹吧。我只记得这些。是让挥手帕还是要求系在后视镜，这也想不起来了。因为我相当激动，所以这个地方记不太清楚。不管怎样，让已故的车站工作人员高桥先生和一位助手坐在了后座。此外还能坐一个人，所以又拉了一位工作人员。

后来碰到丰田先生，他说："那块手帕没法还给你了，后座上的那位当时恶心，手帕正好派上用场。"最后他送我一块新手帕做为礼物。

当时我本以为高桥先生还活着，但细看才知道这个人已经不行了。在那之前我从来没有见过要死的人，可当时马上就感觉到了，心想这个人就要死去了。但不管怎么说，必须帮帮他。

驾驶员让我也一起坐上去，我说"不，我不能上去"。因为还有几位被人背到这儿的病人,我必须照看他们。所以我留下了。那辆车到底开去哪家医院了,我不知道。那些人最后怎么样了,我也一无所知。

后来,旁边的那个女孩哇哇哭了起来,身体抖个不停。我走到她旁边,安慰说没事的,没事的。终于,救护车来了。这期间我照看了很多人,他们的脸色与其说是苍白,倒不妨说已经接近褐色。其中一位,一看就像是位老大爷,嘴里不停冒着泡沫。我甚至想,人居然能吐出这么多泡沫啊。我解开他衬衣扣子,松开他的裤带,把摸他的脉,他的脉快得惊人。"老大爷,老大爷!"我叫了几声,没有回答,看来完全没有意识了。

这位看上去像老大爷的人,其实是车站的工作人员。因为已经脱了制服上衣,所以当时不知他是车站职员。他脸色煞白,头发稀疏,我以为他是上了年纪的乘客。后来才知道他叫丰田,是已故车站工作人员(高桥、菱沼两位)的同事。他在千代田线站台工作,是晕倒的三位工作人员中唯一的幸存者。在那之后,住院很长时间,是所有患者中住院最久的。

救护车来之后,医生问有意识吗?"没有意识但有脉搏。"我用近乎喊的声音回答。于是救护人员拿出氧气罩扣在那个人的嘴上。接下来救护人员说:"还有一个呼吸器,有谁不舒服快上来,在救护车上吸氧。"我也稍微吸了一些。一个劲颤抖和哭叫的那个女孩不停地吸氧。快吸完时,媒体记者蜂拥而至。那位哆哆嗦嗦的女孩就被围得水泄不通,以致一整天都出现在电视上。

照顾大家的过程中,我丝毫没有感到不适。听到"吸氧",才想起自己呼吸也有些不正常。我完全没有想到自己和这次事件有什么关系。自己身体没事,所以理应照顾这次事件的受害者(居然不知道是什么事件,反正是大事件),帮他们做些事,我就是这样想的。前面说过,我本来早上起来身体就不太舒服,我想即使感到有些不适那也纯属我个人的个别原因。

不知不觉间,恰巧有位公司同事从这里经过。他和我一起,帮助那个女孩逃脱记者们的围追堵截。之后同事说一起走着去公司吧。我也想不管怎样先去公司吧。从霞关到公司大约要三十分钟。走的过程中,总感觉呼吸不畅,但还没到要坐下来的程度,勉强能坚持走。

到公司后,公司的领导们都已经在电视上看到了我,于是问:"和泉,真的没事吗?"到公司的时候已经过了十点。领导说:"好好休息吧,不要勉强。"我依然不知道究竟发生了什么事情,就那样开始工作了。结果人事部的一位同事说好像是有毒气,不舒服赶紧去医院。正巧那时候我感觉自己的身体越来越不妙,于是在神谷十字路口在大家帮助下坐救护车去了医院——一个叫麻布医院的小医院——那里已经来了二十几个病人。

接下来的一周一直处于像感冒一样的状态,还像哮喘一样咳嗽,三天后开始发烧,量了量体温居然四十度。心想肯定是体温计坏了。因为体温计的水银柱已经蹿到最大限度,所以实际温度可能比四十度还高。反正我已经处于动弹不得的状态了。

发烧之后,伴随有哮喘的咳嗽也持续了一个月。这显然是沙林毒气的影响,大概毒气进气管了吧,真是非常痛苦。总之,一旦咳嗽就停不下来。经常痛苦得连呼吸都困难。像这样说话的过程中突然咳嗽起来的状况也时有发生。广报部是与人打交道的部门,我这个样子做工作是非常痛苦的。

我做了很多次梦。大概口含勺子的工作人员形象在脑海里留下了太深的印象,总是梦见他们当时的样子。梦中,躺在地上的人的数目非同寻常,长长地朝远处排列开去。因此,晚上经常从梦中惊醒,一种前所未有的恐惧感袭来。

我们当时所在的位置,正是霞关通产省的门口。几个遇害者口吐白沫,还有几个晕倒在地上。道路的这半边简直如地狱一般。与此相对,道路的另半边是一如往常上班的人流,完全是正常世界。我一边照顾病人,一边看着马路对面。来来往往的人虽然面露惊讶神情,像在问到底发生了什么,却没有一个人打算过来。那儿完全是别的天地。没有人停下来,一种事不关己的感觉。

貌似通产省的人就站在眼前。这边有三个人晕倒了,横躺在地上,默默等待迟迟不来的救护车。那是一段相当漫长的时间。但是通产省的人既没有叫人来帮忙,又没有帮我们叫车。

沙林毒气是在八点十分施放的。等救护车就等了一个半小时以上。那些受害者一直处于没人管的状态。电视里偶尔播放高桥先生口含勺子躺在地上无人救治的场面。每当看到这样的场面,我就痛苦得无法自持。

——**假如那时你作为通勤者从路的另一边走过,你会过来照看倒地的人吗?**

会,我想肯定会。我不能容忍把他们放置不管。即便是不恰当的行为,我也仍然会去帮他们的。说实话,我当时真想大哭一场。但是又想,即便自己失去理智,也还是于事无补。环视四周,一看就知道没有人在冷静处理事情,一个也没有。没有人照顾病人。病人就那样一动不动地被抛弃不管。所以我想我必须做点什么,这样下去是不行的。

说实话,对于施放沙林毒气的罪犯,我倒不觉得十分愤怒和怨恨。大概是不能很好地将这些联系起来,才使得我没有对罪犯感到愤怒和憎恨。与对罪犯的愤怒和憎恨相比,因为看到了不幸去世的人们以及深感悲痛的他们的家人,所以这方面的痛苦要大得多。奥姆真理教的某某将沙林带进了电车……这样的问题对我却不构成任何问题。我没有把沙林毒气事件同奥姆真理教联系起来,这样的因果关系在我的头脑里是没有的。

我从不看电视里有关奥姆真理教事件的报道,根本不想看。本来也不打算接受任何采访。如果对被害者、对其家属有帮助的话,我会主动说的。但如果出于想知道发生了什么事这样的好奇心,我是不想接受媒体采访的。

这次的犯罪行为理所当然应被社会各界严厉追究。最让人揪心的是遇难者家属的心情,一想到这些,我就坐立不安。将犯人处以死刑,事情就彻底解决了么?大概因为我亲眼看到人的死亡,所以对死变得敏感起来。这倒也罢了,问题是无论对犯人给与怎样严厉的刑罚,我对他们也是无话可说的。

"进公司以来一直在这里(霞关站)。虽然没办法同其他站相比,可我就是喜欢这里。"

汤浅胜(当时二十四岁)

在后来出场的丰田和去世的高桥眼里,汤浅在年龄上完全属于孩子一代,又滑又爽的头发,浑身充满活力。相见时他二十六岁,脸上还带有少年稚嫩的面影,看上去比实际年龄小。

出生于千叶县市川,在那里长大。也是由于有一位年长的堂兄在营团①地铁工作的关系,不知不觉对铁路有了兴趣。高中上的是上野的岩仓高中——将来打算从事铁路方面工作的人大部分上的都是这所学校。他一开始就想当司机,选择了机械专业。进营团地铁是一九八九年,那以来一直在霞关站工作。给人的印象很好,坦率、认真,日常工作中具有明确的目的意识。正因如此,这次沙林事件带来的打击也就格外大。

汤浅按照上司的命令,用担架把倒在千代田线的高桥抬上地面,在所定位置静静等待救护车到来。然而,本应马上来的救护车怎么等也

---

① 营团:经营财团之略,以国家资本经营公共事业的特殊财团。

不见影。高桥的症状在他眼前迅速变糟。一看就知道。但他束手无策。并且,遗憾的是高桥到底没来得及接受治疗,就那样丢了性命。他在那一过程中感受的焦躁、困惑和愤怒,显然非同寻常,完全超乎想像。也许由于这个关系,当时当场的记忆,许多地方变得模糊不清。如他本人承认的,有的部分甚至不翼而飞。

因此,和在同一现场的其他人的证言排列在一起,事情的顺序和内容在细部上多少有所不同,但仍大体照其原样收在这里。毕竟那是汤浅体验的事。

上高中的时候,与铁路有关的专业无非就是机械专业和运输专业。但还是学运输专业的待在办公室的人多一些,例如把时刻表放进抽屉之类的工作。我也喜欢铁路,但程度不一样。相比之下什么也不懂的狂热者太多了。

就业去向当然是 JR 的人气最高。因为想当新干线司机的人不在少数,但我不同。不过我毕业的时候 JR 不招人了。因此,一般说来西武、小田急和东急这样的铁路公司很受欢迎。但这些铁路有个规定:"非沿线住户,不予录取。"另外,不在那里打过工也不行。反正相当严格。

我本来也想去地铁的。营团也很受欢迎,工资和其他地方比也不低。假如你想从事铁路工作,就绝不会把你调到百货商店。

车站的工作很多,不只是检票。除了检票口和站台之类的工作外,还有引导遗忘物品的乘客、调解乘客纠纷等等,工作各种各样。十八岁进来,一下子就得做这么多工作,真是太难啦。因此,第一次值夜班的时候感觉一天真是漫长啊。最初工作的几天,晚上末班车结束后去关卷闸门的时候,终于舒了口气:啊,一天总算结束了!全身松懈下来。最初就是这个样子。

最讨厌的是醉汉。有的人喝醉后胡搅蛮缠,有的人跟人吵架,有的人呕吐。霞关不是繁华地段,这样的事还算不多。但偶尔也还是有的。

——进公司前你想当司机来着,可有资格考试什么的?

不,一次都没考过。倒是有好几次机会。但是考虑再三又放弃了。第一年有乘务员考试,参加的人很多。我正好工作了一年,车站的工作也渐渐熟悉了,所以就没参加,虽然刚才我说过会有醉汉之类让人讨厌的事,但我仍想继续做车站里的工作。

是啊,无论如何都想当驾驶员这一最初想法,在站内工作时间里也慢慢改变了。

霞关车站内有丸之内线、日比谷线、千代田线这三条线进入。每个人属于不同的线路,比如我就属于丸之内线。日比谷线的事务所是最大的。丸之内和千代田线也都有各自的事务所和值班室。

发生沙林毒气事件的三月二十日的前一天是个星期天。我在千代田线的事务所值夜班。因为千代田线缺人,所以我就补充上了。这是常有的事。值夜班必须几个人,这是有规定的。人数必须凑齐。我们这儿人数不够时,日比谷线也会有人来填补。虽说属于不同的线,但大家都在一个车站工作,都是老熟人了。反正大家都是彼此彼此。因此经常委托别人或被人委托,相处得就像一个大家庭。

十二点左右放下卷闸门,关掉检票口,拔掉售票机的电源,接下来洗漱,大约一点多睡觉。因为上早班的人十一点半就结束工作了,所以他们十二点左右就睡觉了。第二天早上,上早班的人四点半起床,上晚班的五点半起床。始发车根据线路不同而不同,大概就五点左右吧。

早上起来后先打扫,打开卷闸门做好检票口的准备工作。接下来轮流吃早饭,早饭我们自己煮,还做大酱汤。轮流做饭也是工作的一部分。所以我们是名副其实同吃一锅饭。

那天我上晚班,所以五点半才起床。先换好衣服,五点五十五到了检票口,工作到七点。七点到七点半轮流吃饭。接着去相反方向的虎

A口的检票口。虎A口是指A12、13出口处的检票口。在那儿工作到八点十五,至此结束。

和下一位做完交接工作后,我走着去了事务所。正好松本主任拿着拖布从事务所出来。"您这是干什么去啊?"我问。主任说去打扫车厢。我正好工作也结束了,手头没事,就说:"那我跟你一起去吧。"于是和松本先生一起坐电梯去了站台。

丰田、高桥和菱沼已经在那儿了。站台散落着湿淋淋的报纸。他们正用手将这些报纸装进塑料袋。站台上有从袋子里滴漏下来的液体。松本先生用拖布把那些液体擦干净。

我没拿拖布,报纸也没多少,而且几乎都装进袋子里了。所以我没帮上什么忙,只是在旁边看着。

我也想过,这到底是什么啊。但是没想到会是沙林毒气。没有什么特别的味道。接着高桥朝尽头的垃圾箱走去。可能因为擦地板纸不够,打算去垃圾箱捡些被扔掉的报纸来擦站台被弄湿的地方。就在那个时候,垃圾箱前的高桥跟跟跄跄倒下了。

大家慌忙跑过去,问高桥"怎么啦,怎么啦"。都以为大概因为上夜班又跑来跑去的,所以有些不舒服。谁都没想到会那么严重。问他能不能走。但看样子不能走了,要用担架。站台有用于联络的对讲机,就用它通知事务所拿担架过来。

高桥的表情显得极为痛苦,说不成话。他挣扎着像要用手放松领带。到底是哪里难受呢,看起来真得很痛苦。

用担架把高桥抬到事务所后赶紧打电话叫救护车。那时候我问丰田:"救护车来,应该在几号出口"?这种时候救护车停到哪个地方,是定好了的。所以我就问了丰田。结果丰田却口齿不清。真有点奇怪。但我想丰田大概是因为当时脑子很混乱,才说不清楚的。总之,地点是在A11号出口。

我先飞跑到A11号出口。在高桥被抬过来之前我先在这里等救护车。等车来了,我再领着去接高桥。我出了出口,在通产省旁边等救护车。

在去A11号出口的途中,正好碰见日比谷线的职员,听他们说,日比谷线的筑地车站发生了爆炸事件。更详细的我就不知道了。我们车站十五日那天也放着一些可疑的东西。这个那个,真是发生了很多事情。好奇怪的一天。我一边想着,一边在A11号出口等救护车来。

但是左等右等救护车都没来。这时间里,事务所其他人也上来了。大家都说,还没来么,怎么办啊。最终决定不管怎样先把高桥抬到出口处。我一直在外面不知道,听从事务所上来的几个人说,在事务所越待越觉得不舒服,所以都不愿意再回事务所。肯定是因为塑料袋装的东西(沙林毒气包裹)还在事务所。

但不管怎样,必须把高桥抬上来。所以大家又下了台阶返回事务所。

回到事务所,有位症状加重的女乘客坐在入口处的沙发上(后来的野崎小姐)。高桥在里面,放在地上。情况比刚才严重不少,意识也几乎完全丧失。其他工作人员跟他说话,也似乎没反应。我们四个人把担架上的高桥抬到了上面。

可是无论怎么等,救护车就是不来,真是非常焦急。为什么还不来啊?现在想想,救护车肯定都去了筑地。能听到远处传来救护车的鸣笛声,但就是不来这儿。我还担心是不是搞错地方,跑到别处去了。甚至想跑过去把他们叫过来。

实际也往那边跑了几步,但跑的时候觉得有点目眩,头也有点……,感觉不太舒服。但当时只以为大概是上早班的原因。

把高桥往上抬的时候,媒体的人已经到了出口处。女摄影师"啪啪"拍照。不,不是电视台的,因为她拿的是普通的静止相机。我看她是媒体的摄影师。因为拿的是专业人士使用的大型照相机,好像在拍躺着的高桥。我因为救护车迟迟不来有些激动,就对摄影师生硬地说:

"不许拍照。"陪同摄影师的一个男的也挤进来。我也冲着他喊:"不许拍照。"当然摄影师的工作就是拍照,但我还是无法忍受。

接着电视台的面包车来了。后来才知道是东京电视台的。我好像接受了谁的采访,问我情况如何。是不是东京电视台,我记不清楚了。但这根本不是接受采访的时候。救护车还是迟迟没来。

这时候得知电视台的人是坐面包车来的,就跟他们交涉:"既然有车,那么就帮我们运送病人吧。"可能我的口气有点强硬。到底是怎么说的,我想不起来了。因为我当时很激动,再加上互相之间对彼此的情况不太了解,所以交涉稍微花了点时间。反正对方没有马上同意。彼此沟通花了些时间。

说好以后,把后排座位放倒,让高桥躺上去。另外一位职员(大崛)因为不舒服也坐上去了。他因为一直看护着高桥,上到地面后症状就加剧了,有点呕吐。另外还有一位职员(泽口),总共三位被拉走了。

我问司机:"医院找得到么?"他说找不到。我就坐到助手席上跟他一起去了。目的地是日比谷的H医院。因为车站里有病人的时候必去那里。那时有位普通女乘客说:"如果有块红布什么的,别人就知道是救护车了。"后来听丰田说,那是一位以前在JR工作过的人说的。但那时候没有什么红布,那位女士就把手帕给了我。我把手伸到窗外,挥动手帕,就那样去了医院。那手帕不是红色,是普通花纹的。

早上九点左右道路相当拥挤,我心里非常着急。因为光是等救护车就花了相当长时间。司机什么样,给我手帕的那位女士的长相完全不记得了,想不起来了。我当时的心思完全不在这上面。到底发生了什么,连思考这个问题的时间也没有。去医院的途中,大崛先生吐在了后面座位上,这一点我还记得。

到医院的时候,医院还没开门。是几点我也记不清了。因为是开门之前,也就九点左右吧。放下担架,我就去了问询处。进去后我说:"情况紧急,拜托了!"接着走出医院来到外面,在高桥先生身边守着。

高桥已经完全不能动了。大崛先生一直蹲在那里,但是医院却没有一个人出来。

——谁也没出来?

大概他们认为情况并非多么紧急。我因为思绪混乱,也没有详细跟他们解释,只说了句"情况紧急,拜托了"。所以他们就以为不是什么紧急情况,不管怎么等都没人出来。

于是我又一次去了问询处:"拜托了,请来个人吧!"这次语气比较强硬,总算有几个人出来了。看到高桥和大崛的样子,他们终于明白了事态的严重性,赶紧把病人抬进医院。您问这过程花了多长时间?绝对不止二十分钟。我当时大概也很恼火,说话可能有些激动。

泽口留下来陪护,我和电视台司机一起返回地铁站,还是八号出口。那时候,我也差不多平静下来了。或者说不停地告诫自己要冷静、要冷静。大崛刚才吐在了座位上,我向那位送我们去医院的司机道歉说:"把座位弄脏,真是对不起。"司机很客气地说:"没什么,没什么,不用放在心上。"我终于可以进行简单的对话了,再以后的事就记不清了。

记得回来的时候,丰田和菱沼已经被抬上来了,两人都完全一动不动。那儿有救火用的氧气瓶,把它对在丰田和菱沼的嘴上。又给他们做人工按摩什么的。除了他俩,那里还蹲着几位职员和几位乘客。旁边是通产省的墙根,大家都坐在那里。到底发生了什么,依然一头雾水。

又过了一阵子,救护车终于来了。那段记忆不太确切。菱沼和丰田好像分别被两辆车拉走了。一辆车拉不了两个人,另外一个人被一辆不是救护车的车拉走了。那时候拉走的只有两个人。除了他们,那儿再没有重病人了。

当时11号出口聚集了很多人。媒体的人也来了很多,警察和消防人员也来了。我记得人很多。媒体的人拿着话筒,一个劲儿采访乘客和工作人员。可能那时车站已经不让进去了。

现场工作暂时告一段落。我走着去了 H 医院。到了医院,大厅里有电视,正播放 NHK① 新闻,里面有地铁事件的场面。这时我才得知高桥去世了。通过电视荧屏知道的。还是晚了,真是太遗憾了。

我自身的状况是瞳孔收缩,感觉四周昏暗,然后是轻度呕吐。但没什么大不了的,也没接受什么检查或问诊。只是过一会输了一点儿液。不管三七二十一,先输液再说,就是这样一种感觉。那段时间也一直穿着制服。我算是症状轻的。应该是靠近现场的人里面受害最轻的。大崛可是在医院住了很长时间。我大概是因为较早从现场出来的关系。

输完液,我和其他几位职员一起走着回到地铁站。因为千代田线途经霞关站,所以我们返回了丸之内线事务所。忙这忙那,回到家已经是晚上了。真是长长的一天。第二天休息了一天,二十二日就回去上班了。

说实话,关于事件当时的记忆很零散。有的地方印象深刻,有些地方就模糊了,或者说突然断开了。因为我情绪激动的缘故吧。比较而言,高桥晕倒的场面和送到医院的场面还记得。后面的就记不太清了。

和高桥并非私交很深。高桥是车站的副站长。比我年长很多。因此我们的地位不同。高桥的二儿子(同是营团职员)也在车站工作。说起年龄,和我差不多。因此,从年龄上看,我们就像父子。但是和高桥说话的时候,我没觉得有那么大的年龄差。他不是让人感觉到我们是前辈和后辈关系的那种人。非常和蔼,是谁都喜欢的一个人。对待乘客也是,什么时候都很亲切。我叫他高桥,但大家都叫他的爱称"一正"。他就是如此受大家喜爱。

我并没有产生因为遭遇这次事件而有换一个地方的想法,丝毫没

---

① NHK:"日本放送协会"的罗马字之略。

有。进公司以来一直在这里（霞关）。这里虽说没法和别的地方比，但我还是最喜欢这里。对这里有特殊感情。

"那时高桥还活着。"

宫田实（当时五十四岁）

宫田实在名叫三和商事的公司工作，六年前开始为东京电视台开车。平日一直守在电视台里，一有事件发生就开起装有直播器材的车奔往现场，但他本身不属于电视台人员。不知道制度是这样的。但不管怎样，开车是一把好手。时而拼命超车，时而受命直接从东京开去北海道。

开车开很久了，一九六五年以来一直握方向盘。年轻时就喜欢汽车，一说车就满面笑容。不过几乎从不违规和出事故。由于不得已的原因一年里违规一两次——"明知故犯"——此外无可挑剔。他说："不光看前面，还要看后面，这样开起来才不至于出事故。"不过，在沙林事件现场因为看不下去而把受害者送往医院时，车不得不横冲直闯。

生在东京长在东京，家里有太太和一个小孩儿。看上去十分年轻，根本看不出有五十五岁。讲话干脆利落，不啰嗦，显得非常果断。这种果断在事件现场发挥了作用。

分配给我的是一辆丰田汽车。电视台的名字大大横写在车上。这是我的专用车。一同去的工作人员时常变换，不过车总是这一辆。平时都在下面值班室那里停着，一旦有事，马上出动。工作大致是从九点半到六点半，不过有时候会加班，偶尔半夜被叫去的时候也有。一年会有那么几次吧，倒也不是太多。

对驾驶技术的要求是很高的。要是比其他电视台晚到就麻烦了。

可车毕竟是车,也不能开得太快。但为了早到一会儿,比如说可以选择那些不拥挤的道路什么的。我就是抱着这样的想法。空闲的时候总是看地图,把那些细小的路段也一一记在脑子里。关东一带,即使第一次去的地方,路也还是大体知道的。

事件每天都会有。啊,今天一天很闲没什么事可做——这样的情况是没有的。不会让你那么轻松的。

三月二十日那天,八点半出了电视台,和摄影师一起去上田帕罗取材。上田帕罗位于兜町,是贸易区。虽说是采访,其实也不是什么紧急的事,只是去拍摄一些图像资料而已。

从神谷町站的十字路口直走,正要从昭和路的十字路口通过的时候,看到十字路口那里好像有什么大的骚动。是什么呢?到底是什么事?我边看情况边慢慢开车。摄影师也说:"说不定还没等咱们到目的地,就会被叫来这里。"车上只有我、摄影师和VE(图像工程师)。所以我就那样慢慢开车。

正当我们要穿过新桥隧道的时候,果然不出所料,电话打来了,让我们前往霞关的十字路口。目的地不是神谷町,而是霞关。去的地方是外务省、大藏省、经济产业省和农林水产省的拐角处一个最宽敞的地方。到那儿的时候,看见几个穿着绿色制服的地铁工作人员倒在地上。躺着的有两三个,蹲着的有两三个。一位年轻工作人员大声喊叫:"快叫救护车、快叫救护车!"

我们是最早到达的媒体。当时那儿只有一辆救护车,并且已经有几个人抬上去了。旁边有位警察,用无线电话怒气冲冲地说:"把这辆车先做救护车用吧!"那时候,在筑地等其他地方已经发生了恐慌,所以救护车没能来这里。连便衣巡逻车也被用来运送受害者。人们都满口怒气。这场景被我们的池田给拍下来了。

如此一来,就有人说:"有拍照的时间,干嘛不帮忙把晕倒的人或受害者运到医院去?"因为救护车迟迟不来,所以就直接求我们了:"既然那里有车,就帮我们运病人吧!"

可是,车上还放着器材等其他必要设备。车走了会很麻烦的。VE牧君也在场,于是他、我、池田三人商量了一下:怎么办好呢?不送病人的话也太说不过去了。最后我说还是我去吧。"送到哪里好呢?"我问刚才喊的那位年轻的车站工作人员。对方回答说:"送到日比谷的H医院。"最近的医院其实是虎门医院。我觉得有些奇怪,就问了问原因。结果说营团地铁的指定医院是H医院。我说"知道了,这就送去H医院。"虽说是紧急任务,但并没有带红色紧急灯。于是,坐在副驾驶员位置的年轻的车站工作人员从窗户伸出手,摇晃手帕,就这样一直开到H医院。

红色手帕是当时在场的一位像是护士的年轻女士给的。她说要想让别人知道这是救护车,最好摇晃红色手帕。当时拉的是已故高桥副站长和另外一位不知道名字的人。不过,应该是车站工作人员。年龄三十左右,那个人的症状比高桥先生轻,自己还能上下车。把他俩抬到后座上,放倒座位让两人躺着。

那位年轻人一直对着高桥先生喊:"高桥先生,您没事吧?"我们才知道,那位是高桥先生。不过,高桥先生几乎没什么意识了。问他有没有事。他也只是唔唔呻吟,处于完全不会说话的状态。我们把装在车上的器材都卸下去了,以便需要时使用。

H医院位于新桥附近、第一酒店的旁边,是一家相当大的医院。到达那里花费的时间,大概三分钟左右,很快。路上,年轻的车站工作人员一直摇晃红色手帕,意思是说:"紧急情况,请允许通行"。一路闯红灯去的,单行线也闯进去了。警察看见了也说:"走吧,快点走!"我也想这是人命关天的大事,所以拼命开车。

但是医院的人却迟迟不让我们进去。有护士出来,我们说这两位好像在霞关毒气中毒了。而她们却说医生不在,不让我们进去。结果,好一段时间都没人搭理我们。说"无人问津"可能对不住医院。他们为什么这么做呢，我不明白。

年轻的车站工作人员在问询处哭也似的央求医院的人："快要不行了，请想想办法"。我也过去了。那时候高桥先生还活着，眼睛一眨一眨的。高桥先生从车上抬下来以后，就一直躺在路上。还有一位蹲在那里。大家都一肚子火。至于在那里花了多长时间，具体的说不上来了。不过，时间相当长，就那样被扔在外面。

又过了一会，终于有医生出来了。用担架把两位病人抬到了里面。

总的来说，发生了什么，院方对于情况也是一无所知的。也没有任何人通知他们："给你们那里送去病人了。"所以他们丝毫不了解情况，完全不得要领。那时已经过了九点半，距事发已经过去一个多小时了。即便如此，院方对于事态依然全然不知。我们好像是去的第一批受害者，因此他们对事态根本不了解。

从结果来看，如果当时去了虎门医院说不定就得救了。现在想来真是后悔。虎门医院又近，走几步就到了。H医院一点也没有紧迫感，给人感觉就像是"反正先看看再说吧"。那时候的我们已经在竭尽全力，如果能早三十分钟，或许他们就得救了。真是可惜。

年轻的车站工作人员就在旁边看着，真是可怜。已经很严重了。单位的同事、长辈就在自己眼前处于生死边缘。他拼命地不断地喊道："快点给看看，快点给看看!"我也一直担心到底会怎样，在医院门前等了一个小时，但是没有任何回音，只好返回现场。那以后我再没有去过H医院，也没见过那位年轻的车站工作人员。

那天晚上我得知高桥去世了。自己送去的人去世了，太遗憾了。

对于奥姆真理教的愤怒？那已经不是什么愤怒了，我不是在开玩笑。简直骇人听闻。那些人说什么是受麻原指使才做的。我希望他们既然做了就做好死的心理准备来接受审判。

我因为工作关系去了好几次上九一色村。那里的普通信徒，个个都像丢了魂一样,呆呆的,不哭不笑,面无表情,就好像戴着面具。我想那就是所谓精神控制吧。但是,身为头领的那些人却不是,他们仍然面带表情,会考虑问题,会笑会哭,没有受到精神控制。指令是他们发出的。信徒们想跟麻原夺取国家政权。即使辩解也没有辩解的余地,最好把他们全判死刑。

我到目前为止,因为工作去过很多现场。阪神大地震的时候我也去了,但沙林毒气事件是最特殊的。那完全是地狱。不错,也许我们的取材方式存在很多问题,但是被采访者是多么不幸,我认为很了解这点。

"我不是沙林受害者,是亲历者。"

丰田利明(当时五十二岁)

丰田是山形县人,一九六一年三月二十日——恰巧同沙林事件发生日期相同——进入营团地铁。"高中毕业后在乡下也找不到事做,真正是只背一个铺盖卷来到东京的。"本人这样说道。并非对地铁有什么特殊兴趣,而是亲戚介绍的。自那以来三十四年间一直在地铁站工作。说话还多少可以听出山形口音。我倒无意以出生地归纳人的性格,不过给人的第一印象的确是做事不屈不挠的"东北人"。

说实话,同此人交谈时间里,我脑海里始终浮现"职业伦理"这四个字。或许可以换成"市民伦理"这个说法。三十四年间在现场脚踏实地工作,从中得到的类似 ethics(道义性价值观)那样的东西仿佛成为一种强烈的自豪感支撑着他。一看就知是一个好样的从业者、一个好市民。

这当然不过是想像,在千代田线霞关站处理沙林袋而不幸失去性命的丰田的两个同事也好像具有同样的——尽管程度不同——伦理观。从他的话语中,我得到了这样的印象。

为了保证在使用体力的地铁站工作不出问题,至今仍每个星期跑步两次,甚至参加过公司内部的职场接力对抗赛——那可以出汗,忘掉工作,"很开心"。

差不多听他讲了四个小时。尽管事情让人难受,可他一次也没抱怨、没哀声叹气。"想尽快克服自己心理软弱的一面,忘掉那个事件"——虽然丰田这样表示,但恐怕不会那么简单。往后他必须抗争的东西是那么鲜明、那么巨大。至少我是那么感觉的。

采访丰田之后,我每次坐地铁都注意仔细观察在地铁站工作的站务员的身姿。工作的确够辛苦的。

一开始我最想说的是,如果可能,这件事我尽量不想去谈。事件发生的前一晚,我和去世的高桥一起在车站留宿。当天我作为事务助理在千代田线工作。结果,两位同事都在那时去世了。都是同吃一锅饭的同事。说这番话的时候,不由得想起了那件事。说实话,我本来是不愿意再想这件事的。

——明白了,您说的我很能理解。必须问这些事,这也让我感到痛苦。我想尽可能不触动已经开始愈合的伤口。但作为我,在这一事件上面打算更多地——哪怕多一个人也好——直接听人介绍情况,以便作为活生生的证言写成文章,出一本书。想以准确的形式让更多的人知道一九九五年三月二十日东京地下到底发生了什么。所以,如果有不想说的,不说也可以的。只说您认为可以说的就行——能让我听一听吗?

当然向他人传达也是很重要的。但是,好不容易开始忘掉,却又旧事重提,这样一种心情却怎么都无法抹去。我总是想忘记想忘记,可一有什么事情就又想起了。

不过也是,不能光说这些。好吧,我尽量试试吧。

有一种叫"全泊"，那一天的前一天在车站留宿，工作到第二天的早上八点。七点四十的时候，在五号线的站台向一位叫冈泽的站务助理道一声"没什么异常"，开始工作交接。之后，我检查完检票口和站内情况，回到事务所。高桥（殉职）在里面。我去站台的时候，他在事务所。他去站台时，我在事务所。我们的工作就是这样轮流。八点前，菱沼先生作为调头车的确认者也赶来了。菱沼先生是电车区段的人，负责指导司机和乘务员。那天天气很好，我们边喝茶边互相说着笑话，谈什么"只要有我在，电车就不会晚点"之类的话。大家都很有精神地打着招呼。

到了八点，高桥去了上面的站台（千代田霞关的事务所在站台底下一层）。我在事务所，向早上来上班的工作人员交代一天当中的注意事项以及联络事项。这时候，冈泽回来了，拿起对讲电话说："接到通知，筑地发现了疑似爆炸物之类的东西，电车因此停驶了。"日比谷线一停止，从霞关开往日比谷方向的车自然忙碌起来。因为筑地一发生什么事，电车的折返点就在霞关。紧接着，从指令所那里来电话说："电车里有不明物，希望予以确认。"是冈泽接的电话。我说："我去看看吧，你在这等着，以便联系。"说完我就上了站台。

上站台一看，电车的门已经关上了。是一列编号为A725K的由十节车厢组成的电车，眼看就要驶发了。这时我发现，站台内地上一点一点的，就像灯油洒出来一样。

一节车厢有四个门，位于最前面那个门附近的站台圆柱底部那里的第二个门好像有煤油滴下来的痕迹。而且圆柱的周围散落着七八个揉成一团的报纸。感觉好像有人试图擦掉这些痕迹。高桥在站台上，应该是他擦的。

菱沼上驾驶台和司机说话，但电车运行似乎没什么障碍。那时正好有相反方向的六号线站台开进来一辆电车。（扩散沙林毒气的）说不定是车进站带来的风。

普通垃圾铲很难将这些报纸收拾起来,所以我告诉高桥说我去拿塑料袋,返回办公室。

我又从办公室去了值班室,指示那里的工作人员:"煤油之类的东西洒在站台里了,快准备拖布,手头没事的人快来帮忙。"冈泽委托别人看门,跟我来到了站台。那时候,站内广播正在播放着日比谷线停止运行的消息。

我遭受沙林毒气后,前后的记忆很模糊,记不太清了。不过,去站台的途中好像有人给了我一把拖布。拖布是我们日常使用惯了的工具。这是因为,污渍和水洼之类的东西,不马上擦掉,乘客有可能摔倒受伤。比如,站台洒上了酒,也得赶快用拖布擦,往上面撒上锯末擦掉。这些作为工作中的常识早被牢牢规定下来。

圆柱底部放着用报纸包起来的什么东西。冈泽打开塑料袋,我蹲下去把它们捡起来,放进袋子里。不知道是什么,反正就像油似的,黏黏的湿湿的。那些包裹,即便电车经过时带起的风都没把它们吹动,显然相当重。后来,菱沼也来了,我们三个人一起将揉成一团的报纸归拢起来,放到塑料袋里。一开始我以为是煤油,却没有煤油的味道,也不是汽油的味道。到底是什么味道呢? 很难表述。

后来听说,冈泽因为受不了这种味道一直扭着头,我也觉得味道让人讨厌。过去,我去乡下参加过火葬,跟那个味道相似,也像死老鼠的味道。对,就是那样的味道,很强烈。

那时候我有没有戴手套也想不起来了。我经常带着手套以备不时之需(掏出手套),不过戴手套是不能打开塑料袋的呀。所以我想当时我应该是没戴手套。后来冈泽说:"丰田你那时候没戴手套,因为从你的手指缝里还滴滴答答滴东西。"当时没觉得有什么,后来听他这么一说,吓得浑身发抖。

但是,从结果来看,没戴手套却是好事。为什么这么说呢,因为如果戴手套,渗进去的沙林毒气就被带到别的地方了。而空手就全都滴了下去。

报纸大体都收拾到塑料袋里了,但站台上还残留着煤油之类的东西。当时,我还提心吊胆地想会不会爆炸啊。因为有通知说筑地有爆炸物,并且前不久的三月十五日,在丸之内线的霞关有人放了类似小型公文包的东西。有人怀疑是奥姆真理教的人干的。还有人说里面放的是肉毒杆菌。当时有个助理将这箱子从垃圾箱附近搬到没人去的临时检票口,那个人说那一瞬间觉得自己很可能死掉。

因为工作关系,我也对家人说今晚可能回不来,让他们做好心理准备。工作中随时可能发生什么。当然沙林毒气事件就是一件。另外比如因吵架而掏出刀子的人也可能有。精神不正常的人突然从后面把站在车站里的工作人员摁倒在轨道上的可能性也不是没有。还有,发现爆炸物的时候,我无论如何都不能对部下说你去拿。像我这样性格的人说不出这样的话,必须自己去拿。

这样的事情,从我年轻时做监督工作期间就一直考虑。因此,那时我想的是必须趁这个东西在站台爆炸之前把它带到没有乘客的地方,至少先把它拿回办公室。

袋子是透明塑料垃圾袋。塑料袋的口应该是封住的,因为着急把它快点带到哪里去,所以我想当时大概没有系得很紧。我和冈泽回到了办公室。打扫的事交给了别人。高桥还在站台上继续打扫。

我回到办公室的时候,管谷助理(当天值全夜班的副站长)来接班。当时我的身体已经在哆哆嗦嗦颤抖了。想看看时刻表,却连数字都没法看下去。管谷和我擦肩而过,对我说:"还是我用指令电话报告吧。"于是我不管三七二十一先将塑料袋放到了办公室休息处长凳下面。

有问题的A725K车在我去办公室取塑料袋的时候已经发车了。应该将不明物放了下来,又打扫了车厢,然后才发车的。菱沼是负责运行的助理，估计和指令所取得了联系，得到了可以去下一站的指令。

高桥总是站在车站里离车头最近的站台处。因此，应该有乘客告诉他里面有奇怪的东西。他当然想早点把它处理掉。我并没有亲眼看见，以上不过是我的想像。我觉得高桥自己把那个包裹拿到外面的可能性极大。因为他离那里最近。

对面站台上有垃圾箱，我猜想高桥有可能从那里拿来报纸擦了车厢地板。同时，菱沼也指示司机打扫一下车内，于是他们两个分头打扫了。如果附近有拖布的话，自然就用拖布了，没有的时候，出于着急收拾好的迫切心情，就不管三七二十一用了报纸。当时时间很紧，正处于上班高峰期，大体上只有二三十秒的间隔时间。不过，这些终究不过是我的想像。

接下来，我回到办公室看表，想把当时的时间记下来。我因为工作关系，有及时把一些东西记下来的习惯。过后要写报告书，所以必须事先记录下来。事发时间是八点十分，所以我想写八字，可圆珠笔一个劲儿颤抖，怎么都没法写。身体也不停颤抖，连一动不动地坐着都不行。接着眼睛也渐渐看不见东西了，数字也看不见了。视野越来越狭小。感觉完全莫名其妙。

这时，站台那边传来消息：高桥晕倒了。有一位拿着拖布去帮忙打扫的工作人员，回来拿担架，说高桥晕倒了。然后，和另外一位工作人员一起去救护高桥。我当时根本无法去帮助高桥，身体颤抖不止，什么都没法做。勉强能做的就是按铁路电话的按钮了。我给霞关站日比谷线办公室打电话，告诉他们高桥倒下了，希望来救援。但是因为颤抖不止，发不出声音。

身体这么颤抖下去，明天很可能没法工作了。我开始检查教育资料等用品。不管怎样，现在得先收拾收拾日常用品。已经给医院打电话了,一旦被带到医院,什么时候能回来,就不得而知了。绝对不可能明天就回来。我一边这么想,一边收拾行李。这时间里,沙林毒气包裹一直放在旁边的办公室凳子的下面。

那时候,被担架抬回来的高桥已经没有意识了。我招呼道:"一正,一正加油!"可高桥纹丝不动。无意间一看,狭窄的视野中有一位女性,她也来到了办公室。于是我想,必须处理掉那个塑料袋。若在这爆炸,很可能伤到乘客和工作人员。

接着,有人告知高桥的口腔已经变得硬邦邦的了,感觉就像癫痫。我想必须处理那个塑料袋,于是拿起袋子。又想到在此之前必须帮助高桥做点什么。我发出指示,给高桥嘴里塞手帕,塞的时候小心手,不要被咬住。我听说给癫痫病人嘴里放东西时手会被咬住。

那时候,我自己的状况也很惨,流鼻涕,眼泪扑簌簌往下掉。不过当时自己全然不知。后来有工作人员说:"丰田,你当时的脸真是没法看。"我这才知道当时自己的状况。

我对刚来帮忙的工作人员说:"把这个塑料袋拿到那边去"。我让他拿到里面的休息室。这样,即使爆炸也不会对这里的人造成危险。休息室和这边用不锈钢隔开了。

我后来才知道,据说那位女性在电车中看到了不明物,前来告诉我们。她因为感到不舒服,在二重桥前下车,又坐下趟电车才来到霞关(后面的野崎)。

这当口,菱沼从站台回来了。我对菱沼说:"刚才拿回来的到底是什么东西啊,身体抖个不停,这样的情况生来还是第一次。我在车站工作了这么多年,这还是第一次。"菱沼好像是和用担架抬来的高桥一起回来的。菱沼自己也眼睛看不见了。好像因为工作人员晕倒了,所以他给下趟车发了信号。

我当时想,不管怎样,我的职责算是尽到了。不明物暂且处理了,菱沼和高桥也回来了。这样,作为当天值班助理的我,职责算是完成了。接下来,我对来帮忙的工作人员说:"救护车会来A11a出口处的,去接接吧!"也就是通产省门口。如果救护车来,那里是最方便的。因为我做的是这种工作,所以救护车在哪里停最近,我平时就记在脑子里。我就指示他们把担架抬到那里,在那里等着。

接下来,我去洗了脸。鼻涕出来了,眼泪出来了,那时候已经完全不成样子了。我只想把脸弄得干净点。我脱下制服,在水龙头下洗了洗脸。洗脸的时候,为了不弄湿衣服,我一直都是先把制服脱下来的。这已经成为我的习惯了。但是,后来得知,把制服脱下来是件好事。因为制服上已经沾上了沙林毒气。同样的道理,洗脸也是对的。

那时候,身体已经抖得很厉害了。当然,感冒的时候因为凉气也会打颤,但是这比那个要严重得多。不冷,可身体却抖得没法停下来。往小肚子使劲也不管用。接下来,我走到物品保管箱,拿出毛巾擦脸。边走边擦,半路上就觉得怎么都站不住了,结果就那样摇摇晃晃倒了下去。

想吐,呼吸也变得困难起来。我和菱沼几乎是同时晕倒的。我们差不多同时说难受。我的耳边至今仍残留着菱沼当时的声音:"啊,难受!"旁边有人说已经叫救护车了,再坚持一下,马上就到,坚持一下——这种声音也还响在耳边。后面的事情就完全不知道了,也不记得了。

当时也没想到什么死。我想高桥也没想到自己会死吧。心想如果被救护车送到医院,总会有办法的。与死相比,首先想到的是必须想办法做自己的工作,这种心情是占上风的。必须首先完成自己作为当天站务助理的责任。洗脸时也满脑子都是工作的事和工作人员的事。

据说我嘴里一个劲地冒泡泡。还把擦脸的毛巾紧紧地握在手里,怎么都不松手。不过,后来工作人员帮了大忙。办公室里有空气呼吸器,我们的工作人员绀野把它拿来,让我和菱沼吸。我的症状好像比较严重,自己都按不住面罩,只是瞪大眼睛。但菱沼是自己按着面罩。因此,那时候我的症状应该比菱沼严重。

办公室的担架用来抬高桥了,没有担架抬我们了。于是工作人员从内幸町口的检票口拿来担架,先把症状较重的我抬了上来。菱沼用的则是留宿时候用的新床单,用那个抬上来的。于是大家都在A11a的出口处等待救护车。(别人也证明了,救护车迟迟不来)

我被抬到慈惠医大医院,恢复意识是在第二天上午十一点左右。为了吸氧和让肺动起来,我的嘴里被塞进两根管子。不能说话,还从头部注射点滴。两处动脉也被插着什么东西。家人都在旁边。

之后,霞关的四位职员来看我。我不能说话,只好借来笔。由于手握不住笔,只能用手指夹住,勉强写出"一正"两个字。高桥一正的一正。因为我们都把高桥叫"一正"。我的意思是问高桥怎么样了。他们用双手做了一个"×"姿势,就是说不行了。最终还是没抢救过来啊!接着我又想打听菱沼。但菱沼的名字怎么都想不起来。记忆完全停止。于是,我用片假名写了一个"乘务"。结果他们又做了一个"×"。我知道,菱沼也没救了。

之后我又写了"カスミ"。问有没有其他工作人员受害。这样,知道再没有其他人受害,我算是最严重的了。

我感慨只自己活下来了。到底发生了什么仍然一无所知。知道的是,自己在鬼门关绕了一圈又回来了。得救了,让大家担心了,还见到了很多人。这些是我深深感受到的。说庆幸重生,实在对不住其他人。不过,身体终于有了点力气。恢复意识的第二天怎么都不能入睡。感觉就像第二天要郊游的孩子,头一天晚上兴奋得睡不着觉。

我想,多亏了大家我才能得救。因为大家齐心合力及时伸手援助,我的生命才得以挽救。

三月二十二日出院,之后又在家里疗养了一段时间。五月二日重新回去工作了。虽说体力渐渐恢复了,可是心理问题却很难战胜。首先是睡觉睡不实的问题,睡也只能睡两三个小时,突然一下子就醒来了,再就怎么都睡不着了。这样的状态要持续好几天,真是痛苦。

另外就是特别容易发火,或者说是焦躁。不管对什么都莫名其妙地动怒。肯定是兴奋状态的一种。这也是因为我不会喝酒,所以心里的问题不能很好消解。注意力也不能集中到一件事情上。本来告诫自己要冷静的,可一遇事,脑袋就一下子热了起来。

妻子一开始特别细心照顾我。可由于我总是乱发脾气,所以她也烦了。我也觉得还是早些回去工作好。穿上制服在站台工作,也是战胜自己的方式。这样,回到工作单位就是第一步了。

外表看起来我一切正常。但精神上却背负着沉重包袱。这个问题必须想办法解决。当然,重新开始工作也是有恐惧感的。同样的事情也许还会发生。关键是如何克服恐惧。必须以积极的态度考虑这件事。不然,始终抱着自己是受害者的态度,不知不觉之间自己的心态就会扭曲。受害者心理必须尽可能抛弃,自己的敌人其实是消极的自己。

这是因为,偏巧坐地铁不幸遇上这次事件而丢了性命或成为受害者的乘客也是有的。仍在痛苦中煎熬的人也是有的。想想这些人,就知道始终把自己看做是受害者的想法是要不得的了。所以我的想法发生了改变,不再把自己看作是受害者,而是沙林毒气的亲历者。说实话,后遗症在一定程度上还有。但我尽量克制不去想这点。何况又不是卧床不起。如果说是后遗症,那么只能慢慢消沉下去。与其如此,还不如抱着积极态度克服它。至少自己活下来了,单凭这一点就很值得感恩了。

当然,恐惧和心灵创伤还是有的。即便要求我展示出来,也无法做到。无论对去世的人们,还是对殉职者的家属,我都没有找到合适的解释。

我现在也不觉得恨奥姆真理教的人了。这些就交给当政者吧。作为我,叫作憎恨或立场之类的东西已经早就过去了。即便恨他们又有什么用啊!关于奥姆真理教的报道我也不看,看了也不起什么作用。

不看也明白。看了里面报道的情况,也解决不了什么问题。对判决、量刑什么的也没有兴趣。那是法官决定的事情。

——不看也明白是怎么回事?

因为我已经知道了造成奥姆真理教这些人出现的社会土壤。在日常工作中经常与乘客接触,这点事情自然就知道了。那是道德问题。在车站,能很清楚地看到人性善的一面以及恶的一面。比如,我们拿着笤帚和垃圾铲打扫站台,刚打扫完,就有人啪地扔烟头或垃圾。与完成自己应尽的责任的人相比,只看别人不好的一面而自以为是的人要多得多。

——道德一年不如一年吗?

你怎么看?

——我(村上)不太清楚。

那么还是多少注意些好。

当然,也有乘客给我们留下了好印象。始发车上有一位经常跟我打招呼的五十上下的男士在我回到公司上班和他见面之前,他大概以为我活不成了。昨天早上我碰见他了。他说:"活着就意味着必须做点什么,请好好努力!""是啊,我必须感谢一切,一起努力吧!"我回答。我觉得能得到这样的鼓励,能接受如此开心的问候就是幸福。

怨恨什么也产生不了。

野崎晃子(当时二十一岁)

本来打算把野崎晃子(假名)小姐的证言收在这里的。她在上班途中目睹了千代田线车厢里的沙林袋。因为呼吸困难而在二重桥站下了车,而乘下一趟车去霞关站事务所报告"发现了可疑物"。汤浅君和丰田先生在事务所里见到的年轻女性即是这位野崎小姐。和泉小姐从媒体采访人员中护送出来的,也是这位野崎小姐。

她的证言是证实这些人证言的重要一环。由于种种原因,其证言未能收在这里。但为了明确她的存在,在征得本人同意后将这段文字写在这里。

"不是坐不坐地铁的问题,出门本身至今都让我害怕。"

高月智子(当时二十六岁)

高月现在涩谷区同丈夫一起住在外祖母家里。卷入沙林事件时,两人刚刚结婚,单独在川崎市生活。

现在住的池尻大桥这个家,原本是她母亲的娘家。如今独自生活的外祖母将二楼作为出租屋经营,她借住其中一个套间,"城中心,方便,房租也便宜。"她说。但她外祖母解释说:"我腿脚不好,想必是放心不下才来的。"事件发生当时,她的乘车路线是:乘南武线从中野岛坐到登户,转乘小田急线坐到代代木上原,再从那里乘千代田线坐到霞关,又在那里转乘日比谷线坐到神谷町。

高月说她二十六岁,但看上去说是大学生也有人信,苗条,充满青春气息。提出采访时,她很客气,淡淡地说"我没受多大伤害,没什么要特意说的,还是先采访别人……"。但实际听她说起来,得以明白她至今仍在承受那起事件带来的非同一般的影响。看起来倒像是性格坚强的人,但并非主动和人交谈的直言快语那一类型。尽管如此,斜对面交谈时间里,也还是一点一点说出了心里话。

采访过程中,她那位身材高大而似乎性格沉静的丈夫小心待在里面房间里。她介绍说,一次外出喝酒时因为人数不够,她被朋友勉强拉去充数,结果两人相识。

顺便说一句,高月是我采访的第一位沙林事件受害者。

公司在神谷町,从川崎的家到那儿大约要花一个小时。没有感觉通勤时间特别长,对于普通的上班族来说,那再平常不过了。

电车内特别拥挤,为了避开客流高峰期,平时我很早便从家出发。总感觉小田急线电车内怪人不少(笑)。大约六点半出家门,对我来说,早起床本来就不算是苦差事,只是三月二十日那天偶尔晚了。

平时早上五点半左右起床,吃完早饭出门,到公司七点半。九点开始工作。在那之前的一个半小时,一般坐在办公桌前看看报纸,吃点零食什么的。我在这家公司已经工作五年了,从事的是系统维护方面的业务。大学时代的专业是政治经济学,进入公司后却被分配到系统维护部门,为此还接受了三个月左右的培训……。现在具体做的是编制公司内部用软件。我们部大约有一百五十人,男性的数量要多于女性。

事件发生的三月二十日那天临近春分假日,上班的人数大约是平时的一半,我哪儿都没有去,照常到公司上班。

丈夫的工作地点在四谷,平时都是两人一起乘小田急线上班,我在代代木上原下车,他则继续乘车前往新宿,但那天我不知为什么,磨磨蹭蹭直到很晚才从家出发。

我在霞关站下车,平时总是在那里换乘日比谷线,但那天车厢非常拥挤,况且离上班还有些时间,于是决定步行去公司。走了十五分钟,大约有一站路,这时突然发现有一位车站工作人员晕倒在月台上,非常痛苦的样子,但周围的工作人员却没有太大的反应。我不禁纳闷:这是怎么了?他这么痛苦,而大家却视而不见!于是走到他旁边,盯着看了一会儿。若在平时,因为要急着换乘电车,早就跑上台阶了,而那时想偶尔走走,放松一下。

过了一会儿,一位工作人员下来看了一下又离开。我猜想他肯定去叫救护车了,自己也该走了。但这时身体突然难受起来,是不是因为在旁边看了一会儿被传染了?转而又想:咳,女人就是很容易受影响啊!我没太在意,直接离开了。

上台阶的时候,脑袋昏昏沉沉的,鼻水眼泪都流了出来,心想可能是感冒了。出站以后,感觉周围暗暗的,不由得又想:会不会是发烧了?一发烧,头当然晕了。然后走了一段路,越来越难受,心里直后悔:当初真不该一直盯视晕倒的那位车站工作人员!

到公司后,眼睛刺痛,眼泪鼻水流个不止。我大声嚷道:"眼睛痛,眼睛痛!"难受得无法工作。感觉房间内黑黑的,怀疑是不是电灯关掉了,抬头看了一下,依然开着。这真是奇怪了,为什么感觉周围那么暗呢?比戴上太阳镜还要暗,问同事,他们都说一点都不暗啊!为什么会这样,令人莫名其妙。

过了一会儿,公司总务科的人过来巡视,问有没有不舒服的,当了解到我眼睛痛时,马上建议我去医院,因为我的症状与电视报道的一模一样。那时不知道是沙林毒气,以为地铁发生了爆炸事故,不过我只是在那里待了一会儿,应该没有什么大碍……。公司除我之外还有一人,他的症状要严重得多,听说住了一个多星期医院。

后来得知,我所乘坐的那列电车并没有沙林毒气,而是在月台吸入了一些。被施放毒气的是对面一列电车,为了换乘方便,我坐在最后一节车厢,而对面电车的第一节车厢恰恰被施放了沙林毒气,所以一下车就……。听说霞关站的几位工作人员去世了,真是不幸。

但那时即使出了车站,也不会有救护车赶来。大家都像往常一样赶路,根本不会想到发生什么意外,对于一位车站工作人员的晕倒,或许以为是心肌梗塞等身体原因,如此而已。倘若没有发生这一幕,我也会毫不留意,匆匆走过的。

眼睛非常痛,于是决定先去看眼科。首先去了一家普通的眼科医院,刚开始医生说:"没有什么大问题,只是瞳孔稍微有些奇怪。"我告诉他眼睛非常痛。这时,一位资历高的医生出来建议我去大医院看一下。于是搭出租车到了最近的虎门医院,但那时虎门医院挤满了人。没有办法,只好改去慈惠医院,路上从出租车广播中得知那里的患者也特别多,于是又改去了圣路加医院,没想到那里人更多……,真不知道该怎么办。

陪我一起去的同事是NTT出身,他建议去五反田的递信医院,因为那里的患者可能不会太多。我已经从出租车广播中得知原因是沙林中毒,但不知道接下来会接受什么样的治疗,那里的医生也说不知道该怎么办(笑)。看眼科时,医生说先洗洗眼睛吧。洗完后感觉似乎好些了。听我这么一说,医生便决定让大家都洗一下眼睛(笑)。觉得医生也束手无策。

幸运的是,到公司后我立即换上了工作服,所以症状没有继续严重下去。

接下来是血液检查、打点滴,并被要求住院治疗。我纳闷,自己的内脏非常健康,为什么会感觉这么恶心呢?尽管恶心症状很快消失了,但仍发着烧,眼睛依然刺痛,直到第二天高烧才退下来。

只住了一天院,丈夫非常担心,但我本人却好像什么都不知道一样。眼睛痛得无法看电视,也无法到病房外边去,不知道到底发生了什么事情,当时也没有感觉到任何不安。

二十一日是休假日,二十二日去了公司,但眼睛盯视电脑画面十分钟都坚持不下来。于是我说先回去了,同事们对此半信半疑,似乎在说"既然是她本人亲口说的,那也只好如此"。他们这样也无可厚非,毕竟症状不是一目了然的。

这种症状持续了大约一个星期,无法工作。想要看东西时,眼睛焦点无法聚在一起,形不成影像。这样向大家一说,便被反驳道:"你的视力本来就不好嘛!"

去了医院多次,但瞳孔依然难以恢复,大概持续了一个多月。现在眼睛仍有些疼痛,我想可能是眼睛本来就不太好的缘故吧。心理上的不安仍在持续,视力虽然没有明显下降,但因为工作的关系,眼睛状态不好,令人非常痛苦。

经常听到受害者因遭遇沙林毒气而对通勤产生恐惧感的报道,而对于我则没有,可能是他们担心电车内又被投放沙林毒气的缘故吧。事发两天后,尽管乘坐同一列电车去公司,我也没有感到恐惧。毕竟还有其他人也在这列车上,我没有遭遇事故后的真切感受,尽管旁边有人死去。

最近头痛非常严重,我想大概是沙林中毒的原因吧。但原来就经常头痛,所以不知道是由哪种原因导致的。头痛的次数也比以前增加了……。眼睛一疲劳,便感觉非常恶心,这是最令我担心的。一想到沙林事件,头脑便无法控制,只好安慰自己说这些都无所谓。电视上有位医生说只要症状没有出现反复,就不必担心后遗症。但对此谁都不敢妄下结论。但愿不要复发……对以后没有坏影响就好了。

当然气愤了,(罪犯)绝对不可以原谅,我非常想知道他们为什么要做那种事情,希望他们解释一下,向大家谢罪。

有时禁不住在想自己那时说不定会死掉,现在不是坐不坐地铁的问题,出门本身至今都让我害怕,因此外出时总是和丈夫在一起。那大概是精神性后遗症吧……,时常想自己会不会突然死掉。本来就属于神经质性格,一考虑这个肚子就痛。

丈夫非常担心我的身体状况,其程度甚至超过我本人。对于我没住几天便出院,他说:"多住些日子不好吗?"每当身体不舒服,他总会担心地问:"是不是沙林毒气的影响?"我觉得有丈夫在身边真是太好了,真希望以后两人可以永远在一块。早上上班时在车站也不想分开。从那以后,我们从未吵过架。如果以前发生什么事情,早就吵得不可开交了,而现在想如果在车站吵架分开,一旦发生什么,那可如何是好呢?

"沙林事件发生第二天,我向妻子提出离婚。"

井筒光辉(当时三十八岁)

井筒现在一家大型商贸公司负责水产品虾的进口工作。原是船员。东京商船大学毕业后,在国际航线当了一段时间船员,由于海运经济严重不景气,三十岁就中止了作为海员的履历,转入海虾进口专门商贸公司。在那里做了七年海虾进口工作之后,作为海虾专家转到现在这家公司。这是两年前的事。同肉类相比,水产品进口单价高,市场行情变动大,属于风险高或赔赚分明的买卖。所以,没有一定程度的实战经验是干不了的。井筒并非以前就对海虾买卖怀有特殊兴趣,只是想做同外国有关系的工作,而在找商贸工作时碰巧遇上了水产方面的工作。实际上两年前就想从这家海虾专门公司辞职,自己开一家进口公司,但同这家公司商量资金时,公司说眼下正值泡沫经济破灭时期,劝他再干一段时间。于是继续干到现在——经历颇为奇特,就像浪子回头重操旧业似的。

因此,感觉上同一步步积累资历、以管理职务为目标的普通公司职员多少有所不同。见面交谈起来,也还是给人以独立意识强的印象。能明确表达自己的意见,却又不显得强加于人,而只是把自己的想法以自己的方式归纳成形并从中找出价值——就是这一类型的人。

到底在大学时代练过柔道,体形好,坚定地目视前方,表达一清二楚。看上去充满活力,衣着整结利落,领带十分漂亮。

那么,当时三十八岁这位海虾进口专家在某日早晨的通勤电车中是怎样体验、怎样接受从天而降的沙林事件的呢?

一直想到国外开阔一下眼界,于是考入东京商船大学,毕业后当了大副。除了非洲以外,五大陆都已去过。那时年轻,对外面的世界一无所知，只是感觉有趣，现在想来，幸亏早些换了工作（笑）。

家在新丸子，以前住在樱木町。我一般乘坐东横线到国会议事堂前附近的公司上班。九点十五分公司开始工作，平时八点半左右赶到那里。是的，非常早，但那时地铁不太挤，到公司后同事也少，可以放慢节奏工作。早上六点起床，这都已形成了习惯。早上虽然精力旺盛，晚上却难熬，如果没有事的话，一到十点钟就睡了。没有事的日子不多，加班、接待客户、和同事一起喝酒是常有的事。

三月二十日那天，我比平时稍晚，乘七点钟的东横线电车，在七点四十五分左右到达中目黑站，然后乘日比谷线到霞关，最后换乘了千代田线。正是在霞关与国会议事堂前这两站之间，我遭遇了沙林事故。

在霞关换车时，我一般乘坐千代田线的第一节车厢，因为从那儿下车后跨上台阶去公司最方便。那天赶到千代田线月台时，铃声已经响起，我急忙跑了过去，但电车一直停在那里。进入车厢，发现两位车站工作人员正在擦拭地板，水似的液体从袋子中流出……。当时自然不知道那就是沙林。车站工作人员擦拭地面期间，电车一直停着，我才得以乘了上去。

他们用包过沙林袋子的报纸擦拭地板，而不是用拖把。可能是因为要尽快发车，没有时间去取拖把。工作人员将那袋子拿出车外，终于发车了。接下来发生的事想必大家都已知道：将包裹取出车外的霞关站长已经不幸去世，另一位工作人员也在第二天死去。

电车大约在那里停了五分钟，那时间工作人员一直在收拾处理那个包裹。车内虽不是太挤，但也没有空位可坐，我一直站在那里，看他们忙着。当时没有发觉有任何怪气味，但大家都剧烈地咳嗽起来。我心想是不是有人将挥发性物品忘在车上了……？电车驶离车站后，发现地板又脏又湿，于是移动了四五米。

我在国会议事堂前下车前，车内没有发生任何特别奇怪的事情，只是大家都在剧烈咳嗽。我没有太在意，直接赶到了公司。公司里装有用于了解汇率的电视，有时也播放新闻，不经意间瞅了一眼，看到筑地附近好像发生了大的骚乱。

其实在那之前我到南美洲出了十天差，三月十九日刚刚回来。二十日那天本可不必上班，但考虑到第二天春分可休息一天，况且好久不在公司，说不定有什么工作，于是到公司去了。事务所内为什么这么暗，我感到纳闷。当时根本没有想到自己所乘的地铁车厢被施放了沙林毒气。随后逐渐恶心起来，甚至有缩瞳症状，周围的人都劝我："会不会是沙林中毒？最好马上去医院！"

我首先去了附近一家眼科医院，对瞳孔做了检查。眼前无论有没有光亮，瞳孔都没有反应。接着巡警也来检查，之后我们被送到了后面的赤坂医院，那里已经做好了打点滴的准备。沙林毒气患者还有其他好几个人，医院流水作业似的对他们进行检查。赤坂医院没有准备好解毒剂，床位也不足，院方建议症状不太严重的患者先回去，明天再来。对了，赤坂医院也没有给我们做血液检查，现在想来，那真是他们的疏忽。

当时我大体可以猜到自己中了沙林毒气，电视报道与我所经历的一模一样——同一列电车、同一节车厢。

大概当时也感到了自身处境的危险吧……，心想自己在赤坂医院没有得到很好的治疗，这样回去会不会死掉（笑）。事发时，我站在电车中，能够自由地向后面移动，那还是比较幸运的。同一列电车中坐着的乘客由于无法移动，中毒很深，住院住了相当长时间，这是我从前来了解情况的警察那里听说的。

由于瞳缩症状迟迟不见好转，结果整整十天又是去赤坂医院，又是去看眼科。但都没有得到任何特别的治疗，连胆碱酯酶值都没有检查。

说真的，遭遇事故当天，我一直在公司工作到五点半。因为恶心没有食欲，中午饭没怎么吃。冷汗滴滴答答地流下来，脸色发青，如果突然晕倒当然可以直接回家,但症状又没有严重到这个程度……。大家七言八语地说:"是不是刚从南美洲回来,患上花粉症了?"头痛、眼睛的焦点无法聚拢,所幸我的工作主要是接电话,看文件的工作只好交给女同事了。

第二天是春分休息日,我一直躺在床上不动,眼睛不舒服,连动的力气都没有。晚上没有睡好,几次被噩梦惊醒,那时非常担心如果这样沉沉睡去,就再也不会醒来。

现在我一个人生活,那时却与妻子、孩子生活在一起。这样说似乎有些复杂,真不好意思(笑)。虽说有家人,现实中却同没有一样……。

我有两个孩子,第一个孩子已经很大,另一个刚上小学。那天当我把穿过的衣服挂在衣橱里时,小孩子突然说眼睛痛。我就心想这真是不吉利的东西,不如扔掉。于是将那一整套西服扔掉了,只是鞋子没有扔。

作为事件的后果,有的人不幸去世,有的人则为后遗症所苦恼。对罪犯,我当然感到愤怒,只是与同一列电车内遭遇事故的乘客看法也许有些不同。我的症状较轻,可能看待沙林事件会比较客观。

这么说也许有些不正常,很久以来,我对宗教及狂热的信仰从未否定过,觉得并不是不能理解。从小我就喜欢星星、神话什么的,于是成了一名大副。我非常讨厌集体化,所以对宗教团体没有兴趣,但并不认为对此进行认真思考本身是坏事。

不过也真是奇怪,我去南美出差时,在哥伦比亚应邀与当地大使馆工作人员一起去唱卡拉OK,第二天本以为还要去原来的地方,却被请到了另一处。结果,就在那一天,原来那家卡拉OK发生了爆炸事故。我不由得感叹:"还是日本安全啊!"谁知回国后第二天上班途中便遭遇了沙林事故(笑)。在南美、东南亚这些国家和地区发生突发事件是家常便饭,死亡随时可能找到头上,这和日本不同。

沙林事件发生第二天，我向妻子提出离婚。原本夫妻关系就不太融洽，趁着去南美出差的机会慎重地考虑了一下，打算回国后提出。没想到，遭遇了沙林事故。实际上，以当时的状态，回家后也难以开口讲出来。

遭遇事故不久，我从公司给妻子打过电话，告诉她发生了什么事情，而她对此却反应冷淡，连"到底发生了什么事情？""现在怎么样？"这样的话都不曾问起。我想这对于提出分手是起决定作用的，加上当时的心情极不稳定，使得我能够把离婚顺利说出口来。

如果没有发生沙林事件，我也许不会那么早提出离婚。因此，沙林事件对于我来说是一次痛苦经历，也是一个契机。由于家庭内部关系不太融洽，当时并没有过多地考虑自我安危，当然也想到自己可能会死掉。即使那样，我也会认为那是一次偶然事故，说不定早想通了。

说起现在的兴趣就是绘画、雕刻版画。我家后面住着一位专职画家，经常向他请教。一般晚上或者空闲的时候画画。我喜欢风景画、静物画，常画水彩。无论是独自一人画画还是同画友交谈都是一种享受。但从不愿谈及画虾的话题。

"好在迷迷糊糊打盹来着。"

风口绫（当时二十三岁）

风口小姐出生在荒川区町屋，一直住在那里没动。她喜欢町屋那里，从没动过去别处的念头。和母亲、小自己十四岁的妹妹、父亲四人一起生活。已经走上社会了，也曾想过差不多该独立一个人生活了，但归终"撒娇"地住在一起。

高中毕业后，进贸易学校学信息处理和记账，后来在一家服装公司工作。公司有几个独创性品牌，她负责其中一个。她虽然不大熟悉女性服装行业情况,但知道这个品牌属于"可爱"系列的高档服装,主要以山手①的富家小姐和少太太为对象。她父亲从事服装业,因这一关系进了现在这家公司。倒也不是对服装业有多大兴趣,只要用得上电脑和文字处理机,什么职业都无所谓。

喜欢的音乐是雷格摇滚(Reggae)。喜欢的体育运动有滑雪艇、滑雪板和冲浪之类。"我这人赶时髦啊!"她笑道。喜欢和同伴们一起去做体育运动。小学时的同学全都留在町屋,现在仍相处得很好。

看上去人很有精神,雷厉风行,尽情享受独身生活的快乐。不做作,性格开朗活泼。想必在男孩子中间很有人缘。披肩发,笔直泻下。顺便说一句——说不说都无所谓——她母亲和笔者同岁。

我进入这家公司已经四年了,现在是营业助理。工作内容不外乎用电脑查一下库存,处理一下退货什么的,也有时接一下客户电话。此外就是计算营业额和各种票据,总之是一些营业性事务。

现在是服装展览会旺季,特别忙。二月中旬到三月中旬这段时间直接决定秋冬季服装的营业额。我们的业务属于服装批发,摆好样品,零售店的员工前来定货。现在经济不景气,如果营业额再下滑,那可就难办了……(笑)。

从町屋的家到公司大约要四十分钟,首先乘千代田线从町屋坐到二重桥前,然后步行至有乐町站,最后换乘有乐町线到新富町站。到公司时大约八点五十五分,正式上班是九点二十分,所以有二十到二十五分钟空余时间。我没有迟到过,每次都乘坐同一班地铁。

地铁挤得要命,特别是从千代田线的町屋到大手町这段路,连转身的空隙都没有。上车时人推人挤进车厢,偶尔也会遇到流氓,特别讨厌。

在大手町站可换乘的路线较多,所以过了那一站,车厢便空了下来。

---

① 山手:东京地名,高级住宅区。

二重桥前是大手町的下一站,因此我的通勤路段一直非常拥挤。

从町屋出发,依次经过西日暮里、千驮木、根津、汤岛、新御茶水、大手町……这段路程,在车厢内什么都没法做,只好站在车门附近,倚在人群中睡觉………是的,站着就完全睡着了,大家都那样,静静地闭着眼睛,反正动也动不了,那样反而会轻松一些。

事件发生的三月二十日那天是不是星期一? 对,是星期一。那天早上八点半我们科有一个会议,因此要比平时早一些赶到公司。大约七点五十分我从家出发,乘坐地铁的班次也和以往不同。时间较早的地铁车内总是多少空一些,我在车门与坐席之间找了个位置,打起盹来。

我一般总是从最前一节车厢的第二个门上车,然后躲在车门一侧,无论其他乘客上车还是下车,站在那里都无须移动。

但由于二重桥前站开的车门与町屋相反,到达大手町附近时,要移到车门的另一侧。那时车内空处较多,移动倒也方便。

那天正打算这么做,于是睁开眼睛,若不睁开眼睛,无法移动嘛(笑)。但这时突然感觉呼吸困难,胸部有强烈的压迫感,无论怎样努力呼吸,都是徒劳……。那时还以为是早起的缘故呢(笑),所以没有特别在意。

打开车门,让外面的空气流进来倒还好些,但在大手町附近时车门紧闭,呼吸更加困难。那时的感觉真是难以形容,空气像凝固住了,时间也仿佛停滞似的……,这样说也许有些夸张。

手抓吊环的几位乘客开始咳嗽起来。那时车内人已经不多,大约有三四个人站在座位旁边。我呼吸困难,一心盼望早一些到站、早一刻出去。从大手町到二重桥前虽然只有两三分钟路程,却让人痛苦无比。

这时突然发现车门另一侧附近,有个报纸包裹的物体,而我恰恰就在那包裹的对面。包裹有饭盒大小,周围的报纸被像水似的液体浸透,并随着车的行驶不断摇晃。

我出生在平民区,去鱼店这些地方买东西时,总是习惯用报纸包起来。于是以为这是谁家买的鱼遗忘在这里了,但又一想没有人会在早上买鱼后再乘电车，真是奇怪。一个中年人也似乎感到纳闷，走近细细地瞧了一番。那是四十多岁穿着风衣的上班族，碰倒是没有碰它。

这样，电车到了二重桥前，我在那里下了车。一同下车的乘客都开始咳嗽，我也不例外。下车的虽总共不过十人，但大家都无一例外地剧烈咳嗽，情形到底有些奇怪。

由于时间紧，我急急忙忙登上月台，一边深呼吸，一边在通道上小跑，毕竟小跑着会轻松一些。不知为何流了大量的鼻水，心想可能是比较冷的缘故吧，当时并没有太在意。

赶到公司开会时间里，突然感到恶心，差点呕吐起来。过了不久，知道地铁发生了事故，又联想到自己的经历，头便"轰"一声……我的胆子很小，马上去了圣路加医院。

在医院打了两个小时点滴，接受了血液检查，最后被告知可以回去了。检查结果没有显示异常，也没有瞳孔紧缩症状，只是有些恶心而已。

——眼前就是被划破袋子的沙林毒气，而症状却不很严重，对吧？

当时非常难受，但时间一过就完全好了。警察也开玩笑似地说："好在迷迷糊糊打盹来着！"闭着眼睛，迷迷糊糊打盹，呼吸也浅（笑）。感觉自己真是太幸运了。

"谁都喜欢负面新闻，嘴说够受的，实际却很开心。"

园秀树（当时三十六岁）

园君在位于青山①的某高级装饰公司的东京分公司工作，负责营销。泡沫经济破灭，如今服装方面的营销不怎么好做，"这回总算恢复

---

① 青山：东京地名。繁华地带。

正常了。"他说。一个老伯领着年轻女孩子得意地一掷千金,价格高得惊人的名牌服装流水般卖得飞快——看上去作为他也好像对那种世道有点儿疲倦了。甚至让人觉得他对这种情况的消失反倒舒了口气:"这样,我们本身也总算恢复正常了!"

园君自己说他不适合做营销,也的确没有所谓铁杆营销员那样的味道。总的说来,像是个内省而冷静的人,不凑热闹,不中意喝酒,不喜欢集体旅伴和打高尔夫球。但毕竟做营销,高尔夫多少还是要打的。时隔很久去一次高尔夫球场,打开袋子一看,"啊,这么多,呃——,糟糕!打哪一个好呢?"他这样向周围人问道。便是这个程度的高尔夫玩家。

"社会这么无聊,只知道赚钱,所以年轻人为宗教那种精神性东西所吸引——心情不是不能理解。但我本身完全不为所动。"他说。虽然事后为后遗症困扰得相当厉害,但对奥姆案犯几乎没有感觉出个人性质的愤怒或怨恨。至于为什么感觉不出,他自己也不明白。

"虽然干服装行业,可我本身对服装几乎没有兴趣,看一眼就马上买下,没什么好犹豫的。"——话虽这么说,而其衣装却非常时尚。

泡沫经济时期,服装特别好卖。人人都笑逐颜开,公司每年都组织员工到夏威夷旅游。与那时相比,现在生意可惨淡多了。服装零售商、批发商接二连三倒闭破产,资金很难回收。

我在这家公司工作已有十年,之前曾在大阪一家公司干过四年。大学一毕业,便进入一家综合建筑公司,从事会计工作。那是一家大型上市公司,考虑到以后生活的稳定才选择的。但工作实在没意思,索性辞了职。当时偶尔得知现在这家公司招募员工的消息,结果应聘成功。当然并不是特别想从事服装这一行业,只是感觉似乎更有趣一些罢了。

会计是一项按部就班的工作,无论干什么,自己都很难掌握主动权,至少新职员如此。从工作的性质上说,与会计相比,感觉自己更适合干经营。我现在是营业部门的负责人,带领六个人的团队。由于工作关系,经常到零售商、批发商那里了解信息,平时待在公司的时间占六成,外出占四成。同一直坐在公司办公桌前相比,外出与人打交道更有趣一些,也不会产生压力。

现在和妻子两人生活在一起。二十四岁结婚,已有十三年了。婚后辞掉第一份工作刚进入现在这家公司时,感到特别不安。但妻子没有任何怨言,两人对此都不太在意。

家在千叶县。早上一般七点半左右从家出发,乘坐八点十五分从松户始发的千代田线。当然电车始发时没有空座位,大约四五分钟后到大手町时,便有座位可坐了。早上容易困,有座位一定坐下,趁机好好休息一下。

事件发生的三月二十日那天,因有特殊工作要在上班前处理,所以从家出发时比往常早了三十分钟。那时是服装展览会旺季,有许多相关工作要做。

我们是做营业的,到月末必须计算出本月的营业额,即这个月卖了多少商品。基于公司的预算,每个月必须卖出一定数量的产品。首先得出个人的营业额,然后再计算出团队的总额,它往往决定着个人或者团队的命运。我必须对此做出总结,向总公司汇报,并出席下周的会议。

那一周的营业额是好是坏,我记不太清了……。

三月二十日,实际上是妻子从工作了六年的公司辞职的日子。此前她曾是某一杂志的编辑,工作异常繁忙,便萌发了辞职的念头,现在从事商业广告的设计工作。那天也恰恰是她的生日,因此三月二十日那天我记得特别清楚。

我一般坐在最前一节车厢,那里离检票口最近,出站上去就是表参道森英惠时装大楼。车厢前门上车下车的人特别多,后门显得安静一些,因此我总捡那里的座位坐下。

那天侥幸在新御茶水捡了个座位,连续参加服装展览会,天天早起,疲惫不堪,有座位可坐,感觉"真是太好了",一坐下便睡着了。醒来时已到霞关站,那是距新御茶水的第四站。突然咳嗽醒来,接着便闻到了一股怪味。许多人都涌向后面的车厢,因此我近处的车厢之间的门不断开开关关,异常嘈杂。

睁开眼睛时,看到身穿绿色制服的车站工作人员从车门进进出出。地板也是湿的,我离那里不足五米。罪犯在新御茶水划破了装有沙林的袋子后,下车逃走。但我当时睡得正熟,什么都没有看到。警察也就此向我询问过,因为没有亲眼看见,问也问不出结果。当时似乎还被警察怀疑过。然后,我到了青山,那里也是奥姆真理教总部所在地。

电车到了终点站国会议事堂前,所有乘客下车,车随后返回。车内广播也未做任何说明,只是说"终点站到了,请下车"。但是从霞关到国会议事堂前这一路段,多数人都呼吸困难,非常痛苦。电车到达国会议事堂前时,我身边有的乘客甚至无法动弹。有一位五十多岁的女性,被车站工作人员抬下了车。这节车厢里共有十多位乘客,有的用手帕捂住嘴巴,有的咳嗽不止。我心里纳闷:到底发生什么事情了?真是奇怪!但由于今天有工作必须完成,所以还是要准时赶去公司。到了月台附近,看到许多人蹲在那里,大约有五十位病情严重的乘客聚集在车站工作人员身边。有两三人动弹不得,一两个人躺在月台地面上。

奇怪的是,我并没有感到紧张,只是感觉怪怪的,呼吸不顺畅,空气也像变稀薄了似的。走路倒还稳,心想没有大问题,不算严重,决定乘下一班车。

车马上来了(在这个时刻,千代田线往往绕过霞关运行)。但一上车,两腿就开始发抖,眼睛也突然看不清东西,仿佛到了晚上,开始后悔当时要是和大家在一块就好了。

到达表参道站后,我向车站工作人员询问:"身体感觉怪怪的,地铁里发生了什么事情？"对方说在八丁濠发生了爆炸事故，但当我说刚才乘坐的车不正常时，对方又解释说车厢内被人施放了沙林毒气。信息十分混乱。于是去站长室询问，但表参道站工作人员没有得到任何信息，只是说："请在这里休息一下，吃一点儿冰冷的东西。"他们都很亲切，但对所发生的事情一无所知。

我想这样待着可不行，就上到外面。虽然天气非常好，但眼睛总感觉暗暗的，就马上去了公司附近的一家医院。但到了医院也什么都说不明白。只是说："可能得急病吧，刚才在地铁中出现了这种症状……"但毕竟不得要领，就被放到一边不管。这样一等便是三个小时。这期间我向公司打了电话："身体不舒服，要迟到一会儿"。当时呼吸越来越困难，眼睛也越来越看不清东西，真不知如何是好。我焦急地向地铁站打电话，希望他们能够说明到底发生了什么事情，但怎么也打不通。

到十一点时，沙林事件的消息得以确认，医生开始给我诊断病情，接着打点滴、住院。我是这家医院的第一个沙林毒气受害者，医生们对这种病例相当感兴趣。病情虽不太严重，但许多医生都聚在我周围唠唠叨叨说个不停，结果在那家医院住了三天。

可能是太累了，晚上睡得特别好，住院这几天也像在医院休养似的。但接下来的三个月极为痛苦，一做事便感觉非常疲劳，眼睛也看不清东西，视野模糊。由于工作关系，以前经常开汽车，而现在一到晚上就看不到东西。原本不错的视力，现在却看不清路标，电脑画面也模糊不清，无法工作。

脑袋也似乎变得不太正常，到处一本正经地对周围人说："我们这地方有些不对劲儿，肯定要发生不寻常的事，一定要当心！"然后去户外运动商店买了野外生存刀具（笑）。身体恢复正常以后，心想自己都干了些什么傻事啊！

奇怪的是，我并没有感到特别愤怒，当然一想到死去的人，愤怒之情在所难免。想到冒死运出沙林毒气液体的车站工作人员,感到特别伤心,没有他们,说不定自己早已死掉了。正如刚才所说,对于罪犯,我个人却没有感到愤怒,权当遭遇了一次意外事故而已。也许这个回答并不是您所期待的。

——哪里,也没期待什么,又不存在一个所谓典型。

不管怎么说,我特别讨厌媒体关于奥姆真理教的报道,甚至看都不愿看。同时对媒体有很强的不信任感。说到底,谁都喜欢负面新闻,嘴说够受的,实际上却很开心。最近我连看周刊杂志的心情也没有了。

"沙林的恐怖,是从未诉诸语言的那类恐怖。"

中野干三(精神科医生,一九四七年出生)

中野先生在圣路加医院精神科当主任医师时正赶上地铁沙林事件发生。当时位于筑地的圣路加医院有六百四十人之多的受害者涌来。医生人手不够,尽管专业不相干,但还是帮忙做了急诊处理。不久,住院的沙林中毒患者有几人到精神科诉说症状。从那时起到现在,已接受了超过五十人的同地铁沙林事件有关的 PTSD(创伤后应激障碍)患者。

从圣路加医院退职后,在东京九段开了"九段中野诊所"。一九九六年二月和十月得以两次倾听其宝贵的专业性见解。"请更多的患者来这里咨询"——话虽这么说,而他实际上处于几乎独自一人接受众多患者的状态,工作相当繁忙。

态度稳重,说话温和,但热情极高——一心一意救助尽可能多的处于痛苦之中的 PTSD 患者,想让社会更多的人正确认识这种症状的存在。其真挚之情扑面而来。自不待言,深受患者信赖。

第一次采访
（九六年二月）

　　PTSD 症状的出现开始于沙林事件发生后一周左右。第一位患者来向我诉说："本想星期一去公司上班，但两腿发软打颤，根本去不成。"那是三月二十七日的事。但仅就中毒本身来说，那位患者还算是轻的。

　　作为常见症状，最多的是受害场面的再次浮现，也就是说当天所发生的事情真真切切地在脑海中浮现出来，感觉也同事发当时如出一辙。那并非简简单单的回忆，而是仿佛体内有异物不断涌上来的感觉。那也不同于所谓的"白日梦"，而是一种"记忆入侵"。

　　身体受沙林毒气伤害的程度，同 PTSD 基本上是没有关系的。从根本上说，这是精神受伤害的程度问题。比如，有些人尽管自己受了轻伤，但仍在现场照顾晕倒的重伤员。看到对方口吐白沫，痛苦不堪地在自己面前死去，那种场面的悲惨程度丝毫不逊于战场。实际目睹这一场景的受害者中患 PTSD 的概率非常高。

　　这种情况，就好比毫无征兆地被突然推进死亡的深渊。对于在场的每个人来说，那都是一种极为恐怖的体验。而且，沙林的恐怖，是从未诉诸语言的那类恐怖。因此对于受害者来说，无法很好地将那种恐惧表达出来，从而对身体产生了一定影响。自己的感觉无法置换为语言或者无法很好地调整自己的意识，只得将其勉强地抑制住。但无论怎样努力抑制，总会对身体产生潜移默化的影响。

　　作为常见症状，有无法入睡、做恶梦、感到恐惧等等。所谓恐惧心理，打个比方来说，不敢乘地铁、不敢过地下通道、焦躁、坐立不安、注意力无法集中，以及总想逃避什么，整天无精打采。由于竭尽全力忍受着病痛折磨，当然没有精力顾及其他，也就是说同其他活动断绝了关系。与此同时，脑中浮现出的中毒症状的瞬间场面也导致了受害者出现疲劳和倦怠感。

有些人不得已辞去了工作。曾有一位女性对头痛症状非常苦恼，以至于无法工作，却得不到周围人的理解，公司以病已治好，没有大碍为由，不允许她减少工作量。每天加班到深夜两点左右。向别人诉说，却没有人肯帮忙，甚至不理解。她只好辞去工作。

这种疾病并不像外伤一样可用眼睛直接观察到，因此往往难以得到他人的理解。在他们看来，尽管是一种疾病，但还是要归咎于患者依赖心太强，不够努力。

——例如发生阪神大地震时，受害者的状况在视觉上一目了然，如可以在一定程度上知晓好几天被压在倒塌的大楼下的情况，以及疼痛和难受的种类、程度等等。但在地铁沙林事件中，没有经历过的人恐怕是难以切身理解那种恐惧的。

是的。另外，相反，在某种意义上，电视只是单纯地将事件影像化、程序化，这很容易使人们形成一个观念——"原来就这么回事啊！"比如在地铁入口处人们不断倒下，但那只不过是一层表象，真正悲惨的部分在电视上并没有播放出来。

我有一种很强烈的感触：接受治疗是非常重要的。恢复程度当然因人而异，有的人一点点循序渐进地康复，有的人因为某种契机而戏剧般地恢复，情况多种多样。

说到治疗方法，我并没有特殊手段。只是倾听对方的痛苦，理解对方的心情，然后进行交谈。

比如逮捕麻原当天，有人想起了地铁沙林事件，从而陷入了恐慌状态。一旦发生这种大的相关事件，患者头脑中便经常浮现事发时的瞬间场面。的确，在地铁车厢看到有人头戴面具就会成为直接的诱发因素。那完全是错觉或者是幻觉状态。而在那个人脑海中，事情却已真真切切地发生，他对此深信不疑。遇到那种情况，就要反复告诉他：

"不,事件并没有发生。"

不断地诉说恐怖、恐怖的患者,一般来说会逐渐康复。总的来讲,这类患者比较容易治疗。倾听他的话,感受他的痛苦,稍微加以调理,就会让他轻松起来。但现在仍有许多患者处在无法调理的混乱与无法表达的状态中。

——这么说,许多人都患有潜伏性的心理创伤。来这里治疗的人,是不是说只要有想治愈的意识就还有救?

是的。我想,有PTSD症状的患者数量大约占地铁沙林事件受害者全体的三四成。受害者总数超过五千人,因此它的数量是非常多的。我曾对圣路加医院的八十位患者,分别以事件发生后三个月、六个月为时间基准做过问卷调查。调查结果表明,脑海有过浮现受害场面经历的人数超过三成。这三个月时间里,患者的数量不但没有减少,反而有恶化的例子。

尽管内心有很深的创伤,却不愿承认,有时会变得非常危险。比如有些人通过拼命工作或过量饮酒来排遣内心的痛苦与烦恼。

我有一位病人,最近在电视上看到海湾战争场面时,日中战争①时遗留下来的内心创伤再度复发。五十年前,他曾用刺刀杀死过中国人,那种场面在脑海中再次浮现出来,从此再也难以入睡。也就是说在意识深层隐藏了五十多年的记忆被突然唤醒了,结果被噩梦魇住。

沙林事件的受害者也可能发生上述情况。无论怎样将其抑制在意识的深层,也会在某一时刻因为某种意外而再度从记忆中浮现出来。

许多人想独自一人处理,结果反而使其恶化,因此有必要求得他人的帮助。对方不一定非是专业医生不可,但要能够理解你,这是必需条

---

① 日中战争:在我国称之为抗日战争。

件。比如向其人倾诉烦恼，对方却说"那是因为你太脆弱了"。这样一来，心理创伤反而会更严重。实际上这种情况非常多见。昨天第一次来这里的一位患者便遇到了这种情况，完全丧失了信心。长此以往，对他人的不信任感会逐渐加剧。难以被真正理解——这是沙林事件受害者的典型特征。他们真的很孤独。

除此以外，社会上或许还存在着对他们的隐性歧视，即对沙林事件受害者的心理歧视。因此有些受害者试图尽量隐瞒自己是受害者这一事实。这让人感觉如同原子弹爆炸受害者尽力隐瞒受害事实一样。

按我的理解，那同日本社会的"污秽"这一观念有着某种关联。在日本，很久以前，如果有人接触到死亡或灾难，便被认为沾上了污秽，并且有将其从周围隔离开来的传统。在古代，那是非常有必要的。虽实行隔离，但被隔离之人仍未脱离共同体，并接受着治疗，无需工作，这在某种意义上是给了他们一种保护。并且，在被除污秽的仪式中，"污秽之人"会逐渐痊愈。所以，古代的"污秽概念"发挥着非常重要的作用。

但到了现代，共同体这一系统在实质上已经消亡。但那种"污秽"意识仍潜伏下来，从而衍生出类似心理隔离的东西。这对受害者实在过于残酷了。

第二次采访
（九六年十月）

——距第一次采访已过去了九个月，PTSD 治疗情况进展如何？

我这里已经接诊了五十位患者，现在仍有二十几位。诊治过程中，有的患者痊愈，但有一部分患者放弃了治疗。因此不能说在此接受过治疗的患者都已康复。康复患者的数量现在还没有用准确数字统计出来，大约有一半吧。

来这里接受治疗的患者的症状大都比较严重，毕竟是特意来的。

——迄今为止我采访的几位患者都诉说记忆力下降得厉害，这是我感觉到的最明显的特征。这也同样是 PTSD 引起的吧？

有许多人精力、注意力下降很快，甚至有人思维能力也大不如从前。记忆力下降也是那一系列功能下降的表现之一，根源在于 PTSD。极其痛苦的记忆被压抑在心底，导致自己思维活动范围缩小，自然也会限制记忆力的活动范围。

因为记忆被强有力地压抑住了。也有能量在这方面消耗过多的原因。能量不能正常发挥作用，或者说不能参与正常活动，身体功能下降也是必然。那是 PTSD 的典型症状之一。

——这么说，它并不是永远一成不变的，只要压抑消除，功能便可恢复，是吗？

是的，本来它就具有那种性质。也有的患者置之不理而自然康复的，有的则不然。这是由心理外伤程度来决定的。

——根据目前采访情况，坦率说来，作为后遗症为沙林毒气受害者所苦恼的症状，全部是由 PTSD 引起的——这个结论我觉得多少有些武断，您看如何呢？

我认为大部分症状是由 PTSD 导致的，只是视力下降等症状用 PTSD 无法解释。这并不是只从精神因素便可说清的，尽管眼痛一般被认为是 PTSD 症状。

——采访当中另外强烈感觉到的一点，就是大部分患者都在"一个人独自烦恼"。例如总以为自己记性不好和体力下降是年龄的缘故，缺少同有过相同经历的受害者、专家交流的场所和途径，因此只能独自一人陷入痛苦与烦恼之中。

　　所以阪神大地震之后，我们考虑受害者可能要疏散在全国各地，建议设立地震灾害PTSD患者收容机构，为此找过厚生省，但未能如愿。至今厚生省也未对PTSD患者治疗采取积极对策。

　　治疗沙林毒气受害者的精神科医生只有我一人，这是非常不可思议的。我曾向其他医生打听过，如果有其他医生也在从事此类患者的治疗工作，那么最好建立一个网络，以便交流。

　　在我工作过的圣路加医院内部，其他科室的患者可以到精神科接受治疗。但在其他综合医院似乎没有采取此项措施，相互间很难沟通，我是有这样的印象。在不少大医院，内科、外科、精神科不互相配合，各干各的。

　　圣路加医院自阪神大地震以来，拥有一支由精神科医生、护士、临床心理医生组成的医疗小组，做了大量而有益的工作。因此，作为我个人，从一开始便是以积极的姿态来面对这一事件的，否则，开展工作是非常困难的。

　　——关于您的治疗方法，上次听您讲过基本上是倾听患者的诉说，现在也是这样的？

　　是的，是这样的。

　　比如有的患者说不出"恐惧"两字，那往往是源于用语言难以表达的恐惧感。内心的恐惧如果能用语言表达出来，心绪便能稳定下来。也就是说那类患者内心的混乱到了难以言表的程度。但不能对它强拉硬拽，混乱便要以混乱的状态来接受它，使之顺其自然，而不应由医生强拉硬拽。混乱稍加平稳之后,恐惧感便一点一点勉强流露出来。

因此,上次也说了,我的治疗方法便是倾听对方诉说,理解他们的恐惧和痛苦心理——我认为那是根本途径,然后用药物辅助治疗,效果相当好。

事件发生已有一年半了,但仍有患者没有从最初的"混乱状态"中解脱出来。那是要一点点、一点点从中解脱的。事件发生以来,有的患者一忍再忍,到最后实在忍不了时,才来这里治疗。最新一位患者是八月末来的。

这位患者非常烦恼,甚至想辞掉工作。他暂时从公司请了一段时间假来接受治疗。恢复的效果比较好,差不多可以返回公司上班了。

——有家庭破裂那样的事例吗?

据我所知,还没有。现在出现的问题大都集中在职场。因为大多数公司对于这种疾病不理解,有的公司甚至不为员工办理"劳动灾害"补偿手续,要么推托敷衍,要么故意拖延时间,直到受害者在公司干不下去,不得已辞职。办理"劳动灾害"补偿手续,并不花费公司的资金,但有些公司就是故意为难人。

有一个好消息便是,劳动省承认此次 PTSD 适用于"劳动灾害"补偿。我对此也写了意见书,最终得到正式承认。

——一般人恐怕只是知道 PTSD 的含义,对于具体症状及其真正痛苦则几乎无从了解,因为肉眼无法看见。所以即使设立法律等"容器",而若没有正确的认识、共同的感受等内在要素,能否得到具体适用仍是个问题……

是的。因为不是身体性症状,认识很难普及,加之上班族往往隐瞒自己的病情,装作没有病痛的样子工作。结果,越隐瞒症状越严重。正如刚才讲的,有的公司故意为难人,使员工呆不下去,被迫辞职。因此受害者往往受到双重伤害,一为事件本身,二为社会态度,甚至有人因此倒下。对那些患者应该怎样伸出援助之手确实是个非常棘手的问题。特别是向受害者支付赔偿金制度应扩大适用范围。

为后遗症所困扰的患者,请放心来此治疗,只管来就是。如果被告知"没有问题,不用担心"时,那就是说真没有问题了。所以,如果感到不安,随时都可以来,千万不要以为症状这么轻,不看也可以。有什么痛苦,还是要找专业医生商量一下。

——有哪些应当注意的呢?

最应当注意的还是恐惧,如脑中是否再次浮现事发时的瞬间场面?是否难以入睡?是否做噩梦?是否注意力不集中和记忆力下降?是否有焦躁易怒倾向?是否头痛、头晕、疲惫不堪?除此之外,还有各种各样的症状。所以,一旦觉得哪里不正常不舒服,请不要顾虑,尽管来这里商量一下。

——听您这么一说,感觉这的确是一个严重的问题。

事件发生到现在的一年半之中,我重新认识到了问题的严重性,每每痛感自己还有一无所知的事情,心想原来这位患者竟有如此恐怖的体验……

丸之内线（开往荻洼）
A777

在丸之内线从池袋开往荻洼的地铁施洒沙林的是广濑健一和北村浩一小组。

广濑生于一九六四年，事发当时三十岁。东京人，从早稻田高等学院升入早稻田大学理学部，学应用物理学，专业百名学生中以第一的成绩毕业。此人也是优等生，简直像画上画出来的。一九八九年从该大学研究生院毕业后，一脚踢开内定的工作单位，直接出家。

在教团内属于"科学技术省"，成为"化学班"主要成员，和同案犯横山真人同是自动步枪秘密制造计划的核心人物。身材颀长，看上去十分老实认真。以三十二岁来说，给人的印象总有些幼稚。在法院做证时，字斟句酌，语气安然淡定。

三月十八日早上，从"科学技术省"上司村井秀夫那里接得命令："在地铁施洒沙林！"广濑这样述说当时的心情："（听得我）非常震惊。想到要有人丧生，感到非常慌恐。但与此同时，也认为自己所以这么想，是因为教义还没在身上扎根的缘故。"尽管他惊愕于事情的严重性，也强烈感觉到作为普通人的"本能抵触情绪"，然而抓住所信教义的正当性不放的心情比什么都强烈。现在固然承认自己判断失误，但当时他不可能拒绝来自麻原（广濑断言）的命令——他身上不具有那样的力量和现实性余地。

他从池袋站乘上开往荻洼的丸之内线地铁的第二节车厢,在御茶水站将两袋沙林捅破,然后由在站前等待的北村开车接走——这是交给广濑的任务。那是七时五十九分抵达御茶水站的地铁,行车编号为A777。下达具体指示的是"老大哥"林泰男。

二十日凌晨,广濑在上九一色村进行的演习中用力捅破塑料袋,伞尖捅弯。

二十日早上六时离开涩谷秘密活动站的广濑和北村驱车赶到四谷站。广濑从那里乘丸之内线来到新宿,转乘埼京线到达池袋。他在站前小卖店买了体育新闻报,用来包沙林塑料袋。消磨掉时间后,按计划乘坐丸之内地铁,站在第二节车厢正中间车门那里。但是,从提包里掏出沙林袋时,报纸"咔喳咔喳"发出很大的声音,引起旁边女初中生的注意——至少广濑这样感觉的。

广濑忍受不了高度紧张,在茗荷谷站或后乐园站一度下车。下车后再次对自己即将开始的行动的严重性感到恐惧,恨不得就这样悄悄走出站去。他说"非常羡慕下车离开的人"。现在想来,那是命运明显的分水岭。假如就那样走到站外,几个人的人生前程就不至于急转直下。

然而,广濑健一猛地咬紧牙关,止步未动。他告诫自己:不管怎么说这都是救赎!这是应该做的大事。不光我,别人也都做同样的事,不能自己一个人临阵逃脱。

他决心已定,重新登上刚才的地铁电车。由于担心可能引起女初中生的注意,换了车厢。换到后一节的第三节车厢。快到御茶水站时,广濑从提包里掏出沙林袋,偷偷扔在地上。掏袋时,包的报纸脱落了,露出沙林袋,但他没有在意,也没时间在意。他为了说服自己,一遍又一遍反复口念奥姆咒语。到达御茶水站,东门即将打开时,他不假思索地把伞尖捅进袋里。

钻进接他的北村的车时,用塑料瓶里的水洗净伞尖,扔进后车厢里。他本以为做得十分小心,但不久身上还是出现了沙林中毒特有的症状。舌头转动不灵,呼吸困难,右大腿根开始一下一下痉挛。

心里发慌的广濑把林郁夫给的硫酸阿托品注入右大腿根部。熟悉科学的广濑一开始就很清楚沙林的危害,但仍不由得为其毒性的意外厉害打了个寒战。如此看来,自己洒下沙林的车厢此刻想必一塌糊涂。弄不好自己都可能这么死掉,他脑际掠过这样的念头。随即他想起林郁夫说的话:如果身体不适,就去中野奥姆真理教附属医院让医生处理。于是让北村把车开去那边。但医院的医生完全蒙在鼓里,诊治根本不得要领。白跑一趟的两人径直返回涩谷秘密活动站,在那里由林郁夫紧急诊治。

回到上九一色村后,同其他几个实施者向麻原彰晃报告"任务完成"。麻原满足地说"让科学技术省的人去干,就是有结果啊!"广濑报告自己中途察觉可能被乘客发现而换了一节车厢,麻原也好像表示理解:"我一直跟踪大家的影子,圣杰亚(广濑教团名称)的影子暗了,心想怎么回事呢,原来是这样。"

"根据教义,人的情感是误看事物的原因,必须超越情感。"广濑说道。

广濑把两个塑料袋捅开后,九百毫升沙林液体淌到车厢地板。结果,乘客一人死亡,三百五十八人重伤或轻伤。

中野坂上站有乘客报告"人倒了",抬出两名重症者(一人死亡,另一人是本书中出场的明石志津子〈匿名〉)。沙林袋被车站职员(本书中出场的西村住夫氏)拾起扔掉。而地铁列车本身却带着被沙林液体污染的车厢继续运行。于八时三十八分抵达荻洼站,放下乘客后直接掉头运行。掉头车中也有乘客诉说身体不适。若干站务员从荻洼站上车,用拖布进行车厢清洁作业。他们也很快变得情况不妙,被送进医院。车在新高圆寺停止运行,被直接送往后乐园车库。

"这么像看表演似的袖手旁观合适吗?"

有马光男(当时四十一岁)

家住横滨。眉清目秀,衣着整洁,举止得体。作为第一印象,比实际年龄显得年轻。本人也把自己定义为游戏感觉强的乐天派。而且能言善辩。一看就知同郁闷无缘。不过面对面交谈起来,马上就觉出此人也正在一步步踏入中年地界。四十左右毕竟是人生的转折点,或是某种程度上让人思考人生的年龄。

在化妆品公司工作,和志同道合的同事组建了乐队,在里面弹吉他。已婚,两个孩子。

平日上下班不乘用丸之内线。那天因工作原因偶尔乘用一次,结果在那里遭遇了沙林事件。这一偶然是怎样改变他的生活和意识的呢?

实际上,遭遇沙林事故前一周我患了严重的流行性感冒。踏入社会以来,因为感冒而卧床不起还是第一次,在那之前基本上没有得过什么病。

可能是想维护自己的形象吧(笑),三月二十日那天我决定稍微早一些去公司,离家比平常早了二十分钟。

我一般乘坐横滨线,悠闲地看着报纸赶往公司设在八王子的事务所。平时大约一个月去一次新宿事务所,碰巧那天地区的经理们要聚在一起开一个临时会议,因此不得不赶到新宿。在这种情况下,一般上午在新宿参加会议,下午结束,然后回到八王子事务所。

由于会议九点半开始,七点之前我便从家出发了。先乘坐横须贺线到新桥,再乘银座线地铁到赤坂见附,最后换乘丸之内线到新宿御苑前。因为公司离新宿御苑前很近,所需时间大约一个半小时。从赤坂见附乘车,丸之内线车厢内一般总有座位可坐。那天上车刚坐下,便闻到一股酸酸的味道,车厢嘛,平时一般也都混杂着各种各样的气味。还记得前排一位女性用手帕捂住鼻子,除此之外,没感觉周围有什么异样。

真不敢相信那就是沙林毒气的气味,事后被人问起时,连自己都感到吃惊:"啊?那就是沙林毒气吗?"

到达新宿御苑前,我直接去了公司。但下车的时候,感到周围突然暗了下来,仿佛照明被切断了似的。离家的时候天气还好,但踏着台阶走到地面时,四周好像暗暗的,心想是不是天气变坏了,看天又没有阴云。

那时因为服用过抗花粉症的药物,所以我想可能是药物原因。刚刚服用的新药与以往不同,也许有副作用。

赶到公司后,周围仍暗暗的,身体非常疲惫,一下子瘫坐在椅子上。上午的会议结束后,同其他人一起去吃饭,但眼睛不舒服,没有食欲,也没心情同他人说话,只是闷头吃饭,汗水滴滴答答地流淌下来。拉面馆的电视一直在播放着沙林事件的报道,同事开玩笑说:"是不是中了沙林毒气了?"当时我一直以为是花粉症药物的原因,对此只是笑了一下。

下午的会议开始后,症状也一点没有好转,于是想请治疗花粉症的医生看一下。我跟同事说身体不舒服,下午两点左右退出了会议。到那时我才怀疑自己是否真的中了毒。

我没有去公司附近的医院。为了慎重起见,请自己家附近为我调制花粉症药物的医生看了一下。当时自己也半信半疑:这种症状是花粉药导致的还是沙林毒气的原因?赶到医院,告诉医生乘坐地铁时便出现了这种症状。接着医生给我检查瞳孔,建议立即住院治疗。

我很快被救护车送到了横滨市立大学医院,下车时自己还能走路,因此那时的症状还不算严重。

但从当晚过了十二点以后,头便痛了起来,"咚咚"响似的痛。马上叫护士打了一针。那不是一阵阵的头痛,而像是脑袋被紧紧地勒住一般。疼痛持续了一个小时,真是难以忍受啊。但只要疼痛消失,就觉得没什么事了。

只是,为让紧缩的瞳孔张开而注射的点眼剂效果过头,反而使得瞳孔开张过度。因此,第二天醒来,感到异常刺眼,只得在自己周围贴上纸,以免光线照射进来。出现瞳孔紧缩症状前,我已经住了一天院。说实话,要是在第二天出院就好了。

早上家人拿来报纸,尽管无法认清上面的字,但也了解到了沙林毒气这场灾难的情况,许多人失去了生命。当时稍有差错,说不定自己也会死在那里。但事发当时却没有很强烈的危机意识,尽管自己被卷入那事件中。听到有人死亡,与其说毛骨悚然,感觉更像是以观众的姿态看电视上的一幕剧似的。自己没有那种切身感受,一点都没有。

大约是从那年的秋天开始吧,我时常想,那种感觉有点不对头啊,应该感到气愤或者提出抗议才是。随着时间的流逝,那种感觉逐渐强烈起来。

——所谓的"不对头",具体指什么呢?

比如说,如果有人在自己面前突然倒下,我一定会救他,但在距自己稍远的地方——譬如在对面五十米左右发生这种事,自己还会跑过去帮忙吗?会不会因为事不关己而闭一只眼走过去呢?若被无端牵连,上班迟到该怎么办?……觉得自己可能有这样的念头。

二战结束后的几十年间,经济高速增长,惟独物质在缺乏危机感的情况下意义越来越大,不可伤害他人等意识逐渐淡薄。尽管很久以前便被指出,但通过此次事件才使我切身感受到:如果这样下去,以后能够抚育好自己的孩子吗?这恐怕是不对头的。

说起来也真奇怪,住院时即使周围大吵大闹我也不以为意,太过于冷静了。即使有人兴致勃勃地向我谈起沙林事件,我也不会在意,对我来说,便是这个程度的问题。到夏季时,我甚至把它给忘记了,看到报纸上登载的受害者诉讼才想起:啊!原来发生过这种事情。仿佛与自己无关。

不过刚才也说了,到了秋季我开始觉得,这件事不应该轻易忘掉。并一直考虑是否应该改变一下自己的行为模式。

归根结底,我意识到今后在日本社会中,个人必须变得强大。我在这家公司工作已有十二年,有时会变得出奇地冷静。而年轻的时候,只要看到不正常的事情,便会心直口快地说不正常就是不正常嘛!久而久之,自己逐渐变成了那个样子。

奥姆真理教虽聚集了这么多优秀的人才,结果却发展成为地地道道的恐怖组织,这恐怕是个人弱小的关系啊!

对于"那么,你很强吗?"这样的问题,确实很难回答。哪怕有时为了不迷失自我而变强,有时也还是令人疲惫不堪。那时,若有所倚靠,便可轻松安心多了,大概任何人都多少这么努力。但是那种平衡一旦破坏,个人便会过度地倚赖周围的人或环境。为了把握那个限度,使自己变强是非常有必要的,我当然也是。

因此,在那种意义上,我并不认为自己是一个纯粹的受害者。

"事后想来,通勤车早到两分钟是一切的开始。"

大桥贤二(第一次采访,当时四十一岁)

大桥君在一家大型汽车经销公司工作了二十二年,现在大田区售后服务中心工作,职务是业务科长。

事发当时,颇具规模的服务中心尚未建成,而在设在杉并区方南町的临时事务所做中心开始运作前的准备工作,每天去那里上班。之前在位于尾久的技术服务中心任所长,九五年一月一日转来这里。大桥君遭遇沙林事件,是在前往方南町临时事务所上班途中的地铁丸之内线的列车上。

此前很长时间里,大桥君一直专门负责事故车的处理,站在服务窗口直接接待顾客。"我们的工作,和宾馆前台一个样。"他说。是个彻头彻尾搞技术的人,在第一线久经磨练——即使默默听他说话,这样的履历也可了然于心。短发,体格健壮,一副年富力强的男人风貌。看上去对工作格外有责任感。决非健谈那一类型,沉思着木讷地讲起那一事件。

家住江户川区,结婚十年了,三个小孩,大的上小学四年级。房子是事件发生整一年前新建的。不到一年时间里,搬家、工作调动、接下去发生沙林事件,可谓操心费力多事多难的一年。"本命年嘛!"本人苦笑。

不用说,一九九五年三月二十日大桥君遭遇之事绝非可以苦笑了之的。说法未免过于普通——随处可见的"小而幸福的家庭"被超乎想像的暴力毫无征兆地摧毁殆尽。仅仅由于开往小岩站的通勤车偶尔早到了两分钟——由于命运开的小小玩笑——致使他坐进了"沙林车厢"。

现在也仍为严重的后遗症所苦恼。与此同时,他参加了地铁沙林受害诉讼组织,积极开展对外活动。如果能开一个网站来救助——哪怕多求助一个人也好——和自己同样痛苦的受害者就好了……这是大桥君迫切的心愿。本来与人交谈超过一个小时脑袋就开始剧烈作痛,但这一次接受采访长达一个半小时,实在令人感激。

去中野上班期间的电车通勤站是小岩站,在那里乘JR到四谷。从家到小岩站有时乘巴士,有时骑自行车,不过还是乘巴士的时候多。

早上七点左右,JR车厢内还不太拥挤,虽然捡个座位坐下非常困难,但不至于前后左右挤得无法动弹。这样乘车上下班虽然算不上一件苦差事,但由于我在离家很近的黑田分店工作了二十年,与那时相比,现在通勤时间之长,刚开始的时候真是令人不好受。

事件发生的三月二十日,我同往常一样刚过七点便从家出发。奇怪的是巴士比预定时间早来了二分钟。若在平时,巴士偶尔会迟到一些,但那天却来早了。想追也来不及了,只好乘下一班巴士,那时已经七点半左右了。谢天谢地,到达四谷时,地铁迟到了二分钟。事后想来,通勤车早到两分钟是一切的开始,或者说是一个转机啊。时间如此混乱,真是头一遭遇到,因为以前每天都有条不紊、按部就班地通勤。

我一般坐在丸之内线从前数第三节车厢内,那天也是如此。因为从那里看到的四谷站周围风景很漂亮。驶出车站时,可以看到上智大学的体育场,放松心情深呼吸,感觉非常舒服。但那天我所乘坐的第三节车厢空荡荡的,平时根本没有这种情况。若在往常,到四谷站时,乘客不断涌入车内,根本无法坐下,往前行驶几站后,才坐得下来。但那天不知何故,车厢内只有十个人左右,大家都坐在座位上,我感到有点奇怪。

上车我就发现后面两人的样子很是反常:一个男的看样子就要倒下,有气无力地靠在座位上;离我稍近的一位女士则俯身半蹲着,整个身体呈圆形。接着闻到一股怪怪的气味,起初我以为是有人酒后呕吐发出的。但那种气味没有刺激性,感觉有一种甜甜的、像是什么腐烂似的味道。那也不是信纳水之类的气味,因为我们公司也做涂饰工程这一业务,经常接触信纳水,那种呛鼻的气味和这个是不一样的。

但一想既然有座位可坐,即使有些怪味也无所谓,于是仍旧坐在那里。闭上眼睛,很快进入了睡眠状态。若在平时,我一般会看看书读读报什么的,但那天是星期一,困得厉害,根本没心思。虽说是睡觉,却不是沉沉睡去,只是闭目养神而已。周围不时有声音传入耳中,迷迷糊糊中突然听到广播说"中野坂上",于是起身来下了电车,头脑也仿佛条件反射似的清醒了。

但不一会儿,便感觉周围暗了,抬头看站台的电灯也是黑的。接着喉咙干渴得难受,不由得剧烈地咳嗽起来。车站里面的长椅旁边有冷水机,我正打算过去润一下喉咙时,突然听到有人大声喊"有人晕倒了",喊的是一位年轻高大的上班族。我回头一看,刚才车上那个男的顺着长椅完全瘫倒在那里。

我的症状还不至于如此严重,于是走到冷水机旁润了一下喉咙。鼻水不住地流,两腿不断打颤,呼吸也越来越困难,索性重重地瘫坐在长椅上。大约过了五分钟,晕倒的人被用担架抬走,车也开动了。

车站工作人员走到我身边:"请告诉我如何联系您的亲人或者是朋友?"我将名片递给他,让他联系名片上的某某人。然后他将我带到车站一间办公室,对我说"请坐在这里稍等片刻"。

我不知道自己身体出了什么毛病,只是感觉眼前一片漆黑。眼睛倒不是很痛,只是一片漆黑。鼻水不停地流,呼吸也像马拉松长跑一样上气不接下气,两腿打颤,下半身发冷、痉挛。

记得当时被带到办公室的乘客共有五人,用担架抬来的有两人。站务员也好像对于发生的事一无所知。站务员有四五个,问我们发生了什么。大约过了二三十分钟,警察也来了,详细问了一番,虽然身体很难受，但我还是硬撑着把所知道的全都告诉了他们。旁边有人失去了意识，我非常害怕，担心自己也丧失意识死掉。于是，尽量鼓足力气，同周围人说话。

这时间里，车站的工作人员似乎也变得不舒服起来。他们在办公室里待了至少四十分钟，吸入了大量的室内空气，所以出现了恶心呕吐症状。要是早点到地面上去就好了。

后来我们终于上到了地面。消防人员赶来，在类似胡同的地方设立了临时避难所，让我们暂时坐在那里。但冷得不行，根本没心思坐下，因为地面上只是铺着薄薄一层垫子，躺下反而会更冷，毕竟那还是三月。周围停放着几辆自行车，我顺势倚在上面站着，并告诉自己一定要撑住。其余人也都像我一样靠在什么东西上，只有两个人躺在地上。在那里大约站了二十分钟，再加上在办公室待的四十分钟，合计有一个小时左右我们被搁在那儿，没有得到任何治疗。

我是被警车送到中野综合医院的，而不是救护车。坐在医院长椅上接受检查，医生说有点不好办啊，就那么给我打点滴。因为我是乘警车来的，无意间听到了"是不是中毒了"一类的话，当时我也想自己可能碰上有毒的东西了。

当时医院好像也不知道我们中了沙林毒气。我们一直穿着沾有毒气的衣服，因此有些医生也感觉自己的身体出现了不适。

整个上午身体都冷得厉害，尽管给我们披上了电热毯子，但还是不起作用。用血压计一测，升到180，若在平时，最高也不过150左右。血压非常高，对此我心里却没有感到不安，而是觉得莫名其妙。

结果，我在那里住了十二天院。那期间头痛得非常厉害，连续三天三夜头上都敷着冰袋，镇痛剂也一点不起作用。真是难受啊！住院的那些日子，头痛如潮汐一般，时而轻时而重地持续着。不仅如此，又出现发烧症状，连续两天体温接近四十度。

住院的最初三四天,双腿痉挛,呼吸困难,喉咙像被堵住一样,眼睛也看不清东西。即使将脸朝向外边,也看不到一丝光亮,眼睛的焦点无法汇聚,远处的物体一点都看不清。

点滴一连打了五天。血液中的胆碱酯酶数值直到最后一天才恢复到正常状态。瞳孔虽然逐渐恢复正常,但焦点一旦对上什么,眼睛深处简直像触电一样"突突"掠过一阵剧痛,锥刺一般地痛。

在三月三十一日那天终于出院。因为头痛得厉害,不得不向公司请了一个月假,在家休养。再说,两腿一个劲儿颤抖,若在上班途中摔倒受伤,那可就麻烦了。

早上一起床,头痛便如约而至,简直就像大醉了两天似的。剧烈的疼痛一直持续着,但我没有服用任何药物,一直忍耐着。因为吸入了像沙林那样的毒气,倘若吃错药物,对身体的副作用很大,所以头痛药之类一概没有服用。

每个星期三我都去中野综合医院接受检查,主要检查大脑和眼睛。紧缩的瞳孔已大体恢复正常,但眼睛的焦点稍一聚拢,便刺痛无比,医生甚至连什么原因都一无所知。大概是因为医生以前没有接触过沙林病例,不知如何处理吧。检查一下眼睛,测一下血压,"请下星期再来吧"——每星期都是如此。

这样,一直到四月末都没上班。五月连休结束后,我去了公司新设立的昭和岛中心工作。摆办公桌,配电脑……每天忙到深夜,说实话,真有些忙过头了。脑袋还是像以前一样疼痛,尤其是到了六月梅雨季节,更加厉害,每天头上都好像顶着一件沉甸甸的物体。看东西时,眼睛总是一阵阵地刺痛。

那种疼痛在工作的时候会逐渐减轻。因为专心工作,把它给忘记了。所以工作时间里对此一般不会太在意,但工作一结束,头便痛起来。因为这个原因,在上下班的电车上通勤是最令人痛苦的。

我现在对乘坐通勤电车感到恐惧。上车后,电车门在眼前关闭的一瞬间,头便会痛起来。到达目的地下车,通过检票口出站,本以为会有所好转,但疼痛依然挥之不去,集中精神考虑问题也不可能。持续谈话超过一小时,头就剧烈疼痛,现在依然如此。四月中旬,警察要我写供述书,包括受害报告在内一共花了大约五个小时,真是令人疲惫不堪。

八月休假一星期后,感觉症状比以前减轻了许多,对乘坐地铁不再恐惧,头痛也没有以前剧烈,或许因为暂时脱离工作,紧张的神经得以放松的缘故吧。工作开始后的前两三天倒还好,一星期后,症状再次复发,一旦乘坐上通勤电车,剧烈的头痛便会袭来。

八月二十八日那天,勉强挣扎着赶到公司,竟然花了三个小时,因为不得不在途中车站下车,休息一小时,疼痛减轻再上车。若疼痛无法忍受,就再次休息,如此反来复去,到公司时已经十点半了。我想这样可不行,经人介绍,认识了圣路加医院精神科的中野医生,第一次见面是在八月三十日。

我将事情的原委与症状详细告诉了中野医生,他说:"那样做可不行,工作本身对你来说是慢性自杀啊!"又问我是否服用过什么药物,我告诉他什么也没有服用,他说那样适得其反。自那以后,我每星期都去做心理咨询,谈那星期发生了什么事,生活上有什么不方便,乘坐电车有什么感觉等等。有时会根据症状给我开一些不同的药。头痛便服用布凡林,还有安定剂、安眠药。自从服用安眠药之后,睡眠好多了。

归终,我连续三个月没有工作,在那期间一直坚持心理咨询和服用药物。总的来讲,我的症状属于典型的 PTSD,即创伤后应激障碍。用最近的例子来说,它同神户大地震的受害者、同经历越南战争的归国士兵有着相同的症状,都来自于强烈的恐惧感。我遭遇沙林事故后的四个月中,经常工作到深夜,严重透支了体力,压力也随之积攒起来。多亏在夏季休假一星期,让以前紧张的神经松懈下来。

刚开始的时候,中野先生对我非常生气:"别想得太多别那么苦恼,尽量放轻松心情!"要根治PTSD非常困难,只要事发时的记忆还存在,精神上的伤痛便永远不可能消除。因此,对我而言,所能做的便是将那记忆消除,但那不是轻而易举就能够做到的。如果真是这样,那么以后只好与这疾病耐心相伴了,而且要时刻提醒自己注意不要疲劳过度,不要积攒压力。

这样,我向公司连续请了九月、十月、十一月三个月假,十二月初开始上班。但是上班后非常疲劳,根本不可能干一整天,只好工作半天,上午去公司,下午两点左右回家,以便使自己的身体逐渐适应。我曾问过中野医生:"一月份以后,是否可以延长一点工作时间?"但被告知:"不太合适,再忍耐一下。"所以直到这个月(一月)末都连续上半天班。每周三休息,因为是去医生那里,可适用劳动伤害事故条例,向公司请假倒也方便。

现在上下班仍然感到非常痛苦,从小岩站到滨松町换乘电车时,头痛便会加重。到公司服用布凡林,三十分钟后,头痛减轻,如此周而复始。

在别人看来,患者似乎并无大碍,但别人绝不会明白那种痛苦。这种情况在职场上尤为明显,所幸我们的所长非常理解我的处境,说:"如果自己遇到那种事故,说不定也会这样。"从医院拿到诊断书,向所长说明情况,他建议我住院,"尽快将病治好!"

遭遇沙林事故住院期间,经常做噩梦,记得最为清楚的是,在梦里经常被人强拉硬拽。病房的窗户正对着病床,在梦里差点被人从窗口拽下去。有时一回头,发现死去的人就站在自己身后。

很早以前,曾梦见过自己变成鸟在天空中飞翔,而这回在梦中飞翔时突然被人打了下来,不知是用箭射中的还是用枪打中的,落到地面上，再被人踩死。以前在天空中飞翔是很快乐的，而现在却变成了梦魇。

对于施放沙林毒气的罪犯，现在已不只是愤怒或者痛恨了。我当然恨他们，希望尽快处理好此事——这是我唯一能够说的。

大桥贤二（第二次采访）

第一次见大桥君是九六年一月初，第二次见他是十月末。这次采访的主题，是想了解经过十个多月后其后遗症康复有怎样的进展。大桥君介绍说处于时好时坏的状态，至今仍为剧烈的头痛和乏力感所困扰，尤其头痛让人受不了。

与此同时，大桥君眼下碰到的最大的个人问题，是公司把他从以前的工作岗位上调了下来。就在这第二次采访前一个星期，上司找他谈话，劝他往下一段时间做稍微轻松些的、不必拼死拼活的工作，以便养好身体。结果将大桥君过去担任的业务主管交给现在和他一起工作的老资格科长兼任。

尽管这样，许久没见的大桥君脸色好多了。时常从江户川区自家骑自行车去位于九段的中野先生诊所（主要原因是乘地铁头痛），这天也骑自行车来到采访地点。给人的感觉也远比上次年轻了，开始面带笑容。看上去倒好像正朝好的方向发展……

归根结底，一如他本人所说，痛这东西是肉眼看不见的，痛只有本人才知道。但愿他早日康复重返第一线。

第一次采访之后，今年（九六年）的二三四月份，我一直都是早上八点半才到公司，下午三点左右就回家了。头还是从早疼到晚，感觉就像海浪一进一退拍打着海岸一样。就是现在头也在疼，不过一谈起这个，话就有点长了。那种感觉就像是有什么东西沉甸甸地压在头上，又像是有什么东西罩在头上。与醉酒醒过来之后出现的头痛相似的轻微疼痛是每天都不间断的。这是常有的。虽然我专心做一件事的时候能够暂时忘记疼痛，但是其他时候几乎一刻不停地疼。睡觉的时候头也是沉沉的。

今年八月底到九月初的一两个星期里，头疼变得特别严重。半夜里都会疼醒。吃止痛药、用冰枕降温才能够勉强入睡。跟上司商量了一下，上司说如果是那样的话就不要太勉强，建议我只上一上午的班就回家。就这样，打那以后头疼的状况就没有好转过。相反，竟转化成了慢性头痛。一到公司，我就先吃两片阿司匹林。如果头不再痛，往下就不再吃。今天，为了保险起见我是早上吃了药来的，不过聊起这个来到底就……

——不要紧吗？对不起。

啊，那不要紧的，反正已经是慢性的了。现在自己是一种什么状态，今后会发展成什么样，我大体上能凭感觉把握了。已经习惯了。头开始疼的时候，脑袋里面的某个地方就化为一个点，这一点变为疼痛一点点地向外扩散。现在这一点在左边，但是每天都会不一样，或是左边，或是右边，或者整个脑袋一起……

今年，在工作方面，我觉得对事故车辆的估算工作最好能有个操作准则，就根据自己二十年的工作经验制订了一个准则，并把它输入到电脑里。电脑屏幕也是绿色的倒还好，可是一旦有三四种颜色，眼睛就开始疼。把视线集中到一点也是很费力的。本来看着这边，因为别人叫而一下子转头与对方四目相对的时候，眼睛就疼得厉害。那种疼痛就像是要穿透一切一样。这种情况会经常出现。更不可思议的是，如果疼点在左边的话，就只是在左眼深处疼得很厉害，若是在右边，则只是右眼深处。那是一种像是被人用钎子串起来一样的疼痛。这种状况一直持续着，我真的是有好几次想到自杀。心想如果死了就会舒服了。现在也还是有这样的想法。

即便去看眼科医生也找不到原因。他只是给我稍微检查一下,说一句"不要紧很正常"就没下文了,再也不理会我。只是前段时间,我和一位医生谈到这个问题,他说经常会有一些农民出现与我同样的症状。他说如果使用含有机磷的农药,神经系统就会遭到破坏,从而出现同样的症状。

今年盂兰盆节的时候,我骑摩托车回了趟饭田老家。单程大约有三百公里,我骑着250cc的摩托车跑了个来回。头还是很疼,我也担心能否顺利到达,没想到这竟然成了一趟轻松愉快的旅程。空气也很清新,骑车的时候,注意力远比开车集中。

但是,今年夏天快结束的时候,刚才也说过了,头疼又一下子加重了。很长一段时间里,我都只能在公司工作一个上午。虽然公司对我这样的出勤给予了认可,但是今年十月我被撤销了管理职务。当然,这是上司担心压力大的工作岗位会对我的身体健康不利而特别关照我的结果,可对于一个干劲十足的职员来说,这个结果真是太残酷了。

"放松心情工作就好。"这种想法作为一种关心,我当然满怀感激地接受,很感谢。不过,先不说这个了。事件发生后我休了一个月假。之后,从去年五月到今年夏天,我工作得比以前更加拼命,心想不能因为自己给公司添麻烦。我忍着头疼,勉强做了很多事情。也有这个原因吧,就像我前面提过的,到了去年夏天一下子"爆发"了。于是我想那时候的坚持对我自己来说究竟算什么呢……每天都加班,拼命工作到十一点半,只剩下末班单轨电车。当时精神科医生就说那样勉强自己是不行的。想到这点,即便现在有人对我说很辛苦吧,劝我不要去考虑责任放松心情活着,说实话,作为我本人也不是没有难以释然的地方。

但是,我一直努力让自己不把所有事情往坏的方面想。也不是没有恨过,可是只能往好的方面想啊。

说得清楚些,我现在就像是在"坐冷板凳"一样。办公桌也挪了位置。就算去公司,也无事可做。只是一个人孤零零地坐在那儿做一些任何人都胜任的简单工作,比如说整理传票。以前长时间积累起来的工作经验已经没法用到工作中去了。

但这样一来,就不能成为让自己振作起来的动力,所以不管是不是行得通,对每项策划我都会以自己的方式仔细考虑,考虑"这个这样做会怎么样"。人生即便晚一年也是无所谓的。现在回想起来,这二十年来我始终一门心思扑在工作上,一直拼命做事。"四十一岁就成了正科长有点升得太快了,这段时间好好休息一下也未尝不可嘛"——我尽量让自己这么去想。

——是啊,您还年轻,孩子又小,咬紧牙关挺住,让身体完全恢复才是最要紧的。如果您就此垮掉了,那可真是不好办了。

是啊。我打算不往上看,就以自己的方式踏踏实实地干下去。可是想归想,现在这种痛苦到底能不能完全消除,这样的生活实际上我到底能够忍受多久,对此我没有把握。我看不到未来。现在我只是从早上工作到中午十二点,可是即便那样也已经筋疲力尽了。

因为有通勤工伤补偿,奖金也减少到了一年二十五万。经济上非常紧张。对工薪阶层来说,奖金的存在是很重要的。用奖金刚好勉强能够把每月家用不足的部分补足。一下子减少那么多,真是很吃不消的。最近又盖了新房子,还要还贷款。三十年的贷款,怎么说也要还到七十岁。

就算说我头痛得厉害,从外表上也看不出有什么特殊的地方。所以那种疼痛到底是怎样一种疼痛只有本人清楚。请试着想像一下每天每天头上一直压着石头或戴着重重的头盔的感觉。如果能从这疼痛中解脱出来的话……当然,大概没有谁能明白我的心情。我非常非常孤独。恐怕要失去一支胳膊或者成为植物人,别人才有可能明白我这种痛苦吧。

干脆当时就死掉该有多好啊。也不必去承受这样的痛苦……

但是一想到家人，我还是要不断地努力啊！

"偏偏那天从最前面的门上车，也没什么特殊原因。"
稻川宗一（当时六十四岁）

约略变稀的白发梳理得整整齐齐，一张容光焕发的圆脸，但并不见胖。十年前得了糖尿病，自那以来十分注意饮食。只是，因为应酬，惟独酒欲罢不能。喜欢日本酒。

身穿挺括的深灰色三件套西装。讲话清楚果断，隐约让人感觉出前半生熬过日本战后的自信。看情形远远不是退休年龄，无论多久都能干下去。

稻川先生生于甲府，从电气学校毕业后来到东京，一九四九年进入建设公司，在那里做设备方面的工作。不久离开生产现场转搞营业，六十岁作为营业部长退休。当时本来有几个再就业的门路，但"突然懒得伺候人了"，于是和两个同辈人商量，独立开办公司。主要业务是经销照明器材和提供咨询。

工作虽然进展顺利，但并非忙得不可开交。"啊，倒是轻松不得，"他说，"但不伺候人比什么都心情愉快。"眼下在市川和夫人单独生活。两个孩子都已独立，有三个孙子。最小的孙子是事件发生后第二个月生的。

倒不是说有特殊信仰，但他总把夫人给的三个护身符带在身上。

总武线的下总中山站是最近的站，我坐总武线直接来新宿。七点二十五分出门，八点四十分到公司。虽然公司规定九点开始上班，不过因为是自己开的公司，要求也并不是那么严格。

三月二十日那天从御茶水站就有空座了。也有需要换乘其他路线的乘客，所以有很多人在御茶水站下车。然后，我在新宿换乘了丸之内线,当然这也有地方坐。我一般是从前面数第三节车厢上车。

这一天我也是坐在第三节车厢最前面的座位上。刚好在这个位置(画车内构造图),有类似污渍的东西扩散开来,是湿淋淋的痕迹。也就是说,在这个座位和那个座位之间是放着沙林的。我知道那里有什么东西,估计是从那儿流出来的液体。我倒不知道那是什么东西,总之是一种液体,和啤酒的颜色差不多。再就是有一种奇怪的味道。有股奇臭一下子扑鼻而来。所以我稍微留意了一下。

那天的电车较往常空得让人有点不可思议。平时有相当多的人,甚至都有没座位坐的时候,可那天没有站着的人,坐在座位上的也就是稀稀拉拉少数几个人。事后想来,大概因为车里有奇怪的气味,所以大家那时候都已经转移到其他车厢去了吧。

之后,我注意到的是坐在这儿(在图上指出)的一名男性。在放着沙林的这个地方旁边,那个人一个人坐着。我上车的时候那个人就好像在睡觉,渐渐地,他的姿势变得奇怪起来,我还在想真是奇怪,是不是身体不舒服啊?大约快到中野坂上站的时候,从他那边传来"扑腾"一声响。我当时正在看书,心想怎么回事呢,抬眼一看,只见他跌在了地板上,脸朝上倒在那儿。感觉像是以原来的坐姿直接从座位滑下来的。

我想这可不得了,稍微看了一会儿。那时电车刚好进站。电车门开始打开,我也马上从车厢往外走。本打算去叫站务员的,不过那时有个年轻人跑到了我的前面。他跑去叫了在站台前面工作的站务员。不久,站务员赶来把躺倒在地的那个人抬下了车。

倒下的男性对面的座位上坐着一位女性。她也已经昏迷不醒了。年龄有四五十岁,大约是那个年纪。我不太会看女人的年龄。总之是一位中年妇女。那个男的已经很大年纪了。被叫来的站务员一个人照顾着那个男的将他带出车厢。接着又赶来了一位站务员,两个人扶起已经神志不清的女人,一边喊着"不要紧吧",一边将她扶出车外。这时间里,我下了车一直站在站台上。

在这进进出出忙忙碌碌的过程中,一位站务员用手拿着一个装有液体的袋子来到了站台。谁也不知道那是沙林,只是以为有可疑物品姑且先拿出电车罢了。事情已经告一段落,车就那样重新开动了。

我移到了前一节车厢。因为有奇怪的气味,我也不想再待在那儿。之后我就在下一站新中野站下了车。

可是,在通过地下通道的时候,鼻涕开始一个劲儿往外淌。当时还在想:哎?真奇怪。是不是感冒了。接着就开始打喷嚏、咳嗽。出现这种情况一般都会认为是感冒的吧。再往下,眼前开始变暗。所有的症状几乎是同时出现的。当时觉得这很奇怪,但即使那样,精神还是很不错的。意识清醒,走路也不费力。

刚才我也说过了,公司在车站的正上方,反正走到了公司。可是眼前还是暗暗的一片,也还是鼻涕不断,咳嗽不停。于是我跟他们说自己身体有点不舒服,先躺会儿,就躺在了沙发上。因为眼睛状况很奇怪,就想用毛巾冷敷一下,可同事说眼睛用热敷比冷敷效果好,于是就把热毛巾敷在眼睛上躺了大约一个小时。这样一来,眼睛渐渐没什么大碍了,又可以看到蓝天了。在那之前一直就像是待在黑乎乎的墨汁里一样。可以看到东西,却完全没有色彩——就是这样一种感觉。现在已经恢复正常了。

之后,我就像什么都没有发生过一样开始工作。十点左右我太太打来电话,问道:"地铁现在好像出了大事,你没出什么事吧?"我心想不能让她担心,就回答她说:"嗯,没什么事。现在活蹦乱跳的呢!"眼睛也已经没有什么问题了嘛。

出去吃午饭的时候,在附近的荞面店碰巧看到了电视,我这才知道的确是出了不得了的大事。整个早上这附近也的确是一直在鸣警报,而我却没怎么留意。不过,在那儿看了电视之后我才知道那就是沙林。电视上说"受害者眼前都会变暗",我就想那么自己也是其中一个受害者吧。可是,就算是那样,我也完全没有想到要把眼前变暗与附近放着发出奇怪气味的袋子这两件事联系起来。

去中野综合医院检查了一下眼睛,医生说是缩瞳,立刻给我注射了解毒剂,打了点滴。还进行了血液检查,结果显示说胆碱酯酶的数量大量减少。就这样立刻住进了医院,说胆碱酯酶数值不恢复正常就不能出院。没办法,只好给公司打电话说我需要住院,也不知要住几天,请对方帮我收拾一下桌子。又给家里打了个电话说明情况,被太太狠狠说了一顿,质问我说"你刚才不是说没事的吗!"(笑)

结果住了六天院。星期一住的院,出院是星期六。住院期间没有特别让人感到痛苦的事情。就坐在沙林的旁边,我的症状却轻得让人不可思议。一定是因为我坐在袋子的上风向的缘故吧。车里的空气一般是从前往后流动的,所以如果在下风向的话,哪怕坐一两站,都可能会遇到大麻烦。这就是所谓命运吧。

我没有变得从那之后就害怕乘地铁,也没有做过噩梦。也许因为我对什么都不在乎吧。但是,我真的感觉到了命运。打个比方说,我平时是不会从第三节车厢最前面的门上车的,都是从第二个门上车。那样,我应该会坐在沙林的下风向吧。但是,偏偏那天从最前面门上车,也没什么特殊原因,仅仅是碰巧。我这一生中没有一次特别觉得自己幸运过。虽然没有倒过什么大霉,但也没有觉得自己有特别走运的时候。我这一生无风无浪平淡无奇。但到底有这样的事情发生啊。

"如果我不在那里,会有别人捡起袋子的。"

西村住夫(当时四十六岁)

西村君是事发当天在中野坂上站值班的地铁职员,职务是乘务助理。那天是他直接用手拾起了丸之内线车厢里的沙林袋。

西村君是茨城县人，通过学校介绍进营团地铁工作。一般说来，铁路方面的工作给人以"坚实"之感，在乡下评价高。所以，通过招工考试时，心里非常高兴。那是一九六七年的事。进去后马上闹起了学潮，地铁也停了几次。

中等个头，相对说来偏瘦。但面色红润，目光坚定。假如在酒吧碰巧坐在一起，我恐怕猜不出他是做什么工作的。不过，一眼即可看出此人是在某个劳作现场踢打出来的那一类型。若仔细观察其面目，日常从事花费神经的工作这点也可大致推断出来——隐约有这种气氛。他说最开心的就是下班后放松地和同伴喝上几口。

这次答应我们采访的请求，好意提供证言。但坦率说来，看样子他是不太情愿谈及地铁沙林事件的。或者莫如说"不愿意触摸"更为合适。对于他那当然是应该忌讳的事，同时也是想尽快从记忆中消除的往事。

不但西村君，所有铁路人员恐怕都不例外。按时刻表平安无事地在东京地下行车——当下对他们来说这是再重要不过的。当下几乎就是一切。不想无谓地重提过去。由于这个缘故，从地铁有关人员口中听得事件情况，坦率地说并非易事。但是，他们心中那种不能让事件风化、不能让同事白死的强烈愿望给我们带来了这些宝贵的证言。对此深表感谢。

西村君家住埼玉县，乘东上线上下班，有两个女儿。

地铁站的工作是以日勤、"全泊"、公休三班轮流的形式进行的。所谓"全泊"，就是从早上八点到次日早上八点工作二十四个小时。当然并不是一直醒着工作，其间也在休息室里睡觉。"全泊"下班之后是公休，也就是放假。接着是日勤（普通的白班）。一周里有两天"全泊"，两天公休，剩下的就是日勤了。

刚才我也说了，规定是"全泊"那天要工作到早上八点，但并不是说下班之后就可以马上回家。八点开始正赶上上班交通高峰，所以即便下班了也要留下来加班,帮忙处理车站事务。这要从八点持续到九点半。三月二十日这天,我是"全泊",刚下班,正在负责交通高峰期的监督工作。就在那个时候发生了那起沙林毒气事件。

虽然是连休正中间那一天,但因为是星期一,客流高峰时间的乘客数量与往常基本上一样。丸之内线开往荻洼方向的车过了霞关站之后就已经变得很空了。从池袋到霞关这一段会有很多乘客上车,但之后就只是下车了,上车的人不太多。

所谓客流高峰时间段的监督,不过是查看一下乘务员的工作,核对和监督是否出现异常而已。比如说,看看乘务员的交接是否顺利,车是否晚点。这个位置也并不是必须引导乘客的。

出问题的车次为 A777,开往荻洼方向。始发站是池袋站,预定八时二十六分到达中野坂上站,而且准时到达了。车由六节车厢组成。中野坂上站有两个站台,正中间空着。因为有从方南町方向开来中野坂上的车,所以我们称之为分支线。在对面开往池袋方向的列车所经过的站台上,早上因为出现客流高峰非常拥挤,所以在每一节车厢前都站着一位副站长或相关负责人员维持站台秩序。

当时我正好在分支线这边负责监督。这边是三节车厢组成的列车,所以我通常是在这个位置上监督乘务员的交接,留意周围情况。这列 777 车到达中野坂上站之后,从前数第二节车厢下车的乘客好像有什么事情,大声喊了车站的工作人员。隔着轨道,向站在池袋方向站台上的副站长喊道:"请立刻过来这边。乘客的样子有点奇怪。"

我当时站在靠近新宿方向的站台上,距离那儿大约有五十米远,所以听不太清楚喊的是什么,但看上去像是发生了什么事情,我就急忙赶了过去。就算知道出现了异常情况,中间隔着轨道,副站长也是没有办法到这边来的,所以我过去了。我看到前数第三节车厢里,有两位乘客倒在那儿。这节车厢一侧有 3 个门,我从最后面的门进到车里边,看到一名大约 65 岁的男性整个儿躺在地板上。而在他的对面,一名 50 岁左右的女性一副从座位上滑下来的姿势。她呼吸急促,发出"哈—哈—"的声音,口吐着带血的粉红色泡沫。男乘客乍一看像是已经完全没有了意识。看到这个场面,我立刻联想到"这或许是夫妇殉情"。当然不是这样的,但是"殉情"这个词最先从我脑子里蹦了出来。这位男性后来去世了。据说那位女性到现在也还是不省人事。

车厢里只有倒下的这两个人,没有其他人。男乘客倒在这儿,他对面的椅子上坐着女乘客,附近门口放着两个塑料袋。一进车厢就可以看到那个袋子。塑料袋呈正方形,边长大约30厘米,里面装着液体。一个袋子没有破,非常完整,而另一个袋子已经破了,黏乎乎的液体正从袋子里往外流。

有气味,但我无论如何也没法准确说明这种气味。刚开始跟大家解释说类似稀释剂气味,可仔细一想,那与稀释剂的气味不一样。还混着一点焦糊味儿。怎么说呢,是一种没法用语言说明的怪味。虽然我经常被问到那是一种什么气味,可是一旦有人问我,我总是很为难,不知道怎么形容才确切,只能说是一种"怪味"。总之,因为散发出那样一种气味,我当时才条件反射地认为"那是自杀"。

这时间里,其他工作人员也赶来了。大家一起把倒下的乘客移出了车厢。因为只带来一副担架,所以就把男乘客放在担架上抬出车,女乘客由大家一起扶到了站台上。在车上工作的乘务员也好,司机也罢,都完全没有注意到车上出现这样的状况。中野坂上站有车站事务所,所以从池袋一直跟车过来的乘务员会在这里交接,但是下车的乘务员和刚上车的乘务员都对此一无所知。

不管怎么说,我们还是先把倒下的两位乘客抬出车厢,让车出站了。收到"可以开车"的指令之后,车开始向前开动。因为车不能长时间停留的嘛。从时间上来说,连擦一擦湿地板的时间都没有。必须先让车离开。但是车厢里还是弥漫着奇怪的味道,地板也湿了,必须在获洼站清扫一下。我就到车站事务所请人帮忙给获洼站打了个电话,告诉对方777第三节车厢地板脏了,请他们清扫一下。但同一时间里,与777有关的人身体都开始不舒服,不论工作人员还是乘客。这发生在八点四十分左右。

列车从坂上站到荻洼站,经过新中野、东高圆寺……荻洼站是第五站。时间大约需要十二分钟。777从荻洼返回,车次会变成877。可是从荻洼坐上这列877的乘客也变得不对劲儿了。电车到了荻洼之后有相关人员用拖布打扫了车厢的地板——我觉得应该是在返程的车里清扫了地板——这样一来,清扫人员也开始不舒服。一位副站长因此受了重伤。从荻洼上车的乘客到了新高圆寺这一站的时候身体也都变得不对劲儿。于是断定这列电车的确有问题,就请全体乘客在新高圆寺下车,直接把车调回。

对了,那个时间里荻洼站应该有相当多的乘客上车,座位通常都会坐满。座无虚席,有少数人站着。大体是这样一种状态。因为必须核查返程的电车,我就查了一下877经过本站的时间,时刻表显示为坂上站八点五十三分。所以我就一直等着,结果电车在新高圆寺就被调回了。

将两位倒下的乘客抬出车之后,我用手指捏起装有沙林的塑料袋,把它拿到了站台上。是我自己做的这件事情。袋子是正方形的,边长有三十厘米,近似用来静脉注射的那种塑料袋。那里面装有液体。当时我戴着白色尼龙手套。巡视的时候,我一般是戴着那副手套的。我尽量避开袋子湿的部分,轻轻把它提了起来。

我一直以为那男女二人是用这个自杀的,所以心想这是危险物品,要交给警察。碰巧看到网架上有报纸,就拿来报纸,把装有沙林的袋子放在上面捧到了站台,把它放在站台柱子的后面。后来,副站长拿来了超市购物用的白色塑料袋,把装有沙林的袋子放进塑料袋并扎紧了袋口。副站长把那个塑料袋拿到车站事务所,顺便放在了那里。我对这个不太清楚,听说好像放在门口附近的水桶里了。

在这段时间里,乘客也有人说自己身体不舒服,就把他们留在事务所里。但是不仅乘客,而且车站上的工作人员样子也都开始变得奇怪。警察和消防署都过来调查情况,但是那些人的身体也同样出现了异常。因为这非常蹊跷,就把袋子拿到了外面。在那之后就有警察马上把它拿到什么地方去了。我记得很清楚。

去事务所打电话的时候,我自己还没有完全意识到,其实我那时已经在流鼻涕,眼睛也开始变得不对劲儿了。倒是不疼,但是看东西很模糊,眼窝火辣辣的,看不清东西。要是想把目光集中在一点上,眼睛就疼得让人受不了。什么都不看单是一个人发呆还好,可是一旦想要好好看个什么东西就会疼。慢慢地,荧光灯什么的都变得模糊了。

去洗手间洗了把脸之后,我就到休息室稍微躺了一会儿。开始头晕是在八点五十五分,我大约是在九点躺下的。那时候我已经知道其他地方也出现了异常情况,因为日比谷线的骚动出现得要早一些,中野坂上在时间上要晚一点儿。那个时候大家已经吵得沸沸扬扬的了。电视上也一个劲儿报道。

我也不太舒服,就出了车站。在中野坂上的十字路口那边,救护车来来往往,为了收治转移乘客而忙得不可开交。我根本坐不上救护车。类似警察机动队的车也充当救护车用了。就是那种蒙着铁丝网的车。我是被那种车送到医院的。到医院的时候大约是九点半。坂上站的工作人员中有六个人去了医院,住院的加上我有两个人。

我去的是中野综合医院。当时已经明确原因可能就是沙林,所以对我采取了相应的治疗措施。清洗眼睛,紧接着打点滴。必须在医院的病历上写下姓名和住址,可是因为眼睛变得不对劲而写不了的人不在少数。目光不集中在一点就写不好字嘛。

结果住了六天院。二十日这天相当让人吃不消,筋疲力尽。除了身上的衣服,什么都没带,还这个那个老是检查。血液中的胆碱酯酶值也低得反常。要经过三到四个月的血液透析,透析之后才会恢复,但是在此之前瞳孔还是打不开。医学上称为"缩瞳",我比别人严重得多。缩瞳一直持续到出院。即使直视光线,也完全不觉得刺眼。

给我太太打了电话,她马上赶来医院。但是,说实在的,那个时候我基本上没有不知自己是生还是死的不安。一直心想应该没有什么大不了的。又不是出现了很严重的症状,也没有变得意识不清。只是眼睛疼,流鼻涕,如此而已。

但是,半夜里会做噩梦。躺在床上,身体冻得硬邦邦的。我也搞不清楚那是梦还是现实,但不管怎么说意识是清醒的。想按呼叫器按钮叫护士,却怎么也够不着。这让我很痛苦。总是被噩梦缠着。这种情况半夜要出现两次。一下子醒过来,很想按下按钮,却怎么也做不到。

直接用手捡起装有沙林的袋子,却只是受了这个程度的小伤,觉得挺幸运的。或许是和风向什么的有关系,也许是因为没有在拿起袋子的那个位置上直接吸入毒气的缘故吧。因为在别的车站上也有人同样用手捡起袋子却死掉了。公司里也有人说是因为我喝酒喝得特别凶的缘故,说那样不容易中毒。究竟怎样,我就不太清楚了。

那个时候说不定会死这样的真实感,说实话,几乎没有。当然,眼睛的确是很疼的。白天一直躺着,也没法看电视。半夜又无聊得要命,不知道究竟应该做点什么。这让我很苦恼。可这就是最难受的了。肉体上的痛苦和辛苦只是出现在初期,所以我并不是那么消沉。三月二十五日出院,在家休养到四月一日,之后又回到了工作岗位。我觉得即便待在家里也闲着无聊,还是出去工作比较好。

老实说,对于奥姆教的现行犯,刚开始我没太有憎恨或者类似的感觉。因为我不太清楚自己是被谁弄伤的。如果说直接挨揍的话倒还能马上作出反应……

但在很多事实浮出水面之后,我也慢慢开始觉得那是不可原谅的。那样不加区别地将许多毫无抵抗力的普通人当作目标,让人难以原谅。我也有两个同事因此失去了生命。如果犯人真的站在我的面前,我没有自信能够很好地抑制要把他们拖出去让大家痛打一顿的心情。我认为犯人被判死刑是理所当然的。虽说也有人主张废止死刑,但是他们做了那么恶劣的事情啊!无论如何也是无法原谅的。

虽然说是我捡起了装沙林的袋子,但那只是因为我恰恰在那个地方。如果我不在那里,会有别人捡起袋子的。工作上的职责还是必须履行的。谁也不能摆出一副事不关己的样子吧。

"是很难受,可我还是坚持买了牛奶。不可思议啊。"

坂田功一(当时五十岁)

坂田先生住在神奈川县俣川。最近刚刚重建的房子,式样别致,宽敞明亮,同太太、母亲三人一起生活。出生在满洲的新京(现在的长春),父亲是军人,母亲是关东军司令部的打字员。父亲战败病死(当俘虏被押往西伯利亚途中得斑疹伤寒死亡),留下母亲返回父亲老家熊本,母亲同亡父的哥哥再婚。义父在他上初二时去世,母亲身体很好,仍在附近菜园精耕细作。由于义父做建筑工作的关系,这里那里到处搬家,仅小学期间就搬了五次。上初中后在川崎定居下来。

坂田先生不愧是会计专家,资料的整理分类极为严谨。我们一问什么,马上从准备好的文件夹里拿出有关剪报、收据和记录之类,令人由衷佩服。想必在职场也很严谨认真。家里也收拾得井井有条。

爱好是下围棋。运动是打高尔夫。不过,转到现在的公司后很忙,一年只能打五次。身体结实,从未得过大病。这次因沙林中毒住院是有生以来第一次。不过,"住进来休整一下倒也不坏。"他说。

我在现在这家"××石油"(营销公路用沥青的公司)工作有十一年了。此前也是在同类公司工作。换了几家公司,现在这家是第三家,都跟石油有关。我们是专门做沥青销售的,而这类工作即便仅仅几个销售人员从原公司辞职合伙开公司,只要客户对其足够信赖,也是有办法维持下去的。这一行就是有这样的特点。相对于公司的组织结构,还是人与人之间的关系重要。因为上一个公司的老板在管理上有点问题,大家觉得烦,于是约好一起辞掉工作,完全从零开始创办了公司。

所谓沥青,就是购入石油进行提炼、分类最后产生的东西,也就是沉淀物。我们专门卖那个。由 shell 或日石这样的销售总公司生产,而我们作为代理商对外批发。同样的公司很多,竞争呈白热化状态,而我们不过是新入行的公司,不可能只说一句请您购买我们的产品对方就会马上买。大致的途径都是一定的。

对我们来说,有着重大意义的莫如说是介绍工作。比如说给道路工程公司介绍整修公路的活儿。这样,对方肯定就会说:"那么,这回从你们那儿多买点沥青吧。"(笑)同样的道理,和建筑公司也必须要保持紧密的联系。虽说有点麻烦,但这些也是做生意所必须的。

我负责财务和总务,做沥青营销是要花很多钱的。之所以这么说,是因为我们必须在三十天内将货款以现金的形式支付给销售总公司,而道路工程公司却付给我们票据,比如说有的要一百五十天才付款。于是,为了弥补这之间的差额就必须借钱。所以,收到了票据就把它作为贴现票据使用,也与大约十家银行保持着业务关系。贷款总数大约有十亿。

为什么票据的时间那么长呢? 嗯……,很早之前就有这样的惯例了。所以如果没有资金实力是做不成这种生意的。创办这家公司的时候,大家在集资上也是大费周折。经理以下所有人都分别提供了个人担保,我也提供了。再一个需要花钱的,就是销售总公司做那么大的生意是要收取保证金的,要全额担保。所以如果打算多进货的话,或者交保证金,或者提供银行担保,否则就谈不成生意。正因为这样,财务工作就变得重要起来。

问我忙不忙吗？还可以吧。不过没有以前那么忙了。现在泡沫经济变成这样,房地产业形势也很严峻。而且石油行业也实现了自由化。因为国外石油廉价进入日本市场,销售总公司已经开始裁员,我们也受其影响,不得不开始综合自身情况考虑裁员。土木建筑工程市场也一片萧条。只有公共设施建设干得热火朝天。

我早上七点之前出门,花二十来分钟快步走完到车站的两千米路程。这是为了做运动。最近医生说我血糖有点高,我就想自觉走一走。乘相铁线从二俣川到横滨,然后坐横须贺线到东京站,在那儿坐丸之内线到新宿三丁目。通勤时间大约要花一个半小时。不过,即使丸之内线在东京站没有座位,银座到霞关这一区间也肯定能有座位坐,还是挺轻松的。

三月二十日事件发生当天,我太太刚好回函馆娘家了。好像是我太太的父亲死后百日忌辰还是什么日子来着,要安放骨灰,就回去了,所以她不在家。我和往常一样出门,在东京站换乘了丸之内线。坐的是从前面数第三节车厢。总是那节车厢,我买牛奶的时候。

——买牛奶的时候？

是的。买牛奶的时候,我通常在新宿御苑前站下车。

午饭的时候我一定要喝牛奶,所以隔一天就会在早上上班的时候顺路去附近的便利店买两天量的牛奶。不买的时候在新宿三丁目下车。在新宿三丁目下车的时候就坐在最后面的车厢。这是因为,虽然说公司位于新宿三丁目站和新宿御苑前站之间,而且离新宿三丁目稍微近一点,但是为了去那家名为 am/pm 的便利店买牛奶,我必须在新宿御苑前下车。也就是说,一天在新宿三丁目站下车,下一天在御苑前站下车。那天是买牛奶的日子,所以我坐的是第三节车厢。结果碰上了沙林事件。咳,太倒霉了。

那天从东京站开始就有空座了,车并不是多么挤。法庭事实陈述的大意是说现行犯广濑起初在第二节车厢,但中途下了一次车改坐第三节车厢,然后在御茶水站捅破了装沙林的袋子,对吧?所以袋子不巧在我座位附近。在第三节车厢正中间的车门口,时间上也很吻合。但是,我当时正在全神贯注地看周刊杂志《DIAMOND》,一点也没有注意到身边有那种东西。后来刑警一个劲儿盘问我,说那不太可能,可是我就是没有注意到。他们似乎在怀疑我,莫名其妙,搞得我心情很不愉快。

但是慢慢地,身体开始变得不对劲儿。开始感觉到不舒服大约是在四谷站。刚开始是流鼻涕。因为流得非常突然,所以还在想是不是感冒了,不料脑袋也渐渐变得不清楚了。接着眼前变暗,就像戴了太阳镜一样。这些症状是在很短时间内相继出现的。

那个时候,我还以为可能是蛛网膜下腔出血或脑溢血。以前从没有经历过那种情况,我就想是不是身体出了什么大问题。这应该不是单纯的感冒,而是比这更严重的病症。感觉马上就会顺势倒在那儿。

我对周围人的情况没有印象。因为我一直以为只我自己一个人身体出现这样的情况,根本就没把周围的情况放在心上。好歹坚持到了新宿御苑前站,在这一站下了车。走路跟跟跄跄的,周围很暗。心里有一种大事不妙的感觉。走起路来非常吃力,如果不扶着台阶扶手就走不上去。走到外面之后,发现周围就像傍晚一样暗。是很难受,可我还是坚持买了牛奶,不可思议啊!走进 am/pm,按部就班地买好了牛奶。没有不买的念头。事后一想,明明都那么难受了,为什么还去买牛奶呢?真是不可思议。

到了公司就去接待室躺下休息了,但情况一点儿也不见好转。公司的女职员也劝我最好去医院看看，我就去了附近的新宿医院。往御苑方向看去，医院在道路左侧。到医院的时候大约是九点钟。等待治疗时间里，一个像是公司职员的男士进来说在地铁上变得不太舒服。听了他的话，我想自己也应该是同一种情况。原来不是蛛网膜下腔出血。

在医院总共住了五天。我自己觉得可以更早出院的，可是因为胆碱酯酶值还没有恢复，总是不让我出院。医生劝我说最好慢慢来。不过我还是尽快出院了。我说周六有婚礼必须出席，硬是出了院。视野暗的状况完全消失大约花了两个星期的时间。但到现在视力也一直不太好。我平时是开车的，可是到了晚上标识牌上的字就会变得模糊，看不太清楚。眼镜也重新配了，提高了度数。前些日子我参加了一个所谓受害者会，律师请视力下降的人举手，有相当多这样的人呢。果然是沙林造成的。

其次是记忆力变得相当差。人名什么的总是到了嘴边却想不起来。我不是和银行方面有接触嘛，所以经常把备忘本放在衣袋里，上面写着哪个银行的支店长是某某之类的内容。若在以前，这些一下子就能想得起来。另外我喜欢下围棋，每天午休时间都在公司下棋。以前下完棋后我都能很快回想起大概，但现在只能想起一半了。刚开始还以为是自己上了年纪的缘故，可我总感觉不仅仅是那样，还是很不安的。现在是第一年，两年三年过去之后究竟会变成什么样子呢？是停留在现在这种状态，还是会继续恶化呢？

对于每一个犯人，我并没有感到特别气愤。我觉得那些人在组织中也是受人摆布的。不知为什么，即使在电视上看到麻原本人，我也不太产生憎恶的情绪。比起那个，想办法为受伤严重的人们做点事情这种想法倒是更加强烈些。我们还算是受伤较轻的。我是这么想的。

事件前一天晚上全家一起吃饭时我说来着:"这样子真叫幸福啊!"

明石达夫(重伤者明石志津子的兄长,三十七岁)

明石君是明石志津子的兄长——志津子在丸之内线遭遇沙林事件,受了重伤,一时几乎成了植物人,至今仍在医院接受康复治疗——在板桥一家汽车零部件特约经销店工作。已婚,两个孩子。

独身的妹妹受重伤之后,他每隔一天就代替身体不好的高龄父母去医院一次,细心照看志津子。听他讲述之间或实际目睹他在医院照看的场面,觉得他真是不容易。说实话,很让人佩服。

并且,不单单是生活上的照看,那里面有作为兄长热切的心愿——无论如何也要让妹妹恢复正常生活,不能长此以往!那是一种深厚的感情,一种作为实质性家长的责任感,一种对愚昧的暴力和罪行的无法诉诸语言的愤怒。说话时间里可以切切实实感受到这点。表情十分温和,笑吟吟的,谈吐话语也没棱角,但仍可得知其中静静深藏的苦涩和决心。

认真、有孝心、仿佛悄悄品味细微幸福的心地善良的妹妹——她为什么非得惨遭某种人的毒手不可呢?

他大概要久久怀有这个痛苦的疑问,直到志津子能够以自己的双腿走出病房那一天到来为止。

我们兄妹俩年龄相差四岁。我的孩子刚好也是兄妹两个,同样相差四岁,我妈说这两个孩子的性格呀关系什么的几乎和我们兄妹俩那时候一模一样。所以,我们大概经常吵架来着。(笑)

可我一点儿也不记得我们曾经吵过架。如果真的吵过架的话,我想大概都是因为一些小事,比如说换电视频道啦争抢点心啦等等。但听母亲说,有小点心等好吃的东西的时候,妹妹总会说一句"也给哥哥吃"。听母亲这么一说,我女儿也这样。给她东西的时候,她肯定会说"也给哥哥"。至于这是因为她年纪小还是因为她是女孩子,我就不太清楚了。

记得妹妹小时候很会照顾人。说的好听点儿是和善,说的难听点儿就是爱管闲事。比如在幼儿园或小学里看到有谁哭,她就会走到她(他)身边问发生了什么事情。她就是这样一个孩子。

性格首先是"一丝不苟"。日记也是从中学开始就一直写。一天都没有停过,一直写到事件发生的前一天。我这个人懒懒散散的,根本不是写日记那种性格。可是妹妹病倒以后,我心里老放不下日记的事,就代替妹妹写日记了。我每天都会把当天发生的事情记录下来。我想等她身体好点了,让她看看,告诉她"你曾经是这个样子呢"。日记到现在已经写了三本了。

妹妹初中毕业以后没上高中,而是上了一所缝纫学校。她自己做主选择了要走的路。据说是因为父母年纪都大了,她觉得自己与其在高中继续学习,还不如早点参加工作,让父母能够稍微过得舒服一点,所以做出了这样的决定。记得我当时听了,心想她可比我要踏实多了,真是个孝顺父母老实认真的孩子。说是认真,不如说是考虑事情时总是考虑得多些。她不是那种马马虎虎、敷衍了事的性格。

从缝纫专科学校毕业之后,她进了一家与制衣有关的公司工作了一段时间。不巧那家公司因为经营不善倒闭了。妹妹在那儿工作了大约三四年时间。

公司倒闭以后,妹妹虽然还想继续做能发挥自己本领的制衣方面的工作,但是不巧没有那方面的公司招人,所以这回就去了业务上完全不熟悉的超市工作。她好像对这个结果有点失望。不过她不是那种会撇下父母自己单独生活的孩子,所以只能在家附近找工作。

她在那儿一直工作了十年。志津子从父母家坐公交车去超市。工作主要是收银。做了有十年之久，早已经是行家里手了。虽然住院已经将近两年了，可是现在她还是那儿的一名员工。她工作的超市也在事件发生之后给了我们很多照顾。

——住在埼玉县，在家附近的超市工作，那么那天早上为什么会乘丸之内线去中野呢？

那天杉并区有从业人员讲习会，她是去参加那个会的。到了四月不是会有新店员进来吗？妹妹负责培训新人，是去听课的。去年也做了同样的工作，所以上司就吩咐她今年再去。

出事那天（三月二十日）的前一天，也就是十九日星期天，我因为儿子要上小学了，就去给他买书包。父母、我们夫妻俩和两个孩子总共六个人去买东西。因为我们约好偏午时候去附近的超市，傍晚大家凑在一起吃饭，所以就叫了妹妹在乌冬面馆吃了乌冬面。超市星期天很忙，妹妹星期天很少能休息，不过那一天她碰巧休息，所以就决定全家人一起吃饭了。经常会有这样的事情，我们可是很和睦的一家人呢。

那时她说明天要去杉并区一趟，我就说开车送她去地铁站。反正要把孩子送到托儿所，接着送妻子到地铁站，就顺便送送她。我自己把车停在托儿所附近的停车场，然后坐地铁上班。所以说定先把妻子和妹妹送到地铁站，让她们上车后我再一个人上班。

其实妹妹说过不用特意送她的，说她可以先坐××线，再换乘埼京线，然后在池袋坐丸之内线。但是我说："那样会很花时间，一直坐到霞关站再换乘丸之内线要快一点。反正都是送，一样的。"现在想来，我要是不劝她的话，志津子或许就不会碰上沙林事件了。

志津子喜欢旅行。她有一个从学生时代就关系非常亲密的朋友，两个人经常一起休假旅行。但是超市这种地方和普通的公司不一样,是不能连续休三四天的。所以,她好像是先选定休假的时间,再和别人换班取得假期去旅行的。

另外,志津子非常喜欢去迪斯尼乐园,她和她那个好朋友去了好多次。在她星期天刚好休息的时候,我们也约她一起去过。家里也有那时候的照片。妹妹对过山车之类有刺激性的游乐项目非常着迷。我太太和家里老大也非常喜欢。但是,我不太擅长那个,就让他们坐,自己在下面等着。当那三个人坐那种恐怖东西的时候,我和小女儿两个人就骑着旋转木马等他们。这么想来,大家凑在一起最常去的地方就是迪斯尼乐园。

每当有什么纪念日,她总是会买礼物给我们。比如说父母或孩子的生日,或我们的结婚纪念日。她好像把这些日子全部记在脑子里了。同时清楚地记得每个人的喜好。自己根本不喝酒,却为喜欢酒的父母对酒做了很多研究,有什么就买回家来。她总是这样细致地照顾周围的人。到外地旅行或出去玩的时候,她肯定会买回纪念品或给公司的同事买回茶点心什么的。

正因为这样,她有时会为职场上的人际关系而非常烦恼。我想这是因为她生性太认真,一点小事都会放在心上的缘故吧。哪怕是一句无关紧要的话在她听来也会变得很有杀伤力。她不是那种跟谁都可以相处得很好的类型。可能是她的个人好恶很明确的缘故吧。

——问这个可能有些失礼,志津子小姐以前说过要结婚那样的话吗?

好像相过亲。但是她要么说地方远,要么说无论如何也放不下父母,总之事情没有谈妥。我结婚之后搬了出去,她觉着自己有责任照顾父母也是其中的一个原因吧。"如果我不在的话……"——她的这种想法似乎格外强烈。母亲又因为膝盖动不了只能拄着拐棍走路……这种责任感在那孩子身上表现得很强烈，比我强烈多了。

此外，父亲原先工作的公司倒闭了，那以后就没再工作，所以她又好像觉得自己应该承担那部分经济压力。因此她工作非常积极，哪怕发烧，也说不可以休息，强打精神上班。

三月二十日那天，我先去父母家接了妹妹，然后把妻子和妹妹送到××站。那时大约是七点十五分。我太太工作，而且那天是早班，所以她必须早早赶去公司。之后我在七点半之前把孩子们送到附近的托儿所。往下我一个人走到地铁站，去板桥区的公司上班。

假设妹妹和我太太坐上地铁车是七点二十分，到霞关时将近八点，因为两条线离得远，在霞关站的千代田线换乘丸之内线相当花时间。所以，在时间上偏巧碰上放有沙林的列车。这是为了参加一年只有一次的讲习会而乘坐的丸之内线。而且，她坐的位置，恐怕就是放有沙林袋子的车厢。这种情况不管怎么想，都只能说是运气太差了。虽然仅仅说运气差心情很难平静下来。

妹妹在中野坂上站中了毒，被送到了医院。据说抢救队的队员为了让她苏醒尽了最大的努力，甚至有队员在抢救过程中因为吸入了沙林也中了毒。我没有见过那位队员，也不知道他是怎样一个人。

我知道发生了沙林事件是因为总公司那边打来了电话。我们总公司刚好就在日比谷线沿线，也有几名员工中毒住了院。于是公司就打进电话询问营业所这边是否平安无事。我纳闷究竟发生了什么事情，就打开电视，一看，已经是天下大乱了。

我先给太太的工作单位打了个电话，她说没什么事。之后又给母亲打了电话。因为如果有什么事情的话妹妹肯定会给母亲打电话的。但是妹妹那边还没有消息。母亲说：“那么肯定是没事，或许现在正在听课呢。"

可是一直联系不到她,让我有一种非常不好的预感。从时间上来看,她坐的车也恰是同一班。我一个人很着急,六神无主,心想不要紧吧,可别出什么不好的事情。但是不管我多么担心都没有用。我在公司负责跑外勤,毕竟还有工作,就开车出去访问客户了。之后公司打电话到我工作的地方,让我立刻给母亲打电话。那是十点半到十一点之间的事。我赶紧打了个电话,母亲说警察局刚刚打来电话,好像是志津子在地铁上碰上了沙林事件,已经被送往医院,让我马上去医院。医院是西新宿的××医院。

我赶忙返回公司,坐电车去新宿。赶到医院大约十二点。回公司的时候,在电话里向医院的人打听了她的情况,可是对方没有告诉我任何具体情况,只说"院方不亲眼看到家属什么都不能说"。我问她是否有生命危险,对方说"眼下病情严峻"。当时我不是很明白,原来所谓"病情严峻",汉字写作"重笃",就是说处于"病重(重体)"与"病危(危笃)"之间的一种状态。总之在赶往医院的路上担心得不得了。

赶到医院一看,那儿已经到处是人,到处都是受害者。宽敞的大厅里被患者挤得水泄不通。大家都在那儿打点滴,接受眼科或内科的检查。我心想:哎呀!这可真是出大事了!但究竟是怎么一回事我一点也摸不着头绪。虽然电视上说好像是一种毒气,但更为具体的情况还没有弄清楚。医院的医生也没有详细说明。最终,当天听到的只是"吸入了类似农药的烈性毒药"这样简单的解释。

就算赶到了医院,我也没能马上见到志津子。他们不让我进病房。作为我,当然想尽快见到志津子,想亲眼看看她的情况,可是一来医院里的人挤得满满的,非常混乱,二来志津子被送进了急诊室,只能在规定的时间段探望。探望时间是中午十二点半到一点和晚上的七点到八点,只有一个半小时。

——在这么紧急的时候也没让您见她,是吧?

没有,没让我见。苦等了两个小时之后,我终于见到了妹妹。这两个小时真是让人等得心焦,特别难熬。那真是太漫长了。

总算可以进病房了。妹妹正穿着病号服躺在床上接受人工血液透析。因为肝脏功能变得很弱,所以要进行透析来清除血液里面的毒素。还挂着好几瓶点滴。眼睛紧闭着。护士小姐说她正处于昏睡状态。我想要摸摸她,却被医生制止了。说是不能触摸她,因为我当时没有戴手套。

于是,我在她耳边说:"志津子,哥哥来了。"志津子的身体像是对那句话有了反应一样一抽一抽地动,似乎是在点头。当时我猜想是不是志津子对我的声音有了反应,但是医生说在这种状态下是不可能的。大概是昏睡过程中碰巧在那个时间出现了肌肉痉挛。听说从她被送到医院时就一直频繁地出现肌肉痉挛现象。

虽然说法有点过分,但她的样子真的就像死人一样。看上去与其说是在昏睡,不如说更像是已经死了。嘴上戴着氧气罩,脸上一点儿表情也没有。甚至连痛苦、难受这样的表情都没有。测量心跳的仪器也几乎呈静止状态。只是偶尔动那么几下。她的情况就是这么严重。那样子真是让人看着心疼。

医生只是跟我说目前关于病情无可奉告,"说实话,今晚情况会变得非常严重。这儿是完全看护,所以请您回去吧。"我那天夜里住在了医院的休息室。因为我觉得一旦有什么事情会很麻烦,索性没有回家。天亮的时候我问她的情况,对方说目前病情稳定。

那天(三月二十日)傍晚,父母、我太太和孩子们都来了医院。因为完全不清楚之后会是怎样一种情况,就把孩子们也叫来了。孩子们还小,当然对当时的情形一无所知。但是,也许是因为看到了孩子们而心情有所放松,我不由自主地哭了出来。我说了一句小津她出大事了,再也没说下去……看到这一幕,孩子们都吓了一跳,也似乎明白了"好像出了大事"。是的,父亲这一存在首先就是不哭的嘛。所以老大老二都一个劲儿地安慰我说:"爸爸,爸爸,别哭了。"尽管他们也和我一样呜呜哭个不停。

父母都是经历了很多事情的人,所以他们一直强忍着。不过听说那天夜里回到家,他们两个人哭了整整一夜,只是在医院里表现得很坚强。

那以后我跟公司请了一个星期的假。太太也请了假。二十二日星期三,终于听到了医生比较详细的说明。医生说血压和呼吸多少有些好转,等这些再稍微稳定一些后就进行脑部等多个部位的检查,"因为只是稍微有所稳定,所以还不是可以完全放心的状态。"

没有对沙林做详细解释,只是给我看了脑部 X 光片。医生指出她的脑处于肿胀状态。的确,与一般的脑部 X 光片相比,胀得特别厉害,体积很大。至于这是沙林引起的还是长期缺氧造成的,还不是很清楚。

由于她自己不能自主呼吸,只好一直借助人工呼吸,可是不能一直那样。所以就在二十九日那天在喉部上了呼吸阀。这种状态一直持续到现在。

志津子在新宿的医院住院期间,我每天都去看她。除去身体特别不好的时候,工作结束之后我肯定会在七点到八点探望时间去医院。我们所长还常常开车送我去。那段时间我的体重轻了很多,一下子瘦了下去。那种生活一直持续到八月二十三日转到别的医院,大约有五个月的时间。

记事本上记着这么一条:三月二十四日眼睛稍微动了动。不是睁大了眼睛,而是微微睁了一下那种感觉。跟她说话就会看到那种反应。

——总是一个进步啊！

是啊，我也是那么想的。可医生说那并不是她有意做的动作，只是偶然动了一下。他劝我不要有太多的期待。四月一日，医生告诉我说："从往常交通事故的脑损伤或脑溢血等脑障碍的病例来看，说实话，我认为不会再有好转了。"总结说来就是：即便还没坏到成为"植物人"的程度，恐怕也会一直昏睡不醒。

原话要更加委婉一些。类似于"今后大家要全家人一起吃饭或聊天什么的，也许会变得非常困难"这样的说法。总之就是那个意思。就是说将起不来床，说不了话，几乎没有意识。这是个很大的打击。当时母亲不由说了一句："志津子干脆就那么死掉就好了。那个孩子自己受苦不说，也不忍心再给你们添麻烦了。"

听了那些话，我真的是很难过。我理解母亲的心情，可是我不知道应该怎么安慰她才好。"那个时候如果认为已经不需要志津子的话，神一定会杀死志津子的。"我好不容易把话说出了口，"而事实上不是那样的，志津子这样实实在在地活着。今后也有可能好转，不是吗？如果我们不相信，志津子不就太可怜了吗？妈，您要相信，要振作起来。"听我这么说，母亲也大哭了一场。

——她自己年事已高，往后没有办法照顾女儿，只能托付给您。作为母亲，想必是非常非常痛苦的。

我那个时候也是最难过的。妹妹碰上事故固然让我难过，可是父母亲会那么想让我更伤心。"干脆就那么死掉就好了"——听到这句话的时候，我不知道该说什么好……那时已经是志津子倒下的第十天了。

过了不久，父亲病倒了。五月或六月检查出了癌症，住进了柏市的国立癌症防治中心接受了手术。于是，我每天就奔走于志津子的医院和父亲的医院之间。母亲又行动不便,那段时间真的是累得够呛。

受苦的不光是我自己。我真的觉得很对不起我太太和孩子,让他们受累了。星期天我总是带他们一起去医院,可孩子总归是孩子,就跟我抱怨说:"又要去医院?我们出去玩吧。"听他们那么说,我心里难受得不得了。

我是这么跟他们说的:"如果你们身体不好,爸爸妈妈都不去看你们,你们会怎么想?不感到很孤单吗?"孩子们回答说孤单。"那样的话,小津姑姑也会觉得孤单,对吧?所以我们得去看望她。""嗯,好的。"总算说服了孩子们,可是我的心情却是五味杂陈。

八月份从西新宿的××医院转院到了东京郊外××医院。这儿有非常热心的年轻医生为她做康复治疗。现在右手总算可以动了。虽然是一点一点的,但是她可以自己活动了。问她嘴在哪里,她可以把右手这样举到嘴的位置。

自己说话还不是那么简单的事,不过她好像对我们说的话已经有了某种程度的理解。不过按医生的说法,还不太清楚她是否能够正确理解自己的家族成员(父亲、母亲、哥哥、嫂子、侄子、侄女)之间的关系。也就是说还没有弄明白人际关系。我总是跟志津子说"我是哥哥"、"哥哥来了"。所以她好像明白是"哥哥"来了。至于她到底弄没弄明白自己和"哥哥"之间的关系,我没有把握得出肯定结论。而且她好像也差不多丧失了过去所有的记忆。

问她"你以前一直住在哪儿啊?"她也只是回答"不知道"。刚开始的时候,不管是父母的姓名、自己的年龄、兄弟姐妹的人数,还是出生的地方,她一概都"不知道"。知道的只有自己的名字。不过身体的各种功能开始一点点恢复了。现在,身体的恢复和语言能力的恢复这两部分是康复治疗的重点。比如说在轮椅上练习坐,练习用右脚站立,练习活动右手。再把弯着的腿伸直。语言方面就是练习清楚地发出"あ

(a)、い(i)、う(u)、え(e)、お(o)"几个音。

现在嘴还是基本不能活动,饭是从鼻孔直接送到胃里的。喉咙这个地方的肌肉已经变硬了。声带没有异常,可是拉动声带的肌肉动不了。

听医生说,康复治疗的最终目标是使她能够自己走出病房。但事实上,志津子能否走到那一步,那种可能性有多大,医生并没有明说。总之是把那个当成目标。我相信医院和医生,把所有的事情都交给他们处理。

现在我每隔一天去一趟医院。因为有换洗的衣服,不能长时间放在那儿。回到家都十一点了。不规律的生活一直持续着。而我竟然因为这个变胖了。也许是因为半夜睡觉前又吃又喝的缘故吧。

一周大约有三天在工作结束之后一个人去医院。到了星期天,我刚才也说过了,就一家人来医院探望。我母亲也一起来。父亲已经从癌症防治中心出院了,可是一出远门他第二天就会发烧,所以他来不了。我总是开车拉大家来医院。

——责任最终落在了明石先生您的肩上。

我倒没什么,毕竟是自己家人嘛。可是,不管怎么说,我太太挺可怜的。如果她不和我结婚,就不用受这样的罪了。我也觉得很对不起孩子们。如果妹妹什么事儿也没有的话,大家早就欢天喜地出去旅游,找地方玩去了。

不过,志津子第一次开口说话的时候,我真是乐疯了。虽然只是"嗯—"一声呻吟,可我已听得泪流满面了。一起在那儿的护士小姐也说太好了,和我一起哭了起来。

不可思议的是,当时志津子也"啊—""嗯—"呻吟着流下了眼泪。那眼泪究竟意味着什么,我不太清楚。也许为自己变成了这个样子觉得很痛苦吧。关于这个我咨询了医生,医生说心中的情感最初是通过"哭喊"这种不安定的形式表现出来的。那是第一步。

七月二十三日,她第一次在父母面前开口说话。志津子叫了一声"妈——妈"。对我父母来说,这是时隔四个月之后重新听到女儿的声音,爸爸妈妈都哭了。

开始会笑是今年的事了。她可以在脸上做出微笑的表情了。简单的笑话就能逗她笑。比如说用嘴模仿放屁的声音,类似这样的就可以。问她"是谁放屁了?"她就回答说"哥哥"。总算是恢复到了这个程度。口齿还不是很清楚,听清楚别人的话也很费力,但是已经可以那样说话了。

问她"你想做什么?"她会回答"散步"。已经有了自己的意志。眼睛还是看不清东西,好像只有右眼能稍稍看到一点儿。

事件前一天晚上全家一起吃饭时我说来着:"这样真叫幸福啊!"大家聚在一起吃饭,热闹地聊一些无关痛痒的话题……这是我们小小的幸福啊。可是这些幸福却在第二天被那帮混蛋毁了……那帮家伙连我们那小小的快乐都不放过。

事情发生之后,我气得不得了,对着医院走廊各处的柱子和墙使劲一阵乱捶。当时我还不知道是奥姆教所为,可是不管对方是谁,我真的是气不打一处来。我当时没有意识到自己做了这样的事情,可是几天之后我的手开始疼,疼得厉害。于是,我就跟妻子说:"怎么回事?真是怪了。为什么手会这么疼呢?"妻子说:"你啊,到处一阵乱捶来着。"听她这么一说,我才想起来:"噢,可能是吧,可能是做了那种事儿。"我就气到那种地步。

不过,在这将近两年的时间里,妹妹公司的人们,我的同事和上司,医生以及护士小姐们都对我们很好。这已经成了我生活的一大支柱。

"伊依唔尼安(迪斯尼乐园)。"

明石志津子(当时三十一岁)

　　见志津子的哥哥明石达夫听得志津子遭遇地铁沙林事件的过程,是在一九九六年十二月二日。第二天傍晚,我(村上)得以访问志津子入住的东京郊外的医院。

　　直到最后我也不知道达夫君会不会让我前去访问。但实际见面促膝交谈时间里,对方还是答应下来:"明白了,如果方便,明天过去就是。"不过在得出这个结论之前,达夫君心中——诚然没有说出口——想必有不少困惑和矛盾。

　　将有严重身体障碍的妹妹暴露在完全陌生的他人面前,作为亲人是多么不堪忍受,这点我也——恕我冒昧——大体想像得出。退一步说,就算可以暴露在我个人面前,而这样整理成文收进书中,以致结果暴露在世人面前,作为家人的心情也不是能够轻易接受的。在这个意义上,作为一个作家,写这篇文章感到有很大的责任,无论对志津子的家人,还是——自不用说——对志津子本人。

　　既然我深知这里边有这样的尴尬,那么在写这本书的时候,我无论如何都想见一见志津子本人。就算从她哥哥口中听得了前后详情(即使她本身几乎开不了口),我也还是要见。否则,就活着的她写什么是不公平的,我觉得,我毕竟是作家。换句话说,哪怕她仅以沉默作答也没关系,反正我想采访她。

　　不过坦率说来,在去医院途中我是没有多少信心的。我难道不能在不伤害谁的情况下完成这次采访吗?

　　即使翌日下午这么对着桌子的现在,我也没多少自信。可我想我还是只能把自己当时的感受如实写在这里。但愿这篇文章不伤害谁。

如能巧妙地如实写下自己的感受,应该不至于伤害谁……

时节已经进入十二月,周围渐渐呈现出一派冬天景象。秋天仿佛在一步一步后退一样消失在了忘却之中。神宫外苑的银杏树枝头已然秋叶落尽,往来行人将落叶细细踩碎,瑟瑟冷风将那黄豆面一般的黄色粉末带去远方。这一年也渐渐接近尾声了。我们为了准备这本书而开始进行采访是在去年的十二月,很快就要满一年了。明石志津子小姐刚好是第六十位采访对象。但是,和以往的采访对象不同,她无法自如地用语言来表达自己的想法。

正巧在那天下午,一直逃亡在外的林泰男在石垣岛被警方逮捕。这个被称为"杀人机器"的男人,是地铁沙林事件现行犯中惟一未被逮捕归案的犯罪嫌疑人。他在日比谷线的秋叶原站扎破三个塑料袋而释放出来的沙林总共夺去了八个人的生命,使大约二千五百人受了轻重不等的伤。我读着登有那则报道的晚报坐上了五点半之后的电车,赶往位于东京都××市的医院。报纸上这样写道:林对警察说经过长时间的逃亡生活,早已筋疲力尽。

对于林泰男被捕这件事,我自己有些感慨。因为我之前同那么多"因为林泰男扎破沙林袋而受伤或人生发生极大转变的人们"见面,尽最大努力详细听取了他们所经历的一切。我无数次地重读资料,同时将林泰男在事发当日的一举一动作为事实在脑海中尽可能如实再现。于是,他的行为、装沙林的袋子以及受到伤害的人们都一一浮现在了我的脑海里。

当然,即使林泰男被逮捕归案,那些人的人生也不能恢复如初。在一九九五年三月二十日那一天被夺走、被损害的一切恐怕都已经无法挽回。但是,无论如何都要给事情做个了断,而他被逮捕这件事情应该成为一个重要的阶段性符号。

所以,或许本来应该认为:"啊,抓到了最后一个人,太好了。"可是我无法那么认为。事实上,我只感到一片渺茫,就像有什么把身体里的力气一下子抽干了一样。甚至有一种"从现在起新的战争就要开始"那样的痛苦。大概是在长时间持续采访过程中多多少少养成了试着从受害者角度看事情的习惯,我体内几乎涌不出类似喜悦的情感。只有无法言喻的虚无和痛苦像苦涩胃液一点点涌起。

志津子小姐所在医院的名称和地址在此不便公开。

再需要补充一点的,就是"明石志津子小姐"和"达夫先生"这样的名字也都是化名。前面我也说过,"不希望被打搅"是他们全家人的恳切希望,请大家尊重他们的想法。

说实话,这家医院曾经发生过一次媒体人士未经允许闯入病房企图强行采访志津子小姐的事情。那样可能使志津子受到惊吓,从而导致好不容易顺利进展到现在的康复治疗功亏一篑。也会给医院添麻烦。达夫先生总之是在为这些担忧。

从九五年八月开始,志津子小姐搬到了这家医院专门做康复治疗的楼层。这之前(事情发生以来的五个月时间)她住的都是东京其他医院的"急救中心",而那里的主要目的和功能是"首先保住患者生命"。所以,那里在康复治疗方面全然分身乏术。

志津子小姐在前一家医院住院时,被医生宣告说"恐怕很难恢复到能坐轮椅的程度"。她一直躺在床上,意识也混沌不清。眼睛紧闭着,肌肉也不动。但是,自从转到这家医院,志津子小姐的恢复情况好得出乎所有人的意料。现在她可以坐在轮椅上由护士小姐推着到病房楼附近散步,也能进行简单的对话。这一进步说是"奇迹"也毫不为过。

不过,记忆仍几乎是零。事件之前的事情在现在这个阶段基本什么也想不起来,很遗憾。医生说智力上还只是"小学生程度"。话虽那么说,但"小学生程度"具体是什么样的"程度"呢?说实在的,达夫先生不太明白。实际上我也不太明白。那是思考的整个水平的问题?还是思考的脉络部分的问题?抑或是丧失那部分常识而引起的问题?目前能断言的是:

(1) 她的脑功能部分受损

(2) 那部分功能将来是否有可能恢复还是个未知数

只有这两点。

如果是沙林事件之后的事情的话,她还能清晰记得很多发生在身边的事情,但也忘记了一些。至于记得什么忘了什么,也有达夫先生所预料不到的。

左手和左脚几乎一动也不能动。特别是脚不行。一旦身体的一部分动不了,就会产生很多问题。去年夏天为了让一直弯着的左脚伸直,她不得不接受切除膝盖内侧肌腱的手术。这是始终伴随痛苦的残酷手术。

仍无法通过口腔进食。也不会喝水,不能很灵活地控制舌头和下颚活动。

平时我们都意识不到,其实在吃喝的时候,我们会无意识地、非常复杂地活动舌头和下颚,让它们发挥作用。而到了它们因为某种作用无法再动的时候,我们才能深切地体会到这一功能的重要性和精妙。志津子小姐现在正处于那种状态。

只能勉强吃点诸如酸奶、冰淇淋之类的软的流食。长时间耐心的训练使之成为可能。酸酸甜甜的草莓酸奶是志津子小姐最喜欢的。不过,遗憾的是,大部分营养成分还是要用管子从鼻子输送到体内。

植入人工呼吸器时开的气阀残痕留在了咽喉。那个洞现在由一个直径为1厘米的圆形金属塞着。那是她好不容易才跨过冰冷生死线那冷冰冰的遗留物。

志津子小姐的哥哥缓缓地推着轮椅，把她从病房推到了休息室。这是位娇小的女性。头发剪得很短，像小女孩的娃娃头。长相与哥哥相似。表情很难辨别，但脸颊微微泛着红晕，脸色不错。有点睡眼惺忪，看上去像刚刚才睡醒。如果没有鼻子上插的那根塑料管，应该看不出她身体有异常。

　　她的双眼连眼皮都没有好好睁开。但若仔细观察，会发现瞳孔闪烁着光。虽然很小，却放射出非常真实的光。我最先注意到的就是那不折不扣的光。虽然从外表看来很可怜，可她的存在在我眼里一点也不可怜，原因或许就在于那强烈的光闪。

　　"你好。"我说。

　　"你好。"志津子小姐道。

　　听到的是"哦哦咦哇①"。

　　我简单地做了自我介绍。他哥哥补充。志津子小姐点点头。她事前已经知道了访问的事。

　　"请随便问吧。"达夫先生说。

　　我困惑了。究竟问什么好呢？

　　"谁帮你剪头发呢？"我问她。这是第一个问题。

　　"护士。"她给出回答。

　　如果准确记录的话，就是"安哦—安"。但是根据前后文可以马上推断出"护士"这个词。回答迅速，没有犹豫。可以想见大脑中逻辑正在快速有序地运行，只是舌头和下颚的活动跟不上大脑的运转速度。

　　刚开始的时候，志津子小姐在我面前好像很紧张，有些害羞。我倒完全没有感觉到有那样的表现，可是在哥哥达夫先生看来，她和往常非常不一样。

　　"怎么了，你？今天这么害羞啊！"哥哥故意逗她似的说。不过想想

---

① 近似日语"こんにちは"（你好）的发音。下面的"护士"、"不知道"、"好人"等亦同。

看,年轻的女性把不健康的身体暴露在初次见面的人面前感到紧张和害羞是理所当然的。说实话,我也紧张得不得了。

志津子小姐决定接受采访之前,达夫先生向她这样询问:"一位叫村上的小说家说想要把你的事写进书里,对此你怎么想?觉得写进书里也可以吗?关于你的情况哥哥说得具体一点可以吗?来这儿见你也可以吗?"

"可以。"志津子小姐回答得很干脆。

和她讲话最先感受到的,就是她 Yes 和 No 区分得特别清楚,做出判断的速度很快。这大概是小学生所做不到的。对很多事情都能给予正确判断,几乎没有吞吞吐吐的时候。

即使那样也还是害羞。这是当然的。

我把为探病带来的黄花插在了同时带来的黄色小花瓶里。是鲜艳的黄色。之所以选黄色,是因为我不愿意让它看起来像是医院探病用的花,想送给她多少有点生命力的颜色。但是很遗憾,志津子小姐看不到那花的颜色和形状。白天只有在很亮的地方才能看到东西,视力受到极大损害。

"阿—瓦依(不知道)。"说完,志津子小姐轻轻地摇头。

不过,那束黄花摆在桌子上,至少在我眼里,房间多多少少变得温暖起来。但愿那温暖能作为空气让志津子小姐感受到,哪怕感受一点点也好。

志津子小姐在睡衣外面罩了一件扣子一直扣到脖子的粉红色棉质上衣,膝盖上盖着薄毛毯,肩上披着披肩。披肩下面露出微微弯曲的已经变硬的右手。达夫先生在旁边时不时握一下那只手,似乎正在通过那只手和她进行无需语言的重要交流。

或许长期卧床的缘故吧,她侧面的头发有一点翘。护士小姐如果注意到,想必会给她梳头,不过因为头发短,容易睡乱,即使梳几下怕也很难恢复原样。

"到目前为止只能说一些简短的词语。"达夫先生笑着说,"所以我比较容易明白她在说什么。不过,最近好像想说长句子,这反而变得难以理解了。意识恢复得那么快,嘴的活动却还是跟不上。"

她所说的话,我能听懂的还不过半数。身为哥哥的达夫先生当然能够多明白一些。每天和她生活在一起的护士小姐们懂的比达夫先生还要多。

"这里的护士小姐们很年轻,都非常热心、非常亲切。我很敬佩她们。"哥哥说,"嗳,她们都是好人,对吧?"

"依依—哦—(好人)。"志津子小姐说。

"但是志津子经常生气,气我不能完全明白她的话。说在没弄明白自己的话之前不能回去。上次也是这样。是吧,志津子?"哥哥说道。

沉默……看样子是害羞。

"喂喂,害什么羞啊!不是你这样说的吗?是吧?说只要不明白就不放哥哥回去。"达夫先生笑着调侃。

志津子小姐也终于绽开笑容。她笑的时候,笑得真是灿烂,让人觉得没有多少人能够像她一样笑得那么真,那么灿烂。也可能因为面部神经的活动受到限制而变成那个样子。但我觉得,也许志津子小姐本来就是那样笑的。之所以这样说,是因为那种笑容与她的脸非常谐调。我忽然有一种感觉:或许在很早之前,恐怕从孩提时代开始,哥哥就这样调侃妹妹,妹妹就这样笑了。

"最后弄明白了吗?当时志津子小姐说的是什么?"我试着寻问达夫先生。

"没有,到最后也没明白。"达夫先生说着,很开心地笑起来。他经常笑,那是一种静静的笑。

"先不说那个了。最近,志津子可以控制自己的情绪了。直到前不久,我一准备离开医院,她就喊'不要回去',又是哭又是发脾气的。每到那个时候我就跟她讲道理,慢慢地,她就不那样了。我是跟她这么解释的:可孩子们一直等着我啊,哥哥如果不回家去的话,他们会觉得很孤单的。不光是你,小××和小××也会觉得孤单啊。渐渐地,志津子也明白了那种心情。这是个很大的进步。因为我觉得,即便是我,自己一个人被孤伶伶地留在医院也会很孤单、很难过的。"

沉默。

"所以,我自己也想多来几趟医院,尽量和妹妹多说一会儿话。"达夫先生说道。

然而,对于达夫先生来说,隔一天来一趟医院绝不是件容易的事。他开车往返于公司与医院之间,单程大约需要五十分钟。公司出于好意,允许达夫先生下班之后自由用车。因为公司知道他要经常去卧床不起的妹妹所在的医院。达夫先生打心眼里感谢公司的照顾。

傍晚,公司的工作一结束,达夫先生就开着那辆车赶来医院,在仅有一个小时的时间里和妹妹聊天。握握手,或喂她吃草莓酸奶,练习对话。然后把妹妹脑中失去的过去记忆一点点找回来:"大家一起去过那个地方呢,做过这样的事情哦……"

"家人共同拥有的回忆就这样被完全割断、夺走,对于我们这些亲人来说,真像被剜去肉一样痛苦,比什么都要残酷。"他说,"我给她讲过去的事情的时候,声音经常会不自觉地发颤。那时候,志津子就问我:'哥哥,你没事儿吧?'"

医院探病时间原则上是到晚上八点,可是因为情况特殊,医院对达夫先生比较宽容。探病时间结束以后,他就带着换洗的衣服开车回公司。然后走五分钟到地铁站,一路上换乘三次车回到自己的家。从车站到家要花一个小时多一点的时间。回到家的时候孩子们都已经睡了。几乎没有与孩子们亲密相处的时间对于重视家庭的达夫先生来说非常残酷。这种艰难的生活已经持续了一年零八个月。要说不累,那是骗人的。至于这种生活今后还要持续多久,说实话,谁也不知道。

返程车上,达夫先生一边开车一边说道:

"如果这是因为事故或别的什么事,我还勉强能够接受。那有原因,也有相应的理由。可是,因为这种没有意义的愚蠢犯罪而……一想到这个,我就无法忍受,实在让人受不了。"

轻轻摇头,沉默良久。

"能稍微活动一下右手给我看看吗?"我向志津子小姐提出请求。

志津子小姐活动了右手指。她很努力,可是手指只能非常缓慢地活动。她把手指缓缓握紧,慢慢打开。

"如果可以,能握一下我的手吗?"

"可以。"她说。

我试着把自己四只手指的指尖放在她的小手——孩子般的小手——的掌心。她的手指就像是即将入睡的花朵的花瓣一般静静合拢。这是温暖、柔软的年轻女性的手指。手指的力量比预想的要大得多。她紧紧地、久久地握着我的手。就像是出去跑腿的孩子紧紧握住"重要的东西"一样。从中可以感觉到一种明确的、类似意志的存在。那显然是在寻求什么。但那恐怕不是在向我寻求,而是向我对面的"另外的东西"寻求。那个"另外的东西"应该是会很快转回到我这里的东西。用了这么难懂的说明真是不好意思,可我蓦然产生了那种感觉。

在她的头脑中肯定有什么想到外面来,我是那样感觉的。很重要的什么。但是她还不能顺利地把它释放出来。使这种释放成为可能的力量和手段,即使是暂时的,也从她的身体中失去了。可是,那个什么,在被墙壁包围的她的心中的某个地方完好无损地实实在在地存在着。她只能握着别人的手安静地传达"它就在那儿"的信息。

她一直紧紧握着我的手。

"谢谢。"我说。听我这么说,她的手指又一点点静静舒展开来。

"由于恢复非常缓慢,这样每天陪在她身边,根本无法用眼睛看到进步。但是从长远来看,志津子确确实实是在恢复。如果没有那样的进展的话,或许我根本就无法忍受这每天痛苦的重复。说实话,我没有'能够忍受'的自信。但是,志津子心中有个强烈的信念,她'想变好,想早点恢复'。我很明白,那种信念也一直支撑着我到现在。"达夫先生在返程的车中这样说道。

负责康复治疗的医生们也相当佩服志津子小姐明确的意志和忍耐力。

"比如难受、累这样的词,妹妹从来不说。"达夫先生开着车说道,"转到这家医院之后的一年零三个月里,每天都有康复训练。有活动手腕和脚的训练,有言语训练,除此之外还有专科医生为恢复各种身体功能而进行的训练。这些训练在旁边看着都觉得不容易。这需要不同寻常的努力和耐力,也肯定非常痛苦。可是,医生或护士小姐问到妹妹累不累,她回答'累'的时候到现在为止只有三次,只有三次!"

"所以志津子小姐才能恢复到这种程度。"相关的人异口同声地说。在被插入人工呼吸器、连意识都没有的刚开始的几个月里,虽然没说出口,但大部分医疗人员都认为她恢复是不可能的。竟然能开口说话?简直像做梦一样。

"身体好了想做什么?"我试着问她。

"哟—噢—"她说。

我不明白。

"是旅行吧。"达夫先生想了一下问道。

"嗯。"志津子点了点头。

"想去哪儿啊?"我问。

"伊依唔尼安。"

谁也不明白这是什么意思。但是"这啊那啊"猜错好多次之后,我们得出一个结论:是不是"迪斯尼乐园"?

"那,是迪斯尼乐园?"哥哥问道。

"对。"她回答,并且重重地点头。

说实话,把"旅行"和"迪斯尼乐园"联系到一起可不是件简单事。我们(当然是说住在关东地区的我们)不会把去迪斯尼乐园称为旅行。但是,假如她的头脑缺乏对"这里"和"迪斯尼乐园"之间的距离的认知的话(大概是缺乏的),去"迪斯尼乐园"对她来讲的确是一趟"未知之旅"。那跟我们要去格陵兰岛在概念上是没有区别的。不,实际上,在现实操作过程中,她去迪斯尼乐园比我们去任何一个遥远的地方都要困难。

达夫先生的两个孩子(八岁和四岁)清楚记得以前和志津子小姐一起去迪斯尼乐园玩的情景,他们每次来医院探望都会给她讲那时候的事。他们说:"那时候可开心了,是吧?"于是,迪斯尼乐园这个地方似乎已经成了专属于她自己的"自由与恢复"的象征。然而谁也不知道志津子小姐事实上是否还记得自己去迪斯尼乐园时的情景。那也许是后来被灌输进去的"后天"记忆。她可是连过去睡觉的房间都不记得的。

但是,不管那是现实的还是假想的,在她的意识中存在着"迪斯尼乐园"这一实实在在的场景。我真切地感受到了那一存在,可我不知道那具体是怎样一幅场景。如果可能,真想借助她的眼睛看一看。当然那是不可能的。能够看到的只有志津子小姐一个人。

"想全家一起去迪斯尼乐园吗?"我问。

"想。"志津子小姐回答得很干脆。

"和哥哥、嫂子、孩子们,大家一起?"

她点头。

达夫先生对我说:"只要在某种程度上能够用嘴喝水吃东西,把鼻子上的补给管撤掉就行。那样就可以想办法全家人一起开车再去一趟迪斯尼乐园。"说着,他轻轻地握住了志津子小姐的手。

"早点实现就好了。"我对志津子小姐说。

志津子小姐又用力地点了点头。她的眼睛虽然朝向我这边,但是那双眼睛大概是在注视对面"另外的东西"。

"那么,去了迪斯尼乐园想玩什么啊?"达夫先生问志津子小姐。

"呜噢噢噢"

"过山车。"我说。

"飞向太空山。"达夫先生说。

"是啊,你的确喜欢那东西啊!"

临走的时候,我又一次请志津子小姐握了我的手。

"最后再握一次手可以吗?"我向她询问。

"可以。"她爽快地说。

我站在轮椅旁边伸出手,她比上次更用力地握住了我的手。就像要比上次更确实地传达什么似的久久地握着我的手。手已经很久没有被人这么有力地握过了。

那种触感,不论是在我从医院回来的路上还是在我到家之后,都一直留在我的手上。那就像是冬日午后向阳处温暖的记忆。事实上,那触感现在还有些许残留,也许今后还会继续。现在这样坐在桌前写这篇文章,我感到那温暖给了我莫大的帮助。我感觉到自己应该写的东西几乎都包含在那片温暖之中。我试着将她注视着的"另外的东西"当作自己的东西去感受。我下意识地追逐她的视线,可那儿只有房间的墙壁。

那天傍晚去医院探望的时候,我还心想必须鼓励她,那么怎样才能够给她以鼓励呢?我思来想去。我认为那是自己应该做的。然而那是没有必要想也不应该想的。因为在结果上反而是我被她鼓励。

就这样,我一边写稿,一边认真思考"活着"究竟是什么。已经很久没有直面这种"根本性命题"了。

如果自己处于志津子小姐的立场,能否像她一样保持坚定的"生存"意志呢?我有那样的勇气吗?有那样的忍耐力吗?能够那么坚定、那么有力、那么温暖地握紧别人的手吗?人们的爱能够拯救我吗?我不知道。真的,说实话,我没有信心。

世上的多数人向宗教寻求救赎。可是,如果宗教伤害了人,他们究竟要到何处去寻找希望和光明呢?与志津子小姐谈话期间,我几次细细观察她的眼睛。她的眼睛现在究竟在看什么呢?那光芒正照耀什么呢?等到她恢复健康能自由言谈的时候,我想问问她:"你那个时候究竟在看什么?"

不过,那是以后的事了。首先是迪斯尼乐园。迪斯尼乐园之旅。不管怎么说,那是一切的起点。

"我认为警察当局没能看透奥姆滑稽性背后的东西。"

中村裕二(律师,一九五六年出生)

中村律师说自己不过像是小镇医院那样的医生。中村先生所在的律师事务所位于小田急线町田站附近。事务所窗明几净,几名律师在各自的房间工作,有几个年轻的女秘书。事务所全然没有装腔作势的派头。中村先生也很适合这样的气氛。年龄四十二上下,但因眼睛炯炯有神,看上去显得年轻。

"我什么事情都受理,从离婚问题到高利贷纠纷。没有特定专业那样的东西。"他笑眯眯说道。中村先生一开始就想告诉我:他是随处可见的再普通不过的人,不是为理想奋斗的那种律师形象,这点请别误解。

我和坂本律师①在司法研修班是同一届。第三十九届,有十个班,我在八班,坂本在九班。东京有四个班,我和坂本同时属于"东京四班"二十七人集体。那是初次见面。坂本当律师是为了"想变得跟拉尔夫·纳德一样",而我可没有那么潇洒的动机。"不加入组织而能自由地做自己想做的事有多好"——出于这样模糊的想法,我成了律师。

话虽这么说,要取得律师资格可不是一件简单的事,要求非常严格。我连着考了好几年……我和坂本年纪差不多一般大。所以为了通过司法考试,我们两个吃了差不多同样多的苦。(笑)

这样,在司法研修班一年零六个月时间里,我和坂本成了无话不谈的好朋友。当上律师后我们还一起组织了学习会。有十来个人,在会上发表自己目前负责的案件的调查报告或研究结果。坂本非常忙,总是来不了,不过他刚好接手处理"灵感经商法"的工作,所以大家一起去横滨,一边吃中国菜一边听他讲所谓"内幕"。坂本从那时开始就一直与那类东西有接触。

他的性格用开朗爽快形容也许是最合适的。只是他非常喜欢冷嘲热讽,怎么也不愿意从正面轻松地看事情。对什么都有话说。说得好听些,是总用批判眼光看问题,说的难听就是吹毛求疵。我觉得他身上有这样的地方。

——他接手的都是统一教会和奥姆真理教那种既不很划算又繁重的工作,是吧?

我和他相处的时候,没太涉及到那部分。相反,他倒是露出了庸俗的一面。他经常会邀请大家一起去有陪酒小姐的小酒馆唱歌,说什么

---

① 坂本律师:因为反对奥姆真理教而被其灭门,包括仅有一岁的儿子。

"五点去,两千日元就能搞妥"。(笑)

说老实话,坂本感觉上并不是那种地道的追求革新的人权派律师,也不从属于特定的政党,是极普通的普通人。和我一样,他同样渴望世俗的东西。或者说他是那种"也想捞点好处"的极其正常的人。我是这么认为的。只是他很清楚自己的极限,对于在极限之内应该如何行动,应该接受什么性质的工作,他考虑得要比我认真,比我现实。

他所在的横滨法律事务所以前是以劳动纠纷案件为工作重心的革新派事务所,可现在也不是那种情况了,也处理很多劳动纠纷以外的案子。只是,由于他们处理了那么多劳动纠纷案件及冤假错案的缘故,他们与警察一直是水火不相容的。所以,在警察看来也许就成了一家"特殊的法律事务所"。也许那种印象被强加在了他的身上吧。

特别是围绕町田市的"共产党干部偷听事件",事务所与神奈川县警察署来了个正面交锋。因此产生了一场纠纷,好不容易要平静下来的时候又出了这个坂本事件。虽然横滨法律事务所只有一名律师进了辩护团,其他律师事务所的律师才是主力,可不管怎么说也是有实力的法律事务所,所以警察还是很留意其一举一动的。

——也就是说,即便横滨法律事务所的律师向警察提出"诱拐坂本律师的是奥姆",警方也故意不搭理的情形也不是没有……

可能性很大。我觉得有类似报复的成分在里面。虽然不能直接确认让人有些不甘心,但是现场的记者们已经把大体情况偷偷告诉我了。县警察署的干部说:"因为那家是这样的事务所嘛。"然后抬起左手,就是左翼的意思。对与奥姆教有关的事情他们基本上置之不理。

洋光台是矶子署的辖区,现场搜查官最先赶到现场,动作非常迅速。鉴定人员也出人意料地迅速赶了过来。但是,报告却没有顺利地上报到县警察署的干部手里。他们与现场搜查官之间的联络通道根本谈不上畅通。

当时，警察根本没有"奥姆教是危险团体"这一认识。他们自己在警察白皮书中也承认了这一点。连奥姆教的组织关系图都没有。公安部门不具有组织关系图这件事，换句话说，就是完全放松警惕。所以在坂本事件中我们说"奥姆教很反常"，县警察署也只是说"知道了知道了"，根本不理会我们。

但是，矶子署对此有某种程度的认识。我们的同事把与奥姆教有关的大量资料交给了矶子署。比如说，瀑本太郎律师就把大约一千名信徒的名单附带照片提交给了矶子署的搜查本部和法务省刑事局。所提供的情报截止到九四年三月，仅邮寄就有九十七件。所以，矶子署已经掌握了具体情况。他们很积极地配合我们，也很重视这件事。并且对提供的情报给予了正确评价。

然而，这在县警察署那里行不通。简直就是"一群只知道坐在办公室里喝茶看报纸的蠢货"。不过前段时间更换了县警察署署长，局势开始一点点发生变化。情报从矶子署上报到县警察署的速度逐渐加快了。我们也觉察到了这种变化。

规模最大的是签名。我们收集了一百八十万个签名。每满十万个我们就拿着签名去找警察。不光去矶子署，还去县警察署和警察厅，请国会议员跟我们一起去。我们施加的这种压力一点点地开始起了作用，警方也开始发表评论说我们的运动有助于搜查。

我在"东京律师会坂本救出对策本部"担任事务局次长，从那个时候开始我们收集到了有关沙林的情报。

正如您所知道的，九五年元旦的《读卖新闻》上刊登出了一条"在上九一色村中检验出沙林残留物"的报道。在这之前，大约从十二月开始，我们从"奥姆真理教受害者对策辩护团"那里一点点掌握了"如果牵涉到沙林、药物或化学物质，应该考虑奥姆教"的情报。他们也可能使用了兴奋剂或致幻剂之类的药品。

还有,九四年三月,高知支部松本智津夫的说法中出现了沙林这个词。也就是所谓"沙林说"。从那个词出现一直到结束,他始终重复与哈米吉多顿①有关的内容。因此,辩护团中也产生了一种严肃的认识,怀疑他们是不是在搞什么名堂。

听说之后,我最先想到的是,如果有人把那种东西洒到我们事务所该怎么办。虽然这有些没出息,可是我一下子就想到了那个。"呼吁救出坂本一家的牌子也很危险,撤下来吧"——类似这样的建议也出现了。虽然我们事务所没有竖起牌子,可竖起的地方是很害怕的。松本沙林事件的时候就是洒在外面的。那样一来,场所就不是特定的,何时何地受害根本没有办法预测。

以前我们从来没有过那样的危机感。也许会绑架人质,可是我们没有想到他们会当场把人杀掉弄走。当然我们也是有点不愿意那么想。

——松本事件发生在六月,那个时候还没有怀疑是奥姆教干的吧?

没有怀疑。根据逃出来的信徒所提供的情报,我们弄清楚了奥姆教在个别面谈过程中或入教仪式中开始使用什么药物,并且掌握了其详细情况和私刑杀人的事实。不过,瀑本律师也没有想到沙林。虽然知道"毒气说",但也只是认为那不过是为了让信徒产生被害妄想所采取的权宜之计。也许已经使用芥子气了。所以这么说,是因为九四年七月出现了有芥子气中毒症状的人。但是,他们此外也制造了沙林。

总算想到沙林的时候已经是九四年的十二月份了。之后就有了元旦那则令人震惊的报道。那个时候我们非常恐慌。什么时候做成了时间问题。

---

① 哈米吉多顿:世界末日之时善恶对决的最后战场,仅有一次出现在《新约圣经·启示录》的异兆中。

后来听说,原来警方也预定在一月进行强制搜查。长野县警察署、山梨县警察署、静冈县警察署和宫崎县警察署采取联合行动。不过警视厅并不插手。

依警视厅的说法,虽说当时没有做搜查、没收的准备,可是那个时候已经发生了鹿岛友子的长女绑架事件。不是不能行动,却没有采取行动。总算开始采取行动是针对目黑公证处的假谷事件。他们就像已等候多时似的手拿搜查令冲了进去。

可是,一月强制搜查的时候,他们并不是多么有危机感。如果不抓紧时间也许会遭到沙林袭击这样的预测也好、危机感也罢,统统没有。他们也似乎没把《读卖新闻》的报道当一回事。

警视厅不出动,自卫队自然也不会行动。但是既然已经走到了这一步,就只能四个县继续联合做下去,所以大致做了准备。可是就在这个时候发生了阪神大地震。虽然我不太想这么说,但他们的确运气好,就像有神灵附体一样。

——中村先生和瀑本先生新年伊始就已经有很强的危机感了,对吧?而从结果上看,警察却没有采取行动。

是的。危机感很强烈。一来实际上发生了瀑本律师遭袭事件,二来九五年一月四日"家族会"的永冈先生也因有机磷系毒气中毒徘徊在死亡线上。

我们甚至在九五年二月聚在一起组织了沙林学习会。二十多名律师聚在一起,由拥有理学博士学位的我和同一事务所的梶山律师担任讲师,掌握了基本化学知识。梶山与松本沙林事件时的河野先生有关联,也去过松本事件的现场。

可是,就算写化学式给我们看,我们也看不懂,所以只大致学了一些实用性内容。比如有什么样的效果和作用,能否被简单制作出来,制成之后如何管理等等。大家都清楚"救援会"会被盯上。在发生松本沙林事件的时候，法官宿舍也遭到了监视，可以看出他们对司法机关有强烈的敌对意识。所以我们也加强了警戒。

下面我所说的是我个人的想法，我觉得松本智津夫自身有一些类似自卑感的东西，所以他才会喜欢让医生或律师陪在自己身边。我对他有这样一种印象。据说他原来是想在上东大医学部当医生和学法律当律师这两者中任选其一的。所以他把医生和律师放在身边重用。医生固然比较容易上当受骗，但律师就另当别论了，想法莫名其妙（笑），信仰坚定的也几乎没有。所以他好像在人员招募上费了很大工夫。可即使这样，也还是有青山等三四个人。

他还告诫他们说："事到如今，还是不要经常去人多的地方吧。"他已经神经质到了那个地步，当作自己的问题惴惴不安。所以，九五年三月二十日早上地铁沙林事件被报道出来，他听到"造成大量伤亡"的时候心里是非常懊悔的。当时几乎所有人都觉察到可能是早已瞄准霞关的奥姆教干的。然而惟独警察没有认识到事态的严峻性。那样的错位在这次事件中引起了极严重的问题。

瀑本律师三月六日问上级"治安体制是否完善"，十三日又用快件提交了"奥姆教有可能使用沙林"的报告。收件人是警察厅厅长和最高检察院院长，好像也给警视厅寄了复印件。可是，短短七天之后就发生了地铁沙林事件。

另外，我以前还不太知道，日本实际上是有两种警察的。公安警察和刑事警察。但我们都认为公安部门在九四年十二月之前也没有真正考虑过要去掌握奥姆的情况。次年元旦《读卖新闻》上登出报道之后才终于认真起来。但是，据说事件发生之前的三个月时间里他们连组织关系图都没做出来。即使地铁沙林事件发生之后，如果没有三月三十日警察厅厅长狙击事件，也没人知道公安实际有多大作为。

结果，警察和公安都没有认清楚奥姆真理教这一宗教团体的本质，似乎还从心里小看它，称它是"那种东西"。即便是在地铁沙林事件发生之后他们也还是有这种倾向的。警方的奥姆专案组的队员们工作非常卖力,可专案组以外的其他人却瞧不起那份工作。不知他们是不想理解,还是因为理解不了才瞧不起。"那种东西充其量不就是个小儿科团伙吗?为什么抓不到菊地直子那帮人?在干什么呢,你们!"——他们就这样冷眼看待专案组。

例如,在奥姆事件中根本看不到警察在围堵联合赤军①的时候所有人员齐心合力将对方逼得走投无路那种共识。我一直留意警察的行动,清清楚楚地感觉到了这一点。专案组的人发牢骚说得不到同事的理解,得不到上头的理解。甚至在地铁沙林事件发生之后也是这么一种不协调的状况。我觉得这才是处理奥姆事件的真正难点。

我们现在作为辩护团成员去法务省,与法务省官员讨论如何对待信徒的问题,可是那里也是完全不了解状况。对方倒是说:"奥姆教吗?诸位律师先生也很辛苦啊!"可是实际上完全不得要领。怎么说呢,不管我们多么严肃地讲有关奥姆的情况,也还是得不到他们理解。毕竟他们是在彻底的合理主义中循规蹈矩工作的。结果话题就转变成一些无关紧要的东西,比如说,一流大学医学部出身的优秀医生为什么做那样愚蠢的事情?女人究竟为什么会对那样一个满脸长满胡子的丑陋男人神魂颠倒等等。他们根本就没有认识到事情的紧迫性和严重性,只把它当成了笑话。

——您觉得日本的警察机构和司法机关的怠慢同这次地铁沙林事件造成的巨大伤亡是有关系的吧?

我认为警察当局没能看透奥姆滑稽性背后的东西。他们所做的事

---

① 联合赤军:一九七一年,由一群激进的年轻人所组建的左翼组织。文中提到的围堵联合赤军的行动发生在翌年二月,联合赤军成员占领了长野县的一家疗养院"浅间山庄",同日本警方发生枪战,被日本警方歼灭。

情太荒唐，太滑稽，太脱离现实了，警察根本没办法看穿隐藏在小丑面具下的深不见底的恐怖。在这一点上，作为一个组织的警方存在着很大的盲点。奥姆真理教对警察来说是至今为止所没有碰到过的全新的对手。我是这样认为的。

——中村律师，您现在是在负责"地铁沙林事件受害者会"的咨询窗口吧？能不能给我讲一下事情的原委……

刚才我也说过，我们是一直负责坂本救出对策本部的工作的，在工作过程中就产生了做一个"奥姆真理教受害热线110"的想法。这本来是为了救助奥姆教信徒及其家人的，可是有大约四十位地铁沙林事件受害者打来了电话。这样一来，就算为地铁沙林事件专线，也必须另外开通"110"了，所以我们就在七月份开通了这个。首先是从电话咨询开始的。东京和横滨的七十名律师聚在一起，开始这项工作。

但受害者实在太多了，所以不得不组建一个辩护团。辩护团主要以和坂本一起进行过司法研修的律师为中心，都是第三十九届的律师。不错，是以年轻律师为中心的。坂本被绑架之后，大家出于集体观念聚在一起，下一步又一同面对地铁沙林事件，从形式上来看。

但绝不仅仅是那样，讲明了就是我们大家都各自心中有愧。因为我们明明掌握了那么多情报，却没能防止那场大难于未然。本来应该更大声地提醒大家的。但是我们没能那么做。包括我在内，大家都退缩了，真的是很害怕。

强烈批判奥姆真理教的小林义则先生险些被暗杀，江川绍子小姐也是如此。大家都处于极度危险中。在九五年一二月份，如果明确指出奥姆的沙林很危险的话，也许真的会有人遭到暗算。可是，就算是紧张到了那种地步，警察也没有对我们采取任何的保护措施。哪怕是我们自己提出希望受到保护，他们也对我们不闻不问。"哦？你会被杀？"——就这样一种态度。他们完全不当回事儿。江川小姐因为刚好住在神奈川县,所以家里是二十四小时警备,可是住在东京的永冈先生、小林先生却没有受到任何保护。

但是,不管怎样,我们没有能够坚定表明我们的看法。当然有害怕的原因,同时我们也还是有未能充分重视的地方。这样的自我反省或者"要为自己没能做到的事情做善后工作"的心情存在于我们每一个人的心中。大家都在想:哎,真对不住坂本啊。我们让他白白的牺牲了。这种想法已经成了负责地铁沙林事件的我们不断努力的一个原动力。

丸之内线

(开往池袋/区间车)B701/A801

在丸之内线开往池袋的地铁车厢施洒沙林的小组,是横山真人和外崎清隆两人。横山实施,外崎负责开车。

横山一九六三年生于神奈川县,事发当时三十一岁。考入东海大学工学部应用物理系,毕业后进电子配件公司工作,三年后辞职出家。不知何故,五名案犯中横山给人的印象最淡。既没有插曲什么的,又极少在其他信徒的证言中出现他的名字。大概是性格内向沉默寡言的关系。他是"科学技术省"次官之一,工于"技术",和广濑同是自动步枪秘密制造计划的核心人物。九五年一月将制造出来的步枪恭恭敬敬献给麻原彰晃的也是这两个人。从九七年一月至今,横山在法庭拒绝提供同事件相关的任何证言。

相对说来,外崎也是留不下印象的人,青森县人,一九六四年生。高中毕业后连续外出务工,八七年出家,属于"建设省"。

横山乘坐外崎开的车,在去新宿站途中买了《日本经济新闻》,用来包两个沙林袋。最初外崎买的是《体育新闻》,但横山坚持要一般报纸,就另买了《日本经济新闻》。下车前横山扣上假发,戴好化装用的眼镜。

七时三十九分,横山钻进由荻洼开往池袋的丸之内线地铁列车

（列车编号 B701）前数第五节车厢。临近四谷站，车开始减速，这时他用伞杆尖头隔着报纸往车厢地板上的沙林袋上扎了几下。但最后扎出洞的只一个袋，另一个完好无损。假如两个袋都被扎破，这班车的受害程度势必比现在还要严重。

车进四谷站，横山当即下车，在出站口附近的洗脸间把伞尖粘的沙林液体冲洗掉，而后钻进等在那里的外崎的车。

上午八时三十分，车开进池袋站，直接返回。或许沙林液体淌出的程度慢，此时的危害似乎还没怎么出现。车在池袋站让乘客下车而清完车厢，这时本应由站务员检查车厢，发现可疑物即刻拿走，但站务员好像疏忽了这项义务。个中原委将在本书的证言中得到明确。

八时三十二分，行车方向变为"开往新宿"（列车编号 A801），由池袋站始发。发车不久就有不少乘客诉说身体不舒服。接到在后乐园站下车的乘客"车上有可疑物"的联系后，车站职员在本乡三丁目站上车拿走沙林袋，简单清扫了车厢。而这时日比谷线筑地站已闹得天翻地覆。

尽管出了不少受害者，但被沙林污染的这班车仍照样开到新宿站。到达新宿站是九时零五分。说起来有些难以置信，车再次在这里折回，列车号变为 B901。九时十三分发车。好歹停止运行是在九时二十七分左右开到国会议事堂前站的时候。在那里让乘客下车后，空车调头。从横山扎破沙林袋时算起，这班车已经持续行驶了一小时四十分之久。

从运行过程看，不难想像营团地铁指令室的混乱状况。明知 B801 车厢内发现可疑物而且有不少乘客因此受害，却没有一个人想到应该让这班车在哪里停住。

人命诚然没出，但轻重伤者有二百人。

三月二十一日。估计要受到强制搜查,横山和广濑一起策划逃亡。石井久子递给两人500万日元逃亡资金,车也备了。两人在城内宾馆和桑拿室辗转住了一段时间,后来被捕。

"那是什么呢?"我想。但站务员没有理会,照样让乘客上了车。

驹田晋太郎(当时五十八岁)

驹田先生一直在大型城市银行工作,年届五十的时候被派去相关的不动产企业,在那里迎来五十三岁退休年龄,直接把人事关系转去了那里。那是一家经营不动产的公司,眼下负责那家公司经营的画廊业务。我原来不大清楚,原来退休年龄前后调动工作在银行那种职场似乎很有普遍性。不管怎样,样子仍非常年轻,根本看不出是到退休年龄的人。做画廊工作倒是第一次,但六年做下来,已经彻底喜欢上了画。

虽然不是因为——理所当然——他是银行职员,但说话时间里,仍给人以"此人认真"的印象。工作勤奋,生儿育女,稳打稳扎生活过来。第二人生也同样热情专注正道直行——这是他给我的感觉。"我这人很有忍耐力的",他本人也说道。

惟其如此,尽管坐在沙林袋旁边并且心情变糟,仍一直忍耐不动,心想再坚持一会儿就到站了。结果症状加重,真是不幸得很。作为不幸之幸,他说自己正巧坐在沙林袋的上风一侧。如是坐在下风一侧,情况必定更糟。

爱好开车,休息日和太太两人开车兜风,顺便看美术馆。

上班的时候,我一般从所泽坐西武线到池袋,再坐丸之内线到银座,之后换乘日比谷线到东银座站。路上大约要花一小时二十分钟。

电车里人很多,特别是西武线。从池袋到银座的那段路比较远,站着太累,所以我通常要等好几班始发车,赶上比较空的再上车。我不喜欢和别人抢座位,所以总是想方设法排到队伍的前面。这样一来,就可以慢慢找个座位坐下来了。我一般从前数第二个车厢的最前门上车。

因为池袋站是始发站,所以电车到站后,乘客们当然全部下车。可三月二十日事故发生的那天早晨,从车上下来的人出奇地少。平常,一节车厢最少也得下来十五到二十个人,但那天只有五六个人左右。因为这种情况偶尔也会有,所以我也没怎么在意。

乘客全都下了车之后,站务员会进到车厢里检查一番。看看车厢里是否有遗忘的东西。如果什么也没有,乘客就可以上车了。

真的是非常遗憾,那天,在我上车的车门处,负责检查的站务员不是正式的站务员,而是临时打工的人,一个穿着夹克衫的年轻人。早晨,这种打工的学生好像很多。他们不穿普通的绿色制服,而穿营团指定的夹克衫。因为我当时站在队伍的最前面,所以看得很清楚。就在我眼前,右边座位的角落里,有一个报纸包着的方形包裹,大约三十厘米见方吧。有这么大(用手比划了一下)。我的确是亲眼所见。"那是什么呢?"我想,但站务员没有理会,照样让乘客上了车。本应马上采取措施才对,毕竟那东西真的很显眼。如果当时被及时清理出去的话,损失一定会小很多。太遗憾了。

——但另一方面,假如那包东西在池袋站就被扔进垃圾箱,那么,因为那里人山人海,说不定会像小传马町站那次那样伤害更多的人,是吧?

总之,那包东西就那么搁在那儿,列车就开了。说我运气好也可以,当时我碰巧坐在了左边座位上,而不是右边。就是说,我并没有处在下风向位置上。过了两三分钟,车就驶发了。

刚开始,我还在想那是不是谁在车上吐了之后用报纸简单包了一下放在门口的。因为无论周围地面还是报纸看起来都黏糊糊、湿漉漉的。所以,站务员既然看到了那样的东西,却置之不理,这无论如何都说不过去。车开后没多久,我忽一下子闻到一种味道。都说沙林没什么味儿,其实不是,感觉有点甜得发腻。我想可能是香水吧。不是那种很难闻的味道,否则,大家一定会嚷嚷起来的。我只是"闻到一种莫名的甜甜的味道"而已。

电车沿着新大冢、茗荷谷、后乐园继续向前行驶,大概在茗荷谷附近吧,不论是站着的还是坐着的,大家都开始咳嗽起来。当然,我也不例外。人们纷纷掏出手绢,捂着嘴和鼻子。那场面真的很异常。大家竟然一下子全被呛住了。我记得,乘客们在后乐园附近基本上都开始下车了。可能因为觉得难受,或者感觉有点奇怪才下去的吧。当时,窗户几乎都是敞开着的。大家好像不约而同地打开了窗子。我感觉有些刺眼,还不停地咳嗽,特别难受。我真不知道为什么会这个样子,所以尽管觉得有点奇怪,却还是一直盯着报纸看。这是我多年的老习惯了。

到了本乡三丁目,电车一停,五六个站务员就匆匆忙忙进了车厢。可能是接到通知,在这儿等着的吧。他们一边上车一边说:"啊,就是这个!就是这个!"然后用手捡起那包东西带走了。嗯,没错,用的确实是手。地面已经被沙林弄得湿漉漉的了。记得当时他们只是把那包东西拎了出去,稍微擦了一下地面。不一会儿,电车又发车了,接下来是御茶水站。在那个站,又上来五六个站务员,用像抹布一样的东西擦了擦地面。

大概是从那时开始吧,我咳得越来越厉害了。到御茶水附近的时候,基本上已经不能看报纸了。因为觉得马上就到银座了,所以一直强忍着。当时已经连眼睛都睁不开了。中途路过淡路町的时候,我就想一定是出什么大事了。可最后还是来到了银座。眼睛确实睁不开,可如果闭上眼睛也还是可以忍受的,没有剧烈头痛或是恶心之类的感觉。

不过,脑袋已经开始迷糊了。

当感觉车厢里的一切变得模糊、周围也暗下来的时候,车已经快要到银座了。睁开眼睛一看,四周一片昏暗。感觉好像是进了电影院似的。从银座车站下车的时候,感觉有些乏力,不过走还是能走的。我扶着栏杆摇摇晃晃走上楼梯,觉得自己一停下可能就会倒在那儿。

我想可能是出什么事儿了,可还是有点儿不太确定。不知道到底应该怎么办才好。

刚要再换乘日比谷线,就听到广播说:"因发生事故,日比谷线停止运行。"我想一定是指这件事。肯定是发生什么事故了,应该不是自己身体的问题。

我想说的是,如果是剧烈疼痛、呕吐或者眼睛突然什么都看不到了,我一定会马上下车的。可情况不是这样,这些症状是慢慢出现的。结果,到了银座以后,我的情况已经很严重了。我没得过什么大病,也没住过院,身体一直很好。或许是因为这个吧,我才能一直坚持下来。

我下车以后,电车仍然继续向前开。按理说那车应该在本乡三丁目或者御茶水站停止运行的。一来乘客嚷成那个样子,二来已经知道有特殊情况出现了。在我上车的三十分钟以前,霞关站就已经大乱了。既然已经知道出现了问题,那么当时就应该马上停车,让乘客全部下车的。这样一来,损失就会小很多。这是个疏忽。恐怕整个指挥系统都不是很通畅吧。

我好不容易爬上了银座站的台阶。我感觉,如果不赶快离开这儿就会死掉的。当时,我已经有了一种很强烈的危机感。终于爬到地面一看,位置大概是在有乐町马里昂大厦的对面。我想,无论如何也要马上去医院才行。银座附近有一家我常去的医院,就准备走到那儿去。可是从有乐町到那儿还有挺远一段路。考虑到走大路可能容易摔倒,所以走的是一条小胡同。我好像喝醉了似的,慢慢悠悠、趔趔趄趄地走到了医院。那段时间,一直朦朦胧胧地感觉外边特别地暗,周围还传来救护车和消防车的警笛声和钟声。还有人在四处奔跑。于是,我更加确信出大事了。

我先去了一趟公司,打算找个人陪我一起去医院,就跟我的同事说:"我眼睛看不见东西,能不能和我一起去趟医院?"当时,医院里已经有两三个和我相同症状的病人了。在挂号处,我告诉护士小姐:"我的眼睛看不到东西。"她说:"你的眼睛不好,可是我们这儿没有眼科啊!"对于这件事她显然还一无所知。可是后来有相同症状的人接踵而来,不一会儿电视上也播出了嘈杂的事故场面,医院方面也终于开始意识到出了事。于是候诊室的沙发被当作临时简易病床,护士开始给我打点滴。好像没过多久,医疗信息就开始通过传真传过来了。

后来我又被转送到其他医院(四谷方面),在那儿住了四个晚上。眼睛一点点好了起来,从第二天开始就可以正常看东西了。只是头和太阳穴还疼得厉害。在医院里,几乎睡不好觉。睡眠很浅,夜里总要醒那么几回,只能睡两三个小时。那时候,我已经做好了思想准备:以后可能没办法回公司工作了。因为传到耳朵里的都是些坏消息,比如说有三四个人死亡或是变成植物人之类的。

出院过了两三天,我就开始上班了,到了公司以后还是觉得身体状况有些不太好。浑身无力,变得很容易疲劳,而且记忆力也很差。生活的方方面面都会感到和平常不太一样。尽管感觉很多地方有些异常,可这到底是因为沙林,还是压根儿就和沙林没什么关系,我自己根本没办法判断。又找不出什么证据,就这样天天疑神疑鬼的。这一点我感受很深。连坐车的时候也会觉得不安,开车的时候常常会担心到底安不安全。现在基本上不至于了。

我曾经有挺长一段时间对坐地铁上下班充满恐惧。可是没办法啊,只能忍着了。现在还是有点儿讨厌坐地铁,可真的没有别的选择啊。人被塞进地铁一样的大箱子里以后,就只能在阴森的地下坐以待毙了，别无他法。沙林事件发生之后，我对这种状态感到特别恐惧，太可怕了。可我们这些上班的人也是没有办法，因为没有其他交通工具。

太让人恼火了，我简直愤怒到了极点。可最近听到奥姆教那些家伙的话，我居然已经气得没脾气了，已经接近麻木了。就因为那种人，无辜的市民被平白无故地夺去生命，简直不可理喻。真不知到底应该把这股火发泄到哪儿去才好……我希望能够尽快的把这些奥姆真理教犯人送上法庭，让他们得到应有的惩罚。

奇怪的是我非常冷静，只是心想这是沙林。

中山郁子（三四十岁）

对方一开始就一再要求不公开姓名、住址和年龄，尽可能模糊处理。至今仍对奥姆方面怀有强烈的戒心。尤其自家附近有奥姆的道场，一旦被其察觉，情况非常不妙，她说。

年龄三四十岁，已婚，没有孩子。大学毕业后在普通公司工作了一段时间，后来退职当全职主妇。如今已取得资格向外国人教日语。工作非常有趣，也有干头儿。

这次采访了很多沙林事件受害者，但在遭遇当中能够想到"这怕是沙林"的人似乎少而又少。几乎所有人都在不知所以的状态下卷入这场噩梦。而中山女士却是少数初期认识到沙林的人士之一，并且是一眼看出"这绝对是沙林，让人瞳孔缩小！"的罕有之例。交谈当中，不由得为其能够逻辑性把握各种事态的冷静和细心所打动。观察力和记忆力也非同一般。作为语言教师想必也很精干。

正因如此，才对状态同自己所在世界截然不同的奥姆真理教世界感觉出一种完全不兼容的东西。"那不是恐怖！"她本人说。但不管怎样，给我的印象是：要想稳妥地消除那个，她大约还要花一些时间。

大家都觉得系统地教外国人学日语是件很难的事,但实际做一做也没什么难的。在日语教师培训讲座上,老师说日语只有百分之六十左右是可以进行系统性、理论性说明的,其实并不是那样的。这也是我尝试做了之后才发现的。

现在,我一周工作三天。有时候也会根据学习者的要求进行调整,但全部加起来有七节课左右吧。一节课大约一个到一个半小时,上课方式是一对一式的。学生们都是就职于外国公司的驻日工作人员。我所在的学校是这些公司指定的对口学校。上课的地方有时候在对方的公司,有时候是在学生的家里。

去年三月,发生沙林毒气事件的那段时间,我特别忙,一周工作四五天,大约要上十个小时课。说实话,我中毒和这个也有很大的关系。

那天,因为上课学生的公司是在大手町,所以我打算坐丸之内线直接过去。上课时间是九点。嗯,确实比较早。大多数人都赶在公司上班之前就结束学习。甚至还有更早的呢!比如说,八点甚至七点半就开始上课。当然也有人是下班以后再学。

那天早上,我八点左右离开家,在池袋站坐的是八点三十二分发车的地铁。八点三十二分发车,正好能赶得上九点钟上课。从大手町下车以后,再走上台阶,时间刚好合适。

因为池袋是始发站,所以一般来说站台两边都会停靠着丸之内线的始发车。当时,顺着车行方向,站台左边停靠着一列电车,当时车上已经坐了不少人了。右边的电车那时候还没有来。我一时不知道坐哪一列好,只是觉得坐晚一点儿的应该也能来得及。因为电车的间隔至多两三分钟。也许是因为一周上十节课感到有些疲劳吧,我最后还是坐上了后一列车,那列的空座位看起来比较多。

电车来了以后,我从前数第二节车厢的最前门上了车,坐在电车行驶方向右边的座位上。电车朝新大冢方向一路开了过去。嗯……日本早晨的电车还是比较安静的。车上的人基本都不怎么说话。可是乘客中突然有人开始"吭吭"咳嗽起来。我当时还想,怎么会有这么多人感冒呢。

你知道,丸之内线从新大冢站就开始慢慢驶出地下了。接下来是茗荷谷、后乐园……茗荷谷站的检票口是在池袋站方向那一侧,相对于电车的前进方向来说,是在尾部位置上。所以,平常上班时间,最靠前的车厢里的乘客在那一站几乎没有下车的。可是那天很奇怪,很多人都在茗荷谷站下车了。虽然我觉得有点儿不太对劲儿,可也没有多想。

大家还是不停地咳嗽,而且当时车厢里异常明亮。明亮,或者只是一种明亮感觉而已,事后一想,应该是发黄吧! 那种黄色,很难形容,感觉好像是一层亮亮的薄纱慢慢变成了黄色。但绝对不是那种很鲜艳的黄。我以前因为贫血晕倒过,和那时的感觉差不多。没有经历过的人,可能理解起来有些困难吧。

过了一会儿,我开始感觉呼吸有些不太顺畅。因为是新车厢,我就想可能是新建材或者是黏合剂的味道吧。于是我转过身把窗户打开了。那种新式车厢的窗户是从上向下拉的,轻轻一拉就可以,可是竟然没有人去开。过了一会儿,我又拉开了第二扇窗。

我的呼吸道从很久以前就不太好,一感冒,嗓子就疼得厉害,还咳嗽。闻不得那种新建材的味道,或许也是因为呼吸道不好的原因吧。当时还是三月份,天气不算暖和,可是不打开窗户,真的是受不了。可我就是想不通,为什么其他人都能忍受得了呢? 明明味道那么奇怪,不,也不能说是奇怪吧。

那味道并不刺鼻。具体我也说不好,感觉那似乎并不是一种味儿,而只是让人感到"呼吸困难"罢了。我打开窗户,想让空气流通一下,除除味道。记得我是在茗荷谷到后乐园那段路上打开窗户的。在茗荷谷和后乐园站,车刚一停,乘客们就纷纷下去了。

可是,对我转身打开两扇窗这一举动,周围的人竟然也是毫无反应。

——当时没有人说"好奇怪"或者问"是否感觉呼吸困难"什么的吗？我想大家都应该感觉有些异常才是……

一个也没有。总之,大家都特别老实,什么也不说,可以说基本上没什么反应。大家之间也没有怎么议论。我曾经在美国生活过一年时间,要是这样的事情发生在美国的话,我觉得一定会闹得天翻地覆。大家一定会吵吵嚷嚷:"这到底是怎么回事？"而且会一起追查原因的。这一点,我是事后才意识到的。

事情发生几天后,警察问我:"当时,车内有没有陷入慌恐状态？"我再次强烈地意识到大家真是太安静了,谁都一言不发。

我在电车里看见,下了车的那些人都在站台上"吭吭"咳嗽个不停。

过了后乐园,呼吸开始变得越来越困难,黄色气体的颜色也变深了。到那时,我才意识到今天可能没有办法工作了。可是又想不行啊,无论如何也要去！所以我没有下车,想等车到了本乡三丁目站以后再换到别的车厢去。那个时候,车厢里已经很空了,甚至看得到空位。这真是太奇怪了。若是平日早晨,这个路段人要比这多得多才对。

于是,我想从中门或者后门下车,当时真的是没什么其他办法了。就在这时,我看到一个身穿警察制服的人,戴着白手套,从前边的门上了车,这样用两手拿起那包用报纸包着的东西,拿到外面去了。站台上的站务员又拿过来一个带绳子的四方箱子（用来装废旧杂志的塑料箱子）,把那包东西放了进去。大概有两三个站务员吧,在那儿跑来跑去忙活着。刚才说的这些事情都发生在我下车的时候,几乎是同一时间。我对那个警察戴的白手套,还有像这样被高高举起来的那包东西,印象特别深,至今还记得。至于当时到底发生了什么,我还是摸不着头脑。

车在那儿停了好长一段时间。记得当时我大概是向后移了两个车厢。车里已经空空荡荡了,只剩下那么几个人,都能数得过来。那时候,我已经难受得不能再难受了。眼睛开始剧烈地一跳一跳地痛,处在一种类似肌肉痛的状态,可又不是很疼。周围还是发黄,虽然模模糊糊的,但还是能看到黄色的风景。慢慢地,那风景像被硬塑料凝固住一样,越来越小……硬要我说的话,就是这种感觉。

最后,在淡路町下车的时候,我一直在咳嗽,眼睛跳个不停,而且呼吸困难,感觉肺里好像全是土。在那一站下车的只有三个人,一个二十多岁的女孩,还有一位五十多岁的中年男人,再就是我了。想想真是觉得太不可思议了,在那站下车的时候,我突然意识到那包东西就是沙林,沙林好像能导致瞳孔缩小。因为工作的关系,我每天都会认真地看报,也听新闻,所以知道那次松本沙林事件。"瞳孔缩小"这个词儿也是那时候听说的。在淡路町站下车的时候,我忽然想到:"啊!那一定是'瞳孔缩小'"。

——怎么说呢,您真够冷静的了!

是啊,奇怪的是我非常冷静,只是心想这是沙林。可能在面对原因不明的紧急情况的时候,自己所掌握的知识会全部被动员起来了吧。

当时站台上只有刚才我提到过的那个年轻女孩、一个中年男人和我三个人。那个时间段,丸之内线站台上的人不可能那么少。那女孩坐在长椅上,低着头,用手绢捂着嘴,一副很痛苦的样子。那个男的在站台上摇摇晃晃地走着,边走边嘟囔:"奇怪,真是太奇怪了!"还说:"看不见东西啊!眼睛看不见啊!"(听说此人事后留下了残疾,可我并没有确认是否属实。)

当时我说:"这真是太奇怪了,我们还是去医院吧!"我想尽办法抱住那个女孩,和那个男的一起去了车站事务室。站务员们当时已经手忙脚乱了,他们想打电话叫救护车过来。可是无论怎么打,也没有人接电话。真是太可怕了。当时,我生来第一次知道了什么叫"恐怖"。好像一向坚信的东西土崩瓦解了一样。

总之,当时特别混乱。因为从事故发生的时间来说,我们坐的电车比其他电车要晚一些。当时,别的车站已经是一片恐慌了。我们坐的丸之内线电车就那么拉着沙林袋子,又从池袋开了回来。

有一点我至今仍耿耿于怀。在池袋,列车待发时必定关上车门,进行车厢检查的。有关人员一般都会检查一下车厢里有没有遗忘的东西。检查的时候,很有可能会因为一时疏忽,有一些地方注意不到。可我觉得当时就不能检查得再仔细一些吗?那样,电车拉着沙林袋子又一次返回这样的事就绝对不会发生了。

当时救护车的电话怎么打也打不通,有一个年纪比较大的站务员作出决定:"还是走着去吧!这样比较快。"医院就在地铁站附近,走路也就两三分钟。那个年轻的站务员陪我们三个人一起去了医院。从结果上来看,在淡路町站下车这个决定是对的。要是到了本乡三丁目再下的话,后果简直不堪设想。再加上地铁内空间比较封闭,结果只能和沙林袋子一起被抬下车去。

(为了接受专业的治疗,中山女士在医院的紧急医疗中心住了五天院。)

事件发生后,我好几个月都没有上班。一来因为呼吸比较困难,二来我的工作基本上以说为主,所以我也是没有办法的。

简直岂有此理,很长一段时间我都气愤得不得了。反正,就像我刚才说过的那样,真的是让人忍无可忍。后来我也知道了犯人可能是奥姆真理教的人……不过,现在说实话,与其说是愤怒,不如说对于这件事我已经不愿意再去多想了。包括从住院到出院回家那很长一段时间里,因为很想知道究竟是怎么一回事,所以一直疯狂地看电视上的报道,可现在不那样了。和沙林事件有关的所有画面,我一概不想看。一碰到那样的新闻,我就马上换台。因为我已经对那些蛮横无理的东西、那些蛮横无理的事情充满了愤怒和厌恶。同时也是顾及到死去的人和现在仍饱尝病痛的人的感受。现在也是,只要一碰到那次事件的相关报道,感觉就像有大石头压在胸口上一样。真的希望那样的事情不要再发生了。

看过有关奥姆真理教的一些报道以后,我对他们的来历背景也慢慢有了一些了解。现在,我觉得对于这些人,我们真的很无奈。至少我现在不会再朝着电视画面愤怒地大喊大叫了。那些人有他们自己的逻辑,自己的思维方式,和我们根本就不一样,他们按他们所信仰的那一套才做出了那样的事情,我觉得这种矛盾根本没办法调和。说他们没办法跟我们站在同一立场也可以,总之他们是生活在另一个世界里的人……这样想的话,那种强烈的愤怒情绪就会稍微缓解一些。可我当然还是希望他们能够在法庭上受到应有的惩罚。

在所有的问话中,我最讨厌听到的就是"您有没有留下什么后遗症?"我一直告诉自己:"我已经没事了。"就是这个想法一直支撑着我活到现在的。从医学角度来说,好像应该已经没有什么问题了。可是人就是这样,对于第一次碰到的事情,就算事情已经过去了,也会感到有些不安。所以我特别讨厌别人问我这样的问题。但仔细想想,就又会觉得,其实讨厌别人问"有没有留下后遗症"这类问题本身有可能就是一种后遗症。

我始终有一种情绪,就是想把那件事当成发生在另一个世界里的,想让它离我们远远的,哪儿都行,就是想让它离我们远点儿。如果可能,真想把它踢到地球外边去。

如果说现在距那次事故只过去半年左右的话,我想我恐怕会拒绝这次采访的。决定接受这次采访以后,我又仔细想了一下,好像自从出事以后,我就再也没有去过事发现场。我其实一直挺喜欢本乡三丁目那一带的,可我一次也没有再去过。也不能说是害怕吧……总感觉有些抵触。

首先浮上脑海的是:"既是有毒气体,那么不是沙林就是氰化物。"

齐藤彻(急救中心医师、东邦大学医学部教授,一九四八年出生)

齐藤先生已经在东邦大学附属医院急救中心工作二十年了,乃中心元老,不折不扣是急救专家。急救中心是处于生死之间的患者运来的地方,以瞬间判断和智慧区分生死界线。大多情况下,最初阶段没时间这个那个慢慢考虑。在那里,老资格医师的经验和直觉发挥关键作用。自不待言,必须精通所有症状。

毕竟是在那样的第一线锻炼出来的,说话简洁明快,浅显易懂,有说服力。因此得以听取种种难得的信息。一看就深深感到他从事的工作是何等不易。想必每天都很劳累,没有神经放松的时间。感谢他分出宝贵时间接受采访。

对了,齐藤先生在此治疗的重患者是后面出现的菅崎广重氏,最好同广重氏的证言结合起来读。

我属于第二内科,主治循环系统方面的疾病。所以,在急救中心,我主要负责治疗的也是心肌梗塞以及心功能不全等病症。急救中心里的医生都是从医院各部门选出来的,由这些经验丰富的医生组成一支特殊的医疗队伍。他们分别来自第一、二内科,第一、二外科,胸外科,心脏外科以及脑外科和麻醉科。大家基本上都有五年到十年不等的工作经验。人数有二十人左右,为了保证二十四小时都能够对突发情况作出迅速反应,我们实行的是轮流值班制。

三月二十号沙林事件发生的前一天,正好是我值班。我是值班负责人,也就是所有值班医生的负责人。周日值班负责人的工作是从当天九点开始,到周一早上九点结束。一般情况下,我中午时间也在急救室里为病人会诊。

当天早上,我起床以后就来到中心的医生休息室,一边看电视,一边吃大碗面当早饭。大约八点十分、十五分的时候,就已经有了关于那起事故的相关报道。内容大概是:"在霞关站发现了有毒气体,目前已造成多人受伤。"我很吃惊,首先浮上脑海的是:既是有毒气体,那么不是沙林就是氰化物。

说起沙林,我记得曾经发生过一起"松本沙林事件"。氰化物呢,是一种氰酸化合物。"乙二醇森永事件"中使用的就是氰化钠,无论是氰化钾还是氰化钠,一般都是粉末或者片剂。这些成分如果变成气体,那就是"氰酸气体"。"乙二醇森永事件"发生后,在新宿站也发现了制造这种氰酸气体的装置。所以,一提到"有毒气体",我估计肯定是这两种当中的一种。

——您的意思是说,脑海中根本没有浮现出可能是城市煤气或其他气体的念头?

因为事故是发生在地铁里的,所以一般不会是煤气或是其他东西。一开始我就觉得这有可能是一起犯罪案件。因为此前"松本事件"发生的时候,就有"可能是奥姆真理教所为"这样的猜测。所以,"有毒气体、犯罪、奥姆真理教、沙林、氰酸……"等等这一串儿东西就在我大脑里浮现出来。

这样,我想到这起事故的受害者有可能被送到我们医院救治,无论是沙林中毒还是氰中毒都必须做好两手准备。实际上,对于氰中毒,我们平常就备有试剂盒,直接用就可以。而对于沙林中毒,可以使用两种药物进行治疗,一种是"阿托品",另一种就是"解磷定"。这两种药物,我们以前都用过。

说句实话,在"松本沙林事件"发生以前,我对沙林可以说是一无所知。因为这一特殊成分多应用于军事,在医学上没有什么价值,所以我们也从来没有研究过它。只是在松本沙林事件发生的时候,我们医生才知道:"血液中的胆碱酯酶会出现下降现象,而且还会伴随瞳孔缩小"。也是因为这个,我们才开始猜测成分有可能是由有机磷制成的。

所谓的有机磷,其实一直都被人们当作农药来用。以前,经常会有人喝这个东西自杀。在过去的二十年里,我们急救中心就曾接收过十几个有机磷中毒的患者。简单来说就是,有机磷在气化之后就变成了沙林。

——那么就是说,即使喝了含有机磷成分的农药,也会和沙林中毒一样出现胆碱酯酶下降和瞳孔缩小的现象吧?

是的。症状完全相同。可是迄今为止,我们所接触到的都是农药,大多是液体,一般来说不容易挥发。因此,人们才把这种液体成分稀释后喷洒到蔷薇等植物上,用来杀死茎部的蚜虫。总之,说来说去,沙林就是一种挥发性有机磷。所以,我们这些从事紧急救治的医生对此早就掌握了一些基本知识——在治疗沙林中毒的病人时,和有机磷中毒病人采取同样的方法就可以。这都是通过那起松本事件才搞清楚的。

阿托品这种药物一般在脉搏过缓时使用,也经常被作为麻醉前的用药,应对急诊病人时也用得到,所以医院一般都会常备。可是,解磷定是有机磷的一种对抗药物,也可以说是一类比较特殊的药剂。我们药品部门大概只有少量存货。到现在为止,对于有机磷农药的中毒患者,我们用"解磷定和阿托品"做两手准备。不过,随着农药本身毒性的降低,以及解磷定无法有效对抗的有机磷药物的不断增加,阿托品逐渐变成了我们治疗的首选。因此也可以说,在我们急救中心,解磷定这一常备体制还没有形成。所以不管怎么样,我们打算先用阿托品试一试,如果需要解磷定的话,再从药剂部门调配。

看了电视上关于这起事件的报道以后,大家就开始讨论这东西到底是沙林还是氰化物?当时,实习医生也在休息室里,我跟他们说:"你们先提前熟悉一下沙林成分。"实际上，我在大学里讲授有关中毒这一内容的时候，曾经举过"松本沙林事件"的例子，并且结合电视报道，制作了十几分钟左右的录像带，用来给学生做说明。当时正好那盘录像带作为教材还被保存在医院里，所以决定再看一次。一起看了一遍之后，实习医生们才对沙林有了基本了解。也就是说，我们已经熟悉了沙林。如果这次事故是由氰化物中毒引起的，那么就使用刚才提到的试剂盒就可以。可以说，我们已经提前做好了准备，随时等待接收送来的患者。

九点半的时候，有报道说东京消防厅在现场检测到了乙腈。东京消防厅化学机动中队特别化学车是用来检测气体的特别专用车辆，这次检测的结果是现场存在乙腈，也就是说存在氰酸化合物。

有人往急救中心打热线电话，希望医院接收地铁一名受害者。我们马上准备好了用于氰中毒治疗的试剂，在急救室待命。十点四十五分，患者被送了过来。当时，患者的JCS（昏迷程度）数值是200，处于这种严重昏迷状态下的病人，拧他一下，他才会动一动，之后，就又没什么反应了。而且当时那位病人还出现了瞳孔缩小的症状。如果是氰中毒，因为属于一种酸中毒，所以血液会呈酸性。也就是说，一旦出现瞳孔缩小的现象，就是沙林中毒，而要是出现酸中毒症状的话，就可以判定是氰中毒。这是两者最大的区别。

患者被送到医院以后，经检查，发现他已经出现了瞳孔缩小的症状。从血液检查结果来看，并不是酸中毒。而且腱反射也有些迟缓。这些都应该是沙林中毒的症状才对，所以当时大家都有点儿摸不着头脑了："老师，这怎么看都像是沙林中毒啊！""是啊……可电视报道说检测到乙腈了啊！"大家议论纷纷。

事实上，我们医院接受过氰中毒患者。遗憾的是，当时由于我们没有搞清楚事故的具体状况，所以没能及时采取正确的治疗方法，最终导致了病人死亡。其实,氰中毒患者如果能够得到迅速救治,完全可以挽回生命。我们医院接收过的三例中,有两例是因为处理及时而获救的。我暗暗下定决心:这次,绝不能有半点延误!

当时我做出的判断是:这看起来像是沙林中毒,可是电视报道的情况也有可能发生。所以不管怎么样,先用治疗氰中毒药物一半的量试一下。当然,我们同时还给病人做了人工呼吸,打了点滴,并对休克症状进行了相应治疗。这样大概三十分钟以后,他逐渐恢复了意识。刚入院的时候,病人几乎没有呼吸,拧他、掐他都没有反应。可用药以后,他的呼吸顺畅了,对于疼痛和刺激也开始有了比较剧烈的反应。

这样一来,我认为,从结果看,氰中毒试剂确实起了作用。在注射之后,病人的状况迅速好了起来。对于这里边的原因,我没怎么搞明白。我估计,只不过是因为沙林中混进了某种杂质或者溶剂吧。乙腈是一种有机溶剂,被称作甲基氢化物或青色甲烷,一般混合在油漆当中使用。

根据文献记载,一九五九年美国曾有三名施工人员因接触到含有乙腈的涂料变得呼吸困难而被送往医院紧急救治的先例。那起事故的结果是造成一人死亡,另外两人在经过人工呼吸、输液以及投入氰中毒试剂等一系列治疗之后恢复了健康。无论哪种情况,受害者血液中的氰化物含量都有所增加。而且,据检验报告,在死者的内脏中发现了大量由乙腈产生的氰化物分解物。我想说的是——当然这只是一种推测——有可能是犯罪分子为了延缓沙林的挥发速度,争取时间顺利逃离现场,而把乙腈混在了沙林里。因为如果单纯是沙林的话,它一旦从袋子里泄露出来,就会迅速挥发,投放者本人也会当场中毒,甚至还会有生命危险。

到了上午十一点,警视厅将事故原因最终确定为沙林中毒。这也是我看电视才知道的,没有人主动和我们医院方面联系。所有情况都是通过电视报道了解到的。但我们在那之前就已经用阿托品进行救治了——这是理所当然的,因为患者的症状无论怎么看都像是沙林中毒。

另外,正好从信州大学医学部来了电话,打电话的是曾经参与松本沙林事件抢救工作的医生。这位医生给东京各急救中心和医院都打过电话:"如果需要的话,可以把治疗沙林中毒的资料发过去。"我们一提出请求,对方就把大量资料通过传真发了过来。

对方发过来的资料对我们最有帮助的就是明白了如何取舍。也就是说,什么程度的患者应该住院治疗,什么程度的患者没有住院的必要。我们虽说知道治疗原理和方法,可是因为没有实际操作经验,所以对于现实当中的判断标准还是一无所知。对方提供的资料显示:即使出现了瞳孔缩小的症状,但还能走动、能说话的人,就算不住院,事后恢复得也不错。所以,我们得出这样一个结论,那就是:即使瞳孔出现缩小的情况,而只要全身状况良好,胆碱酯酶值没有下降的人,不用住院也可以。这一点真是帮了我们大忙,因为来医院的病人都住院治疗显然是不可能的。

——关于胆碱酯酶,您能解释浅显一些吗?

当人们要活动肌肉的时候,就会从神经末梢分泌出一种叫做乙酰胆碱的物质,它能向肌肉细胞发出活动的指令,也就是说扮演传达命令的角色。肌肉在收到指令之后,就开始活动,或者说开始收缩。收缩活动结束之后,胆碱酯酶这种酶就会除掉起传令作用的乙酰胆碱的活性,以便为下一次的收缩活动做准备。接着,又会分泌出新的乙酰胆碱,重新发出活动的指令。结束后,胆碱酯酶会再一次把它的活性除掉,重新为下一次做好准备。

可是如果人体内没有了胆碱酯酶的话,发送完指令后的乙酰胆碱会继续残留在人体中,肌肉会继续保持收缩后的状态。肌肉本来是通过不间断的收缩和放松来保持运动状态的,对于一直处于收缩状态的肌肉,我们可以称之为"麻痹"。这种情况如果是发生在眼部,瞳孔就会始终保持一种收缩状态——这就是通常所说的"瞳孔缩小"。

——胆碱酯酶值下降这种现象,除了有机磷和沙林中毒,其他情况下也会发生吗?

在其他几类中毒现象中也会出现,只是在有机磷中毒的情况下出现的频率比较高。除非是药物中毒或者肝障碍,否则胆碱酯酶值不会出现下降的情况。就是说,在一般情况下是不会发生的。

从信大医学部发来的传真资料来看,胆碱酯酶值如果下降到200以下的话,就必须住院治疗,我们就是按照这一原则操作的。就算是住院治疗的人也恢复得相当快,两三天就可以出院了。实际上,如果胆碱酯酶值下降不是很大的话,是不会出现麻痹现象的。从我们医院的病例来说,即使胆碱酯酶值下降得比较大的病人,状态也都还不错。就算瞳孔缩小的现象持续了三四天,也不至于产生呼吸困难的情况。

喝农药导致有机磷中毒的症状,恢复需要很长时间。有时候由于中毒太深,甚至无法正常呼吸,一个多月时间都需要借助人工呼吸器。这次沙林中毒,因为是气体,所以短时间内就可以通过呼气把毒气排出体外。被抬进医院的重症患者也在一天之内就恢复了意识,挽回了生命。那些无法救治的病人,一般都是在入院前心肺就停止了工作,最终导致死亡。还有的人被紧急送来医院之后,因接受心脏复苏手术,心搏也恢复了跳动,最后变成一种类似"植物"的状态。从这种状态下康复的病人,都花费了相当长的时间。

——从消防厅或者警察那边,有关于处置的信息传过来吗?我觉得在有这种特殊病例出现的情况下,中央部门应该将医疗指导方针或者统一见解迅速告知医院才对……

没有,在事故刚刚发生的那段时间里,您所说的这些信息,我们都没有收到过。

东京都的卫生局倒是来过通知,可来的时候好像已经是那天傍晚了。发过来的就是这个(把文件拿了出来)。传真上清清楚楚写着"十六点二十五分发",内容是:"在救治今晨事故患者的过程中,医院方面作出了积极的贡献。现在得到了关于沙林的资料。沙林是……"等等。可这些资料传过来的时候,我们对整个事故基本上已经了解了。

说到底,事故发生后,只有信州大学医学部和我们取得了联系,并且发来一些重要资料。他们真的很迅速,在第一个患者被送来之前就联系了。刚才我也提到过,通过对方提供的资料,我们知道了患者是否应该进行监护治疗的判断标准——这在实际操作中给了我们很大的帮助。事后,我们通过传真给对方发了一封感谢信。

——也就是说,卫生局传过来的文件是希望处于救治一线或医院方面以各自治疗基准监护沙林中毒患者,是吧?

嗯,也可以这么理解吧。

由于对有关沙林的知识不太了解,的确出现了很多问题。比如说,一个大学医院的急救中心,在给患者进行治疗的过程中,医生和护士都出现了虚弱乏力的状况。其实这是有毒气体渗进了衣服导致的间接事故。我们医院也不知道应该马上让患者把衣服脱掉,这种细节我们根本没有考虑到。我们医院有重症患者一人、轻症患者二十六人,值得庆幸的是在这过程中没出任何差错。

日比谷线

(中目黑始发)B711T

在地铁日比谷线由中目黑开往东武动物公园的列车施洒沙林的任务交给了丰田亨和高桥克也小组。丰田是实施者,高桥负责开车。

丰田一九六八年生于兵库县,事发当时二十七岁。他也是奥姆教团内常见的理科超级精英中的一人。在东大理学部学应用物理学,以优异成绩毕业。之后进入精英研究室,在那里结束硕士课程。在即将开始博士课程之际,突然不顾一切地信教出家。

在教团内丰田属于"科学技术省",作为"化学班"的一员开展活动。

在法院被告席见到的丰田亨,白衬衫黑外衣,光头,脸颊棱角分明,表情严肃内敛,如严冬一般严肃。看上去像是不无骨气的求道者类型。性格或许是一旦拿定主意就义无反顾那一种,或者可能为其理念和规范主动殉身。看第一眼他就给人以这样的印象。有的地方多少让人想起光闪闪的刃器。感觉上他虽具有锐利的知性那样的东西,却又只能同直接而有效的对象结合在一起。

到底长期练过少林寺拳法,脊背笔直笔直。下颏断然前伸,脸正对前方,双目冥想似的轻轻(或者彬彬有礼地)合起。审判进行当中,好几个小时他就以这样的姿势一动不动。惟独法庭内出现特殊动静时才静静睁开眼睛,此外几乎没有看得见的动作。看起来丰田亨就好像正在进行严格的修行——或者对他来说那即是实际苦行也未可知。

样子同旁边坐着的文静和尚型的广濑健一恰成鲜明的对照。至于丰田在那里心中想什么、感觉什么,从其外观几乎无从想像。类似情感波动那样的东西大概被某种意志力彻底封死。

丰田三月十八日接得"科学技术省"上司村井秀夫的命令:去地铁施洒沙林!

丰田虽然过去就听命参与教团武装计划、染指种种非法活动,但对于在地铁施洒沙林的计划到底感到意外和胆怯。作为拥有丰富而准确的化学知识之人,作为在第七修行所参与秘密制造沙林之人,他很容易想像这一计划的实施将带来怎样严重、悲惨的后果。无他,那只能是不加区分的大量杀戮。何况自己将要亲手实施!

丰田心中当然有所动摇。从一般常识或从正常的人之常情来看,那无论如何都是不能容忍的残无人道的行径。然而,他不能对来自自己皈依的"尊师"的命令唱反调。那就好像乘上一辆在陡坡路急速滚落的汽车,他身上已不剩有从中跳出逃离即将到来的毁灭结局的勇气和判断力,也没有可能供其跳出奔去的"收容所"。

丰田所能做的只此一事:和同伴广濑健一同样坚信被灌输的"教理",碾死涌起的疑问、封杀情感、关闭想像力之窗,设法为这一行为找出正当理由。这是因为,较之以自己的意志判断从车上跳下和主动承受事后责任,还是服从命令远为轻松。丰田拿定主意:"只能干!"一旦拿定主意,往下就顺理成章了。

丰田早上六点半离开涩谷秘密活动站,坐高桥开的车赶往日比谷线中目黑站。途中他用买得的《报知新闻》包起两个沙林袋。

他被指定乘坐的,是七时五十九分开往东武动物公园的地铁列车。列车编号为B711T。丰田钻进第一节车厢,坐在靠车门座位。车一如平日早晨,被上班的人挤得满满的。对于车上大部分人来说,一九九五年三月二十日大概并非特殊日子,不过是人生途中的一天罢了。丰田把自己带的提包放在脚下,悄悄取出报纸包的沙林袋放到车厢地板上。

丰田坐车时间极短,仅仅两分钟。车离开中目黑在下一站惠比寿站刚一停下,他马上毫不迟疑地用伞尖往沙林袋上扎了几下,随后起身下车。快步走下阶梯,钻入等他的高桥的车。一切按原定计划顺利进行,简直像用格尺在白纸上"刷"地划出一条直线。

惟一的误算是开车的高桥在赶往涩谷秘密活动站途中出现沙林中毒症状——大概是伞尖和丰田衣服沾的沙林液体造成的。但由于惠比寿和涩谷近在咫尺,没出现具体反应。

丰田扎的两个塑料袋果然扎出了洞,多达九百毫升的沙林液体一点不剩地流淌出来。从六本木一带开始,第一节车厢内开始感觉异常,在神谷町前面达到顶点。人们争相开窗,但光开窗防止不了危害。很多人在神谷町站月台倒下被救护车送往医院。死亡一人,轻重伤达五百三十二人。

B711T列车只把第一节车厢清空,径直开到霞关,在那里放下乘客,空车返回。

只有"看不到第一个外孙可怎么办"这句话听得一清二楚。

菅崎广重(当时五十八岁)

菅崎先生作为董事在明治人寿保险公司的子公司明生大厦管理公

司工作。这座有写字间的堂而皇之的新建筑物主要用于明治人寿职员的培训。

古风犹存的典型九州①男儿,直性子,最讨厌拐弯抹角。一向喜欢吵架,也许这个原因,初中换了两所,高中换了三所,实非等闲之辈。出生于九州一个酿酒人家,却不知何故,几乎滴酒不沾。

个头不高,但结结实实,身无赘肉,姿态也够端庄,交谈充满自信。记忆力也好得出奇,以致受到调查情况的警官的怀疑:"细节都记得这么清楚,岂不有些蹊跷!"在家里绝对大男子主义,且是顽固的父亲,三个女儿被管得老老实实,生来从未反抗过他。如今相当罕见。

但决不像是顽固不化之人,看上去也有通情达理好说话的地方。"过去的确有棱角来着,如今圆滑多了。在公司里也不多嘴多舌,尽可能靠边歇息。"

遭遇沙林事件后,菅崎先生几乎以心肺停止活动的状态抬进医院。无论主治医师还是家人,都暗暗认为怕是不行了。不料三天人事不省之后,奇迹般捡回一条命。听他详细说来,得知生死间不过一纸之隔罢了。

小女儿也在上班途中偏巧同一天同一时间乘同一条日比谷线车,好在车厢不同,得以幸免。

我家住在东横线沿线的××,昭和三十七年②搬到那儿,已经住了三十多年了。房子是我结婚的时候父亲给我盖的。在学校读书的那九年时间里,我天天想方设法从我父亲那儿骗钱用,父亲也说:"反正我也和你差不多,以前经常从父母那儿蹭钱用,所以你现在这个样子我也没办法啊!"我结婚后的第二年,搬到了现在的房子。

---

① 九州:日本九州地区。
② 一九六二年。

那天早晨我是六点半醒的,简单地吃了点儿早饭,七点五分左右就离开家了。坐东横线到中目黑大约需要半个小时,人虽不是很多,但很少能占到位子。我这个人性子比较急,就算偶尔坐下来了,一看到有特快,也会半路换车的。因为日比谷车站是始发站,稍微耐心等一下就会有比较空一点儿的车。所以,我经常在那儿的站台放过一列再上车。

只要能有座位坐,我就会看书。遭遇那次事故之后(眼睛感觉特别累),就一下子没办法看书了……我比较喜欢历史方面的书,所以经常看这一类的书。那段时间,我正在看《零战》,以前我曾经梦想过有一天成为一名飞行员,所以直到今天还对飞机很感兴趣。坐上东横线我就一直在看那本书,因为实在是太有意思了,以至于到了中目黑站都不知道。

事实上,那天在日比谷线站台排成三列等车的人群中,我是从前面数第六个。一般情况下,我都能占到正数第三的位置,可那天就因为看书看得太起劲儿,所以稍微晚了一些。要是排在第三的话,应该还能轻松地占到位子,可是第六就很难说了。

门一开,我就冲到右边第三个座位坐了下来。可是过了一会儿,有一个女的加塞儿坐到了中间,结果我就成了右数第四个人。这么多人坐在一起,真是有点儿挤。当时我想不管怎么样,得先把书从口袋里掏出来才行。不然,过一会儿再窸窸窣窣地掏衣袋,被人误会就不好了。那天我穿的是一件薄薄的春装。从衣袋里把书掏出来以后,我就津津有味地看了起来。当时那本书还剩下一二十页吧,所以我计划要在到站前看完。可是集中精力看书的时间最多也就两三分钟,大多是在电车过了惠比寿开往广尾的时间里。

到了广尾之后,我突然回过神来,注意到左边坐了一个穿皮制短大衣的人。虽说我一直集中精力看书,可到了广尾站附近的时候,还是闻到了一种很强烈的味道。好像是一股奇怪的皮革味道,既像消毒水、像甲酚,又像洗甲水。我想这个人味道怎么那么大,于是就一个劲儿地盯着他的脸看。这一看不要紧,那个人也以一副莫名其妙的神情盯着我看个不停。

因为味道真是很大,所以我就那么一直盯着他看。这才发现那个人看得并不是我的脸,而是穿过我盯住我身后的地方看。我想他这到底是在看什么呀? 于是我也回头朝那个方向看,发现那儿放着一个笔记本大小的东西。位置大致是在我右侧第二个人的座位底下,以车前行的方向来说,那东西是横向放在地上的。看起来像是用塑料袋包着的,但报道上说用报纸。可我当时看到的确实是塑料袋,而且还有东西从里边往外流。

我这才意识到:"啊,原来是那东西的味道。"可我仍然坐在那儿没移地方。车大概到广尾站和六本木站之间的时候,我忽然发现原来坐在我右边的那三个人都不见了。

过了一会儿,周围的人都抱怨说:"味道太大了,把窗户打开吧!"于是大家纷纷开窗户。其实那并不是哪一个人的提议,感觉像是大家异口同声吵嚷着说的。可我觉得这么冷的天,就这么点儿味道,何必开窗呢! 那的确算不上什么很大的味道。后来,有个老太太走过来,坐到了我旁边。过了一会儿,她大概觉得脚底下湿乎乎的,又站起身换到了对面的座位。我记得那个老人像是踩着被沙林弄湿的地板走过去的。

反正当时以我的座位为界,后边已经一个人也没有了,乘客们都开始往车厢的后半部分移动。大家一个劲儿嚷着:"熏死啦! 熏死啦!"等我意识到事情有些奇怪的时候,车已经到了六本木站附近,当时我的大脑开始迷糊起来了。就在车厢里的广播说下一站是六本木站的那一刻,我感觉贫血症状突然厉害起来了,症状真的很像贫血,有点儿恶心,眼睛越来越模糊,还直冒冷汗。

当时我根本没想到这些感觉和那味道有什么关系,一直误认为是贫血引起的。我家的亲戚有很多是从事医疗工作的,所以我对药用酒精和甲酚的味道比较熟悉。我还以为或许是从事医疗工作的什么人把装有那东西的袋子丢了，不巧又被人踩了一脚，致使里面的东西淌了出来。我当时有点儿愤怒，心想为什么就没有人捡起来处理一下呢？觉得现在的人真是太缺乏道德观念了。当时，如果身体状况好一些的话，我是一定会把那东西包起来放到旁边站台上的。

我根本没想换座位，因为我对那种味道很熟悉，所以没像其他人那样觉得难受。我甚至心想大家怎么会反应那么强烈呢？这么冷的天，应该把窗户关上啊！而仅仅觉得今天有点儿累。

过了六本木车站，也就是在快到神谷町的时候，电车开始减速了。当时我想既然贫血这么厉害，还是从神谷町下车，在站台上稍微休息一下，等过去两三列车后再说吧。可我怎么站也站不起来，腿和腰一点劲儿都没有。于是，我就摸索着抓到了车上的吊环，整个身子这才摇摇晃晃站起来移到右侧，然后我又换了左手去拉吊环。那个时候，书可能已经从手里掉到地上了。

我就用手交替拉着吊环往前移，终于到了车门的横杆旁边，我紧紧地抓住了那个横杆。打算下车后用手撑着神谷町站台的墙壁休息一会儿。我清楚记得当时很担心，担心如果不靠着墙壁蹲下来的话，就会倒在地上，磕着头。过了一会儿，我感觉右手好像碰到了一个凉凉的东西，我想那应该就是车站的墙吧。那以后我就什么也不知道了。

但实际上我并没有从电车上下来，而是就那么把着不锈钢横杆一点点倒在了地板上。我原以为那是站台的墙，其实是电车厢里的地板，估计右手是因为碰到了地板，才感觉有些凉的。我倒在地上的照片被刊登在了体育报纸上，看了那张照片我才明白："啊，原来我是倒在那儿啊！"我的确是左手握着横杆，一点点倒在地板上的。

录像带上有我的镜头，电视上也播了。看了之后我才知道，在八点四十五分以前，我一直那么倒在站台上。好像在那儿躺了足足有三十五分钟,那地方看来还真是又宽敞又舒服(笑)。后来,多亏站务员把我抬到了外边。看看录像就知道了,那两三个站务员把日比谷线车上的黄色座位拆下来搬到了站台上,然后把我放到座位上,这才抬了出来。

到了东邦大学的大森医院,我的意识才逐渐恢复。至于到底是什么时间好转的,我记不清楚了。可能是那一天中午吧。当时,我感觉自己的意识好像忽一下子恢复了,可接着又什么也不知道了。

二十三号那天,意识差不多完全恢复了,医生说:"已经没问题了,转到普通病房去吧!"我这才搬出了紧急救护室。我一直以为当时是事故发生的第二天(二十一号),可一问妻子,才知道已经是二十三号的下午了。也就是说整整三天时间我一直处于无意识状态,意识完全没有连贯性。其实没意识的感觉,和身在天国一个样,什么也没有,一片虚无。

在那次事故发生以前,我从来没有体验过临死的感觉。只是感觉能微微听到有嘈杂声随风传来,就像是孩子们在练习棒球时周围不断传来加油的呐喊声,真的很像。我一个人静静地听着那沙沙作响的声音,风一来,声音就停了,过一会儿,又听到了……就是这种感觉。

其实那时候,已经嫁人的女儿正在怀孕,大概四个月了吧,我也是刚刚听说没有多久。妻子的姐姐来探病的时候还对我说:"看不到第一个外孙可怎么办!"在那以前,听说无论周围人和我说什么,我都一点儿反应也没有。可是听了她的话,我心里竟然在想:不行,我一定要看着外孙出生。可能就在那一瞬间,我的意识突然间恢复了吧。我真的是一直盼望外孙早点来到这个世界。女儿好像在我身旁不停地说:"爸爸,挺住,不能死啊!"可我听到的只有吵吵嚷嚷的声音而已。只有"看不到第一个外孙出生可怎么办"这句话听得一清二楚。在昏迷那段时间里,我记住的也只有这一句。外孙是九月份出生的,我大概是托外孙的福才起死回生的吧。

事故发生后的第三天,我的意识总算恢复了。说是恢复,其实那些记忆的片段还是连接不起来。比如说明明在三十分钟以前和谁聊过天儿,可是一会儿那段记忆就完全消失了,这大概就是沙林中毒后的典型性症状吧!听说我们公司的总经理来看望过我好多次,可是我一点儿印象也没有。碰到过的事,说过的话,统统不记得。我觉得实在很失礼,人家到医院来了十几次,我居然什么都不知道。

从第八天开始,记忆总算有了连贯性。大概也是从那几天开始吧,我终于可以进食了。住院期间,从生理上来说,并没有什么病症出现,也没有眼睛痛或者头痛之类的反应,不痛也不痒,只是感觉视力稍微有点儿异样。其实我自己当时没感觉到有什么奇怪的。

这话说起来还真有点儿难为情,我觉得医院里的那些护士小姐们全都那么漂亮。我和妻子还说过呢:"那个姓什么的护士可真漂亮,都说美女比较清高,可那个护士小姐让人感觉特别亲切。"意识恢复以后……也有可能人在不太清醒的时候,无论看什么都很美吧!(笑)

不过,医院里的夜晚真是可怕。躺在病床上,我的视线很自然地落在床的钢管上。只要一碰到那钢管,就感觉自己好像硬是被一只湿漉漉的手拉进了无底深渊。中午时间,光线比较好,而且周围也总有人陪着我,所以没什么感觉。可是,到了晚上想要睡觉的时候,只要手或者是脚一碰到钢管,就觉得有一只手伸过来,一下子把我拉走了。头脑越清醒,记忆越清晰,那种恐怖感就越强烈。其实我自己并没有意识到这是一种幻觉,我想可能是以前在这病房里过世的病人在喊我吧。反正就是很恐怖。这件事说出去,很没有面子,所以不能说。平时在家里,我的大男子主义倾向很严重,"害怕"之类的话,我实在是说不出口的(笑)。

因此,我觉得必须尽快离开这家医院才行。饭吃不完,我就背着妻子偷偷地装在塑料袋子里扔掉,总之想尽一切办法装出一副已经好转的样子。这样,在十一号那天勉勉强强出了院,尽管得在医院里至少住十五天。

可是回到家也还是一样。脚放在榻榻米上,只要一碰到凉凉的东西,还是会有同样的反应,那种恐惧感再一次涌来。一个人洗澡的时候也会害怕。只要一个人呆着,就会感到无比恐惧。夜一深,大家都三三两两地离开客厅回到各自房间以后,我就开始害怕。因为害怕一个人呆在浴池里洗澡,所以就让妻子进来帮忙搓搓背什么的。妻子一搓完背就要出去,每当这时候我总是拉住她说:"在我出去以前,你先呆在这儿,我要先出去。"(笑)

整个四月间一直这样,只要手脚接触凉东西,就会感到特别恐惧。到了五月,这种感觉消失了。后来半规管出了问题,走路的时候摇摇晃晃的。过了一段时间,这也慢慢好了。

出院以后,读书看报之类的还可以,可就是很长一段时间里没办法查字典。不论是按假名还是按字母顺序排列的,只要一查,就觉得恶心。直到两三个月以前我还有这种感觉。最近倒没试,我觉得现在应该没有问题了吧。

听说,受害者中有的人至今还不敢坐地铁。说实话,刚开始我也害怕。公司里的同事劝我说:"一定很讨厌坐地铁吧,那么坐新干线好了。"他们甚至给我买了月票,可我拒绝了。我不想宠自己,也不想逃避。从五月一日开始,我又正常上班了。大概过了有一周左右吧,我决定坐和事故发生那天相同时间(七点五十九分)发车的日比谷线试一试。而且故意上了同一节车厢,坐在同一座位上。在经过神谷町的时候,我转身向后看了看,心想就是这儿吧。当时心情有点儿闷。可是鼓起勇气做完这件事以后,感觉特别放松,那种恐怖感也烟消云散了。

那些因沙林中毒死亡的人,大概在最后一刻也不会想到自己会死吧。因为就过了那么几分钟时间,人就没有意识了。在临死之前,甚至没有时间去想见见孩子,见见妻子。毕竟无论谁都无法预见会发生这种事情,真不知道该怎么表达我现在的心情,总之,我在这儿想说的是:

那些人到底是因为谁而失去生命的?

我希望干这种事的那些家伙能被判处死刑,这是我代表死去的十一个人说的话。我能够死而复生才有机会说出来,他们究竟因为什么而非死不可呢?"不是这样,也不是那样,我不知道,这都是徒弟们干的……"等等,这些都不是什么理由。为了满足自己的私心和单纯的欲望,杀起人来就像是捏死小虫子。这些罪行是无法饶恕的。我会一直为那些死去的人们祈祷冥福的。

"作为自卫队军官,我对沙林还是有某种程度的了解的。"

石野贡三(当时三十九岁)

石野君从防卫大学毕业后进入航空自卫队。现在的军衔是二等空佐,以旧军队来说相当于中佐①,相当了得。

不过,本来不是很想进自卫队才进去的。总的说来是个没有政治意识的普普通通的青年人,心想只要考上一所大体过得去的大学,毕业后进一家大体过得去的公司就可以了。哥哥考进防卫大学时前去观看入学典礼,虽然觉得非常可观是事实,但根本不曾想像自己也去那里上学。说实话,报考时也没太当回事:"试一试罢了!"

但考完后,转而心想当普通的工薪职员也没意思,来一段与人不同的人生倒也不坏,于是一咬牙进了那里。就是说,并没有什么"忧虑日本的国防"那样的念头。让石野说来——倒是不能高声——"带着那种念头进防卫大学的人实际没有多少"。

举止稳重,如果不问,根本看不出同防卫厅有关。西装十分合体(每天上班穿西装),说话也面带笑容,思路清晰,完全一副专家型年轻

---

① 中佐:中校。

能干领导者形象。不过,也许职业关系——理所当然——世界观和价值观十分地道,中规中矩。没有刻意装出的派头——太有派头倒也麻烦……。

工作繁忙,慢性睡眠不足。这种时候仍欣然接受采访,值得感谢。

我以前就很喜欢飞机,不过并没有天天闷在家里收集各种模型。因为我觉得,人既然这么渺小,那么如果有机会接触到庞然大物的话,应该是一件很痛快的事情。因此,当时我想既然要加入自卫队,那么就当飞行员好了。哥哥也在航空自卫队,可那也只不过是偶然而已。因为我们生长在一个很普通的家庭,和自卫队、和飞行员都一点儿关系也没有。

可惜的是,最后我没能当上飞行员。因为有规定说视力达不到1.0不能当飞行员。也不知道是怎么搞的,大学那四年时间里,我的视力一个劲儿地下降。其实也不是因为努力学习才下降的……我一直都觉得学习这东西马马虎虎应付一下就行。怎么说呢,反正就是不顺(笑)。在登机测验(飞行适应性检查)的时候被淘汰了。这样一来,我的飞行员之路就被切断了,最后不得已才做起了地勤。

自那以来,我的职务就是所谓歼击管制干部。日本全国各地共有二十八处雷达站,负责监视日本周边的空中区域。工作任务是:一旦发现有不明国籍的飞机接近领空,就紧急派出歼击机为其领航。并且一边观察雷达,一边向歼击机发出指令。

说实话,知道自己没办法当飞行员的时候,心里有点儿不安,心想这以后该怎么办啊。可是,在经过认真考虑之后,我觉得即使当不了飞行员,也一定会有自己以后要走的路,就朝这个方向一直走了下来。

最初任职的地方是石川县能登半岛上轮岛的一个雷达站。一开始,大家基本上都被分配到这类部队。我的军衔是三等空尉,以前叫做少尉。我在那儿工作了大约六年时间。

当时正是冷战期,我们所处的位置正对日本海,几乎每天都有不明国籍的飞机接近日本领空。这当然需要不停地派出歼击机执行任务。我实际上任是在昭和五十五年①,苏联刚侵占阿富汗不久,感觉整个气氛特别紧张。

我上任不久,还是新兵的时候,发生过一次苏联飞机侵犯日本海领空事件。通过雷达画面亲眼目睹了这一事件的经过之后,我才第一次深深地体会到了当时国际社会所面临的严峻形势。人如果没有过亲身经历,根本不可能去想所谓国家主权受到侵犯到底意味着什么?对于那些快要侵入我们领空范围内的航天器,我们立刻发出警告:"继续行驶会侵入我国领空,请迅速改变航线。"可他们根本没什么反应,也不改变航线,只管一个劲儿接近领空界线,最后还是过界了。那种时候心里的无助感,真的没办法形容。

轮岛那地方很偏僻。夏天还好,有很多人来旅游,其中也有不少年轻的女孩子。可是一到冬天,剩下的就只有中小学生了,还有一些老头老太太。总之给人的感觉很冷清。休息的时候也没什么事干。就算有新鲜事儿从外界传进来也没什么意思,和我们基本扯不上什么关系。当时我还没有结婚,这对我来说也是个不小的压力。加之,我们这种工作,就是在现场接受老兵的指导,记住就行,有点类似学徒制。所以,精神上很有压力。若是夏天的话,潜潜水,开车兜兜风什么的还可以换换心情。可是到了冬天,什么也干不了。我出生在大阪,不太习惯这种太冷的冬天。所以,刚刚到这儿的时候,费了好大劲儿才慢慢习惯的。但轮岛的确是个好地方,对我来说就是第二故乡。

在那儿经过六年严格训练之后,我突然被调往东京工作,这件事情来的很突然(笑)。自从那次调职以来,我一直都在六本木防卫厅的航

---

① 一九八〇年。

空幕僚监部①做中央勤务工作。在那儿工作期间,我还在市谷(当时叫市谷)一个干部学校的指挥幕僚课程班(相当于以前部队里的陆军大学、海军大学)学习过。后来又被派到外务省。在那儿工作了一段时间以后又回到了六本木,那期间里我又得到一个去法国综合国防大学留学的机会,时间是一年零七个月。

——出类拔萃啊!

哪里哪里,只不过碰巧赶上了罢了(笑)。只是,那里全部使用法语授课,语言本身学起来就很吃力。日常会话倒还说得过去,可是我们还要学欧洲经济、金融制度之类的课程,要求特别严格,还要写论文什么的。

我是十年前结的婚,那是从轮岛调到东京过一段时间以后的事了,妻子是经朋友的朋友介绍认识的。我有两个小孩儿,一个八岁男孩儿,一个五岁女孩儿,现在住在埼玉。房子是六年前买的,嗯……可是不巧碰上了泡沫经济……其实当时只是想碰碰运气赌一把。

我一般从××站坐有乐町线,如果不下雨的话,就从樱田门下车,出地铁走到霞关,再坐日比谷线到六本木站,大约得花一小时十五分钟。

我们自卫官的工作可以说没有上班时间,各部队一直处于二十四小时工作状态。为了能对突发事件迅速作出反应,晚上也有人轮流值班。但我现在所在的部门主要负责提出构想和制定计划什么的,与如何指挥部队的实际行动没什么直接关系。上班实行的是两班制,八点半或者九点十五,哪个时间过来都可以。大家基本上都在八点半到九点之间来,因为会议一般从九点左右开始。

---

① 自卫队运营、管理的执行机关。陆、海、空军各设置一个。

下班很晚,要十二点才能回到家。孩子们当然都已经睡了。我们要做的工作实在太多了。比如说,今后的防卫力量应该如何调整,怎么样才能促进日美合作关系更好地发展。还有,应该为联合国维和活动做点儿什么等等……议案从小到大,我们都要一个一个处理。小的例如"复印机坏了,希望能配置一台新的",大的例如"下次增援战斗机应该选哪一种"等等。就算是一台小小的复印机也是国有资产,不能说买就买,因为这是在花纳税人的钱。

三月二十日前后那段时间,正赶上一个会计年度结束,就一年来看还是一段比较轻松的时间。工作量也比平常少了很多,正是休息的好时候,我们部门有很多人休假。我当然也想放个长假稍微休息一下,可大家总不能一起休息吧,所以我还是上班了。

感觉那天车上的人比平时要少很多,记得我到樱田门站那一路都是坐着的,那天正好不用开会,心想今天终于可以慢慢来了。到樱田门的时间大约是八点二十。然后从那儿穿过警察厅到霞关,从这个入口(指着地图上 A2 的入口)走下去就是站台。

那天,我刚要进检票口的时候,突然发现那儿立了一个类似广告牌一样的东西。好像写的是:"因刚才发生爆炸事件,电车停止运行。"我当时也没仔细看,内容大概就是那样的吧。走下去一看,站台上有很多人在等车。大家可能觉得过一会儿就能恢复通车才一直在那儿等着,我也排在队伍里等了起来。可是电车完全没有要来的意思。最后我还是放弃了,朝千代田线的站台走了过去。从乃木坂站走到防卫厅也很近。

可站台上的人实在是太多了,就是想往千代田线那边走也半天挪不了一步。当时对面站台上停着一列电车,车门是开着的,所以我正好可以从车中间穿过去。那列车从中目黑过来,要开往北千住方向,属于日比谷线。嗯,记得大概穿过了四五节车厢的距离。车厢里一个人也没有,和我一起抄近路的人倒是还有几个。从车厢经过的时候,我没感觉到有什么奇怪的,站台上也没有可疑的地方,电线之类的也很正常(这列车在第一节车厢里发现了可疑物之后,就停在霞关站了。可是车就那么停在站台上,车门好像也一直开着)。

千代田线还在正常运行。虽然说运行时刻表稍微有点儿乱,可过了一会儿就调整好了。快到乃木坂的时候,我感觉浑身乏力,一点劲儿也没有。下车后感觉心跳得特别厉害,连上台阶都很费劲儿。可是,因为我的工作一直都很忙,有点慢性睡眠不足,自己对自己的健康状况也没什么信心,所以我以为可能是睡眠不足引起的过度疲劳。那天明明是个大晴天,却感觉周围特别阴暗,心想这是怎么回事呢?进入防卫厅大楼里以后,才意识到有些不太正常,还以为楼里正在调试照明线路呢。

过了一会儿,就有电视报道说霞关的地铁站一片混乱,电车也停止运行了。上司劝我说:"你还是打个电话回家吧,告诉家里你已经安全到了。"我觉得言之有理,就往家里打了个电话。那时还不知道是沙林,以为只是普通事故。然后就坐在办公桌前开始忙自己的工作。打字的时候,我感觉周围特别暗,荧屏也看不清楚。后来有通知说地铁里投放的是沙林。我马上想到自己很有可能吸入了沙林毒气。

不,也并不是所有的自卫官都熟悉沙林这种东西。我在外务省工作的时候,所属部门是联合国局的裁军科,虽说不是主要负责人,可当时曾经参与过"化学武器禁用条约"的起草工作。所以我对沙林还是有某种程度的了解的,松本沙林事件我也知道。可我对这些并不是很感兴趣。说句实话,当时我觉得那不是沙林,可能是另外某种有毒成分。我没想到在日本国内会制造出那种化学武器,况且,那种东西绝对不是轻易造得出来的。

我想,要是沙林中毒的话,有可能会出现瞳孔缩小的现象,所以赶紧跑到洗手间去洗眼睛,一照镜子,才发现我的瞳孔已经缩成一个点了。我又跑到医务室,发现里面已经有好几个人了,大家都因为吸入了沙林气体而出现了不良反应。防卫厅里受害人特别多,有可能是最多的。因为一来上班时间比其他单位早一些,二来大多数人都坐日比谷线、千代田线上下班。不过据我所知,现在倒是没有人留下什么后遗症。

(石野先生后来被迅速送往世田谷的自卫队中央医院治疗。幸亏病情不很严重,住了一晚上就出院了。出院以后,很长一段时间都感觉身体很疲劳,瞳孔缩小的现象也是过了一个月才消失的。)

在欧洲,恐怖活动即使不能说是家常便饭,也还是经常发生的。可在日本,以前几乎没有发生过。我在法国的时候感触特别深,心想还是日本比较安全啊!大家也都这么说,说日本治安很好,很羡慕我。可没想到一回来就碰上了这种事。这和恐怖活动没什么区别,而且使用的是沙林这种化学武器,这对我来说简直是双重打击。

我在想,这些人到底是为了什么呢?比如爱尔兰共和军,先不管他们使用什么样的手段,对于他们的所作所为,如果真的站在他们的立场上考虑一下的话,也不是不能理解。可我觉得这次沙林事件真是太不可理喻了。还好,我只是有一点儿轻微反应,没留下什么后遗症。而那些因此丧命的人,还有那些遭受后遗症折磨的人,甚至连个发泄的地方也没有。虽然对于每个人来说,死就是死,没有什么差别,可是死也有值得和不值得之分吧。

对于这次事故,我觉得应该从许多角度进行深入、认真思考。当然,作为个人来讲,大家都认为决不能轻饶了那些家伙。但是日本是一个法治国家,应该借此机会广泛讨论,直到能够得出一个让民众都能接受的结论为止。另外,还要搞清楚的是,下次再有类似事件发生的时候,应该如何追究责任,要把它作为一个标准确立下来。人到底应该如何抵罪?应该如何判定抵罪的方式?对此我们必须慎重考虑才行。所谓"洗脑"这个东西,是没有判例可以用来做参考的。所以,我们必须确定出一个适当的标准,今后这个就可以被当作先例来用了。另外,为了防止这种令人痛心的事情再次发生,我们应该对国家的危机管理机制进行国民性大讨论,使其得到落实。

经历了这次事故以后,我强烈意识到,对于先辈们竭尽全力亲手打造的繁荣安定的国家,我们必须努力守护好,并把它传到后代手中。我觉得对于今天的日本来说,最重要的是追求精神的富足。如果继续像从前那样仅仅追求物质享乐的话,那么日本岂不是就没有明天了。

——就这一点来说,对于日本的将来,石野先生您是乐观还是悲观呢?

如果是非要说的话,我的确是有些悲观。

还有一点也是我经过这次事情之后才意识到的。我今年已经四十岁了,长期以来只是不顾一切地拼命干活,我觉得今后应该好好梳理一下自己了。应该好好想一想自己的生命到底是什么?这一次我真是生平第一回知道了什么叫做"怨恨"。虽说我一直在自卫队工作,可幸运的是,在此之前一次也没有亲身感受到真正的恐惧。

"我抱起那个女孩子朝检票口奔去,踉踉跄跄的。"

迈克尔·肯尼迪(当时六十三岁)

迈克尔先生是在世界上也有名的爱尔兰骑手,参加过无数大型比赛,拿到冠军。现已引退,应日本中央赛马会邀请,在设在千叶县的赛马学校向年轻骑手们讲授职业骑马法。

出生在都柏林郊区一个名叫邓德劳的小镇,至今仍在都柏林郊区有房子。三个儿子,两个女儿,都已结婚,居住范围距迈克尔家不出十英里。家族非常和睦,"我家简直就像总部似的",迈克尔说。两个孙子。

个子不高,无比健康,性格开朗,充满好奇心,看上去特别愿意与人接触交谈。完全喜欢上了日本,四年间过得无忧无虑。只是,离开故乡让他最为怀念的是"谈话"。毕竟住在偏离大城市的地方,周围几乎没有能用英语谈话的人,多少显得有些寂寞。

通过这次采访我得以知道赛马学校的存在,设施非常可观,令人赞叹。赛马场尤其出色。在这么好的设施中向有潜力的年轻日本骑手传授自己的经验,对于他似乎是非常值得的愉快体验。每次提起自己所教学生都喜笑颜开。

这次采访是用英语进行的。但事后听录音带,有一部分极难听清,就是迈克尔先生讲述事发当天地铁车厢内发生的情况那一部分。此外部分他是以容易听懂的清晰明了的英语讲的,但讲到那部分的时候,语速突然加快,含糊不清,爱尔兰口音也重了起来。而且时不时缺头少尾。听录音带听几次也听不清,有几处怎么听也听不懂,不得不请在爱尔兰长大的英国朋友帮忙。

这一事件对迈克尔先生的冲击想必就是这般强烈,至今——本人是否意识到另当别论——恐怕也未能完全从精神打击中挣脱出来。

在因事件受害上面,日本人和外国人当然没有区别。尽管如此,我还是不能不对迈克尔表示同情——他在言语基本不通的异国他乡不巧卷入如此凄惨的事件之中,虽然他一句也没有抱怨。

对了,采访完几个星期后,他结束赛马学校的工作,返回了爱尔兰。

我来日本已有四年了。长期呆在这儿,特别想念家里的人。家人不在身边,一个人感觉特别寂寞。好在一年能休两次假,妻子一年也必定来日本两次,所以感觉上一年好像可以度两次蜜月(笑),这倒也不是什么坏事。

我退休以前，在家乡做过三十年赛马骑手。十四岁的时候就开始接受骑手专业训练了。从那时起的六年半时间里，我作为一名见习骑手接受了严格训练。一般情况下，见习五年就结束了，可因为我的成绩特别好，老板跟我说："你还年轻，很有前途，再继续留在这儿好好训练一下吧。"这样，我的见习期就比一般人长一些。老板说的显然是反话。可这对于我来说是个很好的机会，因为我从一个技术比较熟练的骑手最终成长为专业骑手。

　　那个时候，根本找不到现在这么好的赛马学校，我们是住在赛马场里接受训练的。刚刚开始的时候，尽让我们干一些又脏又累的活儿，像清理马粪、打扫马厩之类的……又干这个，又干那个，非把我们搞得筋疲力尽才罢休。后来学校开始慢慢允许我们练习骑马了。那个赛马场有好几个人都是很出色的骑手，我从他们那儿学到了很多有关骑马的宝贵知识。

　　见习期间是没有工资的，除了工作还是工作，只是给点儿吃的充充饥。生活很苦，根本没有钱。好在学校有时发一些生活必需品，但也都是一些别人用旧了的东西，平常就只有两件衬衫可穿。咳，不过这都是过去的事了，现在肯定不会再有了。可在当时，如果想要做骑手的话，骑手生涯只有从底层的底层的底层开始。

　　唔……你问我为什么要当骑手？当时，我家附近有个赛马场，我经常去那里玩儿，自己也特别想和那些人一样骑马。就这样，我开始慢慢憧憬骑手这个职业了。在爱尔兰，赛马是特别受欢迎的一项运动。要是按人均计算的话，恐怕是世界上赛马场最多的国家了。爱尔兰虽然国土面积小，可是赛马场出奇地多。

　　我还是见习生的时候，就在好几个大型比赛中得过冠军。刚过二十岁我就已经是一名骑师了。至今我还清楚记得我第一次夺冠的那场比赛。一九四九年，我十七岁，那天是个星期三，那场比赛用马的年龄是三岁。说起来，还挺有意思的呢。

我所在的那个赛马场有四个见习骑手。在这四个人当中,我是年龄最小的,论资历也是倒数第一。别人都看不起我,歧视我。所以,我根本没想到会让我去参加比赛。那场比赛的规模可大着呢。

那个星期三的早晨,我和平常一样早早来到马棚,埋头清扫马粪。这时教练大步流星朝我这个方向走过来说:"喂,你去参加今天的比赛吧,赶快准备准备!"我根本没想到他会跟我说这个。我真是被吓了一跳,张着嘴,呆呆地站在那儿,不知道说什么好。我定了定神,鼓起勇气问了一句:"为、为什么是我?"这一问不要紧,他火了,大声吼了起来:"什么为什么?按我说的去做就是。"他没多做什么解释,只是命令我去参加比赛。我当时感觉膝盖哆哆嗦嗦抖个不停。我旁边那些和我一起见习的家伙也都一副莫名其妙的样子。大家跑到角落里,叽叽喳喳议论个不停:"怎么会是那小子……"

我赢了,就是"那小子"出色地赢了比赛。嗬!简直像神话一样。我死也不会忘记这件事。虽是很久很久以前的事情了,可就像是刚刚发生在昨天一样,记得特别清楚。这绝对是个神话。

——**从您的话里,我能感觉到您是一个很有骑马才能的人。那么,您认为作为一名骑手最重要的才能是什么?**

我认为是和马沟通的能力。这对于一个骑手来说是至关重要的。可在大多数情况下,它是人天生的一种能力。这个光靠教是教不出来的。

我经常苦口婆心地劝日本的年轻骑手:"要多和马说话",可实际上去做的人很少。特别是日本的骑手,他们普遍很有男人气。总的说来,大多数情况下他们都是用蛮力命令马。我特别喜欢这些学生,他们真的是很优秀,可我还是不得不提一下这点,这是普遍存在的倾向。

当然,使用蛮力能够让马按照你的意志行动。因为马为了少受点儿罪,肯定会拼出全力比赛的。比如说,当马遇到火的时候,它们会不顾一切地狂奔。可以说,他们的奔跑向来是趋利避害的。

可我想说的是,与其那样,还不如说服马,和它们讲道理,这样效果会好得多。要和马成为同伴、成为朋友,为了一个目标共同努力,并肩作战,这样人和马就变成一个整体了。这无疑是最好的选择。

当然,有一些马脾气比较坏,性格怪僻。可是,这类马多数是以前受过打击(比如,被训马师虐待过等等)才变成这样的,没有一出生就性格怪僻的马。所以,只要有毅力,肯花时间,就一定能和马成为好朋友。

你能明白吧?就是说,无论什么样的比赛,无论什么样的马,都有一个障碍点,当到达这一障碍点的时候,马就会产生放弃的念头。这也可以说是一种心理恐慌。这一点,骑手们都知道。这时候,马就会"哇嘎呼"、"啊……呼"叫个不停(这部分是迈克尔模仿的马的叫声,因此用和它相近的拟声词记录下来)。比赛时,虽然四周欢呼声很大,可我们骑手仍然能够很清楚地听到马的叫声。在这个时候,骑手就必须鼓励马才行,我一般都会主动地跟马搭话。比赛时快到最后那段跑道的时候,我会发自内心地大声和马说话。我的声音马能听到,绝对能听得到,这点是肯定的。

这一招可比鞭子好用多了。用鞭子抽马,马只不过是本能地、无意识地狂奔到终点而已。可是我对马说:"喂,跑吧!好,就是这样!一块儿跑吧!"这类鼓励话在比赛中是必不可少的,马非常需要它。能否把握住这一点特别重要,而我恰恰就能。

我从年轻的时候就能做到这一点。不,应该说我从小就无意中掌握了这个技巧。年轻人身上有一种力量,当你和马说话的时候,马会积极地回应你,我能感觉到这种力量的存在,这是一种驾驭力。

后来,我成了一名专业骑手,专业骑手的生活就是旅行。我经常出去旅行,那是我的一种生活方式。多的时候,一年要参加二百五十多场比赛,特别忙,那种生活的压力还是很大的。人嘛,总是浮浮沉沉,比赛也是,有赢的时候,当然也有输的时候,有时还伴随一定的危险性。

我基本上没怎么受过大伤,这点我觉得很幸运。说实话,我全身上下也有不少伤,大部分都是骨折,肩膀啦、腰啦、肋骨啦……值得庆幸的是一处大伤也没有。

在所有参加过的比赛当中,给我印象最深的是在美国首都华盛顿的那场大赛。我骑的是一匹特别强悍的马。当时的美国总统和我一样都是爱尔兰人,就连名字也叫肯尼迪。那时候明明有个机会可以见到总统,可是因为我怕见生人,最后还是没有去。白宫邀请了两百多名骑手,我一直一个人呆在宾馆里。就在那年的秋天,总统被暗杀了,我特别难过。

一九七九年我选择了退役。退役之后,我在爱尔兰一家马术训练中心做经理,负责训练一百多匹马。另外,业余时间我还一周去两次一个叫做"RAC"的骑马学校,教一批年轻骑手学骑马。也可以说是把我做骑手的经验传授给他们。我在那儿认识了几个日本中央赛马会的朋友,他们当时正在找外国老师,就问起我要不要去日本工作。

我在爱尔兰有一大堆的工作要忙,家人也在那儿,所以我只是笑了笑说:"不行,不行,日本怕去不成啊!"那些日本朋友一个劲儿地劝我:"来看看也行啊!一定过来看一次啊!"他们那么热情,我只好来日本一次。去了京都,还去了赛马场,看到的一切都让我很吃惊。日本是个很美的国家,人也很热情。虽然只住了两周就回国了,但那个时候我已经完全被日本迷住了。现在也是,被彻底征服了。

回到爱尔兰以后,我就跟他们说:"我决定了,我要去日本。"大家都目瞪口呆。哈哈哈哈(笑)。

这四年时间里,日本骑手的水平提高了一大截。我刚来的时候,说实话,他们的技术还比较老套。而最近,这些年轻人已经可以怀着巨大的想象力去驾驭马匹了。这一点非常好。技术方面也有不小进步。当然,这不是我一个人的功劳,我没有自吹自擂的意思。我确实给他们讲过一些技巧性的东西,可说到底还得归功于他们每个人本身所具有的天赋。我可以大胆地说,他们当中有几个人真的很特别,特别出色。

不过仍有需要进一步改进的地方。这我刚才也提到过了,那就是"在沟通能力上再下一些功夫就好了。"要和马进行心与心的交流。这不是技术,绝对不是。这是和马之间最完美的一种沟通方式。

说说三月二十日事故发生那天的事吧。我当时在东京。因为那个周末是圣帕特里克节①,你知道圣帕特里克节吧。对爱尔兰人来说,那是个很大的节日。十七日,也就是星期五那天,住在东京的爱尔兰人都会聚集到位于表参道的"爱尔兰贸易协会"跳舞什么的,场面相当盛大。那天晚上我就住在了那里。其实每年都一样,到东京参加完聚会以后,我都在"爱尔兰贸易协会"住一晚。

第二天,也就是星期六,我又去了朋友矢口家。他家住在世田谷,我又在那儿借宿了一晚。因为星期天在表参道还有一个游行活动,所以我早早离开矢口家,回到东京市中心。当然在那之前我先去了一趟教堂。在世田谷有座圣方济各会教堂,很小,可我还是去了一趟。

在游行队伍里,我碰到了爱尔兰驻日大使。大使的名字叫沙基。他劝我来参加当晚的晚餐会,说大家都会来的。那天晚餐会的地点选在了六本木的"激情摇滚咖啡馆",规模很大。聚会结束的时候已是深夜了,再坐电车折回千叶实在是太麻烦了。大使对我说:"住到我这儿来吧,明天坐早班电车回去就行了。"他家就住在六本木,于是我接受了他的邀请,住到了他家里。那天,我没喝多少酒,最多也就两杯啤酒。

第二天早上我六点半起床,对大使说:"真是太谢谢了,给您添麻烦了,我该告辞了。"可大使说不用着急,硬留我吃早饭。我也没客气,就在那儿吃了早饭。反正前前后后磨蹭了半天。吃完早饭,我这才和他

---

① 圣帕特里克节(St. Patrick's Day)是每年3月17日为纪念爱尔兰守护神圣帕特里克而定的节日。5世纪末期起源于爱尔兰,如今已成为爱尔兰的国庆节。

道别离开。从他家出来,我直奔六本木车站,打算坐日比谷线到茅场町,然后换乘东西线,再到西船桥站下车。

第一列车上人满满的。具体时间我记不太清了,应该已经过了七点半吧。车上挤得根本上不去人。没办法,我只好放弃,等下一列。不知为什么,下一列车的第一节车厢有一半是空的,特别奇怪。这到底是怎么了?可又一想,人少不也挺好的吗?于是我从第一节车厢的后门上了车。上车以后,发现地上有一摊液体状的东西,旁边散落着报纸,感觉像是谁用报纸擦过液体一样。

我感到不解,这到底是什么东西呢?大家都远远地躲开那摊东西,挤到车厢的前半部分去了。虽然我觉得很奇怪,可是因为当时搞不清楚状况,所以我直接绕过去找了个空座位坐了下来。后来,不知谁把窗户打开了,一股味道忽一下扑鼻而来,虽说味道不是很大,可我的鼻子特别好用,一下子就闻到了。

那味道特别难闻,绝不是什么好闻的味道。过了一会儿,我的眼睛开始疼了起来。当时,车门已经关上,电车开动了。

不一会儿,我旁边的一个年轻的女孩子,身体像散了架儿似的,摇摇晃晃倒了下去。年龄大概也就二十一二岁吧。至于后来她是获救了还是死了,我就不太清楚了。电车开到神谷町的时候,我们大家都跟跟跄跄走上站台。乘客很多,感觉就像是决了堤的洪水。那场面真是一片混乱,不是一般的混乱。大家相互搀扶着往外走。我们当时一直蹲在那儿起不来,心想要是一直这样蹲着的话,就没事了,起码不会摔着。可事实上根本不是,当时整个神谷町站都已被毒气污染了。

电车在神谷町站停车以后,乘客中有几个人跑到驾驶室告诉司机说出事了。司机了解头一节车厢情况以后,马上用无绳电话跟总部紧急联系。

当时有好几个人已经躺在了站台上,我也一屁股坐在了那儿。我一手摁着自己的背包,一手抱着那个女孩子的头。她当时已经完全没有意识了。我的眼泪不住地往外流,怎么也止不住,就像瀑布一样。眼睛的视野越来越小,而且更让人觉得不可思议的是,当时无论看什么,都感觉那东西开了很多小小的洞。站台上的正方形瓷砖也不例外,一个一个小洞密密麻麻的。我有点懵了,搞不清楚这到底是为什么。当时我的眼睛其实已经很严重了。

我抱起那个女孩子朝检票口奔去,跟跟跄跄的。到检票口时,那儿的人特别多。我们竭尽全力想要挤出去,可是还有很多人正从阶梯往站里走,怎么挤也挤不出去。工作人员要求我们先在检票口前面等着,可我实在是忍不住了,大声地喊:"求求大家了!求求大家了!求求大家了!"(用日语)我就这样朝着那些上班路过的人一遍又一遍地大喊着。我们俩的身体当时紧紧地靠在一起,就像钉在那儿一样。

这时,来了一个手拿公文包的男人,他从我手上一把将那个女孩儿抱过去,带走了。检票口有一条横杆,他把女孩子扛起来才迈了过去。他扶着女孩子上楼梯,离开了。其他人也都相互搀扶着走了出去。我不知被谁扶着,总算摇摇晃晃地爬上阶梯出来了。感觉外边的空气特别新鲜,呼吸到新鲜空气,这才感觉自己终于得救了。

可我又突然感到特别恶心,东倒西歪地坐在那儿拼命吐个不停,把胃几乎都吐空了。大概我的情况看起来很严重,有很多人围过来问这问那。其他人有坐着的,有躺着的,还有很多人用手帕捂着眼睛,大家都不知所措地愣在那儿。

"救命啊!快叫救护车!"我大喊。当时的我完全处于一种恐慌状态。十分钟以后,救护车来了,大概六七辆吧。是的,那儿有三四十人。有蹲着的,有躺着的。我很快被抬上担架,送到医院去了。我应该是最先被运走的几个人当中的一个。

我感觉当时闻到的是某种气体的味道,自己可能是毒气中毒。不过一开始的时候,只是闻到一种怪怪的味道,感到眼睛有点儿疼,根本没有多想。后来,感觉越来越难受,我这才意识到有可能是毒气。

按理，车上的乘客应该在神谷町站都下车才对，可我下车以后，电车继续向前行驶。从那儿下车的人大概都觉得没什么大事儿吧。就连我，当时也想等下一列车来了，坐上继续赶路呢。现在想想真是不可理喻，可当时我的确是那么想的。实际上也有很多人下了车又在那儿等下一班车的。那个时候，谁也没有想到会有人因此丧命。大家一定都觉得一列车出了问题，而别的车应该不要紧。

我现在还在想，那女孩子最后怎么样了？后来听说神谷町站有一位二十一岁的女性死了，也不知道是不是她。她年纪很小，对毒气没有丝毫的免疫力，很容易受到伤害，真是太可怜了。她当时穿了一身职业装，衣着打扮很时尚，给人的感觉很不错。我很想知道她现在到底怎么样了。

我在医院住了四天，多亏了有JRA（日本中央赛马会）的工作人员陪着我。也真巧，JRA的总部就在神谷町。

住院不久，生理性疼痛症状就基本感觉不到了。我觉得没问题了，没有什么大不了的。岂料，这起事故给我带来的精神打击绝不算小。刚开始的时候，只是觉得比以前更容易烦躁不安。到了后来，就算是呼吸到新鲜空气，也还是觉得透不过气，这些都让我感到无比恐惧。

过了一段时间，我开始不停地安慰自己：已经得救了，已经没事了。这样一来，我终于安心了一些，终于松了一口气。当然，恢复到这种程度还是花了不少时间的。

眼睛和头那以后还是痛了一段时间，不知为什么就是好不利索。渐渐地，这些症状也开始一点一点地消失了。出院以后，我又到大使家里住了两三天，他们确实给了我无微不至的照顾。

不过，出院以来我就没怎么睡过觉。大概有三周时间我干脆放弃了睡觉。因为睡觉对我来说特别可怕。只要睡着就一定做梦，这是一定的，而且都是同样的梦。梦到有人走到我跟前，用锤子"嗵嗵"敲我的脑袋。

那种梦真是太奇怪了。刚开始的时候,觉得那个锤子特别硬,敲在头上特别疼。可是慢慢、慢慢地,锤子居然变得越来越软,对头的打击力也越来越弱。到了最后,怎么敲都不觉得疼了,就好像敲在枕头上似的。

可恐惧感一点儿也没减少。梦里总会有一个陌生男人走到我跟前,用锤子敲我的头,他一敲,我就会被惊醒。就这样,我一遍又一遍重复做着同一个梦。我很害怕睡觉,一睡着就会做梦。晚上也一直开着灯,我对黑暗充满了恐惧。

整整三个星期时间,我晚上都没有睡觉,真的是一点儿也没睡,实在太痛苦了。事情发生后我还继续在学校工作,可因为睡不好觉,头经常昏昏沉沉的。这种状态持续了很长时间,无法恢复正常。

这起事故带来的一切,只有留给时间化解了。不过现在已经没什么了。我已经百分之百地恢复了正常,没有任何问题了。

电视上当时好像播出了我倒在地上的场面,爱尔兰电视台也播了,听说女儿看到后大惊失色:"妈妈,快过来呀!爸爸好像在地铁里出事了!"妻子一听吓了一跳,慌忙跑到楼下去看电视,"真的,那不是你爸爸吗?"就是说,事情发生后还没等我和家里人联系,国内的人就都知道了。很多人写信过来问候我,大家实在太关心我了。

——东京一向以世界上最安全的地方知名,可您居然遭遇了这种事,觉得有些不可思议吧?

是啊。可我的想法仍然没变,仍觉得东京是世界上最安全的城市。日本是个很不错的国家,人们可以安心地在大街上闲逛,这是不争的事实。因此,事发后我又去坐了几次地铁,没什么可怕的。

知道吗?我属于那种不会轻易觉得害怕的人。这一点希望您能了解。到现在为止,还没有什么东西能让我觉得可怕。虽说骑马参加比赛有一定的危险性,可我一点儿也不害怕。我就是这样一直生活过来

的,我想这种性格是不会变的。我已经老了,不过我几乎没觉得自己老了。咳,这么觉得或许是件危险事。(笑)

——经过这件事以后,您身上有没有什么变化呢?

噢,或许我开始用更长远的眼光来看待自己了。也就是说,我们的日常生活中经常会碰到一些似是而非的小事情,我们根本不会在意。而这些不起眼的小事不知哪一天会突然爆发,就像晴天霹雳一样。我们多半会惊慌失措,不知怎样应对。在这个世界上,任何事情都可能发生。想来想去也不知该怎么办才好。将来的事情任何人都没办法预测,对吧?

骑马,这是我人生的全部。自懂事起就开始骑马了,还参加过世界级的大赛,得过好几次冠军。这实在是极美好的事情。现在我教年轻人骑马,在和他们接触的过程中,我感觉自己也和他们一样重新骑上了马背,这也非常美好。这就是我现在的人生。

"一吃饭就困得不得了,差不多一个月都这样。"

岛田三郎(当时六十二岁)

出生于昭和七年①七月七日,生日极为好记。说起"all-seven"(全部是七),让人觉得生来就十分幸运。我问"怎么样?"对方歪头沉思一下回答:"哪里,倒也算不上有多么幸运。"——其中到底含有"不很糟"(用英语说就是 fair)的意味。

在一家专门卖螺丝的公司一直认真干到六十岁退休。孩子们也终于独立了,本来很早就计划舒一口气,到乡下新房子安享晚年,但公司说人手不够,劝他再多少干一段时间,于是再次成了上班一族,计划落

---

① 昭和七年:一九三二年。

空。并且在上班途中不幸碰上了地铁沙林事件。

在位于一桥的这家螺丝经销公司的仓库楼一个房间里听他谈了一个小时,最后他叹息着自言自语说的一句话给了我很深印象:"近来周围忽然有很多事找到头上,什么原因不晓得,可实在是……"

或许因为太累了——每天乘满员地铁列车花两个半小时赶来上班。倒是很难断定岛田出现这样的心境同沙林事件有关,不过将倾听众多受害者讲述的体会综合起来,我可以坦率地推测:那恐怕是有不小关系的。

我工作的地方是物流中心,就像公司的大仓库一样。根据各地营业所来的订单,把公司经营的数万种螺丝从这里送往全国各地。我们必须时刻记着那么多种螺丝,工作非常细致。所以,即使雇了新人,也不可能让他们马上投入工作。这里的负责人——也是我的老朋友——问我:"岛田君,无论如何再来帮帮忙好吗?"六十岁退休后,我就在筑波养老了,过得很舒服。可朋友的邀请不好拒绝,于是又开始工作了。退休前,我在田町的总公司工作,不在这儿。准备退休的时候,公司也挽留了,但我说:"不管怎样还是让我退了吧。"就这样拒绝了,怎么说这里也该辞了……

毕业后,我做了很多工作。一开始在保龄球中心,就是昭和二十七八年①时的那家东京保龄球场。客人大多是驻日美军,还有他们的家属。那时,玩一场要二百五十或三百日元,普通人是玩不起的,所以那是个有着特殊气氛的地方。跟现在不一样的是,要在后台操作机器,用手摆球,不是自动的。大家都叫我"球童"。

不低的工资引来众多的应聘者,在外苑的橄榄球场旁边排成了长龙。

---

① 一九五二、五三年。

那个橄榄球场现在已经没了。如果在后台拼命工作的话，就会有外国人把钱塞在球的指孔里投过来，不知算不算是额外收入，叫小费也不为过。但这种事偶尔才有一次，有还是有的。毕竟，那时候日本还很穷。

我在那里干了两年后辞职了。想自己干点什么，就在鹭宫开了养鸡场。那时鹭宫还是一片田地，养鸡场很容易就建成了。我是都立农业高中毕业的，所以想开养鸡场。养了大约200只鸡，地是从学长那里借的，我们合伙经营。本来是想养鸡卖鸡蛋的，但没赚到钱（笑）。就算那时候，不养1000只以上也成不了气候，200只简直是开玩笑。所以一年左右我就不干了，剩下的鸡都当肉鸡卖了。

之后经叔叔介绍进了这家公司。那时我们家也有自营工场（现在倒是没了），叔叔是场长。进公司时，我才二十三四岁，还是单身。二十九岁时结婚。在公司我差不多一直做营销工作，每天开车在外面跑。

在公司工作期间我一直住在所泽的公团①住宅，后来在筑波买地建了房子，退休后就搬到那里去了。我有两个孩子，现在都成家立业了，不过出事时女儿还没嫁人。我老婆在东京城内也有工作，她说还想干一段时间，就跟女儿一起留在了所泽。那时我自己住在筑波——房子长时间没人住就会荒掉——所以看起来就像单身赴任一样。老婆只在周末来筑波给我打扫打扫房间，洗洗一周的衣服。至于吃饭，中午在公司吃，晚上在附近凑合吃点就完了，自己只好歹做个早饭。

我星期五下班后去所泽住一晚，星期六开车带老婆回筑波，星期天晚上再开车把她送回去，星期一从所泽去广尾的公司上班。过了这样一段不规律的生活。去年五月我老婆终于离开所泽，搬到筑波来了。

出事时是星期一早晨，当时我从所泽出发去上班。三月二十日很少有人休假，不过我那天休息也未尝不可，自己也想尽量在筑波的家里休息一下，但我又想不管怎么说公司就在回筑波的路上，还是去看看

---

① 公团：利用政府、地方公共团体的资金从事资源开发，土木建设的公共企业团体。

吧,也算顺路。我老婆很意外地看着我说:"什么?今天还上班?你今天就休息一天不行吗?"但我说:"回筑波也是一样的路线,我先去趟公司再回去。"说完就出门了。

我习惯按这样的路线坐车——坐西武线到池袋,转丸之内线到霞关,再转日比谷线到广尾。到霞关之前车内广播说:"日比谷线发生药品事故,列车停止运行。"确实说是药品,但不清楚是什么事。

在霞关一下车,乘客们就打起电话来,说可能上班要迟到,或者商量怎么走等等。当时大约八点半,车站并没有因此发生混乱、恐慌之类的情况。大家都在车站里到处转悠,好像在想日比谷线不行该怎么走。我也给公司打了电话说:"日比谷线停了,今天去不成了。"但他们说:"都到那儿了,还是想办法过来吧。"于是我去问站务员怎么去好,他告诉我千代田线还在运行,我想既然这样就坐千代田线到日比谷,再转都营三田线到田町,再从那里坐公交车去就行了,就让站务员给我调换了车票。

要去千代田线站台就必须穿过整个日比谷线站台。我下到日比谷线站台时遇到了警视厅的司法鉴定员,大概有四五个人。我跟他们一起下楼梯,当时并没感觉到紧张,一点儿出大事的感觉都没有。鉴定员们也都轻松地聊着天往前走,他们只穿带臂章的蓝色工作服,没有戴防毒面具。

站台上停着一列开往北千住方向的空车。车门全都大开着,司法鉴定员进了最前面的那节车厢。站台上一个乘客也没有了,不过车站小卖部还开着,里面有一个女店员。在日比谷线站台我只看到她一个人。我没管那么多,很快走到了千代田线站台。

千代田线也没有明显的混乱,很正常地运行着,只是没有多少人。我记得开往代代木上原方向的车在霞关没停,直接开了过去。但开往北千住方向的的确停了,我才得以上车。

最后到公司时都十点半左右了。那天我老是流鼻水,还一边工作一边开玩笑说:"我也终于染上花粉症了。"因为当时是花粉症多发期。

可是没多久我就开始看不清架上的东西了,以前看得清楚的东西都变得很模糊。我说:"真是的,连眼睛都出毛病了,商品上的字也看不到了。"出去的时候感觉天色暗了下来,我说:"哦?变天了啊!"其他人却说:"没有啊,晴得很好的嘛!"当时我心想这可真是奇怪。

午休时打开电视看新闻才知道出大事了。经大家劝说我才去了广尾医院。总之鼻水很严重,一个劲儿流个不停,怎么也止不住。去医院的路上我看到很多东西都变成了褐色。

向公司请了近一个月的假。我只住了一天院,医生就说我的各项指标已经恢复正常可以出院了。可是回家后更严重了,一吃饭就困得不得了。起床就吃饭,明明刚起床却又困得不得了。总之一吃饭就困,而且一睡就昏昏沉沉睡一两个小时。那是一种无法忍受的极度的困,根本没法不睡。一天吃三次就要睡三次。可能你会问睡那么多晚上不是睡不着了吗?没那回事,晚上也一样睡得很沉。我的睡眠时间也因此得以大大延长了。医生让我暂停工作好好休息一个月,我就按他说的办了。一个月后症状慢慢消失,又能去上班了。公司也正因人手不足而烦恼呢。

我没留下什么后遗症。记性倒确实是变差了,但也没办法,毕竟上了年纪啊。我还是跟以前一样挤电车上班,从牛久站到广尾一直站两个半小时。这样真是很累,我也该好好休息休息了。特别是出事后的几个月我打心底不想去上班。总是很紧张,怕周围有什么异常情况。

战后出了很多事,可是像联合赤军什么的是针对国家权力的,不会给普通人造成什么大的影响。但这次完全不分国家和个人,这让我很生气。我想没有比这更恶劣的了。

"那种恐怖怎么忘都忘不掉的。记忆怕是一辈子都消不掉了。"

饭冢阳子(当时二十四岁)

东京出生,职场是大型城市银行。特别喜欢运动,看上去外向,但本人说总的说来属于"随遇而安的性格",不是主动四下出击那一类型。的确,一看就知是富有教养的"山手"小姐。

但是,看这篇采访即可知晓,她决不仅仅是"随遇而安"那样的人。话语间每每可以感受其有主见的一面。颇有些争强好胜,敢打敢冲,一旦决定就轻易不肯后退。而与此同时,印象中也有在某种情况下易受伤害的情感细腻一面。

在这一系列采访当中,得以同几位二十几岁的年轻女性长时间面对面交谈,每一位都让我佩服:她们的想法和生活方式固然方向性有所不同,但都那么聪明和刚强。当然,毕竟数量有限,也可能是巧合。

对她来说,向别人讲这么多,我想是相当难受的事,或者让她想起了不愿想起的事也未可知。但愿这次采访使得她——如她所说——就此告一段落,从今往后朝积极方向大步迈进。

三月二十日出事那天之前我一直感冒,发了十多天烧,烧到三十九度左右,怎么也不退。我记得好像因此跟公司请了一天假,记不清了,不过即使请假了也就一天,之后就挣扎着上班了。一个人休息,他的工作就要由别人承担,况且我的性格又不喜欢欠人情。

那天体温还是三十七度左右,不过比前几天好多了,只是低烧。但咳嗽总也不好,而且发了那么长时间烧关节也很疼。我吃了很多药,多亏这些药,在遭到沙林侵害时没有感染什么明显症状。

我食欲很好,早饭是一定要好好吃的,否则脑袋就恍恍惚惚转不灵了。因此我一直五点半左右起床,以空出充分的时间。八点前出门,这样就能空出两个多小时,这时间里我一般看看书,看看录像什么的。晚上回来后很累,根本没精力看这些。

那天还是有点发烧,我知道这种时候睡眠很重要,所以六点半才起床,比平时晚了一个小时左右。三月二十日那天对我来说是很重要的,因为那天我正好交接工作,从早晨起来就相当紧张。

我从××站坐日比谷线,然后在霞关站转丸之内线。最前面容易转车,但挤得太厉害,所以我一直从第一节车厢最后一个门上车。不过那天我下车时车马上就来了,就从前面第二个门挤了上去,就是中间那个门。当时没法挤到最里面,我就稍微往后站了站。应该是在第二和第三个门之间吧。

我上车不抓吊环,它们太脏了,就那样什么也不抓地站着。从小父母就跟我说电车的吊环太脏不能抓。

——或许的确那样,不过没有人跟我提起,我没有注意。但什么也不抓不会站不稳吗?

我打网球练过腰腿,没问题的。我穿高跟鞋上班,还真能站得稳。

车是八点三分开往东武动物公园的,我一直坐它,坐车的地方也一样。所以在车里见到的基本上就那些人。那天很多人咳嗽,到六本木之前我还想原来现在感冒很流行啊,被传染上可就惨了,所以一直拿手帕捂着嘴。

车到六本木站时,第一节车厢下来大约五个人,他们一下车就狂奔,跑到一个站务员那儿跟他说了些什么。六本木站台最前面总是站着一个站务员。不过看到大约五名乘客像等不及车门打开似的向他冲去时,我心想奇怪,到底出了什么事?他们跟站务员说话的样子就像在申诉什么一样。

车就这样开出六本木了。快到神谷町时,我旁边的人突然说:"我眼睛看不见了。"还有人晕倒了。我左边,也就是电车行驶方向后面的人都摇摇晃晃倒在了那里。从那时开始车厢里就乱了起来。一个男的大喊:"大家注意了,危险,快开窗,不开会死人的。"接着窗户被接二连三打开了,是那个人从一头挨个打开的。

车一到神谷町就有几个人异口同声地喊:"大家最好下车,快下!"我也觉得不管怎样还是先下车为好,就不管三七二十一地下了车。那个说眼睛看不见了的人也是在那儿下的车,但他一下车就栽倒在了站台上。一个男的跑到驾驶席"咚咚"敲窗,神谷町站站台的站务员就在后面,他把异常情况通知了驾驶员。

沙林袋放在第一节车厢第三个门那儿,一般情况下我都从那儿上车。大家都下车后车厢里空空的时候我看到的。那是个四方袋子,里面流出来的东西积了一摊。我记得当时还想可能是那个引起的吧。不过大家下车之前我一点都不知道有那个东西。车里太挤了,什么也看不到。

听说坐在那个袋子前面的老伯死了,车到神谷町站时他口吐白沫,已经没有意识了。周围人把老伯抱下车。第一节车厢的乘客全在那儿下的车。

站台上有好几个人晕倒,一下子栽倒在地上的人虽然不多,但也还是有的。还有很多人蹲在地上用手扶墙。当时我还问一个人:"你没事吧?"对方就是在电车邻座说眼睛看不到了的那个人。

我也觉得情况不正常,但说实话,当时并没感到有那么严重。因为不管怎么说日本都是个非常安全的国家,不是吗?几乎没有枪杀之类的恐怖事件,而且至今我也没遇到过可怕的事。所以我头脑中完全没有自己正大祸临头啦必须马上逃离啦那样的念头。平时不也有走在路上身体不舒服的人吗?那种时候,大家一般会问他有没有关系。我就是以这种感觉问他有没有事的。站台上乘客们都互相照顾互相帮助。

一上车我就觉得不对劲儿,有一股像稀释剂又像洗甲水一样的气味直刺鼻孔。但我并没有呼吸困难或者觉得有什么异常。在六本木没觉得，在神谷町也没觉得。可能是我一直用手捂着嘴和鼻子，在电车里没怎么吸入毒气的缘故吧。现在回过头来想想，估计是因为我走过去跟晕倒的人说话，接触了他才影响到眼睛的。

后面的车已经出站了，所以我们这趟车空出第一节车厢马上出发了。广播说："我们决定暂到霞关站停车，后面已经开始堵车了，请乘客们抓紧上车，不要上第一节车厢。"我当时满脑子想的都是上班一定不能迟到。我留出充足时间出的家门，不必担心迟到。可我还是很在意时间，因为我不想踩着钟点上班。当然我也觉得不该丢下晕倒的人不管，不过因为是重要日子，不能迟到的念头还是占了上风。

于是我尽量远离那个小包裹，一直往后走，坐大概第四节车厢到了霞关。但从那里转丸之内线时我眼前变得异常昏暗，浑身乏力。我想可能是吃了感冒药的原因吧，也就没怎么在意。之后刚从××站出来时，不知怎么了，感觉天突然暗了下来。变成了黑白的，不，是褐色，像老照片一样。我心想真奇怪呀，今天明明是晴天啊！

归终我还是踩着钟点到的公司，恍恍惚惚像飘进去的一样。然后急忙换上衣服开始工作。大约九点半交接完工作后，我觉得越来越不妙。首先是眼睛无法聚焦，根本看不了文字之类的东西，还很难受，很想吐。我一直忍着，因为我觉得在交接工作这样的重要日子里，必须想法忍住。可无论听什么都是左耳进右耳出，什么也记不住。但我还是装出听的样子，不住点头称是。后来难受得开始出冷汗，更加想吐。不过感冒时也会想吐，所以我也搞不清楚到底是怎么回事。实际上我并没有吐，只是恶心。

十一点过后大家一起去吃午饭，但我一点儿吃饭的心情都没有，跟大家打了个招呼就去了公司诊所。在那儿我终于明白这是沙林引起的，医生说情况很严重，我马上去了××医院。

（后来恢复得也不算顺利，眼睛大约一周都看不清东西，恶心乏力，还头疼了很长时间。不过那段时间我一天假也没请。虽然很痛苦，但出于责任感一直坚持上班。现在已经过去一年了，但还是会感到疲倦。出事以来，我连最喜欢的网球也几乎不打了。一活动就上气不接下气的，爬楼梯都喘个不停。现在病情稍微好些了，但还未痊愈。）

我本来就不太喜欢出门，加之最近一出门就累，所以连周六周日都大多呆在家里。平时在公司和家之间往返，再加上工作，已经消耗了我的全部体力，回到家精疲力竭。即使在公司，到了下午三点左右也觉得很累。以前没有这种情况，但遇上那件事以后一直这样，极其疲惫无力，我很清楚这点。

可能精神因素在这件事上起了很大作用。至今为止，我一直努力忘掉那件事，但是，那种恐怖怎么忘都忘不掉。记忆怕是一辈子都消不掉了。我越来越觉得可能正是想忘记才反而会想起。所以我在想是不是可以通过心情从精神上加以控制。

——不过自己一个人想从精神上控制，那怕是不容易啊！

是啊，有时能好好地客观面对，也有时一面对就迷失自我。我自己也很清楚自己心中的这种波动。有时遇到什么事，沙林事件就会突然从头脑中闪过。紧接着就觉得有什么东西压在心里。

常常做梦，刚出事时不怎么做，但最近做得很频繁。当时的样子原原本本出现在梦里，场景一清二楚。半夜里突然醒来，怕得不行。

即使不是在梦里，而只要一进入狭窄的地方我也会吓得动弹不得。特别是在地下，像地铁啦，从地下进入的百货商店啦等等。一想到坐电车也会两腿发软动弹不得。这种现象从今年二月开始就慢慢出现了，也就是出事一年以后。这种时候我心里就想："不会有人能理解自己吧。"在公司,同事们非常照顾我,家人对我也很好。但谁也无法理解那种恐惧感——那是一种彻底的恐惧——我倒也不希望大家理解。不过我很清楚上司、亲戚朋友的支持对我来说是非常重要的。况且有人比我症状更严重,比我更痛苦。

父母也反对我接受这个采访,说这不是要重新想起刻意要忘掉的事吗?但我决定接受采访,想以此做个了结。一直放不开也不是个办法啊。

最先浮上脑海的,是"今天不用上学了"这个念头。

武田雄介(当时十五岁)

武田雄介君刚上高二,和母亲一起来到采访地点。身体虽然比母亲大得多,但脸胖乎乎仍带有稚气。提起城内"公子哥儿"高中,想必谁都晓得大体是这样的气氛。一看就知有旺盛的好奇心,却又全无贪婪的样子。显然是在平和的家庭中在父母的关爱和提醒下健康成长的。

对我的提问也回答得不卑不亢畅所欲言。相比之下,陪同的母亲倒好像有些紧张。至于现在的高中生是不是大致都像雄介君这样自是不得而知,但和他交谈极有意思。作为我基本没有同当下的高中生交谈的机会。

东京出生,现在住在广尾,有个弟弟。他说将来的理想是当警察。母亲也不大明白他为何想当警察,但本人以前就对此相当认真,电视上凡与警察有关的节目都看得很专心。听她母亲介绍,从小就不放过列车脱轨什么的,每当电视上出现现场验证和救助活动等场面,总是盯住不放。不过,对于迄今堪称"悲剧中的悲剧"的地铁沙林事件,不知何故,雄介君却不感兴趣,尽管自己也实际受害……

在学校里练过柔道,爱好是做铁道模型和听音乐。两样都和父亲相同,所以乐得两人在一起。

眼下的愿望是想快到十八岁,好拿到驾驶证。非常喜欢汽车。现在也一有时间就冲洗家里的车或给车打蜡。不过,拿驾驶证之前必先考上大学,每星期不得不上三天补习学校。

那时我在上附中,从荻洼站大约走十五分钟就到学校了。我是直升高中的,所以去的地方跟以前完全一样。本来也可以从车站坐公交车去的,但学校希望尽量走路去,虽说不必勉强,但基本要走路去。

学校上课分夏季和冬季时间,夏季是八点三十五分开始自习,三月执行冬季时间,所以应该八点五十五分到校。但那天很特别,到校时间跟平时不同,因为两天后也就是二十二日要举行毕业典礼,那天是预演,可以比平时晚一点儿。虽说晚也不过是五分钟。

我大约是八点出门的。八点出门,九点左右就能到。坐地铁上学正好需要一个小时。从出门到坐上广尾站地铁有五分钟就足够了。嗯,很近。我当时上学的路线是先坐日比谷线到霞关,再从霞关转丸之内线。

出事之后我就不坐丸之内线了,改从惠比寿转 JR 了。我并不是因为那件事才改变路线的,因为这样上学路上花的时间比较短,差不多用四十五分钟就能到。最近早晨起床的时候我总想现在比以前花的时间少了,反而经常因此迟到,挺痛苦的。一般上了高中就会学习到很晚,不过这种事我一般不干(笑)。

虽说是毕业典礼,但我们还是原班人马一起升上去,不同的只是要去旁边的高中部罢了,所以也没什么可感动的,只是按吩咐参加罢了。

那天我八点出的门,但到站前发觉忘带东西了。学校说要带教科书申请表,可我忘了。大概走到车站和家正中间时想起来的,我就马上回去取。我很少忘东西的。

回去拿了趟东西,时间就很紧张了。日比谷线的地铁三四分钟一班,所以我可能晚了一班。车上虽然没座,但一直都不太挤,站着的也就几个人。

那天上车不久我就发现不知为什么很多人都在咳嗽。大概是从电车出了广尾快到六本木的时候开始的，记得我当时还想今天这种情况真是少见。

我一向从前数第二节车厢最后面上车，那儿离换乘的地方很近。但那天我一到站车就来了，所以没能走到最后，是从第二节车厢正中间上的车。我站在门附近发呆，但那天跟平时不一样，总觉得很奇怪，感觉呼吸困难，可实际上并不是呼吸不畅。我一直在想这是怎么回事呢？的确觉得呼吸困难，但实际上呼吸跟平时也没什么不同，也没感到有异味什么的。

后来出了六本木到神谷町站时车在那儿停了一会。到底怎么回事？正纳闷时，广播说："八丁崛车站发生了爆炸事件，列车将在本站稍作停留。"如果是爆炸事件，车暂时不会开了吧？我一边这样想一边看地铁路线牌，这时眼前突然变暗了，不过当时并没太在意。

我想应该用站台上的公用电话跟家里联系一下，但那里人密密麻麻的，我不知道该怎么办。正当这时，广播又开始了，这次说的是："本站前方也有人晕倒，站内有恶性异物，请上到地面躲避。"

——听到"恶性异物"，你想像会是什么呢？

我猜想会有什么，但几乎没怎么在意，我本来就是个乐天派。我最先浮上脑海的，是今天不用上学了这个念头。地铁停了，我就有理由了。

不过实际上那列车没停，只是让第一节车厢的人下了车就往下一站开了。车上说："请不要坐第一节车厢，后方列车受阻。"所以我觉得第二节车厢往后应该还是有人的。可当时我如果坐到霞关就必须再坐丸之内线回来，况且我不想去学校了，就没再上车。

为了给家里打电话，我从检票口出来上到地面，一出站口就有个电话亭，我在那儿打了电话。上阶梯的时候我看到好几个人拿手帕捂着鼻子蹲在那儿,当时我就觉得这应该都是"恶性异物"引起的。

我自己也仍然呼吸困难,但上去的时候,就把自己的症状忘得一干二净了。我一心想着太好了,今天不用上学了。但打完电话不一会儿,我突然觉得很难受。总觉得要吐似的,眼前也应该暗了下来。但不管怎么说我是第一次在神谷町下车,也不清楚那里本来是什么样子。可我回家的时候还是觉得很暗,心想可能那时候视野变窄了吧。

> 母亲——雄介第一次电话说:"八丁崛发生了突发事件,地铁停驶了。"我想那天是毕业典礼预演,而且要交书费,就告诉他:"你在那儿等等,我先跟学校联系看看,过会儿再打电话。"
>
> 于是我挂了电话跟学校联系了一下,学校也不清楚当时的情况,说:"如果他本人身体没有什么不适的话,希望他转车过来,预演还是大家都到齐了的好。"
>
> 后来雄介又打来电话,我说:"既然老师都这样说了,你还是想办法去学校吧。"结果他说:"我很难受。"我当时正好开着电视,综合节目已经在热议地铁事件了,好像是说有什么有毒物,所以我说:"好了好了,快回来吧。"

我从神谷町搭出租车回的家,可能司机都听说了那次事故,车站附近到处是出租车,我没费什么劲就上了车。到家的时候,身体就几乎没什么不舒服了。后来妈妈看了看我的眼睛,说我瞳孔正在缩小,就马上去了广尾医院。

医院还没有多少人来,我大概是第三个,院方很清楚情况,我一说坐了地铁就马上被带进紧急病房。可能没做检查,什么也没做就直接打了点滴。当时并没觉得有多疼,可我到底有点儿不安:莫非事情有那么严重不成?

我一直坐在里面椅子上,直到打完一瓶点滴。医生来看了看说:

"没什么大问题了,这瓶打完就可以回去了。"可是过了一会我的瞳孔也没有恢复,医生说:"为防万一,还是住院吧!"

住院期间连续打了好几瓶点滴,无聊得不得了。病床也是简易的,又硬又差,根本没法睡。即便这样,十二点左右也还是睡着了。我住的不是正规病房,不过是把大会议室收拾了一下,一溜摆了二十张左右的简易病床罢了。我并不是在发牢骚,我想说的是没想到那次事故竟然那么严重。

我的食欲跟往常一样,医院的晚饭不够吃,就让爸爸给我带了点吃的,还有随身听……头疼啦、恶心啦,这些症状都彻底消失了。

> 母亲——我和丈夫两人陪着他,午饭后出去买饮料时我看到有人过世了,丈夫说:"他死了。"那个人旁边放着担架,确实是去世了。后来医院叫来了他的太太,医生告诉她节哀,她当即哭倒在地。在走廊长椅上坐成一排打点滴的,包括雄介在内都属于轻伤。那之前我还只是稍微觉得有点可怕。看到那个人之后我才想:走错一步,说不定我们家雄介也会那样,这才觉得毛骨悚然。那时真是觉得恐怖。

当时我也在场,但并没觉得走错一步会怎么样,或许因为我是天生的乐天派吧。

第二天七点吧,应该是那时候起的床,又抽了一次血检查了一下。然后医生把我叫到另外一个房间说:"你的胆碱酯酶值已经恢复正常,可以出院了。不过以后一个月左右,不要做剧烈运动。"我们一家本来要在放春假时去安比滑雪,所以我跟医生强调说:"我身体很好的。"但医生说:"你的胆碱酯酶值还是稍有点低,这种状态是不能运动的。"虽然我自己没有感觉到任何症状……最终还是取消了滑雪旅行,真是太遗憾了,我盼望很久了。

我参加了第二天的毕业典礼。医生说如果可以的话,尽量把出事那天穿的衣服扔掉,可是毕业典礼上又必须要穿学生制服。所以妈妈拿到浴室手洗后晒干我又穿去了。之后就扔了,尽管那是不久前新做的。

——常看电视报道什么的?

唔,怎么说呢……我不太懂奥姆真理教,觉得那完全是个奇怪的团体。为什么非要像宗教似的做到那一步呢?如出家后把全部财产交出去等等,真不知道他们在想什么。我不喜欢宗教这东西,对那件事也不怎么感兴趣。我的兴趣在其他犯重罪的犯人身上。对了,比如说宫崎勤……

我现在几乎彻底忘掉了自己跟地铁事件有关系,也没怎么跟谁提起过。出事的时候大家都关心地问我:"怎么样,没事吧?"即便那时候,我的回答也只是:"我很好,没什么。"老师很为我担心,但我觉得同学们好像对我的名字出现在电视上更感兴趣。

> 母亲——这孩子很酷,或者说无论遇到什么事都很冷静,不太受外界影响。还有,这种事可能不该说,出事后亲戚们都很担心,送来了很多慰问金。雄介好像更在意这个。他升高中收到了礼金,亲戚朋友又送来了不少慰问金,地铁也送来了一万日元慰问金。我想地铁本身也是受害者,够他们受的。

嗯,我买了电车模型什么的,钱都花掉了。

"要是没有危机感,很多事就会视而不见。"

中岛克之(当时四十八岁)

中岛先生一九九五年三月二十日在地铁的经历同前面出现的石野贡三先生同一天的经历惊人相似。两人以同样路线在霞关站遭遇沙林事件，受害情形也大同小异。虽然年龄略有差距，但两人都是航空自卫队的干部、防卫大学毕业的高材生。没能当成喷气式飞机驾驶员，只好含泪做地勤，在此百炼成钢——人生途径也很相似。两人因同期在同样职场工作，自然相互认识，但采访两个人则完全出于偶然。

两人都很潇洒，态度温和，但说话干脆利落。事件采访当然难能可贵，而得以同这种第一线自卫队干部直接见面私下交谈，对于我也是饶有兴味的事。这么说或许失礼，作为形象，感觉上与其说这两人是"军人"，莫如说"体育教练"更为确切。

通过这次采访，我才得知采访国家公务员是多么困难。他们说话非常谨慎，把"匿名性"看得比什么都重要。总之"守口如瓶"。毕竟事情发生在霞关附近，事件受害者当中想必有相当多一部分人在中央政府机关工作，但遗憾的是这次没能从他们口中听得情况。惟独防卫厅方面的人例外予以协助，欣然答应接受采访，借此机会表示感谢。

采访是在两人所在的入间航空自卫队基地宽敞明亮的办公室进行的。中岛先生体形也显得年轻，满头乌发，姿势端正，无论如何看不出有四十九岁，身居幕僚长要职。

我进入防卫大学最主要的原因是没考上自己想上的大学。还有一点就是我们家世代都是军人。父亲和爷爷都毕业于陆军士官学校，到我已经连续三代了。我叔叔也毕业于士官学校，现在已经退休了，他战后进了陆上自卫队。叔叔的推荐也是我进军校的原因之一。

我本来是想当飞行员的，但中途给辞退了。飞行员训练一般是从驾驶螺旋桨单引擎机开始，接下去是简单的单引擎喷气式练习机，之后升级到战斗机。但我在喷气式练习机阶段就不行了。一个人驾机起飞、着陆都还好，但编组飞行的时候，一边观察周围一边维持三元空间位置却相当吃力。编组飞行的飞行间距大致是一米，要跟上是很困难的。于是他们说:"还是地勤工作比较适合你。"

我当时特受打击,都想要离队了。可离队了我也没有就业门路(笑)。那是昭和四十七年①的事,也就是我入伍第一年的时候。

我最初做的地勤工作是在雷达基地,在千叶县的雷达基地工作了一年。以前有"东京急行"一说,就是说苏联战机(都是大型轰炸机和侦察机)为了详细观察日本的电波状况从太平洋一侧绕圈飞来,为此要紧急出动。现在很少了,以前要有好几百次的。

后来我回到防卫大学做技术研究,专业是电子工学。主要还是研究雷达,跟所谓的硕士课程差不多。然后去入间基地工作。我的工作就是地面雷达新产品出来后,测定它能发挥多大性能。

现在自卫队使用的雷达都是国产的,主要是三菱和日本电气(NEC)的产品。我们先写设计说明书,让他们按照说明书做。做出来后确认产品是否符合设计意图。大多都是严格按照设计生产的,倒不至于重做等等。但也不是没发现过像软件故障等大的失误。

后来我被调到很多地方。从府中的航空总司令部到市谷的干部学校,直到在六本木的空幕②做人事工作。做人事要决定别人的人事调动和晋升等,实在劳神费力。

之后在那个空幕的技术科做了一年,防卫科做了一年,后来去了防卫研究所一年。又去了高知县的地方联络部两年,在那儿做自卫队员的招收工作。说是招收,其实也没有多难。虽然也有标准,但由于人太多基本上都是回绝。当时正是泡沫经济全面崩溃的时候。泡沫经济时期,应届毕业生一般都去前景较好的民间公司就职。但泡沫经济一崩溃,公司不景气了,公务员就变得很抢手。况且高知县本来就

---

① 一九七二年。
② 空军幕僚总部之略。日本防卫省中为空军自卫队的防卫、教育训练和人事制定计划并进行管理的机构。

是自卫队员较为集中的地方。最为集中的是九州,到底是有尚武传统的地方。

后来我又回到空幕技术一科做了科长。就是这时候遭遇了这次沙林事件。

我结婚时二十四岁,当时还是飞行员学员。防卫大学在横须贺,我老婆是那儿的人,我们是在那里认识的。我有两个孩子,大的二十三(女)小的二十一(男)。女儿说明年结婚,儿子还在上大学,他没有进自卫队的打算。

我家在西武池袋线的东久留米。正是在昭和六十年①泡沫经济前买的。那时候买房子还不是多么困难的事。我要么在入间基地要么在东京某个地方工作,所以想在这之间买房子。但东京城内房价太高买不起,就在东久留米买了一套。那时候这附近还很便宜,我买房一年后原来那个不动产商说:"我再给你加一千万,把这房子卖了吧。"要卖也行,可是再买不是一样吗(笑)?

——这么听来,您在短时间内确实换了很多部门。这到底是为了培养全才吧?

是啊,也许仅仅靠技术还是无法成为高层管理者啊。话虽这么说,可调动和我自己的意志无关,说不清楚啊(笑)。

去年三月二十日出事的时候我正从东久留米去六本木上班。那是很平常的一天,没有任何异常情况,只是出门比平时早了三十分钟。我必须早早向上司也就是技术部长做报告。另外我的部下也说:"科长,明天能大约提前三十分钟来吗?"所以我决定八点半左右到六本木。若是平时,早晨九点十五分之前到就行。

我上班一般是从家步行十分钟到西武线东久留米站,从池袋坐丸

---

① 一九七五年。

之内线到霞关,然后转日比谷线到六本木,大约要两个小时。上班虽然很辛苦,但每天都这样就习惯了。眼下在入间基地工作,跟原来的方向相反。车上很空,花的时间也短,这回算是彻底轻松了。但这样一来,上班也就不需要耗费多少体力,甚至有点担心运动量不足。

我一般穿西装打领带去上班,虽说也可以穿制服去,但部队规定在城里上班要尽量穿自己的衣服而不要穿制服。地方上穿制服的人也挺多的,但穿着制服戴着帽子去挤电车看上去有点不成体统。倒是没规定必须打领带什么的,这方面随意,实际也有上班不打领带的。

在霞关站下了丸之内线后,站内广播说:"茅场町某处发生事故,日比谷线暂停,何时恢复还不清楚。"那时候应该是八点十分左右。我过去一看,日比谷线站台上有很多人,大家都在那儿等着,好像以为车一会儿就来似的。

我也站在中目黑方向的最后面等,跟其他人一起在日比谷线站台等了大约五分钟。当时站台上没有停着的车,后来相反方向上来了一列空车。我要坐的是中目黑方向的车,但进站的方向相反,是北千住方向的。那列电车进站后,门大敞四开,广播要人们不要乘坐。车方向相反,我当然不会坐。

可无论怎么等中目黑方向的电车都不来,这时站内广播说:"千代田线就要发车了",没办法,我决定坐千代田线到乃木坂。于是往千代田站走,几乎是挤过去的。站台上非常拥挤,还有一段路我不得不从停着的电车里走过去,当时电车门都是开着的。不过我没在里面走多久,也就是几秒钟。到千代田线时正好来了一列车,我就跳了上去。但不知怎么回事,我一上车就剧烈咳嗽起来。和被烟呛了不同,那种憋闷有点特别。

我想或许是空气的流通引起的吧,车进站使空气流通发生变化,沙林就飘到这里来了。但我不太清楚沙林是从哪儿来的。

——我倒不敢断定，会不会是在日比谷线站台等车时吸入的呢？从中目黑始发的电车在神谷町遭遇重大事故是八点十三分，而后直接开到霞关站。果真如此，那么第一节车厢的地面上应该洒了很多沙林。到霞关时，第一节车厢是空的，不过其他车厢应该还有一些乘客。

　　我记得是来了一列空车，不过也说不定还有一些人。我是在这儿等的车（指着地图），对啊，若车是从中目黑始发的话，那么就是最前面洒有沙林的那节车厢。

　　——等电车时，相反方向的电车进站了，车门开着，沙林淌了出来，被您吸了进去。当时您并没感觉到什么，但走着走着症状就出现了——我想这个推论较为稳妥。

　　若是那样我也太不走运了，就因为在那儿等车就遇上了这种事。不过我什么味儿都没闻到。

　　坐千代田线时并没觉得有什么异常。只记得在国会议事堂前站的站台上，两个女的坐在长椅上垂着头，旁边有站务员照顾她们。当时我想可能是贫血什么的吧。女的经常会这样的，对吧？但两人同时贫血就不像是偶然了，还真有点奇怪。说异常也是异常。除此之外倒没有不正常的。

　　我是在乃木坂站下的车，上到地面时不知为什么总感觉很暗。抬头看天，看今天是不是阴天，可天上一片云都没有。我感觉很奇怪，不过除了感觉暗之外也没有什么症状，走路也没受什么影响。所以只是暂时觉得不对劲，没有多想。

　　进办公室时电视正开着，好像发生什么事引起了混乱，上面有很多救护车。当时也只是觉得房间里有点暗，一点都没觉察自己跟那件事有关，身体也没有任何不舒服的地方。

　　那天九点半开始有个报告会，我们把它叫做"Morning Report"（早间报告），我也列席了。当时部长坐在前面，他说自己看到了沙林袋子，眼睛受到伤害，视野变得昏暗了。我说自己也看不清了。他说那么你的眼睛也受伤了吧？"啊？是吗？"我说。不过当时我并不知道那件事的严重性。我当然知道松本事件，但没想到自己竟会遭遇到这种事。

中午过后我去了世田谷的自卫队中央医院，但只住了一天院。第二天出院后，仍然感觉周围非常昏暗。这种缩瞳现象持续了一个月左右。这期间我一直戴着薄太阳镜。不知是不是这个原因，那次事故之后我很快戴上了老花镜。

这样一说我又想起一件事来，大约是沙林事件前一周出了这样一件事：在樱田门的入口处，丸之内线到日比谷线的路上放着一个可疑的皮包，我目睹了那件事。当时那条路已经禁止通行了，消防队员拿着水管，警察和站务员正远远地围着。我确实看到了那个皮包，那是在早晨八点半左右。

不过那时也没怎么在意。现在想来，如果那真是炸弹，并且实际爆炸了，那里的人都会受伤或被炸死，放水也是无法防止爆炸的。可是即使被告知危险，让大家避难，大家也都半信半疑的。要是没有危机感，很多事都会视而不见。

"日本不存在迅速高效和有组织地处理这类重大灾难的体制。"

柳泽信夫（信州大学医学部长，一九三五年出生）

前言中也说了，书中所收证言全部是以笔者（村上）实际采访和面谈形式进行的。但唯独采访柳泽教授的时候，笔者无论如何没能在指定日期找出时间，而由高桥秀美一人前往长野县松本市聆听介绍。

最初只想以事发当天为背景问一下情况，没打算以采访形式收进书中。但由于内容饶有兴味且很宝贵，就加了一次采访进去。采访是在信州大学医学部的学部长室进行的，用了一个小时。文责当然全在村上身上。

地铁沙林事件发生的三月二十日是信州大学毕业典礼的日子。我当时是医院院长，是必须出席的，礼服已穿好了。另外那天还要开入学考试评审会，此外没有任何安排，可以说是不幸中的万幸。

还有，那天正好是《松本沙林事件报告书》预定出版的日子，我是那本书的责任人。地铁事件又恰好发生在那天，真是一种巧合。

那天早晨《信浓每日新闻》的记者给我的秘书打了个电话，说："东京出了件怪事，我总感觉这件事很像松本沙林事件。"我是九点左右得知的。于是打开电视，想看看到底是怎么回事，患者们正在诉说有机磷急性中毒症状。具体说来就是头疼啦，流眼泪啦，流鼻涕啦，看不清啦，呕吐什么的。但仅凭这些并不能断定就是沙林中毒，因为其他毒物也会导致这些症状。

只有一个人提到了缩瞳现象，他是偶然出现在电视荧屏中的。他说："我照了下镜子发现瞳孔变得很小。"把这些综合起来用一个专业术语说就是"毒蝇碱作用"，即有机磷中毒。另外，在地铁中引起如此重大事故的，估计是气状毒物。这样看来，毒物就肯定是作为化学武器的有机磷，也就是沙林、梭曼、塔崩之类的东西。这跟松本事件就是一样的了。

我看到了太多的受害者，就在我看电视的时间里就有一百多人被送到了圣路加医院。那么多患者在不清楚病因的情况下被紧急送往医院，现场一定很混乱，有可能陷入恐慌。这样一想我就担心起来。

松本事件发生时我们也很辛苦。看了那些被送进来的原因不明的患者症状，初步判断大概是有机磷中毒，就按这个进行了治疗。当时我们头脑中完全没有沙林这种东西的概念。不过在有机磷中毒的治疗上我们还是有一定经验的，这使我们能够幸运地救助那些重症患者。我想不管怎样还是把我们这些经验告诉其他医院好。

于是我马上把神经内科和急救科的两个医生叫到院长室，让他们不管怎样也要跟圣路加医院等接纳患者的医院取得联系，逐个给电视上出现名字的医院用传真发治疗信息。信息的内容是："请用硫酸阿托品和解磷定等解毒剂输液，或者用安定等镇静剂治疗。"

起始是我亲自打电话跟圣路加医院联系的，那时应该是九点十分到九点半之间。圣路加的电话怎么都打不通。试着打了个手机，马上接通了，可能因为线路不同吧。接通后我说："请让急救部的负责人接电话！"然后大致讲了治疗方法，对他说："这样治就可以，详细情况稍后传真过去。"本来应该跟院长谈的，但不管怎么说这是紧急情况，所以我决定还是直接跟现场的医生谈，这样会更快。可是不知哪里出了问题，后来我问了一下圣路加医院的神经内科，他们说直到十一点还在图书馆检索那是什么毒品。不过传真倒是见效了。

开始发传真时已经十点多了。我还要去参加毕业典礼，就把联系工作交给了神经内科和急救科的医生，随后离开了医院。当时"松本沙林事件报告书"的最终校样正好放在院长室的桌子上，上面概括写着沙林中毒的症状和治疗要点。我就让他们用传真大量传送出去。事后想来手头上偶然有这种东西真是万幸。但数量毕竟太多了，费时间，发送的对象又多，相当麻烦。

在这种集体灾难中最重要的是"伤病员鉴别分类"，也就是为患者安排治疗顺序。沙林中毒的治疗顺序是先治重症患者，轻度患者稍微放一下也没关系，因为他们会自然恢复的。如果不严格按照这个方式进行，谁来的早就先给谁治疗的话，那么能救的人也救不了。从轻度患者开始一个一个打点滴就无法有效地救助重症患者。但如果不了解情况，比如只要患者一说"我眼睛看不见了"，现场就有可能陷入恐慌。要是有人说呼吸困难，有人说眼睛看不见了，就需要医生选择先救谁。这很难判断,作为医生最头疼的事就是陷入这种危机之中。

但只要事先收到准确信息,医生就能冷静地告诉患者:"时间长了你的眼睛肯定能看见,别担心,没问题的。请暂时保持安静。"这样,即使患者也不会陷入恐慌,医生也好护士也好都能有条不紊地进行治疗。

——应对这种突发性集体灾难的实践指南那样的东西,平时在医疗现场就能学到吗?

不,根本学不到。在松本事件实际发生之前,我们对此类情况也几乎一无所知。不过"伤病员鉴别分类"这个重要概念即使在大学医学院读书时也是必学的。比如以松本市为中心的大医疗圈里就有医师车,医生们轮流值班坐救护车去现场。那一事件发生时是脑外科医生值班,一接到通知他就马上坐车去了,在现场准确做了伤病员鉴别分类。已身亡的放在现场不动,只把有救治希望的人先送到医院。这点很重要。这种情况是有的。

中午我回去时电话一直响个不停,很多医疗机构都要求传送资料,毕竟有一百多家机构收纳了患者。那一整天真是天昏地暗,感觉上只是一遍又一遍发传真。

如果那天不是毕业典礼而是平常的日子,那么医院八点半开始就排满了工作。我们都将一件接一件地赶着工作,即使有人说东京出怪事了,估计午休前我也不会打开电视看,很难那么快地应对,在这一点上运气还真是好。

其实最有效率的做法应该是我们跟消防厅联系,让他们把资料统一发送到现场。但据我们的经验,不知道他们什么时候才能受理这件事。即使是信州大学医院院长打电话联系,他们也可能不会认真对待。所以我判断,在这种紧急情况下还是直接联系现场最快。实际上我也跟消防厅联系了,可电话根本打不通。

如果要问我们从这次地铁沙林事件和松本沙林事件中得到的最大

教训是什么,那就是:出大事时,虽然各现场都能极其迅速做出应对,但整体不行。日本不存在迅速高效和有胆识地处理这类重大灾难的体制。没有像样的指挥系统是不行的。这跟阪神大地震时别无二致。

我觉得无论是地铁事件还是松本事件,医疗机构都处理得很好,急救队员也都表现出色,应该给予表扬。用美国专家的话说就是:"五千人沙林中毒,仅有十一人身亡,这已经接近奇迹了。"但这是现场努力的结果,上层应有的系统几乎没有发挥什么有效作用。

我们同大约三十家医疗机构取得了联系并传送了资料。不料第二天早上七点的新闻报道说仍有七十名重症患者。如果治疗得当,即使是重度沙林中毒,几个小时之内也是能够恢复的。我认为事态很严重,必须充分传送资料,就给东京都的卫生局打了电话,但没人接。八点半多终于接通了,可是最终也没有解决问题。接电话的人说:"我们正自己酌情处理。"但他们晚上连值班的人都没有,真是缺乏常识。

另外,消防厅应该马上派车去现场全面监控,切实下达指示,比如指定伤病员鉴别分类负责人什么的。这样,救护车上的队员就能在现场做出反应。还应该在那里配备急诊专家,因为医学角度上的行动非常重要。如果是那个领域的专家,有些情况可能一目了然,而若无法判断就可能造成致命性恐慌。

还有,地铁中发生此类事件时,必须指定一个负责人迅速做出指示,比如去现场的队员必须配备什么,搬运患者时必须注意什么等等。否则,肯定会发生次生灾害。

说实话,在医生这个圈子里,对方并没相求而我们特意联系其他医院并传送资料这样的事一般是不会做的,这好比说多余的话,首先会被认为是多管闲事。

但关于这次事件,我有我自身的感触。这是因为,在松本沙林事件中身亡的七个人中有一个是信州大学医学部的学生。虽是女生,但非常优秀,本来那天应该作为毕业生参加毕业典礼的。那件事让我非常痛心。

日比谷线

（北千住始发，开往中目黑）A720S

在日比谷线由北千住开往中目黑的车中施洒沙林的，是林泰男和杉本繁郎小组。

林一九五七年生于东京，事发当时三十七岁。除了林郁夫，林在"科学技术省"团伙中年龄最大，在村井的命令下承担相当于副手的职责。林泰男虽是理科出身，但同林郁夫、丰田、广濑等纯培养型理科精英不同，而在一定程度上体验了人生的艰辛和挫折。父亲是旧国铁职员，二十年前就已死去，生活决不宽松。三兄弟中他最小，似乎很受父亲疼爱。

从城内定时制高中毕业后，考入工学院大学二部，在那里研究人工智能。毕业后没有固定工作，换了几家公司，一边打工一边在世界各地流浪。在印度期间对宗教产生了浓厚兴趣。不久开始去瑜伽道场，那期间碰上奥姆真理教，皈依麻原彰晃。八八年出家，受到早川纪代秀重用，在"科学技术省"处于第三把手地位。

据说在教团内也被称为数一数二的武斗派。但同时又有"苦出身敬母"一面，被年轻信徒尊为"老大哥"。

三月二十日早上在第七修行所的"实战练习"现场，大家都各领两个沙林袋，只有林泰男拿了三个——主动要了剩的半袋。这是村井秀夫（也可能包括麻原）耍的"鉴定"把戏，即看"五人中谁要多出的一个"。林毫不犹豫地主动讨要，村井看了，露出满意的微笑。在场的广濑据此推测大约是一种打赌，多少觉得扫兴。

林泰男一度被麻原怀疑为卧底奸细，心里似乎因此有创伤留下。出于如此个人情由，他有一种格外拼命"卖力气"的地方。但由于"卖力气"，他负责的日比谷线开往中目黑的列车在当天成为做案舞台的五条地铁线中死伤人数最多。装在三个袋里的沙林液体全部流淌出来，给乘客带来了极大的祸害。

林泰男乘杉本繁郎开的车往日比谷线上野站赶去。路上他用《读卖新闻》将三个沙林塑料袋整个包了起来。他要乘坐的是上午七时三十分由北千住始发的列车。列车编号为 A720S。林在上野站钻进第三节车厢，把报纸包放在地板上。在车到秋叶原站时，用磨尖的伞杆尖扎了好几下。三个袋都扎出了洞。他扎开的洞数在五个案犯中是最多的。在秋叶原下车的林钻上等他的杉本汽车返回涩谷秘密活动站。任务顺利完成。返回活动站是八点半。

气化的沙林在车开出秋叶原站后不久渐渐释放异味，到达下一站小传马町站时，前数第三节车厢里的乘客开始觉得相当不是滋味。淌出液体的报纸包闪入人们的眼帘。周围已成水洼。"肯定是这家伙作怪！"于是一名乘客用脚把包踢到小传马町站月台。

踢下的沙林很快在狭小的小传马町站月台弥漫开来。包括JT职员和田荣二在内的四人在此遇难。

另一方面，地板洒满沙林液体的 A720S 地铁列车继续按时刻表运行。人形町、茅场町、八丁堀……每停一站都有不少受害者。如此前行不止，完完全全成了"地狱列车"。在这一时间段，无论列车长还是司机都全然没有觉察第三节车厢发生的变故。

八时十分，开出八丁堀不一会儿，第三节车厢的报警铃发出刺耳的响声，是实在忍无可忍的乘客按的。但按规定，不能在隧道中停车。车开到相距最近的筑地站才停下来。门刚开就有四五名乘客跌下月台。筑地站工作人员跑了过来。到了这个地步，地铁方面终于意识到车厢出了意外。立即停止运行，叫来急救队。从筑地站最初传到地铁运输指令所是司机的报告："车厢内出现似有什么爆炸的白烟，不少人受伤晕倒。"其结果，往下一段时间事件被认为是"筑地站发生爆炸事故"——消息就这样传往全线各站。

但是，筑地站工作人员马上认识到这是毒气，喊道："毒气！"旋即指示乘客争分夺秒逃离现场。而中央对事态的正确把握则迟了一步。地铁运输指令所对日比谷线做出"停止运行"的决断，是在二十多分钟以后的八时三十五分。这时终于下达指令："让各站旅客去站外避离，乘务员站务员同上地面待命！"

所经五站有八人死亡，轻重伤员达二千四百七十五人，事件极其悲惨。

"杀人机器"林泰男做案后潜逃，作为惟一躲过逮捕的地铁沙林事件现行犯而长期逃亡。九六年十二月，在事发后差不多过了一年零九个月才在石垣岛被警察逮捕。"逃亡当中一直为自己夺去性命的人随身携带小灵位。"他说。

※

下面列举的是A720S"沙林"列车上乘客的证言。这班车七时四十分从北千住站始发，若按时刻表运行，应于八时零五分开抵筑地站。

上面也说了,林泰男钻进这班车扎开沙林袋,在秋叶原站下车。车开到筑地后停止运行。

※

"竟然有吹捧奥姆的报道,赶快住嘴好了,简直莫名其妙。"

平中敦(当时五十一岁)

在城内服装行业一家公司上班,头衔是"经理总务"。虽然和衣服的制作推销没有直接关系,但究竟是经理方面的专家,衣装清新脱俗,极有品位。说话也干脆利落,有一种东京传统庶民区作派,或者莫如说天生心直口快。言谈几乎没有模棱两可那样的感觉,不喜欢拖泥带水啰啰嗦嗦。

太太,三个孩子,一家五口。对于沙林事件做案团伙,无论从个人角度还是从社会角度都无条件地感到怒不可遏。对于媒体和警察的处理方式也出言辛辣。性格上或许多少有些急躁,但看上去为人坦率正直。

二月一个下雪的周六午后,在青山一家酒店的咖啡厅里采访了他。"在日本这个超级安全的国家竟然发生这样的事,过去根本不可想像,而现在却实际发生了!"他惊愕地摇头道。

我从东西线的××站到茅场町,然后转日比谷线到××站,大约要一个小时。车上特别挤,特别是东西线,村上君你坐一次试试就知道了。把手举起来就几乎别想放下了,那应该是东京最挤的地铁了。

我一般坐八点十五分的,但因每周一都要开会,所以比平时早,坐大约七点五十五分的。那天我到茅场町时大概八点,然后坐八点二分的日比谷线中目黑方向的车。会议九点十五分开始,我总是提前三十分钟左右到公司。

那天的日比谷线跟平时一样挤，当然没有座位。听说被洒上沙林的车厢是前数第三节。我在第四节车厢后面靠近第五节的地方，站在后门附近抓着吊环看书。书名我忘了，但应该是一本历史小说。后来突然我闻到一股稀释剂的气味，应该是稀释剂味儿，记得是过了八丁堀时闻到的。

闻到这股味是因为当时好像有好几个人接连从前面的车厢转移到我们车厢。他们过来时打开了门，随着进来一阵风，之后我就总觉得有一股味儿。觉得可能是有女孩子在车上涂指甲油什么的，应该是的，那股味儿就像洗甲水或稀释剂一样，不过也没有什么特别不快的感觉。

车到筑地时好像听得有人喊救命，是特别大的女人声音。听起来就在附近。大概在站台上车行方向前方四五米处，也就是第三节车厢附近。当时我听了觉得顶多不过是吵架罢了，心想一大早到底在干什么呀？站台上站了很多人，我没看到喊救命的人。

没多久车里广播说："车内有急症病人，要在本站停驶片刻。"这时候外面变得异常混乱，但我刚开始看书，就坐下来接着往下看。过了一会儿，车厢又广播说："由于出现事故，列车在本站停驶，请乘客下车。"也没给什么详细解释。

下了车发现前面人山人海，那时我又闻到了跟刚才一样的稀释剂气味，就是从前面人群那儿传过来的。随后又传来广播声说："站内发现毒气，请马上撤离。"

站台前面挤成那样，所以大家都陆陆续续开始往后面也就是茅场町方向走，那时也能闻到稀释剂的气味。但人的鼻子这东西就是这样，只要习惯了就会渐渐麻痹。

我是从最后面的检票口走到外面的。检票口很多人都无所事事地聚在一起，好像觉得下一班车很快就会开来。我也跟大家同样待在那儿，心想车停了可真麻烦。这时站务员休息室和售票口这些地方有几个人开始不舒服，大概三四个人吧。

出检票口时一个公司职员模样的戴眼镜男人大叫："啊！真难受！

怎么回事？有没有地方躺一下？"而我只是觉得此人未免太夸张了。有人喜欢有一点事就趁机夸大，这是当时我的感觉。

我不清楚电车还来不来，又很闲，正好附近有电视，就去看站台的监控电视。我看到有三个人躺在站台上，分不清是男是女。另有一个人靠在墙上，但一个站务员也没有。车站只有那几个人。我总觉得那种情况很不寻常，心想这下可麻烦大了。

不过这时候还没有紧迫感。嗯，一点儿也没有。虽说是毒气，但也没以为会事关生死。我正想怎么去公司好时，到处响起了不知是警车还是救护车的声音。

最后我决定去银座，也只能这样了，就出去了。朝鱼市方向走到筑地的十字路口，向右一拐，前面有个歌舞伎剧场。但当我走到筑地站前面的出口时，大吃了一惊。出口前一溜铺着蓝色防水布，上面密密麻麻坐了很多人，还有三四个人躺着。我想：真是可怕！到底出了什么事，这是怎么了？有一个大约四十岁的站务员不停地流鼻水，看起来很可怜，肯定是鼻黏膜坏了。但我刚看到时不了解情况，心想：喂喂，怎么搞的，还不擦擦鼻涕，站务员先生！

但随后同样的事情在我身上发生了。那天刚好谈完筹集资金的话题，中午去附近吃拉面，这时我也异乎寻常地流起了鼻水。虽说天冷的时候吃拉面一般会流鼻水，可那天不冷啊！流得的确非常厉害，拿手纸怎么擦都擦不完。

从筑地站外面那些倒下的人中间穿过的时候，我还没感觉有什么不适。只是觉得他们很可怜，很不走运。觉得可能是出了什么事故，化学药品泄露了一点儿，所以周围人多少会不舒服。

我是九点十五分左右到公司的，勉强赶上开会。后来听说，那天在会议上我讲话滔滔不绝，语速快得惊人，不过我当时是打算用最平常的语速讲的。还听说当时我的眼睛特别亮。所以大家好像觉得这家伙怎么一大早就那么亢奋，似乎跟平时感觉不一样。不过我自己并没感觉到什么症状。

我也有缩瞳现象,首先觉得刚进公司时房间很暗,不过还没到感觉不便的地步。因为我的工作基本不用写什么,多是盖章。而且碰巧那天也没有什么必须看的文件,就没有在意。

可是部下说:"您好像被洒上了沙林,千万不能马虎,还是检查一下好。"我想虽然没有什么症状,但为防万一还是去看看吧,就去了××医院,那时候是下午三点半左右。在那儿检查了一下瞳孔,医生说:"没什么大碍,不过为防万一,住一天院怎么样?"还说如果晚上有什么事就麻烦了。最终还是"为防万一"打了点滴。

不料大约到了七点或八点的时候,我想站都站不起来了。如果不扶着什么就站不起来,走路摇摇晃晃,像要摔倒似的。第二天早晨也很难受,没有食欲,感觉很想吐,只能喝点茶什么的。早晨、中午什么都没吃,更糟糕的是口齿都不清楚了。

另外,我想应该是中和剂的副作用吧,记忆有点短路。大概第二天,我妻子来医院,我说:"对了,我有东西给你。"就把包打开了,但打开后却一点也想不起来要给她什么了。这太可怕了,我妻子好像也很担心。

还有就是我去厕所小便的时候很困难。平时如果不说话稍一使劲就行了,可那天非一直使劲不可,我很受打击。就是说从第二天症状慢慢严重起来了。开始没觉得有什么大不了的,可是一想到万一就这样恢复不了……,我就担心得不得了。不过第三天就好多了。

出事以来我的确好像很容易疲倦,以前从不至于坐在电车上睡觉什么的,可最近即使看书也会睡过去,经常这样。不过我不太清楚这是不是沙林造成的。几年前我做了胆囊摘除手术,听说沙林对肝脏有影响,这让我很担心。我现在不是在这个那个的发牢骚,只是说不知道以后会怎么样,有些不安。

奥姆真理教这些家伙的想法和我们大多数人的想法本来就是根本不同的。我们觉得他们做的是错的，但在他们看来我们的所作所为才是错的，而且是该遭天罚的。说得极端些，我认为我们不应该用和我们同样的标准去衡量他们。他们已经脱离了这个标准，也没必要赋予他们相应的权利，因为是他们自己主张不同的权利而采取行动的。我认为没必要去审判，为那种事花费时间没有意义。

——您是说审判也没有意义吗？

是的，没有意义。因为事情是他们干的，这是事实。当然我们是法治国家，审判是必须的。但不管怎样，希望能尽早下结论，尽快具体执行。麻原这种人，让沙林事件遇害者的遗属们用水枪往他们身上打沙林就行了。当然这话有点极端，可我觉得那样也未尝不可。

看了电视报道，我觉得简直无法原谅。竟然有吹捧奥姆的报道，赶快住嘴好了！简直莫名其妙！希望他们能从实际出发认真为受害者考虑一下。如果就这样治不好可怎么办？在医院的第二天我的确这么想来着。

"以为脑袋不正常的人洒农药什么的来着，脑海一晃闪过这样的念头。"

市场孝典（当时三十九岁）

市场先生在一家服装厂工作。我虽然对服装行业不太熟悉，但他所在工厂的直销店（有露天咖啡馆）就在青山我的工作间附近，因此得知。回想起来，还在其另一家直销店买过领带。那条领带至今仍相当中意。采访完后，以折扣价买了一条红褐色粗布休闲裤。我都能买，卖的自然不是设计最前卫的服装。总的说来，算是比较正统、柔和的那种。

不知什么缘故,在服装行业工作的人看上去意外年轻。市场先生也已年近四十,而脸上仍带有青年人的面影,根本没有"老伯"意味。大概是心情——包括外观——不年轻干不了的职业吧。说话语气温和稳重,总是面带令人惬意的微笑(当然不是说一直面带,而是总体印象如此)。

但是,不仅仅神态温和,还有直觉异常敏锐的一面——在筑地站刚一听到车内广播,就一下子想到"这说不定是松本的……"。帮忙把倒在涩谷站前的同事送往医院的过程中也够灵活机警。在类似此次事件的非常情况下当机立断绝非易事。

"哎呀,听我这样的轻患者说也不顶用的,重患者有那么多,我算不得什么。"他羞赧似的推辞道。我解释说不是轻重问题,这才得以采访。

我出生在埼玉县熊本市,毕业后进了服装公司,不久转到现在这家公司,就是当时所说的"公寓制造商"。公司只有十个职员,是个名副其实的个体户。跟那时相比,现在大多了。

做这种生意,几乎不需要本钱,想建个公司很快就能建成。迅速发展成大公司的也不在少数。完全靠个人能力,或者说靠设计师和老板的策划力。相反,策划力稍一下降,公司马上就垮。做精密机械之类的生意,需要技术上的积累,只要不错得太离谱,公司就不会那么轻易垮掉。但策划力或创造力是无法积累的,终归有变化莫测之处。做得很大了又垮掉销声匿迹的公司也很多。

我在这家公司干十三年了,公司不知不觉间就壮大起来了,现在算上直营店,有职工350人左右。总公司大概100人……其中我供职的部门在广尾,做的主要是营业策划,算是制东西的,也就是生产部门。

我家在江户川区,车站在西葛西。十年前,就是我结婚第四年,在那儿买了套公寓。我有两个孩子,大的是女儿,上小学五年级,小的是儿子,上三年级。我喜欢那种可以说是平民区的地方。而我的同伙一开始独立生活往往就想去东横线沿线那样的地方住。我不太喜欢山手线那边,怎么说我都是个乡下人啊(笑),在这里住着比较安心。

三月二十日左右是春季产品的销售高峰,很忙。因为过了春分,真正的春天就要到了。这时候很多人都考虑把前后休息日连起来搞个连休,但我想我们公司没有那么轻松的人。而且为了把各部门负责人聚集起来互相交流,每周一早晨都要开会。会议总是从八点四十五分开始,就是说比平时早四十五分钟。因此我才碰上了这次事故。

那天我在茅场町转日比谷线到广尾,坐上电车时并没觉得有什么异常。我坐在正中间,可能是第六节车厢吧,一切都跟平时一样。但过了八丁崛时,车内广播说:"因车内有病人,电车要在下一站筑地站稍做停留。"

应该是到了筑地站停车以后,车内广播又说:"有一个病人晕倒了,所以……,啊,不,是两个人。"我记得非常清楚。接着马上改口说是三个人了。列车员这时也开始恐慌起来,刚开始时说的那些话好像是要告诉乘客相关信息,但后来他自己也慌乱起来,不明所以了,只管一个人对着麦克风喊,感觉像在说:"什么啊,这是!"

听了这些,我想这还真有点麻烦。不过周围人好像没有那么慌张。当然,如果现在发生了这种事无疑会陷入恐慌。而当时大家并不知道发生了什么。不过就我来说,头脑中还是有一瞬闪过了松本沙林事件的。但当时不可能也不至于想到沙林,松本事件只是让我想起了"施洒有毒物质"这种事。以为脑袋不正常的人洒农药什么的来着,脑海一晃闪过这样的念头。当时还不了解奥姆真理教,把沙林跟奥姆教联系起来,那是往后的事了。

后来车站说前面出现异常情况,让乘客从后面出去,我们就被领到了车站后方的出口。大家都老老实实陆续向八丁崛出口走去。我比较注意，一直用手帕捂着嘴，其他人连嘴也没捂。多少抱有危机感的人无论怎么看好像都只有我一个。

我很想知道到底发生了什么，就在检票口混乱拥挤的时候去看了一下站内监控电视，就是站台最后面那个。我看到有人晕倒了，电视上只显示了一个人。正盯着电视看时，被站务员训了一顿："别看了，赶紧出去吧！"好像我在那里碍事似的。

上到外面以后，我周围有些人陆续蹲了下去。也有人晕倒，有人随便躺着，人数相当多。我想事情严重了。好像大家的眼睛都受了伤，不能看东西，或看不清东西……我决定亲眼看看到底出了什么事，所以没有马上走掉。后来我上了天桥，从上面看现场。这一来，会是开不成了。

救护车很快来了，前面的路也封了。大型救护车支好帐篷，用担架把伤员一个接一个运了出来。这时间看热闹的人不断增加，天桥上连站的地方都没了，已经没法再待在那里了，我就离开了那里。

之后我坐银座线到了涩谷，想从那儿坐新桥方向的公交车到公司所在地广尾。我偶尔会坐一次，对这趟车还是比较了解的。可是大概日比谷线停了的关系，汽车总站比平时拥挤。我正好看到一个年轻同事在那儿倚着栅栏蹲着，是个二十四五岁的男同事，一个女的——也是我们公司的同事——在照顾他。但她当时不知道日比谷线的事，还以为这个同事是贫血什么的——这种情况早上常有——拍着他的背说："没关系吧，没关系吧？"我一看，那个男的果然是跟我一样坐经由东西线的日比谷线上班的那个同事，记得他应该住在浦安。

我问他："怎么了？"他痛苦地说："在地铁……"我知道筑地有很多人晕倒了，马上意识到这可不得了，可不是贫血那么简单的事，必须马上带他去医院。所以我马上用公用电话打了119。但他们说："现在救护车全出去了，我们没办法去那里，请先在那里等一下。"所有的车都去了筑地和霞关等地方了。

于是我去了站前的派出所,希望他们帮忙想想办法。但派出所好像不知道这事,我就冲进去对警察说:"实际上是因为地铁事件……"即使这么说,对方也根本不搭理,好像在说:"什么?那是……"我想这样是解决不了问题的,就自己打车把他送到了医院。我和那个女同事一起叫了辆车,把他抱上车请司机开去广尾的日赤医院。那是离车站最近的大医院。

他好像伤得很重,已经完全站不起来了,样子非常痛苦,话也说不清楚了。以他当时的状态在现场讲出具体情况几乎是不可能的。要不是当时我正好经过,可能就得不到适当处理了。出了什么事,事情有多严重,不明白情况的人会摸不着头脑的。如果只那个女同事一人,可能连把他抱上出租车都有困难。

我们是第一个进日赤医院的沙林受害者。所以当时院方给人的感觉就是:"这是第一个,我们医院也有了!"当时我觉得自己没什么问题,虽然不停地流鼻涕很讨厌,但我想可能是着凉感冒了吧。除此之外,自己没感觉有什么特别症状。把他交给医生后我给他家打了个电话,想跟他父母说明情况。可总是联系不上,他父母来医院时已经两点多了。那时医院已被沙林受害者挤得满满的了。连走廊都是人,都在打点滴。

我从早晨就一直在那儿,跟护士什么的都很熟了。她们说:"正好在这儿,你也做个检查吧。怎么样?"我也觉得应该检查看看,就稍检查了一下。是的,心情还是很轻松的,心想虽然当时没什么感觉,但晚上若突然出事可就没那么好玩了。在医院待了半天,如果连检查也不做的话……后来检查结果显示我也有缩瞳现象。虽说是缩瞳,但程度很轻,并没感觉昏暗。不过为防万一还是打了点滴。

想起来就觉得挺可怜的,当时有一个木匠断了手指,浑身是血地跑到医院,但医院很长时间也没给他看,感觉像是说这里到处是沙林受害者,已经顾不上你了。我很同情那个身上到处是血的人,觉得跟我这种人相比,他的情况要严重得多。

打完点滴我就去公司上班了,鼻水还是流个不停,不过没影响工作,工作完后也和平时一样回了家。归根结底还是因为我的车厢离(有沙林的车厢)很远,只是受了点轻伤。我由于偶然送伤重的同事去医院顺便做了检查,名字才上了报纸的。所以,采访我也不会有什么作用……

那个受重伤的年轻同事已经不在我们公司了,大约一年前辞的职。不过他辞职应该跟沙林事件没有直接关系,他辞职的时候已经好了,不大清楚他后来怎么样了。

这次事故的确很严重,不过就像我刚才说的,我并没受到多大伤害。所以我对于这件事的印象只能同社会上一般人差不多。我当然认为是不可饶恕的,但除此之外并没……后来地铁还送来了地铁乘用卡,地铁也够受的啊,本来并非地铁的错……

"上高中时和井上嘉浩是同学来着。"
山崎宪一(当时二十五岁)

山崎君其实就是前面市场先生在涩谷站前发现的险些昏迷倒地而送往医院的人。由于偶然的因素而碰巧相遇,不过前去采访时倒是这里那里走了不少弯路。

说来也是巧合,他和奥姆头目井上嘉浩在京都洛南高中是同级生。看电视一眼就认出"这家伙是井上"。他说在高中时代和井上合不来。交谈当中,的确觉得两人不可能合得来。山崎君喜欢滑雪橇、喜欢打篮球、喜欢飙车(现在老实多了)——总的说来是外向型体育青年,同井上嘉浩那种抑郁沉闷的内向型诗歌世界恐怕几乎不具有同类项。在校车中看井上第一眼时就认定"这家伙根本不行",话都没说过。而且,当时的负面印象十年后在远离的东京地下以极为具体的恐怖形式降临到他身上。人生际遇这东西有时候真是奇妙。

大约七年前迷上了滑雪橇,冬季再忙也要每周找时间同恋人去一次滑雪场。事件发生以来周围有很多烦心事苦恼事,惟一庆幸的是能和女朋友息息相通。和女朋友基本不再因为琐事吵架了,也不无谓地飙车了。看来,这个年代的人通过种种体验而迅速成长起来。"井上嘉浩以后会变成什么样子呢?作为自己也很有兴趣。"他说。

时下和父母及一个妹妹住在新浦安。

我大学毕业不巧赶上"就业难时代",应聘了一家又一家都没成功。本来是想从事服装行业的,像"world"啦三阳商社啦。明白就业形势的严峻后,就不敢挑剔了,择业范围也从服装行业扩大到建筑、电器,只要与食品无关,干什么都行。结果还是失业了。因为是泡沫经济爆发的第二年,整个社会还处在困难时期。

好歹想方设法进入服装制造行业——"××",一直在那里工作到今年三月。至于我辞职的理由,呃,怎么说呢……这里,也就是 SPA 公司,应该说是一家制造、零售合为一体的公司吧。我做的虽然是营销方面的工作,但并不是向外部推销,只是与本单位职员进行业务上的往来。因此当时也就没有必须争取什么的紧迫感(日子过得有点浑浑噩噩),倒是想找一份能根据自己的业绩给予更为中肯评价的工作。

去年十月份前后把这话跟女朋友说了,她也时常有这样的打算。然后两个人一起辞了职,实际上,是跳槽到了她父亲经营的公司。算是走了后门(笑)。感觉上就像是有人说"请来这里吧。""好,那就去吧。"这是一家很小的公司,只有十五个人。制造男士领带,与意大利制造商也签定过专利使用许可的合同,零售有三家店铺,都在东京。

现在从事的营销工作,特别有趣。在这种程度规模的公司里做事很有成就感。平时总往外跑,自己也就慢慢学会了。不过这是十足的家族企业。刚进来那会儿,和社长(也就是岳父)吃饭聊天时,他问我"你想和我的女儿结婚吗?"我想,如果说"进来后如果能取得显著成绩的话,就恳请您把女儿嫁给我"。那么他肯定会说"祝你好运!"(笑)。不过说出来的是:"当然想,最好明天。""算了算了,时间的问题以后再说。如果那样,请你务必来这里上班。"

在前一家公司时的上班路线是:从新浦安坐京叶线到八丁堀,再转乘日比谷线到广尾。八点出门,九点到公司。通常没座位,车厢挤得不行。所以大多时候是站着看书。看的书基本上都是对工作有用的,像现在的《脑内革命》什么的。回到家已经筋疲力尽,根本没心思看书。所以要外出搞推销时,总是在包里放本书。这样,坐电车时就有了充分的阅读时间。

事件发生时——是三月二十日的事情吧?嗯,是这样吧,当时是怎么回事来着?那时好像很忙。呃,先等一下,我去拿当时的日志(转身去了屋里)。嗯……好像是很忙的样子。刚开了几家分店,得夜里十一二点才能回家。然后,啊,对了,当时正好在驾驶学校。

——那以前没有驾驶证吗?

实际上是被吊销了,只好重新考。曾被三次没收驾驶证,在北海道两次超速。一旦被吊销,必须去驾校从头学起。说起复考,相当难了。如果不好好在驾校学习,很难通过。不认真练习,被教练盯上,不能蒙混过关。有点傻气是吧,但没有办法,只好去驾校。

三月二十日那天早上比往常提前三十分钟从家里出发。星期一要统计上周末的销售额,还要开会什么的,所以想八点半赶到公司。也正因为这样才遭遇沙林毒气事件的吧。如果不是星期一可能就碰不到这事了。

那天早上我感到有点累,无精打采的。过了星期六星期天通常都会这样,觉得浑身发懒。前一天是星期天,只晚间上班,去了一趟町田一家商店的卖场。跟店里的人就改变商品的展示方式什么的谈了谈。这些只有在商店关门之后才能做。卖场的竞争相当激烈。销售额稍有下降,就会动摇商店对它的信心:"你们那里最近好像不太好。××知道吧?那里正盯着你们呢!"就是这样一种感觉。半年后就会被降低规格或被迫退店什么的。很无情,所以不得不拼命工作。

第二天是春分,要好好投入到工作中去。银座百货商店里的卖场在那一天重新装修开放,必须去看看。休息什么的根本没门儿。干服装这一行乍看好像很体面很轻松,实际上很辛苦,被人呼来唤去的。工资也不怎么样。还得穿正正规规的西服,夏天也没有空调,走到哪儿都大汗淋漓。看看这个记事本,就知道当时的繁忙景象了。不过,在我的记忆中倒好像没那么忙。

在日比谷线,我总是坐第一节或第二节车厢。在八丁堀换车后,车内广播马上响了,说有紧急病人:"因乘客中出现紧急病人,电车在下一站筑地停止行驶。非常抱歉,希望大家配合。"我猜想大概突然站起来头晕吧,那是常有的事。车在筑地刚一停下,门就开了。随后,好像有四个人一下子瘫倒了。从门那儿直接倒向了外面。那是紧挨着的第三节车厢。是的,出现紧急病人的是在第三节。我站在门口附近,门一开就走了出去,所以当时的情景全部看在眼里。

列车员走过来,以为起立太急而晕倒了。正想把人抱起,忽然感到有些奇怪,神情变得紧张起来,赶紧拿起扩音喇叭大喊:"快,紧急病人,救护车!救护车!"最初只是这样,后来听说是"毒气泄露"了。

——明确说是毒气了,是吗?

嗯,说了。听到有人说"好像有股什么奇怪的味道"、"大家快逃!"

车厢广播反复播放:"各位乘客请注意!请立即离开这里避难!请立即从检票口上到地面!"来了三个站务员进行救护。乘客中有人说好像有怪味,有人说感觉不舒服什么的。

　　我没有逃。怎么回事呢?一定又在发呆了。有人下车去了月台,后来又挤上车,大概是想找个座位坐下吧。我没怎么在意。除我之外还有坐在座位上没动的人。广播也没说电车不再开了。但过了一会,大家都出去了。我也如梦初醒:"哦?我也得出去了?"于是站起来下车。算是最后出来的吧。

　　气氛并不怎么紧张,大家都若无其事地走着。倒是站务员们不断地催促:"快点!快点到外面去!"那时没看到什么可疑物体,也没有发生爆炸什么的。不过站务员们陷入了恐慌,乘客们却好像没什么感觉。留在车站上走来走去的人也很多。

　　倒下去的马上就不省人事了,一动也不动。就那么一直躺在地上,该不会是死了吧,我想。有的人腿还留在车上,上半身却倒在了月台上,好像被几个人挤下去似的。不过我看了也没觉得有什么危机感。到底为什么,我也说不清楚。后来想想也觉得不可思议,当时怎么就不觉得害怕呢?说实话真的没感觉,周围其他人好像也一样。

　　我离开人们倒下的地方,朝前面出口走去。就是本愿寺那一带。在那里突然飘来一股甜甜的味道,像是椰子果的甜味。正想上阶梯,那股甜味"嘭——"一下子弥漫开来。我一边心想好甜的味道啊,一边脚踏阶梯往上爬。爬着爬着感觉呼吸越来越困难。已经迟到了,不管怎样都得给公司先打个电话说明一下。正好出口处有个便利店,就用那儿的电话吧。不过这个时间打给公司也不会有人接,就先给家里打了一个,母亲接的。我说:"到底发生了什么我也不太清楚,电车在筑地停了,看样子八点半到不了公司了。"

　　打电话的时候呼吸更加困难,嗓子、鼻子都像被堵住了。用劲儿大口吸气,但氧气太少,无论怎么吸都觉得不顺畅。我觉得很奇怪,怎么会有这样的感觉？这一般是做剧烈运动后才有的感觉呀。

这个时候我终于意识到事情有点不妙，开始以为倒在月台上的人说不定也跟这个有关。挂了电话，我回原来的地方看了一下。一来自己很难受，二来很想知道到底发生了什么事。这时候，不知道是自卫队还是什么人，反正是戴着防毒面具的特殊武装人员"哗"地从天而降。担架上被抬出去的人好像已经精神失常了，口吐白沫，还翻白眼。有一个好像什么反应都没有了。还有一个站务员似乎全身麻痹，踉踉跄跄，"噢——噢——"痛苦呻吟着。道路周围都设了限，警察和消防厅的车全部杀到了。

我决定步行到有乐町乘 JR，然后在涩谷乘公交车到广尾。走着走着身体感觉越来越不舒服。到山手线段时感觉自己不行了，怎么这么难受？连衣服上也有刚才那股味道。心想这下可完了，但不管怎样也得到涩谷。到了涩谷的公交车站，肯定能遇到自己的同事。我们公司有相当一部分人从涩谷坐公交去上班。如果现在倒在这里，就没有人来搭救了。

早知道这样，在筑地叫救护车来就好了。可那时觉得没什么大不了的，而等到觉得不行的时候自己已经没有走到医院的力气了。不管怎样，即便爬也得爬到涩谷公交车站。

在涩谷站下了车，好歹过了十字路口，来到公交车站。那是去新桥的巴士停车点。我一屁股坐在路旁，靠栏杆伸开腿瘫倒在地上。大清早肯定没有我这样的人吧，除非醉汉。

因此周围人谁也没询问一声。都看见我倒在地上了，但大概都以为是个醉汉。或者以为是在涩谷玩了一晚上累倒的。

终于，有个公司的同事路过，跟我打招呼，但我已经说不出话来了。呼吸困难，憋得发不出声。声音含糊不清，断断续续。像是醉鬼老伯似的，舌头发木，嗓子干渴难忍。总之无法将自己脑子中想的东西用语言传达给对方。想说，却不能传达给对方。即便说，我也不能说清楚什么。只好放弃,心想只要有人帮忙就好了。但是好像谁也不明白我的想法。身体慢慢变凉,很冷很冷的感觉,却又无可奈何。不料,公司一位年长同事过来了。也巧,他和我坐的是同一趟日比谷线电车(就是前面提到的负责市场的),所以他比较清楚事情的原委,就问:"你是不是在筑地遭遇了突发事件?"

这对我来说真是太幸运了。否则,我想谁也不知道后果有多严重。年长同事立刻叫救护车,但当时救护车已经全部出动,没有闲着的,只好拦出租车,他把我背到车上。另外两位同事也在旁边帮忙。之后大家都坐这辆出租车到了广尾的日赤医院,在车上他们还说"是不是有什么发甜的味道?"看来毒气已经渗透到我的衣服里了。

除了呼吸困难,身体也动弹不得。眼睛睁不开,就像力气一下子从身体里全部抽走一样,昏昏沉沉,险些睡过去,心想自己可能要死了。呼吸困难,身体不能动弹,也没有力气。但因为没有疼痛的感觉,所以没觉得害怕。只是想:"啊,大概要死了吧,怎么办呢?"本打算衰老而死呢。"要死的话,也得让我先看女朋友一眼吧。"最后,她还真来了。我就对她说:"想看看你的模样。能把这句话告诉你真好。"

——从在公交车站倒下到被年长同事发现,有多长时间呢?

记不清了,这个。但是很想宰了那些明明看到我瘫倒却佯装未见还骂我"混蛋"的人。人是多么冷酷,对很痛苦的人连问都不问一声,只要跟自己没关系就赶紧躲避。换了我肯定会问问。在地铁电车上不管是什么原因,看到有人很痛苦地站在那儿,我都会打声招呼:"不要紧吗?要不要坐下来?"当时脑袋里反复想的就是现实中别人并非如此,别人未必会和自己想的一样。

我在医院住了两天就出来了。医生说要再多住几天,但对很少生病的我来说,很讨厌医院,就回家了。医生说:"如果你能在这里多住几天,以后再遇到类似的事故,你这就成为凡例了。"坐电车回家时,呼吸还有些不顺,说起话来喉咙呼哧呼哧响,不过还是想回家,在家里可以吃到可口的饭菜,神经也会比较放松。回家后胃口出奇地好。很长一段时间烟酒未沾。

那以后身体的疲惫状态又持续了一个月。事故发生后请了一个星期假,一星期后开始上班,但身体一直使不上劲。呼吸仍然有些困难,不能集中精神工作。做的是销售,需要像现在这样不停地说。问题是如果不停地说话,就得大口大口地喘气。要是再上楼什么的,就更困难了,中途必须休息几次。这样一来,就不能继续做销售工作了。

如果公司能适当让我休息一下也好,但事实上他们并没有体会到我这种心情。朝九晚五不用说,还要加班加点。虽然我如此辛苦而周围人却以一种打听趣事的态度看我,甚至觉得我滑稽可笑。即使去找老主顾,对方也总是问:"山崎,听说你遭遇沙林毒气事件了?"大家都知道了这件事。很难说出口的时候就搔搔头应付几句:"呃,这个,实际上……"这样会更好些吧。而且能那样说也证明自己还活着,因此我不过多考虑。但不被周围人理解是最痛苦的。不过,我跳槽与沙林毒气事件没有直接关系,另有其他原因。

一直到现在我还是一做剧烈运动就很累。若是以前,滑板滑雪都能连续滑两个小时,现在最多只能滑一个半小时了。最难受的还是打篮球。虽然还在俱乐部里打,但已经是很吃力了。

从医院回家后的一段时间里还准备了简易氧气瓶,以便呼吸困难时使用。就是东京棒球场上棒球选手常用的那种。有杀虫剂瓶子那么大,喷嘴式的。让女朋友去"LOPT"买了几个回来,很管用。多亏了它们,过得还算舒服。放在床上,感觉不好受时就吸几口,去公司时就放一个在包里。大约过了两个月这样的生活。

遭遇沙林毒气事件唯一让我感到欣慰的是,这件事让我和女朋友学会了彼此理解对方的感受。以前总是吵架,不了解对方的真实感受。

有时我也想她到底是怎么看我的呢？出事那天，当看到她哭着飞奔到医院时，我真的吃了一惊。她抹着鼻涕哽咽地说："还以为你真的死了呢！"那时上司就坐在旁边，她在上司面前一直握着我的手没有松开。之后每天来医院照顾我。出院回家时，也跟我在一起。之前在公司时两个人的关系还是保密的。在大家面前，总是装作不认识。即使那样，她还是在上司面前紧紧握着我的手不放（笑）。结果就全部暴露了。不过上司在那之前就好像多少察觉到我俩的关系了。

在京都上洛南高中时，我和井上嘉浩其实是同学来着。虽然不在同一班，但是同一个年级的。洛南作为基督教会学校在京都还是很有名的。我曾和他坐同一巴士上学，从阪急线的大宫站坐到学校。虽然不是同班同学，但因为总坐同一班车，关系也就自然而然拉近些。井上不跟我同班，和我关系很好的一个朋友与井上班的同学认识，所以大家经常一起上学。但亲密交谈一次也没有过。

——但记得很清楚？

记得很清楚。非常清楚。最初的印象是这家伙很内向沉闷。觉得他"别扭"、"滑头"。因此从一开始就不喜欢这家伙。所以没怎么说过话。一般来说，人这种动物在稍微获得一些信息后，便能辨明是否同对方合得来。稍微听他几句话，就马上意识到和这家伙完全合不来。即便只在旁边听他和同学交谈时的反应或说话方式而不直接交谈也清楚自己同他合不来。二年级时我转到东京一所学校，之后听其他的朋友们说，他在高中教室里打坐冥想。这些我没有亲眼看到。

怎么说呢，我是属于朋友比较多的那种。特别喜欢摩托，大家经常一起骑摩托车出去玩什么的。我们都非常喜欢到外面去，但井上从不参加。

沙林毒气事件之后，电视新闻上开始报道奥姆教犯罪嫌疑人。这时，我才知道干部里有井上。当时在电视上看到他就觉得这家伙在哪儿见到过，那是事件发生后两个星期的事了，我立刻打电话给洛南时代的朋友。现在我也有很多洛南时代的朋友。"莫非那个家伙就是上高中时的井上？""啊，嗯，正是那家伙。"所以"母校洛南高中"出现之前我就知道了。

非常气愤，真的是非常非常气愤。这与高中时代的不快感没有任何关系，而是另外一回事。已经只有愤怒了。我中途转学，虽然没从那里毕业，但还是对那所高中有很深的引以为荣的感情。总觉得从那里走出来的人不会做出这样过分的事情。得知事情真相后很受打击，也很失望。

不过，听说井上最近要与松本智津夫对决，我很期待。现在只要与他有关的报道，我都不会错过。真想好好看看他到底能做到什么程度，看那家伙的诚意到底在哪里！

"一个中年男子在月台上边走边说'沙林、沙林'。"

牧田晃一郎（当时三十四岁）

牧田君从事图像制作工作。由于学生时代搞过乐队，本来想做音乐方面的工作，但后来渐渐往视觉上面转移。八八年到九四年自己办公司独立做事，可惜经济变得不景气，如今在公司上班，负责电子游戏软件的图像部门。

我为这本书做的采访一般人只一次——不追加采访——但也有少数例外，牧田君即是其一。一是因为录音机效果不好，第一次采访未能完整录下；二是因为过一段时间后有点后悔，后悔没能问得更深入一些。收录机效果不好，也许类似一种征兆。这样，就长时间采访了两次。

牧田不是主动谈个人情况那一类型的人——倒也算不上寡言少语——如果问,自会给予回答。但多数情况下决不至于多谈。而我也不是刨根问底那一类型。若是沙林事件的具体情况倒也罢了,至于家庭的复杂内情,有的是不大容易当面直问的。但事后想来,觉得有的事还是不必过于回避的。

由于对方个人原因,采访的内容有很多不能作为文章写在这里。尽管如此,见两次也是值得的。

我上班利用日比谷线。车非常拥挤。特别是日比谷线乘客转车较多的北千住站,因为一直在施工,月台一下子狭窄了很多,非常危险。即便有人死了,可能也不会有人觉得奇怪。那种环境,有谁使劲一挤,就很容易掉下去。

到底有多拥挤呢,记得有一次,我从车门上车的时候,带的包不小心被挤进车内的人群中不知去向了。本来抓得死死的,生怕被挤掉,可再不放手恐怕手臂就得折了,只好放了手。包就那样没了踪影。当时很不安,不知道它被挤到哪里去了,估计再也碰不上了(笑)。最后等车厢空了,总算又拿了回来。

现在还好,冷气基本开着。过去是那种给人心理安慰似的"地道冷气",夏天很难熬,闷热无比,喘不过气来。

在秋叶原有小部分人下车,稍感呼吸顺畅一些。到了小传马町站,不用人挤人地站着了。到了茅场町站,如果幸运,还可能找到座位。过了银座,就可以悠闲地看杂志了。

我和妻子五年前结的婚,现在有个女儿,四岁了。

房子是出租房。我从小就和家人住在那里,当时和父母、弟弟一起生活。在我还是学生的时候,他们相继去世了,最后只剩下我一个人。

现在我和自己的小家庭继续生活在那里。像是继承家产吧。

那里是住宅区,所以生活上没有什么不方便,只是空间上稍微有点狭窄。房间有两个,每个六张榻榻米大小,还有一间四张半榻榻米大小的厨房。房子的年头挺长的,从建成到现在都快三十年了。现在房价也算便宜,但以前比现在还便宜很多。泡沫经济之后,房地产商以整修为托辞,不断地长租金,现在每两年就涨一次。

本来我想从事音乐方面的工作。大学时代组建过乐团,毕业后三年时间里也曾组建过一个乐团。是重技术性的小型乐团。现在虽然也还想做这方面的事,无奈房子太窄,不太可能了。家里连最起码的放乐器的地方都腾不出来。

刚开始的时候,大学毕业当了上班族。可能是没有社会经验吧,好不容易才找到工作。虽然讨厌公司生活,但好不容易才找到的工作,也没办法。进的是一家电脑软件公司。我是文科出身,不过在高中学过程序设计,在乐团时也做过电子合成方面的工作,算是有一定基础吧。于是就以 SE(系统软件工程师)身份进了公司。

那时电脑还没有普及,对非专业人员来说不是很容易。工作非常忙。几乎没有什么假期,还要加班、熬通宵,有时星期六星期天也得上班。就像工厂里的批量生产管理一样,不能自己想做什么就做什么。这让我感到很无奈,最终坚持了一年半,后来辞职了。

之后一段时间去过音像公司,但没几年公司就倒闭了。最后干脆自己开了一家公司。原本没有成立公司的打算,但税务上需要公司法人,于是注册了一个。人多的时候有三四个人,后来不景气了,工作量不断减少,最后一年只剩我一个人。

三月二十日是星期一吧,说实话,通常星期六星期天我会好好睡一觉,有时睡得时间完全颠倒过来。就是说,星期五晚上很晚才睡,一直睡到星期六下午四五点钟。星期天的早上再开始睡,睡到傍晚起床,之后通宵不睡觉去公司。最近工作量减少一些,但像这种情况一个月仍有两三次。

一星期睡眠时间一直是五个小时,为了补回来,星期六白天就睡觉。一直睡到傍晚。工作确实很忙。平时即便没有加班也要到六点半,之后的时间算加班时间。如果把休息日出勤的时间也算在一起的话,多的时候,加班时间超过一百个小时。有人最多加到三百个小时。职员都是二十多岁的年轻人,很能打拼。因此,周末如果不能好好休息根本不行。

当时也是星期天晚上没睡觉,第二天直接去了公司。睡也睡不着,正好和上司也说好了,就早点去了公司。

在北千住站等车的时候,来了几列车都让过去了,大约十五分后上了一列。之所以这样,是因为可以错过高峰期,便于在车上找座位。不过一般即便坐着,也几乎和站着的人脸贴脸,坐着也丝毫没有舒服感。那天同样挤得不得了。星期一通常要比往常拥挤得多。

我总是从前数第四节车厢最后一个门上车。时间也是固定的,所以周围基本上都是面熟的人。不过那天坐车时间跟平常不一样,周围的人都很眼生。记得很清楚,有一种和往常不一样的感觉。

到筑地之前完全没有可坐的地方,这种情况有点少见。一般在茅场町附近就能坐下的……。

到筑地后终于找到了座位,这时车内广播响了:"有一人倒下了,需要紧急抢救,要在本站停留片刻。"我就那样坐在原处等着,没有动弹。一会儿广播又响起了,内容变成:"有三个人倒下了。"间隔也就是一两分钟。

我坐的是前数第四节车厢,透过窗口看到月台前已如人墙一般。那应该就是出现意外、被放了沙林毒气袋的车吧。发生什么事了?这样想着从门口探出头来想看个究竟,结果没弄明白。

这时从那边过来一个中年男子,边走边说"沙林! 沙林!"

——有人说"沙林",那个阶段?

是的,确实在说"沙林"。怎么说呢,听起来倒像醉汉在胡言乱语。

听了喊声,附近几个人站了起来。但好像都没感到慌张,更没有要逃跑的意思。

不大一会儿,广播又响了:"发生了毒气事件,地下非常危险,请上到地面避难。"乘客这才都站了起来,走下电车。没有发生混乱什么的。虽然脚步稍微有点急,但还是和平常一样向外走去。人群中也没发生挤塞现象。只不过有人拿手帕捂在嘴上,有人咳嗽,如此程度而已。

下了电车,感觉站内有风从后面吹来。我心里想:事件好像发生在前面,这里正好是上风向,太好了。避难处也是在上风向,是车后方的检票口。这时间我觉得嗓子有点不舒服。就像被牙医打了麻醉,麻醉效果渗入到喉咙一样。说实话很害怕,有会不会就这样被毒气毒死的恐惧感。如果真是沙林的话,问题就大了。大凡看过松本沙林毒气事件的人都知道,一旦吸入沙林就会死的。

我出了检票口,爬阶梯走到外面。到了外面想抽支烟。但还没等把烟放到嘴边,就剧烈地咳嗽起来。啊? 难道我也吸入毒气了! 不管怎么说,得先跟公司联系一下。出了站有两个电话亭,已经排了很长的队,不得不等十五或二十分钟。终于轮到了,那会儿还没到公司上班时间,便对接电话的女同事说:"我被卷入了恐怖事件,可能要迟到一会儿。"

打完电话,环顾一下周围,看到一边有很多人蹲在地上,大概有几十个人的样子。其中有些人是被从站内抬出来的,人事不省地躺在地上。打电话之前,只有少数几个人坐在那儿,十来分钟工夫,周围就变得混乱起来。不过还没有达到电视上播放的混乱场面那个程度。

有个刑警模样的人不断地大声问:"有人看到放毒气的犯人没有?"

之后不久救护车赶了过来。

开始的时候没有封锁地铁的入口,进去的人还相当多,让人担心。不过记忆中好像不一会儿就有站务员过来把入口封上了。

我感觉自己也吸进了毒气,特别在意。心想,就这样离开这里呢还是去检查一下好？要是就这样绕路坐别的车去公司,万一中途倒下就不好办了。

这个那个想了很多,不过与那些被抬出来的人相比,我自己还能走得很稳当,应该不要紧吧。因此当救助队的人过来让身体不舒服的人上救护车时,我也没上,觉得没问题。

步行到新富町,在那里换乘有乐町线去公司。到了公司,因为刚才与总务联系过,他就问我:"不要紧吗？"我把情况大致说明一番后,他说好像是沙林,还是早点去医院检查一下吧。

××医院就在附近,就去那里检查吧。实际上我赶到新富町时就觉得周围暗了。但那个时候还以为是外面太亮有点晃眼的原因,后来才明白是沙林原因。嗓子的不适感倒是基本消失了,烟也能吸了,不过还是想去检查一下才放心。

到了医院,医生说这里不能做沙林检查。那个医院的医生大概没看电视上的新闻,完全不知道发生了什么事。时间大概是十点半左右。看样子他们也没有做沙林检查方面的经验,也不知道怎么处理,反复向我问了很多。

大约等了一个小时,最后他们跟我说:"这个嘛,好像农药中毒的样子,重要的是多喝水,排出来就好了。"总之是没有大问题。我松了口气,没事就好。然后去服务台付钱。这时,一个护士走过来,她从电视上看到了沙林毒气事件,悄悄地跟我说:"这里治不了沙林中毒。我看了电视,说圣路加医院能进行正规治疗。那里有专门的药物,也能进行正规检查。你最好去问问警察。"

我又不安起来,来到医院前面的派出所,问警察能不能告诉我可以检查沙林的医院。那个警察好像认为我是重伤,立即叫了救护车把我送到××医院。大概用了二十分钟吧。

因为听说是重伤,医院早就有三位医生等在那里了。实际上我只是轻伤,感觉有点过意不去。检查完,医生对我说:"没么严重,要是今天没什么异常,以后问题就不大了。"没打点滴,也没拿药。

然后立刻返回公司。瞳孔萎缩也不怎么严重了。至于后来持续了多长时间,什么时候痊愈的,我都不记得了。

事件发生后,警察好像怀疑过我是犯人。事件发生的那个星期或者是第二个星期的星期六,时间我记不大清了,两个刑警来到我家,以询问事情发生经过的形式调查取证。其中一个警察刚看到我就问:"你一直是这个发型吗?"当问话基本结束时,警察给我看了两张画像,问我:"事发当天你见过这两个人吗?"原来,其中一张很像我。我说:"没有,没看见。"我强烈感觉自己被怀疑了。听警察说,犯人本身也很可能受伤,在医院接受治疗。

过了两三个星期,还是星期六,我刚从外面回到家,电话就响了。"是牧田吗?""嗯,是我。""我是警察,现在到家了吧?"内容大致是因为要作记录要我去警察署一趟。我就想难道自己被监视了或者被跟踪了?那时还没断定是奥姆教的人干的。过去在松本事件中也出现过冤案例子,所以很紧张。

当时与其说对奥姆教团很愤慨,不如说感觉更多的是精神上的痛苦。对于那些盲目信从这种宗教的人有强烈的厌恶感。尤其是那些积极扩大这个组织的人,他们简直是无药可救了。

我念大学时,刚念三年,父母和弟弟就相继去世。父亲以前经常住院,去世时倒不觉得怎么惊讶,反正平常他就不注意身体。但母亲不是这样的,说是得了肺心症,就住院了。结果两三天就去世了,也没有做手术。觉得非常不甘心。死,是谁也不能预料到的事情。我总以为母亲只不过是哮喘罢了。

之后弟弟出了事故。先不说父母,弟弟去世时我就想:唉,这下无论是谁在哪里死了都没什么大惊小怪的了。坦率地说,觉得一个人活下去一点意思都没有。毕竟三年内每年都有一个亲人死去,说不定下一年就轮到自己。

那个时候,是啊,天天蒙头大睡,睡十二个小时不止。睡得时间长,慢慢就睡得浅了,而且经常做梦。不过睡好了醒来,觉得特别有精神。大概就是从那个时候起我变得很能睡了。

我对周围人都说我是独生子,这绝不是有意隐瞒身份。因为要细说起来话就长了,而且一旦开始那样的话题,气氛大都会变得很压抑的。

在那种情况下,在我完全不知所措的时候,也曾有人劝我参加什么新兴宗教。来的人好像是负责招收的,说:"接二连三发生了这么多不幸,难道不想来这里改变一下命运吗?让自己心灵有个寄托也好嘛"等等。听到这些话,我很不高兴。我对宗教所以怀有一种排斥感,也有这方面的原因吧。

"还是要让他们承担责任。如果想重新做人,让他们重新做人就是了。"

吉秋满(当时五十四岁)

到吉秋先生府上访问是在九六年八月十五日停战纪念日那天。下午热得难以置信,东京气温创纪录三十八度。埼玉县鹭宫距东京有相当远的路程(说实话,是这一系列采访中路程最远的),所以打了提前量,稍微提前到了车站,准备在那里消磨时间,没想到站前连咖啡馆的影子都没有。于是在烈日炎天下的站前走来走去想找个能坐的地方。这时间里脑袋渐渐晕了起来。尽管这样,据吉秋先生介绍,这一带比他刚搬来时热闹多了。

不过空气非常清新,光照也够灿烂,云一清二楚。这样的风景很有些让人怀念,以前好像在哪里见过。想了好一阵子,忽然想起来了:对了,这是五十年代后半期的日本风景!风的感触、夏日的光照、草的气味,都很像我小时候经历的。这么说或许言过其实,简直像时光倒流了似的。

"这里通勤是不方便,可的确是好地方"——我很理解这么说的吉秋先生的心情。不到这里来,是产生不了远离都市的感觉的。不过的确如其所说,通勤不便。

吉秋先生五十五六岁,到底喜欢打网球,一看就知他十分健康,体形无可挑剔,举止雷厉风行。言谈中可以感觉出他是在尽情享受郊外生活的乐趣。采访时太太在座,给人以一家人其乐融融的印象。除了网球,还爱好滑雪和玩电脑。

假如不遭遇地铁沙林事件,想必正在欢度风平浪静的家庭生活。但读了就可知道,吉秋先生在事件之后很长一段时间里都苦于严重症状,至今都在为后遗症困扰。尽管如此,他本人仍尽可能把事情往好的方面想。面对面谈了两个多小时,话语总是那么积极。

我们是在昭和四十七年①结婚后搬到这里的。之前,从出生起就一直住在东京的浅草桥,过去叫向柳原,是个十足的商业手工业者居住区。我的父亲是个木匠,本来在山口县干活,关东大地震前去了东京。原本打算去京都当神社木匠的。他带着一套木匠行头从下关出发,途

---

① 一九七二年。

中遇见了一个去东京的木匠,那个人说东京有发展,父亲就改主意来了东京(笑)。很没主见吧。

不久,父亲有了自己的店铺,开始雇人来做。因为时机赶得好,慢慢地连盖大楼的活儿都能接了。但在我考大学落榜复习期间,父亲突然去世了,当时我才十九。母亲呢,早在我两岁时就不在了。

父亲去世后,店里还有一堆没做完的活。怎么办呢?反正得收拾剩下的摊子,我就暂时继承了这份家业。从十九岁到二十四岁我就在这里干了五年。这期间,那些热心的伙计们给了我很大的帮助,但最终还是没能好好发展下去。刚开始还行,后来公司的积蓄不断减少,有活可做,就是钱攒不下来。我想可能是因为自己经营不当吧,于是决定从经营中抽身而退。把老主顾们全部交给伙计们后,自己处理了一下善后问题。

接下来,自然而然就要考虑我该做什么?现在再重新考大学很难,就先进了一所英语学校,之后去了一所会计学校。当时会计学校的老师说要推荐我去短期大学,问我去不去,就这样进了那所短大学习。

之后在税务事务所、电器公司、纸箱制作公司等工作过。在纸箱制作公司我认识了现在的妻子。转到现在的公司时我三十三岁。进的是日本包装公司,由妻子的哥哥介绍进来的。昭和二十八年刚刚创建时,仅仅是一千人左右的新公司,现在已经增至三千六百人左右了。最初专做运输本田摩托车的业务,后来慢慢开始接手各类运输和保管业务。

为什么选择住在这里呢?因为当时想买房子,城内都很贵,就到处找,找到这里。当时的空气很清新,比现在还要好很多。天空万里无云,那才叫漂亮啊!所以没多想就付了定金,搬到这里来。嗯,算是一时冲动买下的吧。三十六坪①,花了六百万日元。这在当时也非常便宜了,我也支付得起。每月还房贷两万五千日元左右,还期十五年。

---

① 坪:日本土地面积单位,1坪约合3.3平方米。

以前从来没有体会过通勤的辛苦,很乐观地以为上班也就花个半个小时或一个小时,最多也就一个半小时。岳父家离浅草桥的 JR 站很近,等不了多长时间车就会来。但来这里以后,一小时内只有两班车,让我很是吃惊。这样一来,就必须配合电车时间行动了。

刚来的时候,离卖东西的地方有三公里路程,觉得很远。晚上青蛙叫声也很吵,叫个不停。周围全是芦苇,冬天一到,从赤城那边刮来的寒风发出"呜呜呜——"的响声。刚从城内搬过来那阵子心里很怕。不过最近"呜呜呜——"声好像少了,不知道是气候变暖的原因还是其他什么原因。

早上到北千住站之前基本上能有座位,之后在久喜站换乘 JR,那里有许多人下车,车内通常很空。我六点十分出门,坐六点二十八分从鹫宫站始发的电车,到公司大概八点十分,前后正好两个小时。五点起床,一般四点半就醒了。这个习惯已经两三年没变了。妻子也一同起来为我准备早饭。我总是正儿八经地在家吃早饭。

通勤到底够累人的。早上不早点起就很麻烦。星期日能睡到七点,虽然只比平时多睡了两个小时,身体却感觉非常轻松。所以总是想多睡,每天哪怕多睡一个小时也好。

事件发生在三月二十日,前一天我带两个女儿去福岛的高杖高原滑雪了。终归是上了年纪啊,一日游就累得够呛。妻子身体不好,动不动就累,加之当天往返,就没一起去。只我们三人一起去的。孩子们就是有活力啊,一次接一次,不知疲倦地滑着。我很长时间没滑雪了,筋骨都变硬了,在上面坐了大约四十分钟,还是很开心的。很早就起床赶电车,九点半左右开始滑,度过了快乐的一天。

第二天体力就恢复了。滑的时候还有点吃力,第二天一早身体却没什么感觉了。照样五点起来,在家吃了早饭出门。像往常一样坐六点二十八分发的列车,不过由于馆林附近起了雾,进站时晚了四分钟。

馆林在利根川一带,初春三四月份经常有雾。这样一来,列车就得低速行驶,所以晚了。

到达北千住时比预定时间晚了五分钟,致使北千住站非常混乱,比平常拥挤很多。于是我坐了比我平时线路晚了一点儿的日比谷线,记得大概是七点四十五左右从北千住发的车。平常是三十五分发车,有时候命运真的很有意思,让你捉摸不透,就好像我是因为今天起雾才遭遇的沙林毒气事件。

和往常一样,我坐的还是从前面数第三节车厢。从最后一个门前数第三个座位,那里是我的"专座"(笑)。过了秋叶原时,我开始觉着有点不对头。车厢突然嘈杂起来。正在纳闷,一股很强的气味扑鼻而来。最初以为是谁带的信纳水什么的流出来了。不过比信纳水刺鼻得多,和油漆使用的信纳水不太一样,有很强的刺激感,味道很冲。

就在这前后,周围人开始"咳咳"地咳嗽起来。不一会,听到不知从哪儿传来声音:"打开窗户!"接着电车的窗户就一个个都打开了。因为还是穿外套的季节,窗户都是关着的。但强烈的气味让眼睛受不了,大家就把窗户全打开了。车厢中间有个包裹,站起来的乘客大概是为了避开它都向后走去。我坐在中间偏后的座位上,正好是下风向。

到达小传马町站一打开电车门,就有很多人下了车。我仍坐在那里没动。记得坐在我周围的人也都没有站起来。因为好不容易坐下了,再特意换座位很麻烦。当然坐在包裹附近座位上的人都起来了,大概是去别的车厢了。

不知是谁把那个用报纸包的包裹踢到了小传马町的车站月台上。当时大家正在下车,车内很混乱,从我坐的地方什么也没看到。

——那时候您没考虑过换乘其他车?

考虑过。忽然心想可能还是下车好。不过考虑当中,在车站等车的人都从开着的车门挤了进来。其中有位女士,为了抢坐空位,跨过车厢地板上的一摊水时,轻轻一跳,结果"吱"一屁股坐在了地上,摔了个仰面朝天。她有点害羞地笑笑爬起来坐到了座位上。是个胖乎乎的人。我也很傻,就一直盯着看整个过程,心想:"啊,摔倒了!"等我突然意识到要下车时,门已经关上了(笑)。如果不这样从头看到尾快点下车就好了。就因为贪看一个女人跌倒,把逃跑的机会错过了。

眼睛仍然很疼,鼻子也一直很难受。心想怎么这么难闻,这么让人不舒服。但即使那样也还是没动,继续坐在座位上。后来回过头想想,当时也觉得有点奇怪来着。但又想反正离筑地不远了,马上就到了,再忍耐一会吧。或者当时沙林毒气开始起作用,使得自己不能做出正确判断也未可知。

我一直盯着刚才那个水汪,猜想这是什么呀。在水汪上面发现一个塑料瓶脑袋样的东西。后来把这事跟警察说了,他们说不会有那种东西。但确实是看到了筒状东西。也可能是用来密封沙林剩下的塑料吧。反正就是有那么一个东西在液体上面隆起来着。也曾以为是不是破碎的玻璃瓶什么的。

大概是头脑越来越不清醒了,完全不记得车什么时候到的站。迷迷糊糊时间里,听见旁边一个男的使劲按车上的紧急电铃。也不知到了哪儿,后来听说是八丁堀站。一到站,那人就按铃,但车还是照样往前开。是的,铃一直响,但车好像什么事也没发生一样继续前行。

不久身体开始发麻,尤其是腰以下"嗖——"一下子全麻了,真是奇怪,全身的力气不知不觉好像全被抽走了。车终于到了筑地,我挣扎着站起来下了车。当时的感觉就是太奇怪了,太危险了!下了车,我夹着皮包拼命朝八丁堀检票口走。但是半路上感觉越来越难受,就在附近一条长椅上坐了下来。这个我也不是很清楚。只是模模糊糊地记得应该是坐在了长椅上,不过醒来时发现自己已在医院里了。

听到有人喊"吉秋!"我吃力地睁开眼睛,看见了医生和天花板。还以为是地铁车上,想这是电车天棚吧。听说在被送往医院的途中,怎么拍我都没反应,衣服也脱不下来,是用剪刀剪开的。当时只有心脏还在跳,现在想起来真是千钧一发啊。

治疗记录上写着:九点二十七分被送入医院(日本医科大附属医院),输氧十分钟后苏醒过来。当时和我同时送进来的有近来去世的千叶先生,另外还有一位叫冈田的,一直昏迷,到最后也没醒过来,就那样离开了。真的很可怜。

(吉秋夫人的话)

接到警察电话后,我立即奔去医院。在电视上知道发生了事件,丈夫的公司也打来电话说丈夫还没有到。当时就想"坏了!"不过也只能忐忑不安地在家里等消息。后来电视荧屏上出现了吉秋的名字,几乎在同一时间我接到了警察打来的电话。

到医院已经十二点多了。丈夫几乎一丝不挂地躺在床上,身体上插满了各种管子,看到这些我惊呆了。丈夫在床上发出呻吟声,口说"冷,冷",不过那已算不上语言了。之后很长一段时间也还是不能说得太长,一直通过笔谈来交流。可是字也写得很不成形,很难认出来,汉字也很难记起似的。

最初几个晚上我一直住在待命室。后来就每天从家里赶过来,冈田的家人也来了。一天有三次见面机会,其余时间就待在停车场下面的待命室里。那里有一部电话,每次响心里就咯噔一下:莫不是又出现了什么情况了? 天天提心吊胆。尤其第一天,和冈田的家人一起度过的那种坐立不安、心惊胆战的日子至今仍记得很清楚。

到第六天可以洗澡了,这才长舒了一口气。但是帮护士给丈夫洗澡时,看到丈夫的身体我大吃了一惊,已经皮包骨了,从后面看就像一个老人。我想如果把真相说出来,他本人一定受不了。所以当时

> 什么也没说。本来全身都是肌肉,没怎么有赘肉的,不知什么原因使一身肌肉忽然间消瘦下去了。
>
> 　　短短六天内身体竟发生了这么大的变化,一时间我懵住了。屁股上的肉都无力地耷拉下来。以前一直打网球,腿也比一般人要粗,但当时已经完全没了形状,就像两根麻杆了。总之很吃惊。

　　头三天胃里一直插着一根管子。因为嗓子如果被痰堵住,胃容易发生痉挛,胃一痉挛,胃液就会蹿上来,插个管子以防万一吧。那种感觉不好受啊,稍一动就很痛苦。后来听说,起始每隔十分钟就得叫护士一次。虽然最后总算保住了性命,但每次都是处在生死边缘。当时我的体内乙酰胆碱酯酶值只有五十九。正常人应该是五百,简直天壤之别。

　　拿掉管子后,终于能从床上起来了。第四天,从太阳穴到后脑勺开始痛起来。那种头痛一直持续到现在。身体麻痹也成了后遗症。当然比当时好多了,不过还是总觉得身体沉沉的。眼睛也很累,眼睛不是圆的,是三角形的。连我自己也觉得"我的脸有点奇怪"。将近一年过去了,直到最近我才感觉眼睛终于恢复正常了。不过事发之前配的眼镜完全派不上用场了,换了三次眼镜。

　　住院后一个星期左右时间里,总是做梦。梦的内容要么很美好,要么很恐怖。美好的梦往往一闭眼就有云絮飘来,起初是白色,然后慢慢变成粉色、黄色、蓝色。云层渐渐散开后,对面呈现出一个天然色的世界。自己乘坐什么穿过密林,一溜烟来到岛上或海上。上面开满了热带花,还有热带鸟类,颜色非常漂亮。一种类似精神分裂症的症状吧。当时就想所谓的 LSD 幻觉可能就是这样的吧。而且通常自己一边做梦,一边还能意识到这是幻觉这是幻觉。

　　至于噩梦,就是梦见被什么东西从后面拉扯着,也梦见过地铁电车停在眼前。结果感觉就好像被什么东西吸引似的,给后面的人推搡着,让人非常反感。于是下意识地抬起手驱赶,接着就一下子消失了。

还有其他类似情况,梦见有人在背后叫我。心里有点发毛。这次也是一样,用手使劲一挥就消失了。于是我得出结论:只要这只右手还在就没问题。不管做多么可怕的梦,只要有右手就会消失。

——您打网球,所以右手一定很有力气吧?

*应该是吧。*不过那只右手在梦中不是很听使唤,总是用不上劲。想要举起却老举不起来,不过最后还是成功了。只要一出右手,就什么都消失了。一旦明白这个道理,就不再像以前那么害怕了。因为我知道了破解噩梦的方法。

不过还是很长一段时间都睡得不安稳。一会儿发现天花板变成红色,一会儿发觉自己的身体变成红色。这时总会按铃叫护士过来,问道:"快看,天花板变得好红,怎么回事啊?"大概三天之后吧,就不再按铃了。

一星期之后,终于从急救室移到了普通病房。那些奇怪的梦也一下子全消失了,有点不可思议。

五月份连休后我开始回公司上班。虽然自己感觉已经好了许多,但还是有很多地方很奇怪。不过好在判断力完全恢复正常了。公司方面好像原本也很担心这个问题,让我做了很多判断"测试",看我都能做出很好的反应,这才放下心来。我也松了口气。因为当时自己也很担心万一大脑出现问题可怎么办才好。

不过记忆力还是不行,很多事情想起来都得花一些时间。比如知道某个人的名字,却怎么也说不出来,集中精力想三十秒到一分钟倒是也能说出来。可能是大脑哪个地方线路受到损害的原因吧。感觉就像是要绕远路才行得通似的,转来转去,多花很长时间。但东西绝没有忘掉,还是在脑袋里的。

相反,判断力却快得出奇,从来没有过的迅速。原本我的性格是比较优柔寡断的那种,可是最近越来越雷厉风行,不再像以前"这也不行,那也不行"的了。我也说不清是因为想法改变了呢,还是自己本身的那种焦虑消失了的缘故。反正就是干脆利落。公司的人也常说好像变了个人似的。不过因此性子可能也变得有点急了吧,一听到多余的话,就不耐烦了,"那个我明白,你先说结论吧"之类的话就会脱口而出。

决断力变快当然是好事。只是记忆力和注意力有一段时间变得相当低。虽然能集中精力,但都持续不了太长时间。就像过一定时间电池就会没电一样。这样一来,一切都变得忍无可忍了。虽然想再多坚持一会儿,但就是没用。头也开始疼起来,毫无办法。

是的,像现在这样说话没有问题。不过要整理一下琐碎文件什么的,就觉得非常累。看文章也看不明白,完全进不到大脑里去。只是看表面上的文字,根本不理解其中的意思,感觉就像是把思考的能量全部用光了一样。

当时还想这"一段时间"到底要持续多长时间呢?现在好了,记忆力恢复了,持续力也有了,算是幸运吧。

走路也很吃力,总是跟跟跄跄的。要想直走,得下一番功夫。平时总像喝得酩酊大醉一样,本想直走,脚却不听使唤,飘忽忽的。直到现在还这样。开车时间也不能太长,容易累。出院之后为了做康复训练出去兜风,往往每隔三十分钟就得休息一次。再开,再休息,这样周而复始。兜风时间久了,回家后就全身瘫软,一点力气都没有。后来把这事跟曾照顾过我的护士说了说,被她狠狠训了一顿:"以后不准再做那样的傻事!"

网球一直没有放弃,但握力还是弱了不少,已经大不如以前了,很容易产生疲劳感。上午玩,下午就甭想再玩了。妻子也说我不如以前有耐力了。与其说是少了耐力,莫如说是很容易疲劳的缘故。那种疲劳不是缓缓出现的,而是一下子涌上来。一瞬间就上来了,实在吃不消。

> （夫人的话）
>
> 　　最近发生变化的主要是眼睛,不过他本人可能没有意识到。直到前不久,我们从正面看到的目光还跟他现在的不太一样。焦点模糊,眼睛比现在小得多,说是在看人,实际上跟没看一样。说是看这边,但好像一直盯着远方似的。恐怕他本人并没有感觉到这些变化。现在是恢复正常了。今年初那阵子,还跟现在完全不一样呢。总是睁着迷离的眼睛。
>
> 　　要说在家里的变化,那就是沉默的时间多了吧。身体一不舒服,就一言不发。当然以前也有过这种情况,但两者完全不同。现在,除了"早上好"、"我回来了"之类的简单寒暄,其他的就什么也不说了。
>
> 　　他的身体状况到底有多严重,身体发麻头痛还有耳鸣这些症状到底怎么回事,我们都不清楚。即便他跟我们说,实际的痛苦我们也是无法体会的。只有他自己最清楚。最近身体难受的时候,他终于开始呻吟了,我也得以真切地明白了那种痛苦。
>
> 　　坦率地说,他自己一个人什么也不说时,家里仿佛一下子就暗下来,孩子们也很担心。不过最近他本人好像也意识到这一点,开始刻意努力,像是想振作起来。我是这么感觉的。

　　真的很烦。什么也不想说,就想睡觉。哪怕睡一小会儿,也觉得舒服不少。到精神科医生那里做了PTSD治疗。还拿了药吃。吃了药就觉得眼睛很舒服,不过麻木的感觉反而更强了。大概是副作用的原因吧。之后就把药停了,接受自然疗法。

　　去年坐地铁时,有几次意识突然模糊起来,还伴随呼吸困难。心想坏了,这样可不行,就使劲用手抵着肚子,大口喘气,这才慢慢恢复过来。今年没再发生这种事情。坐地铁也是没办法的事,不坐就去不了公司嘛。不过害怕也好,痛苦也罢,都没什么了。多少有点那种情绪也是正常的。但再也没坐过第三节车厢。

到六十岁就该退休了,退休后想做个志愿者什么的,最好是能用到英语的。还想去尽情滑滑雪、打打网球和高尔夫。还想再研究研究电脑。运用专为经理人员开发的软件,做培养人那样的工作。此外,还打算学习书法,也想和妻子两个人去各地旅行。总之想做的事很多。很贪心是吧?(笑)

不管怎样,我觉得还是一定要好好活着。自己就这样生了下来,然后死去。一旦死了就什么都结束了。死了,人本身也就不存在了。因此必须为自己所做的事情承担责任。不过"责任"跟奥姆教那些人讲得通吗?他们能理解受害者的感受吗?

不过还是希望他们能对自己所犯的罪行有所觉悟,哪怕一点点也好。我殷切地祈愿这样。还是要让他们承担责任。如果想重新做人,让他们重新做人就是了。不说"去死吧"之类的话。自己的事情要靠自己的力量去争取机会改正,我是这么认为的,也是最基本的。

"我也是理科出身,也有时不管三七二十一只顾做自己正做的事。"

片山博视(当时四十岁)

灰西装、白衬衣、暗绿色短大衣、中规中矩的领带,干净利落,几乎没有多余的装饰性信息。若用一句话概括第一印象,可以说是一位优秀的"理科"职员。虽说是理科,但他全然没有"扣死理"那种职业性冷漠。

正是年富力强的年龄，不胖不瘦，气色也好。举止稳重，透露出健康的自信。说话条理清晰，一气呵成——却又不饶舌——听他说了一小时，整体感觉是个值得信赖的正直人士。好市民、工作认真的研究者、懂得关心人的家庭成员——想必可以这样断定。一家五口，太太，三个女儿。估计在附近别人家太太中间也有人缘，这倒只是我随意的想像。

"有个人读了《杂鱼探秘》，由此开始了鱼的研究"——高中时代听得老师这么说，就对鱼产生了兴趣，结果考进东京水产大学。人生的流程真可谓不可思议。自那以来就一直和鱼相伴。在大学里学的是水产品加工专业，毕业后进入大型水产品公司，在研究所研究水产品和畜肉开发。现已离开研究部门，担任生产部的科长。即从以鱼为对象的专业部门转到以人为对象的管理部门。

水产品方面的公司到底大多集中在鱼市所在的筑地，片山先生也在那里上班，途中遭遇了沙林。

我每天差不多早上七点出门，坐七点二十五分从三鹰始发的东西线去公司。因为是始发站，很轻松就能找到座位。到公司大约是八点二十分。上班时间是九点，一般会有四十分钟的空闲。这时间整理整理资料文件，或者实际开始工作。而且这一时间向上面的人汇报什么或提前商量事情都比较方便。所以觉得终归还是早点好。一到上班时间，他们要开会什么的，就不好找了。

离开公司的时间没有准点，晚的时候要到夜里十点左右。平均算起来，大概八点左右吧。偶尔也有晚于十点的时候。不过还是想十点之前能回去最好，过了十点就看不到孩子们了。

搬到小金井是事发之前五个月的事。此前一直住在高圆寺一带公司的房子，在这里买了第一套属于自己的房子，就搬了过来。那段时间，最小的孩子刚出生，又要搬家，还有个孩子要参加中考，怎么说呢，每天都忙得晕头转向的。

以前就很喜欢小金井这个地方。小区环境也不错。妻子的老家在立川，她的弟弟正好那个时候也在小金井买了房子。这样一来，什么都挺便利的。独家独院的公司房子住起来很舒心，只是建筑有点老，存在一些问题。本来以我们的工资是买不到满意房子的，但当时恰好有好消息：泡沫经济危机过去了，价格也降下来了，利息也下降了。我也是快四十的人了，再没有自己的房子也说不过去。于是就在小金井把房买了。结果现在的价格比当时还便宜。

一般来说，星期一的八点半开始是会议时间，不过那天还沉浸在连休的氛围中，就没开会。记得当时好像有几个人请了假。我没打算休息，因为接下来是三月决算期，这个那个很忙，不敢奢望什么休息时间。所以和往常同一时间去公司。那天上班的打扮跟今天基本一样，同样的风衣，同样的西装，同样的提包。大家也都穿得和这差不多。事件发生之后，因为沾了沙林，有人劝我还是扔了吧。也有人说没什么，不扔也不要紧，就一直穿到现在。不过还是有点放心不下，全部拿到洗衣店里洗了洗。风衣和提包当时也刚买不久。就这样一直穿着，也没什么不适。

东西线一如往常坐着，在茅场町换乘日比谷线，依次经过茅场町、八丁堀、筑地站。这一段非常挤。尤其是从东西线下来换车后就更挤了。东西线最前面离换乘口最近，但挤上去的是日比谷线最后一节车厢。车站的交汇处呈L形排列，所以这里就成了最拥挤的检票口。

我尽量不坐日比谷线最后面的车厢，而到月台前面等车。因为后面总是挤得满满的，有时甚至挤得上不去。而且我的目的地筑地站正好在车前进方向的最前面，从这个意义上说，尽量坐前面车厢也是比较方便的。

这样就形成了尽量步行到站台前面在适当地方上车的习惯。如果有时间，就走到最前面去，否则就找个合适地方上车。看时机决定上车的具体位置。电车越往前越空。上班时间基本上是固定的,因此大致能把握住电车在哪里停。是的,一般都坐车的正中间位置。

那天车来得稍微有点晚,我好像比往常更向前走了一段。上车位置挺靠前的。电车和平时一样很挤,或者比平时更挤些。我本来以为假期应该空些,没想到不但不空,反而还那么挤。记不清我坐的是哪节车厢了,后来仔细想想,应该是从前面数第四节吧。

坐车当中,说起和平时不一样的地方就是咳嗽的人很多。我当时也在咳嗽。以为大概感冒了,所以喉咙不舒服。不过不只我一个人,周围人都在咳嗽。就觉得有点奇怪,哦,莫非大家都感冒了?呼吸也很困难。还好,我在筑地下车,不是很远。当时满脑子想的就是早些上到外面,呼吸呼吸新鲜空气。一到站我就赶紧下车,匆匆忙忙朝出口走去。经过第二节车厢时,突然看到车内有一个人,站台也有一两个人瘫倒在地。看样子都是乘客。

那不是普通倒法,伴随着轻微的痉挛。也不是平常躺法,两只手完全伸开,一下子仰面躺在地上,身子不断痉挛。当时就觉得这真是太惨了。其他乘客有的已开始照顾倒地的人。我自己也很难受,没心情停下来看这些。只是迅速瞥了一眼,就离开了。呼吸便是吃力到这个地步。

旁观这一场景的乘客也相当不少。他们有的询问事情的缘由,有的去叫站务员。正好那时一位站务员跑了过来。我和这位站务员在站台擦肩而过。

出了筑地站,终于呼吸到了新鲜空气,感觉舒畅多了。然后直接去了公司。一进办公室,就觉得光线好暗。记得我当时为了确认电灯有没有开还特意看了看天花板,感觉光线总体不足。但其他人都说不暗呀,我有点困惑。有个人说头有点痛,不过当时也没觉得有什么异常。

一来二去,开始有直升飞机"嗡嗡"在窗外盘旋。我们的办公楼很高，窗户对着银座，就看到飞机直接降落下去。后来到公司的人说地铁里很奇怪。于是打开了电视。但是当时电视上还没有任何报道，也没有新信息进来。反正电视就那样一直开着。

公司还没怎么来人，这也有点奇怪，是不是出什么事了？平时这个时间，大家已经陆陆续续到公司了。今天不知为什么，几乎都没来。不一会儿，电话一个接一个打进来，内容都是要迟些到公司。接近九点，八点五十左右吧，电视上开始报道有关地铁事件的消息。我这才明白是怎么回事，心想这可不得了！

总务部的庶务课经调查发现，除了我还有几位受害同事，于是公司决定让我们一起去医院看看。好像一共是六七个人吧，确切数字我忘了。我们六七个人，分乘两辆公司的车去了昭和医大医院。当时我还没觉出自己身体有什么异常。眼睛不痛，咳嗽也停了，只是觉得周围有点暗罢了。

一到医院就打了点滴。医院的人也知道了沙林毒气事件，不断有关于沙林症状及其应急处理的传真发来。"是这种症状"、"那么请这样处理"等传真在医院里不断传送。当时我被告知患的是一种瞳孔缩小的"缩瞳"症状。做了血液、尿液和视力检查。然后六七个人躺在同一个房间里打了两个小时点滴。

症状严重的人留下来，我没什么大碍就回公司了。不过留下的人也没住院，到了晚上就回去了。回到公司后上司对我说："今天早点回家吧。"想想也是，在公司反而会给周围人添麻烦，于是临傍晚时就回家了。

最初症状很轻，本想很快就会好的吧，不料竟然拖了一个星期左右，感觉很不爽。瞳孔还好，就是头一直很疼。原以为好好休息一下就会好的，却没那么简单。

对制造沙林毒气事件这种行为，我当然感到愤怒。但要说错在哪里，是不是只追究本人的责任就可以？这方面有的地方我不很理解。

我们上高中时处于后"学园纷争"或者信奉"三无主义"时期,大家都过得很扫兴。一群既不热衷体育运动,又没加入任何社团的人聚在一起,随便做喜欢的事情。但这样下去,一旦发生了什么就没有精神寄托。人是很脆弱的,不管怎样都需要有点寄托。那种时候,有人给出明确答案是很开心的。

在公司遇到了难以定夺的事时,若上级说"这样做吧",自己就会松一口气。因为即便出了什么事也是上级的责任,自己可以逃脱责任。尤其像我这一代,恐怕更有着那种时代特征。所以也并非不明白那些信徒被人完全从思想上控制的感觉。

我也是理科出身,奥姆教里也有理科出身的精英。以我自己为例,也有时不管三七二十一只顾做自己正做的事……。还经常有这样的心情:自己的研究可能被当做武器利用,或者另对现在所做的事情穷根究底。在这个意义上,要讲综合判断能力,像我们这样的人可能就有点差。不过即使不能判断是好是坏,人们还是想先追问个所以然,例如"想这样试试"啦,"这样做结果会怎样"啦,"这样做个实验看看"啦等等,一路穷追猛打,我很理解这种心情。

我们使用东西,和东西打交道,有道理的地方自然明白,但要对道理讲不通的部分做出判断,就不是那么容易了。公司里也一样,若不是研究性职位,而是像现在这样的管理性职位的话,如何同别人相处,就有很多地方越想越不清楚。这种时候,就只能听取周围人意见综合考虑了。

"我就和那个人说'好难闻啊,到小传马町把它踢下去吧'。"

松本利男(当时四十四岁)

通过这一系列采访见了不少人,听他们说话当中逐渐把握了几种类型,而松本先生在感觉上哪一类型都套不上。这决不是说他"人有些怪",只是觉得他有的地方不好捉摸,说自成一格也好,反正举止和应答上有一种飘飘忽忽的东西。较之采取同社会、同组织的价值观相一致的思维方法和人生方式,更好像是拥有一个与之略有不同的自然而又个性化的世界。不知是否由于这个缘故,尽管四十都已快过半,但总有一种乐天派青年人的意味。

如果不被卷进地铁沙林事件,想必他仍一如既往地继续那种悠然自得的、优雅的独身生活。和附近同伴一起打高尔夫、喝酒消遣。然而由于那一事件造成的严重后遗症,松本先生的生活状态完全为之一变。"干什么都提不起兴致"是他最为痛苦的事。或者准确说来,对这样的改变,较之悲愤,他更多感到的是困惑。

在自动控制器械零部件经销公司工作,负责营业。在大学学的是电气。本来想当数学老师,但由于种种原因进了现在这家公司。如此说来,交谈当中蓦然心想,同营业相比,此人可能更适合当老师。个子高,体格也好。

原来一直在新潟地区的营业所工作,大约十年前开始在东京的公司总部工作。那时在松原住宅小区租了公寓。是两套间普通公寓,两个房间分别有四张半和六张榻榻米大小。找到上野一家不动产:"在这个预算之内,哪儿有比较合适的?"给我的答复是:"松原住宅小区一带有。"于是去了那里,就这么简单。房子各方面条件都还行。不过公司在五反田,上起班来,觉得有点远了。路上大概得一个半小时。原本我是打算找换车什么的都能比较方便的地方,但没办法,谁叫我什么也没想就决定呢。

工作内容是销售,像加班什么的几乎没有。以前加班,现在基本不用了,都交给了年轻人。一般到了六点半就回去。呃,我们这个行业虽说是销售,但没那么多应酬。都是专门的特殊工业零件,一般人看不懂,顾客都是固定的。

我的兴趣是打高尔夫。一般一个月打一两次,和周围邻居们一起。大家都是在松原住宅区的小酒馆里认识的。我相当能喝。说相当也好什么也好,反正能喝。很少在东京喝完再回来,大都是回到松原住宅小区在附近喝。同伴都是和我年龄差不多的,或者是比我大十岁十五岁左右的人。来这里之后,认识的人越来越多。夏天的时候二十来个人就聚在一起,来个高尔夫之旅。

我的高尔夫其实打得不怎么样,满打满算也就打个一百。不过高尔夫球是高消费呀,工具什么的我虽没怎么花钱,但即使这样,休息日去打一场也要五万。打完了再喝一杯,连这个也包括进去的话,一个月顶多打一次。

我出生在横滨,上大学之前一直住在那里。松原住宅小区也没什么不好,就是有点穷吧,不过住惯了也就有好感了。只是夏天一下雨,到处湿漉漉的让人有点头疼。我事前不知道这些才搬过来的。早知如此可能就不来了(笑)。不过现在再特意考虑搬到别处,也嫌麻烦,又要在那里找新朋友。想到这些,就觉得这里挺好的了。

一般七点十五分左右出门,七八分钟走到松原住宅小区的车站。在北千住换乘日比谷线,坐到人形町,再从那里换乘都营线到五反田。早上起来只洗洗脸,什么都不吃就出门,到了五反田,在车站上吃点乌冬面什么的。一般穿西装,拎着提包……给你看看包?和事发时拎的包一样。

——那就不客气了。相当有份量啊,总是这么装得满满的吗?

嗯,这个那个装得满满的。呃——这是电器方面的书,和工作有关的;这是普通书便携本。书都是在电车里看的,不过早上人多一般没法看。现在正在看的是《黑暗魔术师塔姆》,科幻或魔幻的。不过大多时候读的都是推理小说,像《红芜菁》系列之类。

这是一万日元假钞(笑)。实际上是通讯薄和计算器,喏!在小饭馆里拿出来用时,女孩儿很吃惊,不过还挺受欢迎的。另外还有伞、彩票,这张是这次就要开奖的。这是药,这也是药。自从遭遇沙林毒气事件后,认识的人都很关心我,常劝我吃这些药,上面写有"广岛老年人俱乐部联合会推荐"。听说是用醋做的。有没有效?不太清楚,不知有效没有。

这是随身听,这是随身听的说明书。你问为什么带说明书?可能是觉得一旦有什么搞不懂的比较麻烦,带着让人放心吧。磁带嘛,装的都是约翰·施特劳斯的华尔兹舞曲。坐车听维也纳圆舞曲,最能让人心情放松。早上不听,要是从早上就开始听这样的曲子,大脑迷迷糊糊的就无法工作了(笑)。此外装着就是钢笔、记事本、票夹、手帕和纸巾什么的。

那天跟往常一样站在第三节车厢正中间的车门附近。开始闻到一股怪味儿是在秋叶原一带。到秋叶原站,乘客一般都会下来很多,对吧?他们下车后我就闻到一股怪味儿。看一眼脚下,发现有个袋子,用报纸包的,大约有这么大(用手比划了一下)。我想味道可能是从这里发出的,就打算踢到外面去。正打算踢得时候,乘客不断涌上车来,没踢成。没办法,就这样一直到了小传马町站。闻着像溶剂的味儿,心想可能是危险物品吧,里面的液体早把报纸浸透了。那个味和汽油打火机的味差不多,像 Zippo 什么的。所以觉得可能是爆炸物可燃物,着了火什么的就危险了,没想到是毒气。

周围的人呢,都说好难闻啊,七嘴八舌地。过了秋叶原味道就更浓烈了,我打算到小传马町站一脚踢去外面,但正好旁边一个人先踢出去了。就算他不踢的话,我也会踢。说起来,还没到小传马町时,我就和那个人说:"好难闻啊,到小传马町把它踢下去吧。"所以谁踢都不奇怪。他和我年纪差不多,个子比我矮点。看起来像是上班族,长什么样子现在记不清了。

车刚出小传马町,周围人就剧烈咳嗽起来。大家七嘴八舌地说"打开窗户！"车厢地板上有留下来的水汪。我吧嗒吧嗒重重踩了上去。说是吧嗒吧嗒踩，也不是我想踩的，车上很挤，车一晃动脚就跟着动，结果就踩了上去。呀，没踩着包裹，踩的只是液体。我本来想在小传马町转移到其他车厢的，但时间不够，只往后移了一个门。先跑上月台，移到后面车门。再往后面跑，时间就来不及了。

在人形町换都营线时，感觉周围暗了下来，我还纳闷是不是电车出了什么问题？但周围有人还在看报纸，于是又想可能只是自己的眼睛出了什么问题吧。从人形町到五反田共有九站路，一路上身体没有什么异常。只是觉得周围模模糊糊，黑沉沉的。

到了公司，总觉得嗓子有点不对劲儿，就去洗手间洗了洗眼睛，漱了漱口。嗓子么，是又涩又辣那种感觉。不过还没有咳嗽。没等我出现什么异常，公司其他人就渐渐不舒服起来。原来大家吸入了我衣服上沾的沙林，结果比我先出现了症状。大家眼前都暗了下来，议论说世界变暗了啊！

去医院是因为听到了车内广播。坐车去客户那边途中，顺便去了虎门买大福饼。路上突然想起来的，那个客户曾说过想吃大福饼，就想先去虎门买些大福饼再过去吧。尽管眼前有点发暗，但没想太多。不料车内广播全都是关于沙林的，我想这可不得了，赶紧回公司，去了关东递信医院。要是就那样一个人坐东名快速线去的话，我想肯定会出事。幸好公司的人有一起去的。我只在医院住了一晚，其他两个人好像也只是住了一两晚。可能是沾到鞋上的毒气让人难受吧。

出院后眼前还是有点发暗，身体没什么大碍了。休息一段时间就去上班了，身体仍然瘫软，眼前发暗，也不能开车。眼睛不好这种状况大约持续了两个星期。

又过了一星期后，开始出现很多其他症状。晚上睡不着觉，睡着了也一会儿就醒。觉很浅，刚一睡着马上又醒了。到四点左右终于累得睡过去了，可到了早上又起不来。睡眠越来越不足，真的很难受。这种状态持续了好几个月。

早上就算醒了,也根本不想起来。都说低血压的人早上起不来,大概就是那种感觉吧。醒是醒了,就是一点也不想起。甚至连"到点了起床吧"的念头也没有,就一直躺着。最后好不容易才爬起来,所以上班经常迟到。到公司一般都中午了。

就算去医院也很无奈。无论我说什么都只是给开药。头痛就给头痛药,胃痛就给胃痛药什么的,总之就是所谓"对症下药"吧。与其那样,还不如自己买止痛药好呢。大概他们也不知道怎么办才好。因此,我懒得去医院什么的。

事发一星期后我去打高尔夫,打着打着身体就不舒服起来,自己也不知道到底怎么了。中途跟大家说"身体不舒服打不下去了",就退场了。到今天已过去一年零四个月了,那种疲劳感还在持续。总之身体很容易疲劳。动不动就筋疲力尽。早上起床很费劲的情况,现在虽然好了点,但像今年五月到七月天气反常那段时间还是不行。非常难受。

周末也一样,总觉得很累,哪儿都不想去,不想出门。朋友们有时叫我去打高尔夫。除此之外,我就什么也不做一直待在家里。很长时间连酒也不喝了。一喝就觉得不舒服,哪怕只喝一杯啤酒心脏也会突突直跳。而且也不觉得好喝。真正恢复到以前那种状况,呃,大概是从这个夏天开始的。说是像平常一样,其实也大不如从前了。

而且健忘得很,简直像老年痴呆似的。现在渐渐好转了一些,但刚刚说过的话一会儿还是会忘光。按年龄算,好像一下子老了十岁、十五岁的样子。觉得已经开始痴呆了。以后可能还会随着时间一点点恢复吧。但是回不到过去了,这一点我很清楚。

令人难受的是分不清症状。换季时眼睛和身体酸懒得厉害,自己也不知是感冒了还是怎么了。即使去医院,医生也解释不清。想想大我十岁的人,大概就能想像出我现在的身体状况。所以我通常跟大我十岁、十五岁的人一起打高尔夫。疲劳感基本相同嘛。过去他们说

"唉，累了"，我总是说"那么回去时我开车吧"。可现在自己也觉得累，不能开了。年轻那会儿，夏天能连续打三四天，现在两天就筋疲力尽想回去。还有就是不能吃秋刀鱼了。原来很喜欢吃的，但自从出事以后，一吃就会起荨麻疹。视力也开始下降。可能是到了年纪，眼睛要花了。

每次想起这些就会很烦，所以尽量不去想。不过，还要工作啊……比如去年一年，公司去倒是去了，但几乎做不了什么重要工作。我们搞的是销售，必须提前考虑好半年或者一年的工作。但对于我来说，那些需要用长远眼光做的事有点力不从心。至少去年一年是这种状态。

不仅工作，玩的时候也一样。对任何事都提不起精神。公司倒是很理解这些，特别关照了我一年。当然有时也会适当地提出一些要求，我也得作出回应，心想：好了，这回得好好干了！

说起麻原，最好还是尽早做出判决处以死刑。干了那种事，判决起来还拖拖拉拉的，纯属浪费时间。

※

继A720S之后，洒有沙林的三趟列车（A621T＜北春日部始发＞，A785K＜北千住始发＞、A666S＜东武动物公园始发＞）分别在八丁堀、茅场町、人形町停止运行。A720S在筑地停驶。因此，后续列车不得不以捅球方式在前一站停车。那三趟列车上坐着下面两位。

※

"警察到底干什么去了……"

三上雅之（当时三十岁）

在经销法国车的贸易公司上班。主要管售后服务，在代理店负责技术指导。进这家公司一年半了,之前在德国车直销店工作。沙林事件发生后,去法国接受了一个月技术培训。不用说,喜欢摆弄汽车。因工作性质的关系,故障多时就忙,少时就轻闲。

三十岁。但仍带有青年味道。毕竟是这种面对面的特殊采访——也许这多少是个原因——他好像是不怎么主动开口的人。午休时在公司附近一家咖啡馆喝着咖啡聊了一个小时。应答绝对冷静、理性。惟独批判国家对事件的处理方式时,表情略显僵硬。一家三口,太太、一个两岁半的小孩。住在埼玉县。

爱好是车和摇滚。组织了乐队,休息日借演播厅练习。其他成员都二十六七岁。"年过三十搞乐队的人,到底没几个啊!"喜欢的乐队是"彩虹"(Rainbow)。偶尔也去"LIFEHOUSE"演出。不赌博,不吸烟,酒也适可而止。基本上是喜欢工作的人。

早上大约七点十五分出门,从西川口站坐京滨东北线到上野,然后换乘日比谷线到广尾。家门到公司门要花一小时十五分左右。

车都很挤。上班路上几乎什么都做不成。偶尔可以听听随身听。八点半到公司,九点开始工作。我总是留出足够的通勤时间,基本没迟到过。

从上野到广尾总是坐前头的车厢,第一节或第二节。那天坐的是哪节不太记得了。警察也问过,确实忘了。后来,半路车停了下来,也不知是在哪个车站下的车了,然后打出租车去了公司。下车的站确实记不清了,茅场町或八丁堀吧。

车上广播说有爆炸物,就在那一站停了下来。我觉得暂时没有开车的可能性了,还是打车吧,马上下车拦了一辆出租车。当时出租车里的广播也说发现了爆炸物。

下车的时候,倒是看见附近有两三个人倒在站台上。不过只是觉得他们可能是身体不舒服,没太在意。后来看到站务员把他们抱走了。我直接走过,急着去打车,没多想。后来听说迟一步就很难打车了。我很幸运,打了辆车赶在九点前到了公司。

当时我并没有感觉哪儿不舒服。但到了公司以后,就觉得有些不对劲儿了。周围暗了下来,总觉得有点怪怪的,近乎恶心的感觉。不一会儿大家在公司看电视,才知道是毒气,心里开始骚动起来。还报道说吸入了毒气会出现周围变暗的症状。我忽然明白了自己也那样。大家都劝我最好去医院看看,于是去了附近的广尾医院。

去的时候大概十点,已经涌去了一百多人。先检查血液,说胆碱酯酶值太低,需要立刻住院。记不太清了,六七十左右吧,正常应该在一百四十左右。先打了点滴。呃,没打针,说没药了。

归终在医院住了三天,是四人间病房,专门接收重度患者,除了我还有一位也是沙林受害者,其余两位与沙林无关。给妻子打电话让她过来。不安什么的倒是没有,"总之已经这样了"。因为突然说起什么沙林,谁也不清楚到底是什么东西。

症状只有眼前发黑。躺着倒也没什么不适感。食欲还不错,饭量和平常差不多。出院的时候,胆碱酯酶值已经恢复到一百二三十了。只是瞳孔好像比正常人小点。自己也分不出是明是暗,即便暗点也没感觉,习惯了。痛苦、难受什么的倒是没有,只是走路快了呼吸比平常困难些。

事发那个星期一直休息来着,第二个星期一开始上班。瞳孔还是有点小,但不影响日常生活。后遗症什么的到现在还没发现。事后对坐地铁也没什么抵触感。不过就算问起后遗症,也是不清不楚的。说不安也确实有些不安吧。

判死刑没错,但如果死了就算完事,我倒更想让他们承担责任。对国家也可以这样说。当然对犯人很愤怒,不过不管说什么都已经没用了。奥姆教徒确实有错,但我觉得国家也有很大的责任。国家对发生的问题放任不管,才使事情闹到如此地步。说得不好听点,发疯的人哪儿都有。但管理他、维护社会治安正是国家应负的职责。我们积极纳税,不也正是为了这个吗?不仅仅是警察。如果没有东京知事的许可,宗教法人也不会存在吧,不是吗?

坂本也好,松本沙林毒气事件也好,都报道说"实际是这样的"、"实际是这样的"。我看了禁不住想问警察到底干什么去了?比起奥姆教,他们更让人恼火。

"旁边一个职员模样的人吐血了,记忆中。好像看见血了。"
平山慎子(当时二十五岁)

生于东京城中心,在城中心长大。由于父母在埼玉县买了"公团"经营的商品房,上初二时搬去那里。祖母家就在附近也是搬家的一个理由。一家四口,父母,一个妹妹。

大学毕业后进了一家中等规模的贸易公司。不巧的是,上班第三年公司由于经营不善倒闭了。她一无所知,那天一上班,人家告诉她"咱们关门大吉了"。简直是晴天霹雳。

此后在家闲居三个月。也是因为以前就关心环境问题的关系,在一家"循环利用"方面的公司重新找了工作。招人广告是在《机遇》上发现的。工种是经理秘书——这么说听起来是够好听,但实际忙得一塌糊涂,和想像的是两回事。

不料在新公司上班不到一年就遭遇了地铁沙林事件,受到肉体性严重打击,工作也继续不下去了。之后半年时间在家疗养,同各种形式的后遗症做斗争。

现在好多了,一边在某政府部门做类似打零工的工作,一边在市民团体里参加志愿者活动。看上去,平山小姐并非只要有工作做即可那一类型,而希望主动参与有明确目标的事项,认为那样更幸福。

给我的印象是:聪明,有责任心,一丝不苟。但也有耐力,能够独自默默忍受各种烦恼。直到最近才好歹能够用话语向人倾诉自己曾多么难受,即便怀有无法准确传达的焦躁感。

当时,从××车站乘东武伊势崎线去北千住,在那里换乘日比谷线。车上简直能挤死人。我一直觉得这样下去说不定什么时候会出人命。以前听说有人挤断过肋骨。有时也想一定要从这沿线搬走,想过好几次吧。大家也是没办法才忍耐的。如果可以自己选择的话,我绝对不住在这条地铁沿线。

还时常有色鬼骚扰。现在女性越来越强,不会默不作声了。经常会听到有人喊"住手!"我遇到这种事情也一样会喊"住手!"即使不出声,也会把对方的手甩开,或者拧一下什么的。不过确实很挤的时候,大家都紧紧挨在一起,也就没办法骚扰了,对方也要先保护自家性命的嘛。

——挤得连性骚扰都不可能……

是的。光是通勤就已累得够呛了。从北千住到秋叶原大约要花十五分钟,这段路人多得简直无法形容。在秋叶原有人下车,到那儿才能喘口气。

从那天(发生事件的三月二十日)开始一段时间里,我的记忆开始模糊,头也好像被针扎似的……

当天我坐的是放沙林电车的后一列车。在小传马町站有人把装有沙林的袋子踢到了月台。好像被踢下来的沙林袋子就在我坐的电车附近,我偏巧不小心吸进去了吧。于是身体渐渐不舒服起来。

那时在小传马町站台,发生了一件追捕剧般的小事故。有个乘客用脚将袋子踢出车外,周围乘客就责问这个人:"哎,是你放在这里的吗?"接着就抓打争吵起来。是我后来看报纸才知道的。

不过我当时看到现场了。一个人在前面跑,两个人从后面追。不过想起这个情景是在事发后三个月左右的时候。那以前一点都没想起。警察第一次来取证时我也没想起来。直到第二次才想起:"这样说来,有这么回事。"

对当天的事,我没有任何时间感觉,记忆也几乎零零碎碎的。现在大体恢复了。

那段时间工作很忙。作为社长秘书本来就有很多事要做。此外,还要处理社长个人的一些事情,这个那个一大堆事,一天都休息不成。

但那天早上我想休息一下来着。早上起床时就有很不好的预感,像是袖子被突然拽了一下,想动身子也动不了。洗完脸,仍感觉身体和平常不太一样。

呃……说实话,这样说可能你也不会相信,至今我也没跟任何人说过。当时我去世的爷爷出现了,在房间里飞来飞去。像是在说:"不要去,你,千万不要去!"好半天我的身子丝毫动弹不得。爷爷活着的时候,非常疼爱我。

可我硬是不管不顾地走出家门,一心想上班,不能请假。坦率地说,那段时间我对自己所做的工作也产生了一点怀疑,也不是没有"不想去公司"的念头。但那天早上是另外一种感觉,和这个不一样,真的是很不好的感觉。

不过多亏这样,坐了比平常晚一班的电车,算是不幸中的万幸吧。如果赶上平日那班车,可能就是有沙林的那班了。而且我又习惯坐前数第三节车厢,那恰恰是放了沙林袋子的车厢。事后得知,浑身毛骨悚然。

那天穿的衣服记得很清楚。风衣、翻毛皮鞋，里面是菱形格纹毛衣，灰色裙子。在公司里，除去参加会议什么的，没必要穿得很正规。

刚才也说了，好像是在小传马町站吸入了沙林。电车出了小传马町站后，渐渐难受起来。抓着扶手，闭着眼睛站在那里。反正一阵阵恶心。但不是想吐那种感觉。胃的上部一个劲儿作呕。

大脑开始麻木，有点接近"被蒙上了一层膜"的样子，像是蒙着白色面纱。无论想什么都得不出结果。最初我以为是严重贫血。从那时开始，记忆就变得断断续续了。

我们坐的车继续向八丁堀行驶。依次经过小传马町、人形町、茅场町、八丁堀。到达八丁堀站时警报响了，电车猛地停了下来。在那之前我一直靠着扶手晕晕乎乎站着。中途如果下车就好了，但当时没有想到会这样。本来出门就晚，看样子又要迟到，尽管多少有点不舒服，也只能继续坐下去。

还是没有空座位。力气像是被一点点从肌肉中抽走似的。不过还没到站不住的程度。大脑中的空白慢慢扩展。电车在八丁堀停车后一直没走。时间实在太长了，我就下到站台。看到有人瘫倒在那里。是个男的，仰面躺成个"大"字，看样子心跳已经停止，急救人员正在进行心脏按摩。站台上人山人海。

倒下的只有一个人，但不舒服蹲在地上的人很多。之后车内广播响了，内容大致是：相邻车站有乘客把药水瓶弄翻了，由于处理药物的关系，电车将晚点。但不一会，广播又让乘客尽快离开站台避难，"能走得动的请快速离开这里"。

依然有很多人坐在电车里，大概觉得过一会车就会开吧。站台上有电话，就想先跟公司打个电话再说。当时电话前面排满了人，我也加入等电话的队伍。打电话时只跟公司说："电车停了，我也有点不舒服，今天要迟到了。"刚打完电话，呼吸就变得沉重起来，接着开始咳嗽。排在我后面的人也跟着咳嗽。我猜想莫非那股怪味传到了这里？身体从那时开始不听使唤，跟跟跄跄走到月台长椅坐了下来。

当时倒是有站务员喊"请身体不适的人到站台中间集合"，但我觉得还有好多症状严重的人，像我这种程度的麻烦别人不太好，就没过去。能走还是自己走吧。但在长椅上休息的时间里，情况越来越不妙，连呼吸都困难了。

我挣扎着走到站务员那儿，之后就再也走不动了。最初他们劝我在木台上休息："如果难受的话就坐在这里吧。"所谓木台就是列车员巡视月台时踩的那种台子。不料不一会儿我连坐都坐不稳了，身子慢慢下滑，往下一直躺在那里。

和其他人相比我还算有意识的吧。警察过来询问有关情况。好像问"发生了什么？"记不清当时到底说的什么，大概是姓名和住址什么的，问的应该是很简单的问题。

走得动的人都自己避难去了，八丁堀站台上只剩下我们，加起来总共十三个人。都是上班族打扮，其中还有一个女的，就是我等电话时在我后面咳嗽的那个人。旁边一个职员模样的人吐血了，记忆中。好像看见血了……

起始我们都躺在月台地面上。过了一会儿站务员们从停着的电车上卸下座位，把我们放到上面。之后听见他们说"一直放在这里不合适"，于是又把我们抬到了外面。把座位当成担架将我们抬出来的。记得站务员加起来有三四个人吧。肯定不轻，他们连同座位一起，爬阶梯把我们抬了出来。

外边地上铺了塑料布，电车座位被一个个放了上去。还给我们盖上了救护车运来的毛毯。不过还是觉得冷，出奇地冷。寒气从手脚迅速扩展开来。只要有谁说一声"冷"，就会有人过去加盖毛毯。

那时已经来了好几辆救护车，先拉走了重伤员，我排在后面。后来听说我是从八丁堀运出的第二十五个人。

无法推断到底发生了什么。听帮忙运送受害者的民间车辆上的人说"这是沙林"。还从他们那儿得知：由于筑地站一带受害者太多了，救护车根本忙不过来，很多人都是开着私家车将受害者送到附近医院的。

我听了，"哦，沙林？"松本沙林毒气事件马上浮现脑海中。如果真是沙林的话，很容易死人的。说不定是奥姆教的人干的，我猜测。因为我已经看了一月一日《读卖新闻》上的快讯。

后来也不知过了多长时间，想看手表也抬不起胳膊。记得到达东京医科齿科大学的医院时，因为有钟，一看：啊，已经两点了！

等的过程中，与其说难受，不如说满脑子都是"冷！冷！"还没有失去意识。我一直努力保持清醒，怕一旦失去意识就再也恢复不过来了。就这样一直坚持着没有晕过去。

至于恐怖或"接下来会怎样？"一类的想法，若说一点没有那是假的。不过总的说来，主要还是脑袋乱，搞不清怎么回事了。大脑一直迷迷糊糊的，想不了那么多。

那天晚上在医院里也没睡着。总是梦见谁要来杀我。我住的是单人病房，一睁开眼，就看到一个人影，把我吓得要命……。睡一会儿就醒了，醒了又睡，睡了又醒，就这样反反复复折腾一个晚上。

刚住院打点滴的时候，没觉得有什么异常。反而好像很有精神。刚开始时，手脚发麻、浑身发冷，到了晚上都消失了。第二天也只是觉得多少有些不舒服那个程度。归终住了两晚。到第三天感觉没问题了，又没什么后遗症，就出院了。医生也说胆碱脂酶值已经恢复正常，没什么可担心的了。可是回到家后，情况又恶化起来。刚回去就觉得难受，呼吸不畅，要说严重也不是很严重，可就是情绪不振，没有食欲，左半身一直发麻，持续了一个星期。

手也不能运动自如，好像有一侧的神经麻痹了。倒不是说完全不能动,但最初连拿什么都不可能。握力只有四左右,后来差不多恢复到十,再往上就不行了。不仅是手,从脸到脚都不够灵活。

当然要去医院,就去了曾住过院的东京医科齿科大学医院。医生说数值已经恢复了,没什么问题,身体不舒服是肠胃消化不好的原因。只给我开了肠胃药。我问身体经常发麻是怎么回事,医生也没回答,一口咬定"数值"不放。

状态根本无法工作,就辞了工作,在家里待了半年。公司劝我别辞,说先观察一段时间再说,反正有劳保什么的。但我觉得以自己这种状态,继续工作也只是给别人添麻烦,就果断辞了,在家里过起了疗养生活。

这半年,出去一天,第二天就累得一点也动弹不了。五月份因为一点小事导致扁桃体发炎,躺了整整一个月,在住处附近医院打了一个星期点滴。

真想去医科齿科大学告诉他们"现在都变成这个样子了",但连去那儿的力气也没有了。过了一年到现在,左半身发麻的症状基本消失了。累的时候,右脚趾倒还是有点发麻……,右脚的中趾和大拇趾。就那里发麻。就是一般发麻时那种感觉。累的时候即便什么都不干,那两个脚趾也还是发麻。

记忆力也不怎么样了。当时的记忆,好像蒙上了一层云雾,那时的事也好,之后的事也好,都记不太清了。自己的事如果不下意识去记的话,很容易忘得一干二净。

有时连刚刚做过的事情都想不起来。想找什么东西,找着找着就一下子忘了找什么。原先我的记忆力还算不错。但最近忘事忘得厉害。事件发生几个月后,我去公司取自己的备用品,却怎么也想不起自己是要来拿什么的。

刚才也说了,对事件的记忆也断断续续接不起来。说一件事的时候,突然就想起另一件事,就好像智力拼图的一块块卡片一样。大约花了四个月时间才回忆起当时的大致情形。从那个时候起,脑袋才终于有点清醒过来。

现在累了还是会头痛。身体一累,马上就有症状出现。现在做的是兼职工,若是帮忙准备会议材料什么的话,头就会痛,一痛就是一两个小时。能站着做事,而一思考就不行了。严重的时候什么都插不上手,就那样呆呆地坐着。一星期会有那么一两次。

最近终于能好好睡觉了。以前总做噩梦。梦见周围人呕吐瘫倒,大喊救命什么的,就像再现当时事件的场景。虽然每次不太一样,但模式都差不多。非常害怕。事件刚过那会儿,脑袋迷迷糊糊的,想不了那么多。等头脑清醒些静下心来想想,就开始害怕了。老是频繁地做梦,觉也睡得很浅。

视力也下降了。因为害怕看到数字,就一直没去做视力检查。不过能实际感觉到眼睛相当糟糕。普通眼镜、隐形眼镜什么的我都没戴过,能明显感觉到眼睛不好了。事发后三个月左右,在昏暗的地方走,左眼就看不见东西。左边视野全消失了。后来很多症状都出现在身体左侧,现在好了。

出现这么多后遗症,我一次也没跟家人提过。家人不知道我变成这个样子了。

——一点儿也没跟家人说?为什么?

可能是很难说出口吧……。我母亲也一直抱病在身,想说也不知道怎么开口。就我一个人一直忍受着这些痛苦,没有可倾诉的对象。

本来我也不是喜欢喋喋不休说自己事情那种性格。社交活动我也参与,关系好的朋友也有,只是向来喜欢倾听别人的烦恼什么的,不愿把自己的事对别人说出来,无论什么事。我是有这个特点的。发生这件事之后,确实感觉情绪波动很大。有点伤心事眼泪就"刷刷"流了下来,过一会心情又莫名其妙地好了,情绪低落的时候当真低落得不行——这样的情绪起伏相当频繁。想想,原因都是些鸡毛蒜皮的小事。这是以前从来没有过的。

去年十月份开始在政府部门打零工。现在一星期工作四天,中间有一天休息,基本上不会感觉到累。而且和做公司职员时不同,没有职场压力。

今后,除了工作,我想更多地参与志愿者工作。眼下参加的是要求废除动物实验的市民运动(ALIVE)。调查得知,世界上不必要的动物实验太多了。在很多地方,仍在继续进行毫无意义的实验,丝毫没有意识已有多少动物付出了生命代价。比如缝合小猴的眼睑来研究它如何寻求母爱;观察患有精神病的老鼠怎样活动;将洗发水灌进兔子的眼睛看它如何反应等等。见到这些惨不忍睹的照片很难受。前几天地球保护日还去发传单了。

事发之后,我深深地体会到生命的重要,想好好珍惜一切生命。

※

前面四列地铁分别停在筑地、八丁堀、茅场町、人形町。接着到达的,首先是 A750S(北千住始发),书中收有证言的玉田道明列车长就在这趟车上。车在小传马町站月台停了一会儿,但由于后面的车停在秋叶原站和小传马町站之间,于是放下所有乘客,往前开到小传马町和人形町之间停下。

其次开进来的是 A7385(竹之冢始发)。

结果,在小传马町站停止运行的两列车上的乘客大范围受到充满月台的沙林毒气的危害。以下是 A750S 车上乘客的证言。

※

"猛然一看，地面已成了这个样子，到处人挤人，一波接一波的。"

时田纯夫（当时四十五岁）

时田先生出生在兵库县汤村温泉。汤村温泉位于城崎西边，是最靠近日本海的地方。从学校出来后在关西资本系统的一家超市连锁店工作，大约十年前调来东京。在那之前的工作地点基本在大阪和神户之间。

专业是电脑，工作以来一直搞电脑。电脑与超市连锁店处于密不可分的关系之中，从每个店铺每天营业额的统计到库存量，都要用通过终端收款机同大型中央电脑连接来昼夜管理。若不正常运作，就无法营业。工作全然松懈不得。

时田先生虽已四十过半，但体形清瘦，全然没有发胖。我说蛮瘦的嘛，他说三年前因溃疡把胃切去了三分之一。原因到底是精神压力。尽管如此，上下班单程就差不多两个小时他还说不怎么苦。

爱好运动。休息日和女儿们一起练垒球。两个女儿都是垒球俱乐部的选手，全家都是垒球迷。听他说起来，像是快乐无比。虽然工作忙，费神经，但看上去人生倒也风平浪静，自得其乐。

进公司前我没碰过电脑，完全是个外行。进公司后，要求学习电脑。其实只要接受培训，谁都能够掌握，两三个月足够了。逐步记住操作步骤，例如编程、设计大家使用的各种系统等等。

事故还是有的，以前东京电力公司在我们公司计算机中心附近施工，把电缆"啪"一下切断了，造成停电，一切停止运行，不能正常工作。我们立即接通传呼电话，二十四小时待命。

但近来——去年十月份前——由于工作调动，我去分公司上班，一下子轻松下来。这次不是研发计算机系统,而是下订单让别人生产,所以特别高兴。"那么干!这么干!太慢了,快干!"可以这样发发牢骚(笑),过去都是被他人指指点点的,但干这行的确是极为严格的。

我家在埼玉县的幸手,在东武伊势崎线上,东武动物公园站的前两站。到公司当时所在的五反田需两个小时。是啊,很远。如今公司搬到大门,尽管只需要一个半小时,可还是挺远的。从幸手站到北千住站有座位可坐,从北千住站往前就难了。北千住站人太多,很难乘上车,要等两趟始发车才行,即使等了两趟也未必有座位。

为什么特意到幸手来?原因很简单,房价便宜,仅此而已。那一带房价仍很便宜。我是"单身赴任",住在横滨,想把家属从关西叫来一起住,孩子也有了,想买房子。但横滨房价太高,无论如何也买不起。于是我一直搜集住房信息,能买得起的房子这里恰好有一处。那是在八年前,泡沫经济还未来临,没有消费税的时候。

上班的确不方便,买房的时候没有考虑到这点,首先考虑的是钱的问题。而且在乡下,住得倒也算舒服。算我在内全家四口人,两个女孩,大的二十三岁,小的二十岁,小的还在读书。另外,由于工作调动,我有可能回关西。说起这个,实际上去年三月就已经定下来我一个人去关西工作,可那时不巧有震灾,即使去了那边也无法工作,便留在了东京。所以如果没有震灾去了关西,就不会遭遇毒气事件了吧。这就是所谓因缘。

深夜从市区回家非常困难,很麻烦。坐出租车大概要花两万日元。所以很多时候就不回家了。偶尔也会在桑拿室住一宿。工作结束都到晚上九点十点了,回到家接近十二点了。很忙!很累!这是那段在五反田公司研发电脑程序的日子。一天睡眠时间也就三四个小时,只能在周末好好睡一觉补回来,总之一到了休息日就睡到中午。不,我在车上睡不着,一向如此,或许因为紧张吧。喝过酒睡着的时候也有,可平时不行。和孩子们见面,一星期顶多一回。

事件发生在三月二十日,那天我起床晚了,乘坐的车也比平时晚了两三趟。前几天睡得晚,很累,怎么也起不来。这个时间到公司或许就迟到了。

日比谷线地铁车在小传马町站台一停,车内广播就响了起来,说在筑地站有烟花筒或什么东西发生爆炸,这趟车要折回,要乘客下车。没有办法,只好下车,在站台等候。大家嘟嘟哝哝地发着牢骚。接着,下一趟车进站了,乘客也全部下车,站台变得异常拥挤。

我以为这样等一会或许就能乘上下趟车,暂且留在站台上没动,位置是从后往前数第二节车厢那里。这时听到站台前方一个女人发出"啊……"一声惨叫。声音很大,不知道怎么了。接着一位中年男子对车站工作人员说:"有一股奇怪的味道。"工作人员回答说:"昨天站台用洗涤剂清洗过,可能是那个原因。"这时间里,我也闻到一股酸酸的味道。整个站台开始骚动起来。

不久,广播响起来了:"站台空气受到污染,请大家上到地面。"周围的气氛慢慢变得异乎寻常。我想还是出去好,就朝检票口走去。结果看见前方一位中年妇女被四个人架走。我担心不早点出去会很危险。于是我没拿代用票就赶紧跑了出去。一看,车站工作人员正这么蹲在那里。

地面上已经不得了了。有二、三十人倒在地上,还有的蹲着,有的仰着。仰面朝天的乘客嘴里被其他乘客塞着手帕,全然不知怎么回事。这太可怕了!正当我这么想着的时候,对面开来一辆救护车。

可我无论如何也要赶去公司,开始向人形町走去。那时我没什么反应,也没觉得有什么不舒服。可当我开始走的时候,猛然一看,地面已成了这个样子,到处人挤人,一波接一波的。我想没准是地震吧。于是停住脚步,弯下腰用手摸。地面没什么变化,还是普通地面。莫名其妙,这太恐怖啦。

头开始疼,眼睛也不正常,眼前一片昏黑。走起路来,脚也变得软弱无力。可我没意识到我的这种症状和小传马町站昏倒的其他人之间有什么关联,完全没有意识到。我好歹走到人形町站,乘上都营线,车厢内很暗。我觉得很奇怪,难道车内没开灯吗?头越来越疼,平时根本不曾头疼。这太奇怪了,我一边这么想一边抱头坐在车中。

在户越站下车时,道路还是如此(用手比划波浪摇摇晃晃的样子)。到公司大概是九点十分,迟到了一会儿。虽然到了公司,可根本做不了工作,谈不上工作。这时间里,公司同事看电视说地铁遭殃了,可能是沙林毒气。正给我碰上了,于是我慌忙在公司一位女同事的陪同下,乘出租车去了附近的五反田关东递信医院。

在医院只住了一夜。说实话,那天在医院的记忆一片空白。到第二天早晨之前发生了什么,我几乎不记得。就像昏倒或睡着了一般。那当中只记得医生说我的脉搏只有五十次,慢得出奇,正常应接近一百次。医生相当惊慌,说最好通知家属。

早晨起床,头不疼了,可眼睛还是怪怪的……那个星期向公司请了假,在家休养。星期六又开始上班了。

视力从那以后变得极差。不久前做了健康检查,原来1.2或1.5的视力,现在只有0.6了。开车也觉得力不从心。工作需要经常看电脑屏幕,眼睛还是很疲劳的。不,身体并没有变得容易疲劳,只是视力下降了。

"我问旁边坐的小伙子:'什么味儿,不臭?'"

内海哲三(当时六十一岁)

内海先生所在的印刷器材公司,位于京叶沿线站前被称为"印刷新区"(车站广告牌上写有"Print City"字样)的广阔地带。虽是新填埋的地带，却有许多印刷方面的公司在此"聚集一堂"。世上居然存在这种专门密集区，这以前我一点儿也不知道。走出车站，发觉这里的景致同任何城镇都不一样，或者不如说甚至不是准确意义上的城镇。这里没有生活气息。没有商店，没有餐馆，公交车站那样的东西也没有。只是街角孤零零有一个饮料自动售货机。几乎不见人影。行走之间，随风飘来一股大约是印刷器材的信纳水味。地方很有些不可思议。往这里一站，甚至觉得微妙的现实感正一点点从自己周围离去。当然，我知道这仅仅是习惯问题。一旦习惯了，如此光景也会化为无聊的日常⋯⋯。

内海先生虽然年过六十，但看起来年轻得多。身材瘦削——"怎么吃也不胖"——无论动作还是说话都干脆利落。一如世间大凡小个子瘦人所表现的那样，他也思维敏捷，自立意识强，多少给人以固执的印象。

学生时代是两万米长跑选手。上初中时在广岛县尾道举行的接力马拉松比赛中拿过冠军。后来倒是不怎么跑了，但现在又动了跑的念头：哪怕为了不在沙林事件面前败下阵来也要一天跑一点点，要通过活动身体来充分证明自己身上已不再有后遗症。

午休时在公司接待室听他谈了一个半小时。对奥姆案犯的愤怒是明确而坚定不移的。

结果，和印刷有关的公司一家接一家从市中心搬了出去。不光这里，埼玉县我家附近许多大印刷公司也搬了过去。这里是填埋地，城里人好像称为工业区，从一开始就规划好的。和印刷业相关的人成群结队涌了进来。

不，这和泡沫经济导致地价上涨没什么关系。印刷厂有大型机械，稍想扩大规模也不能在市中心发展。还有其他情况，比如交通不便、道路狭窄、大型车辆无法进入等等。如果是这里，来的车辆几乎都和印刷有关，而且同行业的公司聚在一起，总还是便利的。

我所在的公司，除了纸张，还经营和印刷有关的所有产品。主要产品是感光材料,一种印刷时作为印刷版的版材。可由于印刷业整体进行技术革新,最近机器好用了,机器本身从一开始就附带一种必需用品,材料也有很好的生产出来,导致我们公司销售额大为减少。

而且,从泡沫经济稍微往前一点开始,乐意从事印刷工作的年轻人越来越少。毕竟这工作不引人注意,缺乏魅力。

公司是在战后没过多久的昭和二十一年①创立的。我从昭和三十六年就在这里工作,一干就是三十五个年头。我是广岛人,通过熟人推荐来东京这家公司上班。那之前我在大阪,在姐姐、姐夫那里帮忙做食品批发生意。但那时还年轻,还是想到东京闯荡一番。

当时,公司在千代田区外神田,在上野松坂屋附近。我在公司三楼差不多住了一年,后来搬到千叶县市川市的公司宿舍。在那儿一待就是六年。我三十二岁结的婚,昭和四十八年终于在埼玉县××市有了自己的家,在那里安顿下来,有两个孩子。

公司规定六十岁退休,退休之前我一直从事经营方面的工作。退休后,继续留在公司,负责往地方发货和采购。和材料打了三十年交道,对采购了如指掌。

从家到草加站步行大约十五分钟,乘东武伊势崎线。在北千住站转乘日比谷线的始发车去八丁堀站,在八丁堀站转乘京叶线。

从北千住站到八丁堀站有二十二三分钟的车程,但相当拥挤。早晨尤为严重,在车厢内完全动弹不得。所以我每次都等始发车,一定要坐着才好。可为此要等五、六趟车才行。如果不等座位直接上车,用这等车时间早就到八丁堀站了。就算早到,可一想到那拥挤场面,也还是觉得在站台等车舒服得多。

快到小传马町站时,车内广播响了,说八丁堀站的下一站筑地站发

---

① 一九四六年。下面的昭和三十六年为一九六一年。

生爆炸事故。车随后到了小传马町站,车门虽然开了,但我不知道是马上发车还是在这里短暂停留,决定等下一次广播。如果车不再开,我就下车走着去公司或在哪里转车,只能这样。

在小传马町站,车门打开的时候,一股气味涌了进来,是沙林的味道。至于是什么气味,我现在也无法描述。事件过后,常有人问到是什么气味,这个无法形容。在医院里和其他受害者谈起来时,对方说是彩色蜡笔溶化那种气味。有一点可以断定:气味不怎么厉害,刺激性不是很强。一种让人觉得轻飘飘的气味,一种让人坐立不安的气味。说不舒服倒也没什么特不舒服的,只感觉轻飘飘的。

——我想提个很过分的问题:如果再闻一次,能辨别出是同一种气味吗?

是啊,如果真的再闻一次的话,或许还能辨别出来。怎么说呢,气味不怎么强烈,感觉软软的,还稍微有点甜,总之不是那种令人作呕的气味。但是伤害神经,一种很奇妙的感觉。

于是,我问旁边坐的一个二十二三岁的小伙子:"什么味儿?不臭?"他说:"是啊,臭。"可车厢内谁也没动。大家都在那一动不动的。可我坐不住了,起身从车门上了站台。环顾四周,站台上连个人影都看不到。没有人动,也没有人走动,空荡荡的。小传马町站本来很空,不像其他站那么拥挤,可无论如何也不至于这样,情形让人觉得纳闷。

我自然向检票口走去,反正想从这里出去。我想我这个决定做得相当快。后来也被孩子问到:"爸爸,你为什么想那么快出站呢?是因为站台上一个人也没有吗?"至于为什么我也不知道。或许是出于对气味的敏感吧。我想,如果是刺激性更强的气味,估计大家早逃出去了,但恰恰不是,或许正因为是这种稍甜的气味,大家才都留在了车里。检票口的工作人员也没什么变化,很正常地坐在那里。

可一出检票口，全身就软弱无力。我跟跟跄跄地爬上台阶来到地面，结果大吃一惊，周围一片昏暗。接着稍走几步，眼前还有些昏暗，我就在大楼前直接坐了下来。

在那里一直蹲了两三分钟。周围有很多人，没有人问我怎么了，我也什么都没说。那时还没闹起来，平常的街景。大家可能觉得我是醉鬼什么的吧。我想这怕是遭遇毒气了，那气味不对头。

于是我站起来走了几步。有个邮局，一个老年妇女在擦窗户，早上搞卫生。当然这个时候邮局还没开门。我对她说："快喊救护车。"只记得这些，我的意识到此为止。记得我还补充一句："如果救护车不来，就喊出租车。"

出院后，我再次去那个地方查看了下，从小传马町站十字路口到邮局大致走了一百米。跟跟跄跄的，可总算走到了邮局。我被救护车送到两国站前的田岛医院。很多受害者也被送到了那里。其中我的症状最严重。十二点左右我恢复了知觉，好像打着点滴睡了过去。公司的会长来了，能认出他的长相。大儿子也来了，能听得出他的声音。

谁是医生谁是警察我不知道。他们为了确认我是否恢复知觉，问道："请问您的姓名、住址和电话号码。"我能回答"我叫内海哲二"，但住址和电话号码怎么也记不起来。当时，脑袋晕乎乎的，什么疼痛啦，难受啦，自己也不清楚。过了中午，为了让我接受专门治疗，把我送去了世田谷的自卫队中央医院。儿子和女儿也跟去了。

住院住了一个星期，自卫队医院对化学武器的研究很先进，被送到那里很幸运。打了两三天解毒剂，然后打点滴。那期间，做了非常奇怪的梦。如果自己还待在那里会什么样呢？这样的梦很多。本来以前没做过奇妙的梦的。

三月末出院了。出院后，直到六月头还一直疼。在公司上班的时候头也疼。住院时，几乎一天疼到晚，出院后多少好了一些，只在下午有这种感觉。可上班时一到中午头就开始阵阵作痛。虽不是特别剧烈的疼痛，但伴随发烧、恶心。这和"沙林毒气受害者之会"的人在电视上说的大体一样。

发烧也不是高烧，三十七度左右。也并非不能工作。但是恶心，时常觉得身体不舒服。这种不舒服在傍晚六点左右会像退潮一般退去，太不可思议了。

自卫队医院的医生对我说："内海君，等半年吧，半年就好了。"自卫队在处理松本沙林毒气事件时积累了一些经验。如其所说，半年后头疼基本痊愈了，眼睛可没那么幸运，一直到十月份还往医院跑。

至今，眼睛还会偶尔突然失明。正写东西的时候，突然什么都看不见了。休息一下，又一下子复明了。莫名其妙啊！视力并没有明显下降。我戴眼镜，眼镜度数没有增加。只是有时看不见东西。出院后，这种症状出现了好多次。

从公司下班回家也稍稍提前了些，大约四点或四点半就回家了。星期六、星期天累得够呛，几乎都在睡觉。一直到七月份都是这种状态。

即使出院回家后也很长一段时间夜里睡不着。睡不着只好喝酒，喝得烂醉入睡。睡不着的毛病一直持续到内科治疗结束的八月份。我本来是个早睡早起的人，这对于我来说实在太痛苦了。

在医院住了一个星期，星期天回的家，星期一就开始上班了。开始几天不能乘地铁，总之一到地下就恐惧万分。从北千住站乘地铁乘到仲御徒町站，再往前我是不打算乘地铁的了。日比谷线在南千住站之前车在地面行驶，从三轮站开始转入地下。一进入地下，我就马上恶心起来，实在无法忍受，就在仲御徒町站下车，换乘 JR 到东京站，然后乘京叶线去公司。

但这也仅限于一天。第二天我还得像往常一样乘地铁上班。当然心情还是不好，但毕竟这样上班省事。

投毒犯林泰男还没被抓获,我参加"沙林毒气受害者之会",每当听到毒气事件中去世者家属的话,听到尚未恢复知觉的儿子父亲的话,我就盼望对这些无辜杀人的罪犯处以极刑!我绝不会原谅麻原和这些现行犯!绝不会消除对他们的憎恨!终生不会忘记这些罪人!

"首期款付了,老婆肚子里有了孩子,心里直喊糟糕。"

寺岛登(当时三十五岁)

寺岛君是一家大型复印机公司的维修技师,从草加站乘日比谷线去位于东银座的公司上班。工作是定期检修自产器械。由于地段关系,霞关的政府机关是主要客户。

离开位于幸手的父母家以来,一直在草加市的一座公寓一个人生活。事件发生半年前结了婚,以分期付款形式买了草加市内的新商品房,不久太太怀孕。也就是说,在来到了人生转折点——由青年无奈地过渡到中年时期,开始背负责任——的时候遭遇了沙林事件。

由于这个缘故,在小传马町站吸入沙林毒气身体出了问题的时候,脑海里掠过的是即将出生的孩子和贷款付的房子首期款。他全然不知所以地沿着银座大街摇摇晃晃走到公司,边走边愁往下怎么办。关于当天行动的记忆荡然无存,彻底成了空白:"一点儿都不记得了,什么也想不起来。"

一个天朗气清的周日午后,在草加市内一家咖啡馆的二楼听了他的讲述。从窗口看去,站前路上走动的全是年轻夫妇,大多领着小孩。人们表情放松,显然在过周日。

我问,他边想边慢慢讲述。答话有条不紊,口齿清楚,看上去好像和前面出现的那一类型的人有所不同。

我真的很想画油画，也学了，如果可能的话，很想沿这条路走下去。可是高中一毕业父亲就去世了，那个时候无论如何都是需要钱的。哥哥上大学了，总之只想供长子上大学。我没能通过大学考试，去专科学校也得花钱，必须赶紧找工作。

起始从事与房地产有关的工作。但这份工作不允许虎头蛇尾，严格，又有莫名其妙的地方，就离开了那里，一年之中换了好多好多工作。最终到现在这家公司，安顿下来。本想从事策划或制作广告方面的大型道具的公司工作，可由于缺乏经验，又没有驾驶执照，没能如愿。不过这里是正规公司，安顿下来也好。总之安顿下来要紧。

地铁沙林事件发生的前一年九月，我结婚了。那时在草加买了公寓。九月签约，四月交房。四月前，我住在草加的出租公寓里。所以在事件发生的三月二十日，已经准备开始搬家了。去附近的商店里买了纸壳箱，把那里的东西装了进去。

不，我不是特想买公寓，住在哪里无所谓。只是休息日去售房处，发现这房子不错，当时购房贷款利率还有这个那个不少说法。房地产商怂恿我说现在购房贷款利率是3.9，马上就要变成4.0。几乎是在冲动之下买的。二十五年期贷款，太辛苦了。真不该买房子！

地点之所以选在草加，是因为我母亲住在埼玉县的幸手，岳母住在品川。想住在她们中间，可城里房价太高买不起。

有个女儿，闹得让人心烦。两年前还是一个人过得舒舒服服。结婚有了孩子，背了房贷，转眼间一贫如洗，自己的钱全没了（笑）。

原本打算如果三十五岁还没结婚，就不结婚了。一半原因是太麻烦。结果在三十四岁结婚了。妻子是过去冲浪时认识的，是我的一个同伴，比我小三岁。二十五岁前后我玩得比较拼命，现在懒得玩了。那个时候年轻，特意开车去玩，一星期一次，早上五点钟起床，三个小时车程就到了湘南的材木座，很有干劲。那时冲浪还不是很流行的运动。和朋友两人一起买了二手艇，寄存在当地，那东西现在怎样了呢？

说起最近的休闲,只是玩弹子球罢了(笑)。不画画了。我是那种一干就十分投入的性格,没有足够时间是不行的。

三月份工作很忙。这是因为霞关也开始属于我的负责范围。受政府预算的影响,有大笔器械的一次购置和交货。也就是说,要在三月底之前把剩余的预算用完。一年之中我是阶段性忙碌。虽是节假日之间,但连休是不可能的。

早晨几乎不吃早餐,喝点咖啡吃点小糕点面包就出门了。为了有座位坐,在北千住站等几趟日比谷线的始发车,从第三节车厢最前面的门上车。那天乘坐的应该是七点五十三分发车的。上车不一会儿我就睡着了。我在车上是不看报纸什么的。经常在快到东银座站时一下子自然醒来。但是,一年总有个两三次睡过头(笑)。注意到时,车已进入神谷町站。

那天是在小传马町站醒来的。因为车在那儿停了下来。车内广播说筑地站发生爆炸,车暂时不开了。我坐在那里一直等。不久又被告知重新开车的可能性不大,没有办法,只好下车。一股异丙醇的味道袭来。在我们公司,擦拭复印机的玻璃部分时就使用这个,所以我很了解这种气味。工作当中经常随身携带。

下车的时候,右边有一根车站的柱子。柱子那里,有个用报纸包起来的东西,异丙醇的味道好像就是从那里发出的,但那时我并没特别在意。不过还是心想发出这种气味的是什么呢?我清楚记得我是低着头的,嗅的时候连同空气深深吸了进去。异丙醇这种药品本身倒不是特别危险的东西。

在小传马町站,只看见一个人昏倒了。是个男的。在穿过检票口一瞬间看到的。那人坐在柱子那里,口呼呼吐白沫,手一个劲儿颤抖。但一来只我一个人,二来估计他只是不太舒服,就没理会。

出了车站我想步行去日本桥。可一到外面,身体就不舒服起来。

想吐,头晕目眩,视力下降,无论取下眼镜还是戴上眼镜看东西都一样,焦点集中不起来,眼前模糊不清,头也开始疼了起来。方向感没有了,不知道该往哪儿走。我想跟着其他人走大概就可以走出去,于是随着人流好歹往前走动。

步行途中几次坐下来,恶心,身体不舒服,想回家。但那里离公司很近了,无论如何还是去公司吧。走是走着,却不知自己在往哪儿走,一条路反反复复走了两三次,走得非常痛苦。一直有一种强烈的贫血感。于是想去便利店买市内地图查看一下。可是不行,书什么的没法看清楚。

莫非血管破裂了?我忽然担心起来。最近三四十岁的人出现这种症状的不断增加。那时我想这回完了,房子首期款付了,办了房贷手续,老婆肚子里有了孩子,心里直喊糟糕。如果就这么死了,该怎么办啊,这种想法在脑海里一掠而过。

胡乱行走之间,终于到了日本桥,到得巧。在日本桥乘上银座线,来到银座,从那里步行去公司。但这期间发生的事一点都不记得了,脑袋一片空白。到达公司的时候,已过了八点四十五分,早会已经开始了。我换好工作服参加早会。但我已经没办法站着听下去了。尽管如此,我还是换好了工作服。所以工作的心情还是有的(笑)。习惯了。如果在平时,这种状态我是不上班的。

但到底忍受不了,还是去了日比谷医院。到医院是在九点半到十点之间。这个时候,已经有很多人在医院接受治疗了。看电视里播报新闻,听到"在筑地停驶列车的第三节车厢最前面的车门"时,我突然想了起来,对!在小传马町车站下车时,我在那里发现了用报纸包着的包裹。我当时搞不清是什么东西,还低下头去闻了闻,所以比其他人更严重。

我在医院只住了一夜,打了点滴后痛苦减少了,眼睛也慢慢复明了。

现在没什么特别。只是觉得比以前健忘了。有时不是暂时遗忘，而是完全没了记忆，忘得干干净净。有人偶尔忽然忘记自己到底想干什么，这是暂时遗忘。可我不是，我不是忘记想干什么，而是一开始就一下子把整件事忘得干干净净。

即使有人让我怎么怎么做，较之他说的什么，甚至连说本身都忘个精光。事后一想，啊，是，他是那么说来着。而当时却以为他什么也没说。

所以我尽可能把人家交待的事情当场迅速记在本子上提醒自己注意，不然就忘掉了。

——你闻了异丙醇气味，那以后没觉得不舒服吗？

没，没有。我工作了十几年，经常闻那种气味（笑）。后来看电视新闻才知道，制作沙林毒气实际是要使用异丙醇的。到底是这样！

"开始频繁做梦，梦见从高处扑通一声掉下来。"

桥中安治（当时五十一岁）

鹿儿岛人，住在埼玉县浦和市。单位在茅场町，印刷方面的公司，处理综合性印刷品。如公司内部刊物、月历、小册子、传票等等。正式职员有一百三十人左右，即所谓"中坚"企业。

从学校出来后在大阪一家钢丝企业工作了三年，在现场淬火。使用研磨机时手受了伤。于是心想这活计有危险，不能久干。正好有个同乡劝他转行，就到了现在这家公司。已在这里干三十年了。庆幸当时换了工作。

没有小孩，和太太两人生活。过去一天喝一升酒，血压出问题后，忍住不喝了。到底往日练过相扑,身体敦敦实实。至今仍喜欢看电视上的相扑比赛。

家住在北区的时候,去公司上班单程需四十五分钟左右。如今早晨要花一小时十五分,还是有点远。从家出发,乘巴士去浦和站,然后乘JR去上野站。在上野站转乘日比谷线到茅场町站。从浦和到上野非常拥挤,是的,是肉体上给人以苦痛的那种拥挤。连报纸也不能打开看,地铁也是如此。从家到公司,坐是基本不可能的。不仅早晨,下班回家也很少有座位可坐。上班辛苦吗?嗯,是的,不过已经习惯了。

每天赶七点二十七分从浦和站开出的车,差不多都能赶上,因为我上了两个闹钟(笑)。早起也不那么痛苦。休息日我一般都美美睡个懒觉,往下就在家里东倒西歪,读读报纸,看看电视。妻子称我是"大件垃圾"。

事件发生的三月二十日,我出门比平时晚,错过了一趟巴士,大概晚了十分钟左右。那天正好在周日和春分日之间,所以我想车大概会比平时空一些吧。平时我七点三分走出家门,那天是七点十三分,结果遭遇了沙林毒气事件。

从上野到小传马町平安无事。但当车停在小传马町站时,广播响了。具体内容记不清了。听到像是"筑地"、"爆炸事故"之类的词儿那里就听不大清楚了。还说"好像有人受伤"、"事故正在处理当中,车在小传马町站暂时停止行驶"。

车就开着车门在站台上停了好一会儿。后来广播说这班车要开回去。在这之前我一直在车里站着等,车停了大概十分钟左右。但一说要开回去,大家都不再等,下了车。那时还没有什么异常情况,大家都感觉很平常。

我想大概有人从前一趟车上把沙林袋子踢到站台,踢在柱子那里。

我乘坐的是第三节车厢,正是离那袋子近的位置,有四米左右。当然,那个时候我还不知道是怎么回事。

我原本要去的茅场町离小传马町只有两站路,如果车不开,那么就走过去。于是我向检票口走去。在车站墙壁和自动核算机之间,有个男人拎包跟跟跄跄地走着,走着走着,突然向左侧"砰"一声倒了下去。

这当儿,那个男人另一侧的一个人突然发出一声尖叫。这个人叫和田荣二,后来得知他死了,老婆有了九个月的身孕。

有人在附近喊"救护车,救护车!"我想肯定是为最初那个人。不料此外也有情况相似的人。一个男人紧抱和田:"不要紧吗?不要紧吧?"和田痛苦地挣扎着,承受不了力气,就像被压在身下似的,样子和撞在饮水台上差不多,眼镜提包掉在地上。在和田附近,有个女人也蹲了下去,长头发的。

到底怎么回事?我边走边环顾四周。这时正有车驶进站台。

——这么听起来,就是说眼前接连发生了与平时不同的事,没认为事态很反常吗?没觉得这里将爆发不得了的事情?

不久前发生了阪神大地震,我觉得人很脆弱,有点什么事就吓得不行。心想大概因为发生了爆炸事故,所以才造成恐慌的吧。那个时候我的眼睛还是正常的。

驶进的列车是我乘坐列车的下一趟车,在秋叶原和小传马町之间短暂停留后开到了这里。在我们乘坐的车开回去后,它就进站了。我想正好,赶紧跳上车去。没想到这趟车也是在小传马町站停靠后往回开。这是怎么了?这趟车也要开回去吗?正这么想着,突然眼前一黑,什么都看不见了。

我平时血压就很高,定期去医生那儿拿降压药。医生平日里就告诫我要控制饮酒,减少盐分,减肥。可怎么也减不下来(笑)。所以我当时以为肯定是血压高了。一边心想这下完了麻烦来了,一边出了检票口,捌着扶手上到外面。然后朝公司方向走去。头疼得厉害,流鼻涕,打喷嚏,身体状况糟糕到了极点。尽管如此,我还是弓着身子一摇一晃走到人形町。

沿途有人坐在路边用手帕捂着嘴。救护车也来了。我想这到底是怎么了?发生了什么事?刚才听广播说筑地发生了爆炸,莫非烟一直扩散到这边?本来筑地离小传马町还很远的。

在人形町十字路口,正好有出租车过来,我搭上去公司。一进公司,女同事就对我说:"桥中君,你怎么了?脸色铁青。"我回答说:"身体不舒服。"上了二楼,把大衣放在储衣柜里,然后向上司请假:"非常抱歉,我身体不舒服,让我去趟医院。"接着,我去了京桥医院,步行五分钟就到了。那个时候我已经东倒西歪了。在医院挂号处填写姓名,在那里等待。正等着,在小传马町站身体不舒服的人陆陆续续来到这里。

那时,医院还没有得到关于事件的消息,谁都没有掌握情况。我在挂号处也只是说血压突然升高,请帮我检查一下。那时仅仅以为是血压问题。在挂号处办完手续,觉得很不舒服,去厕所吐了一次。随后让医生看病,血压低压155,高压200左右。服了含服药,医生吩咐我在空病房里躺下休息。作为沙林毒气的一种症状,我的情形是血压升高,不知道这是不是一般症状。

知道是沙林中毒后,就使用治疗瞳孔缩小的药物和使胆碱酯酶值复原的药物。使用这些药物过程中,血压猛的降低,相反变得只有50到70了。这仅仅是一两个小时之间的变化。头痛持续了一段时间,鼻涕眼泪一起流,眼睛还是模模糊糊的。

归终在医院住了三天,晚上还是睡不着。一边听隔壁的人说电视新闻的内容,一边想这太恐怖了,再差一点点或许就没命了。一想到这里,就怎么也睡不着了。比起肉体的痛苦,精神上的更折磨人。

出院第二天,我就回去上班了。眼睛不适持续了很长一段时间。有时,眼前突然白蒙蒙浑浊一片,就像是蒙上一层薄膜,或像进入了烟雾弥漫的房间一样。从那以后,变得容易流口水,有时即使不紧张也会不自觉地流下来。

频繁做梦,梦见从高处扑通一声掉下来。以前从没做过这样的梦。做这种梦,当然要被惊醒。倒不至于害怕,醒来才意识到原来是场梦。住院期间,也经常做这种紧张的梦。住院两天做的梦都很恐怖,要么走着走着前面的路突然没有了,要么以为是小水坑不要紧,而一迈步就一下子变成一条大河。我不会游泳,所以这相当可怕。最近还有一种倾向,就是支离破碎的梦越来越多。我不知道这是不是沙林毒气的关系。

我们公司规定六十岁退休。退休后我想回老家鹿儿岛打发余生。妻子也是鹿儿岛人,我想两人一起回去。我是指宿的,那是个好地方。对东京没有那么留恋。

"我深深感到,出这种急事的时候,政府和公家那东西不怎么管用。"

奥山正则(当时四十二岁)

奥山给我的印象是"安静的人"。当然,第一次见面且交谈几个小时,实际如何并不清楚。也有可能能说会道举止轻佻。不过,如此同很多人见面当中,我大体掌握了一种类似诀窍的东西,即使第一次见面、即使交谈时间有限,也可看出对方的基本性格。从这一观点出发,在我眼里奥山先生是个"安静的人"。

在东北一个小镇出生长大,考进附近一所大学。三兄弟中他最大。依本人说法,从小就认真,听话,体育也行。高中时代是个手球迷,甚至参加全国高中运动会。

两个孩子,大的上初三,小的念小学六年级。两个都正是上学年龄。我问怕是够呛吧,他说没往那方面多想。作为父亲一点都不严厉,从不说三道四。

工作是负责室内装饰品的营销，即以百货商店、大型超市等为对象搞批发。虽说营销，但奥山先生很少有应酬和接待工作——为了防止客户和厂家产生不正常关系，严格限制这种个人交往。"这样倒好，工作是工作，两清。"

休息时在家看电视，偶尔捣鼓电脑。应酬酒基本不喝。喝的时候相当能喝，但平时一天也就喝一中瓶啤酒。感觉上生活很有自己的步调。

上班路线是乘日比谷线到茅场町。

三月二十日不是特别忙，但毕竟财政年度快结束了，有许多事需要处理。第二天就是节日，所以我比平日早一个小时出门，想早点儿去公司准备资料，无非那些事情。坐的是七点五十分左右从北千住站开出的地铁列车。在平时上车的地方上了第二节车厢。

车到达小传马町站台后，车厢内响起了广播，让我们下车。说前面的车发生了爆炸事故。于是大家都暂时下了车。是的，大家都暂时下了车。我也下了车，在站台上等待。猜想过一会儿是这趟车重新运行呢还是再来一趟车呢？一分钟，两分钟，我想大概在那里站了那么一会儿，总之时间很短。突然，附近一个男人发出一声奇怪的声音，离我二十米左右。一种不明所以的奇异的叫声。我想大概是得了什么病吧。那个人迅速被抱起送往别处了。

就在这前后，我感觉呼吸有些不畅，但那时我并没有特别在意，只是觉得这是怎么了？接下去……，对了，附近有一个女的蹲了下去。估计她也病了或者心里不舒服吧。一会儿，车站广播响了，让大家全部避难。当时想必说了原因，可我想不起来了。总之是让我们从车站出去。

小传马町的检票口在站台正中间，在前方的我向后面走去。这前后的记忆已经不是很确定了。大概站台一片混乱，恨不得从车厢里穿行。这段记忆也不是很清晰,只记得那当中有人晕倒在地。这点没错。

记得很模糊了,柱子的背后好像有水汪。接着闻到一股溶剂气味,跟施工现场或新建房屋现场的味道差不多。我是闻到了?还是没有闻到?只觉得呼吸不畅。我从小就有哮喘的老毛病,所以我想没准哮喘又犯了。总之,大家并没有争先恐后,而是拖拖拉拉朝检票口走去。

上到外面,我下意识地环顾四周,发现有人倒在地上口吐白沫,旁边有人护理。还有很多人蹲在那里,有人不停地流鼻涕,有人止不住地流眼泪。情形非同一般。我不知道这儿到底发生了什么,连大致情况都不清楚。虽不清楚,但我切实意识到自己正处于危险之中。我想这时还是别去公司了,那太危险了,哪里都别去,最好暂时待在这里不动。

所以我也留在了现场。一开始我站在那里,后来还是坐了下去。很快,视野变窄了,眼前变黑。这些现象都是突然出现的,况且我意识也不清楚。再次觉得事情蹊跷。并没有把爆炸事故、发出怪叫的人和晕倒的人等很多事在脑袋里联系起来,这些看起来具有某种关联的事物居然都联系不到一起。看着周围的情形,我本能地想还是哪里也别去,老实待在原地好。

——这么听起来,好像即使感觉身体不适也无论如何要去公司的人很多。除了不能动的,很少有人想留在原地等待救助。莫如说即使爬也要爬去公司……

是的,虽然身体已经相当不舒服,可很多人无论如何还是要去上班,要去什么地方。看了这些我觉得很奇怪,都几乎走不动了,有人的确就像爬一样。我是根本顾不上公司的,所以放弃了去公司,毕竟这是生死攸关的大事。

周围有很多人蹲着。不,没有和周围人说话。我只对一个女的搭了话,她顽强地坚持站着,我对她说:"身体不舒服,就不要太勉强,坐下来舒服些。"

——我不在现场,当然不明白那里的气氛。就是说发生了莫名其妙的事,情况反常。在这种情况下,没有和周围人谈论发生了什么事或就此交换信息什么的吗?

我没有说话,充其量打声招呼。至于其他人说了什么,其他人怎么回事,我不是很清楚。我当然心想"这是怎么了,到底发生了什么?"因为那儿的人都变得异乎寻常。但我没有就此和周围人交谈,什么都没做,只是坐在那里不动。我没觉得多么痛苦,心里也没觉得特别不舒服。

过了很长时间救护车才来。而且,那么长时间只来了一辆救护车。我只看到了一辆。结果,当时出租车用得最多。大家拦下出租车,首先让妇女和重患者去医院。乘客们齐心协力做这样的事。我深深感到,出这种急事的时候,政府和公家那东西不怎么管用。

我的症状算比较轻的,最后坐出租车去的医院。四个人一起去的,我们症状都比较轻,没有特别的紧迫感。其他三位男性都像是工薪阶层。我想在车里我们是说了话的。至于说了什么,我不记得了。原因我不知道,反正不记得了。

我们去的是秋叶原的三井纪念医院。为什么去这家医院也没有了记忆。也许是谁指定的吧。到达医院是十点左右。到医院后往公司打了个电话。公司已经知道这件事了。我们公司还有两个人也受害了,都跟我症状差不多,没有大碍。

在医院住了两夜,使用了放大瞳孔的药物,结果把瞳孔放得太大了,变亮了。但也有副作用,成了老花眼,这种状态持续了大约一个星期。除此之外,住院期间身体没有特别不舒服。我想大概是由于引发了哮喘,才在医院住了两天吧。这当然是很痛苦的,但已经习惯了,没什么大不了的。

疲劳感……当然能感受到。是不是沙林惹的,我不知道。可能跟上了年纪也有关系……呃,最近我觉得自己变得越来越健忘,但不知道确切原因。近来,是的,肩酸也比以前更容易发作。肩酸以前就有,可最近发作特别集中。都是中老年人了,这是常有的病。大家不知道该属于哪个年龄层,怕是灰色地带吧。

只是,我认为媒体这东西很可怕。信息、尤其是电视机只能反映相当有限的范围。报道的时候,还在事实上添加了许多偏见,让人产生以偏代全的错觉。我想这是非常可怕的。

我所在的小传马町站前一角确实发生了异常情况。可周围的世界还像往常一样继续着正常生活,车辆在路上正常行驶。现在回想起来都让人觉得不可思议。这种反差实在莫名其妙。电视里只播放异常场面,和实际情况给我的印象不同,让我再次感到电视这东西真是可怕。

"每天都在车上,平时什么气味大体记得。"

玉田道明(当时四十三岁)

玉田先生在营团地铁中目黑列车段工作,是列车长。进地铁是在一九七二年四月,到事件发生时已经连续工作了二十三年。头衔是"车掌主任",行家里手。

玉田先生在地铁工作的最初动机多少与众不同:"和在公司上班不一样,有自己的自由时间,妙!"就是说,若是普通的上班族,每天每日在固定时间出门,傍晚回来,而在地铁工作则可在全休日的白天有自己的时间,这点有吸引力。经他这么一说,倒也的确如此。地铁职员的工作时间模式是和一般的上班族大不一样,对于喜欢这种模式的人想必得天独厚。

不仅如此,交谈时间里,总体上觉得此人比较珍惜"个人"这个东西。倒是没有特别叫我这么觉得的根据,但总有这个感觉。一旦离开工作,想必他是可以按自己的步调悠然度日的。

爱好滑雪,但六年前受了重伤后再没滑过。"别的没有什么像样的爱好",他说。休息日也不做什么,只管放松。也有时独自乘车一晃儿跑去哪里。一人独处也不寂寞。

原来喝酒就不多,沙林事件后几乎完全不喝了。医生说遭遇沙林后,喝酒有损肝脏,所以不再喝酒。

百忙之中欣然接受采访——"但愿能通过自己的证言多少使得事件免于风化",他说。

我是从非全日制高中毕业的,二十一岁进入公司。最初是在车站检票或在站台送车,在饭田桥站工作了一年,在竹桥站工作了两年,然后转到丸之内线的中野乘务部门。

从车站勤务部门到乘务部门,是必须接受考试的。要成为司机,还有其他考试。司机考试很难,有适应性考试,有普通学科考试、健康诊断、面试,很多很多。我们那时候有很多人参加考试,但只有优秀的才能考上。我希望从车站服务部门换到乘务部门,是因为乘务部门工作时间要短一些。现在几乎差不多,以前不一样的。

昭和五十年①进入中野乘务部门,从那以来一直在丸之内线上干了十四年。后来换岗到千代田线的代代木乘务部门。直到前年十一月份才换到日比谷线来。

到了新的线路,有很多东西需要从零开始记忆,挺难。每一个车站的动向啦,形状啦,构造上的问题啦,都必须牢牢地刻在脑子里。否则就无法确认是否安全。不管怎么说安全第一。工作中我们始终把安全放在脑袋里。

---

① 一九七五年。

惊心事也发生过几次。夜里,醉鬼很多,有的甚至跌跌撞撞向行驶中的车靠近。特别是那些突然从柱子后面冒出走过来的,让人防不胜防。还有就是拥挤,大家紧贴车旁边行走,够危险的。

以日比谷线为例,北千住站尤其紧张,因为那里乘客多。大家都排队上车,后面人多走不动,必须从电车和等车的人中间穿过去,这个时候是很可怕的。

庆幸的是,到目前为止我还一次也没经历大的事故。

事件发生的三月二十日,我原本是休息的。但因为没人,偶尔由我代替。有同事要休假,前天问我:"能不能替我一下?"都要互相帮助,我没有介意,一口答应下来。

那时的工作是从早上六点四十六分开始的。先去中目黑站,在那里搭乘六点五十五分的车去南千住站。所谓搭乘,是指乘坐别的车去自己负责的车。然后,在南千住站坐相反方向的自己负责的车回来。电车的始发时间记得不是很清楚,估计是七点五十五分吧。

那天和平日一样,车里挤得满满的。综合指令所通知我们"筑地站发生爆炸,电车停运"之前,没发生什么异常情况。

——这一指令传达给你所在的车了吧?

不,不是传达到我的电车,是面向所有运行中的车的。所有电车都停在那里。无线电向我和司机同样下达指令。

我所在的电车在最近的小传马町车站台停了下来。接着,我向乘客们广播,把指令所刚才传达过来的广播内容重复一遍:"现在,筑地站发生爆炸,电车暂停。事故原因查明后马上通知大家,请大家稍候片刻。"

在小传马町站,车门一直开着。我从乘务室出来,站在站台上,看有没有什么异常情况。

几个乘客过来问我还要等多久,我不知道详细情况,只能回答说:

"像是爆炸事故,可能要拖延点时间吧。"

早晨的小传马町站,有人下车,却基本没人上车,站台上空荡荡的。有几个看起来为之不解和烦恼的人下车了,但大部分人都留在车上。

在那里停了多长时间,记得不是很清楚了,大概二十分钟吧。不过,由于我们的车停在了小传马町站,下一趟车过不来,就停在了秋叶原站和小传马町站之间。

后来接到指令所通知,让车上的所有乘客下车,为了让后面的电车开进小传马町站,要求电车继续前行。那时我就明白电车暂时是不可能运行了。于是广播说:"电车由此站开回。给大家添麻烦了,请大家下车。能利用其他交通工具的,请乘坐其他交通工具。"因为指令所通知"好像要拖延点时间",所以在广播里我也加了一句:"好像会稍微拖延时间。"

至于筑地站到底怎么样了,这边一点消息也得不到。停在筑地站的电车乘务员和指令所之间的交谈是通过无线电传送的,我们也能听见他们的交谈。可听了也白听,不明白他们到底在说些什么,完全不能理解。就连是不是爆炸事故和有多少人受害也不清楚。唯一知道的是现场相当混乱,结果完全无法预测。说有乘客倒下了。

即使说是爆炸,可首先地铁车厢内是不会存在爆炸物的,所以我认为是人为破坏。是的,是"恐怖事件"吧。我想事情没那么简单。

广播完了,乘客们都下车后,车站的副站长和工作人员到车内逐一检查。我也在自己的视线范围内粗略确认一遍,然后关上车门,开车走了。

嗯,当然有乘客抱怨。他们说:"在这里让我们下车,真是为难啊。"我把事情做了说明并向他们道歉,告诉他们后面的车站之间还停着一趟车,那趟车上的乘客也必须下车,"实在是很抱歉"。

车在小传马町站和人形町站之间停了下来。车上只有司机和我两个人。停稳后,我又在车内检查了一遍,那时还是没发现有什么异常。

可车内总让人感觉怪怪的。还是平日车内的那股气味,但在第二节车厢或者第三节车厢那里,我感到气味和平时有所不同。不,并不是特别奇怪的味道,可就是觉得有点怪。

大家都会出汗,身体的味道,衣服的味道——我每天都在车上,平时什么味道大体记得。而这个跟平时的味道略有不同,这我清楚,在感觉上。

我在那里等了三十分钟。这期间,一直可以听到指令所和现场的交谈,渐渐明白了这不像是爆炸。交谈的内容也慢慢发生了变化。

广播又说乘务员中如果有人不舒服或感觉异常,要马上联系。我当时虽没觉得身体不舒服,但忽然认识到原来是这方面的事啊!

那时,小传马町站已经出了大事。由于我们把车开到很远的前方来了,所以不知道那里发生了什么。在日比谷线小传马町站,广播要大家避难。我担心发生了什么。

——你负责的电车在小传马町站停靠期间,那里没发生什么特别不正常的情况吗?

没有。我完全没有觉察到。

乘务员室在电车的最后面,沙林毒气是在前面,有相当长一段距离,有一百米左右。具体情况我不清楚,但是我一直看着站台,如果有人在那里昏倒的话,我会发现的。后来关上车门驶出车站时,我也一直注意观察,也没有发现站台上有什么异常情况。

当"身体感觉不适要马上联系"的无线通知进来不久,我身体就开始不舒服起来。周围变得相当暗,我挺纳闷:车灯开着啊!

不一会儿,开始流鼻涕,脉搏跳动加快。我想这太奇怪了,又没有感冒。于是我和指令所联系,报告说身体状况很奇怪,成了现在这种状态。这不得了,于是电车开到人形町站,我在那里下了车,让停靠在人形町站的车往前开,是顺方向。

车站有指定的医生,我去了那里。对方告诉我说:"这个我们无能为力,去圣路加或什么地方吧。"因此我就在人形町站事务所里一直躺着休息。我必须在那里等待前来换班的乘务员。如果没人顶替我上班是不能让车开的。

等待过程中,身体状况还是那样。鼻涕一个劲地往外冒,周围越来越暗。但我没觉得软弱无力,也没觉得哪里痛。最后顶替我上班的人来了,我乘救护车去了医院,到达医院已经是中午了。

去的是田岛医院,可那里没有床位了。于是转到世田谷的自卫队中央医院。我家在町田,离世田谷比较近,方便。

在医院只住了一夜。瞳孔缩小的毛病虽还没有治好,但第二天流鼻涕止住了,可以回家了。

没留下后遗症。可从那以后,我发现睡眠质量确实没以前好了。以前可以不间断睡七个小时,可最近大约睡四五个小时就突然醒了,不是做梦醒的,只是醒了。

醒了又没有办法,只好重睡。折腾半小时,又睡过去了。

你问害怕吗?话虽这么说,可我是地铁工作人员,如果连地铁工作人员都怕地铁的话,那就没法工作了。有一种厌恶的感觉,但尽量不去注意,不去想。已经发生的事就已经发生了,重要的是不让它再次发生——尽量这么去想。

所以我尽可能不让自己对犯人怀有个人怨恨,因为怨恨也改变不了什么。有几个同伴死了,那时感到非常愤怒,毕竟这里是朋友意识、家族意识很强的工作场所。可对于他们留下来的家庭,我们真能做什么吗?什么都不能。

这种事情不能再发生了,这才是最重要的。所以,希望大家不要忘记这起事件。我今天说的这些会变成铅字印刷出来,我想多多少少会流传下去。这对唤起大家的记忆会有所帮助,也就这样了。

"依我的感觉,以沙林事件为界,那以后很多事情都变得大不一样了。"

长滨弘(当时六十五岁)

长滨先生同儿子两人住在南千住站附近的商业街的尽头。前年七月,长年相依为命的太太去世,家里只剩两个男人,日子过得好像很不容易。登门拜访时,到处找茶在哪儿,归终没能找到,只好去旁边自动售货机买易拉罐茶招待我。

生来就住在传统老庶民区,一副地地道道的"江户人"①样子。从十五岁开始,在附近一家机械厂干了三十年,发生石油危机时心灰意冷,转行做大楼管理。在机械厂做工期间坚持上夜校,取得了电工资格证书,得以很快转行。

这一系列采访中见了各种各样的人,再次深切感到生于斯长于斯这块土地还是对人的性格形成有很大影响的。总之一看就知是"老江户"。没有矫揉造作之处,说话不拐弯抹角拖泥带水。

参加郊游俱乐部,每星期都走很远,气色好,看上去十分健康。不过也许太太去世不久的关系,多少显得有些凄寂。

"不远就有 LOTTE② 棒球场,过去常去来着。如今 LOTTE 也没了,是够让人寂寞的。"他恍若昨日似的怀念道。LOTTE ORIONS 迁去

---

① 江户人:东京古称江户。
② LOTTE:日本职业棒球队名称,全称为 LOTTE ORIONS。

川崎（后来又迁去千叶），记得是很久很久以前的事了……

两个男人一起生活，都不做饭。偶尔儿子也会做饭，但几乎是不做的，去便利店买回来吃。最近，从饭到小菜，便利店里都有得卖。我们那个年代的男人是不做家务的。妻子死后，日子很苦。

我六十岁退休，虽有养老金，可妻子死后闲着无事，还是去楼宇管理公司找了份短工，被分派到江东区一家美术馆工作。这家美术馆是去年三月建成的，正是沙林毒气事件发生的时候。不过在开馆前的前年十月间我们就开始工作了。开馆是三月十八日星期六，两天后的星期一我上班时遭遇了沙林毒气事件。

从我家上班的路线是，乘日比谷线到茅场町站，在那里换乘东西线，两站就到了。整个乘车时间只有二十分钟左右。可在木场站下车后，到美术馆却很远，步行足足要二十分钟。我想在八点半到达工作场所，那么在木场站下车的时间大致是八点十分。

那天乘坐的是日比谷线，车在小传马町站停了下来。接着广播说："在筑地站发生车内爆炸，电车暂停。"虽然车门开了，但大家可能觉得过一会总有办法的，就都留在了车里。

我乘坐的是第四节车厢，看了一眼站台，眼前长凳空着，于是下了车，心想电车暂时好像开不了，就在长凳上坐了下去。不料，从前方开始，大家边咳嗽边慢慢下到站台，从我面前经过。有人用手帕捂着嘴。这到底是在干什么呢？估计是花粉症什么的吧。我那时既没有闻到气味，又没有咳嗽，只是坐在那里不动。

这时间里，广播响了起来，要大家换代用票乘坐其他交通工具去目的地。于是大家陆陆续续走向检票口，拿了代用票上到外面。上到地面后，我思考往哪儿走好。出乎意料，小传马町站离银座线的三越前站和都营新宿线的马食横山站都近。于是我姑且往三越前站走去。可没走几步就改变了主意,觉得这么走绕道了,又折了回去。这回朝着马食横山站方向走去。但返回日比谷线地铁出口附近时,感觉眼睛有点怪,针刺一般痛,头也开始疼了。

我看了一下旁边,人行道上有树丛,有女的这么坐在那里的路肩石条上,这些人到底怎么了?人数相当不少。

从那里穿过一个大的人行横道,结果那里也有很多人"嘣"一声坐了下去。其中有两个人还吧嗒吧嗒蹬腿。大家都强打精神。不仅痉挛,还一个劲儿蹬腿。这些人是怎么了?癫痫不成?即使是癫痫也不至于这样啊,我想。虽然如此混乱,但周围一辆救护车也看不到,车站人员和警察的影子也没有。乘客们倒是在互相帮助。

我想我也应该做点什么,要帮助他们。可如果这么做的话,上班就迟到了,最主要的是我眼睛很疼。于是我继续赶往马食横山站,乘坐都营线在菊川站下车。从菊川站到美术馆和从木场站到美术馆,差不多同样距离。在菊川站下车后,眼睛疼得受不了,用自来水洗了眼睛。我想大概吸入了爆炸产生的烟什么的。车内爆炸的时候,会有各种气体排出。

归终,上班迟到了十五分到二十分钟。眼睛还是一跳一跳地痛,头仍然很疼,今天这种状态是不能工作了,就把很多工作托付给别人,我一直守在电话前面。感觉荧光灯变暗了,视野也慢慢变窄了,不管怎么说都不正常。我担心这样下去眼睛会坏掉。于是向上司请假说:"身体不舒服,不能接电话,得去趟医院。"接着去了医院。

在墨东医院,我当即被安排到集中治疗室,打了两天点滴。第一天夜里非常痛苦,小便都出不来。想小便的时候,护士拿来尿瓶,却怎么也尿不出来。想尿出来,却硬是出不来。脑袋也变得莫名其妙,我说我要回家,开始收拾东西,和护士们吵了一架。到底是太亢奋了。不过那时的记忆几乎没有,有也很少。第二天早晨,小便终于出来了,心里一块石头算是落下来了。

从集中治疗室转到一般病房,可周围人说:"那家伙太吵了,不行。"把我赶了出来。夜里我一边乒乒乓乓收拾东西,一边嘟嘟囔囔说"必须把这个拿回去"什么的,打着点滴收拾东西。头脑一团乱麻,吵得周围的人不能睡觉,被安排到其他病房,那个房间有电视,条件好些(笑)。结果在医院住了四天三宿。

不知哪位乘客在小传马町站把车内的沙林袋踢了出去,就那样一直扔在站台上。我坐的椅子就在那附近,倒是顶多坐了两三分钟。

——回家后,没有什么不舒服的吗?

没觉得浑身这疼那疼的,也没觉得精神上受多大的打击。但想一想,从那以后明显老了很多。对什么都很胆怯,一闻到奇怪的味道就担心是什么味道。稍有烟冒出来就会想又发生了什么。对这种种现象总感到恐惧。真的,日常性的。无论干什么都觉得危险,害怕。

另外,有时想拿点什么,不料手一下子撞了上去。去取什么东西时,却把茶碗弄倒了。总不顺利,这个那个怪事很多。我也想过或许是年龄原因。可又觉得由于受沙林毒气的影响,很多事情都变得比过去奇怪了。经常忘事。想干的事马上忘得一干二净。或许和妻子的死也有关系。依我的感觉,以沙林事件为界,那以后很多事情都变得大不一样了。

"再没什么可吐的了,但还是吐。吐出的东西已带血丝了,我想。"

宫崎诚治(当时五十五岁)

生于新潟县高田,是大雪地带农家六兄弟的老三。战后一段时间日子过得很苦,种水稻却难得吃饱大米饭。小时候一直以为秋刀鱼是最好的鱼。

本来打算进当地的工业高中,但由于要继承农田家业的长兄在建筑工地事故中丢了一只胳膊,父亲说"一只胳膊割不成稻子,你来接班好了!"于是临时改上农校。不料哥哥同当地女子结婚后提出即使一只胳膊也想干农业,父亲说"那就用不着你了",被家里一脚踢开。只好捆起铺盖卷来东京务工,进的就是足立区这家造纸厂。

不过他本人说满不在乎也好说乐观也好,总之好像怎么都无所谓。什么事都不久久放在心上。听他讲述时间里——这么说或许失礼——不由得感叹人生真可谓是遇水涉水遇山爬山那样的东西。当然我是说只要本人坚持得住……。

宫崎先生说最宝贵的还是健康和精神集中力。只要有这两点,差不多所有的事都能挺过去。面对面交谈时间里,也可以感受到他的自负:自己可是从一个铺盖卷白手起家的。惟其如此,对于致使他失去宝贵的精神集中力和体力的沙林毒气才感到怒不可遏。

最初在一家造纸厂工作了七年。由于讨厌上夜班和有危险,后来就辞掉了。是我二十五岁的时候。

总之受过很多伤。纸壳或厚纸在手里转动着传送,动作稍一迟缓,手就受伤了。所以,在造纸厂如果没了手指,作为工人来说反而是一种荣誉。为了安全起见,规定用机械包装,可操作起来很费劲,就没有采用。这样,事故的发生就在所难免。

据我所知,有人故意弄掉手指。有个男的非常非常喜欢滑雪。想滑雪却没有钱,于是故意弄掉手指来获得保险金。弄掉的是无名指的第二关节。毕竟发生事故是家常便饭,知道怎么做合适。把手指猛的往传送带里一伸,手指就"咻……"一声不见了。哪根手指的哪段关节没了,赔多少全都是明码标价。住院,治疗,领钱,滑雪……无名指没了影响最小,所以价格也是最便宜的。

离开造纸厂后,我在银座一家名叫"黎明"的糕点店工作,住在老板家里。在银座四丁目的店里卖点心。但男店员不怎么在铺面上露面,经常把东西送去餐馆。用盒子装好,组合成套,像送礼物一样送去。住在老板家的男员工有三人,女员工有九人。女员工中,有很多人是从冲绳和鹿儿岛那些偏远地方来的。

但店是老店,有很多规矩,挺麻烦。一起住在明治座后面的主人房子里,无论主人在不在家,洗澡的时候都必须一个个跪在走廊上说:"宫崎回来了,这就去洗澡。"主人最先洗。如果因为主人参加聚会回来晚了,我们就必须一直等到夜里才能洗澡。适合洗头的日子也做了规定,男的星期三和星期六。没有自由,连理发也有这样那样的规定,很麻烦,被限制得喘不过气来。我都已经二十五岁了。

可不管怎么说最难受的是吃饭。一日三餐,饭菜都是凉的。在那里的时候,没吃过一顿热饭。一天,以前在名叫"吾嬬纸业"造纸厂一起工作过的年长同事邀我去他那里玩一次。去了一看,宿舍烧饭的大妈每天都煮热气腾腾的米饭,想吃多少就吃多少。尝了一下,真是好吃……(笑),于是决定来这家公司上班了。工资无所谓,只想尽情地吃热气腾腾的米饭。

这家公司不从事制造,只做销售。和造纸公司不同,没有危险工作,也没有夜班。我一干就是二十八年,负责营销。

我三十岁结婚,有两个孩子。女儿今年二十三岁,儿子二十一岁,都从学校毕业工作了。女儿和我们住一起,儿子觉得和我们住一起啰嗦,一个人住公司宿舍。我倒是觉得自己不啰嗦(笑),但对于孩子们来说,父亲到底是啰嗦的。

四十岁的时候盖的房子。乘常磐线到北千住站,在那里转乘日比谷线去筑地站。把换乘时间算进去,也一个小时就到了。在北千住站等几趟始发车,尽量坐着去上班。走出家门是七点十分左右。

公司上班时间是八点五十五分,营业人员八点二十分左右就全部到了。为什么那么早呢?这是以前留下来的传统。我们公司还在隅田川的时候,每天早晨很早的时候在店前洒水。当然现在不洒水了,只作为一种习惯保留下来。另外,公司大部分客户是中小企业和事务所,多在手工业者居住区。许多客户很早就开门了。所以我们也要尽可能早到公司,规规矩矩接听电话,接受前辈令人厌烦的指导。

事件发生的三月二十日前后工作特别忙。因是决算月份,我们作为营业员当然负有责任,必须弄清楚数量问题、营利问题等是怎么个程度。还必须和厂家谈判,是一年中最忙碌的时候。每天回家很晚,几乎都十一点了。但这也挺好,回家早了,闲着无事心里还不踏实。身体已经成这个样子了。

我们公司星期一都要开会。会议通常早晨八点开始。所以如果按照往日,在时间上是不会遇到沙林毒气事件的,因为我们必须提前到公司。可由于第二天是节日,那天的会议取消了。生意上二十日我们有很多收款业务。这些收款票据由个人带回家,如果遗失就麻烦了。这个那个很忙,二十日的会议就取消了。按照规定,收款必须在傍晚前交回公司存入保险柜。这仅仅是营业部门的决定,其他部门还是像往常一样开会。因此,他们谁都没有受害。

还有,那时妻子的姐姐夫妻俩正好从北海道来,星期五晚上开始住在我们家。他们去开垦地,相隔四十年回到本土。所以我决定二十一日带他们逛一下东京。他们很喜欢相扑,无论如何也希望去一次国技馆和靖国神社。我对他们夫妻俩说:"今天非常忙,明天带你们逛一天吧。"然后就出了家门。结果这一计划完全泡汤了。

车在小传马町站停了下来,车门开着,广播说在筑地站发现类似爆炸物的东西。刚才提到筑地了?反正是说发现类似爆炸物的东西,前面的电车拥挤不堪,动不得了。我在车上等着,在第三节车厢最后个车门附近。紧接着闻到一股味道,像是橡胶燃烧发出的气味。坐在我前面的女的用毛巾捂住嘴,站起来下了车。我当时还站着,庆幸地坐了下去。

一坐下就觉得恶心。不过前天晚上我喝多了,和北海道来的客人一起喝了很多酒。所以我想恶心肯定是由于醉酒引起的。胸口翻涌,很想吐。我首先想到的是这不合适,不能当众呕吐。说不定有谁在看着,被认识人看到可就丢脸了。

于是下了车,跑下去的。只能是在站外吐,在这里吐太不体面,当时脑袋里只这一个念头。出了检票口,跑得更快了,爬台阶当中不知什么原因,双腿哆嗦个不停。在那里突然难受起来,再也跑不动了。反正已跑到这里了,跑出来就好。我不想当众吐,想尽快跑到车站外面去。多亏了喝酒才让我拣回一条命。

到了外面,迫不及待地在墙脚"哇……"一下吐了出来。吐完,腿直不起来了,想站起来,却直不起腰,直接瘫倒在地。不止吐一次,吐了好几次。无论怎么吐都还是不舒服。

因为带着皮包,就把皮包当枕头躺在那里。冷得不得了,可出汗出个不停。还想吐。从这张图上看,是在一号出口。我就躺在那里,总之很冷。我想到底怎么了,怎么会这么冷呢?事情怎么会这么荒唐呢?记得天空阴沉沉的。本来天气应该很好才对。或者快下雨了才变得这么冷吧,我这么思来想去。我从没病过,所以不知道身体不舒服是什么滋味。

——周围有其他人倒下吗?

这个我不清楚。我躺在那里,不知道周围是不是也有人倒下了。旁边有人问我:"不要紧吗?"我回答说:"让我休息一下。"但他们说不行,硬把我塞进车里,是辆普通的小汽车。他们一辆接一辆拦住过路的小汽车,把晕倒的乘客送上车去。有人甚至被送上了卡车。我说让我休息一下,他们说不行,要我上车。很冷很冷,冷得浑身发抖,还出汗。

上车后,开车人问我去哪儿?我说去筑地。我还是想去公司。车上还有其他人,不只我一个,可我没想那么多,那个时候我只想到自己的事。当时脑子里只有一个念头:得先去公司才行。

我说觉得很不舒服。车主就说等一下,特意从箱里拿出崭新的毛巾递给我。我一直用毛巾捂着嘴,心想不能弄脏了别人的车。汗一个劲儿往外冒。车上拉了三个人,除我之外,还有一个男的,一个女的。女的坐在前面,我们两个男的坐在后面。

前后情况就不知道了,总之是到了八丁堀,我被送上了急救车。从车上下来的时候,我说:"让我吐一下,我要吐,等一下。"于是又猛地吐起来。再没什么可吐的了,但还是吐。吐出的东西已带血丝了,我想。感觉很难受,这时间里我一直倒在深色车座上。

但我一直是清醒的。急救车上的人问了几次我的姓名、住所和电话号码。我想刚才不是已经记下来了么,怎么还问,但他们仍反复问我同样的问题:"您的姓名……住址……"总之他们是在一遍又一遍确认我是否还有意识。当时我很气恼,人家这么难受这么痛苦,还让人家左一遍右一遍回答同样的问题。

周围情形什么都不记得了,就是难受到这个程度,根本顾不上别人如何。自己都已顾不过来了。只有出的气没有进的气。好像哪里堵塞了,空气进不来。非常痛苦,大汗淋漓。为什么吸不进气?我要完蛋了不成?

被送到的医院是京桥医院。我是沙林患者第一人。戴上氧气罩,打了三瓶点滴。那天一直到下午都还在吐,边打点滴边吐。

夜里躺在床上也睡不着,根本睡不着。没办法,只好一直看书。看推理小说,看了整整一夜。

——整夜都在看书?眼睛不疼吗?

不,不疼。我眼睛不好,平时基本看不见小字。那时不知道为什么看得非常清楚。我想这太奇怪了,怎么回事呢?平时只要看一会儿书就马上睡着,可那天看到什么时候都没有睡意。

在医院待了四天。叫我躺着,我就一直躺着。头不疼,只是喉咙有点不舒服,瞳孔好像变得只有一点了,怎么都不能复原。

事件之后,我的确变得极没耐性。无论干什么都很快厌烦。以前无论干什么都很有耐性的,可最近不行了。无缘无故发呆。看书也要同一个地方看好几遍,不然就记不住。眼睛盯着字看,可就是记不住。以前经常看书,看得很慢但可以记住。现在变得越来越健忘,无论什么不马上记下来就忘个精光。这和年龄可能也有关,我自己这么认为……

即使打高尔夫,也变得容易疲惫。在大厅里转一圈,就一屁股坐下休息。公司的朋友嘲笑我,说我上年纪了。以前那么喜欢运动,我自负自己是个精力旺盛的人。但是最近变得容易疲劳,或许是受沙林毒气的影响,也可能上了年纪自然而然变成这样的。究竟如何连我自己都不清楚。

招致熟识的人怨恨倒也罢了,可若是因为那东西丢掉一条命,实在让人受不了。真的很气愤。即使没那么严重,比如因遭遇了沙林毒气事件而不能进行商业上的结算了,进而弄垮了公司什么的可怎么办?我一时不知道该何去何从,公司同事都放下手中的工作帮我做工作,我们是三十人的小公司,大家连工作电话都不接来帮我做工作。工作上的损失无法衡量,即便补偿也无济于事。只有干生气。

※

以下是A738S列车(竹之冢始发)乘客的证言。

※

"就是说,被打的固然痛,但真正心痛的还是打人的人。"

石原孝(当时五十八岁)

在这一系列地铁沙林事件受害者采访当中我想的是,受害者出身地为关东以北、以东的实在太多了。而以南、以西出身的人屈指可数。这可能同地铁路线有某种关系。尤其关西出身的人委实少而又少。所以,同大阪出身的石原先生说话时,作为同是关西长大的人,总觉得有些亲切。虽然用的不是来自关西方言,但谈话的调门基本是不折不扣的关西味儿。这使得谈话——当然是内容严肃的谈话——顺风顺水一路畅通,当然也有人格方面的原因。

由于某种原因,石原先生被住院时同病房的几人记得十分清楚,因为他打呼噜的声音实在惊天动地。这点他本人也一清二楚,笑吟吟地说:"我打呼噜声大,想必给别人添了不小的麻烦。"看上去蛮有大人气度。

虽已年近六十,但看上去十分年轻,精力充沛得很。无论干什么,只要干就拼死拼活竭尽全力。兴趣也广泛,高尔夫最高打到77分。公司的工作也干得不在任何人之下——倒是没有说出口——言谈中充满这样的自负。沙林事件使得他的人生不得不停下来休息,让他思考了很多事情。

在因工作打交道的过程中,彻底成了韩国迷,近来在热心学习韩国语。一说起韩国语就眉开眼笑——想必心很年轻。

从京都一所大学毕业后,进了现在的公司(注:一家大型纤维制造企业)。我是技术人员,和总公司没什么缘分,在那里研修了一年后,紧接着去了位于德岛的工厂。大学毕业那年是昭和三十四年,当时的纤维行业非常景气,正是日本的基干产业。我在大学里专门研究化学合成,就是所谓化学纤维,正好赶上涤纶啦尼龙啦这些纤维闪亮登场的时期,就满怀憧憬地进了公司。在德岛,一直做类似研究开发这样的工作,很有意思。因为是公司内部的事情,我不便说得太具体,反正在我们研究开发的东西里面,商品化投入生产的有很多。

我在德岛度过了自己的一半人生。妻子也在那里来了个"就地录用"(笑)。我家有四口人,除了我以外,都生在那儿长在那儿。不会德岛话的就我一个。我们一起来到东京,不过我女儿和那儿的人结婚了,现在又回德岛了。德岛确实是个好地方啊。人们性情温和,若往坏里说,就是很悠闲,和大城市完全不一样。我在德岛的时候,有条路叫十一号国道,要是有辆车从那儿跑过去,十分钟之内不会来第二辆。人们就悠闲到了那种程度。虽说那时很年轻,但也没觉得乡下生活有多么寂寞。因为我是从城市来的,一开始,在某种程度上有些不对路,好在我适应能力比较强,很快就习惯了当地的生活。我不是很在意细节的人。我结婚那年是二十五岁,东京奥运会那年有了女儿,现在已经有两个孙子了。

——是吗,怎么看也不像是有孙子的年纪啊。

那是的。我看上去要比实际年龄年轻五岁左右。毕竟房贷还有好多没还完呢,总不能这么轻易就老了吧(笑)。我最近在埼玉三乡那个地方买了套公寓,经济上很吃紧呀。

回到东京来是在昭和六十年[1]。就是说调到了总公司这边工作。来这边大约三年以后,天皇陛下离世了。说起来,我在德岛一共待了二十六年。儿子住在市川,做计算机编程之类的工作,他那儿也有我一个孙子。不过,他的那个工作好像很忙,每天都干到晚上十点十一点。咳,到底因为年轻吧,工作总是排得满满当当的……。

---

[1] 一九八五年。

离开德岛倒也没觉得很孤单。一来在一个地方待了那么长时间，二来自己研究的东西也算投入了生产，感觉上差不多到了该离开的时候了。再说我的两个孩子那时都在东京。女儿当时是空姐，儿子正上大学，两人在东京租了一套公寓，一起生活。所以，离开德岛去东京，对我们来说，也没什么大不了的。买下公寓是在六年前，就是泡沫经济开始后没多久。房价稍微便宜些的，三千万日元一套的也有，即便我们这样普通的工薪阶层也总算能买得起了——当时就是这么一种情形吧。

我上下班的车站是千代田线的金町，就是换乘北千住的日比谷线。早上七点二十分从家里出发，八点二十分就到了在人形町的公司，工作从八点半开始。只要车一来，大家就蜂拥而上，所以根本捞不着座位坐。一年里能有一次运气好的时候坐着，那简直就是奇迹了。没座位可坐倒也不觉得有多么辛苦，不过……，是啊，那么说来，我最近变得有些想坐了呢。现在跟你这么一说，我才意识到。是啊，可能自己觉得还年轻，其实已经上年纪了……。反正我当时没怎么想在电车上坐着。

当年在德岛，走十分钟左右就到职工宿舍了，根本用不着坐电车上下班。就是说，这回一下子被打入万分难熬的通勤地狱之中，不过我很快就习惯了这种生活。前面也说过，我适应能力还是很强的。不管什么，一下子就能适应。而且，以前还是学生的时候，天天挤城里的电车上下学，所以也不是一点儿都不了解。"哎呀，太烦人了"——我可从来没这样想过。怎么都行。城市感觉也好，乡下感觉也好。

事件发生当天，有这么一件事，我一直很清楚地记着。平时都是妻子开车把我从家送到车站，那条路上有一条带急转弯的小道，那里是不允许大型车辆通过的。可偏偏那天早上不知怎么回事儿，有辆大型卡车堵在了那里。费尽千辛万苦，也没从那条道上开出去。怎么搞的，还不快闪开！我很着急地等着。不一会儿，十辆、二十辆车排起了长队，都堵在那儿等着。因为这个，我坐地铁比平常晚了五分钟左右。要是没有这么一个乱子,我差不多就会坐上被扔了沙林袋子的那班车。而我坐上的是那之后的一班,不然就是再后一班车。我觉得自己还是很幸运的。虽说也受到了伤害,但因为坐的是那之后的一班,所以没有直接接触毒气。可以说是不幸中的万幸了……

车开到秋叶原和小传马町之间的时候,突然停下了。车内广播说筑地发生了爆炸事件。之后没多久,电车在小传马町一靠站,车上的乘客全都在那里下了车。没办法,我也跟着下了车。我当时坐的是从前面数的第二节车厢,为了通过检票口,就朝月台后面那边走去。紧接着,有两个人在四五米远的地方倒下了。一个是男性,另外一个是办公室白领模样的女性。我不是那种见死不救的人,就上前走到那个女性身旁照看她。接着,又各有三名乘客上前帮忙照看这两个人。站务员还没有来。一个男的说"这是癫痫吧",就往嘴里塞了像手绢那样的东西。这两个人已经没什么气力了,软绵绵的。

后来,有很多人都被问到是否看见过装有沙林的包裹。据说是装有沙林的袋子被踢到了那里。可没有人看到。我模糊记得有一种液体。怎么说好呢,就是水注洼湿漉漉的那种感觉。反正很稀很薄,不注意根本觉察不出……。不不,没感觉出有什么特别的气味。

在这儿待了三四分钟,我一下子想到得赶紧叫站务员来,就朝检票口方向走去,正好有个站务员也朝这边走来。我对他说:"那儿有两个人倒在地上了。"站务员马上朝那两个人走去,我径直往检票口的方向走。那时,我也开始觉得有点儿恶心了。不过还没什么大碍,就想赶紧离开这儿到外面去。一爬上台阶来到地面,就看见树丛里啦路面上啦倒着好几个人。我见了,走到电话亭给公司打个电话,说今天路上发生了事故,可能要晚点儿去。我心里想,不管怎样都得赶快去公司。可打电话的时候,心里越来越不好受,还冷得不得了。

那天,我刚脱下风衣。我是急性子,总是比别人早早脱下风衣。一脱下来,就会有"啊,已经是春天了"这种感觉,不是吗?所以,我当时很后悔:坏了,这么冷的天,把风衣给脱了,真是失策啊,有点脱早了啊!以为不是自己身上冷,是天气太冷了。我走出电话亭,一看道路,平时看上去泛白的景象,今天看上去竟是带些粉红色的浅褐色,或者说有点儿像浅浅的红砖色。而且,身上出奇地冷。

现在回想起来,真有些不可思议。当时,月台倒下了两个人,周围的路上和树丛里也倒下了不少人,我上楼梯的时候,还有很多人不停地咳嗽,我当时怎么就没反应过来呢!要是稍微静下心想一想,肯定会明白的,可那时我压根儿没意识到是被人放了毒气。满脑袋想的都是"这么冷的天,我怎么没穿风衣就出门了呢!"

浑身精疲力竭,懒洋洋的。说实话,大脑也变得不太清醒了,那以后的事情已经记不清了。记得好像听到了救护车的声音。记忆这个东西不可靠啊!我一直想去公司,就往人形町那个方向走去。走着走着,看到停在那儿的警察的小面包车,我说自己很不舒服,他们马上让我上了车。救护车全都派出去了,所以警车代替出动,把走路踉踉跄跄的人扶上车去。

上车之前,大概走了二百米左右吧,已经到了离公司很近的地方。走路左摇右晃,整条路看上去也都是褐色的,我觉得好像哪里不太对头,可又没意识到问题的严重性,心想好歹先走到公司再说,就一直拼命赶路。现在想起来,竟硬撑着走了那么久,自己都佩服自己。

看到警车时,觉得这样下去绝对不行。脑袋里一直盼望有人帮我一把、帮我一把。甚至想干脆坐在地上或躺倒算了。浑身上下都累散架了。不过,就算那个时候,脑袋里也还在想都是因为没穿风衣的缘故,无非就是冷点儿,怎么能倒下呢!就一直撑着。没穿风衣就冻成了这样,真是不争气!人这东西真是不可思议啊。尽管情况多么反常,可我脑子里想的尽是风衣,百分之百。

本来我对自己的健康状况是很有自信的。身体一向结实,没得过什么病，也从没跟公司请过假。所以我才想没穿风衣怎么会使自己这么难受。这个对我的打击要严重得多。

——的确，在那种场合，平时对自己健康状况没什么自信的人就会当心。而有自信的人或许硬撑下去。

是啊。我当时就想自己这是怎么了呀？这个念头很强烈。所以全都把它归罪于没穿风衣。坐上警车，看到上面已经坐了七八个人，反应都很强烈。有一个人把头探出窗外，拼命吐个不止。还有一对情侣靠在一起，女孩子歪倒着，奄奄一息的样子。男孩子搂着在问："你没事儿吧、你没事儿吧？"我自己还能够坐稳。直到那个时候我才意识到出大事了。

只是，我现在说的是自以为记得的事情，其实不一定。也可能是那以后听到有人说了什么而补充上去的，结果统统当成自己的记忆。因为在医院我常和周围的人说起那时的事。自己实际遇到的情况和那以后被我合成的记忆之间的区别，我已分辨不清。连自己都不相信自己。总体说来，记忆已经模糊了。还能清楚记得的，是电车开进小传马町站月台时，我隔着车窗看到了一个发出怪声、手脚乱动的年轻男子。那人拼命扯着嗓子喊，还一个劲蹦高儿。只这个记得清清楚楚。在医院，我跟警察那么一说，警察告诉我那个人也是受害者。我还以为他是罪犯呢。

我在世田谷的自卫队中央医院接受了眼睛检查，得知在接受检查的人里面，自己眼睛最不好。好像瞳孔变得比一毫米还小得多，简直成了小针尖。住院头三四天，连报纸的大标题也不能看。哪怕看一秒，脑袋这个地方就"轰隆"一下痛得不得了，不得不移开视线。遇到事故的第三天，我拔掉吊瓶，能进食了。吃饭的时候，肯定要看眼前的饭吧？可我一看，眼睛就痛。这样，吃饭的时候，就得不停地转移视线。住一星期院就开始上班了,可看东西的时候只能连续看十秒左右。真是难受啊!那一个月,光干盖图章的活儿了。用了一个月左右,我的胆碱酯酶值才恢复到正常水平。一到下午三四点,我就说"不好意思,能让我早点儿走吗?"随后下班回家。而且一星期还有几天请假不去。

现在我是全勤了。不过,很容易疲劳。以前因为工作的关系,动不动就去神户、四国或九州,现在不行了,都推掉了。以前主动揽下的工作,现在反要求别人,没有毅力撑下去了。连坐地铁上下班都像刚才说的那样,觉得很疲惫,真够难熬的。以前根本没有这种状况。

不管怎么说,我已经快到退休的年龄,公司那边在某种程度上对我也是睁一只眼闭一只眼,一直很照顾我。我心里很感激。不过,没受到这种待遇的人,或是症状更严重的受害者,日子就不好过了吧。像那种情况,国家应该更切实地关照一下才对。艾滋病当然要重视,同时我也希望国家能用同样的眼光来看待这次沙林毒气事件受害者。先不说我个人,就算为了其他人,我也要大声疾呼。

我觉得和以前比,我的右眼视力下降了一半。以前是0.8,现在降到了差不多0.4。可我心里不愿把它想成是沙林毒气害的,我不想承认。要是承认了,就等于我输给了那些家伙。所以我不让自己那样去想,一直当作上了年纪的缘故。

我打鼾打得厉害,早睡会影响其他人睡觉。因此经常跑到走廊,听韩国语会话磁带来打发时间,估计大家睡着了,才悄悄上床。天亮后起来,他们都很佩服我:"石原,你一上床就睡着了吧?"其实大家也都知道。

不过也多亏这样,韩国语进步很快。眼睛不好使了,脑袋还好用,我一直都在听外语磁带。这是遇到这次事故后为数不多的一点好处吧。那时学的,现在还记得,韩国语里有这么一句话:"被打的人伸着身体睡,打人的人缩着身体睡。"就是说,被打的人固然痛,但真正心痛的还是打人的人。当然,要是对遭受重症折磨的人这么说,他们肯定会生气。各有各的立场和想法。可要是不怕误解说出来会怎么样呢,这就是我现在的实际感触。一段时间里我痛恨过"这帮混蛋",不过,现在已经能客观地考虑各种情况了。

过去,我作为公司的人,以自己的方式努力做了下来。不过,在此我想重新考虑一下自己生活的步调。今后我该怎样面对我的人生呢?这一年里我仔仔细细考虑了一番。就是说我得到了从另一个角度看待自己的机会。我觉得这也是其中一个好处。

"我理解不了他们干的事。或许因为理解不了才恨不起来。"

早见利光(当时三十一岁)

早见君在人形町一家食品原材料批发公司工作。从贸易公司买进砂糖、淀粉等成为食品前的原材料,再卖给一般小店,即从事业务中介。大米和油类也做。

不过,早见本人并不去哪里采购这些东西再卖给哪里。他在的是"期货交易"这个公司中最热门的部门——从顾客那里集资,盯紧行情用电话交易,交易的东西看不见。进出资金时而上亿。工作决不轻松。

"业界中的确有不少人很脏,那种人一眼就看得出来。"他说,早见君是老老实实做事那一类型,当然不会那么胡来。虽然眼神中时有锋芒闪过,但眼睛很清澈。

短发,体格壮实,皮肤黝黑。风貌也好举止也好言谈也好,总的说来给人以"体育界人士"之感。实际上初高中时代也打过棒球。

事件发生时太太怀孕三个月。第一个孩子,当年十月平安降生。他说"还好,事件不是发生在怀孕前",怕沙林毒气影响遗传基因。印象中十分看重家庭和家人。如今大概一家三口在新居安顿下来了。

商品交易是相当特殊的东西，经营复杂。不过如果你能认为股票已经成为商品，想必你就能明白大致情况。这一带，有不少做商品期货交易的地方。从人形町站往前走几步，有一个东京农作物商品期货交易所，那里是个起点。

毕竟要分分秒秒盯在那里，气氛相当紧张。我们都是用电话，通过开盘请客户在哪个时间买进或哪个时间卖出。手续费是我们的收入。不过，像我们公司这样在农作物批发商中有商品期货交易部门的还是少数。一般叫做"专营商"，公司大多只从事商品贸易。其中有业务，也有总务。而我们公司比较特殊，从根本上说是一家批发公司。

所以，即使同一公司，我们这个部门和其他部门的性质也有很大差别。其他部门的人做普通商品公司的营业，要经常跑客户运东西什么的。我们这里是电话交易。靠电话把不在眼前的东西左右买来卖去。

开盘一般从早上九点开始，一天当中最后一次开盘差不多在下午三点左右。我也有推销员资格，开盘时间里做这方面的工作。而外务员是交易所给的资格，有这样一个资格证（拿出一个装在塑料皮里的贴着照片的资格证）。一年更新一次，要是没有这个，就揽不着客户。有这个证，某种程度上就能干外勤。

不过，这和普通商品交易不一样，不是拿着现货去请别人下订单，比方说拿着大豆问人家怎么样，让对方订货。而是让对方信任自己预付货款，再按客户喜欢的方式进行周转，从中获得一定的利益……就是那样的交易，所以主动往外跑很难进展顺利。很多时候客户是跟外务员个人的。这个行当，我已经干了十四年，有一些固定的客户。买卖时一般会被委托交易，就那么直接带去公司。姑且先拉个客户进去。那以后变成工薪制，和普通职员拿一样的工资。就算有赚头，也赚不了多少。和美国那边不一样，收入不是计额工资制。其他公司有的实行了计额工资制,我们这里还没有。说到底,我只是个小职员。

我们公司由于有食品批发这块本职招牌,投机倒把的事情一般不会做。很本分。比方说,我们不会付给客户回扣那样的东西。这样一来,客户心想既然没有回扣,那么去别处好了。因为做这种贸易的公司一共有六十多家。客户就这样外流了。不过,我们公司里也有独立的外务员,天马行空那样的存在。公司里大致有其办公桌和电话,可他不是公司的职员,不从公司领工资。退休金啦保证金啦,什么都没有。可另一方面,他能提走百分之三十五的佣金,公司拿剩下的百分之六十五。可以说,公司是为了拿那百分之六十五而提供了办公桌和电话。那样的人,公司里只有一个,我们公司也有。

这个世界竞争激烈。特别是最近,贸易公司都纷纷带头成立自己的店铺,做大豆之类的生意。所以原来一直是我们公司独家经营的业务,现在都分散到别的公司了。我们以前能得到多少手续费,那个比率是一成不变的,现在也没有那个规矩了,比率什么的等于没有。我们公司一般固定拿得手续费,而作为极端的情况,有的公司完全不要手续费。没有手续费的时候靠什么赚钱呢?"我们公司有贸易公司的股份,我们公司有三菱的股份,有物产的股份"——靠这些情报优势来拉拢客户,从那边赚手续费。对于大的贸易公司则说"你们的手续费已经够多的了,根本不需要这个"。不管是谁,要是有要手续费和不要手续费两个地方,肯定是去不要的那边。

——说起期货交易,像我这样什么也不懂的人带上几百万现金委托别人给自己买合适的东西——这种情况不至于有吧?

很少有这种情况。说实话,一般人很难进来。以前有个客户到我这儿来,投进五百万,转眼间什么都没了。归终,行市上要六百五十万左右,而手头若没有不够的一百五十万,就设法看能不能分期付款。所以,做这一行的人,一般都是以前在行市上出手做过一两次的。

比方说,下注购买大豆,要是行市一下子暴跌,抛出去也没用。你就不能不结算,可一结算就赔不少。不过也能用现货交易。比方说,买主是个做豆腐的人,拿到现货他就能去消费。感觉像双方下注的那种交易,拿着现货在期货交易市场上卖掉,或者一有现货就从期货交易中撤走。所以不管怎么说都是个特殊领域。

只是,钱一动就非常厉害。这一阵子,玉米变动最大。普通客户中,有个人带来三千万保证金,现在赚了十亿二十亿。而且只用半年时间。就是这么粗野的行当。当然,有如此赚钱的人,就意味着有如此赔钱的人。倾家荡产的例子多得不得了。有消息说泡沫经济那时候,一有什么不如意的事,肯定说"又转到期货上去了"什么的。例如政治家方面……,所以给人以相当肮脏的印象。如今这样的消息倒是少了很多,实际上到底怎么样,我也不太清楚。可能都隐藏在水下吧。我觉得交易额本身反而在增长,比泡沫经济时期还大。

工作本身很有意思。不过,我不是因为喜欢才进入这一行的。进公司后碰巧被分到现在的岗位。但我对这一行什么都不懂,觉得挺新鲜,和进公司前自己想像的工薪阶层的工作完全不同。一整天对着桌子办公,或是做业务到处跑腿儿,那样的工作我现在一次也没做过,无法比较。不过,当初那种新鲜感,好像直到现在仍然保持着。

也不是没有自立的想法,可要是自立的话,担保之类的什么也没有。不管怎么说我还有老婆和孩子。要是辞了工作,收入不稳定,奖金也没有。与其那样,还不如现在这样好,老婆也这么说。老婆和我在一个公司上班,清楚我现在的工作内容。

我一般八点二十分左右到公司。交易所九点开门,所以我会提前一点儿出发。公司考勤打卡一般八点四十分之前就行……。九点交易所一开门电话就响。

我家在埼玉县南埼玉郡的白冈，就是东北线的白冈那站。我是三年前结婚的时候搬到那里的。那里是我老婆的娘家。我出生在东京，可东京的房价实在贵得很，反正早晚要离开东京去别的地方，像这种熟悉的地方就挺好。说起白冈，那里什么也没有。周围尽是农田，空气倒很新鲜，不过，冬天冷得不得了。和城市相比，气温差了四五度。平常上下班，刚开始的时候，觉得还真是有点儿不一样，过了一两年，也就慢慢习惯了。

　　电车开到白冈的时候，已经没座了，到大宫时有些乘客下车，也有些乘客上车，车上的人就满满的了。再到蒲和、赤羽、尾久，人多得快要挤出车外了，连动都动不了。搞不好，会有人在赤羽那一带想下车都没法下。车开到上野时，差不多是八点二、三分，我在那儿换乘日比谷线，坐到人形町。

　　早上我五点半左右起床，看六点十五开始的十二频道芝加哥农作物行情。也不是非看不可，只是当作最新情报看一看。七点从家里出发。

　　晚上一般十二点左右睡觉，有点儿睡眠不足，不过习惯了，倒也不觉得多么难受。眼下身体还算健康。公司五点半下班，我一般直接回家，七点过后一直待在家里。要是没有像电脑坏了那样的突发事件，基本上不加班。工作按部就班这一点让人痛快。

　　事件发生的那天早上，因为不是休息日，加之我们部门还有两个人带薪休假没去公司。所以我脑袋里的念头是千万不能迟到或是缺勤。因为七个人里面已经有两个人不来上班了。

　　我在上野站下了车，碰巧遇见公司别的部门一个人，两人一起坐上了日比谷线。然后从后面的车厢朝着前面车厢移动。因为虽然在上野换乘的时候离最后面的那节车厢近，但人形町的检票口是在前面，所以得一直往前面移动。电车每到一站，我们就下到月台往前走一节车厢。

在秋叶原站,我们下来再上去的时候,又碰到了我们公司一个人,三人凑在一起。可电车刚出秋叶原站,突然停下了。这个时候,车内广播响了,说在筑地站发生了爆炸事故。同样的广播反复说了两三遍,更详细的情况就不清楚了。

一会儿,广播又说前面电车的乘客在小传马町站下车了,月台没有人了,这辆车也要在小传马町站停靠。所以我猜想恐怕不再往前开了,三人只能走去公司了。走路也就走一站路左右,不是很远。

小传马町站的检票口在后头,我们已经走到了从前面数的第三节车厢,现在又要折回后面。月台又乱又吵。正走着,看见一个女的就像癫痫发作似的倒在月台墙边,全身发抖痉挛。是仰面朝天倒在地上的,是个年轻女性。一个年轻男性可能觉得"哎呀,这是怎么了",上前搀扶。

看见了,我也只是心想"这是怎么了",没有停下来,也没去想这和爆炸事故是不是有关。可能因为一直坐在太拥挤的电车上,心情不舒服了吧,当时只是那么想道。

再往前走,又有一个五十多岁的男子倒在了月台轨道边上,浑身颤抖得比刚才那个女子还要厉害。有三四个人围上去,好像在问他"怎么了,怎么了"。起始看见一个女子倒在那儿,接着又看见那个男子。不是有一种对付流氓用的喷雾器吗,一瞬间我想可能因为那个:女子用来朝着那个男子一喷,不小心自己也吸了进去,随后两个人一起倒了下去。

那个男子脚下还掉了一张湿乎乎的报纸。那到底是怎么回事儿,我也不知道。我甚至想大概那个男子小便失禁,有人在上面给盖了一张报纸吧。不过基本上是无色透明的,像水一样。如果是小便,颜色肯定发黄才对。可想是那么想,一起并排走的这伙人里面,谁也没有停下来上前看看。虽然感到纳闷:到底是怎么回事儿呢?但照样从旁边直接走了过去。我也没有特意和碰到的公司那两个人说。我们三人并排在月台走着，我在距离轨道最近的一侧，紧贴有沙林报纸的那个地方走着。距离大约有三十厘米。

刚才听说在筑地发生了爆炸事故，可我想这儿离筑地那么远，有什么关系呢！至于那湿乎乎的报纸是怎么回事就更没多想了。只是一心想去公司。公司没人，自己不能迟到。如果快走，即使八点半到不了，九点也能赶到。从小传马町站到公司，快走十分、十五分钟就能到。

出了小传马町站检票口往楼梯上走，那里也相当拥挤。很多人在那儿等车重新开动，或者寻找能联系上外界的电话。不料刚走到门外，一直走在我前面的那个人好像有些眩晕，摇摇晃晃倒下了。他旁边的一个人扶起他，让他坐在路边一个地方。至于那人是倒下的那个人的朋友还是根本没有关系的人，我就不清楚了。

结果，一共有三个人先后在我眼前倒下。那时没觉得有什么不对头，也没认为那些事情前后有关联。以为前面那两个人可能是因为流氓事件，第三个人可能因为身体不舒服吧。不过我一直记得，走在月台的时候闻到了一股说不清是什么的味道。沙林虽是无味的气体，可还是有气味。具体是什么味儿我也说不准。记得当时掏出了手绢捂在鼻子上。"什么呀，这股味儿"，就是这种感觉。有可能这又让我想到了那个用来对付流氓的喷雾器。

走到门外，马上有想吐的感觉。我们当中最年轻的那个人问我是不是眼睛痛。那时我眼睛还没事儿，就说："眼睛倒是不痛，可你不觉得有点恶心吗？"另外一人也说眼睛痛，眼睛里面好像不太对劲儿。我倒一点儿也没觉得眼睛不舒服。

不管怎么说，还是走到了公司。从九点开盘第一场开始工作。可是我觉得屋子特别昏暗。虽说开着灯，还是觉得周围很暗。记录也模模糊糊的，没法看清楚。我心想有点儿反常，但当时还不知道缩瞳这回事，只是纳闷怎么这么暗。跟上司一说，他让我去洗手间洗脸。

没想到,总务一个人——我当时没看见——也坐在同一列电车上,好像是在小传马町月台等电车重新开动等了很长时间。据说那人到公司后也是眼睛痛、想吐。他跟总务负责人说了那个情况,对方让一人带他去医院看看。我也正难受,就坐公司的车和他一起去了医院。

我们到墨东医院的时候,那些受沙林毒气伤害的人还几乎没来呢。我估计我们是最早来就诊的。等的过程中,在医院大厅里看电视上的新闻,看到地铁职员捂着眼睛坐在地上不动的场面,大家说"啊,对,就是那个。"不大工夫,遭遇事件的人渐渐来到医院。

归终,我住了两天院。我一直以为自己身体没什么大问题,但结果又是血液值不正常,又是缩瞳,没让回家。我老婆正在怀孕,我不想让她太担心,可住院又不能不通知她。傍晚,我从集中治疗室出来转到一般病房时,我老婆、我父母、还有岳父岳母都来到了医院。那天晚上怎么也睡不着。长这么大,从没住过院,很介意各种各样的事。鼻子里还被塞了吸氧管,怎么也不能安心睡觉。

后来倒没有什么后遗症。就是害怕坐地铁电车,有一阵子,我或者不坐,或者换坐别的车厢。因为担心再次发生同样事情。那种恐惧心理随着时间慢慢消失了,可就算现在也还是避免使用以前换车的台阶什么的。不过,大体还是过着普普通通的生活,怨恨什么的也渐渐消失了。没有多少例如愤怒那样的实际感觉。我对宗教什么的根本不感兴趣,理解不了他们干的事,或许因为理解不了才恨不起来。如果问题先出在自己身上,说不定会感到一股无法压抑的愤怒,可现在……

关于这次事件,我现在最在意的还是我的第二个孩子。这以后生第二个、第三个真的没关系吗?不会对他们的身体带来什么危害吗?我很担心这个。出院时,也问了医生这个问题,医生说这种事到现在为止还没有先例,不能断言百分之百没有问题。只是这点让我心里有些担心。

今年秋天搬家。还是在白冈町买的独户住宅，不过还没建好，要等到秋天。

"这当儿，有人说来不及了，再等救护车就没命了。"

尾形直之（当时二十八岁）

尾形君的工作主要是电脑软件维修。为这本书采访的受害者当中，从事电脑软件工作的人相当不少。据尾形君说，电脑软件方面的公司多在日比谷线。原因不晓得，估计是偶然吧。

做电脑软件方面工作的人有两个共同点，一是"非常忙"，二是"跳槽多"。但尾形君自毕业以来一直在同一公司工作。这样的例子在业界极为少见，朋友们都很佩服。不过，跳槽固然不跳，而忙这点是同样的，抱怨说有点干够了。听他说来，的确忙得令人不忍。不过，很少能从上班族口中听到乐得轻闲这样的话。

提起电脑方面的工作，或许有人想像"宅男"那样的人，可是在这一系列采访中见过的人里边，还没怎么发现那一类型。尾形君也是说话中规中矩的十分地道的好小伙子。接受采访时年届三十，但也许"娃娃脸"的缘故，看上去总觉得"小伙子"这一称呼更适合他。社会交往总体上也算积极的。

想必这种性格的关系，上班途中在小传马町站现场目睹事件惨状，心想不能看着不管，于是长时间救助受害者，结果本人也吸入沙林毒气。和他同样参加救助的人（过路人）命运也是如此。救护车迟迟不来，警察也几乎不起作用。不用说，他对这种应急措施的疏漏有很大不满。

我出生在足立区，一直住在这个地方。虽说是东京，可这里紧靠埼玉县。家里有父母和一个妹妹,四个人一起生活。还有一个妹妹,不过结婚后就离开家了。每天工作实在很忙。有一件我独自承包的工作,几乎不行了。一直向上司发牢骚,可没有人听。一到忙的时候,一天工作十二、十三个小时是常事。公司有加班,不过频频加班,上级会抱怨。可要是不加班,工作就永远做不完,所以不得不硬着头皮干。

周六周日还是能休息的,不过去哪儿玩一玩什么的,最多也就是在年底那个时候。即使这段时间(八月十八日进行这次采访的)也从没放过假。相反,盂兰盆节前后是最忙的。也就是说,因为所有公司基本上都休息,就利用人家休息这个时间,断掉电源,一齐更新计算机系统。所以,那时候工作很集中。年初年底倒是不上班,可休息日工作是常有的。

要说为什么这么忙,或许是因为公司间的竞争太激烈了吧。最近,一有计算机系统的商务谈判,其他几家公司必然参与进来,绝不能掉以轻心。是啊,比起同龄工薪阶层,我想我们会忙一些。到了我们这个年纪,一般手下都会有几个徒弟跟着,第一线工作就交给他们来做,只动口不动手的时候很多。可是我既要动口又要动手,简直超负荷工作。一句话,人手不够啊,怎么也不给派人来。

周末我用来睡觉,睡醒去附近朋友那里玩。我家里有两台电脑,也还是用来工作。是的,是在休息的日子。我也不想做,问题是工作总也完不成,不得不做(笑)。父母也很吃惊,总是说"哎呀,差不多行了",或是问"为什么你一个人在家不工作就不行呢?"尽管他们那样说,可我还是得工作。真是无奈啊!

计算机方面的工作,过了三十岁就要走下坡路了。新的系统和程序不断被开发出来,可大脑却跟不上。系统基本构想不断大规模更新换代,却无法加以应用。像我们公司,黄金年龄是二十二三岁左右吧。那个年龄段的员工也最多。一过那个年纪,就有很多人辞职不干了。要说他们辞职后做什么,是啊,做什么呢,就那么回乡下去了吧。说句

"不愿干了"，立马走人。想必对0/1这个世界不耐烦了。或者改行，或者回老家父母那儿。这样，慢慢就没有人手了。工资倒是不低，可问问同行其他人，才知道也并不是特别好。

我们公司在六本木。我早上七点坐地铁电车到五反野站，再换乘七点四十二分或四十七分日比谷线开往中目黑的。早上坐车的人挤得不得了。还有时根本挤不上车。本来就挤得要命，开到北千住那一站时又一下子上来好多人，挤得气都喘不上来，有时甚至觉得有生命危险。会不会把车挤爆了呢？一次突然把腰给弄坏了，莫名其妙地扭了一下，好痛啊！总之，每天都这样挤车，都是这么一个状态，只有脚还剩给自己，整个身体被挤得不成样子。

——这简直就像职业摔跤的技艺比拼啊！每天都要坐那么挤的地铁去公司，不觉得厌烦吗？

厌烦啊，当然。每到星期一我就想干脆辞掉算了（笑）。尽管脑袋想"啊，真讨厌呀，真不想去公司啊"，可腿还是不由自主地朝公司走去。

如果把每台电脑都和公司连接起来工作的话，就不用每天特意跑去总公司上班了。现在也不是做不到。因为完全可以通过电路开会了。要是一星期只去一次公司，那该多好啊！我想几年以后一定会是这个样子。

事件发生在三月二十日，那天因为利川根下雾，车晚点了。我没能坐上车，放过好几趟。我坐的那趟是五十几分发车的。因为晚点的影响，车上格外拥挤，挤得厉害。前一星期的星期五，我感冒发烧没去公司。但星期六有工作，还是去了，给客户更新系统。星期天休息了一天，一直在家睡觉。星期一身上还是没劲儿，真想在家里休息，可已经跟上司说了这天上班，不得不去。

在上野站,车上的人下来不少,终于能舒一口气了,能抓到车上的吊环了。你问坐车的时候做什么,什么也没做,只是恨不能马上有空位坐下(笑)。从过了上野的那时候开始,我就判断哪个人快要下车了,站在那人跟前。我常年坐地铁电车上下班,哪个人是不是快要下车,看样子基本都能判断出来,也算是经验吧……。一坐到座位上马上就打盹,一下子睡了过去。可不管睡得多么沉,到六本木前一站的神谷町站时,我肯定忽然醒过来。厉害吧?

不过那天车开到秋叶原和小传马町之间的时候,突然停住了。接着传来广播,说在筑地发生了爆炸事故,"在小传马町暂时停车"。我心里暗暗叫苦。先是有雾,然后又有事故,今天真不走运啊。这下子可真要迟到了。

车只停了一次,接着开进小传马町站。停车时间里我估计车可能还往前开,留在车里没动。没过多久,又传来广播:"本次电车在此停止运行,何时开车无法判断。"没办法,只得下车。别的暂且不管,得先搭车去公司。我出了检票口,上阶梯来到地面。眼前的景象实在太让人吃惊了:周围人一个接一个全倒在地上。以这张图来说是3号出口。

我坐的是从后面数的第三节车厢,完全不晓得月台前方发生了什么不正常状态。我想我周围那些人也一样。大家极其平常地发着牢骚,通过检票口来到地面,冷不防看到三个人口吐泡沫倒在眼前,真是让人不知所措,心想"怎么回事啊,这到底是……"

离我最近的是一个男人。手脚发抖,浑身哆嗦不止。口吐泡沫,不断痉挛。我一看就呆住了,觉得事情不妙,问他怎么了?得照看一下才行。这一来,一个在那周围还能走动的人说:"不知道这是怎么回事儿,不过口吐泡沫倒是很危险,最好往他嘴里塞张报纸什么的吧。"接着,我们两人一直照看那个人。那以后,从下面检票口上来的人也都有气无力,接二连三倒在了那里。到底发生了什么,根本摸不着头脑。刚才那些人还是坐在地上不动的样子,现在"扑通"躺倒了。

情形异乎寻常。旁边那座楼里面有个上了年纪的人,是位老大爷吧,已经没有了呼吸,脉搏停止跳动了。倒在地上,一动也不动。"叫救护车了吗?"我问那旁边的人,"已经叫了,可车还没来。"这当儿,有人说来不及了,再等救护车就没命了,肯定没命了。号召大家拦路上跑的车,全都送去医院。

不巧赶上红灯,车都停在那儿。"请帮忙送到医院吧,拜托!"——这样拜托给开车的人。我们专门拦客货两用厢型车,好像有五、六个人都在拦车。还好,车都停下了。一说明情况,他们说知道了,就把人拉走了。

我们就那样拦车送人,在那儿待了一个小时左右。上到地面有气无力的人,抬着交给对方,直接拉去医院,几个人一起抬。有负责抬的,有负责拦车的,我是负责抬的。把病人抬上车,请对方帮忙送到圣路加医院。因为圣路加医院是离那儿最近的一家大医院。

救护车怎么也不来。好不容易来了一辆,那已经是半小时以后了。感觉像从什么很远的地方开过来似的。可能救护车都转到筑地那一带去了。我们把倒在地上的人送上过路的车,那些自己还能动的人都在叫出租车。这时候终于来了一辆救护车。

我也坐出租车去了医院。救助别人时间里,拼命忙活,没什么感觉,可一救完人,自己身上也有了症状。我想出现症状最主要的原因是因为我又下到月台上去了。听说月台上有的站务员也被毒倒了,其他站务员上来说"有没有人来帮帮忙啊",我就和一些人一起下去了,结果吸入了沙林,因为是毫无顾忌去充满沙林毒气的月台的⋯⋯

倒地的站务员晕晕乎乎的,嘴里还嘟囔说"不行,我得留在这儿。"我们说"现在不是说这种话的时候,这里太危险了。"那个人还有意识,不过已经站不起来了,马上就要倒下的样子,后来瘫倒在检票口里面。尽管那样,还说"我不能离开这里。"所以大家连拖带拽地硬把他拉出了月台。

当时听说筑地发生了爆炸事故,我还以为是不是缺氧症状呢,所以才会口吐泡沫。

——你下到月台不害怕吗?

不,那时候已经豁出去了。至于害怕不害怕,已经没有那种意识了。反正先得救人,只有这么一个念头。在现场,能走动的人只有数得过来的几个,所以不能不管。下到月台的时候,记得闻到了一股类似信纳水的味道,我还想到底是什么呢。记得下到月台往站务员在的那个地方走的过程中,觉得很不可思议:怎么周围这么暗呢? 瞳孔已经缩小了。

这样,把倒在地上的人几乎全部运送了出去,终于舒了一口气,就在我想叫出租车去公司的时候,突然觉得很不舒服。头痛,恶心想吐,眼睛有刺痛感。我想"哎呀,我的情况也不对头啊。"周围的人也说哪怕有一点点不舒服也最好去医院。所以我决定去医院看看。

出租车上坐了三个人,一起去的。有一个人不知刚从名古屋还是大阪出差回来,发牢骚说今天刚从外面回来,怎么就碰上这么倒霉的事儿呢! 我坐在前排座位上,后排那两个人左摇右晃的,车窗全都开着。路上堵车,筑地也被封锁了,小路走不通,就沿着晴海路一直走,挤得一塌糊涂。

在医院接受眼睛检查,马上打吊瓶。医院里的气氛简直像野战医院。打点滴的人在走廊里排成一长排。我打了两个吊瓶,症状不那么严重了,所以没住院就回家了。"你是回家,还是住院?"医生问我。那时有一种刚刚从战场归来的感觉,浑身热血沸腾,什么疲惫啦四肢无力啦,那些感觉基本没有。

可回到家以后,眼睛痛得不得了。那一个星期我都没睡好觉。一直闭着眼睛,可闭眼也痛。一直到第二天早上都是那个状态……,真让人吃不消。所以,我又去了一趟医院接受检查,结果胆碱酯酶值非常低,医生说沙林影响出来了。我希望他们一开始就告诉我。从松本沙林事件那时候开始就应该知道遭受沙林毒害会表现出这种症状,检查方法也应该知道。不过,圣路加医院还算好的。因为一直研究那个,某种程度上清楚。其他医院在处理上不合理的地方好像比较多。

那以后,通过检查又知道肝功能也急剧下降,告诉我有点危险。不光我,好像其他受沙林毒害的人里面也有几个是这种情况。大概因为在稀释沙林的药物中又使用了酒精类的东西,以致造成了这个影响。只是,肝脏是沉默的内脏,自己察觉不到,也不觉得痛。医生劝我绝对不能喝酒,就一直没喝。

归终,一个星期没去公司。那以后三个月都没有加班,每天到时间就下班回家。在这一点上,上司也能够理解,作为我也觉幸运了。

说实话,我对警察或消防员的救援速度是抱有疑问的。的确,最初在筑地是有突发事件。尽管如此,来小传马町现场救助也来得实在太晚了。人们都快忘了的时候,他们才来。我想,如果在现场的人——包括我在内——不自发组织救助的话,那么结果会怎么样呢?现场的警察可能因为没有那方面的经验不知所措,不过也太不得要领了。问送去哪家医院好都不能当场决定,还要花十分钟用无线和上级联系:"有人问去哪里的医院好?"

警察开始采取行动,是在救援已经基本结束以后。救护车来了,开始疏导交通了,几乎忘记的时候,这些都出现了。日本的危机管理到底怎么搞的!尽管松本因为沙林毒气做出了很多牺牲,可不管是警察还是医院,都没有接受那个教训。奥姆真理教和沙林的关系,在那个时候已经被指出了。如果能重视那个情报,也许这次地铁事件就不会发生。即便发生,我的症状也会轻些。

一起在小传马町站前参与救助其他乘客的那些人,我在医院也看到了几个。也有人躺在了床上。大家都是在救助的时候吸入了沙林毒气,自己也变得不舒服了。对于这些,我不想就这么保持沉默,保持沉默会让我发怒。这起事件现在想必已经被人们渐渐忘记了。可作为我来说,绝不希望大家忘记。

还有,PTSD 的治疗措施现在还不完善,对于受害者的现状,国家也没能准确把握,以后我也想诉说下去。

"眼睛看不见东西的时候,心想要是这么死了,可就赔了。"

光野充(当时五十三岁)

生于栃木县小山市农家。出生年是一九四一年,太平洋战争开始那年。从学校毕业后经熟人介绍进了茅场町一家印刷公司。当时的茅场町还是牵着马车跑路的年代,上到晾衣服的天台上可以看见东京站。在公司宿舍住到二十一岁。娱乐无非是看电影,或一伙人上山闲逛。

一九六九年即大阪世博会前一年结婚,二十八岁。对方是和同学一起去海边游泳时认识的女子。"就是寅次郎体系列电影开始的那年。"他回想道。

两个孩子,长女二十四岁,儿子二十一。住在埼玉县草加市。身体结实,从未得过病。概不暴饮暴食,他说这是健康的基本。举个例子,在外面喝酒的第二天,无论如何都滴酒不沾。哪怕太太吃晚饭时不小心打开啤酒瓶盖也嘴唇都不碰一下。意志便是如此坚定。

如今每星期去一次游泳馆,一次游一个小时左右,奥姆事件后体力一落千丈,因此开始发愤图强。

爱好盆栽。讲到盆栽,脸上神采飞扬,滔滔不绝。但遭遇沙林事件之后,光野先生对周围什么事都厌倦起来,甚至想把八十盆宝贝盆栽也统统处理。最后总算改变主意,只把十盆大的给了朋友——事件便给了他这么大的打击。

我们公司主要是印刷票据。不是什么大公司,不过因为经营时间长,所以有很多长年固定客户。我在那里工作了三十九年。从昭和三十二年①一直到现在。因为没有其他可去的地方(笑)。

最近这几年不太景气啊。不光我们公司,业界同行全都生意不好。因为整个社会都电脑化了,票据类需求无论如何都要减少。

拿账单来说吧,过去是事务员一张一张手写。可现在都输入电脑,只要一按键盘,哪月哪日在哪儿卖的,就哗哗打印出来了。然后齐刷刷一撕,装进带小窗口的信封寄出去就行了,就这么简单。所以,账单、入库单这样的东西已经没有需求了。今后,情况恐怕越来越糟。

现在,我们公司的职员共有八个人。过去有二十五个人。因为过去是铅字印刷,现在是胶印,不需要那么多人手了。我一直干制版工作。一开始分配的就是这个工种,一直做这个技术活儿。

我一般五点半起床。起来后先给花盆浇水。哪怕还没往自己嘴里放东西,也要先给花盆浇水。冬天三天浇一次就行,夏天得每天浇。家里一共有八十盆左右,浇水也不是件容易事,要花半个小时吧。然后吃饭,换衣服,七点从家出发。从家走到松原小区站,坐七点十五分的电车,每天都是这样。不过,偏偏那一天(三月二十日),我因为有事,坐了别的电车。

实际上,除了侍弄花盆,我还有溪流垂钓的爱好。说起来,去溪流垂钓回来的第二天,我一般都会休假,溪流垂钓晓得吧?

——不,一点儿也不晓得。

溪流垂钓需要很多很多工具。要穿差不多这么高的长靴,还要有

---

① 一九五七年。

鱼竿什么的,此外还有各种各样的工具。那些渔具的清洁工作也都是我自己来干,不然就不放心,我就是这么一种性格。所以,为了清洁渔具,第二天我得休假。

一般星期六晚上和朋友一起从川口开车到新潟一带,不睡觉。第二天早晨差不多能看清鱼线的时候下到峡谷。垂钓过程中,天渐渐亮了,我们从下游钓到上游,一直到偏午一点。然后,再从上游钓回到下游那儿,就这么按原路折回去。关越那里一塞车,就根本开不了,回到家已经是晚上九点、十点。所以,第二天星期一无论如何都要请假在家。一个月当中会去一次吧。那个时候(三月十八日、十九日),我去了长野县大门川那个地方,就是白桦湖下面那一带。回到家是星期天晚上八点左右。

但是,第二天星期一不巧工作忙,想请假也请不下来。所以,早上姑且整理了一下,大的渔具等以后有时间再说。这样,我比平时离家晚了十分钟左右。不是睡懒觉了,我从不睡懒觉。

在竹之冢换乘日比谷线始发的车。在北千住换车也可以,不过那里人太多。七八年前我打碎过眼镜,因为换车的时候被人挤来挤去的。那以后,再也不在北千住换车了。竹之冢是始发站,百分之七十的概率有座位坐。有座位坐的时候,我就读读盆栽方面的书或者月刊什么的。

那一天因为迟到了,就在竹之冢坐上了比平时晚一班的车,有座位坐。我坐在从前面数第三节车厢的正中,是车前进方向右边第二个靠窗的座位。因此不知被警察问过多少遍,我一直清楚地记着,我这一辈子也忘不了(笑)。

说起那时的工作,实际上就是和那个艾滋病药危害问题有关的。我们给一个药品公司印刷那个药品的标签贴纸。好像是两色印刷的标签,贴在药品上面。必须在二十五日星期六之前印完。这样,二十二日早上要是还不开始印刷,就来不及了。所以我二十日必须去公司制版,绝不能请假。

路上,大概是在快到秋叶原的那个地方吧,车停了一次。广播说筑地发生事故,暂时停车。不过,停车时间不长,我也没在意。那样的事经常发生。车开到秋叶原和小传马町之间,又停下了,接着响起了同样的广播,说筑地站发生了爆炸事故,播放了两次吧。车厢里开始嘈杂起来。

过了五、六分钟吧,具体记不清了,我们坐的那列地铁电车不紧不慢开进了小传马町站的月台。那时传来了一个女人的呻吟。就像鹦鹉叫一样,"噢——"一声,很刺耳。我想是女人的声音,像是从车外传进来的。我心想到底是怎么了呢?不过月台上很拥挤,到底发生了什么,在车厢里面还看不出来。

"车要在这停很长时间",车厢广播响起来了,约有三分之一的人下了车。我仍坐在车里。凭过去的经验,这个时候最好待在车里别动,说不定马上就会发车的。而想赶快去坐别的车冒冒失失下车,很可能吃亏。

我在车上等了有三四分钟吧,又传来了广播:"没有恢复行驶的希望,车不再开了。"这下真没办法了,就站起身来。从小传马町到茅场町有两站路,走路要花三十到四十分钟左右。要是走得快,九点多差不多能赶到公司。我把放在货架上的纸袋拿在手里,下车到了月台。就在朝着车前进方向再往前一点儿的柱子那儿,我看见一个男人仰面朝天倒在地上,手脚来回扑腾,感觉好像已经奄奄一息了。

我把纸袋立在墙边,按住那个人挣扎着的双脚。可怎么按都不能完全按住,他仍然剧烈颤抖不止,眼睛一直紧闭着。六七分钟时间里,我一直按着那个人,或是给他揉搓一下。不过,他最后还是死了。他是这起事件中第一个死去的人。蒲和的田中先生,和我同岁,那年都是五十三岁。

我本来就是不会对别人的事置之不理那种人。一遇到什么事会马上插手,所以别人经常说我多管闲事(笑)。可我也不能眼看着不管。又有一个人,在那附近的一个女人也倒下了,大约有十个人左右都围在那儿。因为是女性,也不能随便上前去碰人家。要是男同胞,倒可以不用顾忌这一点。当时,大家围成一圈,探着身子窥看。我因为一直蹲在地上,从那些站着的人的腿的缝隙间看到那个人穿着一件奶油色上衣,所以判断是个女的。那个人叫岩田,三十二岁的女性,两天后也死了。

我冲着那些在月台里走动的人——也不管他是谁——大声喊:"这里有个病人,快去叫站务员来!"喊完四下一看,月台里一个站务员也没有。

没过一会儿,倒是来了个站务员,可他没到这边来,去了那个女人那边。我朝站务员喊:"喂,这里也有个病人!"站务员说:"其他人不在,这边,还有那边,我一下子照看不过来。"后来听说这个站务员也得了重症,好不容易才保住性命。

我还蹲在那里,一直揉搓这个男人的腿。接着,我闻到了一股像是圆葱烂了的味道。总之是不寻常的气味。因为车内广播说发生了爆炸事故,我以为是一股煤气味,可能是管道煤气一类的东西。我想得马上逃出月台,站起来拿起放在地上的纸袋(连这样的细节都还记得,让人佩服),撒腿就跑。也来不及掏出月票,我跳过自动检票口,跑上狭窄的台阶。边跑边喊:"有煤气,快跑!"

大家都慢慢悠悠地走着上台阶,一点儿也没有紧迫感。反倒有很多人下台阶去坐车。哪里也找不到站务员。当然,也没有人阻止那些正在下台阶的人。我这么大声一喊,在上面的人说不要慌或者说先别着急什么的。大概因为想到一旦局面混乱就不好办了吧。

不过,我顾不了那么多,分开人群跑到外面,一直跑进前面五六米远的一条小路。因为我脑袋里想,要是宽阔的大路,一定很危险。那是一条顶多能够错车的小路。我想钻进停在那里的车中,可车门锁着。

车门锁着是当然的啦,可那时的我慌张到了连这个都不知道的地步。

我又跑起来。这回想躲进大楼,因为害怕发生煤气爆炸。我发现了一个亮着灯的楼,就想推门进去,但推不开。因为时间还早,门上着锁。我又想去路的对面。这时,眼睛突然刺痛起来。我们一盯着烟火看眼睛就会刺痛的吧?就是那种感觉。我心想,哎呀不妙。过了十秒左右,眼睛一下子看不见地面了。那天天气很好,外面一片光亮,却好像一下子有黑幕垂下来似的,变得什么也看不见了,完完全全看不见了。

要是看不见东西,就不能躲也不能跑。可我想,不管怎样,得先到路的对面去,几乎条件反射性地往那边跑。因为道路很窄,没有多远的距离。可道路有的地方凹凸不平,有什么绊脚绊倒了。我想,啊,这回死定了。我可不想死啊!

这时,我听到一个男人的声音:"你怎么了?你怎么了?"连续问了我两遍。我记得他还问我是哪个公司的。"我好像把月票夹掏了出来,因为里面夹着公司的员工证什么的。不过,我也记不太清楚了。好像是拿出来了。我只记到这里,往下的事就记不清了。

醒来已是五、六个小时以后了,在医院的病床上。

我是在千钧一发的时刻保住性命的。感到万幸的有那么三点:一是自己首先觉出了气味,二是急忙跑了出来,三是救护车来之前有不相识的人把倒在地上的我送到了医院。我想这三点加在一起,才让我九死一生。

现在回想起来,那时能一下子感觉到有异臭,好像是死去的田中先生暗示给我的:"我已经没救了,你快跑吧。"我总是不由自主地这样想。

来到外面的人接连不断地倒下,已是我被车送到医院以后的事了。同他们相比,我早早接受了治疗。在吸入沙林的情况下,能不能及早接受吸氧治疗是很关键的。我是第三个被送进医院的沙林毒气受害者。

后来听说我照看倒在月台的人的时候,沙林毒气袋好像就在离那儿十米远的地方。

过了中午,眼睛多少变得明亮起来。倒不是说能看见了,只是稍微变得明亮一些。不过,眼睛里面感觉好像有孩子"噗噗"吹肥皂泡似的。好像有肥皂泡粘在眼睛上,看起东西来都重叠成了两三层,忽闪忽闪的。家人来了,那里有人倒是知道,不过是谁就辨别不清了。一听声音,才明白原来是谁谁谁来了。

那滋味很不好受,呕吐了,吐又什么也吐不出。也许吃的东西都消化了,吐出一些像水一样的东西。腿还抽筋,就是痉挛。腿的肌肉一下子变成很僵硬的状态,就请护士和我嫂子给揉一揉……。抽筋一直持续到晚上。我想这一定和我在月台里照料过的人是同一症状。那个人当时连话也说不出来,我想他一定痛苦得不得了。

听说家人看了我那副样子,都做好了心理准备:"孩子他爸快不行了吧。"可到了第二天,越过这道坎儿,情形总算不要紧了。以一开始那么严重来说,这是出人意外的轻微症状了,以为说不定能早点儿出院。谁知从第四天开始突发高烧,烧了两天还不退。肝功能值也"唰"地直线下降。根本谈不上出院。我每年都在公司体检,一直全是A,哪儿也没有什么不好的地方。所以,一听说肝功能不好,我就觉得很吃惊。

最终,在医院住了十三天。住院期间一直打吊瓶。那是为了更换体液。最无法忍受的是小便,几乎每隔五分钟就想去厕所,可去了又什么也排不出来,只排出一点点。总是有尿意,晚上睡不好觉。

从住院的第四天起,就开始有像幻觉那样的东西。每次都做同样的梦。昏昏沉沉快要睡着的时候,就做那个梦。梦见自己睡在一个周围全是白色的房间里,有像白布一样的东西从天花板上垂到头顶,还飘来飘去地移动。因为碍事,我就想抓住它,把它扯断。可伸手却什么也抓不住。不是因为太高了手够不到,明明就在头顶,可偏偏抓不到。天天晚上反反复复做这个梦,完完全全同一个梦。

而且,一做这个梦,就感到有一种很强的压迫力,好像全身不知被谁使劲压在下面,于是吓醒了。据说这是沙林毒气后遗症。说是梦,准确说来又不算是梦。因为恐怖仍留在大脑里才会有那样的反应。可梦见的时候,真的很害怕啊!因为那个,半夜我还会跳起来三四次,活受罪。

不过渐渐地,从开始做梦到醒来的间隔变长了。由两个小时到两个小时零十分,又到两个半小时……到完全没有这个症状,花了一个半月左右的时间。出院的时候,医院还给我开了安眠药,不过根本就不管用。

那以后,要说有什么后遗症,就是视力下降了不少。我一般每隔三年左右换一次眼镜,可发生这件事以后,提前了两年,度数加深了,视力变差,基本不能回复了。因为这个,接细活儿就变得吃力了。印刷原稿的嵌入啦弯度啦,必须好好看准,可现在很难做到了。

我向公司请了一个星期假。本来医院叫我在自己家里休养三个星期,可真要休息那么长时间,公司就倒闭了(笑)。我一直担任制版负责人,别人不能代替。要是只歇两三天还能代替得了,时间一长就不行了。所以,从住院第四天开始我就把工作带进医院,在大厅那些地方用电话下指示。虽说有病在身,倒还不至于精神恍惚。不过,带病工作说不定对我的恢复起了一定作用呢,我想。

是的,那以后睡得不安稳,身体也很容易觉出疲劳。我是那种一休息就提不起精神的人。所以,还是乘同一班车,坐同一个地方,同一时间上下班。倒也不是想看看自己原来倒下的地方和做什么现场勘察,但休息了一星期后去上班时我还是去看了看。我原以为自己当时跑了不少路,可没想到只是很短的距离,最多也就五十米吧。

那以后一段时间里,我变得什么东西都想扔掉。想必是虚脱感在作怪吧。我大体算是用东西很仔细的人,连上小学时一直用的赛璐珞文具盒都还保留着,还有学生帽什么的。但那时变得都想一扔了之。到现在已经过去一年了,那种心情消失了,可那个时候认为根本没有什么值得珍惜的东西。就连比什么都珍惜的盆栽都想过全给人算了。

眼睛看不见的时候,心想要是就这么死了,可就赔了。实际上,在医院里我好像还大声喊叫过"我不想死啊!"这是后来我从别人那里听说的。据说我的声音大得从处置室到休息室都能听见,听得休息室里的人浑身起鸡皮疙瘩,至今仍在耳边挥之不去。说实话,我六岁的时候,在河里玩水差点儿淹死。那一瞬间我就想起了小时候的这件事,那时好不容易得救了,可现在居然什么也看不见,坐以待毙!而且,那时强烈的恐怖感死死烙在脑海里。也没有想家人。脑袋里装的只是不想死,不应该死,不想在那样的地方死去。

不过,能发出那么大的声音来,足以说明我对生命的执著。虽说还不太明白到底是怎么一回事儿,可如果那么白白死掉了,实在让人觉得不甘心。到现在我都清楚记得自己当时的心情。

对奥姆犯罪分子,现在没有什么憎恨心情。当初真的是火冒三丈,气得不行。不过,那种气愤也忘得比较快。已经没有把他们处以死刑、把他们杀死那种心情了。要是什么时候都心里怀着憎恨和愤怒的话,就不会从后遗症里摆脱出来。我没有留下像头痛那种折磨人的后遗症,我想也可能有这方面的原因吧……。

"麻原和我是同代人。倒也不是因为这个,可我反正很生气。"
片桐武夫(当时四十岁)

片桐先生生于新潟县十日町市。靠近汤泽,是个雪深的地方。近年虽不像过去下那么多雪了,但积雪达三米深还是常有的事。家里务农,五兄弟中他老三。高中毕业后来到东京,进了汽车经销公司。特别喜欢汽车,想干机械工作。捣鼓车让他开心。但干了十年机械后,也许因为公司方针的关系,转到了营销部门。

皮肤晒黑了,目光炯炯有神,一副精明强干的汽车推销员的神气。话虽这么说,但绝不强加于人,也并非能说会道。该干什么就好好干什么,业绩是水到渠成之事——言语间透露出这样一种实实在在的意味。让人觉得从这样的人手中买车无论如何都可放心。

"适合干营销吗?"我问。他想了想,事不关己似的静静回答:"干这么久了,大概适合的吧。"

住院后脑袋总是痛,痛得睡不着觉,一个星期身体都没恢复。但由于正是忙季,还是第二天就忍痛上班了。说起当时的情形,表情到底有些黯淡。

傍晚接受完采访,开一辆崭新的奶油色公司车回家,握方向盘时的表情显得十分幸福。顺便说一句,自己开车去医院的,据我所知,仅此一位。

当机械工的时候和机械打交道蛮好的,可调到营业部门,打交道的对象就是人了。交流方式完全不同。一开始根本不知道到底该做什么好。不用说,车也卖不动,完全卖不动。

花了三年时间才好歹卖动了。这三年期间,一个劲儿向客人寒暄。闯到左一个右一个陌生地方,低头恳求,依次走访。这样做了三年。说起汽车的营销,不经过三年锻炼是干不好的。我周围一些人,三年期间基本跑光了。可反过来说,如果三年时间里一直坚持走访客户,之后的十年就能立住脚。只要不做什么太离谱的事情,一直坚持下来肯定能有收获。

我所负责的区域是品川区的东五反田,位于五反田山手线的内侧,高轮、白金、目黑、上大崎所环绕的那一带。我走访的时候,不怎么谈汽车。你要是以客户买还是不买这种目的开始交谈,那么肯定无法进行。"有什么请多关照"、"尽管随便跟我说好了"——我一般采取这样的方式,看能在多大程度上走近客户。交谈也都是普通话题。例如最近巨人棒球队很厉害什么的,然后看客户有什么反应。即使不怎么谈汽车也可以的。反正是拿着公司名片去的,"这个人是来干什么的",就算你不说,对方心里也明白。

在这个区域,谁开什么样的汽车,我大体清楚。因为一直到处走访,自然而然就记住了。哪里到了该买新车的时期了,这个也装在脑子里。不过,最重要的还是请对方记住我们。你在大街上一走,如果没有被人认出来"那家伙是××的片桐",那就不行。可是,受泡沫经济的影响,五反田一带也完全变了样。工厂什么的,以前有不少家,可那个时候全被清理走了。客户也像掉牙一样不见了。

我家在越谷市。因为孩子大了,我想搬到再大一点儿的地方。我有三个孩子。大的上初中二年级,中间的上初一,小的是小学四年级。都一忽儿长大了,不讨人喜欢了。我们到现在一直住在松原小区的出租房子里,小得不得了。

我早上七点从家出发,在人形町换车,到都营线户越站是八点半左右吧。在北千住换乘地铁电车,不过我不会放过好几趟车不坐而等始发车,车一来就上。

三月份是汽车比较好卖的时期,因为是决算期。蓝色申报是二月十四日左右提交吧。申报完就出来结果了。要是盈利很多的话,就在这个预算年度内花掉,或者留到以后用。而且,汽车的营销商也会在决算的时候把业绩汇总到一起,所以决算前必须加把劲儿努力销售。如果你来买汽车,这个时期正是好时候。对我们来说,肯定是闲不下来的时期。

特别是,我们汽车销售公司必须在三月三十一日之前确定汽车销售数量。只是签订了合同，那还不会算到销售数量里面去，必须登记，把车交给买主，这才算销出一台。例如上个月的汽车销量和去年同期相比有所上升什么的，经常在报纸上读到吧。那都是以登记数量为基准统计的数字。

不过，就像你知道的那样，不是和客户签了合同就能马上登记。必须有车库证明文件。尤其车库证明，不是到了警察署就能马上拿到的。他们受理之后，会说"我们会确认车库情况的"，等确认完了，才会发给车主车库证明。一般要花三四天吧。星期六星期天警察署不上班，从这一天往前推算，三月二十日左右是个购车高峰。为了能赶在三月末前登记交车，那一天就是个界限。那个时候我手头也有几个要抓紧时间办理的业务，要做的事情有许多许多。

虽说这样，从那天往前的几天里，也就是周五、周六、周日，还是和公司里一帮年轻人去滑雪了，因为我出生在雪乡，滑雪还是会的。当时是开车去的，要开很长时间返回，事件发生的三月二十日当天早上觉得有点儿疲惫，于是打算坐地铁电车去公司。

——这么说来，平时一直开车上下班的？

也不是，当时我坐地铁电车上下班和开车上下班的比率基本上是一半对一半吧。忙的时候，多是开车去。沙林事件以后，我就讨厌坐车了，一直开车上下班。

记得那天我坐的是北千住站七点五十二分左右的车。和平常一样，坐在从前面数的第三节车厢。车开到秋叶原站和小传马町站之间的时候，停住了，接着车内广播响了，说在筑地站发生了爆炸事故，有人受伤，临时停车。几分钟之后，又说将驶入小传马町站。因为日比谷线已经不动了，我只好在小传马町站下车。

从小传马町站走到人形町站，也就一站路，因此我想走着去是最快的。还有时间，应该不会迟到。于是我走了一站左右的路，走到人形町站,刚进检票口,就听见下面车进月台的声音。我"噔噔"下了台阶,不早不晚正好赶上了开过来的往西马达去的电车。到那时为止,一切还正常。可那之后,就有些不对头了。

我是跑着下台阶的,多少有些气喘吁吁。上车后一直手抓吊环。倒不是很挤。没过多久,后脑勺那个地方突然痛起来,接着感觉呼吸困难,甚至有些头晕。像是突发贫血症昏倒时候的感觉。我一直坚持着,手抓吊环站在那里。

那不是一般的痛。可以说是剧痛,痛得无法忍受。我甚至觉得是不是后脑勺的血管破裂了。以前有朋友因为脑溢血病倒了,那个症状和这个很接近啊,我心想"完了"。身体突然变得这么糟,到底该怎么办呢?我把拿在手里的包放在行李架上,两手紧紧抓住吊环,我还能站在那里,但已竭尽全力了,很担心坚持不下去。幸好坐在我前面的人两站后就下车了,我得以坐下。谢天谢地!比站着多少舒服些。

不过,真正觉得奇怪还是从地铁月台来到地面的时候。抬眼一看,感到外面一片漆黑,或者说一切都模模糊糊的。我想,真是奇怪,明明天气很好。之后好不容易走到公司。虽说脑袋里想着要一直往前走,身体却左摇右晃走不好。头也痛得厉害,喘不上气,还觉得恶心。就像喝酒醉到第二天那种感觉。

到了公司,我说身体实在不舒服,可谁也不搭理我。同事的反应也很冷淡:"你去滑了三天雪,到处游山玩水,累着了吧"(笑)。于是,做早操,开早会……

——早操?你还做了早操,在那种状态下?

嗯,做了。每个星期一都要全体集合做早操。我没做好,很吃力,根本做不好,只是适当应付几下就结束了。我想以这种身体状况开车到外面走访肯定不行,决定上午留在办公室做案头工作,在公司待到不知是十点还是十点半。不过,上午有件事无论如何也要去一趟品川的法务局。我以为问题不大，就开车离开了公司。虽说眼前一片昏暗，倒也不是很妨碍开车。因为不是平衡感不正常那样的感觉。头痛也多少轻了一些。

结果听见广播里说筑地可不得了啦沙林毒气啦什么的。在公司的时候还没有听得这个消息。开车打开车上收音机才知道的。本想先到法务局交文件，可觉得支撑不下去了，就顺道去了五反田的关东递信医院。

到医院是十一点半左右。那时，医院的挂号处已经专门为这次地铁沙林毒气事件受害者开了专用窗口。警察、消防员、还有地铁负责人也都来了。医生按顺序给大家检查："你得住院"、"你没事儿"，这样一一分类。我因为胆碱酯酶值过低，被归到要住院的人里面，当即住院治疗。那时我是开着公司营业部的车来的，我就提出先把车开回去，医生接着生气了，说开哪家子玩笑（笑）。

住院期间，头还是很痛，痛得厉害，晚上都睡不着觉。而且，沙林究竟是什么东西，有怎样的危害，医院也没给我们说明。还有一件做的很糟糕的事情就是，最初医生劝我冲一冲淋浴，我倒是仔仔细细地冲洗了，可没有洗头发。要是当时能跟我说一句头发也要洗一洗，我肯定会洗的，这点我也根本不了解，所以只洗了身子。沙林也会粘到头发上，要是不及时冲洗，就会受到二次损害。可这一点护士也根本没向我讲清楚，也许谁也怪不得……

眼睛无论如何也回复不到以前的状态了。一星期都没恢复，一直觉得眼前昏暗，眼睛发红。现在视力下降了不少。在医院里，医生说（沙林）都清除干净了，往后不会有什么问题，可根本不像他们说的那样。视力还是下降了。那年二月检查视力1.2，现在降到了0.8、0.9左右。作为我还是最在意眼睛的。

还变得容易疲劳，这一年间都是这种感觉。精神也不集中了，浑身懒洋洋的。这样的时候很多。我们的买卖，必须在和客户商谈过程中精神保持高度集中。对方说的话要仔细听,要注意看对方的表情。不然,就会漏听对方的话,弄不好还会回答得不着边际。毕竟要听着对方的话进入下一个话题,虽说是闲聊,可也不能分心。但是,现在时常不能和客户很好地交流。总之注意力下降了。这点我自己很清楚。

这事在公司没怎么提过。因为不是工作中的什么好事。所以这一年我什么也没说,只是默默地工作,真的很吃不消。但毕竟整整过去一年了,我觉得身体状况还是恢复了不少。

不过,只要在小传马町站稍微走几步,我就觉得不对头,想起来就后怕。我还有孩子,还要按时交房贷。一想到今后的生活,就觉得压力很大。当然,我想家人也很为我担心。

麻原和我是同代人,倒也不是因为这个,可我反正很生气。现在,我加入了受害者协会,在损害诉讼上也列有我的名字,那不是因为期待得到什么赔偿金。我加入诉讼队伍,是想从正面发泄我的愤怒。我真的很气愤,这样的事情绝不能发生第二次。

"说实话,第一个孩子是事件发生前两天降生的。"

仲田靖(当时三十九岁)

出生在水天宫附近的日本桥蛎壳町,是地地道道的传统东京人。说话也有那样的味道传来。干脆利落,直言快语,又好像有难为情的地方。原本是摇滚少年,一心想当音乐家来着。听"萨姆阿姨"听得动情。上初中时看了《伍德斯托克》电影。虽已年届四十,感觉上还不想那么快当——或者当不成——"老伯"。天生胖不起来,瘦瘦高高,也许这点格外给人以这样的印象。

在电脑软件公司上班,负责营销。爱好打网球。几年前同打网球时认识的比他小九岁的女子结婚,终于结束单身生活。事件发生前两天的周日刚刚有了孩子。

因沙林事件上电视时,往日一个朋友看见他打来电话,由此再次组建乐队。借得演播厅每月练两次。当然是出于爱好。"因是出于爱好,怎么出错也无所谓。"

现在住在埼玉县的松原住宅小区。一个周日的下午在草加站附近的咖啡馆里采访了他。T恤,开洞的牛仔裤。上班时当然西装革履。

我家好像从明治那时候就一直住在蛎壳町。父母都是普通工薪阶层,不是做买卖的。我生在那里长在那里。那是在泡沫经济时期,昭和六十二年①前后吧,正赶上土地开发,就按等价交换那样的方式迁到了旁边滨町的公寓里。我们离开以后,听说要在那里建什么,可到现在也什么都没建,成了停车场。

现在我在计算机软件公司工作。当年大学毕业后,一直闲着,玩了四年左右,一直搞乐队,搞到二十六岁。主要搞像吉米·亨德里克斯那种的,布鲁斯系列。一开始弹吉他,之后转向低音乐器。要是让我摆弄乐器,什么都没问题。父母对我也灰心了。我是独生子,那期间一直和父母住在一起。他们已经不再管我,听之任之。

但又不能靠"摇滚"吃饭,没办法,为了赚钱就到外面串场唱流行歌曲什么的。这么下去真是前途渺茫。朋友里面,有才华的人赚了不少钱。我没什么才华,就只好放弃了(笑)。那个时候,不管是夜总会还是其他什么工作,大凡能干的就一个接一个干下去。有的朋友一直干到现在。我也曾经被流行歌曲合唱队邀请过,让我加入,不过最后还是……

以前解散的乐队里有朋友做计算机编程那样的工作,邀请我去,我

---

① 一九八七年。

就进了那家公司。那时我对计算机一无所知。好在当时计算机行业正缺人手,无论谁都可以,我就这样进了公司。在公司我不做营业,一直做计算机编程那样的工作。头一年什么都不懂,糊里糊涂的。

不过,只要想做,那工作谁都能做,只要会一般四则运算就行。虽说谁都能学会,可真要想做更难的,头脑不够灵活还是不行。

就那样,我总算有个正经职业了,可干得相当吃力。天天熬夜。做编程工作工资都很低。那个时候,工资非常低。只能靠多加班挣钱。结果,在那里工作了三年半。因为脑袋跟不上,放弃了技术工作,想到营业部门干一干,就去了别的公司。

你问我的性格适不适合干营业,怎么说好呢,我也不太清楚。不过人家常说我适合干营业这一行。可能像我这样的人也只能干营业吧(笑)。

说白了,我们的工作就是到处跑来跑去。先打电话和对方约定时间,然后直接跑过去推销:"您看这个怎么样。"我们不是面向个人,而是面向企业推销业务用的成套产品。

不景气啊,东西不怎么好卖。因为企业处处精打细算,不肯买软件。我比泡沫经济的时候工作认真三倍,但销售额能达到那时的一半就谢天谢地了,不好干啊。

外资企业基本工资低,按业绩提成。所以市场一不景气,就苦了我们。可反过来说,一旦卖出一个,提成就很高。要说年收入,比起前一年来,少了二三百万吧。我是泡沫经济之后结的婚,情况再糟糕不过了(笑)。

单身时候每天都喝酒。特别是泡沫经济那时候,因为有收入,花起钱来跟流水似的。要是那时能攒下钱就好了,可惜一点儿也没攒。就算再不景气,计算机这一行也应该没问题吧,我总是抱着这种幻想。就这样把钱花光了。

说实话，三月二十日事件发生前两天，我的孩子刚出生。是个女孩。妻子回了三轮老家，天天往筑地一家产科医院跑，那期间我一个人住在松原小区家里。说起来，有了孩子，我也没觉得多么欢天喜地。是的，是那么一种感觉。

那天我要去公司按计划做一个报价表，是提交给客户的。也不是什么很要紧的东西，可非在那天之前做出来不可。我打算做完那个表从公司回去的时候，顺路去产科医院看看。不管怎么说，不去不太好。

前天星期六我去过妻子娘家，知道她去医院了，就赶去医院。那已经是下午三点，过了见面的时间，没办法，只好返回。可马上来了电话，说孩子出生了。说快也快，让人觉得很突然，就又去了医院。

星期天我才看到孩子模样，嗯，倒也没觉得很激动。因为本来我也不是多么想要孩子。是妻子无论如何都想要，没办法就依了她……

本想星期一从公司回来的时候去医院看一看，再说有些东西要送去。但因为那起事件，没有去成，妻子好像很生气。她以为我又去什么地方喝酒了呢（笑）。病房里没有电视，她根本不知道发生事件，况且我那天也没和她联系。

那天早上，我在竹之冢坐上始发电车。和平常一样，坐在从前面数的第三节车厢。我坐在座位上，一如往常睡了过去，睡得很沉。睡着睡着，突然觉察车停在了不是车站的地方，是秋叶原和小传马町之间那个位置。接着广播响了，说筑地发生了爆炸事故，车开到小传马町站就调头开回，让大家在那里下车。

车开进小传马町站的月台，乘客全都下车了。一下车，眼前就有人倒在了地上，是从前面数第三节车厢那个位置。一个是女的，还有些气。另一个是男的，躺在地上，不停地抽搐。我听见不知谁说了句"这是癫痫"。男的看上去三十五岁左右。那个女的，后来我才知道，就住在我家附近，也是从同一个地方上的车，坐在前面的那列电车上。

我就那么朝着检票口走去。我也想过要帮助那些倒在地上的人，可其他人都在那儿帮忙，我就想算了吧……。出了检票口以后，我站在那里等了一会儿，等了五分钟到十分钟吧。有很多人都在那儿等。我想大家可能和我一样，都在等地铁电车恢复运行。不过有不少人捂着眼睛，感觉很奇怪。

不久，广播又响了："因为空气不好，请大家上到地面。"那好，就上了阶梯。从这时开始我渐渐头晕起来，感觉摇摇晃晃的。不过总算上到地面。接着，那里又有一个人发生痉挛，是个男的，这已经是第三个人了。我觉得有些奇怪。往这边儿一拐，那里也有人坐在地上不动或口吐白沫，情形不妙。我心想继续待在这里会很危险。虽不清楚怎么回事，但反正最好先离开这儿。

正巧滨町父母家就在离这儿不远的地方，就去那儿好了。走着去要二十分钟左右，用不着打车，我就东摇西晃走去。走着走着，视线渐渐重叠成了两层，焦点对不上了，而且浑身发冷。我想，是不是吸入什么东西了呢？不过倒没觉得严重到要去医院的地步，心想稍微躺一会儿就会好的吧。

父母都在家。我跟他们说，我想躺一会儿。他们还什么也不知道，说好的，那就躺下吧。我和公司那边联系，说路上发生了事故，我身体也不舒服，在父母家休息一会后再打电话联系。

我的房间还那么一直保留着，我就躺在了褥子上。打开电视，上面马上播出筑地的场面，好像发生了什么事故，时间大概九点左右吧。据说是一种毒气。这时，我感觉头痛，眼睛痛，嗓子也痛。脑袋昏沉沉的，心跳得厉害，看东西仍然重叠成两层。我想这下可糟了。

我叔叔在神奈川当医生，我给他打了电话。他说，你必须清洗眼睛，快去医院。我叫了出租车，想去三井纪念医院。可开到人形町一带，司机说那边有警察，先去那边好不好。人形町一带，当时有很多警察,还停着警车和救护车。我就在那里下了车,跟警察说了情况,他们说"请上救护车吧",我就坐救护车去了两国的田岛医院。

（仲田先生从田岛医院转到了世田谷的自卫队中央医院,归终在那里住了八天院。胆碱酯酶值降到了正常水平的五分之一。恢复花了不少时间。头痛和眼睛痛也持续了相当长时间,胆碱酯酶值至今也未完全恢复。）

那以后眼睛一直不好,很容易疲劳。用电脑的时候特别难受,不管怎么用力看,焦点都对不上。本来视力就不算好,最近测了一下,左眼就更不好了。右眼倒没什么变化。眼睛深处还是痛,现在也经常痛。

那以后很长时间我都害怕坐地铁。前几天第一次开庭审判麻原,我请假了。妻子也劝我请假,我对公司也说今天不上班了。我也想了很多办法尝试改变上下班路线,可怎么改结果都一样,最后还是要坐地铁。

——总算平安出院了,看到孩子的小脸,有什么感慨的吧？

也没什么感慨(笑)。

我还在以前的公司的时候,实际上曾去过几家新兴宗教的总部推销过成套软件。因为不景气的时候还能有钱的,也就是宗教团体了。我一家接一家卖。也不事先打电话,就那么直接跑去,还真卖了不少呢。就数量来说倒卖得不多。成套的规模大,教徒如果没有一百万怕是不合算的。那也不是到哪儿都有人买的东西。不过,只要卖出一套就能赚很多。当时我没去奥姆那儿。

虽然是做计算机的,但我个人不怎么喜欢计算机。不管什么都用计算机做,对此我怎么也喜欢不来。计算机万能主义这东西……。本来稍微去那儿说一下就能解决的问题,却非要用电子邮件交涉,结果对它形成依赖,失去了和现实生活的接触……。我想奥姆也有那种倾向吧。

"听见有人说'心脏不跳了'。"

伊藤正(当时五十二岁)

伊藤正先生生于东京都中央区的入船,是在凑长大的。和前面的仲田君同是地地道道的传统东京人。父亲经营铜铁贸易。但他家的老房子由于泡沫时期地价飞涨,现在也已没有了。

地价飞涨前,凑是印刷和装订集中的地方,小街道工厂一家挨一家。但现在已经荒凉,到处是空地。停车场触目皆是,却没有车。说是"城中荒地"也不为过。

但朋友和熟人仍有不少留在这里,铁炮州神社举办庙会当天伊藤正也去抬花车。跑去外面的人那天也都赶回重温旧情。那种同乡关系至今仍保留下来。

伊藤先生在位于门前仲町的印刷公司工作。小公司,七名职员。头衔是营业部长。他从松原住宅小区站赶到竹之冢,在那里转乘始发地铁去茅场町。再从那里乘东西线坐到门前仲町前一站。通勤时间相当长,那时间里一直看书。二十年前就成了一个了不起的"读书家"。提包里总装有两三本书。

一个周日的午后在草加站附近的咖啡馆里采访了他。那天正好有英国埃普索姆四龄马大赛,他要去买票。"怎么样,能买到吗?"我问。他笑笑答道:"基本没希望。"赌赛马赌了很长时间,可他说光懂赛马是不行的。

本来是喜欢喝酒的,但沙林事件之后有一个多月滴酒不沾了,"觉得不太好似的"。

我在埼玉县已经住二十年了，说实话不大喜欢那个地方。虽然我已经成为埼玉县市民，但我总是思念生我养我的老家那个地方。

来埼玉前，我住在月岛，婚后还在那儿住了一段时间。有了孩子以后，想住得宽敞些，就搬到这儿来了。申请"公团"住宅也是可以的，我提交的申请也被批准过，可房子并不卖，只能租。我的工资很低，房租又很高，负担不起。离开月岛之后起初有些不习惯。不能坐电车上下班，很辛苦。但是过了半年后，也就渐渐适应了。

两个孩子，大的上大学二年级，小的上高中三年级。四口之家，花销很大。现在正是花销最多的时候。儿子上的是私立大学，明年女儿要上大专。接下来的三四年，我可就不轻松了。幸运的是，我是在小企业里工作，不会退休。我想，只要我不辞职，就能一直干下去。这样说来，反倒觉得在小公司工作也不错。

那天，我七点三十九分从竹之冢站出发，坐的是开往中目黑的地铁电车。和往常一样，站在从前面数第三节车厢的后门那里。站在那儿靠着扶手看书。普通开本的书重，看的都是便携本。我喜欢看历史小说，天天看。比如已故的丰田穰、水上勉等人的作品。

事件发生那天是三月二十号。我也记不清楚当时我看的是什么书了。好像在重看吉川英治的《太阁记》。那本小说我以前看了几遍，因为有电视连续剧播放，就想再看一遍。同一本书看好多遍，可能职业关系吧。我很在意印刷错误，边看边校（笑）。

那天车停在了秋叶原和小传马町之间。车厢广播说，因筑地站有爆炸事故，将稍停片刻。估计电车在那里停了十几分钟。

电车到达小传马町车站的时候，我看见靠车门左边那里一位女士倒下了。向右边看，那里又有一个男人倒下了。我往那个男人方向走去,也就是往右边走。不料看到那里有个包裹,事后我才明白那个包裹是用来包沙林的。

我看见的是一个报纸包着的湿淋淋的包裹,放在立柱后面。我记得很清楚,那个包裹看上去有饭盒的两倍大,包得很规整,不像是随随便便包起来的。我一直记着当时我看到那个东西的感觉。觉得很奇怪,不对头。

我想帮一把那个倒下的男子。"没有事吧?"我向那个男子打招呼。他痉挛得很厉害,看上去像癫痫。他周围有两个车站工作人员,还有四五个像我这样的过路乘客。"把头垫高!""躺着会舒服些。"大家七嘴八舌出主意。男人向上仰着,眼睛是半闭状态,脸色发青,身体一个劲儿抖动。

什么也不管就这样走过去,那也是很正常的。但出生于普通人家的我,说喜欢亲近人也好,自来熟也好,不会漠不关心地把人丢在一边不管。

大家一起把那个人抱起来送到检票口。半路上,我们中的两三个人看到一个奇怪的人,他蹲在那里,表情显得很痛苦。太奇怪了,到底发生了什么事?而这时车站里好多人也都处于那种状态,让我感到非常不可思议。接着,我周围的人也开始表现异常。一个和我们一起送那男子的车站工作人员晃晃悠悠地倒下了。大概是由于长时间吸入站台气体的原因吧。在检票口那里,我也蹲了下去。抱着脑袋……,眼睛似乎看不见东西了。

我想这不正常。接下去我也呛住了。到处是某种气体的味,开始咳嗽。至今我都无法形容那种气体到底是什么味。

总之要尽快出去才行。大家都往外走。越往外走情况越差。人们都蹲在了那一带,情况真的很糟糕。有个年轻人情况更糟,已经流鼻血了。

救护车来了，我们把抬出的男人放到担架上。但是那时候那个人似乎已经死了。我听见有人说"心脏不跳了"。那个人是最早被救护车救走的，但还是晚了。当时，我一边护送他，一边心想可能不行了吧。

那时我的腿也开始发抖了。眼睛也不舒服，周围完全变暗了，就像傍晚一样。但天空是晴朗的，不是阴天，连一片云也没有。

我在地铁站出口附近的花坛那里摇晃着坐下来。心跳得厉害，心慌得不得了。只能等救护车送去医院，但救护车根本不够用。警察也来了，四周混乱不堪，无计可施。本该指挥疏散的车站工作人员也出现了不适，站内混乱到了极点。附近有的人倒着，有的人蹲着，很多人大喊"快叫救护车"。

正好那一带有人施工，在施工现场的人朝这边打招呼。头戴安全帽一定是施工人员。那个人一辆一辆拦住过路的车，有普通轿车，有商用车。受害者们被逐个安排到拦住的车里，送往医院。客货两用车来的时候，感觉车里已挤得满满的了。事件发生时小传马町周围的过路车真是帮了很大的忙。

我坐上了过路的出租车。坐上后又相继有三个人上了车。不知是谁拦的出租车，大家都挤着坐了上来。我坐在前排，四人中我的症状最轻。

出租车司机有一些不安。可能是因为他不知道谁付钱，不知去哪儿。附近有巡警，他便问"去哪好啊？"巡警用无线电询问后回答他"去圣路加医院"。事后想来，位置就是三井纪念医院近。那里是小传马町，退回一点点就是。但警察说应去圣路加医院，就去圣路加了。

虽然司机知道了目的地，但还没有弄清楚由谁付钱。坐在后排的人状况严重，一口一口吐得厉害。我从钱包里掏出两千日元。"用这个去医院，情况刻不容缓。"

圣路加医院在明石町，正好在我以前就读的学校附近，因此我比司机更熟悉那附近的路。塞车塞得厉害,于是我给司机指出了一条近路:"不要走新大桥,横向穿过新川!"

司机也明白情况紧急,慌慌张张不知怎么办才好。后排的人吐,司机也什么也都没说。虽然顶多两千米的路程,车却无法前进。计程器显示金额早已超过两千日元,我想再掏钱。司机说"不,可以了。"说着关上了计程器。

后排的人很可怜。我都不忍心看下去了。三个人中有两个人情况特别严重。刚开始还能应答两声,但这时已经浑身无力地瘫坐不动。途中,在新川叫高桥的地方,司机恳求一个警察,说"这些人很难受,能帮我引路去圣路加医院吗?"但这时那附近也陷入恐慌状态,警察已没时间帮我们了,让我们就这样去圣路加医院。

好不容易到了圣路加医院。后座两个人根本就走不了路,护士用轮椅推他们。另一个人靠着我进了医院。我虽然踉踉跄跄,但情况比他好一些。

我在医院住了一天,第二天休息了一天,第三天就去上班了。我没有头痛症状,但天一黑眼睛就看不见东西,不能开车。我在公司做一些接电话的工作。因为公司离医院近,在公司反而比在家里更放心,有什么不适可以立即去医院。一星期时间我是有些不舒服,但没有什么大碍。让我意外的是,有客户得知我遭遇了沙林事件,担心地打电话问候我。

不愉快的是警察对我的反复盘问。他们怀疑我是那个放沙林袋的人。甚至带我去公司总经理那里刨根问底。询问我的宗教信仰,那时穿什么样的衣服、什么样的鞋等等,甚至不许我说话。总经理发怒了,痛斥那些警察"我们公司的伊藤君帮助照顾别人,甚至出租车费都是他掏的,他不可能做那种事!"作为一名受害者,却必须配合这样那样的调查询问,我当然生气了。

和我一起坐出租车去医院的人后来情况怎么样,我不了解。直到现在我还惦记他们后来如何。

"但没走几步,往人形町去的路上又有两个人倒下了,两个男的。"

安齐邦卫(当时五十三岁)

安齐先生在一家大印刷公司工作。不知何故,采访对象有不少在同印刷有关的公司上班。

出身于福岛农家,七兄弟中的老四。从学校出来后,不得不离家去哪里独立谋生。二十岁时一人来到东京,从报纸上看到装订厂招人,就去了那里。厂很小,于是想去大些的地方,两年后转到作为业界规模最大公司之一的现在这家公司。

说起来都是印刷,但具体有很多区分,安齐先生现在专门装订。此前是做"盒屋"。"盒屋"就是生产包装用的盒子,比如巧克力盒、香皂盒什么的。干那个干了两年,后来改做装订。同单行本相比,更多的是装订杂志。公司传达室的玻璃展示橱里齐刷刷摆有眼熟的杂志样本。他说对制作的人来说,较之做千篇一律的盒子,还是制作每期都有变化的杂志有趣。心情不难理解。

个子不高,瘦,精干,感觉很像"勤劳的日本老伯"。吃多少都不胖。现在倒是不怎么跑了,过去二十年间每天都坚持跑步,经常参加区里的长跑比赛。公司队拿了好几次冠军。

像他这样习惯于天天跑步的人多也是这次系列采访的一个特点。每天早晚都要挤在通勤高峰的人群中,生活那么紧张,而又分秒必争地跑步,这不能不让人佩服。有强烈的责任心,工作一丝不苟——安齐先生给我留下了深刻印象。作为写书的人,往后也要请他把书制作得漂漂亮亮。

印刷厂是二十四小时都不能停工的地方,大部分岗位是轮班的。我在加工部,一般是白班,大家工作都是从早上八点半开始。我总是提前三十分钟去。

我家住在草加,为了八点能赶到位于五反田的公司,我必须早上六点二十五分左右出门。五点半起床。孩子他妈不起床(笑)。冬季这个时间外面的天色还很暗。早上我吃完面包,乘公交车花十分钟左右到竹之冢站。

我们在草加买房子大概是十年前的事了。之所以选在草加,并不是因为喜欢那里或有熟人在那里。而是因为那里物价便宜。

草加那个地方太偏远了。稍有加班,回家就没有公交车了,只能搭出租车。公司不报销出租车费,只能自己掏腰包。而我的零花钱总是只有一点点(笑),真是有点受不了。但是为了养家,没有办法。

事件发生的当天,正值工作量大每天都要加班那个阶段。因为反正回家要晚了,我就打算弄成换班那样的形式。我和同事搭档,一个人从八点开始,另一个从九点半开始。公司有加班规定,顶多加班到什么时候。既然这样,那么早上就晚一些上班,再晚一些下班。我是晚一些的,说运气不好也真算运气不好。

那天上班我坐车时间比现在晚很多,坐的是竹之冢发出的七点四十七分的车。一般我坐从前面数的第四节车厢。当车行驶在秋叶原和小传马町之间时,车内广播说霞关站因车辆出现故障,在此稍停片刻。我感到车稍微动了一下,之后便停住了。停了相当长时间。估计到小传马町大约花了二十多分钟。

车停在了小传马町。下一步该怎么办呢?我以为电车还会开,就坐在座位上没动。

这时突然听见前方有个年轻女子"哎呀"叫了起来。她边叫边向检票口方向跑去。小传马町车站的检票口正好位于站台正中央。不仅那个女孩子,大家都往那边跑。

奇怪啊,究竟发生了什么事?转念一想,虽弄不清楚发生了什么,但应该没有什么事,跟我没有关系,我丝毫没觉察到什么,所以没怎么介意,照旧坐着没动。到偶人町还有一站,这时候慌张也没用。如果要我步行去偶人町的话,我可不愿意。那以后也没有什么特别的事发生,周围一片寂静。

我在座位上坐了五六分钟。很快,大家觉得电车不会再行驶了,就去了外面。周围人一个一个离开,车厢里可真是安静啊(笑)。奇怪,到底发生了什么?我不安起来。我也下了车,决定步行到偶人町。出了检票口,上楼梯到了外面。检票口外有一个工作人员,像没有事情发生似的坐在那里。我也感觉和平常没有什么不一样。但是到了外面,走到附近的十字路口,发现有人倒在那里。两个人横躺着,周围人拼命给他们按摩脊背。倒在在地上的人抽搐着,一下一下颤抖不止。我想大概是贫血吧。

但没走几步,往偶人町去的路上又有两个人倒下了,两个男的。倒在大楼前面,身体一个劲儿颤抖。其中一个人体格健壮,我想那人应该不会是贫血吧。

到偶人町乘坐都营线的时候,我仍然摸不着头脑,到底发生了什么事?不管怎样,总不会那么多人同时贫血吧?但是我上班时间快到了,顾不上考虑那么多。到公司不久,电视开始报道沙林事件。总务给我打来电话:"安齐,事情很严重啊,你最好到医院检查一下。""好,我就去。"我说。那时候是十一点左右。我也没有什么特别的感觉。本来就有点感冒,再说身体没有什么特别不舒服的。

但是我还是去了公司附近的关东递信医院。医生吩咐我睁大眼睛。那时我还没发觉什么,也没感觉视力变差。而医生告诉我,我的瞳孔变小了，要立刻住院打点滴。洗了眼，脱光，泡了澡，穿着像长袍的衣服，也没穿内衣，很不好意思。我给家里打电话，想让家人给我带内衣过来。而老婆去唱歌了，家里没人（笑）。女儿在附近工作，住宿舍，我给她打电话叫她买些内衣来。"没买过男人内衣啊。"女儿没有答应。她立刻赶到医院来了。

在医院住了一晚上，第二天便回家了。早上老婆才带着替换衣服来了，之前我身上穿得衣服全都是大崎警察署的警察们带给我的。

住院期间，身体没有什么不适。有食欲，睡眠也好。

但是我一到家，就发起烧来。傍晚开始觉得不舒服……。虽没有量体温，但是我感觉体温有三十八度左右。一直躺着，真的很难受。这样的状况持续了两天，食欲也没有了。那天和第二天周三，我一直卧床不起，我想这大该是沙林中毒的缘故吧。周三半夜开始逐渐退烧，身体也变得舒服多了。因为平时几乎不生病。家里人吓了一跳，给我买营养品，这个那个护理得很用心。家里人劝我去医院，说我不去她们不放心。可我不喜欢医院，没有去。

后遗症之类的倒也没有。与后遗症相比，更可怕的是奥姆教中仍有人没被逮捕。余党仍到处窜来窜去，有的竟然在审判中一声不响。

"难受啊，难受得很。那种症状，还不如在战争中被杀死。"

初岛诚人（当时五十九岁）

初岛先生是枥木县宇都宫市人。高中毕业后进入旧财阀系统的大型人寿保险公司。除了卷入地铁沙林事件的过程，还听他这个那个讲了不少人寿保险公司的工作内容。不过，写起那个来就没完了，只好忍痛割爱。

初岛先生年轻时嘴笨,在人前讲不好话,相当苦恼。但进公司后通过刻苦自我训练,现在早已今非昔比,讲话极为流畅,一泻而下。作为采访者自是十分轻松,饶有兴味地点头倾听之间,不知不觉时间就过去了。

告别之后,我一直在想他说话像谁呢?好歹想起来了,原来像同是栃木县出身的已故渡边美智雄氏①。据说乘出租车时常被问会不会唱"浪花曲"。

三月份到了六十岁退休年龄,眼下在子公司当顾问。一如在经济起飞时期度过年富力强阶段的多数人表现的那样,言谈举止都可看出一种恪尽职守的自信。

我上班一般要花一小时二十五分钟。路线是从莲田到上野,之后换乘日比谷线。车总是很挤,挤得满满的,一塌糊涂。连抓吊环的地方都没有,而且要一直站四十三分钟,实在不容易。半路上更挤,在大宫、浦和、赤羽等站经常会有人上不了车。在上野站换车也是很麻烦的,车站最前面的楼梯拥挤得很,换乘地铁的人总是蜂拥而至,你推我搡。大概要花七分钟才能到日比谷线的检票口。

(初岛先生乘坐的日比谷线地铁电车在秋叶原和小传马町间停了一会,之后驶进了小传马町站台。)

离上班还有一段时间,电车长时间停着不动,看样子要迟到。说实话,即便迟到,公司也不会介意的。反倒是过早上班会让我不知所措(笑)。但我讨厌上班迟到,打算在小传马町下车到站前的关系公司去,在那里给公司打电话联系一下。

我那时候坐在最前面的车厢。车到小传马町站台时,距前面大概

---

① 渡边美智雄氏:日本知名政治家。

有两节车厢的地方有个柱子。那里有两个男人似乎在争吵什么。我看见一个似乎"啊"一声,另一个立刻停止了争吵。那是怎么回事呢?到现在我也不明白。反正经过那里之后,车就停在了站台。

小传马町的检票口位于从后面数第三节车厢那里,因此我下了车要往后走。一下车就见有一个女人一下子倒在那里,倒在第一节车厢和第二节车厢连接的地方。她是站着倒下去的,年龄看上去有二十九或三十岁。我以为肯定是犯了癫痫。她口中含着手帕,像是谁塞给她的。真是可怜啊!我想。周围人站着照看她。感觉上虽然他们照看着她,但也帮不上什么忙。怎么了?我瞅了一眼,那个女人身体一下下微微颤抖。

我继续往前走,在第三节车厢那里,这次有个男人突然倒下了。倒在了离那个女人四五米远的地方。是个三十五岁左右的男人。侧身躺着。今天真是个奇怪的日子,我暗想。再往前走了五六米,又有个五十岁的男人倒下了,这已经是第三个了。看他那花白头发,发觉和我认识的小传马町站前的分店长很像。心里这么想着,便稍微看了看。旁边有用报纸包着的类似饭盒的东西,报纸湿淋淋的,像白色的胶合剂一样黏黏糊糊。

我照样向检票口走去。在离检票口很近的地方,闻到了一股很怪的气味,可能是天然气顺风吹到这里来的吧。周围人开始咳嗽。怎么一回事呢?我一边想着一边通过检票口。

——三个人连续倒下了,您看了没觉得有什么根本性反常的地方?作为偶然,这偶然未免太集中了吧?

我不是很明白发生了什么。我这才体会到,人这东西,如果没有足够的预见性依据,仅凭瞬间的判断无论如何是不行的。"今天犯癫痫病的人可真是多啊!"我心想。从那样的症状我只能想到癫痫病,其他的想不到。也是因为一开始就觉得奇怪的缘故。

喉咙像有刺似的,痛倒不至于,但刺激得咳嗽起来。周围人都咳,取出手帕"咳咳"咳个不止。上楼梯到了地面,天空是暗红色的,就像太阳落山后留下的晚霞。虽然红,但颜色却暗暗的。周围也是傍晚景象。我很吃惊,究竟是怎么回事?环顾四周,我更加吃惊:竟有一百多人在那里。人们扑通扑通相继倒下。有的人瘫坐着一口接一口吐,有的人随便躺着。

那时我已没有思考能力了。头轻飘飘的,不知究竟是怎么回事,想思考也思考不成。我想,无论怎么样都要先到分公司去,坐在这里可不行。我还走得动,能走就要走去那儿。很近,步行两三钟就能到,到那里总有办法可想。

走到那里,店里的男同事都迎了上来。我说:"发生了怪事,我也牵扯进去了,让我休息一下。"我头痛、眼睛痛、心里不舒服。特别是头痛。一下下痛得厉害。我就躺在沙发上休息,用毛巾敷头。三十分钟后看电视报道才知道是毒气。朋友搀扶着我,返回小传马町站前——因为最好坐救护车,心想去那里会有救护车吧。那时大部分受害者已被运走,最后拉的是车站工作人员,把我也一同带上了。

那时我心里极其不舒服,感觉有点贫血,已经无法坐着了。因此车一开我就说:"请让我躺下吧。"一下子躺了下来。

我在医院(日本医科大学附属医院)住了两天。眼睛痛,一闭眼就痛。仰面躺着还舒服些,可稍一侧身,眼珠就一跳一跳的痛。叫来护士,她用吸管往眼珠上滴滴答答滴水。没办法闭眼躺下,真是痛苦啊!一站起来头就痛,甚至连厕所都去不了。最初几天,我一直用尿壶。

到了第三天,身体状况还是不好,浑身没劲儿。但因为我血压值已恢复正常了,被允许出院。我想,呆在医院里也没做什么治疗,最好回家躺着吧。

那时身体并没那么不舒服。从车站搭出租车回家路上,我思忖自己毕竟是公司的人,既然出院了,从明天起应该能去公司上班了。晚上我睡得很好,早上起床洗脸,刚要出门,头便一阵剧痛。头重,心里马上不舒服起来。说恶心也好什么也好,都不能表达那种感觉。

无计可施,只能躺着。躺着还舒服些。我只好向公司请假,一整天东倒西歪。一闭眼就痛,模模糊糊地看电视里的相扑节目。看电视倒不那么痛。眼睛半睁着模模糊糊地看就不会那么痛。但一站起来,哪怕站十秒钟都不舒服,非常难受。那种症状持续了四天。难受啊,难受得很。那种症状,还不如在战争中被杀死。那样就不必挣扎了。中了子弹反倒好。这么说或许不合适,到底是沙林气体厉害啊(苦笑)。

接下来的星期一我去了公司,心里还是不舒服,没下班就回家了。上班很痛苦。这样持续了五六天。如今已没有明显的不舒服。喉咙时常发干,是不是沙林的缘故我不清楚。有时还出现贫血症状,至今还有这毛病。因为我也上了年纪,病和衰老现象混在一起,很难区分。

麻原要被处以极刑!他究竟想的什么?作为一个人,无法原谅他。我连看审判的心情都没有。一看就愤怒。有人说要对麻原采用"破防法"①,但我想对这种人说:你当受害者好了!请想想死去的人和他们亲人的心情。竟有人对麻原之流表示同情,岂有此理!法律是以人为对象的,可他们那些家伙没有人性,不是人。希望快点结案。

"出院后也连日连夜睡不着觉,一个多月都睡不着。"

金子晃久(当时三十二岁)

生在埼玉县越谷,四年前结婚搬来草加市。离东京近了五个站。当时从那里去人形町一家自动化办公器材公司上班。工作是复印机维

---

① "破防法":"破坏活动防止法"之略。

修。负责的地区主要是小传马町和马食町,这一带小事务所相对集中。一个人负责一百五十台左右,但由于平时不知从哪里总有人找,所以很难有能够放松的时间。每天都一只手捏着手机到处疲于奔命,相当忙。"今天也对客户说下午去,可还没去呢。"他搔着脑袋说。在这种情况下还接受了采访,不好意思。

"时不时就有伤脑筋的事啊。告诉说没电源,跑去一看,原来是房子里的电流断路器掉了;告诉说图像不干净,去了一看,原来只是玻璃脏了,这个那个的。"这种事我也干的,以后得注意才行。

长相带有一种天生"容易和人亲近"的韵味。他本人也承认总的说来属于乐天派,一般不把事情往糟糕方面想。在小传马町月台守在昏倒的人旁边,一个人一直守到最后——便是这么亲切善良。不过这次因此惹祸上身,受害相当严重。一个月来始终为后遗症困扰,几乎白天黑夜睡不成觉。还被怀疑为作案分子,甚至上了报纸。简直是飞来横祸。不过"还算幸运的了,毕竟这么活着。"他说。

事情发生在三月二十日星期一。此前获得了一星期休假,我和妻子去夏威夷游玩来着。我所在的公司有这样的制度,十年为一阶段给五天休假,而且支付十万日元家庭奖金,让大家为了家人好好休息。这样,我周六刚回来。

——公司相当不错啊!

嗯,因为平时工作忙,无法带薪休假,又没有加班费(笑)。总之夫妻两人悠然玩了一次,虽说休闲,但是也还是要早起,到处游逛,买东西什么的,也够忙的。

星期六回到日本,星期日休息了一天,星期一开始工作。彻底休息了一个星期,精神充沛,干劲十足……不过要去工作也还是厌烦啊(笑)。可惜,休假完全结束了。

那天早上比平时早十分钟出门。在北千住换乘车时已过七点五十分了。为什么较平时早出门呢？一个原因是，必须带旅行礼物。带礼物在上班高峰期坐车是有些难受的，所以决定早点出门。从北千住发出的日比谷线车挤得厉害。加上要检查一星期休假的工作，必须早点去。

礼物？是些极普通的海外旅行礼物。Old Parr 威士忌啦牛肉干啦什么的。结果事件发生后全被警察没收了。我是一手拿着礼物，一手拎着皮包去的。

车在秋叶原和小传马町之间停止了运行。车内广播说筑地站有毒气爆炸，车在小传马町停止运行。之后不久车又开动了，驶入小传马町站的站台。我坐的是从前面数第三节车厢。

车门开了，我正要下车时，看见正前方座位上的女子坐着伏在那儿。因为她向前弯着身子，看不见她的脸，感觉是个年轻人。旁边有女孩照看她，问"没事吧？"两个女子坐我正对面。我猜想她俩可能贫血。

走过站台时，有个六十岁左右的男人倒下了。像是上班族，仰面倒下的。我心想他大概犯了癫痫。大家都围上来，有人说"是癫痫吧。"就那样走了过去。那也是很正常的吧。但我一直站在那儿照看那人。正好有圆珠笔，就放进他嘴里，又塞手帕进去。

——放进去的圆珠笔是您自己的吗？

不是，大概是我跟人借的。我把笔横着塞进倒地那人的口中，又塞进手帕。不对，手帕是先塞的吧。起始周围有五个人，不久大家走开了，最后剩下我一个。因为车站工作人员赶来了，有人说了句"叫救护车吧！"车站工作人员回答"没有救护车了"。他没有惊惶失措，只是淡淡地说没有了。

即使被清楚告知没有车了，我也不明白原因，完全不知发生了什么事。不来救护车我也没有什么办法。我在那里待了有十分钟,很为那个人担心。

但周围已经没有人了,看看表已快到上班时间了,必须去偶人町。最后只好丢下他离开。车站工作人员来过,又很快不见了。

站台上已没人了,很空旷。走着走着,不知为什么总觉得臭,是一股呛人的臭味,一下子扑鼻而来。什么味儿呢?我清楚记得类似消毒水的味道。现在我也能嗅出来那种气味。我完全没注意包裹和弄湿了的站台什么的。

正要出检票口时,头痛了起来。差点儿倒在地上,从口袋里拿不出月票来。就这样从检票口走了出去。感觉不舒服,很难受,总之想尽快从那儿出去。检票员在不在那里……我不记得了。

楼梯很空,拐弯时正好有人上楼梯。我想快点去外面,就快步往上爬。走得踉踉跄跄,"咚"一声撞到了旁边的人。对方说"别挤我!"那是个女人。

往上看,在那儿我看见了天空。啊,能看见天空了,我想。我的记忆就在那一刻中断了。先被女人说了一句,接着看见了天空,记忆到此为止。至今我仍清楚记得,那时天空很蓝。

我被送进女子医科大学附属医院,快到中午时恢复了意识。因为不知我在说什么,所以妻子被叫来医院。我意识不清,病情严重。为了确保呼吸,让氧气直接进入肺部。病情就这么严重。

不久,我能慢慢看见周围东西了。那时连我自己也不知道究竟怎么回事,不知什么原因,我深信这儿是海关。可能正好刚从夏威夷回来的缘故吧。感觉极不舒服,周围人围着问"没事吧?"我觉得大概在接受免疫检查(笑)。

我在急救室里恢复了意识,睁开眼睛,心想到底怎么回事?身体连着各种各样的东西,点滴、氧气管、心电图什么的。在那里正好看见妻子进来。因为是急救室,进入的人必须穿白衣服,戴口罩,戴帽子,这样才能进入房间。我自己躺在床上,而对方活蹦乱跳的。为什么会这样?我不明所以,心想一定是从夏威夷的飞机上掉下得救了,受了重伤吧……

——你是说旅行和住院期间的记忆没有了?

是这样的。回到日本坐电车上班之类的记忆完全消失了,什么也想不起来。起初我问妻子:"唉,你没事吧?"她以奇怪的表情看着我问:"你在说什么呀?"

在集中治疗室住了四天,总觉得浑身没劲儿,手脚不大灵活,眼睛根本看不清,总是模模糊糊的。经常听人说因瞳孔变小而眼前变黑那样的话,我却不是那种情况,只是模糊不清。

没有觉出疼痛,因为我是浑身麻痹"扑通"倒下的。即便死去,也不知道是为什么死的。肯定不痛不痒的。临死体验完全谈不上,只是"扑通"倒下罢了。听说死的时候能清楚看见自己的样子,这怕是谎话吧。后来听人说,我那时候总是手脚乱动,旁人看来我很痛苦。但我本人完全没有意识,不知道。

女子医科大学正巧有解磷定。有症状出现,迅速注入解磷定就会得救。虽然胆碱酯酶低得厉害,但由于药物作用,才得以顺利恢复正常。

我想,幸亏自己是好歹走到楼梯接近地面的地方才倒下的。如果倒在车站里的话,或许不会被迅速送往医院。因为倒在车站里的人大部分都死了。

四天后,我离开集中治疗室,转到其他医院,在那儿住了四天。我一共住院八天。在医院时几乎没有睡着觉。一直醒着,总是睡不着。刚一迷糊就从天上掉下来,太害怕了,心脏都似乎要停止跳动。一直这样,睡不着,很痛苦。胸口发闷,做了心电图,检查了心脏,那时心脏果然稍有变化。我没有头痛的毛病,和痛相关的病完全没有。

记忆也慢慢恢复了。事件发生那天晚上——我想起来了——早上我是穿大衣出的门。但记忆只是一些片断。

出院后也连日连夜睡不着,一个月都睡不着。在医院时因为紧张睡不着,就以为回家跟家人在一起会睡得着,但是情况并非如此。

——一个月一直没有睡着？

是的,睡不着,进了被窝也睡不着。想睡却怎么也睡不着,这是一种失眠症。睡不着啊——我边想边磨磨蹭蹭起床,一看已经是早上了。每晚都这样,躺下也根本睡不着。

若问夜里睡不着而白天是不是迷糊难受,不可思议的是,我并不那样。这和失眠症又不同。完全没有睡意。怕是工作忙,顾不上难受。总之这种状态持续了一个月。可以说这期间我几乎没有睡着过。

身体没有什么不舒服,却睡不着,心里烦,但除此之外,其他都很顺利。说起我的后遗症只有"睡不着"这一点。在这个意义上,我的症状虽严重,但也许还是幸运的。

"害怕"心理无法消除。从公司回家时,家前面的路很暗,经过那里我就害怕。当然有对奥姆教的恐惧,但不仅仅如此,我还害怕会不会被人偷袭,怕得不得了,就买了自己用的警棍。铁的,能拉长。带它上了一个月的班。但不久因为太重了,就不带了(笑)。

跟过去相比,有时感觉身体容易疲劳,记性也变差了。别人说上了年纪都会这样。不过就日常生活这点来说,已经没有任何障碍了。

令我吃惊的是,报纸的头版刊登了我的事。说我是洒沙林的嫌疑犯,因为我快步爬楼梯时撞倒了一个女人。报道说"似是嫌疑犯的男人倒在小传马町站后被送往医院"。那时虽不了解详情,但实际上那是在说我。报纸上还出现了母亲的话:"公司休假去国外旅行,一回国就去上班,却被当成犯人,太不像话了!!"母亲愤怒地说。我这才明白"啊,原来报道说的是我啊!"

报纸上说那个男人是戴太阳眼镜的。结果出院后我去公司上班时同事问"你是戴着太阳镜上班的吗?"是啊,坐地铁上班是不可能戴太阳眼镜的嘛(笑)!尽是些不负责任的谣言。

后来我想,如果那天多休息一天就好了。休息还能放松身心,反正第二天又是休息日。那样就不会受到沙林伤害了。周围人有时说:"你真幸运,逃过了一劫。就当是一次宝贵的经历吧。"……可并不是那么回事啊!

有时我觉得自己已经死过一次了,这样会使心情舒畅些:是的,不用再犹豫不决了,冲向前去就是!

"本来有重要生意要做,为什么偏偏今天发生这样的事故。"

大沼吉雄(当时六十二岁)

大沼先生在日本桥蛎壳町一个人做和服批发生意。白发,戴眼镜。总的说来,第一次见面给人以温柔印象,不像是不管不顾强加于人那类买卖人。感觉上即使说是高中历史老师也说得过去。

生于滋贺县彦根。学校帮他在东京一家和服批发店找到了工作。据说近江从古以来和服买卖就很兴盛,自然有这方面的就业途径。所在批发店从业人员有三十左右,大半是滋贺县人。在那里做了三十年后,独立开了现在的公司。

不过,近年穿和服的人少多了,和服店无论哪里都彻底沉入"结构性不景气"的水洼中。大沼也叹道"不行了,这买卖"。没什么前景。同伴全都跳槽干别的了。或许原本说话就是这种语气,也可能的确心灰意冷,不知是不是我神经过敏。

祸不单行,这种时候又碰上了沙林……,他还抱怨道。的确,作为个体商户,身体糟了也没人替代,也就格外麻烦。可怜之至。

泡沫经济时期,我们生意还能维持下去。不管怎么说,经营最好的要数石油危机时期。那时,社会上流传着今后不能再做和服的谣言。话虽没有根据,但是似乎引起了恐慌。大家纷纷买布囤积,小额订单像雪片似的飞来。谣言是从关西那边传过来的,大家都来东京买。可从那以后……,生意就不好做了。

我是五十岁的时候出来独立的。那时我姑且还是干部。或许是裁员风潮的前奏吧,出现了干部全体辞职的局面。我就是在那时离开公司的。和五个同事一起创办了现在的公司。后来他们相继辞职,最后只有我一个人干下去。总而言之,经营得不好。

大概很难再掀起穿和服的热潮吧。虽然人们都很期待,可现实很残酷。毕竟生活中穿和服的机会越来越少,自己会穿和服的人也屈指可数。

我家住在新小岩。从车站步行要花十分钟。现在我和妻子女儿三个人生活。三个孩子,两个已经独立了。留在身边的女儿也工作了。我可谈不上退休闲居,生活没那么宽裕。

我乘JR总武线到秋叶原,之后换乘日比谷线到偶人町。我一般九点到公司上班。那天(三月二十日)我比平时早一个小时,七点四十五分就从家里动身了。要说我为什么比平时早一小时,那是因为第一次接受了一位老主顾的特别印染订单,约定二十日交货。那天我打算送货过去。那位总经理早上总是很早出门,我要十点前把货带到公司,在那里让他看一下成品再交货。印染店老板在练马,我先去自家公司,再去练马,和印染店老板一块去板桥那家公司拜访。

平时不会带印染店老板。因为这次是新顾客,今后还会合作,和印染店老板一起去听听对方意见比较好。因此比平时早一小时出门。这可是笔大生意,有可能带来大量订单。如果东西能满足对方要求,往下事情就看好了。

我一般坐在日比谷线最前面的车厢。到了秋叶原地铁站台,和平时一样上了最前面的车厢。车里很拥挤,总是很挤。但车一出秋叶原就停止了。车内广播说,因筑地站有爆炸事件,要稍停片刻。记得广播还说八丁堀也发生了什么事。总之在那里停了很长时间,大概有十到十五分钟吧。因前面还有车,无法前行。

我很着急。本来有重要生意要做,为什么偏偏今天发生这样的事故?不久广播又说到小传马町站下车的乘客准备下车,因车只能行驶至小传马町站。电车终于开动了。我打算在小传马町下车步行去水天宫站,再从水天宫站换乘半藏门线。这要多花些时间。因此我焦急万分,必须想办法早点去。

电车驶入小传马町时,站台上有些喧闹。前一辆车下车的乘客仍滞留在站台上,有人在墙角处大叫,这是我从车窗看到的。那是个年轻男的。究竟什么事呢?我想。情况相当反常。那么大声叫喊,现在想来,当时他一定很难受。一个像是我的同行——是不是真是我不清楚——的人似乎在那里相劝。

刚才也说了,我坐在最前面的车厢。小传马町站的出口在后头,我必须穿过站台往回走。这种走法我至今记忆犹新。从前面数第三个柱子背阴处,用报纸包着放有一个这么大的东西(用手比划 B5 纸张大小)。从报纸包到站台地面都被液体弄得黏糊糊的。从旁边走过闻到一股味道,确实有股味道。

那是药品味儿。至今被很多人问过,但我因为再也没闻过那种味道,很难用语言表达,也没法说像什么。那时我没特别在意。当时我只下意识觉得有股味儿。

下车的人多,检票口那里很拥挤,只能慢慢前进。我想早点出站,因此对其他事没有特别在意,我太着急了。没看见刚才那个大喊大叫的年轻人怎样了。

上楼梯来到地面。我边走边对旁边的人说"到底怎么回事啊?"一瞬间我感到头晕目眩,倒不是失去知觉那么严重,只是有点晕乎乎的……但那只是一瞬间,很快又正常了。我点了支烟,和旁边不相识的人聊着天往前走。

步行去水天宫的人很多,大家都一起往那边去。从小传马町步行到那儿要花十多分钟,步行去并不累人,一般都能走过去。但到店刚一开门进去,眼前忽然很暗。那天天气很好,为什么会暗呢?感觉自己就像戴了太阳镜。我漱了漱口,本来我以前不曾漱口的,因总感到有股怪味儿,所以就想还是先漱漱口吧。

无论怎么样,我必须去印染店老板那儿。半藏门线已经发车了,我打算去大手町,从大手町坐丸之内线到池袋,再乘坐西武线。我一上地铁就看报纸,但很暗,看起来费劲。不是不能看,只是光线太暗了。真奇怪,我想。不过除此之外,我没有什么其他症状,就去了印染店老板那儿,之后两人带着商品去板桥。我是搭印染店老板车去的。由于放心不下,印染店老板打开了收音机,新闻节目做了详细报道。我初次了解了事件。但我已坐车到这儿了,只好先去跟老主顾谈生意,再马上去医院。

先去顾客那里到底让我担心,最好还是先去医院吧。那天我没做生意,去了医院。锦糸町是回程必经之路,我乘电车去了墨东医院。医生检查了我的眼睛,只看了一下就让我立刻住院。在医院住了两天。完全没有头痛之类的症状,夜里也睡得好。

事件发生之前我很健康,从未生过病,血压也正常,但现在左脚有时发麻。我不知道是不是沙林的缘故。但这种情况以前是没有的。此外还有眼睛流泪这种症状。也许是年龄大的缘故吧。我无法简单指出病因。

精神上的问题?嗯,因为生意,我确实有时焦躁不安。或许还有其他问题吧(笑)。但像我这种单枪匹马工作的人,连续三天住院,往下工作就很难处理了。住院期间没人接替我的工作……而且正赶上月末，亏损很大。我家里又实在拮据，谈不上拿钱做生意。真不走运啊！或者不如说是我心态不好的缘故，我不由得这样想。好在那时的特别印染生意维持到了现在，不幸中的万幸！

对奥姆真理教那伙人我非常恼怒。最让人气愤的是，他们居然装糊涂！这种气愤是很难用言语表达的。

※

以下证言同地铁列车编号无关，来自在小传马町站受害的人士（或是关于受害人的证言）。

※

"我是三月二十日出生的，沙林事件那天正是我的生日，第六十五个生日。"

石仓启一（当时六十五岁）

石仓先生五十五岁在毛巾制造公司退休后，一直在人形町一家做橡胶带的公司工作。

这天是为采访去东武伊势崎线谷冢站附近他的府上拜访的。从房间清扫到院里的花草栽培，全都做得无微不至井井有条，令人钦佩之至。大凡眼睛所见，无不光闪闪一尘不染。屋内屋外所有物件全都这么熠熠生辉这点也实在少见。石仓先生说他早上三点起来彻底里外清扫，洗澡，然后才出门上班。真是难能可贵。

倒也不是对清扫情有独钟，只是有一次下了个决心：起码要做一件不次于任何人的事！那件事正好是清扫。所以，至少清扫可以在人前拍胸脯。"我这人的性格,想到就马上做,决不思前想后。"他本人这样说道。但作为印象,想必他本来就做事踏实认真,一丝不苟。

石仓先生并没有在月台上或车厢里直接遭遇沙林,而是偏巧在小传马町站附近走路时碰见倒在地上的事件受害者,就想探个究竟,从车站入口往里窥看,结果出现中毒症状,是这一系列采访中罕见的例子。现在仍为几种后遗症所苦恼。

另外,石仓先生乘坐的地铁是在秋叶原站停止运行的,但列车编号无法确定。

我是三月二十日出生的,沙林事件那天正是我的生日,第六十五个生日。

我出生在福井县大野市,永平寺附近。从那儿坐车进山要花二十分钟才能到我家。家里是做牛奶的。专门挤牛奶,名叫"石仓牧场"。家里有七八头奶牛,天天早上挤牛奶,处理之后装瓶送出。七八头奶牛数量虽然少,但足够配送町部和山里约八百户人家。一头奶牛每天挤一次,能得十升奶。挤奶是在早晨和傍晚,能挤很多。

家里七个孩子,我排行老三。哥哥十六岁时进入陆军工科学校,之后我就要在家里帮忙了。毕业后我一直在牛奶店里干活。虽然我一直在牛奶店帮忙,但因为不会挤奶,所以只负责送奶。挤奶是父亲母亲的工作,这可是个体力活儿。他们早上四点起来挤奶,再处理。我五点左右起床送奶。

奶牛如果一天不挤两次奶,乳房就胀得厉害。因此我哪儿也不能去,不能离开家。春夏秋冬,刮风下雨,都要干活。连正月过年也没有一天休息。我家牛奶真的很好。即使现在我也不喝这边卖的牛奶,这边的牛奶全是水,不能喝,喝了坏肚子。刚挤出的新鲜牛奶是怎么喝都不会坏肚子的。

不请人帮忙,活儿都是家里人做,很辛苦。白天我睡一会儿午觉,两点钟起来割草,傍晚七点钟回家。那时母亲已挤好牛奶了。割草很累。为了应付冬天,夏天要事先割草晒干。就连我们自己住的屋子上面都要晒草。

我一边给家里帮忙一边上学。虽然很累,但我从来没有向学校请过假。毕业时我拿了学校全勤奖。哥哥更优秀,获得优等生奖。父母太忙,根本不管孩子们的事,对我们说"去学校玩吧"。我年纪小,在家帮不上忙的时候,就去学校玩。在家里不能学习,学习得去学校。

父母很唠叨,吃饭时怎么拿筷子都要数落我。特别是父亲,他早年在骑兵部队当过辎重兵。想必他本人给人训过。我和父亲的关系不好。我所以想离家去东京,是因为父亲什么都不肯听我的。但因为哥哥征兵去了满洲,我想离家也离不成。他说:"你哥不在家,你离开家,家里的活怎么办?总之要在家里干活儿,直到明白你哥的生死为止。"

战后哥哥被从满洲送到乌克兰的塔什干,在那里强制劳动。因为他有技术,会开车和拖拉机什么的,很受重视,被留在了那里,一直没回来。和西伯利亚的收容所不同,那里的待遇似乎好些。战后过了八年的昭和二十八年①,哥哥终于回到敦贺。我们直至昭和二十五年才收到哥哥一封信。在那之前他究竟是生是死我们都不知道。

这样,我必须留在家里,不能离开。我对送牛奶的活儿讨厌得不得了。那时我正值青春期,脸上长了粉刺,送牛奶的时候遇见女学生,总是羞得捂脸躲开。

昭和二十五年,得知哥哥平安活着,父亲放心了。对我说:"你心里想什么我都明白,你可以去做自己喜欢的事了。"我知道哥哥回来后,父亲就不需要我了,我立刻去了东京,那年是昭和二十六年,我二十一岁。

我不是因为有什么门路才来东京的。我这人的性格,做事从不多

---

① 一九五三年。

想,不计前因后果,以致经常碰壁。总是后悔如果不这样做就好了,不这样说就好了。一个念头上来就得赶快做。如果不赶快做,我就坐立不安。那时忽生一念去了东京。在那里认识一个当毛巾店老板的同乡,他对我说"来我这儿吧"。就这样找到了工作,当了一个小学徒。

刚来东京时,我私吞了三千日元牛奶款。说起来挺不好意思的(笑),事到如今我敢说了。那时的三千日元是一笔不小的数目。从福井到上野的火车票才八百日元。大约是十二三户人家的牛奶款。我把钱装入自己腰包离开了家。

归终我在位于日本桥的毛巾店里干了很长时间。昭和五十九年三月我退休了。干了整整三十三年。在那里我干的一直是外销活儿,要到外面争取定单。

结婚嘛,结婚那年是昭和三十四年吧?因为那年卖淫嫖娼已被取缔了……

——您这么说,我可是有点听不明白(笑)。

大概是昭和三十四年吧,市川房枝在国会上强硬通过(卖春防治法,昭和三十一年五月颁布,第二年四月施行)……我大约是昭和三十三年三月十日陆军纪念日那天结婚的。回福井老家时附近大婶问我"找个伴结婚怎么样啊?"我简单回答"好啊"——我也想和别人一样成家,就同意了,第二天就去见面。

听了我的话,父亲勃然大怒。父亲知道我不思前想后草率行事的个性。"无论怎么说,都不能跟没有见过面的人草率结婚。这不仅是你个人问题,而是关系到整个家族脸面的问题。"结果又吵了一架。如今想来,父亲说的话是对的。现在我已为人父,让女儿结婚时自然会考虑这个。

第二天倒是见面了。她只出来一次,没有看清长相,也没跟她说上话,我一直和她父母说话。我家就我一个人去了。现在的媳妇出来打声招呼就完事了。因为总被敬酒,我只能一个劲喝,说不上是中意还是不中意。那时她看上去比现在瘦得多,在我看来还是很漂亮的。就这样我决定结婚了。但父亲跟我争吵不休,半年后才举行婚礼。

买这块地是在昭和三十七年。是父亲去世那年,肯定是昭和三十七年。婚后在千叶中山跑马场附近租房住了一段时间,是六张和四张半榻榻米大小的火柴盒房子。和我一起做生意的同行跟我说"这里的地便宜,不买吗?"正好孩子大了要上学,媳妇正怀第二胎,我也想住个像样的房子,就买了这里的地。那时这里的地还很便宜。我家周围零零星星住着一些农户,除此之外,什么也没有。谷冢站前没有商店,让人扫兴。周围邻居对我们都很友好,是个有人情味的地方。

土地有七十五坪①,每坪两万日元,这个价格在当时算是极便宜的了。买地一共花了四百万,钱不够问福井老家借了一百万。盖了三十八坪的两层楼。那时盖的可不是现在这个房子,这个房子是后来重建的。母亲说那一百万日元等我手头方便时再还,"什么时候还都行,不用利息的。"当时我的月工资是四万八千日元,整整用了五年时间才把钱还清。

说一下沙林事件。

那天从竹之冢到北千住,比平日多花了些时间。电车一直缓慢行驶。究竟发生了什么事?前面的电车相撞了吗?我很纳闷。到了北千住,车内广播说筑地站发生了爆炸事故,无法估计电车是否运行。"电车正在调度,有急事的乘客请换乘其他电车。"我考虑到没有什么急事,换乘其他车也很麻烦,就这样坐着吧。我九点才上班,时间还很充裕。

电车在北千住车站足足停了十几二十几分钟,之后缓缓开动。但开一会停一会,如此反复。开也开得很慢。在南千住站和三之轮站,就

---

① 日本土地单位,约合3.3平方米。

那么开着车门停了好一会儿。途中广播还说霞关站出现了受害者……不是车出了故障,是人出了故障。那时候还不知道有毒气,即使说有"受害者",我也反应不过来。

是的,在上野站停了很长时间。广播说无法估计电车是否运行,有急事的乘客请在本站换乘其他车次,电车正在调度。因此,大家都中途下车了,车厢里几乎没有人了。电车勉强开到秋叶原,在那里完全停止运行。广播明确通知电车停驶。那时是八点三十分或四十分吧。

这样,我只好考虑步行。从秋叶原到偶人町站的路程不是很远。但步行到小传马町站前时看见有救护车,人们相继倒在人行道上。到底发生了什么呢?我从地铁站的入口向里面看。下了两级台阶,就见有人枕着台阶躺着,有人痛苦地挣扎,有人靠墙坐着。还有一个车站工作人员扔开帽子,手搓喉咙喊道"痛啊,痛啊!"上班的乘客大叫"眼睛好难受啊,眼睛好难受啊,快想办法啊!"我不知道究竟发生了什么。

之后,我上到地面。只见三和银行和附近大型银行建筑物洼一些的地方有人倒下,旁边有个女孩子照顾着。虽然来了两三辆救护车,但怎么也不够用。我觉得人们与其说是坐在那里,还不如说是倒在那里。有的人非常痛苦,一把抓开领带。还有人吐了。一个女孩吐了,难为情似的想掏出手帕捂嘴,却掏不出来,不好意思地捂住脸。

究竟发生了什么?到底是怎么回事?我思忖着。大家都在痛苦地挣扎,我不能打听发生了什么。消防厅的人抬着担架左来右往,连说话的时间都没有。

马路上一个女孩很痛苦,求人帮她。我问她发生了什么事,她也不明白,只是说"请找人来!"

我没看见警察,消防厅的人抬着担架忙碌着。我不知道自己该做什么。想打听发生什么事,可大家什么也说不出来。我就想反正先去公司吧。

我穿过偶人町走去公司。那天天气很好,但我总觉得眼前一片昏暗。那天是晴天,几乎热得我边走边擦汗。但快到公司时,看见太阳黑乎乎的。

一到公司我就吐了。进入公司我觉得太暗了。打开电视后又想吐,就去厕所吐了起来。吐得很厉害,肚子都吐空了。

电视新闻第一时间报道了这一事件。公司的同事也说:"石仓先生,你有点不对劲儿,最好去看医生吧。"我就去了附近的医院,医生问:"你大概是感冒吧?"我回答:"别开玩笑,电视新闻都播放了。"我让医生打开电视,但当时 NHK 没播放这个新闻。医生就说:"新闻也没什么,你没有问题,只是感冒了。如果头痛的话,白天吃一片这种药。"他给我开了两片治头痛的药。

——头也痛吗?

头也痛。因为经常头痛,我已不把它放在心上了。从医院回到公司,我吃了医生开的药,立刻就吐了。吐得很厉害。没有东西可以吐了,吐出的只是水。吃的药也原封不动吐了出来。

吐完看了新闻,对事件知道多了一些。小传马町站死了两个人,有八十几个人被送往圣路加医院。我给警察打电话询问去哪个医院好,叫我去两国的田岛医院。

那时候眼睛不舒服,到现在也没有治好。用左眼看太阳完全是模糊的。模糊不清,就好像看到了日食或月食。除此之外,没有别的症状了。从去年三月二十日开始就这样。现在我戴着防紫外线的老花镜,不戴就不能到外面去。看电视根本看不出名堂。

容易疲劳的情况的确有。膝盖用不上力,关节发软,站半天就没有力气了。怕是膝盖"张嘴"了吧,总之浑身无力。我把这种情况说给医生听,医生说不是沙林的缘故,是年纪大的关系。我想不可能一下子上了年纪,觉得不对头。却又无法证明身体变化和沙林的因果关系。没有办法，只能贴一种叫万金膏的中草膏药勉强撑着。贴一次好歹支撑一天。

——健忘方面怎么样呢？

等等，我还真不知道，问问媳妇。（问后折回）她说我相当健忘，常丢东西。想做什么却想不起来，这是常有的事。把东西放在一个地方，具体放在哪儿却想不起来，这种情形经常出现。

自那次事件以来，他们说我说话絮叨。我想说点什么，家人都一下子走光了，嫌我啰嗦。以前虽然也这样，但最近尤其厉害。酒量也增加了。以前只喝日本酒，但事件之后只喝威士忌。自斟自饮，一瓶两升的酒一星期就喝光了。总是睡不着。因为睡不着，我就喝威士忌。

喝过酒就睡着了。两点左右起床小解，睡到八点左右自然醒来。之后到了三点半一直是迷迷糊糊的。经常做梦，做同一个梦。走到某处，有人撞我。本以为被人撞就够可怜，想不到马上自行栽倒了。于是直接被送到医院。撞我的人对我说对不起。我反反复复就是做这一个梦。醒来浑身冷汗。

虽然我没有在大家面前提及过，不过就我个人的想法来说，麻原该判死刑，希望不容分说地处死他。听说审判时间很长，但我希望在有生之年能看到他被处决。要是我先上了年纪死去，就太吃亏了。这就是我对审判的想法。

"'别管怎么逃，赶快逃就是，快逃！'那个站务员反复大声喊。"

杉本悦子（当时六十一岁）

对我们来说，这位杉本女士是最后一位证言人。十二月二十五日下午，在八丁堀站旁边一个咖啡馆里，圣诞歌自始至终作为背景音乐以高音量由采访录音带录了下来。

杉本女士皮肤光润,精神矍铄,完全看不出已年过六十。这同因有工作而每天都在一定程度上保持紧张状态恐怕也有关系。"身体绝对不算结实,但病是没得过。"她说。给我的印象似乎人很积极,或者不喜欢唠叨。

工作单位是财团法人"地铁互助会",被从这里派去地铁站小卖店当售货员,即所谓"车站小卖店里的老婆婆"。分早班和晚班,每星期轮换一次。早班从早上六点到下午三点半。

因为从武藏野家去仲御徒町站上班(事件发生时在小传马町站值班),所以必须每天早上四点一过就起来,赶坐五时十八分始发的电车。当然没时间好好吃早饭。往下基本一直站着,相当劳累。

三个孩子都已独立。孙子共有五个。时下同在中学当老师的长子一家一起生活。丈夫生前经营贸易公司,在丈夫病故前什么工作都没做过,但那以后很快改变心情,开始自力更生。九年间一直做这地铁互助会的工作。"还用说,不干没得吃嘛!"她笑道。不过作为印象,较之为了生活,更像是认为既然还能干,那么干活就是理所当然的。

杉本女士在小传马町负责的小卖店位于北千住方向月台检票口很近的右侧,也就是"沙林列车"停靠的相反一侧月台。尽管这样,弥漫开来的沙林毒气还是飘到对面的小卖店。

早上六点半我首先"咣咣当当"打开了商店卷闸门。如您所知,我要在店前摆好报纸,插上各种东西。那时候有个男人来帮忙。杂志呀报纸呀很有重量,我一个可弄不来。吃饭时有人来替班。其他时间,什么活我都必须一个人做。大的地铁站有两位工作人员,但是小传马町站就安排一个人。

店刚开不久，客人不多。早上八点到九点是上班高峰，这个时间忙，累得够呛。日比谷线上下车的乘客很多，乘客们喧哗、争吵是常有的事。踩脚了，互相推挤了……或者女孩子遇到色狼了等等。

　　三月二十日发生沙林事件那天，八点十分左右警报铃响了，马上就到上班高峰了。那时车站的警报突然铃声大作，声音尖锐刺耳。

　　究竟怎么了？我边想边环顾四周。车站工作人员迅速跑出，在车站通告栏上写着什么。一看我才知道"因筑地站发生爆炸事故，日比谷线全线停运"。

　　我感到遗憾：马上就是上班高峰啊！我已经为此做好了所有准备，正等这一时刻的到来，浑身充满干劲。但看了通知后，我泄气了。

　　那么就休息一会吧！我拿出椅子坐着。从店里探出身往外瞧。看见对面站台有电车停下，开着车门停在站台。一个男人晃晃悠悠下了车，在附近售票机角落有气无力地靠着，像是喝得大醉。

　　车站工作人员走过去问："这位乘客，您怎么了，怎么了？"但似乎也没弄明白，不得要领。奇怪啊，我想。试想一下，从早上就喝得那么醉的人是不常见的。那是个穿着褐色薄风衣的男人。最后找来巡警把他带走了。

　　现在我仍不知晓那到底是怎样一个人。一直以为他也许和奥姆真理教有关。

　　不大工夫，我觉得周围光线慢慢变暗了。因此我问旁边经过的工作人员是不是调低了照明电压。其实根本不会有调低照明电压这样的事，我太愚蠢了，问了那样的问题。那个工作人员站住了，思索一下回答："是啊，这样说来，电灯的确变暗了。"

　　那时我的瞳孔已开始变小了。

　　往车站里一看，发现对面有几个乘客倒在了站台上。到底怎么回事？生平第一次遇到这样的事，无法想象到底发生了什么，事情完全超乎想象。

　　这时另一个车站工作人员飞跑过来，大声叫道"阿姨快逃！"哦，怎么了,究竟怎么了?我问道。给他突然这么说了一句,说得我莫名其妙。"别管怎么逃,赶快逃就是,快逃!"那个站务员反复大声喊。

既然他那样说,我想一定是发生了不好的事情,立刻从椅子上站起来。不料双腿却在发抖,可能是恐惧心理在作怪吧。与其说是恐惧心理,不如说是沙林症状更为准确。不知不觉中,我已吸入沙林气体了。

我想关店,但不能马上做到。店外有许多东西,这个那个摆了好多。我把那些东西一个接一个"砰砰"扔进店里。报纸呀杂志呀,全都原封不动扔进店里。之后好歹把店门关了,拼命爬上台阶,来到地面。那时我累得不行,双腿颤抖,还咳嗽起来。

附近有我认识的车站工作人员。他的眼睛已发红了,我也一样。

从地铁站里运出了好多乘客。因为工作关系,车站工作人员必须这样做。虽然他们自己状况不好,但还是到地铁站里把倒在站内的乘客救出。因此,小传马町的好多工作人员都倒下了,被送往医院。医院想尽办法抢救,但还是有人心脏停止了跳动。

我在公共电话亭给八丁堀营业所打了电话,报告说因为车站工作人员说要避难,我不能不听从,只好关店出站。但营业部的电话一直无人接听,怎么打都没有人接。没有办法,只好使用电话录音留下自己的声音:"我是小传马町站的杉本,情况是这样的……"

那时,上到地面的很多乘客都坐在那一带,也有人倒着。我身体也好像轻飘飘的,尽量在那里一动不动。公司的两位男同事找到了我。"啊,在!在!"他们喊着走过来。告诉我,八丁堀站内的营业部不能进入了,请立刻去车站附近××咖啡店,大家在那里集合。原来他俩是特意来确认大家安全的,指示下一步怎么办。

我一个人坐出租车到了八丁堀。一进咖啡店,营业所一个男的说:"杉本,你样子不对啊!"我问"真的不对?""是的,相当奇怪。眼睛也奇怪。那边停着救护车,你最好去医院。"他说。本来我不想去医院,被他这么一说,就稀里糊涂上了救护车。

　　因圣路加医院已经满员。我被送到了御茶水的名仓医院。那是一家整形外科医院。附近眼科医院的大夫来检查了我的眼睛,说我的瞳孔只有一毫米了。而且我双腿晃晃悠悠的,头也痛,咳嗽不止。一验血,说什么值(胆碱酯酶)很低。

　　我打了很多种点滴,针也打了不少。医生问在医院住一晚怎么样?我拒绝了,住也最好住离家近的地方。我原打算回家,但转念一想,去高田马场站换乘西武线必须爬很多台阶,我可能爬不动。因此,决定在附近的御茶水车站乘中央线去位于府中的女儿家。

　　坐上电车时已经五点多了。正是下班高峰期,当然不可能有座位,这真的很痛苦。我从来没有这么想坐在座位上。总之身体摇摇晃晃,浑身难受。我拼死拼活抓着吊环。很想对坐在我面前的人说自己现在难受得不得了,对不起,能把座位让给我吗? 但最终什么都没说,就这样站到了武藏境。

　　女儿一见我就说"妈妈,你的脸色不好!"她带我去了杏林医院。验血结果,血液(胆碱酯酶)仍未回复到正常,立刻决定住院。

　　最终我在医院住了三天。出院后回家休息了四五天。之后一直像以前一样工作。是啊,事件发生后很长一段时间里,我疲劳得很厉害,那并不限于事件刚刚发生之后。事件前后我的疲劳程度完全不同。

　　我觉得我变得特别健忘。按儿子的说法,是因为上了年纪,但不是那样的。我曾跟车站工作人员聊天——事发时他在小传马町站,倒下后在医院住了一个月——他告诉我事件发生以来记性很差。我也说是啊,事实上我也那样。

　　我常常把讲好的事情忘个精光。记忆彻底丧失,就好像事情没发生过一样。我想,这种事情如果不亲身经历,是没有办法理解我的感受的。可我一这么说,周围的人便说是上了年纪的缘故。

——沙林事件的受害者经常这么说的,都说自那以来记忆力急剧下降。所以我想这绝对不是年龄原因。

是这样的。幸运的是,工作方面还没有受到影响。商品的价格我都记得很清楚。即使顾客一口气买很多东西,我也能在脑袋里迅速计算价钱。能做到这一点,说明没问题。谢天谢地。

那以后我不能看书了。原本我很喜欢看书,但事件发生后不能长时间看书了。一看注意力就散了,筋疲力尽。这个别人也认为是上年纪的缘故,但不仅仅是那样。

警报铃时常响。车站里一有车辆故障或人身事故什么的,铃就立即响起。有时即使什么都没发生,警报铃也还是响。

沙林事件之前,听得警报铃响也只是心想又有什么故障或事故了吧。虽然并非漠不关心,但是我不会特别在意。但自那以后,警报铃一响,身体就一下子变得硬邦邦的——那是在用全身感受警报铃,下半身一阵发抖。心想又是沙林吧?

这也是个巨大的变化。警报铃一响就不知所措,真是受不了。直到现在还那样。

"是个省心的孩子,真是很省心。"

和田吉良(六十四岁,已故和田荣二氏的父亲)、
早苗(六十岁,已故和田荣二氏的母亲)

和田吉良先生府上位于上田市郊外广阔农村地带的正中——盐田平,往前一点点就是别所温泉。我去和田府上拜访时,红叶时节刚过盛

期。山上或红或黄,层林尽染。路两旁铺展的苹果园果实累累,一个个鲜红鲜红。一派信州特有的金秋美景。

这一带曾是养蚕中心。田里种植桑树,以此为饵料精心养蚕。但由于战后耕地规划,旱田变成了水田,于是不再养蚕,转而一个劲儿种稻。不料近年来事态急转直下:"米太多了不好办,别种稻了!"

"这么小的农村,政府的做法不合适的。"和田吉良先生无奈地淡淡说道。总的说来人很文静,寡言少语。但胸中想说的话很多,观点也明确。相比之下,太太早苗女士属于能说会道富有热情的"妈妈"型。

庄稼地有一亩左右,另有四亩多菜地和四亩多苹果园。回来时作为礼物抱了一堆刚从园里摘下的漂亮苹果。真是好吃。想到这是和田先生花一年心血栽培出来的,一天只吃一个。

婚后一段时间光靠农业为生,后来渐渐紧张起来,于是夫妇俩开始"半农半工",直到现在。去工厂做工,休息时到田里务农。身体很有些吃不消。说实话,筋疲力尽。儿子荣二君在地铁沙林事件中遇难后,吉良先生久久打不起精神。也是因为这个,辞工不干了。

问起荣二君小时候的事,吉良先生说他不太管孩子,让我问太太。想必是不管孩子的。管孩子这活儿太累人了。但与此同时,也可能是因为说儿子的事太让他伤心了,说不好。

荣二君长得瘦小这点是父亲的遗传,大两岁的长子则胖乎乎的,像母亲。

"可真是个省事的孩子!"说的时间里这句话重复了好几遍。就是说,这个二儿子自立意识强,什么都自己处理得利利索索,不依赖别人。作为父母也什么都不用操心,直到有一天成为沉默无语的遗体返回……

(父亲)我出生于昭和七年①,结婚是在昭和三十六年。大儿子出

---

① 一九三二年。以下类推。

生于昭和三十八年,小儿子出生于昭和四十年。老婆出生于上田附近的东部町,娘家也是种田的。

起初我家专门种地过得蛮好。到我四十岁时,仅靠种地就难以维持生计了。为了有现金收入,我开始在纺织厂里干活。很早之前这附近就有大型纺织厂。纺织厂必须二十四小时不间断工作。因为一旦停机,机器就会变冷,致使线变得不均匀。因此工作是三班倒。工作时间对于干农活的人挺合适的。

上班时间(早班)是从早上五点到下午一点半,(中班)是从一点半到晚上十点,(晚班)是十点到早上五点。因此,如果从晚上十点干到五点,可以早上回家睡一上午,下午就可以干半天农活。老百姓的活只能白天干。但说实话,身体实在有些受不了。农忙时,尤其累。但又不能因为农忙请假休息。因为是轮班制,干活的人大多是农民,不能只自己一个人休息。

我在工厂干了二十二年。要干地里和工厂两份活儿,很忙。因此在抚养孩子方面我不大关心。两个孩子都出息了。孩子小时候的事最好问我老婆。

(母亲)荣二是四月一日早上五点四十分出生的。我觉得早上可能出生,凌晨四点左右去了产婆那儿。从家走两公里才有产婆。走到了那里,我都快生了。

孩子生得很顺利。荣二生下来时体重仅有两千七百克。而大儿子却有三千七百五十克。相比之下,荣二个头小得多,比他哥轻一千多克。自然分娩,花了一个半小时,没有叫医生。生大儿子时可麻烦多了。

荣二不喝牛奶。因为母乳不够喝,我想让他喝牛奶,但他全吐了。他只喝母乳,真是让我为难。让大儿子喝牛奶就没问题。

没办法,家里就养山羊。因为家周围有很多草。我每天挤山羊奶喝,催生母乳,用母乳喂养荣二,所以长得很健康。荣二虽然瘦小,却从没生过大病,没去过医院。

荣二从很小起就去送报纸。附近《朝日新闻》分销店的人来我家说:"你家有两个儿子,能帮我们送报纸吗?"荣二说他去送。对方本来想找大儿子,但荣二这么一说,他们也答应了。那时他十二三岁。

四年间,荣二每天送报,从未休息。他早上六点准时起床,转遍村里四十户人家。送"朝日"和"信每"(信浓每日新闻)。每年都得到新闻社的表彰奖状。呃——,这就是表彰奖状,我还留着,上面写着"朝日新闻社东京总部销售部部长"。

他靠送报纸挣了些零花钱,买了高价的无线电控制的滑翔机,他很早就喜欢这样的机器。荣二手很灵巧,经常制作一些塑料模型什么的。我们工作忙,让老人照看孩子,老人经常在家做一些手工活,可能他看着看着手就变得灵巧了吧。

是个省心的孩子,真的很省心。几乎无论什么都一个人做。他去专卖公社的东京机械制造所面试。"要不要陪你去呀?"我问他。他说不用人陪,自己能去,把我惹怒了(笑)。他单身的时候,我说"去给你打扫卫生吧。"他却说打扫什么的自己能做。十年来我为荣二外出只有三次:迎儿媳,参加婚礼,再就是接荣二(遗体)回家。

大家都说大儿子稳重大方,荣二开朗活泼,一个人做什么都雷厉风行。还会自己做饭。因此,养育荣二我从来没有费神,无论什么他都自己拿主意。

他上高中的时候,我们提议去普通高中,以便考大学。荣二说他喜欢电器,要上职业高中,不再上大学。他自己选择了有电器专业的职高。跟兄弟俩商量,大儿子说在家做一个普通农民也挺快乐的,想留在这里继承家业。荣二说他什么都不想要,想出去闯闯。兄弟俩就这么定了下来。于是荣二进入了千曲高中学电器专业。

大儿子考上东京的大学却又回来了,说他到底不能住那么脏乱的地方,习惯不了城里人。结果进了这边的农业大学。荣二可不这样,那孩子去哪儿都能适应。很快习惯了都市生活。

兄弟俩性格完全不同,关系却特别好,从来没有打过架。我工作忙得不可开交,连照顾孩子的时间都没有,全部由爷爷奶奶帮忙照看。给孩子们洗澡,喂他们吃饭,哄他们睡觉,还要给蚕喂桑叶。孩子们都是看着我的身影渐渐入睡的。我在工厂上早班,早上四点半准备一下就出门了。孩子们几乎没见过我睡觉,因此在学校作文中写道:"我的妈妈从不睡觉,总是工作。"(笑)。

我几乎没训斥过孩子,因为他们不调皮,不给我找麻烦。我也不说孩子们吵闹,也没要求他们用功。即使我不要求,他们也做得很好。我不是自夸我家孩子,荣二的数学很好,总得五分。

荣二从电器专业毕业后就到JT① 工作了。先在新潟县的长冈进修了一年,那时候公司仍叫"日本专卖公社"。他是在昭和五十八年进入公司的。

——进入日本专卖公社是荣二自己决定的吗?

(母亲)我的三个亲戚、堂兄、姐夫都在专卖公社,因为上田有专卖公社的工厂。姐夫说:"我要退休了,让荣二进专卖公社怎么样啊?"那时正好是机械差不多电脑化的时代。去面试时,因为荣二似乎说了"想进入贵公司从事电脑相关方面的工作"之类的话才被录取的。考试非常难。他说在长冈进修时,周围都是大学毕业生,高中毕业的只有两个。的确十二个人中只有两个高中毕业生。

他说到长冈一看,积雪有一米深。因此荣二想滑雪。他要买用具,要我给他寄钱,我寄了。那以后他就喜欢上了滑雪,滑得非常好。他和

---

① JT: Japan Tobaco Inc 之略,日本烟草产业。

嘉子就是在滑雪场上相遇的。

荣二初次离家在长冈开始了单身生活。但他好像从不寂寞。朋友很多,自己挣钱自由自在地玩,似乎过得很快乐。那时,和我们住在一起的老人身体不好,照顾他们很辛苦,孩子们不在身边也顾不上什么寂寞。不管怎么说,双亲年纪很大,一位九十五,一位九十三,我们要照顾。外出打工,干农活,做两个老人的"保姆",都很累人。但我们没有把老人送到福利院或老人公寓,一直精心照顾他们,把两人送走。

听到荣二死去的消息,脑袋变成一片空白。以前我听说过脑袋空白的说法,真是那样,什么都不知道了。

那时家里没人,JT公司和警察都给家里打过电话,我们都不在家。那以前我买了不少大豆酱。一般四月才买,但要帮荣二照顾产妇,就提前一个月,三月就买好了。十八日买,十九日把配料清洗妥当,很忙。二十日是个好天气,我洗了堆了很久的脏衣服,干了很多活儿。孩子他爸早上去苹果园剪枝,我因血压有点儿高,去医院拿药,家里没有人。

最后和姐姐联系上了。她问:"怎么打电话都没有人接?看电视了吗?"我从医院回来途中,心想是春分了,该去买花。那之前先回了一趟家,刚到家电话就响了。

"这么好的天气看什么电视,下雨天再看吧。忙得顾不上看电视,我可没那闲工夫!"我说。姐姐说:"你可不要吃惊呀,要稳住神啊!"我问到底怎么回事。她刚才看电视,知道荣二死了。我一听,脑袋一片空白,什么也想不起来。那不得了,惊得什么都忘记了。

不过现在能记起一些了。我的婆婆(吉良的妈妈)每天认真写日记,她把日记拿了出来,我头天晚上和他父亲聊到十二点左右。写日记到底有用啊!

荣二带嘉子来家是他们结婚一年前的事。冬天带回家的。荣二只有在盂兰盆节和年末的时候才回家,那次是冬天。那时嘉子没在家住,当天就回去了。

那之前我劝他:"媳妇还是从乡下(信州)找好。两个人都是乡下的,回家也容易。"荣二说:"不行,乡下也有乡下麻烦的地方。我自己找,妈妈你不用担心。要担心由我自己担心。"这孩子什么事情都自己做。

"自己找倒也行,只是近邻右舍都看着呢,要是这次带回来的女孩和上次的不一样就不好了。在定准结婚前,不要带回家来。"我说。

带嘉子来家之前,荣二在电话里对我说是想和她结婚才带回家的。因为他说对方是个独生女。我就说还是有兄弟姐妹好吧?他说独生女也好,利索。反正他自己选好了,我说什么也没有用。

(父亲)只要他自己觉得好,我没意见。既然是因为喜欢才选的,那么只管一起过日子好了。孩子们的婚事,做父母的不好插嘴。自己的事自己做主。

(母亲)在青山一家教堂举行了简单的婚礼。因为他说来几十人进不去,所以只有九个亲戚出席,都是近亲。我问他还回不回乡下重办一次,他回答:"我是小儿子,又有哥哥继承家业,我短期回不回说不准,不想再操办了。"我问大儿子怎么办,他说如今这时代提倡节俭,这样办婚礼也没有什么不好。

嘉子怀孕的事,在她正月来的时候我才听到的,说孩子可能四五月份出生。荣二说她的身体不是很好。八月时嘉子来家时身体很单薄,乍看上去感觉她的脸色不大好。我试着问嘉子,她说可能是怀孕的缘故。

(父亲)如我老婆说的那样,三月二十日我到房后地里给苹果剪枝,从早上开始一直忙活。三月正是剪枝季节,必须要把苹果树全部修剪一遍。地里有四十棵苹果树。原来种了八十棵,长得过大,很麻烦,一棵棵砍掉了。

修剪就是剪去枝杈,以便获得充足的阳光。也就是剪掉不结果的树枝。五月苹果树开花,提前把不需要的枝条剪掉,养分就能得到充分吸收了。踩着梯架够到树顶。这活相当累,好在我家苹果树不多,几乎没资格加入苹果树协会。

虽然和大儿子住在一起,房子却是分开的。吃饭也各吃各的。他们老婆孩子住在一起。因此我家电话响,他那边也听不见。偏巧大儿媳因怀孕去医院取药不在家。

但那时大儿子正听收音机。他在农协工作,是果树技术员。以果农为工作对象,总要去田间地头,一边听广播一边工作。结果听到"和田荣二"这个名字,赶紧跑回家。怎么打电话都没有人接,于是猜想去地里了。不过在大儿子来之前,我老婆就已先接了电话。

警察没有我们的联系方式。据说他们从警察署向派出所打电话,让他们直接找到我家。因此我老婆接了电话后,派出所的警察也来了。

(母亲)突然被告知这样的事情,我担心他倒在地里,就到苹果地拉老伴回来,一直把他拉到家门口,接到中央警察署打来的电话。老伴理解不了。

他说:"说是东京的中央警察署打来的电话,我头就晕。可我脑袋转不过弯,一下子傻了,不明白写什么好。你来写好了!写该去哪里。"结果派出所的警察替我们写下了警察署的指示。

那时地铁发生了毒气事故,荣二喘不上气倒下了,死了。我不知道沙林到底是什么东西,但从一开始就清楚儿子"死了"。

虽然那么告诉我,但我要亲眼见到才死心……,说不定同名同姓,决定去一趟。四个人去,孩子他爸,我,还有大儿子和推荐荣二去专卖公社的女婿。坐的是从上田发出的两点电车。到达上野站时是五点左右,天还亮着。JT公司有人来接我们。出租车里还有中央警察署的警察。途中谁也没有说话,一直在出租车里沉默着。听得"下车"才下车。

但那时候遗体已不在警察那里了,已被运去东京大学法医学那边。结果那天我们始终没见到荣二。在JT公司的招待所住了一晚,那是个不眠之夜。第二天九点去东大医院,终于在那里见到了荣二。想不到我碰了荣二一下还被训了一句。

我实在不明白为什么不让我碰荣二。不摸摸他我不甘心。摸一下却受到斥责。嘉子也摸了,也被训斥了。但作为母亲,我还是摸了摸,身体已经变冷了。这才觉得他已经离开了。不摸,我无法相信这是真的。

脑袋一片空白。不知道这究竟是怎么回事。精神高度紧张,已流不出眼泪了。脑袋空空,完全变傻了,只有身体能动。必须接回遗体举行葬礼。脑袋空白是因为已经失去了哭的功能。真的是那样,脑袋一片空白,出不来眼泪了。

也真是奇怪,脑袋里只想地里的活儿。两个儿媳妇都要生孩子了,还要插秧,这个那个要干的活儿很多。心里只为这个着急。这么着,准备下田插秧的时候,电视台来采访了。

(父亲)对采访的任何问题我都没有回答。那种采访很烦人,让我火冒三丈。那些人竟然来到火葬场,连我怀有身孕的儿媳都被拍了照。我叫他们回去,却不肯走。邻居都受了打扰,问我:"电视台总问,该怎么说呢?"我求邻居什么也别说。

有一次坐拖拉机时,突然有人掏出话筒问我。我回答:"犯了杀人罪的人,希望立即执行死刑。日本宪法一定要修改,就这么多。请回吧!"除此之外,我从未理睬过记者。我拼命在田里插秧。电视台在我家前面设了照相机,专等我回家。因此我从后门进屋。当时实在有很多人来采访,杂志上也写了什么。

我精神很紧张,一定要把秧插完,只这一个念头。但秧一插完,人整个松懈下来。想各种问题,想个没完没了。但怎么想也无济于事,人死了再不可能回来,我这样自言自语。可又忘不掉。每次想起都像撕心裂肺似的。

我酒量不大,却喜欢喝。大儿子很能喝酒。荣二不如他哥哥能喝。每次荣二回家,父子三人都一起喝酒。那样喝下肚的酒才是最香醇的。喝起酒来话就多了,一晚上大概能喝一升。家人关系好,从不吵架。

(母亲)他是个好儿子。第一次领工资时,给我们买了手表。而且每次回来都给侄子们买礼物,喜欢小孩儿。出差去美国和加拿大,也都买礼物回来。

明日香还没出生他就把礼物买好了。前几天明日香来玩时就穿着荣二从美国给她买的衣服。荣二是那么期待孩子的出生……一想到他被那些混蛋谋害死了就难受。

(父亲)松本沙林事件发生时,长野县的警察为什么没有彻底搜查?要是彻底搜查,就不会发生这种事了。如果那时他们更卖力气的话……

(母亲)好在媳妇们都身体健康,给我生了孙子孙女。总是哭哭啼啼,对刚生完孩子的儿媳不好。为了这个我们一起打起精神。

(父亲)因为有农活必须干,我们才坚持下来。育秧、插秧。插完秧就要摘苹果花,给花授粉……没有休息,不停地干。靠干活忘掉悲伤,咬牙活下去。干了活,身上累,累就睡得香。精神衰弱呀安眠药什么的,跟我们不沾边。农户人家就是这样子的。

"他非常体贴人。死前好像更体贴人了。"

和田嘉子(三十一岁,和田荣二氏的夫人)

和田女士怀孕期间失去了丈夫,后来小明日香出生了。媒体对和田女士报道了好多次,想必不少人都知道。见面之前我也大致看了一下那些报道的杂志和报纸。但实际见到时,还是为其同我从各种报道中自然勾勒的形象之间的落差一下子感到困惑。当然,那是我随意在脑海中勾勒的,谁的责任也不是。但还是叫我在很大程度上思索了媒体这东西的存在方式——归根结底,媒体是按照自己想勾勒的形象勾勒的,不是吗?

现实中的(或者倒不如说除了现实什么都不存在)和田嘉子女士是个说话爽快、聪明开朗的年轻女性。与其说脑袋聪明,莫如说 sense① 出类拔萃更合适。活于人世的 sense,选择什么时候的 sense,寻找词句时的 sense……,我觉得她在这方面十分出色,是个表里一致的人。我当然没见过遇难的和田荣二君,但我还是认为既是此人的选择,那么理应是地道的好人。

惟其如此,失去丈夫的打击也就格外大,恐怕很难振作起来。可是她在长达三小时采访时间里始终不失笑容。无论多么深入的提问,都能够积极回答,决不含糊其词。仅仅最后忍不住流了一次泪,仿佛说"这回哭也不碍事了吧"。叫她那么难过,实在抱歉得很。

来时走时,她都抱着小明日香到附近车站迎送。烈日炎天,路上空荡荡一个人也没有。在外面行走起来,看上去很像是在哪里的郊外住宅小区都可见到的年轻幸福的太太。告别时本想说句什么,但只说了一句"祝你健康幸福"——觉得是那样说的。但我蓦然心想,话语这东

---

① sense:感觉、品位、见识、教养。

西真是苍白无力。而作为作家的我又只能靠这个来好歹写作。回程地铁中我独自这个那个想了很多。

嘉子女士是纯粹的横滨人,把她的话直接写成文章,读起来或许多少有些棱角。然而实际上她的语言自然柔和,充满腼腆的幽默。正因为这样,重新听录音带时间里,其话语深处的痛楚反而让人觉得一阵强似一阵。

我出生在神奈川县相模原,上小学的时候搬来了横滨市,从那以后一直住在这里。学校在横滨,公司也在横滨。作为一个地地道道的横滨人,当然非常喜欢横滨。去年因为要生这个孩子,所以在丈夫的老家长野住了很长一段时间。上田空气清新,环境也和一直居住的地方不一样,我觉得很美妙。然而回到这边看到"海港未来展"时,我还是高兴得直掉眼泪。

朋友们也基本上都住在横滨。高中的朋友、公司的朋友、滑雪的朋友,大家都交往很久了!十年的朋友了……朋友们一直帮助我。大家虽然都已经结婚了,但还是时不时聚在一起烤肉,打保龄球。

高中毕业之后我在横滨一家名叫"横信"的信用银行工作。是一名窗口工作人员。结婚没多久就辞职了,到那时一共工作了九年十一个月。如果再干一个月就正好十年,那样就可以得到休假和一笔钱……我很喜欢工作的!那时,什么事都交给我,上司也能够听取我的意见,工作很开心。

结婚前我一直和父母住在一起。我没有兄弟姐妹,是个独生女,那时就知道和父母吵架。特别是和父亲,吵得很凶。基本上都是因为一些无聊的事情。"不是这样说过了吗?""不,没说。"之类的(笑),就是这个层次上的父女吵架。我觉得是我太任性了。现在虽然也和父亲住在一起,但是再也没有这样过分的行为了。不过那时确实吵得很凶。比如说什么"出去"啦、"去死"啦!像这么严重的情况还多着呢!但是当我真的下定决心离开家出去找公寓的时候,父亲那方妥协了,主动和我和好了。因为我要离家出走了可不妙(笑)。我呀,其实也就是吓唬吓唬人。

我和丈夫是在滑雪场相识的。碰巧同事中一个女孩的男朋友在JT(日本烟草)工作,他又碰巧带了他们公司的同伴一起过来,就这样我们相识了。那是平成三年二月的事。哎呀,是哪个滑雪场来着? 去过太多地方了,所以不太记得了,应该是长野县……想不起来了。

一共二十个人左右,所以公交车的一半都被我们占领了。丈夫很喜欢滑雪,所以每到滑雪季节,都约有一个月左右时间在滑雪。星期六和星期天是必然去的。我二十岁的时候刚刚开始滑,所以我俩水平差距很大。但我也是一个滑雪季节去五次。只是父母怎么也不让我出去,说太危险了不准去(笑)。我们家就是这么过分娇生惯养。一个月两次倒是让去,但是三次就不准了。我都已经是大人了,他们还是那么爱唠叨!在我二十五岁前,回家一直都有时间限定,"晚上十点前必须给我回来!"

——乖乖地回去了吗?

我是绝对不会乖乖地回家的(笑)。晚了就被关在门外不让进,那我就到朋友家借宿去。倒是觉得那样也并不合适。

或许他们因为在乎我,才那么爱唠叨,可是和朋友家相比还是严了点。现在回想起来,还是觉得是我自己不好。自己有了孩子才知道,正是因为在乎才生气的。母亲也是个是非分明的人,所以经常和我吵架。母亲生气了,父亲从中调节的时候总是说:"就是因为在乎你,担心你,所以才这么生气。"

虽然这么说,但我还是很郁闷。所以我决定绝对不对这个孩子(明日香)唠唠叨叨。但是我好像也有很像母亲的地方,比如说总想让各种各样的事情按照自己预想的那样发展。说话的语气常常觉得很像,必须注意。

母亲四年前去世了,乳腺癌扩散至全身……。父亲辞职后片刻不离地看护着母亲,可想而知他那时多么辛苦。不过即使在那个时候我也一直和父亲吵架。现在回想起来觉得那时真是做了让人不忍的事,说到底是因为心里憋屈。憋屈才吵架的。不过反过来说,我觉得正是因为那时吵架了,所以现在才能这样融洽地生活在一起。现在也有一些口角,但没有升级到那种大的争吵。

就在最近,父亲跟我说:"你变了好多啊!"是啊,我的性格变得圆滑些了,大概是长大了。以后小香(明日香)也会长大吧! 看着这个孩子,即使吵架也会情不自禁地笑出来。

我们在滑冰场相识,那时他让我告诉他电话号码,但是我没有告诉他。他想办法查到以后给我打来了电话。因为朋友的男朋友在 JT 工作,所以情报泄露了。以后那段时间我们天天打电话聊天,一个月左右之后他约我去滑雪。我们好像一起去了六个人,其他成员都是 JT 的男士,女的就我一个,去的是户狩滑雪场。……啊,想起来了,第一次去的是栂池。

——你对你丈夫的第一印象怎么样呢?

他滑雪的时候很冷淡,一点都不亲切,护眼镜下面戴着黑框眼镜。虽然也说了几句话,但是总觉得很冷淡:"怎么说呢? 那个人?"总之他一个人沉浸于滑雪之中,根本顾不了别人。感觉他是那种非得滑在最前面、否则就不甘心的人,基本上不说话。

但滑完雪喝起酒来性情忽然大变,很能说,也很能开玩笑。这个变化太大了,不过很有意思。在那里住了三天两夜,但那会儿没感觉到特别亲切,不过彼此好像都很喜欢对方的。

说实话第一次见他的时候,直觉告诉自己或许会和这个人交往,或许还会和这个人结婚。女人嘛,会有这种情况! 那时确实就是这么想的。所以我觉得不告诉他电话号码也没事吧,他应该会联系我的吧! (笑)那时我就是这么有自信。

我们一样大,都二十六岁。都挺能喝,啤酒、威士忌、日本酒、香槟,什么都喝。他喜欢和大家一起谈笑风生。

滑雪旅行之后,我们就经常见面了。他住在川口的单身宿舍,所以我们大多是处于我俩距离中间位置的东京见面。好像是在有乐町! 我们经常去看电影,每周都见面。如果他没什么事,周六周日也见面。他公司忙的时候就不行了,但是一旦休假就是两天连休。如果他请不了假的话,我就去王子他的公司找他。

是的,我总觉得我们两个人真的挺合得来,就像命中注定一样。交往了一年多也从来没有觉得无聊。我们聊各种各样的话题。看完电影去喝酒,比起看电影,喝酒更有意思。

那年(平成三年)七月,他正式来我家拜访了我父母。他对我父母说:"结婚是交往的前提。"他有时来神奈川出差就顺便来我们家和我父母聊天,陪我父亲喝酒。我父亲对他很满意,说他是个好人。是什么令父亲那样满意的呢? 也许是他看上去表里如一吧! (笑)

说实话,我们五六月间差点分手了。因为他好像和以前交往过的女人纠缠不清,所以我生气了,说:自己没情绪了。大概两个月之后他打来了电话:"今天可以出来见个面吗?"我说:"好吧!",然后勉勉强强见了。这时他说:"我想现在去拜访一下你父母。"

在跟我提结婚的事之前,他先跟我父亲提了:"我想和嘉子结婚才和她交往的。"我虽然很喜欢他,但是不见面的时间里两个人都有很多事,也有生气的时候。但是因为太喜欢了,所以听他那样说的时候我就想:那么我们就结婚吧!

第二年六月,我们结婚了。那年二月母亲去世,我处于服丧期间,所以婚礼稍稍推迟了一些,但第二年三月重新举行了婚礼,我还是穿上了婚纱。

结婚之后,我们和父亲一起住在本牧家里。丈夫说:"让父亲一个人生活那可不行,干脆我们一起住吧!"于是,他每天从本牧出发到王子的公司上班。单程要花两个小时左右,每天早上六点从家出发。那个时候我总和父亲吵架,丈夫就总做调解人。想想他那时好辛苦啊!回家的时候都已经夜里十一二点了,筋疲力尽的。

和父亲一起生活了大概十个月左右。举行婚礼后,四月份的时候我们两个人搬到了北千住的公司职工宿舍。选择北千住是因为碰巧JT的职工宿舍只有那里是空着的。于是,这次变成我要花很长时间上班了,从北千住到横滨的鸭居要花一个半小时左右。这样很辛苦,所以一年之后身体吃不消辞职了。总是很拥挤,到最后甚至乘新干线上班了。"既然这么辛苦,何苦还要坚持呢?按你喜欢的方式生活算了!"丈夫对我说。

就这样我变成了全职太太。哪怕是短短一年,我能好好照顾他也好啊!全职太太?享受一日三餐外加睡午觉的安逸生活,也不错吧(笑)!早上开始就可以看电视,在那之前我白天好像从来没有看过电视,所以一开始的时候我很开心。不知不觉地,七个月左右之后我的肚子渐渐大起来了。大家都说辞掉工作就能怀上孩子,果然如此。

北千住很适合居住。商业街多,离车站近,职工宿舍又大。一等地段一下子就有十三四栋房子。从横滨来到这里没有什么特别别扭的感觉。这里有我们的媒人和朋友,所以很开心。只是老伯们穿着短裤在大街上走让我有点吃惊(笑)。横滨基本上没有这样的人。

平成六年十一月,丈夫从王子的工厂调到了当时位于品川的总公司。从此要到港区虎门总公司新办公楼的施工现场工作了。预计平成七年四月完工,所以朝着这个目标负责安装和大楼管理工作。丈夫的专业是电力系统,主要负责管理电梯啦照明啦冷暖气啦等等。"虽然楼高三十五层,但还没有电梯,得爬楼梯上去。"丈夫曾经跟我说。比起干行政,他更喜欢身体得以活动的工作。

回到家,一般总是一边喝啤酒一边跟我讲工作的事情。听他讲公司的事最有意思了,还有同事的事等等,他给我讲了好多。比如说:"还有这样的人,怎么办啊?"

丈夫平时一副不认真的样子,但是关键时候很镇定。不论工作还是别的事情,他总是立马变得很严肃,倾注全力。所以我也能够放心,很依赖他。

——除了滑雪,你丈夫还有别的爱好吗?

说出来也无妨吧,"扒金库"(笑)!就算很忙他也要抽时间去玩。大概赢了吧?这个我不太清楚。也许是为了减压。周末他要么在家睡觉,要么去玩"扒金库",从来没有去旅行过,他绝对不喜欢旅行!要是滑雪旅行还可以,观光旅行从来不去。假期他喜欢在家里悠哉游哉。

给他做的食物他从不挑剔。要说特别爱吃的东西……,对,土豆色拉。奇怪吧?土豆色拉这种东西是小孩子才喜欢的,男人基本不吃。但是他就是非常喜欢,给他做土豆色拉,他就很高兴。我也喜欢烹饪,虽然不知道自己厨艺怎么样,也不知道是不是很合他的口味,但是他总是很乐意吃我做的东西。可是不管怎么吃就是长不胖,大概就是这种体质吧!婚后他的体重反而下降了,身高一米六五,体重却只有五十公斤左右。滑雪以后倒是长了不少肌肉,但他还是瘦。我常常开玩笑说:"别人会误以为我在家里没让你吃好。"

我们俩都非常想要孩子,想要三个孩子。特别是因为我是个独生女,所以想要很多孩子。我知道自己怀孕了的时候很开心,虽然因为害羞没有表现出来……。说实话,女儿的名字我很早就决定了,是做梦的时候梦到的。梦里面孩子一个劲儿地跑,我在后面一边追一边叫她的名字。我自己没能记起来,但是丈夫听见了,他说我一直在叫"明日香,明日香!"于是我俩决定用这个名字。我基本不做梦的,能够记得这么清楚的梦还真是少有。

我们基本上没吵过架,但是怀孕期间我变得很焦躁,常为一点小事找他撒气,他总是巧妙地应付过去。我感觉他的气量变了,处理问题的技巧也不一样了,所以一开始我们就没有吵架,多数是笑一笑就过去了。他非常体贴人,去世前好像更体贴人了。

下班回到家,饭菜准备的很简单也不生气。他对我说:"没事!没事!我去附近买点什么就行啦!"其实他好像找同事打听了孕妇一些情况,以及怎样对待孕妇等等。他用心地照顾着我。后来我经历孕吐阶段时,只能吃三明治和葡萄柚果冻,他总是下班回家的时候买给我。打来电话说:"我去买啦!"

三月二十日沙林事件前一天是周日,我们俩一起去买东西,他平时从来不会这样。

对了,对了,其实再前一天的周五丈夫请假了。大概是太累了,早上起来说:"今天不想去公司了。"我也希望他能在身边陪我,就说:"那就给公司打个电话请假吧!说妻子身体不舒服。"周五他酣睡了一整天。但是周六有不得不出面办的事情,于是下午去了一会儿公司。第二天周日下午,我们一起出去买东西。那天早上一直下雨,就舒舒服服地睡到中午。下午雨停了,我对他说:"一起去买东西吧!"他竟然破天荒应了一句:"好吧!"

我们买了孩子的衣服和尿布洗涤剂什么的。那时我的肚子已经很大了,走路都非常辛苦,因为太胖,总被人说:"让开、让开。"

买完东西回到家之后,我说:"去吧!"然后,把"扒金库"的钱给了他。好像是两千日元左右……数额不大。我让他那天过得很愉快。平时我总是埋怨说:"又去扒金库了?"可是那天我心情很好,说声"慢走"

送他出门。

但我发善心的那天他输钱了,好像还是偷偷玩的时候反而成绩好。回来后我问他:"怎么样啊?"他说:"不好。"那天他好像是五点左右出门,七点或者七点半左右回来的。吃饭时他精神百倍地说:"明天上班!"他周五请假了,很快就到四月一日——公司办公楼竣工的日子,所以不能随便请假了。另外,那天周一有个欢迎会,他看上去很有期待感。

去虎门的公司新办公楼好像在日比谷线的霞关站下车。他说由于出口的原因,在霞关站下车要比在虎门站下车近。早上他照常七点起床,七点半离开家。

那天我起得很早,五点半左右就起了。我平时总也不做早饭,可是前一天丈夫说:"我多么希望你能偶尔做一顿早饭,然后温柔地叫我起床啊!"他向我撒娇了。听他这么一说,我想:"我一定要做一顿。"于是努力早起了。我总觉得前一天的他很能撒娇。

我肚子大了,加上早上不愿起来,所以基本上不做早饭。丈夫早上也起不来,总是说不必了,勉强踩着钟点起床出门,在途中随便吃点东西。但是那天我定了两个闹钟,所以早早地起来了,给他做了烤面包、煎鸡蛋,还做了奶油咖啡。他非常高兴,高兴地叫出声来了:"啊!早饭!"

我好像有某一种不祥的预感。因为他除了说希望我给他做早饭,还说如果我不在了,你一定要加油。说出这么不着边际的话真的很突然。于是我惊讶地问道:"干吗说这种话啊?"结果他说,马上就要在新的岗位实行轮班制,上两天夜班休息三天,有几天回不了家,所以不在家的时候一定要加油。"我不在的时候,孩子感冒啦或者生病啦,全得你一个人照顾啊!"他说。

他接着说,这样,上两天夜班就可以休息三天,那时就可以和孩子悠闲地玩了,很让人期待。为这个也要考下驾驶证来!"

他离开家的时候是七点三十三分左右。我估计他乘上了三十七分日比谷线北千住始发的那班车。送走丈夫,收拾完餐具,我迷迷糊糊睡了一会,之后一直看电视娱乐节目。电视出现了日比谷线筑地站如何如何的报道,我以为他是乘坐丸之内线上班的,所以没事。完全没有意识到他是乘日比谷线去的。

九点半的时候他公司的人打来电话说:"你的丈夫好像卷入了这场事件。我们待会儿再打来。"十分钟之后打来电话告诉我说:"他已经被送往医院了,中岛医院,地址我们用传真发给你,你和医院联系一下。"于是我给医院打了电话,但是那边情况太混乱了,他们说:"岂止这个呀,现在谁在什么地方我们完全不知道。"挂完电话以后我一直等着他们跟我联系。

十点前来了电话:"他的情况已经很危险了,马上到医院来。"当我收拾完正准备出门的时候又打来了电话:"他去世了。"好像是丈夫的上司打来的,他一直陪在医院。他马上又说:"请节哀顺变!太太,请节哀顺变!"我向同住在职工宿舍的人打招呼:"我丈夫卷入了这场事件,出去一下。"

出门是出门了,可是我不知道地方。我已经慌神了,不知道该坐哪列电车。听说日比谷线和丸之内线都停了,我就去了车站的出租车停车场,但是那里已经有五十多人排队等待。我想光等是不行的,就飞快跑到职工宿舍旁边的出租车公司,没想到车全部开出去了。他们用无线帮我呼叫,但是车怎么也不来。这附近有个很少打开的铁路道口,那里碰巧有一辆空车。出租车公司的人对我说:"太太,那里有一辆。"我就跑过去坐上了那辆出租车。

听说遗体已经由医院转交给了警察,所以我去了警察署,是位于日本桥的中央警察署。我从北千住打车到日本桥。但是首都高速发生了事故,堵车了。我十点十分离开北千住,到达警察署的时候已经十一点半左右了。我在出租车里听到了丈夫的名字,收音机里说"死者"。我知道他已经死了……。司机一直开着收音机,当我说"是我,死者是我的丈夫"的时候,司机问我:"要不要关掉收音机?""不,请开着吧!我想了解情况。"我说。

在出租车里的那一个小时我真的很难受。心脏跳得很厉害,就像要从嘴里跳出来一样。我想孩子就这样出生了可怎么办啊?不看见他我是不会相信的,只有亲眼见到他才能让我相信。他绝对不会死的,估计是弄错人了。为什么?为什么非得让我丈夫死掉呢?这个问号一直在我脑子里盘旋。我一直振作精神:"哭之前无论如何要先确认!"

由于要找遗体,我见到遗体时已经是一点半以后了。那期间我一直等在警察署。电话不停地响,大家慌乱地来回跑着,场面非常混乱。JT 的上司和警察署的人向我说明了情况,但是事件发生时还不清楚具体情况,只能给出"好像是吸入了什么东西致死的"这样简单的解释。

我马上给父亲打了电话:"无论如何请过来。"一看到父亲我就止不住眼泪了。丈夫的父母务农,因为天气好都出去干活了,怎么也联系不上。JT 的上司不停地给他们打电话,但是没有人接。我想尽快见到婆婆。我一直坐在那里想:"为什么我会在这种地方呢?"我什么也说不了,顶多"是、是"应着听警察说话。

我和丈夫见面是在楼下的房间里。二楼以上是警察署,一楼是太平间,停车场也在一楼。在那里我们见面了。那是间很小的屋子,只有两张榻榻米大小。丈夫被安置在那里,衣服被脱掉,从头到脚由一块白布遮盖着。他们告诉我:"不可以触摸,也不可以靠近。"因为触摸以后会有什么通过皮肤渗入体内,所以也不要靠近。

告诉我"不可以"之前,我已经触摸了。他的身体还是温的,嘴唇有紧紧咬合留下的血痕。那不是用力咬过之后才会产生的疮痂吗?出了疮痂,耳朵和鼻子也都好像出血凝固了。他闭着眼睛,表情并不痛苦。但是那伤、那血痕真是让人心痛,让人觉得他曾多么痛苦……

警察说那里很危险,不让我久待。估计也就一分钟甚至一分钟也不到。"你为什么死啊?为什么抛下我自己走啊?"说着,我哭倒在地。

四点半的时候遗体移交给了东大的法医。父亲不断鼓励我,可我根本听不进去。我什么也做不了,什么也思考不了,只是不停地想:今后怎么办?今后怎么办?

第二天,在东大和丈夫做了最后告别。那个时候也不让触摸。从上田赶来的婆婆也没被允许触摸遗体,她说:"我想摸一下,我想摸一下。"……是想摸啊,可是根本摸不到,只能看着。丈夫被安置在这种凄凉的地方躺了一夜,这样看来,还是警察署好。上田的公公婆婆来到东京后没能在警察局和荣二见面,两人心里一定很不好受。

丈夫的遗体同他哥哥一辆车,我和公公婆婆、叔叔、我的父亲乘电车,分别回到上田。在电车里我一想起荣二的体贴就哭个不停。我一直告诉自己我必须坚强。葬礼结束之后怎么样都可以,总之一定要坚持到葬礼结束。婆婆她们是那么坚强,所以我也必须坚强。哭哭啼啼的,老天爷也会不开心的。况且哭也没用,根本没用。尽管我知道我不能哭……。

肚子里的宝宝活动了,我一哭她就来回动。葬礼之后,我的肚子慢慢下去了。大家都非常担心,以为我生了,因为受打击之后容易早产。

佛龛那儿有张小照片吧?我把照片带到了待产室,放在了我的枕头旁边,鼓励自己一定要加油!产科医院里和我在同一间待产室的太太,她丈夫在横滨,那时不能过来。如果她丈夫赶过来了的话,我想我就会很难受,会觉得孤独,也会羡慕。但是如果她也是一个人,我就能努力坚持,因为婆婆和丈夫朋友的妈妈陪在我身边照看我。

生孩子一共花了十三个小时。医院说这是常有的事。我当时想:"啊?这是常有的事?"(笑)孩子有三千零四十克,比我想象的要重。生孩子的时候我脑袋里只有"生"这么一个念头,完全忘记了丈夫,就是痛苦到这个程度。好像在我即将失去意识的时候,婆婆走进了产房,拍拍我的脸说:"加油啊!"生孩子的时候不能昏迷过去,所以她拍了我的脸。我什么也不记得了,不过还记得这个。

生完之后,我只知道好累啊!顺利地生下来了!想快点睡觉!要是平时的话,我想我会说:"啊!太好啦!"或者"好可爱的孩子啊!"但是那天我完全没有这么做,不过非生不可的想法倒是有的。"不准早产,不准出意外"——我就是这么给自己打气,为此耗尽了力气。

生完孩子以后,身体恢复得很慢,全靠婆婆照顾。她很疼我,除了洗衣服,什么都帮我做。还经常帮我照顾明日香,哄她玩。我的母亲已经去世了,就剩下父亲一个人,我不知道该怎么办。婆婆跟我说:"这样吧!把你父亲接过来一起住吧!"婆婆和嫂嫂都是照顾孩子的能手,所以我很放心。如果一个人照顾孩子,估计会得育儿神经衰弱吧!我觉得还是大家庭好,婆婆他们接纳了我们,我们变成了九人大家庭。

嫂嫂有两个孩子(在我生孩子的同时,生下了第三个孩子),每当我抽抽搭搭哭泣的时候,他们就走过来问我,"没事吧?"说我丈夫没了什么的。因为孩子们在场,所以不能那么哭。他们给了我很大鼓励。

我是那年九月回到横滨的,在婆婆家住了半年左右,那儿已经像是自己的家了(笑)。现在也经常去,去那里是我的一大乐趣。大家都很热情地欢迎我,丈夫的墓也在那边。

事件发生之后已经过去了一年,感觉好像稍稍告一段落了。我渐渐明白:"他已经不在了。"这一年里我还始终……。因为他经常去美国出差,两三个月不在家的时候很多,他不在家是很正常的,所以即使他死后我也经常以为:"啊!去出差了吧!"这一年时间里一直都是这样。"我回家生孩子了!"甚至以为他会突然说:"我回来啦!"偶尔早起的时候我会想:"啊!他出差啦!"其实只要好好想一想——再说灵位也摆在那里——我就会明白:"是啊!我的丈夫已经不在了,确实已经不在啦!"于是接受了,但是某些地方还是不能接受,有接受不了的部分。那就是现实与幻想相互交织的心情,比如一边心想着"他会回来的"一边扫墓,心里很矛盾。但是过了一年之后,我想我彻底明白了这点:"是的,他已经不在了!"

当然很难受。在外面散步的时候,看到有父亲让孩子骑在脖子上,我会受不了,我无法坚持一直看下去。听见年轻夫妇聊天也想转移视线,不想待在那儿。但是我一直告诉自己不能嫉妒别人。现在已经冷静多了,看见别人家父亲哄孩子也完全不介意了。

我在报纸上读了一些关于我的报道,但我总觉得都没有写出关键内容。

因为某些原因,我也上过电视。上完电视之后,电视台的人跟我说:"反应很强烈啊!""有很多来信啊!"但是什么也没给我送过来,估计是些无所谓的东西吧!(笑)我再也不想上电视了,绝对不想了。因为它没有传达真相。我原本是希望它能传达真相的,但是电视台只播放了对他们自己有利的部分,我真正想表达的根本没有播出。

比如说坂本律师失踪的时候,如果神奈川的县警能够认真搜查的话,地铁沙林事件就不会发生,也就不会有这么多遇难者。我当时想说的是这个,但是全部被剪掉了。我问他们为什么要剪掉,他们说把这些播出去会承受很大压力。报纸和杂志都这样。

把棺材运来上田的时候也是,电视台的人、摄影记者早就等在那儿了。他们怎么可以这样呢?我觉得他们也太不懂得体谅别人的感受了,哪怕是不动声色地待在那里也好啊⋯⋯

从本牧回来之后大家都认识我了。我在附近散步的时候经常有人在背后指指点点:"看,那个人,就是遭遇沙林毒气事件的那个。"这些事情不断地刺伤我,我能感受到脊梁上的这种刺痛。我实在受不了,就搬家了。

第一次到检察厅听取情况的时候，我有帮助我们家的人和搬运尸体的人的证言，还有地铁工作人员的证言。警察问我："你想知道你丈夫去世时的样子吗？"我回答："当然。"他们读完调查记录以后我马上想到的是："什么？我丈夫死得那么痛苦吗？"我想让对方也遭受同样的痛苦，心想为什么还要让他们吃饭！我总这样想。希望尽快判处极刑，可判决迟迟不下，这让我感到焦躁。丈夫到底因为什么死掉的？丈夫、我还有孩子的未来被毁的这份悔恨我该带到哪里去呢？

说实话，我真想亲手杀了麻原。如果允许，我真想慢慢折磨死他。日比谷线作案分子、那个姓林的也外逃了。我想知道真相，我想尽快知道真相……

报道也一点也没有介绍遇难者在地铁上是怎样遭受痛苦死去的，完全没有报道这些。松本沙林毒气事件的时候还有过一些这样的报道，可是地铁沙林毒气事件的相关报道一点都没有，太不可思议了。所以很多人觉得只是普通猝死吧？报纸的报道也都千篇一律。我也是在检察厅听了警察的记录之后才第一次知道原来我丈夫是在经历了极大的痛苦之后才死的。我想让大家知道更多的事实，比如他当时是多么痛苦，是以怎样的心情死去的，是以怎样的遗憾……但没有办法让大家知道。

最终变成了与自己不相干的事。如果我不是当事人，估计也会那样，觉得那是别人的事。

让我感到欣慰的还是孩子，孩子是我最大的快乐。比如今天第一次说话啦，一举一动啦，喜欢吃的东西和爸爸相似啦。我总告诉明日香"爸爸就是这样一个人"。我不知道她明不明白，总之我是说了。要是我不告诉她，她不可能知道。当我问她："爸爸在哪儿呢？"她指着佛坛上的照片说："爸爸，爸爸！"睡觉之前她也会对着爸爸的照片说晚安。她把头一直低到脚趾鞠躬行礼。每当看到这个我就觉得很可怜，忍不住流出眼泪。

我现在还留了一些录像带。那是滑雪旅行和度蜜月的时候录的。那里面录有声音,所以我想等她再长大些给她看。我深深觉得拍录像带留着真好。我也渐渐想不起来他脸的轮廓了。很有特征的,眉毛位置那块骨很有棱角。最初只要稍稍用手比划一下就能清清楚楚地想起来。现在渐渐想不起来了……

——对不起,您是说……

我是说……肉体没有了……即便亲人,记忆也就模糊了。肉体没有了……

我想教明日香也滑雪,因为他曾经也说过要好好教孩子滑雪的。我想穿他以前穿过的衣服教这个孩子滑雪。我和他体型差不多,所以可以穿夫妇共同的衣服。对,从下个滑雪期开始。他最想做的事情由我替他完成……

我想等孩子稍微大些可以脱手之后找份工作。虽然现在也有父亲的收入,足够生活了,但是万一发生个什么事,就剩下我们娘俩的时候……在用心照顾孩子方面,我也要像我母亲那样。那样一来孩子也会很受拘束吧!等这个孩子上了小学,自己也该决定以后怎么办了。

"没有标记的噩梦"

——我们将要去哪里呢?

村上春树

(1) 三月二十日的早上东京地下发生了什么?

　　一九九五年三月二十日的早上,笔者(村上)在神奈川县大矶自己的家里。当时是旅居美国马萨诸塞州期间,但因所在大学放春假,所以临时回国住两个星期。家里既没电视又没广播,全然不晓得东京城内发生那么多的事件。我在房间里一边听音乐一边悠然自得地整理书籍。风和日丽,晴空万里,一个心旷神怡的清晨。这点记得很清楚。

　　上午十点左右,做媒体工作的一个熟人打来电话,以紧张的语声说:"地铁发生意外,出了很多受害者。毒气!肯定是奥姆干的勾当,最好暂时不要到东京来了。那些家伙危险得很。"

　　到底出了什么事呢?当时根本摸不着头脑。地铁毒气?奥姆?由于长期远离日本,各种消息都传不到耳朵。不知道《读卖新闻》的元旦特讯(关于在上九一色村查出沙林残留物的报道),不知道松本的沙林毒气事件同奥姆真理教密切相关,也不知道奥姆真理教团体引发了若干具有犯罪嫌疑的问题，弄得议论纷纷。

如今想来，可以得知至少媒体方面在这一阶段并不认为奥姆真理教团体搞这种大规模恐怖活动有什么不正常。但不管怎样，那天我本来就没有去东京的打算，就在不得要领的情况下向他道谢放下电话。之后继续照样整理书籍。知晓事件整个可怕过程是在那稍后一点时间。

这就是之于我的三月二十日。

那个早上我所感觉的奇异的困惑或者乖离感，作为仿佛相位偏移的东西在我身上长期留了下来。我所以从个人角度深切关注地铁沙林毒气事件，恐怕这是其中一个原因。

事件发生后一段时间里，地铁沙林事件和奥姆真理教方面的报道在各种媒体泛滥开来。电视从早到晚几乎不间断地播放这类消息。报纸、各种杂志、周刊为事件拿出了大量篇幅。

然而，我想知道的事那上面却找不到。

一九九五年三月二十日的早上，东京地下到底发生了什么？

这是我怀有的疑问，极其单纯的疑问。

说得稍微具体些，那就是：那时在地铁车厢中的人，在那里看见了什么、采取了怎样的行动、感觉和思考了什么？这是我想知道的。如果可能，想具体而详细地了解每一位乘客，包括一个个细节，甚至包括心脏的每一下跳动、每一次呼吸。当极为普通的市民（那或许是我，也可能是你）在东京地下被卷入这种始料未及的异乎寻常的重大事件的时候，那里到底发生了什么？

然而不可思议的是（或者没什么不可思议亦未可知），我想知道的事没有任何人告诉。

这是为什么？

只要除掉多余的装饰物,可以说大众传媒所赖以成立的原理的构造是相当简单的。一句话,对于他们来说,地铁沙林事件是正义与恶、正气与邪气、健全与怪异的明显对立。

人们从这一异常事件中受到打击,异口同声地说这些家伙居然干出如此荒唐的事,如此歪风邪气居然大行其道——日本到底怎么的了?警察干什么去了?麻原彰晃无论如何都得处死!

如此这般,人们多多少少一起坐上了"正义"、"正气"、"健全"这辆公共大马车。这绝非难事。这是因为,相对性与绝对性在这里是无限接近的。也就是说,同麻原彰晃和奥姆真理教信徒相比,以及同他们干的勾当相比,世上绝大多数人无疑属于"正义"、"正气"和"健全"的。再没有比这更容易理解的 consensus(共识)了。

他们当中也有人拒绝融入这一滚滚洪流,主张犯罪固然应以犯罪论处,至于正义和正气之类则另当别论。但他们大多遭到舆论的围攻(那些论调的大多数至少部分是正论,其说法在有的情况下甚至多少带有脱俗和启蒙意味)。

但是,在这种共识洪流的尽头,在事件发生后已过去两年的今天,属于"正气"之"此侧"的我们乘坐这辆公共大马车究竟抵达怎样的场所了呢?我们从那起震撼性事件中学得了怎样的东西、汲取怎样的教训了呢?

有一点是确切的,那就是有一种不无奇异的"别扭感、不快感"剩留下来。我们歪头沉思:这东西究竟是从哪里来的呢?并且,看上去我们中的多数为了忘却这种"别扭感、不快感",正力图将事件本身打入过去这一长方形箱子之中。同时将事件本身的含义在"审判"这一固定系统中巧妙地化为文言,努力在制度层面上加以处理。

无需说,审判使得许多真相浮出水面这点是难能可贵的。但是,倘若我们自己身上不具有将审判过程中澄清的事实真相予以统合并且化为血肉的综合视点,那么一切恐怕都只能被无谓地碎片化,沦为犯罪闲话,直接消失在历史的黑暗中。犹如落在城市的雨顺着暗渠径直流入大海,而并不滋润大地。司法系统能够以法律为基准进行处理和裁决的,终不过是事件的一个侧面,并不是说无论什么都因此而尘埃落定。

换言之,"奥姆真理教"和"地铁沙林事件"给我们的社会带来的巨大冲击,恐怕至今仍未得到有效分析,其含义和教训至今都未被赋以形式。在写完这本书的此时此刻,我不能不怀有这样的疑问——事件有可能正在以"总之是发疯团伙引起的例外的无谓犯罪"这一形式被盖棺论定。说法也许极端,我甚至觉得这起事件正在朝着最后将作为四组漫画形式的"笑话"、作为荒诞的犯罪闲谈、或者仅仅以每一代都重述一次的"都市传说"形式——朝着只能以这种意义存续的状况发展下去。

假如真是这样,那么衣扣到底在哪里开始扣错的呢?

如果我们真要从不幸的事件中学得什么,那么就应该重新从另一角度和以其他方法对那里发生的事情好好重新审视——我认为我们已经到了这一时期。说"奥姆恶劣"是容易的。说"恶与正气不是一回事",作为逻辑本身也是容易的。但问题是,无论这些言说如何针锋相对,恐怕也很难因此从"公共马车式共识"的咒语中解脱出来。

这是因为,那已经是在所有场合以所有方式用尽掏空了的语言。换言之,那已是沦为体制性质的沾满污垢的语言。使用这种体制框架内的语言来摇撼进而摧毁体制框架内的状况和僵化的情绪纵然并非不可能,恐怕也是伴随相当大困难的作业,我觉得。

这样,我们现在所需要的势必是来自新的方向的语言,以及用那些语言叙说的焕然一新的物语(旨在净化物语的其他物语),或许。

(2) 我为什么将视线从奥姆真理教移开?

新的语言、新的物语究竟在哪里呢? 去哪里我们才能找到它们呢?

前面也写了,报道这一事件时的媒体的基本姿态是使"受害者=无辜＝正义"之"此侧"同"施害者＝污秽＝恶"之"彼侧"对立起来。并将"此侧"的位置（position）作为前提条件加以固定，以此作为杠杆的支点，而将"彼侧"的行为和逻辑的扭曲进行彻底细化分析。

这种缺少对流性的力矩（moment）的到达点，往往是被煮干和模式化的逻辑，是沉淀所带来的麻木不仁。

事件发生后不久，我就已开始怀有这样的思索——尽管是模糊的——我想，为了理解地铁沙林事件的真相，仅仅彻底追究和分析引发事件的"彼侧"的逻辑和体制（system）大约是不够的。这当然是重要而有益的，但同时恐怕还应对"此侧"的逻辑和体制予以一并追究和分析。打开"彼侧"出示的谜语的钥匙（或钥匙的一部分），说不定就隐藏在"此侧"所在区段的地下。

这就是说，如果仅仅从对岸用望远镜将奥姆真理教那一"事物"作为纯粹的他者、作为费解的怪物来观望，那么我们恐怕是哪里也去不成的。即使这样认为多少伴有不快，我们也要将那一"事物"作为可能在某种程度上已经包含在自己这一体制内或包括自己的体制内的东西加以检证，这点应该是很重要的。如果不将我们"此侧"区段下面埋藏的那把钥匙找出来，那么势必一切都将无限"对岸"化，那里应有的意义将微化成肉眼看不见的东西，不是吗？

促使我这么想的一个理由，是关于九〇年二月奥姆真理教大力推选候选人参加众议院选举场景的清楚的个人记忆。当时我偏巧返回日本。麻原从包括当时我居住区域（东京都涩谷区）的选区参选，异乎寻常的选举战到处紧锣密鼓地展开。不可思议的音乐每天每日从宣传车的扩音器中流淌出来，戴着大象面具和麻原面具的年轻男女身穿白色衣服，在千驮谷站前站成一排，或挥手或跳莫名其妙的舞蹈。

得知奥姆真理教那个邪教团体的存在，那次是第一次。看见那种助选活动的场景时，我不由得背过视线。因为那是我最不愿意看见的东西之一。周围人脸上也浮现出和我同样的表情，做出根本没看见信徒们的样子走了过去。在这里我首先感觉到的是无可名状的厌恶和超出理性的悚然。至于那种厌恶感是从哪里来的，为什么对于自己那是最不愿意看见的东西之一，当时则未深想，也没觉出有深想的必要。而将那一场景作为"与己无关的东西"迅速赶出记忆。

假如同一时间直面同一场景，世人的八九成想必都将和我有同样的感觉、采取同样的行动，即佯装未见地径自走过，不深想，转眼忘掉（或者魏玛时期的德国知识分子第一次看见希特勒时也是同样反应亦未可知）。

然而现在想来，那是多么不可思议。上街宣传的新兴宗教、新宗教此外也有很多。但我们（至少我）对他们并未产生类似生理性厌恶那样的感觉，至多心想"嗬，真行啊！"随即直接走过，如此而已，而不至于被其搅得心烦意乱。从奇特这点来看，剃光脑袋敲着手鼓跳舞的哈雷·克里希纳也够奇特的，但我根本不会把视线从哈雷·克里希纳那些人身上移开。而面对奥姆真理教却不能不转过视线，不能不被其搅得心烦意乱。

为什么？

假设是有一个的：因为奥姆真理教这一事物对于我并非纯属他者。那一"事物"通过用我们想所未想的样式将我们自身被扭曲的图像裹在身上这一做法而将可能性的刃器尖锐地触在我们的喉咙，不是吗？对于哈雷·克里希纳等其他新宗教，我们从一开始（从进入我们的逻辑性思维系统之前）就能将其作为"无关之事"处理掉。但不知何故，对于奥姆真理教则无能为力。我们必须将其存在（形象、舞蹈、歌唱）从逻辑思维体系中有意识地努力排除。正因如此、我们才被他们那副样子搅得心烦意乱。

从心理学角度来说（在此只能端出心理学，请暂且忍耐一下），当我们一开始就对什么讨厌至极、怀有强烈厌恶感的时候，往往是因为那是我们形象的负面投影。果真如此,那么我在千驮谷站前对奥姆真理教信徒那副样子所怀有的汹涌的厌恶感也未必不是从那里产生的。我止住脚步,就这一可能性重新思索一番。

我并不是说你我没准也在某种情况下加入奥姆真理教而在地铁里施洒沙林——那种状况在现实中(作为概率)几乎是不可能发生的。我想说的是:我们必须刻意排除的东西说不定就已包括在那里。

这样的说法也许招致无谓的误解,但我站在刚才所说的假设延长的情况下所抵达的极其广阔的运动场的正中间确实是这样想的。"此侧"=普通市民逻辑与体制同"彼侧"=奥姆真理教的逻辑与体制,此二者可能共有一种对照双面镜式的影像。

当然,一面镜子中的影像比另一面镜子中的阴暗且严重扭曲。凸凹互换,正负互换,光影互换。但是,一旦消除其阴暗和扭曲,那里照出来的两幅影像竟有异常相似之处,若干部分看上去甚至在相互呼应。在某种意义上,那不就是我们避免互视、有意或无意地将其从现实这一层面(phase)持续排斥开来的自己本身的内在影像的某一部分(地下/underground)吗?我们在地铁沙林事件方面在心中某处持续体味的"不快余味",其实不就是从那里无声无息地喷涌出来的吗?

这么简单说来,读者诸君怕是很难理解的。甚至可能有抵触情绪。请允许说得稍微详细些。

这同我们的自我及其制作的"物语"有关。

(3) 被转让的自我、被给予的物语

越智道雄氏在《世界》杂志九六年六月号就美国连续包裹炸弹犯人犹那波马写了一篇文章,其中引用了犹那波马发表在《纽约时报》长篇论文的一部分,照录如下:

> 体制(高度管理社会)改造得让不适合体制的人感到痛苦。不

适合体制意味"有病",使之适合意味"治疗"。个人便是这样被编入体制强加的他律性动力程序(power process)之中,而其可以自律性达到目标的动力程序便被毁掉。寻求自律性动力程序被视为"有病"。

犹那波马邮寄炸弹这一手段同奥姆搞的东京都政府包裹炸弹事件的伎俩遥相呼应,就这点来说也饶有兴味。这个暂且不论。而就连续爆破犯塞奥德亚·加金斯基所说的来看,我觉得同奥姆真理教事件的本质有极为紧密的关系。

加金斯基的言说本身我认为基本是正论。挟裹我们运行的社会体制,其大部分旨在阻碍个人自律动力程序的获取。我也多多少少有此感觉,想必你也多多少少感觉到这点。说得笼统些,总之就是"即便很想强调自己本身的价值而自由自在地生活,社会也很难允许"。

比如,在皈依奥姆真理教的信徒们看来,当自己想获取和确立自律性动力程序的时候,社会、国家便将其断定为"反社会行为"、称其"有病"而力图将其从中剥离出来——这种做法是错误的、完全不能容忍的。他们因此而变本加厉地朝反社会方向倾斜。

但是,加金斯基——有意也好无意也罢——有一点看漏了。那就是"个人自律性动力程序"这东西本身就是作为"他律性动力程序"的对照双面镜所诞生的。换个极端说法,前者不过是后者的一个参照罢了。亦即,只要不是在孤岛上出生被父母遗弃孤零零长大之人,那么就哪里也不存在自发的纯粹的"自律性动力程序"这个劳什子。果真如此,这两种力就处于内含适当妥协(negotiation)的关系中。就好像阴与阳一样以自发性引力相互吸引,在各自的世界认识中发现(难免一再受挫)合适的所属位置——便是这样的东西。也可以称之为"自我的客体性"。就是说,这才是之于人生的真正的 initiation(入会式)。这项作业所以未能完成,原因在于平衡的自我的柔性发展在某个阶段因故受阻。

若将阻碍束之高阁而仅以"自律性动力程序"这种硬性逻辑跨越,此时势必在社会逻辑与个人之间发生物理性(法律性)摩擦。

如果允许我说一句我的个人看法,我认为麻原彰晃大约是将根本性损毁的自我平衡作为一个被限定的(然而是现实性且相当有效的)体制成功确立起来的人物。至于他作为宗教家处于怎样的水准,我不知道。应该以什么来衡量作为宗教家的水准,我也不清楚。但看他一路走来的人生轨迹,我不能不这样推论。他努力的结果,得以将个人缺损关进一个封闭线路之中,一如《一千零一夜》中的魔人被关进瓶内。进而将其封闭体制作为一种共同体验、作为商品向社会推广。

在这样的体制得以确立之前,麻原本身的烦恼和内心纠葛无疑是血淋淋令人不寒而栗的。并且,其中必定有"开悟"或者说某种"超常价值的获得"。只有通过那种惨烈的内心地狱继而体验某种非日常性的价值转换,麻原恐怕才能具有那般强大的超人能力。换个想法,那未尝不是经常同这种精神缺损所发出的特殊气味(aura)相呼应的东西。

皈依奥姆真理教的大部分人看上去都好像为了获取麻原授予的"自律性动力程序"而将自我这一宝贵的个人资产连同钥匙一并交给了麻原彰晃这座"精神银行"的外租保险柜。忠实信徒主动放弃自由、放弃财产、放弃家人、放弃世俗性价值判断基准(常识)。正常市民想必大吃一惊:"何苦做那样的傻事!"但对于他们则相反,在某种意义上那是极为惬意的事情。为什么呢?因为一旦交付给谁,往下就无须自己一一冥思苦索和控制自己了。

他们通过将自己的自我同麻原彰晃拥有的"平衡受到深重破坏"的个人自我完全同化、完全连动起来,而得以获取模拟自律性动力程序。亦即,不是以个人的力量和战略将"自律性动力程序对社会体制"这一对立模式付诸实施,而是将其无条件全权委托给作为代理人的麻原:"一切拜托您了!"一如吃他选套餐。

他们并非如加金斯基所定义的那样,"为了获取自律性动力程序同社会和体制进行了果敢的战斗"。实际战斗的只有麻原彰晃一人。大部分信徒被希求战斗的麻原彰晃的自我所吞没,所同化。而且,信徒们并非单方面受到麻原的精神控制(mind control),并非纯粹的被动受害者,而是他们本身在积极地寻求被麻原控制。精神控制既非仅仅被寻求又不是仅仅被给予的东西。那是"被寻求、被给予"互动性质的东西。

美国作家拉塞尔·班克斯在小说《大陆漂流》中这样写道:

> 当人委身于具有比自我更大力量的东西,如历史或神、无意识等东西的时候,人势必极为轻易地失去当下事件的脉络,其人生失去作为物语的流程。(黑原敏行译)

是的,假如你失去了自我,你也就丧失了自己这个一贯的物语。问题是,没有物语人是不可能长命的。物语这东西超越包围、限定你的逻辑性制度(或制度性逻辑),它是你和他者进行共时体验的重要秘密钥匙和安全阀。

物语当然是"故事"(おはなし)。"故事"不是逻辑不是伦理也不是哲学。那是你持续做的梦。你可能没有意识到,但你是在不间断地梦见那个"故事"的,一如呼吸。在那个"故事"中,你是有两副面孔的存在。你是主体,又是客体;你是综合,又是部分;你是实体,又是影子;你是制造物语的厂家(maker),又是体验物事的选手(player)——我们通过多多少少拥有这种多重物语性而得以在这个世界上治疗作为个体的孤独。

但是,你(或者别人、任何人)必须拥有固有的自我这个东西才能制造出固有的物语,如同车必须有发动机才能制造出来。这和没有物理性实体就没有影子是同一回事。然而,你现在把自我转让给了某个其他人。你在那里如何是好呢？

在那种情况下，你就将从他者、从被你转让自我的某人那里接受新的物语。既然转让了实体，那么作为补偿被给予影子——想来这未尝不是理所当然的流势。而若你的自我一旦同化为他者的自我，你的物语也不得不同化于他者的自我所生产的物语文脉之中。

那到底是怎样的物语呢？

那没必要是洗练而复杂的高档物语，亦无需文学韵味。莫如说，粗糙而单纯的更好。进一步说来，说不定越是 junk（垃圾、冒牌货）越好。因为大部分人早已筋疲力尽，已经无法接受"既是那样的又可以是这样的"综合多重的——而且含有悖论的——复杂物语。正因为已经无法将自己置身于那种多重表达之中，人们才要主动抛出自我。

所以，被给予的物语只要是作为一个"符号"的单纯物语即可。一如战争中士兵们接受的勋章不必非是纯金的不可。勋章只要有"那是勋章"这一共识提供支撑即可。即使是用廉价的镀锌铁皮制作的也毫不碍事。麻原彰晃能够以充分的说服力把这种作为 junk 的物语给予人们（求之不得的人们）。因为他本身对于世界的认识恐怕就几乎是由 junk 构成的。那是粗糙而滑稽的物语，在局外人眼里绝对只能说是令人喷饭之物。但公正说来，那里面确有一个一以贯之的东西："那是为了什么而不惜浴血战斗的攻击性物语"。

从这一观点出发，在有限的意义上，麻原或许是将当下这一空气抓在手里的罕有的讲述者。他不惧怕——意识到也好没意识到也好——自己脑海里的想法（idea）和概念（image）是 junk 这一认识。他将周围的 junk 零部件积极归拢到一起（就像电影中的外星人使用搁物架上的废品组装通讯装置来同行星故乡通讯一样），在那里制造了一个流程。那个流程充分反映出麻原本身的内在烦恼。而且，那一物语带有的欠缺性恰是麻原本身的自我带有的欠缺性。因此，对于主动同化于麻原自我的欠缺性的人来说，其欠缺性根本不会成为接受物语的障碍，倒不如说成了推动力。但是,那一欠缺性恐怕不久就会通过内在能量(moment)的作用而被污染成致命性质的因子(factor)。作为大义的某种什么被无可救药地虚拟化、扩大化,直至无可返回。

这就是奥姆真理教＝"彼侧"所提供的物语。也许你说傻气。想必傻气。实际上我们大部分人也曾嘲笑麻原提供的物语是多么荒唐无稽一钱不值。嘲笑制造如此物语的麻原,嘲笑被如此物语吸引的信徒们。尽管是余味不好的笑,但至少可以一笑置之。这倒也罢了。

可问题是,在这种情况下,"此侧"的我们究竟能不能拿出有效的物语呢?我们果真掌握了足以驱逐麻原荒唐物语的坚实力量的物语——亚文化(subculture)领域也好主文化(main culture)领域也好——了么?

这是相当大的命题。我是小说家。众所周知,小说家是职业性讲述"物语"之人。因而,这一命题对于我是大而又大的东西,就好像是悬在头顶的一把利剑。以后我恐怕也将一直就此切切实实认真思考不止,必须制造我本身"同宇宙通讯的装置",必须将我自身内在的 junk 和欠缺性一个个穷追猛打下去(写到这里我心里再次为之一震,说实话,这才是很长时间里我作为小说家一直想做的事!)。

那么,对于你(姑且请允许我使用第二人称,那里边当然包括我)情况如何呢?

你没有向谁(或什么)交出自我的某一部分而接受作为代价的"物语"吗?我们没有把人格的一部分完全托付给某种制度＝System 吗?如果托付了,制度不会迟早向你要求某种"疯狂"吗?你的"自律性动力程序"会达到正确的内接点("内的合意点")吗?你现在拥有的物语果真是你的物语吗?你所做的梦果真是你的梦吗?不会是可能迟早转换成荒诞噩梦的别人的梦吗?

对奥姆真理教和地铁沙林事件我们之所以无法彻底消除不可思议

的"不好的余味",归根结底是不是因为上面那种无意识的疑问尚未真正化解的缘故呢？我总有这个感觉。

(4) 关于记忆

前言中也说了,为这本书所做的采访,是在事件发生后大约过了九个月那个时候开始的,持续到一年零九个月之后。

这就是说,是在经过某种程度的冷却期间才听取讲述的。但由于事件本身极为巨大、极有震撼性,所以亲历者(当然仅仅是指其中接受我们采访的人士)的记忆几乎都没有淡薄。他们中的多数人在那以前已经把那时的体验向周围人讲了许多许多次。其中也有人几乎从未对人讲过。但即使不对外部讲,料想他们也还是会以各自的方式或多或少在自己心里确认关于事件的记忆,并将其客体化。因此,人们所讲述的事件过程差不多在所有场合都是非常真实(real),而且往往是 visual(栩栩如生)的。

不过,那终究只是记忆。

关于有时候我们是以怎样奇妙、怎样不可思议的方式对待我们本身的记忆这点,读者诸君可能也多少心有所觉。如一位精神科医生说的那样,人的记忆这东西已可以定义为"终究只是对于某一事件的'个人解释'"。例如,我们不时通过记忆这一装置将某项体验改编得浅显易懂,省去于己不利的部分,前后颠倒,补充不清晰的部分,将自己的记忆同他人的记忆混为一谈,并根据需要加以置换——有时候我们会自然而然地下意识地进行这样的作业。

用个极端的说法,我们有可能或多或少将关于自身经历的记忆加以"物语化"。这是——尽管程度多少有别——人的意识的极为自然的功能(一句话,我们作家是专业性地有意识这样做的)。这种可能性(有可能)包含在任何形式的"被讲述的话"中——我希望读者有此基本认识。"被讲述的话"的事实性或者同精密意义上的事实性有所不同亦未可知。但是，那同"说谎"并不同义。那是采取"别的形式"的一个千真万确的事实真相。

这终究是人们以自发的语言讲述的话，不是用于审判的证言。所以，我原则上不对在一个个证言中讲述的事实加以verify（核对）。一来这在实际操作上技术上几乎是不可能的，二来这一作业本来——决非辩解——就不包括在我此次工作的范围内。

我在采访中经常保持这样一个基本态度，即认为每个人讲述的话在各自语境中是不折不折的事实。这一态度至今仍保持不变。其结果，同时经历同一现场之人的话在细节上有时出现不一致的地方，但我照样将含有些许矛盾的情况提示在这里。这是因为我认为那种不一致和矛盾，其本身有可能讲述什么。在我们这个多面世界上，非整合的雄辩性有时并不在整合之下。

不过，采访了这么多人之后，我大体可以判断对方是以何种程度的精确度讲述何种程度的客观真相了。只要改变角度将几种说法连接起来，当时当场那种类似气流的东西即可自然呈现在眼前。对于谈话不稳定的部分，根据情况划一个问号，挑出放在"保留"文件里（即避免形成文字）。但这终究是例外情况。关于证人讲述的话，属于明显错觉和事实误认之处当然加以纠正，此外尽最大可能以其讲述的原样介绍在这里。

此外，我基本上对自己此时面对的每一位采访对象争取从对人角度怀有好感。

这么简单写起来，也许带有廉价感伤意味，但这是事实。我力争把每个人讲的话原封不动地接受下来使其化为自己的血肉。专心致志，尽量让自己站在对方角度考虑问题，以对方的视线看待问题，以对方的心灵感受事物。

这没有想的那么困难。

这是因为，我所见到的人当中，让我觉得"此人无聊"的人一个也没有；我所倾听的话当中，让我觉得"此话无聊"的话一句也没出现。我为每一个人的人生、为每一句出口的话语所折服，实在无可抗阻。人这东西、人生这东西，凝眸细看之下，原来竟各有各的深奥，我不能不为之心悦诚服，甚至对其深度感慨万端。

当然，为采访这一有限的目的见面、在有限的时间内顺着有限的话题交谈这点也可能是相当大的因素。其中也有人见了两次，但终究是少数例外。几乎所有人的采访都只见一次面。如果交往次数增多而成为日常行为，谈话或许有所不同。但是，即便把那样的情况考虑在内，这一系列面谈对于我——作为一个作家也好作为一个个人也好——也是超过预期的意味深长的体验。

(5) 我做什么好呢？以及感应力

写一下我想写这本书的一个主要理由。

一言以蔽之，我是想深入了解日本这个国家。相当长时间里我远离日本在外国生活，有七八年时间。写完《世界尽头与冷酷仙境》那部小说之后我离开日本，在写完《奇鸟行状录》那部小说之前我偶尔回国一次。我诚然没对别人说过，但我本身认为那是一种 exile①（或许背井离乡这一说法更为接近）。最初住在欧洲，后来旅居美国。

作为一个小说家，我体验了外面种种样样的场所，在那里沉下心来用日语写物语——我始终尝试这样的作业。在离开对于日本、日本语以及对于我属于先天的（一开始就作为当然之物存在的）状况的前提下，自己能够以怎样的方法、以怎样的姿态处理日本语（或日本性）呢？每次我都有意无意地变换面孔不断加以对证（mapping）。

但在外游差不多最后两年时间里，我不无惊讶地发现自己还是相

---

① exile：流放，亡命。

当迫切地想要了解"日本这个国家"的。渐渐开始认为,自己通过远离日本浪迹海外来探索自己的时期至少现在已接近尾声,感觉有一种类似价值标准"置换"那样的东西正在自己身上生成。我大概已经不那么年轻了——可能有人说现在才说这个有什么用——自然而然地认识到自己已经到了应在社会中履行"被赋予的职责"这一年龄了。

我想差不多该回日本了。返回日本,以不同于小说的形式为深入了解日本而做点像样的事情吧!这样有可能使自己找到新的自己的存在状态和应立足的场所。

那么,在进一步了解日本方面我到底做什么好呢?

关于自己寻求什么,其基本线已经大体梳理出来。归根结底,我想把自己心中的情感算盘来一次彻底清盘,经过一段时间后深入了解"日本"这个"场的存在状态",了解日本人这一"意识的存在状态"。我们究竟身为何物、今后究竟要去何处呢?

但我不清楚自己为此具体做什么好。现实中应该采取怎样的行动呢?我心慌意乱地在外国度过了最后一年。震惊世界的两起重大灾难袭击日本正是在这一时期。

从结论来说,围绕地铁沙林事件的一系列采访,是我为"深入了解日本"采取的一个手段。通过这一系列采访,我得以同众多日本人相见、听其谈话,作为结果对产生地铁沙林事件的日本这个场所进行了验证。现在想来,其中或许多少含有——理所当然——自己作为作家的自私和自负。就是说,在某一方面我觉得自己是把采访作为之于自己的"有效采访"来把握的。不承认这一点,难免沦为伪善。

可是,在实际采访过程中,这种职业性自私一个接一个很快被扫荡一空。直接面见每一位受害者、倾听其种种活生生的话语时间里我转而端正态度,认为"这可不是鸡毛蒜皮的小事"。一看收在这里的证言即可明白,那是比我事先想像的要深刻和具有复合意味的事件。我因而认识到自己对这一事件是多么无知。事实的重量——这是最大的要素。

但不仅如此,那里无疑存在类似"第一次信息"发出的自然感应力的东西。我痛切地感觉到了这点,逐渐委身于其流程。并且极为自然地下决心把这本书尽可能写成有价值的东西,不是为了自己,而是为了别的什么。如果问"反省自己的态度了吗",那么我只能回答"应该反省了"。不过若说自己的真实心情,较之"反省",还是"感应"这一说法更为确切。那是超越善恶的非常自然的心的流程。

那种自然而然的感应到底是从哪里产生的呢?我想那应该还是从人们讲述的"物语"(当然是"此侧"的物语)中如泉水一般汩汩涌出的。身为小说家的我在人们讲述的那种物语中受到教育,在某种意义上得到救赎。

时过不久,我几乎停止了判断。什么正确什么不正确,什么正常什么不正常,谁有责任谁无责任——觉得这些对采访早已不再是主要问题。至少做最终判断的不是我。这么一想,我轻松起来。我全身放松,开始原封不动地接受人们讲述的物语。我把那里堆积的话语直接吞下肚去,经过一定时间之后,让自己粉身碎骨变成一只编织"另一物语"的蜘蛛——天花板幽暗角落的无名蜘蛛。

尤其在采访完在小传马町站遇难的和田荣二君的遗属和身负重伤而失去过去的记忆和语言、至今仍在医院康复中的明石志津子(假名)之后,我不得不再次认真地深入思考自己的语言这个东西的价值。我所选择的语言能在多大程度上将这些人所体味的各种感情(恐怖、绝望、愁苦、愤怒、麻木、孤独、困惑、希望……)如实传达给读者呢?采访完后一连几个小时、一连几天我都就此沉思不止。

话虽这么说,我还是担心采访阶段不小心伤害了几个人。在某种情况下是不注意造成的,在某种情况下是无知带来的,在某种情况下纯属我的人格缺陷导致的。何况我本来就不擅长讲话,有时甚至无法用口头把自己的所思所想很好地表达出来。不管怎样,我要借此场合向自己以种种方式不得已伤害的几位表示歉意。

在此之前,我一直认为自己就算有狂妄和任性之处,也决非傲慢之人。但我现在正在反省,觉得自己应该更明确地怀有这样一种基本认识,即"自己置身的立场本来就含有某种傲慢性,喜欢也罢不喜欢也罢"。

的确,从在地铁沙林事件中身受重伤的受害者的心情来说,写这本书的我是从"安全地带"来的人。即使被那样的人说"你不可能真正明白自己体验的难过心情",那也是没有办法的。确实如其所言。不可能明白。但话又说回来,假如对话就这样在此戛然而止,相互交流在此彻底切断,我们恐怕那里也抵达不了。剩下来的只能是一个教义(dogma)。

我想,尽管如其所言(尽管相互承认如其所言),我们还是要尝试超越。只有超越,才有可能找出避开逻辑死角的、通向选项丰富的深层次解决办法的道路。

(6) 压倒性暴力在我们面前暴露的

一九九五年一月和三月发生的阪神大震灾与地铁沙林事件,是日本战后划历史的具有极其重要意义的两大悲剧,是即使说"日本人的意识状态因此而前后截然不同"也不为过的重大事件。有可能作为一对灾难(catastrophe)、作为在讲述我们的精神史方面无可忽视的大型里程碑存续下去。

阪神大震灾与地铁沙林事件这两个特大事件短时间内连续发生,虽说事出偶然,但足以令人震惊。而且它的到来正值泡沫经济破灭、一味高速发展态势出现破绽、冷战结构终了、价值基轴以全球性规模大幅摇晃、同时日本这个国家的存在主干受到严厉质疑这一时期,简直就像早已瞄准时机了似的。

如果叫我举出这两起事件一个共同要素,恐怕就是"压倒性暴力"。当然,两个暴力的具体表现方式截然不同。一个是不可避免的天灾,另一个是很难说不可避免的"人祸即犯罪"。以"暴力"这一同类项将二者捆成一个——我当然知道这有些勉强。

但是,从不巧实际受害一方看来,其暴力袭击方式的突如其来和蛮横无理,无论地震还是地铁沙林事件都相似得不可思议。暴力本身的出处和质尽管不同,但它带来的打击的质则没有多大区别。这是我在听取沙林受害者谈话过程中每每怀有的印象。

例如,大部分受害者都说"我很恨奥姆那伙人"。问题是人们尽管"很恨",却无法很好地将恨转入现实轨道,而显得多少有些困惑。简单说来,他们抓不到确凿证据,不知道应将自己感觉的愤怒和憎恨朝哪里发泄、对准哪个方向。这是因为,他们还没有明确把握暴力的准确"出处(岩浆的位置)",不知晓暴力到底来自何处。在这个意义上——在愤怒和憎恨应对准的方向尚未完全明确这点上——地铁沙林事件和阪神大震灾具有相似的形态。

换个想法,它们(震灾和沙林事件)未尝不可以说是同一强大暴力的表与里。或者可以将一个视为另一个的结果上的隐喻亦未可知。

它们双双从我们内部——完完全全从脚下的暗处即地下——以"噩梦"这一形式猛然喷发出来,同时将我们社会体制潜在的矛盾和弱点暴露在光天化日之下。在突如其来的疯狂肆虐的暴力性面前,我们的社会实际上是那么软弱无力和毫无准备。我们未能预测其到来,未能提前准备。对于已然出现在那里的东西也未能采取机敏而有效的对策。那里所显示的,是我们所属的"此侧"体制的结构性败退。

换言之,我们平日作为"共有图像"所拥有(或以为拥有的)的想像力即物语未能提出足以有效抗阻那两种汹涌而来的残忍暴力的价值观。当时未能,即使时过两年的现在,事态也几乎没有得到改善。

当然,在事件的若干方面,自然而然产生了从未有过的积极态势。例如在地震发生不久的神户及大阪神户之间,以年轻人为中心的草根志愿者发挥了很大力量;在地铁沙林事件中也随处可以见到受害乘客互相热心救助的情景;营团地铁现场的职员在混乱当中奋不顾身地抢救乘客的勇气和行动也值得大书特书(在此再次向不幸牺牲的地铁职员致以哀悼之意)。尽管只是若干例外,但总的说来,营团地铁现场职员的井然有序的工作情况及其高尚的道德也还是值得赞赏的。

在这些事实面前,就觉得我们每一个人本应具有的自然而然的"正确力量"那个东西是可以相信的。同时觉得通过将这样的力量外在化和集中化,以后我们恐怕也能够巧妙回避各种各样的危机性事态。我们必须将这种自然而然的信赖感结成的柔软的自发的、总括性的网络以日常层面在社会中构筑起来。

然而,即使确实存在这种积极侧面,整个体制的混乱状况也并不能因此而消除。就这次沙林事件来说,我很难认为营团地铁、消防厅和警察厅的领导们采取了同现场人士当天拼命做的良心事相称的灵活而真挚的处理措施。当天的行动是那样,今天的势态也是那样。

营团地铁一位职员对前去采访的我们似乎不耐烦地说道:"(采访)就算了吧,大家都想忘掉那起事件呢!"其心情作为我不是不能理解。意思是说"我们也是受害者,受伤害都已受得不轻了,别再纠缠不放了!"

可是,大家都把事件忘得利利索索就 OK 了吗? 诚然,想彻底忘掉事件的地铁职员为数不少也是事实,但不仅仅是这样的人。也有人相反,他们非常不愿意事件被世人这么轻易忘掉,不希望事件就这样"风化"。而且早已不能开口的死者们也……

当然,毕竟是这么大的突发事件,情况也错综复杂,现场发生种种混乱和过失是难以避免的,或许该用"惊慌失措"这个说法才较为接近。

所以看书中所收各种证言即可发现，无论营团地铁还是消防厅、警察厅抑或各类医疗设施，都有大大小小数不胜数的判断错误。让人怀有"怎么又……"这样疑念的地方也有不少。

我无意在这里具体列举这类个人层面的判断错误而加以非难和指责。因为，虽然不能说"迫不得已"，但仔细查证起来，需要各自斟酌的地方也并非没有。对于一个个过失的梳理当然不应不了了之，但相比之下远为重要的，是切切实实认识"我们的社会制度所准备的危机管理体制本身是相当粗疏的、不健全的"这一主要现实。至于现场中的判断错误，不过是其结果的积累罢了。

不仅如此，更让我深深怀有危机感的是这样一个事实——当天发生无数过失的原因、责任和导致其产生的原委以及由这些过失引起的后果的真实情况至今仍未作为信息向一般公众彻底公开。换言之，这就是"不愿意向外界明确过失"的日本之组织的"体质"。亦即"家丑不可外扬"。结果，其中应有的大部分信息被以"正在审判"或"执行公务过程中的事故"等模棱两可的理由大幅限制采访。

即使向各种有关部门或人士提出采访要求，一再听到的也只是"如果可能我本人是想协助的，但上边的人……"一类辩解。想必是因为如果有人老实开口，责任的所在就会因此昭然若揭，所以才下封口令。在多数情况下，那不是硬性（hard）命令，而是来自上司的软性（soft）暗示——"啊，事情已经过去了，还是最好别向外面说得太多为好吧……"。便是这类含糊而又谁都明白的暗示。

为了写《奇鸟行状录》那部小说，以前我就一九三九年的"诺门罕战役"做过周密调查。越查资料越为当时帝国陆军运营体制的粗疏和愚蠢而震惊，几乎瞠目结舌。这种不必要的悲剧为什么会在历史中被视而不见呢？而这次在地铁沙林事件的采访中我所体验的这种责任回避型的封闭性社会"体质"，其实同当时的帝国陆军"体质"并没有什么区别。

简而言之就是：在现场拿枪的士兵最为痛苦倒霉，没得到回报。在后方的幕僚和参谋则不承担任何责任。他们看重面子，不承认失败这一事实，使用体制性花言巧语将失策掩饰过去。而若前线出现难以掩饰的明显败退，即作为现场指挥官的职务责任逐一严加处理。大多被迫剖腹自杀。对于能够澄清真相的情报则以"军机"名目不予公开。

这样一来，在前线勇敢战斗（勇敢得简直令人吃惊）而成为愚蠢作战牺牲品的无名士兵们就没有出头之日。虽说过去五十多年了，但我还是为曾实际上有过那般愚蠢的事情这一事实受到不小的震撼。而大同小异的事居然在这现代日本再次上演。这不是噩梦又能是什么呢？

一句话，诺门罕战败的原因没有被陆军领导层进行有效分析（分析固然在一定程度上做了，但那是相当随意的），其真正的教训根本没在后来发挥作用。陆军仅仅更换了几个关东军参谋，而将关于局部战争的所有情报扣在内部不放。两年后日本闯入第二次世界大战，在那里以更为巨大的规模将诺门罕那样的愚蠢行径和悲剧重演一遍。

关于此次地铁沙林事件，我认为政府应该尽早招集各领域专家组成公正的调查委员会，弄清被掩盖的事实，彻底梳理外围体制。什么出了差错？什么阻碍了组织的正常协调？只有严密追究那种事实真相，才是我们对于因沙林毒气不幸遇难之人应尽的最大礼仪和迫切职责。由此获得的信息不应封闭在各个部门内部，而应向社会广泛公开，为大家共有。否则，同一"体质"的失败难免迟早再次发生。

经过这一巨大事件之后，我们到底要去哪里呢？只有知晓这一点，我们才有可能从地铁沙林事件这一"没有标记的噩梦"当中真正逃离，不是吗？

(7) Underground(地下)

我对地铁沙林事件怀有兴致,其中有另一个个人背景。那就是——一如这本书的书名——"地下(Underground)"这一场所的介入。地下对于我始终是小说的重要主题和舞台。如地道、洞穴、地下河、暗渠、地铁等类东西总是强烈吸引着(作为小说家或作为个人的)我的心。只要瞧见一眼,不,只要把那种意念(idea)放进脑袋,我的心就被领到各种物语那里。

尤其《世界尽头与冷酷仙境》和《奇鸟行状录》里边,地下在物语中发挥中枢性作用。人们为寻求什么进入地下,在那里同碰见种种样样的物语相遇。自不待言,那既是物理性 Underground,又是精神性 Underground。

《世界尽头与冷酷仙境》有生息在东京地下黑暗中的"夜鬼"那种活物(当然是我想出的虚构物种)出场。它们是自古以来就住在地底深处的可怕的邪恶之物。没有眼睛,嚼死人肉。它们在东京地下纵横交错地挖了无数地道,到处筑穴群居。但一般人不知道它们的存在。主人公"我"因故潜入地下的神话世界,甩开"夜鬼"令人毛骨悚然的跟踪,穿过不寒而栗的深重黑暗,从地铁银座线站内平安逃到青山一丁目。

写罢这部小说,我坐东京地铁时每每考虑"夜鬼"们。想像迟早有一天"夜鬼"们成群结队从黑暗中连连爬出朝我们袭来的场景。用大石块堵住轨道迫使地铁停止行驶,切断照明,砸烂玻璃冲进黑暗的车厢,用锋利的牙齿一个接一个吃我们的肉。

当然这不过是带有稚气和傻气的想像罢了,就好像廉价恐怖片。但我站在车门旁边透过窗玻璃往地下隧道黑暗的深处凝眸注视的时间里,有时觉得立柱背后真有可怕的"夜鬼"们一闪而过。

听得地铁沙林事件的消息时,不容我不陡然想起"夜鬼"来。自己在地铁窗外感觉到的"夜鬼"阴影倏然浮上脑际。以极为个人的恐怖

（或妄想）层面来说，我隐约觉得这起东京地铁沙林事件投下的余味不好的黑影同我通过东京地下的黑暗独自制造出来的"夜鬼"那一活物（那当然是我的意识之眼发现的）是有关联的。那种关联对于我是一个有重要意义的、促使我写这本书的个人因素（motivation）。

我并不是把奥姆真理教团体简单说成一群奸诈邪恶的"夜鬼"。我在《世界尽头与冷酷仙境》中想要通过描写"夜鬼"表达——小说式表达——的，应该是我们身上潜在的根本性恐怖的一种形式。我们意识的地下（Underground）有可能是作为集体记忆而象征性地（Symbolic）留在记忆中的纯危险之物的表现形式。并且，潜藏在黑暗深处的"被扭曲"之物乃是意识的波动——通过其表现形式的暂且实现来影响作我血肉之身的我们的意识的波动。

它们无论如何也不能被放出来，不能看见它们。我们无论如何都必须避开"夜鬼"们生活在阳光之下。地下惬意的黑暗有时会抚慰和轻轻治愈我们的心——这样就可以了，这对我们也是必要的。但决不能再往前发展，不能撬开最里面锁着的门。门里面横亘的是"夜鬼"们无边无际的深沉的暗夜物语。

从我的这种个人"文脉"出发（即从我本身的物语看来），奥姆真理教的五个"实施者"用锐利的伞杆尖扎破装有沙林的塑料袋时，他们恰恰把一群"夜鬼"们放入东京地下、放入深沉的暗夜。我想像那种光景，从内心深处感到悚然，恐惧，厌恶。现在才特意说这个未免有些傻气，然而我还是要大声说："他们实在是不该做那种事的，无论如何！"

（8）结束语

首先我要感谢用整整一年时间坚持不懈踏踏实实做调查工作的押川节生、高桥秀实两位。关于这两位给予的宝贵支持，前言中也已说了。但除此之外，他们还是作为笔者的我的精神上的后盾。因是长期工作，有高山也有峡谷。作为血肉之身，有时难免多少灰心丧气。那时候两人就给我以有益的劝导和鼓励：“村上，这项工作绝对有用，坚持干下去！”

责任编辑木下阳子女士原本专门负责文学书的编辑，没有接手这种非文学（nonfiction）工作的经验，但还是逐一细心而迅速地处理了采访和编辑当中一个接一个出现的现实性杂务。对此深表感谢。此外，自策划时开始就从讲谈社的德岛高义氏、天野敬子氏、宫田昭宏氏那里得到了或有形或无形的热情帮助。如果没有这些人的支援，这本书就不会以现在这一形式问世。

还要借此机会向一年来承蒙处理采访录音带的宫田速记公司的各位致以谢意。没有他们深得要领的编辑作业，我为这本书最后脱稿付出的辛劳无疑要大得多。

对于我桌子上的 Mcintosh6310 也应表示犒劳。如果没有这台电脑的帮助，编排如此数量庞大的资料和原稿是不可能的。

另外还从斯塔兹·塔凯尔先生、鲍勃·格林先生各自的著作中得到了对于整合这本书有益的启示，这点要明确写在这里。

我要满怀深深的谢意和敬意把这本书献给慨然应允并长时间接受我们采访的六十二位见证人。祝愿得以在这一系列采访中见到的所有人士永远健康，人生硕果累累。

至于我的祝愿具有怎样的效力，老实说，我不清楚。甚至断言多少有效的信心也没有。说到底，我不过是身负种种个人缺陷的不健全的一个作家而已。但我还是要祝愿。但愿能够有多少接受我的这种热切而又卑微的心愿的空隙存在于——以不至于被看漏的形式——世界某个地方。

但愿我能将你给予的东西原封不动地送到你的手里。但愿。

一九九七年一月五日

图书在版编目(CIP)数据

地下/(日)村上春树著;林少华译. —上海:
上海译文出版社,2019.5
ISBN 978-7-5327-8135-5

Ⅰ.①地… Ⅱ.①村… ②林… Ⅲ.①纪实文学—日本—现代 Ⅳ.①I313.55

中国版本图书馆 CIP 数据核字(2019)第 054683 号

ANDAGURAUNDO
by Haruki Murakami
Copyright © 1997 Haruki Murakami
All rights reserved.
Originally published in Japan by KODANSHA LTD., Tokyo.
Chinese (in simplified character only) translation rights arranged with
Haruki Murakami, Japan
through THE SAKAI AGENCY and BARDON-CHINESE MEDIA AGENCY.

图字: 09-2004-112 号

地下
[日]村上春树　著　林少华　译
责任编辑/姚东敏　装帧设计/千巨万工作室

上海译文出版社有限公司出版、发行
网址: www.yiwen.com.cn
200001　上海福建中路 193 号
上海信老印刷厂印刷

开本 890×1240　1/32　印张 14.5　插页 2　字数 305,000
2019 年 5 月第 1 版　2019 年 5 月第 1 次印刷
印数: 00,001—30,000 册

ISBN 978-7-5327-8135-5/I·5005
定价: 65.00 元

本书中文简体字专有出版权归本社独家所有,非经本社同意不得连载、摘编或复制
如有质量问题,请与承印厂质量科联系。T: 021-39907745